Knaur

Über den Autor:

Hans Dieter Schreeb, geboren 1938, ist Journalist und seit 1963 freier Autor. Er verfaßte zahlreiche populäre Hörfunkserien und lebt in Wiesbaden, wo er in einem Hotel aufgewachsen ist.

Hans Dieter Schreeb

Hotel Petersburger Hof

Roman

Knaur

Besuchen Sie uns im Internet:
www.droemer-knaur.de

Vollständige Taschenbuchausgabe Februar 2000
Droemersche Verlagsanstalt Th. Knaur Nachf., München
Lizenzausgabe mit Genehmigung des Scherz Verlag,
Bern und München

Umschlaggestaltung: Agentur Zero, München
Umschlagabbildung: Artothek, Peißenberg; Ausschnitt aus
einem Gemälde von Amedée Julien Marcel-Clement
Druck und Bindung: Clausen & Bosse, Leck
Printed in Germany
ISBN 3-426-60901-0

2 4 5 3 1

Goldrubel

1

Frieda liebt es, ihre Damen zu berühren.

Sie liebt es zu fühlen, wie sich das Fleisch der Damen unter ihren Händen bewegt, wie das Gewebe dem Druck ihrer Fingerspitzen ausweicht, wie sich die Muskeln straffen; genießt vor allem, wie sich die Damen ihr ausliefern. Es gibt ihr das Gefühl, sie kann über sie bestimmen. Manchmal packt sie etwas fester zu, als sie müßte. Sie hört es gern, wenn die Damen stöhnen; manche stöhnen aus Schmerz oder Lust, andere stöhnen nur, weil sie stöhnen wollen.

Die Heybach sagt, sie würde sich ekeln, die fetten, weichen Körper wildfremder Weiber anzufassen. Ausgerechnet die Heybach muß das sagen, sie, die nicht mal die Tür des Abtritts schließt, wenn sie breitbeinig drauf sitzt. In einem hat sie allerdings recht, viele der Damen gleichen verblühten Rosen. Junge Frauen lassen sich viel seltener in der Badeabteilung blicken als ältere. Und manche, die angezogen passabel wirken, zerfließen, wenn sie ihr Korsett ablegen. Für Frieda macht es keinen Unterschied, sie massiert die Häßlichen genauso gern wie die Schönen.

Die Dame, die Frieda nun walkt, eine Majorin von Senckendorff, ein treuer Gast des «Römerbads» – das ist das Grand Hotel, in dem Frieda Bademamsell ist –, ist eine der erwähnten verblühten Rosen. Sie ist an die Siebzig und leidet an Gicht. Frieda faßt deswegen ihre Hände und Füße mit einer Vorsicht an, als seien sie aus Alabaster. Zum Dank singt die Dame Friedas Lob; ständig bewundert sie Friedas «göttlichen Griff». Und zu allem Überfluß trägt sie ihr Lob mit so viel Penetranz vor, daß man glauben kann, sie werde dafür bezahlt. Frau Eichhorn, die Chefin der Badeabteilung und Friedas Gönnerin, schärft Frieda jedesmal, wenn sie das hört, ein, nicht alles für bare Münze zu nehmen, was die Majorin von sich gibt. Es handele sich um Gunst, die genauso rasch verspielt sei wie gewonnen.

«Bitte umzuwenden», verlangt Frieda jetzt, und die Dame dreht sich ächzend auf den Rücken, preßt die mageren Schenkel zusammen und redet dabei weiter vom Fürsten Bismarck.

Seit Tagen wird beinahe von nichts anderem mehr gesprochen als von dem früheren Kanzler. Man erwartet stündlich die Nachricht von seinem Ableben. Die Zeitungen berichten in immer neuen Extrablättern von seinem letzten Kampf, verkünden, wie er die Nacht verbracht hat, daß die Gesamtkonstitution zufriedenstellend sei, der Pulsschlag allerdings teilweise bedrohlich niedrig. Dabei tun die Artikelschreiber, als schlage der alte Mann ausgerechnet jetzt seine alles entscheidende Schlacht. Man könnte meinen, all seine vorherigen Anstrengungen seien nur Vorbereitungen auf diesen letzten Titanenkampf gewesen.

Selbstverständlich hat auch das «Römerbad» Vorkehrungen für den schlimmsten Fall getroffen. Schwarze Fahnen liegen bereit, und die Herren vom Empfang haben Anweisung, beim Eintreffen der Nachricht Trauerkleidung anzulegen.

Die Majorin widerspricht den Zeitungen. Der «große Eiserne» widerstehe auch diesmal; seine Titanennatur habe noch jedesmal den Sieg über die Krankheit davongetragen. Sie will gehört haben, der Fürst habe bereits wieder eine seiner bekannt schweren Zigarren geraucht. «Und so etwas würden die Ärzte ja nicht einem Sterbenskranken erlauben! Das werden Sie mir bestätigen, Frieda», sagt sie geradezu streitsüchtig; als habe ihr Frieda in diesem Punkt widersprochen.

«Ohne Zweifel, gnädige Frau», stimmt ihr Frieda deshalb rasch zu, und das besänftigt die Alte.

Die Majorin hat persönliche Erinnerungen an den Fürsten Bismarck. Sie ist ihm vor einem Menschenleben vorgestellt worden und bei einer Promenade in Kissingen wiederbegegnet. Das hat sie Frieda bereits mehrfach berichtet und Frieda vermutet, sie wird es ein weiteres Mal ausbreiten, als sie jetzt fragt: «Haben Sie den Fürsten einmal selbst erleben dürfen?»

Die Frage ist nur Floskel, und deswegen antwortet Frieda mit einem demütigen Lächeln. Dabei könnte sie, nach allem, was ihr die Damen in den letzten Tagen über den greisen Reichskanzler erzählt haben, so viel von dem berühmten Mann berichten, daß man sie für seine intime Freundin halten müßte.

«Eine immens geniale Persönlichkeit, Frieda! Deutschland schuldet ihm auf ewig Dankbarkeit, und, füge ich hinzu, Europa Bewunderung!»

Frieda antwortet darauf mit einem gewissermaßen zustimmenden Schweigen. Sie spricht bei der Arbeit generell wenig. Dennoch vermittelt sie ihren Damen den Eindruck, man könne sich gut mit ihr unterhalten. Dabei ist die Art, wie sie zuhört oder antwortet, sogar die Art, wie sie steht oder geht, nur Nachahmung von Haltungen oder Aussprüchen der von ihr bewunderten Personen. Sie versteht es jedoch, ihre Kopien so sehr ihrem eigenen Wesen und ihrem Naturell anzugleichen, daß sie vollkommen natürlich erscheinen.

In Wahrheit besitzt Frieda naturgemäß keine Kenntnis von Bismarcks Taten oder Bedeutung. Wie könnte das auch sein bei ihrem Alter? Sie ist gerade siebzehn geworden! Dennoch läßt der Tod, der beharrlich angekündigt wird, sie nicht gleichgültig. Ihre Mutter ist gestorben, als sie drei Jahre alt war, und seitdem fürchtet sie den Tod als das größte allen Unheils. Daß jetzt ein alter Mann sterben wird, den sie nie gesehen hat, mindert nicht ihr Gefühl, ebenfalls bedroht zu sein. Nie kann man in ihrem Beisein von Tod und Sterben reden, ohne daß sie Mißbehagen empfindet und gleichzeitig den gierigen Wunsch, mehr darüber zu erfahren.

Die Majorin, die nichts von ihren Gefühlen weiß (aber selbst wenn sie davon wüßte, würde sie darauf keine Rücksicht nehmen), schildert tatsächlich erneut, bei welcher Gelegenheit sie dem Fürsten vorgestellt worden ist und unter welchen Umständen sie ihn wiedergesehen hat. Sie breitet alles so umständlich und ausführlich aus, als gebe es nichts Wichtigeres in ihrem Leben. Sie unterbricht sich nur einmal, um beglückt zu murmeln: «Ah, da haben Sie wieder die richtige Stelle erwischt. Sie sind begnadet, Frieda...», sucht dann den Faden ihrer Erzählung, findet ihn, wo sie ihn losgelassen hat, und erspart Frieda kein Detail der Begegnung. Ihre Stimme, die für gewöhnlich etwas knarrig klingt, wie beleidigt, wird jugendlich eifrig, als sie sich in Erinnerung ruft, in welcher Weise Bismarck in Kissingen geschritten ist, wie er näher und näher kam, und wie sie endlich nur wenige Schritte voneinander entfernt waren, der Prometheus und sie, die Majorin von Senckendorff. «Und was glauben Sie, was geschieht, Frieda? Der Fürst erkennt mich! Grüßt nicht etwa knapp und korrekt, wie man es von einem großen Herrn erwartet, absolut nicht. Vielmehr ausgesprochen persönlich. Sein Personengedächtnis ist phänomenal. Ist mir einmal im Leben präsentiert worden und begrüßt mich als eine liebe Bekannte. Hatte sogar meinen Namen parat!»

«Unglaublich, gnädige Frau.»

«Das ist es in der Tat: unglaublich. Sie sagen es, Frieda... Nehmen Sie jetzt noch mal den Rücken vor?»

«Wir sind noch nicht mit den Füßen fertig, gnädige Frau.»

Frieda ist sehr stolz darauf, daß man sie die Arbeit einer Badefrau verrichten läßt. Sie weiß, daß sie diese Auszeichnung nur zur Hälfte ihrem Können zu verdanken hat; der Geiz des Direktor Knab spielt dabei auch mit. Trotz ihrer Beliebtheit wird sie nämlich immer noch als Lehrmädchen geführt; Trinkgelder sind ihre einzige Vergütung. Damit geht es ihr nicht anders als vielen im Haus; die Hausburschen müssen für ihre Stellung dem Haus sogar noch etwas abgeben.

Zum Glück gibt man ihr reichlich. Sicher sind die Herrschaften Frieda gegenüber deshalb so freigebig, weil sie eine ausgesprochene Schönheit ist. Sie ist großgewachsen, hat dunkle, ausdrucksvolle Augen, einen festen Busen und eine sehr schmale Taille. Trägt sie ihr Sonntagskleid, wirkt ihre Taille wie geschnürt. Dabei besitzt sie nicht einmal ein Korsett. Bei der Arbeit würde ein Korsett behindern, und bei den wenigen Gelegenheiten, wo sie das Hotel verlassen darf, benötigt sie keins. Ihre Hände sind schlank und lang, geradezu elegant. Zum Glück macht das Wasser ihrer Haut nichts aus. Im allgemeinen läßt das heiße Badewasser und die ewig klammen Tücher, mit denen sie hantieren, die Hände der Badefrauen entweder aufschwemmen oder sehnig hart werden; nicht bei ihr, glücklicherweise. Gelegentlich betrachtet Frau Eichhorn ihre Hände und schüttelt wie ungläubig den Kopf. Einmal bemerkte sie dazu, Friedas Hände glichen eher den Händen einer Dame als den Händen eines fleißigen jungen Mädchens.

Selbstverliebt, wie sie ist, blickt Frieda gewohnheitsmäßig von Zeit zu Zeit in den kleinen, viereckigen, mit Stahl gerahmten Spiegel, wie über jeder Massagebank im Haus einer hängt. Jetzt bemerkt sie, daß ihr Gesicht rot ist vor Anstrengung und von Schweiß glänzt. Manchmal wünscht sich Frieda, man könnte bei der Arbeit ohne Kleidung sein, so sehr schwitzt sie oft. Es ist ihr wenig angenehm, wenn der Kittel an der Haut klebt, ihre Schenkel und ihren Busen markiert, ihr etwas zu schweres Hinterteil betont. Bei der Arbeit merkt sie nicht, daß sie transpiriert; dafür erfordert diese zuviel Kraft und Konzentration. Doch es ist ihr äußerst unangenehm, wenn sie sich in eine andere Kabine begeben muß. Oft warten im sogenannten «Paradies» Herren auf ihre Damen, und diese mustern sie für gewöhnlich, wenn sie da vorbei muß, entweder verstohlen oder auch gänzlich ungeniert. Ihr Hals und ihr Nacken sind ausgesprochen aristokratisch. Das ist nicht Friedas Urteil, das haben ihr liebenswürdige Damen bedeutet. Ihre Nase, schmal, mit großen Nüstern, wird als rassig empfunden. Einer der Sauciers hat ihr gesagt, die Nase verrate ihre starke Sinnlichkeit. Frieda weiß nicht, ob das wahr ist. Der Mann will sie rumkriegen, und deswegen darf man nicht jedes seiner Worte auf die Goldwaage legen. Sie jedenfalls wünschte sich ihre Nase weniger ausgeprägt.

Anna sagt dazu, sie habe einen Vogel. Gerade die Nase gebe ihr etwas Vornehmes.

Anna würde das nicht sagen, wäre es nicht so. Anna ist ihre einzige Freundin. Sie arbeitet nicht im Hotelgewerbe, ist vielmehr als Bügelminna in einem Haushalt in Stellung, und Frieda hat ihr deswegen schon einigemal angeboten, ihretwegen mit Frau Eichhorn oder Herrn Direktor Knab zu reden. Eine Position als Zimmermädchen wird immer mal frei. Aber Anna will nicht. Angeblich hat sie Angst, sie packe nicht, was man von ihr erwartet. Es kann auch etwas anderes dahinterstecken. Möglicherweise verspricht sie sich was davon, ihre Stellung nicht zu wechseln. Die Maisons, bei denen sie in Stellung ist, haben halbwüchsige Söhne. Anna behauptet aber immer ärgerlich, an so etwas wage sie nicht mal zu denken!

Anna beneidet sie unverhohlen um ihre Figur, besonders um ihren Busen. Anna hat nur flache Hügel, gerade die Andeutung eines Busens, und so gut wie keinen Po. Die Gräfin Aljewna, eine schöne Russin, selbst eine sehr aparte Person, macht Frieda sogar manchmal in ihrer drolligen Sprache Komplimente: «Bist ein sehr begehrenswert schönes Kind, Frieda!»

Wenn sie sie jetzt so sehen würde, würde sie das bestimmt nicht äußern.

Die Gräfin fordert sie immer wieder an, aber nicht aus dem gleichen Grund wie die Majorin von Senckendorff. Es ist im ganzen Haus bekannt: Sie sieht gern junge Frauen. Sie ist zwar verheiratet, kommt aber immer ohne ihren Gatten; spricht auch kaum von ihm, beinahe nur aus Versehen. Auch ihre Kinder nimmt sie selten mit auf Reisen. Man sagt, sie wolle sich in ihrem Vergnügen nicht stören lassen. Frau Eichhorn hat Frieda deswegen befragt. Sie wollte hören, ob es ihr etwas ausmacht, die Dame zu massieren.

Sie hat ihr geantwortet, die Dame mache nie etwas, was sich nicht gehört. Das ist nur zur Hälfte wahr. Ab und zu streichelt ihr Madame Aljewna, bevor sie in die im Boden eingelassene Wanne hinabsteigt, sehr wohl über das Gesicht oder klopft ihr auf den Po. Manchmal berührt sie auch wie zufällig ihren Busen. Frieda macht das nichts aus. Was ist dabei? Sie knetet die Schenkel und Hinterbacken der Dame; soll sie sie also tätscheln, wenn es ihr gefällt. Wohlweislich hat Frieda Frau Eichhorn davon nichts erzählt. Sie ist nämlich gern mit Madame Aljewna zusammen; die Dame ist beinahe die einzige im ganzen Haus, der sie je von der Heybach, ihrem Vater oder von Willy erzählt hat. Sie empfindet, die Dame will sich weder über sie erheben noch sich auf ihre Kosten amüsieren; sie möchte ihr Leben erforschen, wie sie sich andererseits für ganz ferne Völkerschaften interessiert. Die Russin war zum Beispiel schon in Marokko, wiewohl dort Frauen als Touristen nicht gern gesehen sind. Von Willy kann sie nicht genug hören. Tatsächlich ist Willy auf seine Weise nicht weniger verrückt als seine Mutter. Von der ganzen Bande Heybach ist er ihr, Frieda, der liebste. Willy ist der einzige, den sie als Bruder empfindet.

Einmal hat Frieda der russischen Dame sogar ihr größtes Geheimnis anvertraut, nämlich ihre Absicht, sich später ein eigenes Hotel zuzulegen. Das hat sie nicht einmal Anna gestanden. Dabei gibt es nichts, dessen sich Frieda sicherer ist. Eines Tages wird sie ein Haus besitzen und Personal herumkommandieren wie jetzt Herr Direktor Knab. In diesem Punkt hat sie soviel Sicherheit wie jemand, der erben wird, den Erblasser aber noch bei bester Gesundheit weiß. Sogar das «Goldene Ägyptische Traumbuch», ihre wahre Bibel, hat es ihr vorausgesagt. Manchmal geht sie durch die Stadt und betrachtet die Häuser daraufhin, welche ihr zusagen würden. Sie will kein Grand Hotel, aber auch nicht eins der kleinsten.

Madame Aljewna wollte hören, wie sie es sich vorstellt, an ein eigenes Hotel zu gelangen. Darauf mußte sie gestehen, es sei ihr selbst noch nicht ganz klar. Wahrscheinlich werde sie sich eins erheiraten, hatte sie schließlich vermutet. Wie gelangen sonst mittellose junge Mädchen zu Wohlstand?

Die Gräfin Aljewna hatte ihr zugestimmt und gesagt, wenn sie sich exakt an ihre Vorsätze halte, werde sie ihr Ziel wohl erreichen.

Gleiche Offenheit würde Frieda bei der Majorin von Senckendorff selbstverständlich nie wagen, und bei anderen Gästen auch nicht. Außerdem will die Alte nichts hören; die will selbst reden.

Daß sich die Damen im Bad nackt zeigen, macht sie redselig. Manche tun anfangs, zu Beginn der Kur, äußerst hochmütig, reden kein Wort, als wären sie allein in der Badekabine. Man könnte glauben, sie wollten zu verstehen geben, sie hätten nichts mit einem unbedeutenden Geschöpf zu tun, wie sie, Frieda, es ist. Doch nur wenige halten dieses Schweigen lange durch, und ganz selten gelingt es mal einer, während der ganzen Kur nichts von sich preiszugeben. Eigentlich sind die allermeisten von Anfang an redselig. Manche fangen schon an zu schwadronieren, wenn sie sich noch in der Umkleidekabine befinden. Die Damen ziehen sich für gewöhnlich in dem schmalen, dämmrigen Umkleideraum aus, wie einer zu jeder Badekabine gehört. Manche schließen sich ein, andere lassen dabei die Tür zur Badekabine auf. Nur ganz wenige entkleiden sich in der Badekabine selbst, obwohl die geräumiger und heller ist, sogar ausgesprochen luxuriös.

Doch selbst wenn sie kein Wort reden, merkt man gleich, mit wem man es zu tun hat. Manche sind pingelig, geradezu ängstlich, als würde ihnen etwas angetan, wenn sie ihre Hose ablegen; meistens die jüngeren. Die älteren Frauen sind viel unkomplizierter. Die Russinnen werfen gern alles auf den Boden, erwarten, daß es aufgehoben wird. Manche der Frauen kommen direkt aus dem Bett, haben glänzende, verträumte Augen, und ein ganz besonderer Geruch von Mann und Beischlaf haftet an ihnen wie ein spezielles Parfüm. Frieda erkennt den Duft, wittert ihn gern. Manche sprechen sogar über den Verkehr; mehr als eine macht kaum einen Hehl daraus, daß ihr die Vereinigung keine Freude bereitet.

Die Damen fragen sie direkt: «Haben Sie schon einen Verlobten, Frieda?» Wenn sie wahrheitsgemäß antwortet, nein, raten die meisten mechanisch ab: «Lassen Sie sich Zeit! Hören Sie nicht auf die Männer, die können Ihnen versprechen, was sie wollen! Am Ende sind sie alle Betrüger!»

Frau Eichhorn hat ihr die Offenheit der Damen erklärt. Sie hat ihr eingeschärft, sie solle deren Vertrauensseligkeit nicht mißverstehen. Sie wollen sich nicht mit ihr anfreunden; sie wollen sich damit nur eine gewisse Sicherheit erkaufen. So sieht sie sonst niemand, weder der eigene Mann noch ein Liebhaber, nicht mal der Arzt. In der Badekabine sind sie nicht nur nackt, hier fehlt ihnen sogar die Sicherheit, die für gewöhnlich Rang und Reichtum verleihen. Hier sind sie gewissermaßen nur Kreatur.

Daß sie im «Römerbad» eingestellt worden ist, hat sie ausschließlich Frau Eichhorn zu verdanken, niemand anderem. Formell ist sie natürlich von Herrn Direktor Knab eingestellt worden, doch tatsächlich war das reine Formsache. Frau Eichhorn hatte sich nur ein paar Minuten mit ihr unterhalten, dann hatte sie sich bereits ein Urteil gebildet: «Mädchen, ich merke schon, du bist für das Hotelgewerbe geeignet. Du weißt, wie man mit Menschen umgehen muß. Hast auch Manieren!»

Das Wichtigste ist, daß man nicht alle gleich behandelt; den einen muß man so nehmen, den anderen so.

Frau Eichhorn ist wie eine Mutter zu ihr, jedenfalls mehr als die Heybach, das Weib, mit der ihr Vater lebt; eigentlich die erste Mutter, die sie im Leben hatte. Deswegen strengt sich Frieda an, Frau Eichhorn nie zu enttäuschen, und bis jetzt ist es ihr gelungen.

Die Majorin redet noch immer von Bismarck.

Frieda überlegt, ob es so gewesen sein kann, wie die Dame behauptet. Sie meint, die zweite Begegnung, die auf der Promenade von Kissingen, sei nicht so verlaufen, wie die Majorin sie wieder und wieder schildert; Frau von Senckendorff werde sich bei der oftmaligen Beschreibung der Szene eine Wahrheit zurechtgelegt haben, die ihr gefällt.

Im Hotelgewerbe lernt man sehr schnell die Charaktere kennen.

Herr Thomé vom Empfang hat einmal im Eßsaal der Bediensteten verkündet (nicht gegenüber Frieda, aber so prononciert, daß sie ihn hören mußte), in einem Hotel entwickle man einen sechsten Sinn für Wahrheit und Lüge. Ihm mache in puncto Wahrheit niemand etwas vor; er könne bei den Gästen die falschen Töne so deutlich heraushören wie ein Klavierstimmer die falschen eines Pianos. Am meisten hatte Frieda beeindruckt, daß er sagte, die wenigsten Leute würden Lügen verbreiten, weil sie etwas damit bezwecken wollten. Die meisten brächten Lügen nur aus ganz unwichtigen Gründen vor, zum Beispiel, um die Unterhaltung in Schwung zu halten. Frieda meint, er müsse die Heybach kennen; die erfindet wirklich Lügen zum Zeitvertreib, aus keinem anderen Grund. Sie behauptet etwa steif und fest: «Heute habe ich den und den getroffen!» Und dabei weiß jeder, der Genannte ist längst unter der Erde. Wenn man ihr das auf den Kopf zusagt, wird sie ruppig und schreit rum. Manchmal bekommt sie deswegen einen solchen Wutanfall, daß sie sich selbst nicht mehr kennt. Zweimal ist sie wegen ihrer Zustände bereits in der Nervenheilanstalt gewesen; die Kaltwasserkuren dort haben aber nichts bewirkt.

Die Majorin gibt jetzt einen leichten Schmerzensschrei von sich, und Frieda weiß sofort, daß sie nicht Theater spielt. Besorgt fragt sie: «Sollen wir Schluß machen, gnädige Frau?»

«Eine kleine Pause . . . Es tut sehr gut, wie du massierst, aber eine kleine Pause wäre sicher angebracht.»

«Selbstverständlich, gnädige Frau. Wir haben es auch für heute. Und jetzt bitte noch zwanzig Minuten zu ruhen!»

Frieda schlägt die alte Frau schnell und geschickt in eine Decke ein, wie man ein Paket verpackt, erklärt dann: «Ich sehe gleich wieder nach Ihnen», schiebt den dritten, den roten Zeiger der Wanduhr auf zehn nach zehn und verläßt die Badekabine. Dabei zieht sie die Tür so vorsichtig zu, als sei sie eine Diebin und schleiche mit Beute davon. Sie ist überzeugt, die Dame wird in weniger als einer Minute eingeschlafen sein, so sehr zehren Bad und Massage.

2

Frieda begibt sich zum Büro der Frau Eichhorn. Dort hat sie nach jeder Anwendung in eine Liste einzutragen, welche Dame welche Behandlung erfahren hat. Außerdem braucht sie frisches Massageöl.

Der schmale hohe Gang vor den Kabinen ist mit glänzenden blauen Majoliken belegt. Das blaugrün-violette Licht der Kandelaber und Deckenlampen spiegelt sich darin, und deswegen ist es Frieda manchmal, als sei sie an einem Ort, wo ein immerwährendes Fest gefeiert wird. Es wird davon gesprochen, daß das «Römerbad» in absehbarer Zeit elektrisches Licht erhalten soll. Darunter kann sie sich nichts vorstellen. Sie kann nicht einmal glauben, daß es herrlicheres Licht geben könnte als das sanfte Gaslicht, das hier unten Tag und Nacht glüht. Welch ein Unterschied zu dem Geflacker von Petroleum, wie sie es aus dem Hasenstall der Heybach kennt!

In der Mitte der Badeabteilung kreuzt sich der Gang mit einem anderen, wird zu einem kleinen achteckigen Raum mit einem Springbrunnen in seiner Mitte und einem Glasbaldachin darüber, und aus einem Grund, den Frieda nicht kennt, wird er «das Paradies» genannt; vielleicht wegen der prächtigen Palmen, die winters hier auf den kommenden Sommer warten. Dann werden sie vor das Haus gebracht und stehen dort Spalier. Rund um den Springbrunnen sind Korbsessel gruppiert. Oft sitzen hier Herren, die ihre Damen abholen wollen; meistens sind sie in Gespräche verwikkelt. Hier wird auch geraucht, obwohl es von den Damen nicht gewünscht wird. Herr Direktor Knab vermag es trotz aller diskreten Anstrengung nicht zu unterbinden.

Im Moment hält sich nur ein einzelner Herr hier auf. Er sitzt mit dem Rücken zum plätschernden Brunnen, hat die Beine übereinandergeschlagen und ist in ein Buch vertieft. Es ist ein jüngerer, schmaler Mann, ganz in Weiß gekleidet, sogar seine Schuhe sind weiß, und er ist Russe wie Madame Aljewna; viele der Gäste des Hauses sind reiche Russen.

Als Frieda an ihm vorbeigeht, grüßt sie auf russisch, wie man es von ihr verlangt: «Guten Morgen, der Herr», und deutet dabei einen Knicks an.

Der Herr sieht auf. Offenbar hat sie ihn unverhofft aus dem Reich der Poesie in die Welt von Kochbrunnenbädern und Massagen gerissen; jedenfalls blickt er sie an wie ein Mensch, der aus einem Traum gezerrt wurde. Endlich hebt er sein Monokel zu einem zeremoniellen Gruß, und den Bruchteil einer Sekunde lang blicken sich Frieda und der Herr in die Augen, so, als wollten sie sich prüfen oder sich etwas anvertrauen. Dieser Blick ist wie ein knappes Gespräch. Frieda senkt schließlich den Kopf, nicht eigentlich verlegen, sondern überrascht, daß der Herr sie dieser Ehre wert befindet, und geht unsicher weiter, als sei sie unversehens auf Glatteis geraten und müsse auf ihre Schritte achten.

Frau Eichhorn ist nicht in ihrem kleinen Verschlag, in welchem sie für gewöhnlich ihre schriftlichen Arbeiten verrichtet. Frieda trägt deshalb selbst Uhrzeit und Behandlung der Majorin von Senckendorff ein. In die rotgeränderte Spalte «Bemerkungen» setzt sie einen sauber gezogenen Querstrich, als Hinweis, daß ihr nichts Ungewöhnliches an ihrem Badegast aufgefallen ist.

Danach nimmt sie ein frisches Badetuch aus dem Wäscheschrank, liest von der mit Kreide beschriebenen Wandtafel ab, welche Dame als nächste zu massieren ist, vergißt das Massageöl, muß deshalb noch einmal umkehren und geht dann den Weg zurück, den sie gekommen ist.

Der weißgekleidete Russe ist noch immer ohne Gesellschaft und scheint wieder in seine Lektüre vertieft. Er läßt nun aber das Buch bereits sinken, als sie noch einige Schritte entfernt ist, und spricht sie an: «Fräulein... Haben Sie Neuigkeiten?»

«Pardon, womit kann ich dienen?» antwortet Frieda und spürt, wie sie dabei rot wird. «Sie meinen?» fügt sie deshalb leicht verwirrt an.

«Sind Extrablätter erschienen?» wiederholt der Herr seine Frage in anderer Form, und nun erst versteht Frieda, daß er vom Befinden des Fürsten Bismarck hören will.

«Ich weiß nicht, bedauere», erwidert sie und verfällt dabei in den Ton von Herrn Thomé. Um sich gefällig zu zeigen, wohl auch um ihre Verwirrung zu kaschieren, bietet sie an: «Soll ich mich an der Reception erkundigen?»

Der Herr schüttelt abwehrend den Kopf, und Frieda wartet auf eine weitere Frage oder Bemerkung von ihm. Da sich der Herr aber nicht äußert, geht sie weiter. Sie ist jedoch nicht erstaunt, daß er leise bittet: «Warten Sie!» Er erhebt sich, und als sie sich ihm zuwendet, kommt er einen Schritt auf sie zu, fragt dann kurz, aber nicht befehlend, eher unsicher, als erwarte er, sie werde ihm seinen Wunsch abschlagen: «Wollen Sie mich in meinem Zimmer besuchen? Um zwei Uhr?»

Frieda versteht die Bedeutung der Frage, noch ehe sie die Worte aufgenommen hat. Sie hat etwas in dieser Art erwartet. Darauf hat man sie vorbereitet. Es ist auch nicht das erste Mal, daß ein Gast ihr einen Antrag macht. Bis jetzt hat sie darauf immer abwehrend und abweisend reagiert. Auch hier möchte sie sagen: «Bedauere, mein Herr, das ist mir nicht erlaubt.» Aber während sie den Satz denkt, spürt sie, daß es ihr nicht gelingt, ihn korrekt auszusprechen. Sie zögert, möchte etwas sagen, etwas erklären, aber nur mit Anstrengung bringt sie ein hilfloses «Ich darf nicht» heraus. Selbst in ihren Ohren klingt die Antwort unangemessen kindlich, und sie entfernt sich unglücklich, als habe sie an der Tafel gestanden und eine Aufgabe nicht lösen können und müsse nun an mitleidslos feixenden Schulkameraden vorbei zurück an ihren Platz.

Frieda will das Kännchen mit dem Massageöl vorsichtig in ihrer Badekabine abstellen, die Majorin nicht stören. Doch die Majorin ist wach, nickt ihr sogar zu, als freue sie sich über ihre Rückkehr, und trifft Anstalten, sich aufzurichten.

Frieda ermahnt die Dame, mit einem Blick auf die Uhr: «Bitte, Sie haben noch zehn Minuten.»

«Leisten Sie mir Gesellschaft, Frieda! Zehn Minuten sind eine Ewigkeit, wenn man die Decke anstarren soll.»

Die Majorin ergreift Frieda am Ärmel, will, daß sie auf dem Schemel neben der Massagebank Platz nimmt, und erkundigt sich, wie sie sich ihre Zukunft vorstelle. Welche Pläne habe sie? Habe Frieda nicht Lust, nach Vichy zu wechseln?

Frieda begreift nicht sofort, was die Majorin will.

Die alte Frau meint es gut mir ihr; das ist alles. Sie sagt nun, sie könne ihr, falls sich Frieda nach dorthin verändern wolle, eine Empfehlung schreiben. Frieda ist von dem Angebot des russischen Herrn noch immer so verwirrt, daß die Worte der alten Frau sie zwar erreichen, daß sie aber deren Sinn nicht begreift. Was will die Alte von ihr?

Die Majorin von Senckendorff deutet Friedas Reaktion falsch; hält sie für ungläubiges Staunen über eine unverhoffte Chance oder gehörige Dankbarkeit und erklärt dem Bademädchen, es sei ihr ein leichtes, ihr in dieser Hinsicht behilflich zu sein. Früher habe sie regelmäßig im dortigen Hotel «Angleterre» gekurt; bevor Wiesbaden in Mode gekommen und weswegen sie Vichy untreu geworden sei. Sicher sei Vichy heute nicht mehr so *en vogue* wie zu ihrer Zeit; Deutschland sei nun einmal in allem das führende Land geworden, selbst im Badewesen, und hiervon wieder Wiesbaden die Krönung. Aber Frieda solle bedenken, nirgends könne man seine Sprachkenntnisse mehr kultivieren als an einem Ort, wo die zu erlernende Sprache Landessprache sei. Sie wolle ihr deswegen gern behilflich sein, sich zu vervollkommnen, wiederholt sie und in einem Ton, als sei sie überzeugt, Frieda vermöge sich schon jetzt mit Balzac und Vater und Sohn Dumas auszutauschen wie mit den Kellnern und Portiers im «Römerbad».

Frieda hört der Suada kaum zu; was soll sie in Vichy? Sie kann an nichts anderes denken als an den russischen Herrn und sein Angebot. Deswegen weiß sie nichts zu antworten, als die Dame sich noch einmal erbietet, ihr eine Empfehlung zu schreiben.

«Das wäre sehr freundlich, wenn Sie mir einige Zeilen geben könnten», bringt sie endlich, nach ungehörig langer Pause, heraus. «Mache ich gerne für Sie, Fräulein Frieda. Erinnern Sie mich daran, wenn ich es vergessen sollte.»

Frieda beschließt, sie wird nicht zu dem Herrn gehen.

Obwohl der Gedanke sie reizt: Die Einladung des russischen Herrn ist die größte Verlockung, die sie je verspürt hat. Gleichzeitig erscheint sie ihr auch als Fallgrube. Frieda ist noch Jungfrau. Dennoch ist sie keinen Moment im Zweifel darüber, was der Herr von ihr will. Ein großes Hotel ist ein geheimes Bordell; Ehebruch ist so selbstverständlich wie Ankunft und Abreise. Es kommen Witwen, die keinen Tag verheiratet waren, und Herren reisen mit Nichten, deren Namen sie verwechseln. Nonnen würden in dieser Atmosphäre kribbelig werden, und Frieda ist sowieso schon unruhig. Wie viele Witze mußte sie sich im Hasenstall der Heybach wegen ihrer Ziererei anhören! Theo, der Älteste der Heybach und neun Jahre älter als sie, war mehr als einmal hinter ihr her, und wenn ihr Vater oder Willy ihr nicht beigesprungen wären, hätte er längst sein Ziel erreicht. Die Heybach hätte ihm dabei noch geholfen! Das Weib kennt nicht das geringste Schamgefühl. Wenn es ihr in den Sinn kommt, klappt sie am hellen Tag die Läden zu und treibt ihren Beischläfer ins Bett, schlimm nur, daß dieser Beischläfer ihr, Friedas, Vater ist! Das Weibsstück kann nie genug vom Vergnügen kriegen. Anna sagt, das ist ein Zeichen, daß mit ihr geistig etwas nicht stimmt; sie hat darüber in einem Buch gelesen. Und ob die Heybach geisteskrank ist! Dafür braucht man kein Buch zu lesen; der braucht man nur mal eine Stunde zuzusehen, dann weiß man das. Umgekehrt hat ihr die Heybach schon ins Gesicht gesagt: «Stell dich nicht so an! Du kannst es doch nicht mehr abwarten!» Und zu Friedas Vater hat sie bemerkt: «Dein Früchtchen ist überreif; die wird bald Fallobst!»

Aber nicht mit Theo!

Dennoch, es ist wahr, spürt Frieda manchmal die Sehnsucht, von einem Mann umarmt zu werden, als körperlichen Schmerz. Gelegentlich hat sie sogar Träume von den Redereien und Phantastereien, die umhergehen. Die Frauen, mit denen sie die Kammer teilt, tratschen am liebsten darüber, was sie mit Männern erlebt haben und was sie mit ihnen noch zu erleben hoffen. Einmal hat sie, Frieda, von Herrn Thomé geträumt. In ihrem Traum hatte er ein Badetuch umgeschlungen und sie war nackt, und so sind sie Hand in Hand eine Treppe hinabgestiegen. Die Auskunft des Traumbuchs war nicht eindeutig, versprach nur: Eine Veränderung steht ins Haus!

Das «Goldene Ägyptische Traumbuch», woraus Frieda ihre Sicherheit gewinnt, ist eine zerfledderte Broschüre, in leicht faßlicher Sprache gehalten und in sehr großen Buchstaben gedruckt und das einzige Buch, das sie je von der ersten bis zur letzten Seite gelesen hat. Diesen zuverlässigen Führer durchs Labyrinth der Trugbilder, zum Preis von 60 Pfennig im Verlag «Walhall» in Metz erschienen, hat Frieda mal aus einem Papierkorb gefischt.

Es ist aber nicht nur die Frühreife, die Frieda gelegentlich die Sinne verdreht. Die Männer bedrängen sie oft genug, und nicht nur die Gäste. Zwei aus der Küche begehren sie unverhohlen. Der eine, ein junger Kerl, flüstert ihr seine ungehörigen Anträge flink und zweideutig im Vorbeigehen zu, und wenn man will, kann man seine Worte als Scherz nehmen. Der andere, ein Saucier, ist ein verheirateter Mann, ruhig und gravitätisch wie ein Oberkellner. Er hat ihr zu verstehen gegeben, er will mit ihr nicht spielen; er will ein wirkliches Liebesverhältnis mit ihr. Frieda schwankt schon eine Zeitlang, ob sie einen von ihnen erhören soll und dann welchen. Daß nun ein vornehmer und angenehmer Herr sie haben will, erfüllt sie mit Stolz und mit Angst. Sie hat den Russen bisher kaum wahrgenommen; wüßte auch jetzt kaum mehr über ihn zu sagen, als daß er Tag für Tag weiße Leinenanzüge trägt und daß er kaum größer ist als sie. Für gewöhnlich himmelt Frieda großgewachsene, stattliche Männer an, und am meisten, wenn sie schneidige Uniformen tragen. Um so mehr überrascht es sie, daß sein Antrag sie so durcheinanderbringt. Der Herr kurt selbst nicht, holt nur die Dame, die mit ihm ist, vom Bad ab oder bringt sie. Diese Dame, eine zierliche Person, hat Augen wie eine Chinesin; Therese hat ihr gesagt, die Dame sei Tatarin, was ihr nichts bedeutet. Sie glaubt nicht, daß sie seine Gattin ist, obwohl er es glauben läßt. Dafür ist sie zu unterwürfig.

Sie wird den Herrn nicht aufsuchen.

Wie sollte das auch zu bewerkstelligen sein? Dem Personal ist strikt verboten, die Zimmer der Herrschaften zu betreten; es sei denn, der Dienst erfordert es, und die Doos, die Hausdame, paßt auf wie ein Luchs, daß die Anordnung befolgt wird. Sie wäre besser Aufseherin in einem Kloster geworden als Hausdame! Die Frau Eichhorn hat sie bei der Einstellung sehr drastisch vor einer derartigen Verfehlung gewarnt. Sie hat ihr eingeschärft: «Kind, das ist eine ganz rutschige Bahn, die du dann betrittst – es geht nur abwärts! Es sieht leicht aus, Hure zu sein; du denkst bestimmt, man braucht nur die Beine auseinanderzumachen und so weiter. Hast bestimmt schon so was gehört ... Mal ehrlich gesagt, bis jetzt hat es noch jede ruiniert! Jede! Ich hab viele Mädchen kommen und gehen sehen; die Hübschen wie du sind noch nicht mal die

Schlimmsten. Meistens die anderen, bei denen man gar nicht dran denkt. Es wäre schade um dich! Dafür bist du nicht geschaffen!»

Im übrigen besteht keine Möglichkeit, den Herrn zu treffen. Für zwei Uhr ist ein Badegast eingetragen, und die einzige, die sie bitten könnte, für sie einzuspringen, wäre Therese, und die hat selbst Dienst um diese Zeit.

Nachdem sie dies alles bedacht hat, wird Frieda ruhiger. Nun blickt sie auf die Verführung, als läge sie schon Tage oder Wochen zurück; sogar mit einem Gefühl wie von einer zufriedenstellenden Erinnerung.

Später ruft Frau Eichhorn sie sehr energisch zu sich, in ihr «Boudoir», wie sie ihr enges, nach Chlorbleiche und Wäschestärke riechendes Büro nennt. Sie verlangt, daß Frieda die Tür hinter sich schließt, was sehr ungewöhnlich ist, und läßt sich mit Richtermiene auf ihren Stuhl nieder. «Was ist denn heute mit dir?» erkundigt sie sich nachdrücklich. «Bist du mit dem falschen Fuß aufgestanden?»

«Wie meinen Sie...?» – «Du hast mich schon verstanden! Die Dame von 138 war nicht zufrieden! Das kenne ich doch gar nicht bei dir, daß Beschwerden kommen...» –«Die will sich doch aufregen! Das ist doch das schönste Vergnügen von der Dicken... von der Dame!» – «Na, na, na!» – «Das ist wahr, Frau Eichhorn! Die Doktor Korngold hat über alles was zu meckern! Das letzte Mal hat sie mir erzählt...» – «Wie redest du denn von einem Gast! Gewöhne dir das aber ganz schnell wieder ab; so eine Sprache gibt es hier nicht!»

Frieda schweigt, doch durchaus nicht schuldbewußt, wie sie sollte. Deswegen ist Frau Eichhorn mit Friedas Benehmen unzufrieden: «Was bist du denn heute so aufsässig? Hast du das Falsche geträumt?» Als Frieda selbst bei diesem leichten Spott verstockt schweigt, wird Frau Eichhorn geradezu besorgt: «Kriegst du deine Periode?» Dann, mit Argwohn: «Du kriegst sie doch?»

«Ja», wehrt Frieda ab und, halb werbend, halb widersprechend, fügt sie hinzu: «Ehrlich gesagt, Frau Eichhorn – die Dame will gar nicht kuren; die will nur Fehler finden!»

Die Redewendung «Ehrlich gesagt» gebraucht Frau Eichhorn in beinahe jedem zweiten Satz, und als sie ihre eigenen Worte jetzt aus Friedas Mund vernimmt, ist es ihr, als hörte sie ihre Tochter. Das stimmt sie weich. Dennoch bemüht sie sich um Strenge, als sie nun bemerkt: «Bis jetzt war die Frau Korngold ja zufrieden, und wenn sie jetzt Fehler findet, hat das seinen Grund! Glaube nur nicht...»

In diesem Moment kommt ein Page mit der Mitteilung, daß Fürst Bismarck, Herzog von Lauenburg, der größten Deutschen einer, für immer das Zeitliche gesegnet hat. Frau Eichhorn weiß mit der Nachricht nicht das Richtige anzufangen, erhebt sich unsicher und sieht Frieda an, als sei deren Vater oder Bruder gestorben, und es fehlte nicht viel, daß sie Frieda kondolierte.

«Du weißt Bescheid, ich will so was nicht mehr hören», sagt sie endlich nachsichtig und schickt Frieda in die Mittagspause.

Das Personal des «Römerbads» ißt in Schichten. Die Zimmermädchen, die Putzfrauen, ein Teil der Hausknechte, einige Herren vom Empfang und vom Büro, auch Personal der Badeabteilung, nehmen ihr Essen noch vor der eigentlichen Mittagsmahlzeit ein; Kellner und Köche natürlich nach der Mittagszeit.

Als Frieda den Speisesaal der Bediensteten betritt, einen düsteren, verwahrlost wirkenden Raum, in dem sich der Geruch nach Kohl ein für allemal eingenistet hat, als sei er das von Gott gewünschte Odeur des Saals, ist sie erstaunt, daß die meisten nicht wie gewöhnlich an den langen Tischen Platz genommen haben. Die Bediensteten stehen zusammen und beratschlagen über die Bedeutung der Nachricht, die eben eingetroffen ist, und was sich daraus für das Haus ergibt.

Herr Thomé von der Reception bittet um Ruhe, steigt auf einen Schemel und will eine Art Rede halten, wozu er erst mal den Kopf senkt wie ein Pfarrer, der sich für die Predigt sammelt. Herr Thomé hat die Neigung, sich bei verschiedenen Gelegenheiten als Sprecher des Personals auszugeben. Es hat sich einfach so eingebürgert, daß man sich an ihn wendet, wenn man Wünsche oder Sorgen hat und nicht wagt, damit den Direktor Knab zu behelligen.

Es ist nun wie in einem Theaterstück: Herr Thomé öffnet den Mund, will eben den ersten Ton herausbringen, da tritt der Direktor in den Saal, erkennt die Situation, sagt laut und deutlich: «Amen!», und fordert das Personal auf, die Ohren zu spitzen. In knappen Sätzen verkündet er Beschlüsse und trifft Anordnungen; gibt an, wer welche Kleidung anzulegen hat, teilt mit, daß der Five o'clock tea heute ausfällt, ebenso der Badebetrieb und Dinge dieser Art, über die alle Bescheid wissen müssen, damit sie Auskunft geben können. Das Personal wird angehalten, sich dem Anlaß entsprechend zu benehmen: allseits ruhiges Gedenken. Personal, das durch den eingetretenen Umstand Freistunden erhält, hat sich in die Personalräume zurückzuziehen; mit den Freistunden ist kein zusätzlicher Ausgang verbunden.

Frieda bringt nach dieser Ankündigung keinen Bissen herunter. Sie hat nur eins verstanden: Die Badezeiten sind für heute gestrichen, der Dienstplan ist aufgehoben. Sie kann in den nächsten Stunden tun und lassen, was sie will, und keiner fragt danach, wo sie steckt. Alle haben jetzt andere Gedanken, als sich über Frieda Scherer den Kopf zu zerbrechen.

Dennoch fühlt sie sich von dieser Wendung der Dinge eher bedrückt als erleichtert. Was wie ein Wink des Himmels aussieht, kann eine Falle sein, eine Falle des Teufels namens Hoffart, oder des Teufels Geilheit.

Frau Eichhorn, die ihr schräg gegenüber sitzt, sieht sie prüfend an, verlangt dann: «Frieda, gib mir mal deine Hand.» Frieda reicht ihr die schlanke, kräftige Rechte, und Frau Eichhorn fühlt ihr den Puls, als erwarte sie Schlimmstes. «Du bist ja eiskalt», bemerkt sie besorgt und will wissen: «Ist dir nicht gut?»

Frieda nickt nur. Sie bringt keinen Ton heraus, atmet sogar schwer. – «Geh rauf. Leg dich hin!» entscheidet Frau Eichhorn. – «Das gibt sich gleich wieder», wehrt Frieda ab. Jetzt nur kein Aufsehen erregen! «Ich muß nur was essen», sagt sie matt.

Frau Eichhorn bleibt besorgt: «Mal ehrlich: Du kannst doch gar keinen Hunger haben.»

«Nein», gesteht Frieda.

«Na also. Geh rauf. Leg dich hin, richtig unter die Bettdecke. Wenn es morgen nicht besser ist, muß man nach dir gucken.»

Der Bademeister Köbrich von der Herrenabteilung will wissen, was sie hat; Frau Eichhorn fertigt ihn knapp ab: «Frauenleiden; halte dir mal die Ohren zu.» Dann fordert sie Frieda auf: «Was willst du denn noch hier? Worauf wartest du denn?» – «Ja, danke», erwidert Frieda darauf schwach und erhebt sich; irritiert, daß sich alles fügt, als wolle jemand mit aller Umsicht ihr erstes Zusammensein mit einem Mann arrangieren und ihr dabei jeden Stein aus dem Weg räumen. Als sie geht, meint sie keine Kraft in den Gliedern zu haben. Frau Eichhorn ruft ihr noch nach: «Gute Besserung», aber diesen gutgemeinten Wunsch nimmt Frieda kaum wahr.

Auch als sie auf dem Bett sitzt, das sie mit der Therese teilen muß – mehr als drei Betten passen nicht in die kleine Dachkammer, und da sie und die Therese die Jüngsten in der Kammer sind, hat man sie in ein Bett gesteckt –, fühlt sie sich wie benommen. Es bereitet ihr Mühe, nur den Arm zu heben. Schwerfällig zieht sie den Badekittel aus, danach ihre Wäsche, stellt sich neben das Fußteil des Bettes, reibt sich gedankenlos mit einem Handtuch ab, frottiert sich vor allem unter den Achseln, bleibt nackt und wie verzagt stehen und wünschte, jemand treffe für sie die Entscheidung. Sie vermutet, es wird fast zwei Uhr sein, und sieht sich nach dem Wecker um. Er ist wieder verschwunden. Schließlich findet sie ihn unter dem Bett der Polin. Der Wecker gehört zwar allen in der Kammer gemeinsam, doch die Zetlinka behandelt ihn, als habe sie als einzige Anrecht darauf, die Zeit zu wissen.

Es ist zwanzig vor zwei.

Mit dem Wecker in der Hand setzt sich Frieda nun aufs Bett. Eine Weile sitzt sie da, als stehe ihr eine Prüfung bevor oder der Herr Direktor habe sie zu sich bestellt, ihr die Leviten zu lesen. Frieda hat einigermaßen Vorstellung davon, was Huren treiben. Vom großen Zimmer der Heybach kann man in das «Hexenhäuschen» blicken, das Puff an der Ecke Schachtstraße. Manchmal (meistens im Sommer, wenn sie frische Luft haben wollen) ziehen die Weiber die Vorhänge nicht zu – blaue Lappen, die nie gewaschen werden –, und dann kann man sehen, wie sie vor den Männern ihre Kleider oder Hemden fallen lassen; eigentlich nicht anders als die Damen, die sie in der Badeabteilung bedient. Die Spinetta, die Jüngste und Kleinste im «Hexenhäuschen», ist gerade ein Jahr älter als Frieda; sie ist mit ihr in eine Klasse gegangen, und seitdem ist sie Hurchen.

Eine wie die Spinetta will Frieda natürlich nie werden, oder wie die beiden anderen triefäugigen Weiber im «Hexenhäuschen», die Bauarbeiter bedienen, zwei Schwestern. In der «Hilf» (so wird das Viertel allgemein genannt, in dem die Heybach ihre Wohnung hat; nach der Maria-Hilf-Kirche, die auf dem höchsten Punkt des Quartiers thront) wird viel gebaut, und die Arbeiter stehen manchmal an dem windschiefen kleinen Haus regelrecht an. Die Heybach behauptet, die drei Weiber legten sich für ein paar Heringsköpfe hin, die es als Essen gibt. Den Gewinn sacke die Bender ein, das raffgierige Aas, der das Haus gehört. Und die Heybach muß es wissen; sie hat früher selbst dort ausgeholfen. Frieda hat den Verdacht, daß ihr Vater sie da kennengelernt hat. Die Bender und ihre Weiber sind heute noch ihre besten Freundinnen. Wenn sie Zeit haben, kommen sie rüber und tratschen mit der Heybach. Die

Bender hatte ihr, Frieda, schon angeboten: «Was ist? Willst du bei mir anfangen?», da war sie gerade dreizehn geworden.

Was ist dann also zu können? Alles, was von ihr verlangt wird, ist, daß sie den Kittel auszieht und sich umarmen läßt. Es heißt immer, den Rest besorgt der Mann. Was ist also zu können?

Wenn sie wirklich zu dem Herrn geht – aufs neue und noch deutlicher fühlt sie die Verlockung und nun findet sie auch schon Entschuldigungen dafür –, was zieht sie an? Sie kann doch bei ihrem ersten Rendezvous nicht im Badekittel erscheinen! Dann wird ihr klar, das wäre ein gewaltiger Fehler. Für heute ist der Badebetrieb eingestellt. Wie kann sie dann erklären, daß sie in ihrem Badekittel umherläuft?

Sie öffnet den Schrank. Die Füllung des einen Türflügels hat einen langen Riß, und die Zetlinka behauptet, so etwas bringe Unglück. Diese Bemerkung geht ihr durch den Sinn, als sie jetzt nach ihrem besten Kleid greift. Das gute Stück ist ein Geschenk der Madame Aljewna: sandbraun, federleichter Sommersatin, sehr ausladender Cul de Paris, der ihren Po verschwinden läßt, vorne tief ausgeschnitten. Ihr milchweißer Busen kommt darin sehr vorteilhaft zur Geltung. Die Madame Aljewna hat das Kleid in der letzten Saison getragen, dann ihr aus purer Freundlichkeit bei der Abreise geschenkt. Bis jetzt hat sie es nie ausgeführt. Sie fürchtet, man lacht sie aus, wenn sie, eine Bademamsell, in einem so vornehmen Kleid aus dem Haus geht. Außerdem ist ihr das Kleid auch ein wenig zu eng. Dabei hat die Frau Krennrich (sie schneidert für sehr vornehme Damen im Nerotal) schon alles rausgelassen, was rauszulassen war. Soll sie dieses Kleid anziehen?

Nein, auf keinen Fall. Jeder, der sie darin sieht, bemerkt sofort, daß etwas mit ihr nicht stimmt; ein so auffallendes Kleid trägt man nicht an einem Trauertag. Frieda fällt ein, Thereses Großmutter ist vor einigen Monaten gestorben, und Therese hat sich deswegen ein Trauerkleid zugelegt. Fast eine Woche ist sie darin herumgelaufen, obwohl das gar nicht gern gesehen wurde. Vielleicht paßt ihr dieses Kleid.

Frieda sucht das Kleid, findet es aber nicht sofort. Endlich kommt sie darauf, daß Therese das Kleid in einen Sack aus Nessel gepackt hat und diesen in ihren Koffer; der Sack soll es gegen Motten schützen. Wirklich riecht das gute Stück, als Frieda es aus dem Sack zerrt, ein wenig nach Lavendel und Mottenkugeln. Nackt, wie sie ist, schlüpft Frieda hinein. Das Kleid ist noch enger als das der Madame Aljewna. Aber sie will ja nicht darin tanzen. Sie muß nur etwas die Luft anhalten, dann wird es passen. Sie findet, gerade weil sie es so gut ausfüllt, gewinnt das Kleid an Chic. Sie wird kein Hemd darunter tragen; die Weiber im «Hexenhäuschen» haben auch nichts unter ihrem Kleid als blanke Haut.

Die Tür wird geöffnet; Frieda dreht sich schuldbewußt um.

Es ist die Zetlinka, die sie mit einem Blick mustert, als habe sie sich etwas zuschulden kommen lassen. Sie verliert aber kein Wort. Frieda ist dennoch versucht zu erklären, warum sie Thereses Kleid trägt, warum sie überhaupt ein schwarzes Kleid trägt; ist auch versucht, das Kleid abzulegen. Statt dies aber zu tun, richtet sie ihre Haare. Die Zetlinka achtet nicht darauf, zieht ihre Schuhe und Strümpfe aus und setzt sich mit einem wohligen Laut auf den Hocker neben ihrem Bett. Sie bückt sich dann, zerrt eine Kiste unterm Bett hervor, kramt darin und bricht sich endlich ein Stück Kuchen ab. Während sie kaut, sitzt sie so, als müsse sie den Kuchen gegen jemanden verteidigen.

Frieda erleichtert dies das Weggehen.

Sie murmelt: «Ich muß noch mal runter...», und verläßt die Kammer. Auf dem Gang beeilt sie sich, ungesehen zur Personaltreppe zu gelangen. Dann fürchtet sie, dort eher Kollegen zu treffen, als wenn sie die Haupttreppe nimmt. Deswegen ändert sie ihre Absicht, huscht statt der engen Stiege die große, teppichbelegte Treppe hinunter, was nur in Ausnahmefällen erlaubt ist.

Sie hat Glück; es begegnen ihr zwar Gäste, jedoch kein Personal.

Dann steht sie vor der Tür von Zimmer 326, klopft, wartet auf die Erlaubnis einzutreten, drückt endlich die Klinke herunter, bevor sie ein «Herein» gehört hat, und huscht ins Zimmer. Hinter sich schließt sie atemlos die Tür und erwartet, den Herrn zu sehen. Sie bemerkt jedoch nur Kleidungsstücke, die achtlos über Stühle und Sessel verteilt sind – einige liegen auch auf dem Boden –, und aus dem Badekabinett hört sie Geräusche.

Die verstreuten Hosen und Strümpfe erinnern sie an die Gräfin Aljewna, und gewohnheitsmäßig bückt sich Frieda, die Sachen aufzuheben. So findet sie der Herr, als er aus dem Badekabinett tritt.

3

Wie Zeit uns quälen kann!

Nie ist Frieda eine Woche so lang geworden wie die Trauerwoche, die Bismarcks Hinscheiden folgt. Frieda hat das Bedürfnis, Anna zu berichten, was an Bismarcks Todestag geschehen ist, doch es will sich einfach keine Gelegenheit dazu ergeben. Beinahe ohne Unterlaß werden Gedenkfeiern, Totenmessen und Trauerkonzerte veranstaltet. Das ganze Leben nimmt einen anderen Charakter an. Man könnte meinen, Bismarck sei buchstäblich Vater aller Deutschen gewesen und jeder einzelne beweine ihn. Sogar in der Badeabteilung sieht man Gäste, die wegen des großen Mannes Tränen vergießen. Selbstverständlich findet auch Herr Thomé im Laufe der Woche Gelegenheit, einige Worte über den Verlust anzubringen, den Bismarcks Ableben für jeden wahren Deutschen bedeute. Frieda hört Herrn Thomé aufmerksam, geradezu andächtig zu, ist allerdings von seinen Ausführungen etwas enttäuscht. Gewöhnlich bewundert sie den Concierge für seine vornehme Ausdrucksweise und nimmt sich davon, was sie brauchen kann. Diesmal scheint ihr die Rede des Herrn Thomé übertrieben; klingt ihr wie aus einer Zeitung ausgeschnitten.

Wegen der vielen Trauerfeiern werden den Hotelangestellten die freien Tage gestrichen. Frieda muß daher bis zum Mittwoch der übernächsten Woche warten, daß sie Ausgang erhält.

Endlich ist der erwartete Mittwoch da, und Frieda hat Ausgang. Sie will auf das Mittagessen verzichten und gleich nach dem Frühstück das Haus verlassen. Anna ist nämlich in Rambach in Stellung, und es sind immerhin zwei Stunden Weg bis dorthin und noch mal zwei zurück.

Frieda ist gerade dabei, das Haus durch den Personaleingang zu verlassen – sie hat die Türklinke schon in der Hand –, da wird sie von einem der Hausdiener aufgehalten, dem buckligen Gustav. Der gehört zum Inventar, wie die Frau Eichhorn sagt; so lange ist er schon hier. Das Buckelchen verlangt von Frieda, sie solle unverzüglich zum Herrn Direktor kommen.

«Warum?»

Das werde sie wohl schon selbst wissen, vermutet Gustav.

Frieda fallen alle Sünden ein und speziell die eine. War sie doch nicht vorsichtig genug? Hat jemand etwas mitgekriegt?

«Soll ich sofort kommen?» fragt sie mutlos.

«Auf der Stelle!»

Darauf will Frieda die Treppe wieder hinaufhuschen, doch der Hausdiener hält sie auf: «Wo willst du denn hin?» – «Was anderes anziehen ...» – «Ach was, du sollst auf der Stelle kommen! Bist schön genug.» – «Kann ich in dem Aufputz hingehen?» – «Warum nicht? Es ist doch ein schönes Kleid.»

Natürlich ist es ein schönes Kleid. Das ist doch nicht die Frage! Sie hat nämlich den Mut gefunden und das sandfarbene Paradekleid angezogen, das ihr Madame Aljewna überlassen hat. Zu ihrer Verwunderung hat sie dafür keinen Spott erfahren, nur Erstaunen und Zustimmung. Therese hat gelobt: «Es steht dir, als wäre es für dich gemacht!» Es klang sogar ein wenig neidisch, das einzige Lob einer Kollegin, das man ernst nehmen kann. Ein richtiges Lob muß mit einer Spur Neid versetzt sein, sonst taugt es nichts.

Doch was wird der Direktor zu ihrer Aufmachung bemerken?

Als Frieda den Raum hinter der Reception betritt, ist der Direktor nicht allein. Auf einem Stuhl vor seinem Schreibtisch sitzt ein Mann in mittleren Jahren, hält seinen Bowler, als würde er ihm sonst weggeweht, und zeigt eine Trauermiene, daß Frieda unwillkürlich glaubt, jemand sei gestorben.

Der Herr Direktor betrachtet sie irritiert, fragt sogar: «Wie hast du dich denn aufgeputzt?» Als Frieda antwortet: «Ich hab heute frei», schüttelt er nur den Kopf. Er hat wohl nicht erwartet, daß eine Bademamsell seines Hauses ausgehen würde wie ein gnädiges Fräulein. Zu dem Fremden bemerkt er erklärend: «Das wär unser Fräulein Frieda ...»

Der Herr erhebt sich wie unsicher, stellt sich vor: «Inspektor Koblentzer.»

«Der Herr ist von der Polizei», erklärt ihr der Herr Direktor, «er hat einige Fragen an dich.»

Frieda nickt, als habe sie genau das erwartet. Es wirkt wie Hochmut, dabei kann sie gar nicht sprechen, selbst wenn sie wollte. Schon beim Wort «Polizei» hat sich ihr das Herz zusammengekrampft; nun befürchtet sie das Schlimmste. Wird er sie mitnehmen? Kommt sie ins Gefängnis, nur weil sie einen Herrn auf seinem Zimmer besucht hat? Der Polizeimensch holt nun ein Notizbüchlein aus der Jackentasche, feuchtet einen Bleistift kurz mit der Zungenspitze an und notiert sich etwas. Frieda sieht diesen Vorbereitungen zu, als wären es Vorbereitungen zu ihrer Hinrichtung.

Sie will eine Erklärung versuchen, eine Entschuldigung stottern; doch welche gibt es für ihre Übertretung der Regeln und Gesetze?

Schließlich ist der Polizeiinspektor soweit, daß er mit seiner Vernehmung beginnen kann. Er will wissen, wann Frieda ihren Vater zuletzt gesehen hat. «Meinen Vater ...?» fragt sie irritiert. – «Ja, eben jenen», wiederholt der Polizeimensch.

«Ich weiß nicht ... vor einigen Wochen ... Ist was mit meinem Vater?»

«Wann genau haben Sie ihn zuletzt gesehen? Bitte so präzise wie möglich!»

Frieda überlegt: «Das letzte Mal, als ich frei hatte ... Nein, da war ich nicht bei der Heybach ... bei der Frau Heybach ... Davor war ich mal da ...»

«Und das war wann? Vor dem Himmelfahrtstag oder danach?»

«Vor sieben Wochen ...»

«So lange ist das schon her?»

«Durch den schmerzlichen Todesfall sind alle Dienstpläne in Unordnung geraten», bemüht sich der Direktor zu erklären. Der Polizeiinspektor achtet aber nicht auf dessen Einwurf und will von Frieda erfahren: «Danach haben Sie ihn nicht mehr gesehen?»

Frieda sagt: «Nein», und wiederholt ihre Frage: «Ist ihm etwas passiert?»

«Er wird vermißt ...»

«Wie meinen Sie, ‹vermißt›?» erkundigt sich Frieda. Nun, wo sie merkt, es geht nicht um ihre Verfehlung, wächst ihre Sicherheit.

«Man hat ihn seit Wochen nicht mehr zu Hause gesehen – und woanders auch nicht. Das verstehen wir unter ‹vermißt›», erläutert ihr der Polizeibeamte und schaut sie dabei streng an. – «Dann wird er mal wieder bei irgendeiner Frau sein», gibt ihm Frieda unbesorgt Bescheid. «Das wäre nicht das erste Mal.» Sie sieht den Herrn an, als wolle sie fragen: «Ist es das, was Sie hören wollen?»

«Ja, bitte, fahren Sie fort», ermuntert sie der Polizeiinspektor.

Frieda erläutert: «Mein Vater lebt mit der Frau Heybach, aber manchmal hat er auch 'ne andere. Manchmal ist er ein paar Wochen weg, manchmal ein bißchen länger. Bei einer ist er mal fast ein Jahr geblieben. Aber die Heybach hat ihn zurückgeholt; sie läßt ihn nicht aus den Klauen.» Wegen der letzten Bemerkung, wegen des Ausdrucks «Klauen» entschuldigt sie sich bei Herrn Direktor Knab; Gossenausdrücke werden hier nicht geduldet.

«Im Hause Heybach scheinen lockere Sitten zu herrschen», bemerkt der Polizist, während er etwas aufschreibt. Dann will er wissen: «Und bei wem findet er dann Unterschlupf?»

«Das weiß ich nicht. Darüber spricht er nicht.»

«Na, na. Darüber wird doch gesprochen – in einem so großen Haushalt...?»

«Einmal war er bei einer, die hatte eine Weinhandlung. Eine Frau Röhl...»

«Die habe ich schon aufgesucht. Dort ist er nicht.»

«Dann weiß ich auch nicht... Warum suchen Sie ihn denn?»

«Wollen Sie nicht wissen, wo Ihr Vater steckt?»

Frieda liegt auf der Zunge zu antworten: «Er kümmert sich ja auch nicht um mich.» Diese Bemerkung unterdrückt sie jedoch und antwortet, wie man es offenbar von ihr erwartet: «Selbstverständlich.»

«Also, wo würden Sie suchen, an meiner Stelle?»

«Das weiß ich nicht; das kann ich Ihnen nicht sagen. Er geht weg, sagt nichts, und kommt wieder und sagt wieder nichts.»

«Schreibt er Ihnen manchmal?»

«Wer? Mein Vater?»

«So ungewöhnlich wär das ja nicht.»

Mit einem Laut, wie er von einem jungen Hund sein könnte, weist Frieda diese ausgefallene Idee zurück: «Nicht mal eine Postkarte!» Aber während sie das formuliert, fällt ihr etwas ein: «Vielleicht ist er nach Rußland ausgewandert... nach Odessa... Das wäre möglich.»

«Wie kommen Sie darauf?»

«Der Willy... unser Willy... das ist ein Halbbruder von mir...»

«Auch ihn kenne ich bereits», sagt der Polizist, aber Frieda achtet nicht darauf und fährt, nun eifrig werdend, fort: «Willy hat mal unter seinem Bett Zeitungen gefunden, deutsche Zeitungen aus Rußland, und da waren Annoncen angestrichen, in Odessa – da wurden Gärnter gesucht. Das ist noch gar nicht lange her. Da hat Willy schon gesagt, er würde sich gar nicht wundern, wenn mein Vater auswandern würde.»

«Versteht er denn was von der Gärtnerei?»

«Eigentlich nicht, nein», gesteht Frieda.

«Trotzdem», bemerkt der Inspektor, «ich werde auch in dieser Hinsicht prüfen.» Er notiert sich aufs neue etwas, bemerkt dann: «Ihr Bruder Willy hat mir gegenüber davon nichts erwähnt...»

«Wird er vergessen haben.»

«Das ist möglich ... ja», bemerkt der Polizeibeamte; Frieda ist damit entlassen. Sie knickst gegenüber dem Polizeibeamten, dann gegen den Herrn Direktor und entfernt sich.

«Wo wollen Sie denn hin, Frieda?» erkundigt sich der Direktor, als sie fast die Tür erreicht hat. Es ist das erste Mal, daß er sie nicht duzt. Frieda zögert einen Moment mit der Antwort. «Eigentlich wollte ich meine Freundin besuchen», gibt sie schließlich zur Antwort, «aber jetzt sehe ich vielleicht mal nach meinem Vater ... bei der Frau Heybach ...»

«Nun, das steht in deinem Belieben», bemerkt der Herr Direktor. «Dann viel Vergnügen. Amüsier dich!»

Offenbar gibt er sich so menschenfreundlich, weil er sich von dem Polizisten beobachtet fühlt. Sein normaler Ton ist das nicht.

Als Frieda aus dem Personalausgang ins Freie tritt, schlägt ihr eine Hitze entgegen, die sie überwältigt. Für gewöhnlich ist die Saalgasse ausgesprochen kühl, beinahe düster. Und jetzt diese atemraubende Hitze! Vielleicht ist es besser, überlegt Frieda, sie gibt bei diesen Celsiusgraden ihr Vorhaben auf, Anna aufzusuchen. Doch wenn sie jetzt zur Heybach geht, wird die sie nur wieder anschnauzen. Das Weib ist unberechenbar; am Ende wird sie es so hinstellen, als sei sie, Frieda, daran schuld, daß sich ihr Galan mal wieder verzogen hat.

Hat es jedoch andererseits Sinn, bei der schrecklichen Hitze nach Rambach zu tippeln? Sie ruiniert nur ihr Kleid, wenn sie es durchschwitzt. Und vielleicht findet sie überhaupt nicht Gelegenheit, unter vier Augen mit Anna zu sprechen. Es wäre nicht das erste Mal, daß so etwas passiert. Einmal ist sie bei strömendem Regen dorthin marschiert; das Wasser stand ihr nachher in den Schuhen, daß man es auskippen konnte, und Anna hatte gerade für drei Sätze Zeit. Ansonsten ist sie nur hin- und hergerannt und hat die Arbeit des Fräulein Thecla, der Haushälterin, verrichtet: Tee gekocht, Tee serviert, Kuchen serviert, Likör serviert, der Frau Maison Pepsin ans Bett gebracht. Was sie Anna zu sagen hat, kann sie ihr auch schriftlich mitteilen. Daß sie von einem Polizeiinspektor vernommen worden ist und die andere Sache ... Sie muß ja nicht jedes Detail beschreiben, nur die Hauptsache. Vielleicht ist es aber gescheiter, sie legt die Sache mit dem russischen Herrn nicht schriftlich nieder. Wer weiß, was geschieht und wem der Brief in die Finger fällt. Das neugierige Fräulein Thecla fängt ihn vielleicht ab, und die geht die Sache wirklich nichts an! Mit so was kann man gar nicht vorsichtig genug sein.

Es wird doch das beste sein, sie besucht Anna, trotz der mörderischen Hitze.

Frieda erreicht die Webergasse und damit das eigentliche Wiesbaden. Im Umkreis von wenigen hundert Schritten findet man hier alles, weswegen die Herrschaften die Stadt aufsuchen: die Wilhelmstraße, die Parks und Anlagen, das Kurhaus und das Königliche Theater, den Kochbrunnen und, um das Wichtigste nicht zu vergessen, die Badehäuser; alles ausgesprochen prachtvolle Bauten, sehr gewichtig und gespreizt, alle prunkvoll dekoriert. Die meisten sind erst in den letzten Jahren errichtet worden und entsprechend von neuester Eleganz. Frieda ist stolz darauf, als habe sie Verdienst an diesem Zustand.

Ein Luxus herrscht hier!

Mehrmals im Jahr hält sich Kaiser Wilhelm in Wiesbaden auf oder nächste Angehörige Seiner Majestät; die hohen Herrschaften haben die Stadt zu einem zweiten Potsdam gemacht, und entsprechend finden sich auch oft ausländische Hoheiten hier ein. Die Geschäftsleute nutzen die Gunst, indem sie sich als Hoflieferanten empfehlen. An vielen Türen ist in goldenen, schwarz verschatteten Buchstaben aufgemalt: Kgl. Hoflieferant. Oder es hängen hinter der Schaufensterscheibe gläserne Schilder an Messingkettchen: Hoflieferant Sr. Majestät des Kaisers und Königs. Madame Aljewna hat ihr versichert, das Warenangebot ist in Wiesbaden ausgesucht exquisit, und so zuvorkommend wie in Wiesbaden sei das Personal nirgends, weder in Paris noch in St. Petersburg. Entsprechend sind die Preise im Kurviertel exorbitant hoch. Wenn man nicht Millionär ist oder wenigstens Rentier, kann man in diesen Geschäften nicht kaufen. Viele vom Personal des «Römerbads» gehen nie hierhin; sie meiden das Karree, als könnten sie sich eine ansteckende Krankheit holen. Die Zetlinka behauptet, es sei ein unsichtbares Schild aufgestellt: Betreten für die arbeitende Bevölkerungsklasse verboten! Und daran hält sie sich.

Aber wie du kommst gegangen, so wirst du empfangen!

Frieda hofft, es wird niemand erkennen, daß in ihrem Prachtkleid eine Bademamsell steckt. Natürlich wirkt das Kleid nur wegen der entsprechenden Accessoires. Die Schuhe – dunkelbraunes Wildleder, an der Seite zu knöpfen und noch etwas drückend – hat sie sich schon zu Beginn der Saison gekauft; aber auch sie trägt sie heute zum ersten Mal. Sie stammen von dem Etablissement Gilbert, Berlin, Paris, Wiesbaden. Anna kennt die Schuhe schon; sie, Frieda, war einfältig genug, sie ihr nach dem Kauf zu präsentieren – noch im Karton und in Seidenpapier eingeschlagen. Anna wußte nichts Besseres, als ihr die Freude daran zu verderben. Sie hatte nur den Mund verzogen (was ihr nicht steht, weil es ihr blasses Gesicht wie krank erscheinen läßt) und spitz bemerkt, sie, Frieda, sei nicht bei Verstand, ein Vermögen für ein Paar Schuhe zu opfern. Wenn Anna Ahnung davon hätte, daß sie sich zu ihrem Kleid sogar noch einen passenden Sonnenschirm geleistet hat, gleichfalls in Sandbraun, würde sie den Verstand verlieren. Den Verdienst von drei Monaten hat sie für Schuhe und Schirm geopfert. Schon als Kind hatte sie sich geschworen, sollte sie einmal zu Geld kommen, kauft sie sich als erstes gute Schuhe. Wie hatte sie sich geschämt, wenn sie früher in der Schule geschnürte Bubenschuhe anziehen mußte. Wie oft hatte der Lehrer Heyl sie deswegen mit seinem dummen Spruch zu trösten gesucht: «Was war ich traurig, daß ich keine Schuhe hatte, bis ich den Knaben sah, der keine Füße hatte!»

Der sollte mal in zu großen Schuhen gehen!

Wenn man ein paar Stunden zu große Bubenschuhe an den Füßen hat, hat man sich Blasen gelaufen, ehe man es auch nur merkt. Willy hat ihr oft seine Schuhe geliehen und ist barfuß marschiert; hat sogar tapfer gelogen, er würde keine Schuhe anziehen wollen. Von den fünf Sprößlingen der Heybach ist Willy der einzige mit Charakter. Er ist ein Original, hat der Herr Heyl mal befunden, und da ist was dran. Willy ist wie ein älterer Herr, obwohl er nur zwei Jahre älter ist als sie und keine Hose ohne Flicken und Löcher besitzt. Immer seine albernen Sprüche, die er weiß Gott woher aufschnappt. In der Art von: «Kennst du deine Feinde? Das ist das habgierige Albion, das uns schwach sehen möchte!» Oder: «Aha, aha, jetzt wird's – Umstandsmoden nur von A. F. Hoffmann.» Und Zitate aus berühmten Büchern, die er so verdreht, daß man dreimal darüber nachdenken muß, ehe man sie versteht. Ein Spruch, den er besonders liebt, lautet: «Das ist der Fluch der bösen Tat, daß man vom Liebsten, was man hat, fortwährend Böses muß gebären!»

Ein komischer Kauz! Er paßt überhaupt nicht zum Rest der Bande, aber er ist der einzige von der ganzen Brut der Heybach, der ihr manchmal fehlt.

Ihre Freundin Anna ist von Grund auf anständig, allerdings auch sehr moralisch. Die Heybach kann Anna nicht leiden und nennt sie abfällig «ländlich-sittlich», und in dieser Meinung ist Frieda ausnahmsweise einmal mit ihr einig. Etwas mehr Schwung und ein bißchen Chic und ein kleines bißchen Mut, und Anna käme voran und brauchte sich nicht mehr von dem Fräulein Thecla striezen und ausnutzen lassen. Sie macht die Arbeit der Thecla praktisch mit. Die drückt sich, wo sie kann, und Anna merkt es nicht. Oder tut so, als merke sie es nicht. Es ist überhaupt nicht Annas Arbeit, zu servieren und abzuräumen; sie ist bei der Familie Maison als Bügelmädchen eingestellt. Daß die Maisons sich überhaupt ein Bügelmädchen leisten! Wahrhaftig keine Reklame für ihren Betrieb. Sie betreiben eine der größten Dampfwäschereien in ganz Rambach und halten sich für ihre private Wäsche eine Büglerin! Früher hatte sie gedacht, das hinge vielleicht mit der Krankheit der Frau Maison zusammen. Sie ist schon seit Jahren bettlägerig, und die Maisons hätten vielleicht Angst, Krankheitserreger würden sich auf ihre Kunden übertragen. Schließlich wird in einer Wäscherei Wäsche aller Herkunft durcheinandergeworfen und alles zusammen gewaschen. Anna hat ihr aber versichert, es sei bei Dampfwäscherei unmöglich, daß Krankheitskeime von einem Wäschestück auf das andere übertragen werden. Erstens werde alle Wäsche so lange und mit so hohen Temperaturen gewaschen, daß die angewandten Seifen und Bleichflüssigkeiten alle denkbaren Ansteckungsstoffe vollständig zerstörten. Und zum anderen töte die heiße Luft der Trockenkammern die letzten Keime ab, falls doch welche blieben.

Anna weiß über das Metier gut Bescheid. Sie kann ganze Vorträge über die Dampfwäscherei halten, einer langweiliger als der andere. Frieda hat sie in Verdacht, daß ihre Weisheiten von Bernhard stammen, dem mittleren Sohn des Hauses, ein pickeliger Gymnasiast.

Wegen der Sonne haben viele Geschäfte die Markisen tief heruntergelassen. Das ist angenehm, wenn man ein Schaufenster betrachten will. Der Nachteil davon ist, daß man geblendet ist, wenn man darunter hervortritt.

Frieda bleibt vor einem Geschäft stehen und tut, als betrachte sie die Auslage; dabei liegt nur Tischwäsche im Fenster. Eine Verkäuferin trampelt in Strümpfen im Schaufenster herum und zerrt an einem Kalenderblatt, das sich nicht lösen will. Sie wird noch nervöser, als sie sich beobachtet weiß. Das Fräulein muß aufpassen, sonst wirft sie noch die ganze Dekoration um! Der Abreißkalender, um den es geht, füllt fast die Hälfte des Schaufensters und das Blatt, das das Fräulein abreißen will, zeigt an, wie viele Tage es noch bis zur Jahrhundertwende sind. Darüber schwebt eine goldene Weltkugel, und eine Art Mann im Mond lacht, als freue er sich unbändig auf die Jahrhundertwende.

Der Kalender und die Weltkugel interessieren Frieda herzlich wenig und der Mann im Mond schon gar nicht. In Wirklichkeit betrachtet sie ihr Spiegelbild; sucht nach Zeichen, die verraten, daß sie eine Käufliche geworden ist. Was denn sonst? Sie macht sich nichts vor, genau das ist geschehen. Der Herr hat ihr hinterher Geld zugesteckt und sie hat es genommen, ergo ist sie nun eine Hure. Der Gedanke, eine Käufliche zu sein, hat aber für sie nichts Abstoßendes. Möglicherweise ist das der Weg, wie sie zu einem eigenen Haus kommt. Wenn sie diesen Weg geht, will sie natürlich Kokotte werden, nicht die Bender noch reicher machen. Kokotten sind zwar auch Huren, jedoch in Gold gefaßte. Die Kokotten, die im «Römerbad» absteigen, sind oft die schönsten Frauen im Haus. Anfangs wäre es ihr nicht einmal in den Sinn gekommen, daß sie ausgehalten werden, hätten es ihr die anderen Badefrauen nicht tuschelnd und kichernd erklärt. Frau Eichhorn behauptet immer: Kokotten kann man am Schmuck und am Parfüm erkennen. Je mehr Schmuck, desto weniger Moral! Doch gibt es auch welche, die dezent gekleidet sind und sich vollkommen damenhaft benehmen. Wenn man nicht weiß, daß sie es für Geld treiben, kommt man nicht hinter ihr Geheimnis. Manche treffen mit eigener Equipage und mehreren Dienern ein; eine bringt immer drei Windspiele mit.

Die Kellner sagen, die übrigen Gäste ignorierten im allgemeinen Kokotten, übersähen sie, als seien sie nicht vorhanden; vor allem die Damen. Nicht alle natürlich! Es gibt auch Herren, die mit diesen Weibern renommieren. Eine, die Stammgast ist, hat angeblich schon zwei Bankiers ruiniert. Frieda glaubt, für den Fall, daß sie in dieses Metier wechselt, würde es ihr nichts ausmachen, übersehen zu werden. Wer achtet denn jetzt auf sie? Personal zählt für Gäste nicht.

Nein, eigentlich ist es nicht wahr, was sie denkt.

Der russische Herr hat sie nicht wie eine Hure behandelt. Er war bei der ganzen Angelegenheit sehr taktvoll, auch hinterher. Die

Goldstücke hatte er ihr diskret in eine Tasche ihres Kleides gesteckt, und sie hatte getan, als bemerke sie es nicht. Erst als sie wieder allein war, hat sie nachgesehen, was er ihr gegeben hatte, und zu ihrer Überraschung festgestellt, es sind gleich fünf Goldstücke, alle glänzend und strahlend, als kämen sie frisch aus der Prägeanstalt. Nach ihrer Größe und nach dem Gewicht sind sie von beträchtlichem Wert. Doch geht es nach Größe und Aussehen? Wer weiß, ob es echte Goldstücke sind, die er ihr gegeben hat, und nicht irgendwelches Doublé? Sie wagt nicht, an der Reception nach ihrem Wert zu fragen. Die Herren dort würden sofort wittern, daß etwas nicht stimmt. Vielleicht würde man sogar behaupten, sie habe die Münzen gestohlen, und am Ende landete sie noch im Gefängnis.

Sie hat die Goldstücke bei sich, um sie Anna zu zeigen. Die glaubt ihr sonst womöglich nicht.

Anna würde das Geschenk natürlich zum Sparverein bringen; gesetzt den Fall, es hat wirklich einigen Wert. Jeden Groschen, den sie zur Seite legen kann, trägt sie brav dorthin. Sie, Frieda, ist anders. Sie verschenkt lieber, als daß sie aufhebt. Das war schon immer so. Wenn man ihr einen Pfennig in die Hand gedrückt hat, ist sie damit in den nächsten Krämerladen gelaufen und hat den anderen Kindern Süßigkeiten gekauft.

Anna zeigt ihr gern ihr Sparbuch; teils aus Stolz auf ihren Besitz, teils weil sie sie ebenfalls zum Sparen anhalten will. Bei jedem Besuch kramt sie ihr Sparbuch hervor und zeigt jede neue Eintragung vor. Beim letzten Mal war ein Guthaben von zwölf Mark eingetragen. Anna ist zwar einige Tage jünger als sie, gibt sich aber gern als die Ältere, Vernünftigere. Am liebsten wäre sie wohl ihre Tante.

Kann sie wirklich Anna die Goldstücke zeigen? Wird die nicht neidisch? Was sind elf oder zwölf Mark Gespartes gegen fünf Goldstücke! Dafür muß Anna ein halbes Jahr lang rackern oder noch länger! Aber wenn sie darüber schweigt, belügt sie Anna genauso wie der russische Herr seine Liebste. Übrigens war seine Tatarin an dem bewußten Tag mit anderen Damen zu einer Rheintour unterwegs, hat sie hinterher herausgefunden.

4

An der Ecke Webergasse/Burgstraße fällt Frieda auf, daß die Tür der Privatbank «Jakoby und Cie» weit aufsteht. Frieda kann in den langgestreckten Schalterraum sehen. Das Messinggitter des Schalters in der Ecke blitzt, von einem Sonnenstrahl getroffen. Das bringt sie auf die naheliegende Idee, sich hier nach dem Wert der Goldstücke zu erkundigen. Hier ist sie unbekannt, und wenn die Herren Bankbeamten sich bei ihrer Frage etwas denken, sollen sie. Sie werden deswegen nicht die Polizei rufen. Dennoch klopft Frieda nervös mit dem Nagel des linken Daumens gegen ihre Zähne, wie immer, wenn sie unschlüssig ist. Frau Eichhorn hat ihr diese Unsitte schon mehrfach ausdrücklich verboten. Aber wie alle Gesten, die einem in Schwierigkeiten Halt geben sollen, ist sie schwer abzulegen. Kann sie wirklich in eine Bank hineinspazieren wie in das Kaufhaus Baum? Warum nicht? Was können die Bankbeamten daran auszusetzen haben, wenn sie wissen will, welchen Wert Goldstücke besitzen? Im ärgsten Fall kann sie behaupten, sie solle für einen Gast eine Kommission erledigen.

Ein Portier bewacht den Eingang, ein älterer Mann, mit blauem Frack und weißen Handschuhen sehr elegant bekleidet, und jede seiner Bewegungen drückt aus, daß er sich seiner Bedeutung bewußt ist. Einen Moment lang läßt er sich von einer Kutsche ablenken, und diese Gelegenheit nutzt Frieda und betritt das Banklokal. Sie sieht dabei weder nach rechts noch nach links, will nur dem Kassenschalter zustreben. Dabei sucht sie sich einzureden, dieses marmorgetäfelte Etablissement sei letztlich nichts anderes als das Kassenstübchen des Rambacher Sparvereins, von dem Anna ihr Sparbuch hat.

Alle vorgetäuschte Sicherheit geht jedoch verloren, als jemand sie knapp und fordernd, beinahe befehlend, von der Seite anspricht: «Pardon!» Frieda bleibt wie ertappt stehen und sieht zu dem Herrn hinter dem Tresen. Gewiß würde sie sich umwenden und umkehren, brächte sie den Mut dazu auf. Der Herr, der sie angesprochen hat – wie der Portier eine distinguierte Erscheinung, die Enden des Schnurrbarts nach oben gezwirbelt, einen Kneifer auf der Nase –, betrachtet sie mit einem Hochmut, als wäre er Kaiser Wilhelm persönlich. Nein, selbst der sieht nicht so hoheitsvoll in die Welt wie der Bankbeamte hier. Das weiß Frieda aus eigenem Erleben; dafür hat sie Seine Majestät schon zu oft studiert, wenn sie mit der Schulklasse in der Taunusstraße Spalier stehen mußte und dem Kaiser beim Morgenausritt ins Nerotal mit schwarz-weißen Fähnchen zuwinken und ihm zurufen: «Hurra! Hurra! Hurra, Eure Majestät!» Einmal hat ihr der Kaiser mit huldvollem Nicken dafür gedankt, und zwar mit seinem gesunden Arm.

Die Erinnerung an die kaiserliche Huldbezeugung, erweckt durch die Manier des Bankbeamten, seinen Schnurrbart wie sein Souverän zu tragen, macht Frieda sicherer. Jedenfalls verflüchtigt sich ihre Furcht vor der Respektsperson. Trotzdem nähert sie sich ihm nur vorsichtig, beinahe mißtrauisch und muß sich zwingen, die Worte herauszupressen. Sie spürt jedoch, daß ihre Stimme, obwohl sie fremd und falsch klingt, mit jedem Wort, das sie artikuliert, an Festigkeit gewinnt. Sie sagt: «Ich möchte bitte eine Auskunft haben ... respektive von Ihnen eine Auskunft erbitten.»

Der Bankbeamte scheint ebenfalls zu empfinden, daß sich ihre Unsicherheit legt. Statt sie abzuweisen oder gar davonzujagen, verlangt er nun etwas Nachsicht: «Einen Moment, wenn's beliebt!»

Dann bemüht er sich mit einem leichten Senken des Kopfes (weniger als ein Nicken, eher eine Andeutung, daß er bereitsteht) um einen Kunden, der bis jetzt etwas an einem Stehpult geschrieben hatte, wechselt mit diesem einige Worte, unterzeichnet danach beflissen das Papier, das ihm der Herr reicht, gibt es anschließend an einen Boten weiter, ohne den auch nur anzusehen, und taucht danach die Feder sorgfältig in ein Tintenfaß ein. Erst, als die Feder ihren Platz gefunden und der Kunde sich definitiv entfernt hat, widmet er Frieda erneut seine Aufmerksamkeit. «Womit kann ich Ihnen dienen, Fräulein?»

Frieda beginnt in ihrem Handbeutel zu kramen. Er ist mit vielen kleinen falschen Perlen bestickt, und in dieser prächtigen Umgebung wirkt er ärmlich; Frieda fühlt sich davon verraten. Dennoch sucht sie weiter und fingert aus dem Durcheinander, das in dem Beutel herrscht, eins ihrer Goldstücke heraus. Sie legt es auf die rötlichbraune Marmorplatte, die in die Oberseite der Theke eingelassen ist, und schiebt dem Herrn die Münze mit dem Mittelfinger ihrer aristokratisch wirkenden rechten Hand zu. Dabei fragt sie undeutlich, ohne ihn anzusehen: «Können Sie mir bitte sagen, wieviel das wert ist ... in deutschem Geld?»

Der Bankbeamte nimmt die Münze auf, als wäre sie nichts Besonderes. «Ein Imperial», bemerkt er. Dann fügt er recht sachlich an: «Sie belieben ...?» – «Ich sollte fragen, was das wert ist. Es betrifft einen Gast von uns!» – «Verstehe. Sie möchten den Tageskurs wissen. Wenn Sie sich zur Kasse bemühen wollen ... Sie erfahren da den aktuellen Kurs.»

«Danke. Sehr freundlich.»

Frieda nickt wie Frau Eichhorn, wenn ihr etwas nicht paßt, nimmt die Münze wieder an sich und begibt sich zur Kasse.

Der Kassierer in seinem Gitterkäfig ist dick wie der Schutzmann Werner, der Tag für Tag durch die «Hilf» patrouilliert, blickt auch fast ebenso streng wie dieser, aber von ihm fühlt sich Frieda nicht eingeschüchtert. Sie legt ihm die Münze ebenfalls vor, fragt dabei (und jetzt gehen ihr die Worte schon recht flüssig von den Lippen): «Können Sie mir bitte den Tageskurs nennen?»

Der Kassierer beugt sich etwas vor, deutet auf eine schwarze Tafel, die vor dem Kassengitter an der Wand hängt und auf der untereinander die Namen verschiedener Länder aufgemalt sind, angefangen mit dem Königreich Belgien und endend mit den Vrgt. Staaten von Amerika, und alle mit kleinen bunten Fahnen geschmückt. Dahinter sind mit Kreide jeweils Zahlen notiert. Der Kassierer erklärt ihr, sie hat ein 15-Rubel-Stück und für einen Rubel aus dem Kaiserreich Rußland muß man heute 2 Mark 22 Pfennig bezahlen und erhält bei bankseitigem Ankauf 2 Mark 6 Pfennig. Das Goldstück ist mithin 30 Mark und 90 Pfennig wert.

«Eins?» fragt Frieda ungläubig.

«Wie meinen Sie – eins?»

«Für das Goldstück bekomme ich 30 Mark?»

«Und 90 Pfennig ... Sie wollen doch verkaufen?» vergewissert sich der Kassierer, der meint, es sei ein Irrtum entstanden.

«Nein, nicht verkaufen ... Ich sollte mich nur erkundigen ...»

«Ja, wie gesagt, bei bankseitiger Abgabe heute 33 Mark 30. Ankauf 30 Mark und 90 Pfennig.»

Der Kassierer wartet weitere Fragen oder Entscheidungen ab, aber Frieda ist von der Summe, die er genannt hat, betäubt. Sie holt tief Luft, wobei ihre Nasenflügel vibrieren. Das ist gleichfalls eine Eigenheit von ihr; Therese äfft sie manchmal nach. Sie bedankt sich höflich bei dem Kassierer, sagt: «Vielen Dank für Ihre liebenswürdige Auskunft!» und entfernt sich. Als sie an der Tür ist, hält sie noch einmal inne. Sie erwartet, man werde sie zurückrufen und das Gesagte für einen Irrtum erklären. Doch das geschieht nicht.

5

Hundertfünfzig Mark!

Erst als Frieda die Burgstraße entlanggeht, kommt ihr zu Bewußtsein, wie reich sie ist. Sie ist siebzehn Jahre alt und besitzt hundertfünfzig Mark. Sie glaubt nicht, daß ihr Vater einmal, nur einen einzigen Tag lang, eine solche Summe besaß. Die Heybach würde der Schlag treffen, erführe sie von dem Schatz.

Die Freude über das Geld weicht plötzlich Beklemmung. Von einer Sekunde zur nächsten wird Frieda flau im Magen, beinahe schlecht. Hundertfünfzig Mark... Am Theaterplatz hat sie das Gefühl, die Kraft verlasse sie. Sie muß sich setzen; muß sich von ihrem Schreck erholen, wie Frau Eichhorn sagen würde.

Rund um das mächtige Denkmal von Kaiser Friedrich blühen hinter schweren, eisernen Ketten Büsche weißer und roter Hortensien, und davor sind Bänke aufgestellt. Auf einer dieser Bänke nimmt sie Platz. Davon können sie auch die mißbilligenden Blicke zweier empörter Damen nicht abbringen, die ihr genau gegenübersitzen und die ihr zu verstehen geben wollen, für ein Geschöpf ihrer Art gehöre es sich nicht, sich auf eine öffentliche Bank zu setzen.

Was kann ihr das jetzt noch ausmachen? Sie ist zu Reichtum gekommen. Außerdem gehört das Denkmal in gewisser Weise auch ihr. Die ganze Badeabteilung des «Römerbads» hat für die Errichtung gespendet, zwanzig Pfennig stammen von ihr persönlich. Sie hat es sogar fertiggebracht, die pompöse Enthüllung des Denkmals aus der Ferne zu verfolgen. Sie hatte sich, Willy vorschiebend, so weit vorgedrängt, wie es nur eben möglich war. Die ganze Wilhemstraße war schwarz von Menschen gewesen; alles geschmückt und bekränzt, und mehrere Triumphbogen waren errichtet. Der Kaiser war, die Einweihung mit seiner Anwesenheit zu ehren, extra mit einem Sonderzug aus Berlin gekommen. Bei der Gelegenheit hatte sie aber von Seiner Majestät nicht mehr gesehen als seinen wehenden Helmbusch. Bekanntlich ist er der erste Sohn des 99-Tage-Kaisers Friedrich, des Siegers von Wörth und Sedan, welchem mit diesem Denkmal gehuldigt wird. Von dessen ruhmreichen Schlachten weiß Frieda nur, weil im Anhang ihres «Goldenen Traumbuchs» Annoncen sind, die für zwei Broschüren werben: «Kaiser Friedrich – Der Sieger von Wörth» und «Kaiser Friedrich – Der Sieger von Sedan».

Das Geld kommt ihr wieder in den Sinn.

Nicht eine Sekunde hatte sie damit gerechnet, bezahlt oder beschenkt zu werden; sie hatte eigentlich mit nichts gerechnet außer ihrer Entjungferung. Diese hatte sie sich als eine Art Feuerwerk vorgestellt, gewalttätig und schmerzhaft und erregend. Anna hatte ihr einmal ein Buch aus der Bibliothek des Herrn Maison gezeigt, ein sogenanntes Aufklärungsbuch; voller Bilder nackter Frauen in merkwürdigen Stellungen und kräftiger Männer mit Feigenblättern an Schnüren. Ein Satz darin hatte sich ihr eingeprägt: «Auf das weibliche Gemüt übt der erstmalige Koitus, mag er selbst noch unter Zwange ausgeführt worden sein, eine so stark suggerierende Wirkung aus, daß die Spuren hiervon niemals, auch durch die heißeste Liebe nicht, ausgetilgt werden können.»

Kann es wirklich sein, daß sie niemals einen Mann mehr begehren wird als den liebenswürdigen Russen?

Frieda fällt auf, daß sie den Namen des Herrn nicht weiß. Ist es wichtig? Was macht es für einen Unterschied, ob sie seinen Namen kennt oder nicht? Sie wird ihn nie vergessen; für sie wird er immer der russische Herr aus Zimmer 326 sein. Sie meint, er habe zartere Haut, als sie je bei einem Mann gesehen hat. Bei der allerersten Begegnung hatte sie ihn für einen Italiener gehalten, so südländisch sieht er aus.

Das wenige Blut, das geflossen ist, hat nur einen kleinen Fleck auf dem Handtuch hinterlassen. Sie hatte genau gespürt, es war ihm wenig angenehm, daß sie ihn dabei beobachtete, wie er zuvor im Bett dieses Handtuch ausbreitete. Dies war das einzige Mal während ihres Zusammenseins, daß sie sich schämten. Nachher hatte sie das Handtuch an sich genommen und zu ihren Sachen gelegt, als Erinnerung an ihr «erstes Mal». Dabei ist es ein gewöhnliches weißes Handtuch. Durch nichts unterscheidet es sich von den Hunderten Handtücher, die jeden Tag im Haus benutzt und beschmutzt werden.

Anna wird ihr nicht glauben, aber es ist wahr: Der Herr hat ihr dafür gedankt, daß sie ihm ihre Unschuld opferte. Er hat ihr zugeflüstert, sie habe ihm damit ein sehr großes Geschenk gemacht. Das war, als sie nachher vor dem Spiegel saß und ihre Haare bürstete. Er hatte sich niedergebeugt und ihr einen Kuß auf die blanke Brust gegeben. Da konnte sie nicht anders: Sie mußte weinen.

Nachher hatte sie sich überlegt, seine Dankbarkeit hänge damit zusammen, daß die Männer nur dann Gewißheit haben können, sie fangen sich keine Syphilis ein, wenn sie es mit einer Jungfrau treiben. Manche sind ein einziges Mal mit einer Frau zusammen und ruinieren sich damit. Syphilis ist absolut unheilbar und führt in den Wahnsinn. Das hat sie aufgeschnappt, als ihr Vater das mal zur Heybach gesagt hat.

Wo er wohl diesmal steckt?

Es kann durchaus sein, daß alles so kommt, wie es in dem Aufklärungsbuch stand; daß sie das bewußte Erlebnis niemals vergessen wird.

Frieda meint, keine Geste dieses Nachmittags wird je verblassen und kein Wort vergessen, das bei der Begegnung gewechselt worden ist. Sie sieht sich in Thereses Trauerkleid vor der Tür von Zimmer 326 stehen, so deutlich, als sehe sie einer Fremden zu. Sie hatte nur einmal an der Tür geklopft, eher mit den Fingernägeln gekratzt als eigentlich geklopft, beinahe wie eine Katze, die wünscht, daß man ihr aufmacht. Als sie Stimmen auf der Treppe hörte, war sie in das Zimmer des Herrn gegangen, ohne auf sein «Herein» zu warten. Dann war er in einem schwarz und blau gestreiften Hausmantel aus dem Badekabinett gekommen (sein Zimmer ist eins der wenigen im Haus, zu dem ein Badezimmer gehört), hatte sie heiter begrüßt, die Tür verriegelt und sie betrachtet, als sehe er sie zum ersten Mal. Als der Herr spürte, sie setzt ihm keinen Widerstand entgegen, war er stürmisch geworden und hatte sie gegen die Zimmerwand gedrückt und ihr Kleid aufgeknöpft, nicht anders als ein junger Kerl, der seine Braut nach einem Tanzabend ins Dunkel einer Hausecke drückt.

Sie hatte gezittert, als er sie umarmte. Sie konnte das Zittern einfach nicht unterdrücken. Mittendrin hatte sie an die Tatarin denken müssen, mit der er reist. Sie hatte ein Geräusch vernommen und gefürchtet, die Tür gehe auf und die Frau stehe plötzlich mitten im Zimmer und mache Skandal. Sie hatte sich getäuscht. Niemand hatte sie gestört. Hinterher (nachdem er gestöhnt hatte) war er neben ihr eingeschlafen, und sie hatte nicht gewußt, durfte sie aufstehen und gehen oder sollte sie warten, bis er wieder aufwachte. Sie war einfach liegengeblieben. Es hatte ihr gefallen, in dem großen, weiß bezogenen, nach Stärke und Sauberkeit duftenden Bett zu liegen, auch, den atmenden Mann neben sich zu fühlen. Im Verhältnis zu ihr ist er alt, sicher schon vierzig; sie hat gesehen, einige Haare auf seiner Brust sind grau, wie Schnee, wenn Ruß darauf fällt, und manche sind gekräuselt und andere nicht. Er hat gut gerochen. Vorhin, als ein Kurgast an ihr vorbeiging, hatte sie wieder seinen Geruch in der Nase.

Ob er sich verabschiedet?

Vielleicht kommt er heute in die Badeabteilung und sucht sie, und sie ist nicht da. Wahrscheinlich kommt er nicht. Gestern ist er auch nicht gekommen und vorgestern ebensowenig. Kompliziert wird es erst, wenn der Herr in der nächsten Saison wiederkehrt. Wie benimmt man sich gegenüber einem Mann, mit dem man im Bett war und der einem fünf Goldstücke geschenkt hat?

Bestimmt hat er den Anstand und kommt nicht mehr.

6

Das Privathaus der Familie Maison liegt am Hang, hoch über der Wäscherei und dem Tal. In seinem Rücken ist Wald; verläßt man diesen, gelangt man durch eine kleine Pforte und über einige Stufen direkt zum Lieferanteneingang des Hauses beziehungsweise direkt in die Küche.

Frieda nimmt, wenn sie Anna besucht, gewöhnlich den Weg durch den Wald. Das ist zwar eine weitere Strecke als entlang der Landstraße und an manchen Stellen kaum mehr als eine Schneise für Forstarbeiter. Geht man jedoch hier, braucht man nicht die steile Treppe zu steigen, die vom Talgrund heraufführt. Bei der herrschenden Hitze hat Frieda selbstverständlich diese Route gewählt. Dennoch muß sie erst mal auf der Aussichtsplattform vor dem kleinen, aus Eisen gegossenen Pavillon verschnaufen, als sie jetzt ihr Ziel erreicht. Sie will Anna nicht mit hängender Zunge gegenübertreten. Es genügt, daß sie unter beiden Achseln Schwitzflecken hat, wie sie verärgert feststellt.

Von dem Aussichtspunkt aus kann man das gesamte Imperium Maison überblicken, sogar dessen Konkurrenz. Auf schmalen Parzellen drängen sich unten Schuppen und Hallen, und zwischen den Gebäuden, von oben gut zu erkennen, der Rambach. Von diesem Bach lebt die ganze Ortschaft. Sein Wasser ist ausgesprochen weich. Das macht sich beim Waschen günstig bemerkbar, und deswegen muß der Bach gleich vierzig Wäschereien dienen. Die

Dampfwäscherei Maison ist davon eine der größeren, wenn nicht die größte.

Als Frieda in die Küche eintritt, ist Fräulein Thecla dabei, Mark auszulassen. Bei Friedas Eintreten wendet sie kaum den Kopf, bemerkt nur: «Da bist du ja endlich. Wirst schon sehnsüchtig erwartet. Am besten, ihr heiratet.»

In dieser Tonart würde die Begrüßung weitergehen, weiß Frieda, müßte das Fräulein Thecla nicht dem brutzelnden Mark ihre ganze Aufmerksamkeit widmen. Bei so was muß man höllisch aufpassen, sonst verpaßt man den entscheidenden Augenblick.

«Kommt Besuch?» fragt Frieda obenhin, und Fräulein Thecla antwortet unwirsch: «Du weißt ja hier genau Bescheid.»

Da ist wenig zu wissen. Markklößchen sind die Spezialität des Fräulein Thecla, und entsprechend werden sie immer aufgetischt, wenn Gäste kommen. Anna behauptet, niemand könne so gut Markklößchen machen wie die Thecla. Frieda kann sich nicht vorstellen, worin die Kunst bestehen soll. Ein bißchen Mark auslassen, mit Weckmehl und Petersilie verrühren und in die Brühe werfen kann doch jeder.

«Was gibt's Neues in der großen Welt?» erkundigt sich das Fräulein Thecla. Auch diesen Satz kennt Frieda schon von ihr. «Immer so weiter», erwidert sie deswegen. Was kann sie schon berichten, das dem Fräulein Thecla imponierte? Sie schüttelt sowieso über alles den Kopf, was nicht in Rambach geschieht. Und daß Bismarck gestorben ist, wird sie erfahren haben. In ihren Augen war er sowieso nur der Anführer einer Räuberbande; daß die Preußen 1866 Nassau annektiert und den Herzog davongejagt haben, hat sie ihnen nie verziehen. Frieda erinnert sich, das Fräulein Thecla hat sich einmal so mißgünstig über Bismarck ausgelassen, als habe er sie persönlich bestohlen. «Die Anna ist hinten?» sagt sie deswegen.

«Wo soll sie sonst sein? Der Doktor kommt gleich ...»

«Wieso der Doktor?» fragt Frieda verwundert.

«Ich denke, ihr schreibt euch dauernd! Sie hat doch die ganze Zeit so Anfälle... Bald haben wir ein Hospital hier, die Frau Maison krank, die Anna jammert, und mir tun die Beine weh. Wenn es so weitergeht, laß ich sie abnehmen! Alles nur Wasser!» Wie zum Beweis stampft sie mit einem ihrer Elefantenbeine auf. Dann schnauzt sie das «Settchen», eine ihrer beiden Gehilfinnen, an: «Paß auf, wo du hintrittst!» Das Mädchen, ein mickriges, rachitisches Geschöpf, duckt sich schuldbewußt, läßt aber keinen Mucks vernehmen.

Anna ist in ihrer Kammer, einem Kabuff direkt neben dem Bügelzimmer; ihre Tür steht auf, daß sie hört, wenn man nach ihr ruft. Um da hinzugelangen, muß man einen schmalen, nach Gurken und Sauerkraut riechenden Gang entlanggehen; vorbei an verschiedenen Vorratsräumen, die alle mit Vorhängeschlössern gesichert sind. Die Räume befinden sich im Souterrain des Hauses, allerdings im rückwärtigen Teil, schon in den Hang gebaut. Deswegen ist hier der kühlste Platz des Hauses, aber auch der dunkelste. Anna hat in ihrem Raum nur ein schmales Oberlichtfenster, raussehen kann sie nicht, und insofern gleicht ihre Kammer einer Gefängniszelle.

Anna sitzt reglos an einem Tisch, die Arme aufgestützt, und sieht müde und abgekämpft aus, bemerkt Frieda mit dem ersten Blick und mit Erschrecken. Ist sie krank?

Nein, sie hat nur schlecht geschlafen, genauer gesagt sehr wenig, erklärt Anna. Die Frau Maison hatte heute nacht wieder Schmerzen, und sie hat Nachtwache gemacht. Allerdings spürt sie seit Tagen ständiges Ziehen im Unterleib. Es wird doch nichts zu bedeuten haben?

Kommt drauf an, sagt Frieda hinhaltend wie ein Arzt, der sich nicht gleich mit der Diagnose festlegen will. Hat sie was eingenommen?

Sie vermutet, es gibt sich wieder, wiegelt Anna ab; sie muß nur einmal richtig durchschlafen. Aber Herr Maison hat schon gesagt, wenn der Arzt nachher kommt, um nach seiner Frau zu sehen, schickt er ihn runter. Und im Tonfall des Fräulein Thecla fügt sie hinzu: «Alles nichts, verglichen mit Wasser in den Beinen.» Darauf lächeln beide Mädchen, Anna steht mühsam auf, und sie umarmen sich, dann staunt Anna über Friedas Aufmachung: «Ist das das berühmte Kleid von der Russin?»

«Ja.»

«Todchic... elegant, elegant... lieber Gott... Laß mal anfassen...»

Anna prüft den Stoff wie eine Schneiderin, die fremde Arbeit in die Hand bekommt. «Wie Seide», lobt sie und scherzt: «Sprichst du denn überhaupt noch mit unsereinem?»

Wie zur Antwort nimmt Frieda ein kleines, in Goldpapier eingeschlagenes, mit einer Goldkordel verschnürtes Päckchen aus ihrem Samtbeutel und hält es Anna auf der flachen Hand entgegen. Es enthält eine Marzipan-Kartoffel, eine Kostbarkeit, die sie im Marzipan-Haus erstanden hat. Sie ist überzeugt, Anna weiß nicht, was das ist. Anna sieht Frieda wegen des Geschenks geradezu verlegen an. «Du sollst mir doch nichts mitbringen. Spar dein Geld.»

«Ja, Tante Anna.»

«Ich bin jetzt bald auf vierzehn Mark.»

«Sehr gut.»

Anna gibt es nach dieser energischen Verwarnung auf, Frieda weiter zu belehren, bedankt sich für das Mitbringsel, zögert aber, die Schleife aufzuziehen, fragt vielmehr gewohnheitsmäßig: «Hält es sich?» – «Nein!» erwidert Frieda resolut. Sie kennt Annas Marotte, alles aufzuheben; am liebsten würde Anna das Kästchen zur Seite legen und erst an Weihnachten aufmachen. Weil Frieda noch einmal drängt, öffnet Anna endlich das Schächtelchen, sichtlich jedoch nur, um Frieda die Freude nicht zu verderben. Wie zu erwarten, sieht Anna die Freundin verblüfft an, nachdem sie einen Blick auf den Inhalt geworfen hat: «Satt wird man doch hier», sagt sie und lächelt, weil sie meint, Frieda habe einen Jux machen wollen, als sie eine Kartoffel so kostbar einpackte.

«Die kannst du nicht aufheben», redet Frieda ihr zu, die Kartoffel zu probieren. Anna wehrt ab: «Ist die noch gut? Die sieht so komisch aus!» – «Meinst du, die ist nicht mehr gut?» tut Frieda nun besorgt, bricht ein Bröckchen von der Kartoffel ab und steckt es Anna in den Mund. «Kann man es noch essen?»

Anna hält das Bröckchen erst auf der Zunge, dann schluckt sie es herunter. «Ich weiß nicht...», sagt sie schließlich unsicher. «Irgendwie süß... Die kann doch nicht erfroren sein?»

Frieda freut sich, ist ihr der Scherz also doch gelungen: «Das ist eine Marzipan-Kartoffel», klärt sie Anna auf. – «So schmeckt Marzipan?» fragt Anna darauf und probiert noch ein wenig von der schweren, süßen Masse. Mit jedem Bissen schmeckt ihr die Köstlichkeit besser. «Jetzt muß ich aber Schluß machen, wir essen gleich.»

«Es gibt Markklößchen!»

«Nicht für uns.»

Frieda erkundigt sich, wer erwartet wird. Sie erfährt, der junge Mann, dem Herr Maison das Studium finanziert, kommt, der Seminarist Jennewein. Frieda hat ihn noch nie gesehen, aber schon viel von ihm gehört. Er ist ein weit entfernter Verwandter von Frau Maison. Er will Missionar werden, und weil er sein Studium nicht selbst aufbringen kann, unterstützt ihn Herr Maison.

«Wie lange studiert der denn noch? Der müßte doch schon längst Papst sein!» – «Mit dem Studium ist er fertig. Nächsten Monat hat er Primiz ... seine erste Messe.» – «Ich weiß, was Primiz ist. Wie kommen die denn dazu, den zu finanzieren?» fragt Frieda. «Die haben doch eigene Kinder; was müssen sie da andere finanzieren?»

«Herr Maison hat ein gutes Herz. Hat er wirklich.»

Frieda wartet ab, ob Anna etwas von Bernhard erzählt, dem Gymnasiasten. Ein paarmal hat er in Annas Gegenwart merkwürdig geschnauft und wirres Zeug geredet; hat also das übliche Betragen an den Tag gelegt, wenn ein junger Herr Liebesgelüste hat. Frieda will wissen, ob es zwischen ihnen vorangegangen ist. Anna zieht die Augenbrauen hoch: «Fehlte mir noch zu meinem Glück. Sind alle in Ferien; er und sein Bruder. Gott sei Dank. Der Älteste ist in der Schweiz, mit seiner Braut und den Eltern von ihr.»

«Ich muß dir was erzählen», sagt Frieda und setzt das Gesicht auf, das sie immer macht, wenn sie Wichtigkeiten verbreiten will. Sie will gerade von ihrem Erlebnis berichten, da greift sich Anna mit beiden Händen nach dem Bauch, beugt sich vornüber und erbricht sich. Das kommt so unverhofft, daß Frieda starr zusieht. Anna würgt und kotzt, und es endet nicht. Endlich will Frieda der Freundin beispringen, ergreift auch schon beide Schultern von Anna, doch unter ihren Händen sackt diese zusammen, fällt vom Stuhl, wälzt sich in dem Erbrochenen und stöhnt und stöhnt. Es ist ein schrecklicher Anblick.

Nachdem sie irgend etwas Sinnloses gesagt und irgend etwas Sinnloses versucht hat, hetzt Frieda aus der Kammer und in die Küche, um Hilfe zu holen. Just in diesem Moment geht die Küchentür auf, und Herr Maison kommt mit seinem Gast herein, dem Seminaristen Jennewein. Wiewohl sich das nicht schickt, grüßt Frieda nicht, wartet auch nicht ab, daß Herr Maison etwas sagt oder anordnet, sondern platzt heraus: «Die Anna hat was. Es ist schrecklich ...»

«Was ist?» erkundigt sich Herr Maison.

«Ich weiß nicht. Sie wälzt sich auf dem Boden ...»

«Sie wird doch nicht in Umständen sein?» sagt das Fräulein Thecla nüchtern.

«Das ist doch jetzt egal. Dann guck mal einer nach ihr», befiehlt Herr Maison.

Weil er es aber gewohnt ist, alles selbst in die Hand zu nehmen, bemüht er sich persönlich zu Anna. Frieda läßt sich eine Schüssel geben und Wasser und Lappen und folgt ihm.

Anna liegt immer noch auf dem Boden. Herr Maison schiebt ihr gerade ein großes Kissen unter den Kopf, ihr Kleid ist von Erbrochenem verdreckt, und sie stöhnt tatsächlich wie eine Schwangere, wenn die Wehen einsetzen. Vielleicht hat das Fräulein Thecla ins Schwarze getroffen? Aber man sieht nichts von einem Bauch, und Anna hat auch nie darüber gesprochen, daß sie in Umständen ist. Das wüßte sie doch; das hätte sie ihr doch anvertraut.

«Was ist denn mit dir?» fragt Frieda deswegen noch einmal unbeholfen, kniet neben Anna nieder und ergreift deren Hand. Dann wendet sie sich an Herrn Maison: «Wann kommt denn der Arzt?» Herr Maison wehrt ab: «So lange können wir nicht warten; sie muß ins Krankenhaus. Komm, Richard, das organisieren wir ...»

Frieda bemerkt erst jetzt, daß der werdende Missionar auch im Türrahmen steht. Es stinkt im Raum schrecklich nach Kotze, und Frieda wundert sich, daß der Gestank den jungen Mann nicht stört. Jetzt, wo sie ihn aus der Nähe wahrnehmen kann, ist Frieda über seine Statur erstaunt. Anna hat ihr nie verraten, daß er ausgesprochen männlich aussieht. Er ist groß und blond und hält sich sehr aufrecht. So wie Anna von ihm gesprochen hatte, hatte Frieda etwas Verhuschtes, Verhungertes erwartet. Sie hatte gemeint, bei ihm handle es sich um einen Schleicher, und nun erscheint ein Siegfried. Sein schwarzer Anzug wirkt billig und ein bißchen abgetragen, aber selbst ohne Binder hat man nicht den Eindruck, darin stecke eine Kirchenmaus, dafür ist er zu imposant. Was hat also Anna gestört? Vielleicht sein Gesichtsausdruck. Als er den Kopf hebt und sie anblickt, ist das, als würde ein großer Bub sie ansehen; einer, der alles glaubt, was man ihm sagt.

In seinem Gesicht findet Frieda nichts von Heuchelei, allerdings auch nichts von kommender Heiligkeit. Auf eine unbestimmte Art ähnelt er Willy.

Er ist ihr auf Anhieb sympathisch.

Herr Maison bestimmt: «Frieda, du bleibst solange bei ihr!», und entfernt sich, gefolgt von seinem Schützling.

Frieda nickt. Selbstverständlich. Was denkt er denn?

Anna krümmt sich nun ein weiteres Mal, stöhnt und wälzt sich auf die andere Seite, als wolle sie sich von ihrer Freundin abwenden. Frieda sucht sie zu beruhigen und zu trösten, aber sie spürt, Anna nimmt sie nicht wahr. Ihre Schmerzen müssen viehisch sein.

Nach einer Weile kehrt Herr Maison mit zwei kräftigen Männern zurück; er will, daß die Männer Anna vorsichtig aufnehmen, achtet auch darauf, als sie Anna wegschleppen, daß sie das vernünftig machen. Frieda folgt den Männern, versucht sogar Annas Hand zu halten. Die Männer drängen sie aber ärgerlich zur Seite, die Treppe nach unten ist auch wirklich zu steil dafür. Am Fuß der Treppe wartet die Kutsche von Herrn Maison. Die Männer legen Anna behutsam auf das Polster, dann gibt Herr Maison dem Kutscher Anweisung, Anna in die Städtischen Kliniken zu bringen.

«Darf ich mitfahren?» fragt Frieda entschlossen.

Herr Maison zögert, dann wehrt er ab: «Jetzt laß mal...»

Er schiebt Frieda zur Seite und bemüht sich selbst in die Kutsche. Frieda ist perplex. Wer würde das machen? Wer sonst würde sich in dieser Weise um sein Dienstmädchen bemühen?

Vielleicht ist es das, was Frieda darauf bringt zu sagen: «Herr Maison, Anna kann die beste Pflege haben und den besten Arzt. Ich komme für alles auf!»

Herr Maison wendet sich irritiert um: «Wie meinst du?»

«Ich komme für alle Kosten auf», wiederholt Frieda mit Festigkeit, und wie sie das formuliert, könnte man meinen, sie sei eine zweite Frau Eichhorn.

«Ehrt dich», erwidert Herr Maison knapp, «aber noch sind wir für Anna verantwortlich!»

7

Es vergehen zwei Wochen, bis Frieda Gelegenheit hat, Anna zu sehen.

Diesmal muß sie nicht weit gehen. Herr Maison hat Anna, wie gesagt, nach Wiesbaden in die Städtischen Kliniken bringen lassen, und hier liegt sie noch. Die Kliniken sind die hohen Gebäude auf einem weitläufigen Areal zwischen Platter Straße, Schwalbacher

Straße und Röderstraße, nur einige Schritte von der Wohnung der Heybach entfernt. Es gibt Mauern um die Anlage und Pförtner, bei denen man sich anmelden muß.

Einer von ihnen, ein älterer Mann, schlägt in einer Liste nach, als sich Frieda nach Fräulein Anna Pätzold erkundigt, und verkündet gleichmütig: «Haus 10. Die Geschlossene.»

«Wieso Geschlossene?» widerspricht Frieda. «Da muß ein Irrtum vorliegen.»

Der Pförtner antwortet ihr nicht, bemüht sich schon um die nächsten Fragesteller. Frieda will sich nicht so abfertigen lassen, aber Willy, der bei ihr ist, beschwichtigt sie: «Wir finden sie schon!»

Sie hat Willy versprochen, ihm eine Hose zu kaufen; deshalb begleitet er sie überhaupt. Die Hose, die er anhat, ist so dünn, daß sie bei jedem Schritt durchscheuern kann. Aber wenn er sich vom eigenen Geld eine kaufen soll, hat er in zehn Jahren noch keine. Willy ist es nicht gegeben, Geld zu erwerben. Er vermag einfach nicht, an einer Arbeitsstelle auszuharren. Er hat alles und nichts versucht, und immer, wenn er eine Arbeit hat, hat er sie nicht lange. Er hat schon Brötchen ausgetragen, in der Hutfabrik Sedansky Stumpen gepreßt und kurzzeitig in der Augenanstalt Müller in der Taunusstraße Glasaugen verpackt. Eine Woche lang hat er mal Sickergruben geleert und die Scheiße zur Kläranlage gefahren. Es hat keinen Sinn, all seine Versuche aufzuzählen, sich im Erwerbsleben zu etablieren. Überall zeigt er am Anfang viel Elan, berauscht sich an möglichem Aufstieg, und gewöhnlich fängt er schon nach drei Tagen an zu phantasieren, wie sich seine Zukunft als Bäcker, Hutfabrikant oder Direktor der Augenanstalt gestalten wird. Dann wird ihm die Sache langweilig, und bald darauf steht er mit sanftem Lächeln vor der Tür und verkündet, man habe keine Arbeit mehr für ihn, und setzt seinen üblichen Quatsch hinzu, wie: «Wenn ein Mann getrunken hat, neigt er zu Extremitäten.» Nie passen seine Sprüche zum übrigen; sie, Frieda, hat es schon lange aufgegeben, nach dem Sinn davon zu rätseln.

Einerseits ist Willy ein stämmig gewachsener Kerl, sogar etwas schwerfällig. Andererseits wird und wird er nicht erwachsen. Am liebsten sitzt er herum und philosophiert über Probleme, die kein Mensch hat. Er kann sich über die Mongolenfrage und den Rassentod ereifern. Vorhin wollte er darüber disputieren, ob die Schwarzen und Gelben in den deutschen Kolonien in hundert Jahren besser deutsch sprechen werden als die Hannoveraner, welche bekanntlich das beste Deutsch artikulieren. Keiner hat ihm darauf geantwortet, und so hat er eine Betrachtung auf die andere gesetzt, und jede war spitzfindiger als die vorherige, und am Ende kam er zu dem Schluß: «Die beste Wichse ist und bleibt die preisgekrönte weltberühmte Weber-Wichse», oder ähnlichem Unsinn.

Außer ihr hört kaum jemand lange zu, und selbst sie tut nur so, als interessiere sie sich für seine ellenlangen Umständlichkeiten.

Willy hat eine große Begabung: Er kann Menschen nachmachen. Wenn er seine kurzzeitigen Kollegen und Vorgesetzten nachahmt, meint man, sie leibhaftig vor sich zu sehen. Hört man ihm länger zu, ist es, als ob man selbst bei Berghäusers Brot gebakken oder in der Hutfabrik Stumpen gepreßt hätte! Oder jetzt eben, da meinte man, einen Sanitätsrat zu hören, als er zu ihr sagte: «Würden Sie mir bitte folgen, Schwester!»

Über dem Portal der Geschlossenen ist ein Stein ins Mauerwerk eingelassen, und darin ist mit verschnörkelten Buchstaben eingemeißelt: Haus 10. Alle Fenster dieses Baus sind vergittert, sogar das kleine Sprechfenster in der Tür; die Tür ist abgeschlossen. Der ganze Block gleicht eher einem Gefängnis als einem Hospital. Wenn man ihn sieht, versteht man sofort, warum diese Abteilung die «Geschlossene» genannt wird. Hier sperrt man Irre ein. Die Heybach wäre hier gut aufgehoben. Aber was hat Anna hier zu suchen, fragt sich Frieda. Hat sie den Verstand verloren?

Willy will wissen, wie Anna hier reingekommen ist.

«Werden wir gleich erfahren! Läute mal!» verlangt Frieda und sucht ihre innere Erregung zu zügeln. Willy zieht am Drahtseil der scheppernden Glocke. Kurz darauf öffnet eine schnippische Schwester die Klappe in der Tür. «Sie wünschen?»

«Ich möchte zu Fräulein Anna... Anna Pätzold», erklärt Frieda herausfordernd. «Man hat mir gesagt, sie soll hier liegen! Da müßte allerdings ein Irrtum vorliegen...»

«Welche Station?»

«Es hieß nur Haus 10.»

«Ach so, die Spastikerin», gibt die Schwester zur Antwort und will von Frieda wissen: «Haben Sie eine Erlaubnis? Sind Sie eine Verwandte?»

«Ja», lügt Frieda. «Cousine.»

«Und der junge Mann?»

«Mein Bruder.»

«Sie wissen, Fräulein, daß ihre Krankheit ansteckend sein kann?»

«Ja, darüber bin ich informiert», erwidert Frieda in der Manier des Herrn Thomé; das wirkt immer. Sie wußte zwar nichts von dem Sachverhalt, aber mit diesem Drachen wird sie fertig! Tatsächlich öffnet jetzt die Schwester – sie steckt in einer graublauen Tracht, die an Geschirrhandtücher erinnert – die Tür und hält Frieda eine Mappe aus Pappmaché und einen Bleistift entgegen. Frieda muß ihren Namen aufschreiben und daß sie die Patientin auf ihre eigene Gefahr besucht. «Was bedeutet das?» fragt sie, während sie unterschreibt.

«Im Fall der Fälle trägt das Haus keine Verantwortung.»

«Und in welchem Fall trägt das Haus Verantwortung?» fragt Frieda von oben herab.

Die Schwester beläßt es statt einer Erwiderung bei Schweigen. Sie hält auch Willy die Mappe hin. Der fragt kleinlaut, ob Frieda unter diesen Umständen Anna nicht lieber allein besuchen wolle? Frieda ist es egal: «Wie du willst», stimmt sie zu und verlangt, daß er bei einer Baumgruppe auf sie wartet. Er laviert, will am Wasserhäuschen warten; für ein Bier hat er immer ein paar Pfennige übrig. «Nein», bescheidet Frieda ihn ungnädig, «du bleibst hier!» Darauf kuscht Willy.

Anna wird wie ein bösartiges Tier gehalten oder wie eine Verbrecherin. Man hat sie in eine Kammer neben dem Abort gesteckt, wo sie ganz allein ist. Ihre Tür ist abgeschlossen; sie besitzt nicht einmal eine Klinke. Die Schwester muß Frieda die Tür mit einem Vierkantschlüssel öffnen.

Man will jedoch nicht verhindern, daß Anna ausbricht – das kann sie sowieso nicht, so geschwächt, wie ihr Körper ist –, sondern daß sich ihr jemand unbefugt nähert. Die Schwester trichtert Frieda ein: «Halten Sie mindestens drei Schritt Abstand. Denken Sie dran: nie näher als drei Schritte!»

Anna sieht schrecklich aus; man meint, sie sei unrettbar verloren. Nicht, daß sie viel an Gewicht verloren hätte oder vorzeitig gealtert wäre. Es ist der Ausdruck in den Augen, der erschreckt. Als wisse sie, daß ihr Ende gekommen sei. Nichts mehr von der eifrigen, fürsorglichen Anna. Sie kann kaum den Arm heben, und ihr Begrüßungslächeln ist wie das Grinsen einer Wachsfigur.

Die Schwester will die Freundinnen allein lassen, da bemerkt sie ein Schächtelchen, das Frieda an der Kordel trägt. «Soll das für die Patientin sein?» fragt sie inquisitorisch, den Blick auf das Präsent gerichtet.

«Darf sie es nicht haben?» setzt sich Frieda zur Wehr.

«Geben Sie mal her ...»

Frieda reicht der Schwester das Schächtelchen, und die legt es auf dem Nachttisch ab.

«Wie fühlst du dich?» fragt Frieda obenhin, kaum daß sich die Schwester entfernt hat. – «Es wird schon», antwortet Anna vage. «Die Ärzte sind zuversichtlich.» – «Siehst auch schon wieder ganz gut aus», gibt sich Frieda weiterhin unbesorgt. Und prompt macht sich Anna Mut: «Die Krisis ist überstanden.» – «Sieht man, Fräulein Doktor», stimmt ihr Frieda angestrengt heiter zu. Dabei hat sie schon Mühe, sich natürlich zu geben. Ihr ist danach, sich über Anna zu werfen und zu heulen. Statt dessen plaudert sie über Gäste des «Römerbads», über die Frau Eichhorn und sogar den liebeseifrigen Saucier, der ihr wieder aufgelauert hat. Sie will Anna vermitteln, ihre Krankheit sei am Ende kaum schlimmer als Husten oder Schnupfen und werde morgen, spätestens übermorgen wieder verflogen sein. Wenn sie wenigstens an Annas Bett treten dürfte! Wie kann man jemand täuschen bei dieser Distanz – sie in der offenen Tür, Anna fünf Schritte von ihr entfernt. Die Gerüche des Klos nebenan und merkwürdiges Papageien-Kreischen irritieren sie zusätzlich. Sie nimmt an, die Schreie kommen von Irren, die hier verwahrt werden. Ist Anna eine Gefahr für die Mitmenschen, daß man sie isolieren muß?

«Und was hast du?» fragt sie endlich.

Anna zuckt jetzt vor Schmerz auf, aber als sie sich wieder beruhigt hat, klärt sie Frieda auf: «Der Doktor sagt, es ist ein gutes Zeichen, wenn Leben in den Nerven ist.» Sie gibt über ihren Gesundheitszustand ganz sachlich Auskunft, so, als berichte sie von einer Wildfremden. Die Ärzte vermuten, daß ein Virus der Frau Maison auf sie übertragen worden ist und ihre Körperfunktionen lähmt. Vorübergehend waren sogar die Arme gelähmt, konnte sie kaum den Kopf bewegen. Das hat sich sehr gebessert, und insofern hat man viel Hoffnung geschöpft.

«Von der Frau Maison sollst du das haben? Wie kann das denn sein, daß du dich jetzt erst ansteckst? Du bist doch schon so lange da ... Und das Fräulein Thecla und die anderen haben doch auch nichts!» – «Man weiß ja nicht, was die Frau Maison hat. Das ist ja die

Komplikation; man hat es bis jetzt ja nicht erkannt.» – «Und was machen sie mit dir?» – «Was sie können!»

Nach Annas Vermutung stehen die Doktoren vor einem Rätsel, geben das aber nicht zu, verbergen ihr Unwissen vielmehr hinter Latein und Strenge. Frieda empfiehlt Bäder; sie meint, praktisch alle Leiden kann man mit Bädern heilen. Im «Römerbad» werden sowohl Thermal- als auch Kohlensäurebäder verabreicht; sobald das elektrische Licht installiert sein wird, sollen elektrische Bäder dazukommen. Die sollen wahre Wunder vollbringen.

Anna erwidert scherzend: «Dann müssen wir solange warten.»

Frieda deutet auf das Schächtelchen, das sie mitgebracht hat: «Willst du nicht mal aufmachen?»

«Wieder eine Kartoffel?» müht sich Anna um ein Lächeln.

«Nein, was Richtiges.»

Darauf erwidert Anna gewohnheitsmäßig: «Du sollst doch nicht dein ganzes Geld verschenken.»

«Ich will dir doch eine Freude machen...»

Anna greift nach dem Geschenk, hat aber nicht die Kraft, die Goldkordel, mit der es umwickelt ist, aufzureißen. Frieda kann ihre vergeblichen Anstrengungen nicht mit ansehen. Sie blickt sich um. Auf dem Gang ist nichts von einer Schwester oder einem Pfleger zu bemerken. Darauf mißachtet sie das Gebot der Krankenschwester oder des Arztes oder des Ärzte-Konziliums oder wer immer das Gebot ausgesprochen hat, tritt an Annas Bett und öffnet das mitgebrachte Schächtelchen. Anna sagt besorgt: «Geh lieber wieder zur Tür! Wenn sie dich so finden...» – «Ach was, du wirst mich schon nicht gleich anstecken. Gefällt dir das?»

Anna muß sich etwas aufrichten, um in das Schächtelchen blikken zu können. Als sie es tut, zeigt ihre Miene eher Erschrecken als Freude. «Das soll für mich sein?» fragt sie ungläubig.

Auf einem Samtkissen liegt ein goldenes Kreuz, das mit einem Rubin in seinem Zentrum geschmückt ist. Frieda nimmt Annas Hand, dreht das Schächtelchen so, daß Licht auf den Stein fällt. Darauf leuchtet er wie warmes Blut. «Wo hast du denn das Kreuz her? Das ist viel zu wertvoll», sagt Anna tonlos. «Das muß ein Vermögen gekostet haben. So viel Geld hast du doch gar nicht! Wie bist du denn da dran gekommen?»

«Es ist nicht von einem Juwelier! In den Theaterkolonnaden sind doch so Stände... Es wären aber schöne Steine, hat der Verkäufer gesagt. Der ist echt!»

«Sieht man ja», sagt Anna fast tonlos. «Das kann ich nicht annehmen. Du hast doch keine Dummheiten gemacht?»

«Was für Dummheiten?» wehrt Frieda den Gedanken strikt ab.

Anna nimmt endlich das Schmuckstück aus der Schachtel, erkennt nun, daß zu dem Kreuz auch ein dünnes goldenes Kettchen gehört. «Nein, das nehme ich nicht. Ein Rubin», wehrt Anna jetzt unglücklich ab. «Das mußt du tragen. Dir steht das.»

Frieda sucht, ihr die Kette um den Hals zu legen; Anna hält ihre Hand fest: «Wenn ich sterben muß, trägst du es», verlangt sie kläglich. «Versprich es mir!»

«Erstens stirbst du nicht, und zweitens habe ich es für dich gekauft», widerspricht Frieda betont forsch. Als das Kreuz endlich auf Annas dünnem, verwaschenem Nachthemd liegt, sagt sie feierlich: «Die Kette soll uns immer an unsere Freundschaft erinnern. Unser Leben lang.»

Anna nickt zustimmend, von dem Gedanken gerührt, eine Freundin fürs Leben zu haben, dennoch antwortet sie das Falsche: «Daß du so gern schenkst...» An diesem Punkt erinnert sich Frieda, daß Willy draußen auf sie wartet. Sie ist froh, daß ihr das einfällt. Weiß sie wenigstens etwas zu reden. Sie schildert Anna ihre Absicht, ihm etwas zum Anziehen zu kaufen und übertreibt dabei Willys Aussehen; allerdings nur wenig. Viel ist da nicht zu übertreiben. Sie erwartet, Anna wird ihr jetzt wieder raten, das Geld aufzuheben. Doch Anna erkundigt sich nur: «Geht es ihm gut? Ist er noch beim Rollkontor?»

«Sie haben ihn mal wieder weggeschickt.»

Anna bringt nun etwas heraus, das Frieda erst nach Nachfragen versteht. Der Seminarist Jennewein hat ihr geschrieben, nimmt Anteil an ihrem Geschick und hat sie zu seiner Primiz eingeladen. «Er hat einen Brief geschickt», sagt Anna mit einer Ergriffenheit, als habe sie Post von Kaiser Wilhelm erhalten. Sie flüstert fast. Dabei bemüht sie sich, die Schublade des Nachttischs aufzuziehen. Es gelingt ihr nicht. Frieda will sie davon abbringen: «Laß doch... Ich glaub dir ja...» Anna gibt jedoch nicht nach, bis sie den Brief aus der ansonsten leeren Nachttisch-Schublade gefischt hat.

Wo sind die Karten, die sie, Frieda, ihr geschickt hat?

Anna reicht ihr den Briefbogen mit dem Kuvert; er steckt quer im Kuvert, sieht auch schon etwas abgegriffen aus.

«Soll ich das lesen?» fragt Frieda.

Anna bewegt vorsichtig den Kopf.

Der Brief beginnt mit Genesungswünschen des Seminaristen. Dann folgen zwei kurze Bibelsprüche, zum Glück welche, die wirklich Mut machen; keine übertrieben erbauliche Sätze und Sentenzen, wie man sie von einem angehenden Missionar erwartet. Es folgt die Einladung zur ersten heiligen Messe mit Orts- und Zeitangabe. Die Primiz wird natürlich in Rambach erfolgen! Sonst nichts; nichts Persönliches.

In ihrer Hilflosigkeit (auch um ihr Schuldgefühl zu mindern; sie ist gesund, Anna ist todkrank) lobt Frieda das Schreiben über den grünen Klee: «Sehr schöner Brief ... wirklich sehr schön», sagt sie, faltet ihn und legt ihn wieder an seinen Platz zurück.

In diesem Moment werden die Mädchen von der Schwester, die Frieda eingelassen hat, überrascht. Die Schwester fährt Frieda in einer Weise an, als müsse ein Schwerverbrechen verhindert werden: «Sind Sie von Sinnen? Ich habe Ihnen doch erklärt ... Kommen Sie sofort her! So was von Unvernunft.» Frieda gehorcht und kehrt zum Zimmereingang zurück. Aber der Schwester genügt das noch nicht. «Verabschieden Sie sich jetzt! Das geht ja nicht!»

Hinter Frieda wird das Portal wieder geschlossen. Sie hört das Geräusch, wie sich der Schlüssel im Schloß bewegt, und nun verliert sie die so schwer bewahrte Fassung. Sie verbirgt ihren Kopf erst in ihrem rechten Arm, lehnt sich, um Halt zu finden, dann an die Wand an und beginnt zu schluchzen. Willy kommt zu ihr, streichelt ihr vorsichtig den Rücken, ist aber klug genug, nichts zu sagen.

Nach einer Weile faßt sich Frieda.

Willy fragt vorsichtig: «Sie kommt nicht durch? Oder ...?»

Frieda antwortet nicht.

Sie gehen stumm Richtung Hauptportal. Frieda hat nur eine einzige Frage in vielen Variationen: Was hat Anna getan, daß sie so geschlagen wird? Anna ist vom Unglück verfolgt. Sie ist im Waisenhaus groß geworden, drüben, auf der anderen Seite der Straße, hinter anderen Gittern. Vom Haupttor der Städtischen Kliniken kann man den Bau sehen, die sogenannte Kinderbewahranstalt, ein Zuchthaus für Kinder. Die Waisen werden da gehalten wie Kriminelle. Ab und an sieht man sie, wie sie in Zweierreihen durch die Gegend geführt werden. Selbst die Gassenkinder der «Hilf», für gewöhnlich grausam und spottlustig, haben Mitleid und halten sich mit Bemerkungen zurück, wenn sie die Unglücklichen sehen. Sie dürfen nicht sprechen, wenn sie unterwegs sind, sich nicht einmal umsehen, tragen Tag für Tag uniforme Kleidung (im Sommer grau, im Winter schwarz) und gleichen einem Zug Vögel auf dem Weg ins Verderben. Man bekommt Angst, wenn man die Kinder sieht.

Frieda will erst die Röderstraße hinuntergehen, zwingt sich aber dann, die Schwalbacher Straße zu wählen. Als sie an der Kinderbewahranstalt sind, bleibt Frieda stehen und sieht durch den spitzenbewehrten eisernen Zaun. Man sieht kein Kind, überhaupt keinen Menschen, hört auch keinen Laut aus dem Gebäude. Jetzt hat Frieda ihre Balance zurückgewonnen, jetzt sieht sie alles mit nüchternen Augen. Anna hat in der Anstalt schreckliche Jahre verbracht. Sie ist drangsaliert und geschlagen worden. Es gibt da Lehrer und Erzieherinnen, die die Kinder aus purer Freude züchtigen und quälen. Eigentlich hat sie Anna zum ersten Mal richtig wahrgenommen, als sie einmal mit blauen Flecken im Gesicht und geschwollenen Händen in die Schule gekommen war. Der Lehrer Heyl hatte sie beiseite genommen und eine Weile sehr ernst mit ihr gesprochen. Hinterher hatte er erklärt, Anna brauche für einige Zeit nicht am Turnunterricht teilzunehmen. Das verriet allerhand; der Lehrer Heyl hält es nämlich für seine vornehmste Aufgabe, seine Schüler, gleich, ob Jungen oder Mädchen, körperlich zu stählen. Nach jeder Stunde werden zehn Kniebeugen gemacht, und die Arme muß man kreisen lassen wie Windmühlenflügel. Vom Turnen wird man nur dispensiert, wenn Arme und Beine gleichzeitig gebrochen sind.

«Deine Mutter ist nicht dicht», bemerkt sie zu Willy, «aber was die Anna von der Bewahranstalt erzählt hat – dagegen ist sie aus reinem Gold.»

«Ist ein armes Dier», antwortet Willy philosophisch; man weiß nicht, spricht er von Anna oder seiner Mutter. «Das arme Dier» ist ein typischer Ausdruck der «Hilf» und umfaßt viel Mitleid mit Mensch und Kreatur.

Er hat wohl doch Anna gemeint.

Anna, glaubt Frieda, hatte nur ein einziges Mal Glück im Leben, nämlich als sie bei den Maisons anfangen durfte. Und nun dies! Wofür wird sie bestraft? Sie ist doch so ein braves Geschöpf!

Später denkt Frieda an den Brief, den der Seminarist Jennewein Anna hat zukommen lassen. Auf unbestimmte Weise ist es ihr angenehm, daß er Anna nur allgemeine Tröstungen geschickt hat und offenbar keine Hintergedanken verfolgt. Sie beschließt, ihm zu schreiben und ihm in Annas Namen für den Gruß zu danken.

Daraus entwickelt sich eine heimliche Korrespondenz. Anfangs geht es um Anna und Annas Krankheit und ihre Fortschritte bei der Genesung. Dann erbittet Frieda wegen der Heybach seinen Rat und seinen Beistand. Nach ihrer Ansicht, schreibt sie ihm, sei die Heybach vom Teufel besessen. Als Beweis schildert sie die neuesten Schandtaten der Heybach: Sie hat die Röcke gehoben und die Müllmänner eingeladen. Als man sie zur Vernunft bringen wollte, hatte sie wieder einen ihrer zerstörerischen Anfälle. Frieda beschwört den frischgeweihten Pater Richard geradezu: «Sie sind Priester, treiben Sie der Heybach das Böse aus!» Er erwidert in einem langen Brief, er müsse ihr mitteilen, die Kirche sei, was Exorzismus angehe, äußerst vorsichtig. Er selbst habe zwar die Weihen und sei insofern berechtigt, Teufel auszutreiben. Die kirchlichen Vorschriften seien jedoch in diesem Punkt sehr eng gefaßt; es dürften nur eigens eingesetzte Exorzisten Teufel verjagen.

Später werden die Briefe zielloser. Manchmal geht es um profane Dinge, wie um Socken der Marke «Trifels», die er in Limburg vergebens sucht, mal um ihre oder seine Zukunftspläne. Er wird solange in Limburg bleiben, bis seine Vorbereitungen auf den Missionsdienst abgeschlossen sind und man den rechten Platz für ihn gefunden hat. Sehr ausführlich beschreibt er ihr, wie er die Heiden für Christus und die Eingeborenen für das Deutschtum gewinnen will, und daß er das eine so wichtig nehmen wolle wie das andere. Er schreibt locker und herzlich, niemals ist etwas Schwülstiges oder Seufzendes in seinen Worten. Selbst seine Bibelzitate wirken leicht, manche wie Blumenblätter. An keiner Stelle zeigt er sich als engherziger Prediger und schon gar nicht als liebesdurstiger Verehrer. In keinem der Briefe, die Frieda und der Pater wechseln, gibt es eine Andeutung, sie suche ein Liebesverhältnis mit ihm oder er eins mit ihr. Frieda will sich deswegen einreden, dieser Briefwechsel sei nichts weiter als heiteres Geplauder und ohne tiefere Bedeutung, und es sei nur seinetwegen (immerhin hat er ein heiliges Gelübde abgelegt, Frauen zu meiden), daß sie nie ein Wort darüber verliert.

Als sie einmal, sehr verklausuliert, Bedenken wegen ihres Tuns äußert, schreibt er zurück: «Ich beschwöre Sie, lassen Sie unsere Verbindung nicht abreißen. Ihre Worte bedeuten mir viel.»

Bei der Lektüre dieses Satzes spürt Frieda eine solche Sehnsucht, daß sie sich in den nächsten Zug nach Limburg setzen möchte.

Der Bräutigam
oder
Kann man Politik kochen?

1

Eine Minute vor Mitternacht verklingt die Musik und verlöschen die Lüster.

Alle Anwesenden stehen; es herrscht aufgeregte Unruhe. Endlich ein dumpfer Gongschlag; Lichter flammen auf, und gleichzeitig spucken Mörser Wolken von Konfetti gegen die prunkvolle Saaldecke. Minutenlang rieseln die Papierschnipsel als bunter Schnee wieder herab; manche fischt man noch an Ostern aus irgendwelchen Kleiderfalten. Paare flüstern sich gute Wünsche ins Ohr; die übrigen reichen sich die Hände oder prosten sich zu. Die Kapelle stimmt einen Walzer an, und man drängt zur Tanzfläche, als dürfe man bei einem bedeutenden Ereignis nicht zu spät kommen.

Es ist die Nacht des 14. auf den 15. Januar 1900; die Hotelangestellten Wiesbadens und Schlangenbads feiern die Jahrhundertwende. Wie die Orthodoxen oder die Juden haben die Bediensteten des Gastgewerbes ihren eigenen Kalender. Alle, die in der Silvesternacht Dienst taten, ihrer Herrschaft da das Feiern erst ermöglicht haben, finden jetzt Gelegenheit, den Jahreswechsel und den Beginn des neuen Säkulums unter sich zu begehen.

Der Ball ist Abklatsch herrschaftlicher Feste, und das gibt ihm Hautgout. Hat man eine feine Zunge, schmeckt man etwas Falsches, Verderbtes. Wahrscheinlich entsteht dieser Geschmack, gerade weil sich die Äußerlichkeiten perfekt gleichen. Der Ball findet im selben prunkvollen Rahmen statt wie einer der beliebtesten Silvester-Bälle, nämlich in den Räumen der Casino-Gesellschaft in der Friedrichstraße; die Roben, die getragen werden, sind elegant wie die der guten Gesellschaft. Selbst die Kapelle, die auf der Bühne thront, hat in der Silvesternacht an gleicher Stelle dieselben

Melodien gespielt. Kennt man nicht die untrüglichen, doch schwer zu fassenden Unterschiede, die Herrschaften ein für allemal von ihren Bediensteten trennen, könnte man glauben, unter die Wiesbadener Honoratioren geraten zu sein. Dabei hält jeder der Versammelten bei anderer Gelegenheit die Hand für ein Trinkgeld auf.

Gewisse Herrschaften zieht gerade das besondere Flair des Balls an. Manche Herren verschaffen sich mit Dreistigkeit Zutritt, wie sich sonst Hochstapler in beste Kreise einschleichen. Trifft man auf einen Unbekannten, kann man daher nie vollkommen sicher sein: Ist er von Berufs wegen Oberkellner, oder gibt er sich für einen aus? Wie viele der Gäste haben sich nicht schon als Richter oder Mediziner decouvriert!

Selbstverständlich kann man sich das Vergnügen nur gönnen, wenn man guten Verdienst hat. Wie sollte sich ein Hausdiener einen Frack auch nur leihen können? Es gibt jedoch Hunderte von Hotels und Pensionen in der Stadt, und vor allem die Creme der Häuser – Direktoren, Chef de Rangs, Oberkellner – findet sich bei dieser Gelegenheit ein.

Frieda und Anna haben ihren Platz auf der Galerie. Sie sitzen dort allerdings wenig bequem. Ihr Tischchen ist an eine Säule gerückt, die die Sicht nach unten einschränkt. Frieda kann kaum die Füße ausstrecken; auch weil sie auf Anna Rücksicht nehmen muß. Ein Tisch im Parkett ist jedoch exorbitant teuer; zu teuer jedenfalls, als daß sich Frieda einen hätte leisten wollen, zumal sie auch Anna freihält.

Frieda hat die Freundin zum Ball eingeladen, ihr auch das Kleid beschafft, das sie trägt, rosa, mit Straß besetzt. Mit dem Ball will sie Anna den Verlust der beiden letzten Jahre entgelten. Anna hat Schreckliches mitgemacht; jetzt scheint sie über den Berg zu sein. Es besteht sogar Hoffnung auf vollkommene Heilung. Natürlich kann sie nicht tanzen – sie kann sich ja kaum mit Krücken vorwärts bewegen –, doch die Wahrscheinlichkeit auf vollständige Wiederherstellung wächst. Deswegen hat Frieda keine von Annas Widerreden gelten lassen; hat vielmehr darauf bestanden, daß sie sie zu dem Fest begleitet. Wie lange ist von der Jahrhundertwende gesprochen worden, und nun sollte sie ohne Anna begangen werden?

Man könnte denken, die Pforten des Himmels würden sich an diesem Abend öffnen, so viel ist über den magischen Moment geredet worden. Frieda hat davon wenig mitbekommen. In den Tagen vor dem großen Ereignis hatte sie so viel Arbeit, daß sie beim eigentlichen Anlaß der Plackerei todmüde ins Bett fiel, und danach zeigte sich ihr die Welt wie zuvor.

Dieser Ball aber entschädigt für alles!

Frieda hat nie zuvor ähnliches erlebt. Schon während sie das Fest genießt, meint sie, davon werde sie ihr Leben lang zehren.

Auch Anna empfindet das Besondere dieses Festes. Sie trinkt zu viel und zu schnell, wie jeder, der nicht an Alkohol gewohnt ist. Bisweilen lacht sie selig, selbst wenn es keinen erkennbaren Grund dafür gibt. Als Frieda sie fragt: «Bist du glücklich?» antwortet sie mit einem dankbaren: «Wie noch nie», breitet die Arme aus, um die Größe ihres Glücks anzudeuten, und wiederholt: «Ich kann dir gar nicht sagen, wie ... Und du?»

«Auch», gesteht Frieda, sucht in dem Getümmel auf der Tanzfläche den jungen Mann, den ihr ein gütiges Schicksal vorhin zugeweht hat. Entgegen ihrer Gewohnheit, sich die Menschen erst einmal eine Weile anzusehen, ehe sie ein Urteil über sie fällt, beschreibt sie ihn Anna bereits in wärmsten Worten und nennt ihn mehrfach eine sehr liebenswürdige Natur. Auch als Erscheinung macht er was her, schlank und gewandt, wie er ist.

Jetzt entdeckt sie ihn. «Da, siehst du ihn?»

«Welcher ist es?»

«Der da ... mit dem Rotschopf!»

«Er hat rote Haare?» fragt Anna entsetzt.

«Er nicht, seine Begleitung.»

«Ach, er ist nicht allein?» fragt Anna bekümmert, als habe sich ihr eine Hoffnung zerschlagen.

Frieda neckt sie: «Dann muß man ihn ihr eben ausspannen.» Dabei hat ihr der junge Mann bereits versichert, daß ihn keine Herzensbande an seine Begleiterin fesseln. Die Rothaarige, mit der er tanzt, wird wohl die Kollegin sein, von der er gesprochen hat. Der junge Mann blickt auf, sucht offenbar den Kontakt. Frieda gibt ihm mit einer dezenten Handbewegung zu verstehen, sie hat ihn wahrgenommen.

Ein Kellner kommt an ihren Tisch, will nachschenken, entdeckt, daß die Flasche bereits geleert ist, und serviert ungehörigerweise ab. Dabei fragt er: «Noch eine, die Damen?» – «Nicht sofort», wehrt Frieda ab, aber Anna verlangt: «Doch, bringen Sie uns noch eine!» Und Frieda erklärt sie: «Ich bin ans Sparbuch gegangen.»

«Ist ja was ganz Neues.»

Herr Tremus oder Demus, der junge Mann jedenfalls, der Friedas Herz entflammt hat, drängt sich an Feiernden vorbei und kommt gut gelaunt heran, verbeugt sich mit natürlicher Eleganz und bittet um den nächsten Tanz. Aus Höflichkeit will er sich auch bei Anna für einen Tanz anmelden. Bei dieser Gelegenheit stellt er sich Anna vor. Er nennt dabei seinen vollen Namen – Georg Tremus; endlich kann Frieda ihn richtig verstehen – und den Namen des Hotels, in welchem er beschäftigt ist; diesen, als wäre er ein Adelsprädikat. Er sagt stolz «Metropol/Monopol», wie junge Offiziere ihr Regiment angeben. Tatsächlich gehört das «Metropol/Monopol» an der Wilhelmstraße nicht zu den größten der Stadt, aber zu den vornehmsten. Seine Position dort gibt Herr Tremus nicht preis.

Weil Anna nur abwehrend lächelt, wiederholt er seine Bitte.

«Bedauere, ich habe meine Tanzkarte für heute bereits geschlossen», lehnt Anna seinen Antrag scherzend ab und zeigt dabei eine Freude, als habe er ihr ein Geschenk gemacht. Gleichzeitig ermuntert sie Frieda, mit ihm zu gehen. Frieda will das nicht. Sie will Anna nicht schon wieder alleinlassen. Anna soll sich nicht zurückgesetzt fühlen. Anna läßt das nicht zu: «Tanz schon!» sagt sie heiter zur Freundin.

Als Frieda am Arm ihres Kavaliers die Treppen hinabsteigt, wünscht sie sich, einer ihrer Bekannten würde sie jetzt sehen. Sie hält den Kopf hoheitsvoll streng und ihr Kleid gerafft; die dünne Schnur, die den Saum anhebt, hat sie wie ein Armband um ihr rechtes Handgelenk gelegt. Sie ist damit so beschäftigt, ihren Auftritt zu zelebrieren, daß sie nicht vernimmt, was ihr Kavalier bemerkt.

«Pardon?» bittet sie ihn, seine Frage zu wiederholen.

«Ich wollte wissen: Wieso habe ich Sie früher hier nie gesehen?»

«Weil ich nie zuvor hier war», antwortet Frieda wahrheitsgemäß und doch mit leichter Zweideutigkeit. Man kann glauben, sie habe bis jetzt andere Vergnügungen dem Bedienstetenball vorgezogen.

«Aber es gefällt Ihnen?»

«Himmlisch», sagt Frieda, blickt ihm dabei in die Augen und spürt, daß ihr Herz heftig klopft. So wird Liebe sein, denkt sie und errötet, als habe sie sich verraten.

Sie tanzen, und dabei macht er ihr Komplimente. Sie habe wunderschöne Augen, bemerkt er zum Beispiel.

Frieda lächelt wie zustimmend, gibt aber keine Antwort. Der eigentliche Grund dafür ist, daß sie im geheimen ihre Schritte zählt und sich die Schrittfolgen vorzustellen versucht. Madame Aljewna, die wieder mal im Haus ist, war so liebenswürdig, ihr die wichtigsten Tänze zu beschreiben und die Schritte zu zeigen. Der Himmel hat sie geschickt! Natürlich kann die kurze Tanzstunde nicht Unterricht und Übung ersetzen; die reizende Russin hat ihr aber vorausgesagt, bei einigem Empfinden für Tanz und Musik könne sie sich der Führung ihres Partners anvertrauen. Sie solle sich auf ihr Gefühl verlassen, und tatsächlich glaubt Frieda, je länger sie in Georgs Arm ist, sie sei eine gute Tänzerin. Musikalisch ist sie!

Nach dem Tanz will Georg Tremus Frieda zu ihrer Freundin zurückgeleiten, aber Frieda nimmt das Heft in die Hand und bewegt ihn dazu, sie in die sogenannte «Liebeslaube» zu führen. Das ist eine dämmrige, mit künstlichem Wein geschmückte Nische, gedacht für Pärchen, die allein sein wollen. An einem Stand wird Wein und Champagner ausgeschenkt, und Frieda stellt sich davor, als würde hier und jetzt eine Entscheidung fallen.

«Was darf ich ordern?» fragt er zuvorkommend.

«Ich vertraue vollkommen Ihrem Urteil», erwidert Frieda gegen ihre Absicht etwas von oben herab. Darauf bestellt er bei dem Schankkellner, mit dem er offenbar Bekanntschaft hat, zwei Glas Rheingauer Wein. Er verlangt ausdrücklich eine bestimmte Lage und einen bestimmten Jahrgang: «Steingarten; habt ihr 96er?» Woraus Frieda schließt, Herr Tremus ist im Service tätig; wahrscheinlich selbst Kellner.

Worüber sprechen? Er weiß bereits, daß sie im «Römerbad» eine Stellung als Badefrau hat; dies hat sie ihm bei ihrem ersten Tanz anvertraut. Soll sie nun von Frau Eichhorn erzählen, oder von Therese? Es erscheint ihr zu plump, ihn wegen seiner beruflichen Tätigkeit auszufragen. Kellner ist schließlich Kellner; sie gelten als flatterhaft, aber auch als gute Liebhaber. Ehe Frieda weiß, wie sie dazu kommt, gesteht sie ihm, woher ihre Tanzkunst stammt, und spricht von Madame Aljewna und wie die Russin sie liebenswürdigerweise in die Anfangsgründe des Tanzens eingeführt hat. Sie ist mit ihrem jüngsten Kind und einer Kinderfrau im Haus, und sehr unglücklich. Ihr Mann besteht auf Trennung, hat sie Frieda in einem schwachen Moment gestanden. Sie ist an Neujahr nach Wiesbaden geflüchtet, wie sich andere zu ihrer Familie flüchten.

«Ja», bestätigt Georg, «auch reiche Leute haben ihre Sorgen.»

Herr Thomé hätte das gleichfalls sagen können; genau so. Es ist mit einem Hauch von Verachtung gemischt.

Später bringt Georg sie an ihren Platz zurück.

Sie hatte erwartet, er würde versuchen, sie zu küssen; wenigstens ein Rendezvous zu erlangen. Beides hat er unterlassen, und das kühlt Friedas Begeisterung für den jungen Mann etwas ab, doch nur wenig. Immerhin hat er ihr noch einmal versichert, mit der Rothaarigen, die er bei sich hat, habe er keine feste Bindung. Warum sollte er das sagen, wenn er nicht Konnektion mit ihr sucht?

Anna zeigt sich erfreut, als Frieda zurückkehrt, und fordert Herrn Tremus auf, einen Augenblick bei ihnen Platz zu nehmen. Er nimmt die Einladung dankend an und erbittet sich vom Nachbartisch einen Stuhl, der vorübergehend frei ist.

«Weißt du, wer da ist?» fordert Frieda die Freundin zum Raten auf.

«Wer?» – «Rate doch mal.» Darauf nennt Anna verschiedene Namen, auf den entscheidenden kommt sie nicht. Frieda triumphiert: «Herr Maison!»

«Das gibt's nicht. Wo?»

«Sitzt doch da, kannst du ihn sehen? Links neben der Bühne ...»

Anna beugt sich über die Brüstung; kann ihren Brotgeber allerdings auch dann nicht bemerken. «Allein?» fragt sie neugierig.

«Mit dem Direktor Knab von uns und noch einigen Herren; vom ‹Victoria›, glaube ich. Die kenne ich nicht so genau.»

«Das kann doch gar nicht sein. Das wüßte ich doch. Der Herr Maison hätte doch ein Wort gesagt, wenn er hierhin wollte. Waren Damen dabei?»

«Auch.»

«Das ist überhaupt nicht seine Art.»

Bei ihren Bemühungen, Herrn Maison zu entdecken, fällt Anna die unbeschriebene Tanzkarte zu Boden. Als Herr Tremus sich bückt, um sie aufzuheben, bemerkt er Annas Beinschienen, ungefüge klobige Dinger, mühsam zu schnüren. Anna muß sie noch mindestens ein Jahr lang tragen, haben ihr die Ärzte erklärt. Normalerweise löst deren Anblick bei uneingeweihten Betrachtern unklare Schuldgefühle aus; als ob man seinen Blick auf Verborgenes oder Verbotenes gerichtet habe. Bei Georg ist es anders. Er fragt mit einer Ernsthaftigkeit nach dem Zweck und dem Erfolg der Schienen, nach Annas Krankheit und dem Krankheitsverlauf, als sei die Erkundigung danach der eigentliche Zweck eines Ballbesuches. Anna beantwortet jede seiner Fragen so exakt, wie sie es nur versteht, und legt dabei einen Eifer an den Tag, ihre Leiden zu beschreiben, den Frieda bei ihr noch nie erlebt hat. Der Zauber, in dem sich Frieda befunden hat, verfliegt mehr und mehr. Wie kann jemand an diesem Ort und zu dieser Stunde von einer Krankheit hören wollen? Die einzige Erklärung für Georgs Benehmen wäre, daß er jemand kennt, dem ähnliches widerfahren ist. Sie fragt ihn danach, aber er antwortet darauf kaum.

Die Wendung der Dinge ist so abrupt und ernüchternd, daß sich Frieda betrogen fühlt. Sie schweigt enttäuscht, überläßt die beiden sich selbst.

Und allem Anschein nach genügen sie sich auch. Anna lobt zum Beispiel die Familie Maison, und schon haben sie ein Thema, über das sie sich des langen und breiten auslassen können. Andere Brotgeber hätten sie längst entlassen, sagt Anna, und sie hätte sehen müssen, was aus ihr wird. Die Maisons unterstützen sie dagegen wie ein eigenes Kind. Der junge Mann ist von ihrem Arbeitgeber weniger angetan. «Ich nehme an, eine Krankenversicherung ist für Sie nicht abgeschlossen worden?» erkundigt er sich mit erkennbarer Reserve. – «Nein. Das hat Herr Maison damals abgelehnt, als ich da angefangen habe.» Herr Tremus nickt dazu, aber in einer Manier, als wolle er sich dazu nicht weiter äußern, und wieder spürt Frieda einen geheimen Tadel der reichen Leute.

Eine merkwürdige Unterhaltung für einen Ball!

Es ist schließlich Anna, die der Rederei über ihre Lähmung, die Güte ihres Arbeitgebers und die Krankenversicherungen ein Ende macht und Frieda ermuntert, noch einmal mit Georg zu tanzen. Frieda wehrt ab, behauptet, Herr Tremus fühle sich ja offenbar in Annas Gesellschaft sehr wohl und da wolle sie nicht stören, läßt sich aber letztlich doch entführen. Aber die vorherige Verzauberung kehrt nicht mehr zurück.

Gegen zwei Uhr kommt der Moment, wo man sich trennen muß. Herr Tremus erklärt, er würde die Damen gerne nach Hause geleiten. Leider habe er, wie geschildert, seiner Kollegin jedoch versprochen, sie nach Hause zu bringen, und daran fühle er sich gebunden. Er sei nicht der Mensch, sein Wort zu brechen.

«Sehr lobenswert», erwidert Frieda reserviert und reicht ihm die

Hand zum Abschied. Sie ärgert sich. Was hat sie von ihrer Schönheit und Jugend, wenn sie nicht mal einen Kellner erobern kann?

Als könne er Gedanken lesen, erbittet er, sie wenigstens zur Tür begleiten zu dürfen. Dabei bemüht er sich halbherzig um ein Rendezvous. Er behauptet, er wäre glücklich, wenn ihm Frieda die Möglichkeit gäbe, sie wiederzusehen. Frieda lehnt alle Vorschläge strikt ab. Zur Erklärung gibt sie an, in den nächsten Wochen werde vermehrt Arbeit anfallen – immerhin steht die Fastnachtsaison bevor –, da könne sie leider nicht überblicken, wann sie wieder Freizeit erhalte.

Wie kommt sie dazu, einen Kellner zu animieren, der sie nicht will?

Unsicher, wie er sich weiter verhalten soll, sieht der junge Mann zu, wie Frieda Gummistiefel über ihre Tanzschuhe zieht. Diese Gummigaloschen, Original «St. Petersburg», zu erkennen am Doppeladler auf den Fersen, hatte sie beim Kommen an der Garderobe deponiert; sah es doch bereits heute nachmittag nach Schnee aus, und nun schneit es wirklich. Herr Tremus lobt Friedas praktische Voraussicht und bedauert, nicht ähnlich weitsichtig gehandelt zu haben; werden doch seine Lackschuhe bei der Witterung gehörig leiden.

Man merkt, er redet nur, um etwas zu sagen. Das, was nach Friedas Empfinden gesagt werden müßte, bringt er nicht heraus.

Anna begreift nicht genau, was vorgeht, und schlägt vor: «Frieda, bleib doch noch ein bißchen hier. Du mußt nicht mit...»

«Ich muß dir doch die Schienen abnehmen», widersetzt sich Frieda. Anna hebt den Rocksaum etwas, deutet einen Tanzschritt an und behauptet: «Mußt du durchaus nicht. Heute habe ich Zauberkräfte, heute bringe ich alles fertig.» – «Dann bleib du hier», sagt Frieda entschlossen und reicht Georg zum zweiten Mal die Hand. Er legt aber Wert darauf, die Damen ins Freie zu geleiten. Auf der Treppe stützt er Anna, die Schritt für Schritt und sehr umständlich die gefährlich verschneiten Stufen hinunterhumpelt. Ein Mann ist dabei, Schnee von der Treppe zu schieben, kommt aber mit seiner Arbeit nicht recht gegen den starken Schneefall an; man muß sich jedenfalls gehörig vorsehen.

Frieda hat eine Droschke bestellt, und diese wartet bereits. Sie soll Anna zu einer Pension am Kranzplatz bringen. Für Anna existiert naturgemäß keine Möglichkeit, um diese Zeit nach Rambach zu gelangen. Am Morgen wird ein Wäschewagen der Wäscherei Maison sie mitnehmen; aber bis dahin muß sie irgendwo bleiben. Frieda hat versucht, Erlaubnis zu erlangen, daß Anna ausnahmsweise bei ihr im «Römerbad» schlafen darf. Das ist abgelehnt worden; deswegen das Pensionszimmer für Anna.

Der Kutscher will Anna beim Einsteigen behilflich sein. Herr Tremus läßt es nicht zu; er übernimmt diese Kavalierspflicht, hilft auch Frieda in die Kutsche. Danach verabschiedet man sich ein weiteres Mal mit nichtssagenden Worten. Man muß den Eindruck haben, die drei werden sich nie mehr sehen. Endlich schlägt er die Tür zu.

«Kommen Sie gut nach Hause!» – «Sie auch!»

Als die Kutsche anfährt, wird nichts gesprochen. Nach einer Weile fragt Anna vorsichtig: «Hat er dir was getan?»

«Mir hat niemand was getan.»

«Ich auch nicht?»

«Du auch nicht.»

«Warum hast du ihn so abblitzen lassen?»

«Wie habe ich ihn denn abblitzen lassen?»

«Wie einen Hochverräter.»

«Dann kann er ja froh sein, daß er nicht erschossen wurde.»

«Hat auch nicht viel gefehlt.»

«Meinst du?»

«Das weißt du doch ganz genau.»

«Der wollte sich gar nicht verabreden. Der hat nur so getan. Das war doch nur Gerede. Ich hatte auch keine Lust...»

«Irgendwas muß doch passiert sein? Ist was beim Tanzen vorgefallen?» Frieda antwortet nicht. Anna fragt zögernd ins Dunkel: «Oder weil er sich mit mir abgegeben hat?»

«Du spinnst. Du bist meine Freundin, und nichts kann uns auseinanderbringen. Wie kannst du denn so was fragen?»

Für diese Antwort drückt ihr Anna die Hand. Aber sie läßt nicht locker: «Irgendwas muß doch passiert sein. Du warst doch erst Feuer und Flamme.» – «Du mußt mich nicht verkuppeln», wehrt Frieda ab, das Thema weiterzuverfolgen. Dann wechselt sie den Tonfall, wird milder. Anna hat sich ja wirklich nichts zuschulden kommen lassen. Sie gibt zu: «Ich habe zuerst wirklich gedacht, er wäre mir sympathisch. Na ja ... Man muß einen Menschen erst mal kennenlernen. Wenn du ihn haben willst – von mir aus!»

«Frieda, er will nichts von mir. Und das weißt du auch.»

«Das weiß ich nicht... das schien mir nicht so...»

«Wie kommst du denn darauf?»

Ehe Frieda antworten kann, ruckelt die Kutsche unverhofft; Anna rutscht vom Sitz. Aber während Frieda darüber einen furchtbaren Schreck bekommt – Schreck Annas wegen –, lacht diese, als sei nie etwas Lustigeres vorgefallen. Frieda fragt dennoch besorgt: «Hast du dir was getan?» – «Nein.» – «Wirklich nicht?» – «Wenn ich es dir doch sage ...»

Der kleine Zwischenfall versöhnt die Freundinnen wieder.

Die Personaltür des «Römerbads» ist abgeschlossen. Damit Frieda bei der Heimkehr nicht schellen muß und dadurch eventuell Gäste weckt, hat man ihr für dieses eine Mal den Schlüssel der Hintertür anvertraut. Damit schließt sie auf, schließt hinter sich wieder sorgsam zu und geht auf Zehenspitzen nach vorne, den Schlüssel abzugeben. Der Nachtportier hat seinen Posten verlassen, hat sich auf einen Hocker in den Gang gesetzt, so daß er von der Halle aus nicht gesehen werden kann. Offenbar genehmigt er sich ein Nickerchen.

«Guten Abend, Herr Manzinger», sagt Frieda und hält ihm den Schlüssel hin.

Der Mann hat sich verblüffend schnell in der Gewalt, tut so, als habe er die Augen die ganze Zeit offengehalten und fragt freundlich: «Wie spät haben wir?» – «Wird so drei Uhr sein. Gute Nacht» – «War's ein schöner Ball?» – «Herrlich.» – «Träum schön!»

War es wirklich herrlich gewesen?

Ja und nein.

Frieda ist, während sie die Personaltreppe hinaufsteigt, zum Heulen. Da erobert ein Mann ihr Herz, und was geschieht? Er zeigt sich von Annas Gebrechen fasziniert. Warum findet sie nicht den Mann, wie er nach ihrem Herzen ist? Es hätte ja nicht fürs ganze Leben sein müssen; eine einzige Nacht hätte ihr genügt, diese Nacht.

Übertreibt sie? Ist sie eifersüchtig, wo keine Eifersucht angebracht ist? Nein, sie hat gesehen, was sie gesehen hat. Wie hat er Anna studiert! In seinem Blick war Mitgefühl und Faszination gleichzeitig. Und welches Interesse hat er an ihr, Frieda, gezeigt? So gut wie keins, antwortet sie sich bitter. Sie hat ihn sich geschnappt, ihn festgehalten und sich an ihn geklammert; sie hat ihn überredet, mit ihr in die «Liebeslaube» zu gehen. Wo war seine Bemühung?

Frieda setzt sich unglücklich auf eine der Stufen, möchte weinen, aber es kommen keine Tränen. Sie wird nicht geliebt, von niemandem. Sie wäre mit diesem Kellner auf der Stelle auf und davon gegangen, hätte er sie darum gebeten. Aber was geschieht? Er will sich nicht einmal mit ihr verabreden. Niemand hat ihr zuliebe je irgend etwas gewagt; hat je ihretwegen etwas auf sich genommen.

Sie atmet tief durch. Sie muß ins Bett. Wahrscheinlich hat sie zuviel getrunken, ist in Katerstimmung. Sie erhebt sich, klopft ihr Kleid ab und will weiter die Treppe hinaufsteigen. Sie ist da zufällig an der Flurtür des zweiten Stockwerks. Die Gräfin Aljewna fällt ihr ein; deren Zimmer befindet sich auf dieser Etage. Welche Versprechungen hatte ihr die liebenswürdige Dame für den Ball gemacht! Und nichts davon hat sich erfüllt, oder doch nur sehr wenig. Frieda ist sicher, die Dame würde auch jetzt tröstende Worte finden. Sie kennt das Unglück, das aus dem Nichts entsteht; das Unglück, für das man nicht bedauert wird; das Unglück, das nicht gilt. Die Dame braucht Trost wie sie selbst, und sie sucht ihn auch bei ihr, Frieda. Madame Aljewna hat ihr zwar nie einen Antrag gemacht, aber Frieda hat gelernt, auch kleine Seufzer zu deuten. Wenn sie sich einer Sache sicher ist, dann dieser.

Was wäre, wenn sie zu ihr ginge?

Frieda zögert. Kann sie das Wagnis eingehen? Was passiert, sollte sie die Gräfin trotz allem falsch verstanden haben? Ihr wird kalt, sie friert erbärmlich. Endlich tritt sie in den düsteren, langgestreckten Gang und nähert sich geradezu furchtsam der Tür der Suite. Unter ihrem Gewicht knarren ab und zu Dielenbretter. Außer diesen Lauten und dem gelegentlichen Zischen der Gaslampen ist nichts zu vernehmen, keine Stimmen, kein Stöhnen, nicht einmal ein Schnarchen.

Vor allen Türen stehen Schuhe, die geputzt werden sollen. Vor der Tür der Dame warten zwei Paar: Damen-Stiefeletten und Kinderschuhchen. Wieder zögert Frieda. Es kostet sie Überwindung, an die Tür der Dame zu klopfen und das Klopfen noch einmal zu wiederholen, weil es selbst in ihren Ohren zu leise war.

Nach einer Weile – Frieda will sich schon abwenden – öffnet sich die Tür. Die Kinderfrau, eine dralle jüngere Person, blickt sie verschlafen und mißtrauisch an. Sie ist im Nachthemd und barfuß, der Zopf hängt ihr über die füllige Brust. Ehe sie etwas fragen kann, behauptet Frieda dreist: «Die gnädige Frau hat mich bestellt.»

«Für jetzt?»

«Ja.»

Die Kinderfrau sieht Frieda darauf noch einmal abschätzend an, öffnet schließlich die Tür etwas weiter und wie einladend. Sie scheint in dieser Hinsicht einiges gewohnt zu sein, verzieht jedenfalls nur den Mundwinkel und murmelt: «Aber seien Sie leise. Das Kleine schläft endlich.» Danach verschwindet sie ins Kinderzimmer, das sich vor dem eigentlichen Schlafraum befindet.

Als Frieda das Schlafgemach von Madame Aljewna betritt, ist diese wach; sie stellt auf russisch eine Frage, die Frieda nicht versteht. Frieda nennt darauf leise ihren Namen, mehr kann sie nicht herausbringen.

Einen Moment wird nichts gesprochen, dann vergewissert sich Madame Aljewna, daß wirklich Frieda gekommen ist.

«Ja», haucht Frieda.

«Komm hierher ... zu mir», verlangt die Dame.

Frieda tastet sich durch die Dunkelheit zum Bett. Sie wünschte sich, Madame Aljewna sehen zu können; diese will aber nicht, daß Licht gemacht wird, verbietet es Frieda ausdrücklich. Sie befiehlt, daß Frieda neben dem Bett stehenbleibt, erhebt sich und beginnt sie zu betasten, wie eine Blinde es tun würde. Dabei flüstert sie ihr zu: «Ich wußte, du wirst mich besuchen», ganz, als erfülle Frieda ein lange zuvor gegebenes Versprechen. «Du hast es auch gewußt?»

«Ja», behauptet Frieda.

Leichthändig und geschickt beginnt die Dame nun, Frieda auszuziehen. Mittendrin verliert sie die Lust daran, drängt Frieda aufs Bett und sucht, ihr Genuß zu bereiten. Als Frieda ihren Höhepunkt erreicht, erstickt die Dame ihren Schrei mit einem Kissen.

Am nächsten Tag badet sie bei Frieda; Madame Aljewna führt sich dabei auf wie eine Verliebte, was Frieda unangenehm ist.

2

Während des Tages hat Frieda wenig Gelegenheit, an den Ballabend zu denken. Erst wenn sie nach Feierabend auf ihrem Bett sitzt, ihre Strümpfe stopft oder ihre Wäsche flickt, hat sie Zeit, sich die Geschehnisse in Erinnerung zu rufen. Das tut sie wieder und wieder, als memoriere sie einen schwierigen Stoff für eine Prüfung.

Mit jedem Tag, der vergeht, werden die Ereignisse unglaubhafter und phantastischer. Frieda hat wenig Erlebnisse, die außerhalb ihres Hotelalltags liegen. Anders als Anna, liest sie keine Bücher; die kennt mittlerweile jede Zeile, die die Borromäus-Bücherei zu bieten hat. Frieda hat bisher auch nur ein einziges Theaterstück gesehen. «Die Königin von Malaba», ein Lustspiel mit Gesang in drei Aufzügen. Es wurde im Residenztheater gegeben, und sie war nur dort, weil Willy gebettelt und gedrängelt hatte. Doch sie hat jetzt noch die Details der verwickelten Handlung im Kopf. Wieviel mehr erst die des Balls, der gerade eine Woche zurückliegt. Manche Sätze, die gefallen sind, bedenkt sie immer wieder. Sagt man doch allgemein, in den ersten Sekunden erkenne man instinktiv alles voneinander, was man später mühsam und mit viel Lehrgeld aufs neue erlernen müsse.

Sie meint, Georg Tremus ist ein sehr zuverlässiger Mensch. Wenn er sein Wort gibt, wird er es nicht brechen. Mit einem Mann wie ihm kann man den Bund fürs Leben schließen.

Aber warum meldet er sich nicht? Wenn er etwas für sie übrig hätte, würde er sich melden. Er weiß schließlich, wo sie zu finden ist. Wenige Zeilen genügten, und sie würde sich mit ihm verabreden.

Einmal bekommt sie Post, und als Herr Thomé mit dem Brief winkt, glaubt sie, endlich gehe ihr Wunsch in Erfüllung. Doch als sie den fettfleckigen Umschlag nur in die Hand nimmt, weiß sie, er kann nicht von ihm stammen; noch bevor sie einen Blick auf die krakelige Schrift wirft. Die Heybach schreibt, Friedas unzuverlässiger Vater habe sich immer noch nicht gemeldet, und deswegen verlangt sie, daß sie, Frieda, ihr Geld leiht. Um ihrer Forderung eine gewisse Berechtigung zu geben, rechnet sie ihr vor, was sie im Laufe von Jahren unter ihrem Dach alles gegessen und getrunken hatte.

Dann hält es Frieda nicht mehr aus. Sie muß wegen Herrn Tremus Klarheit haben.

Sie nutzt die Gelegenheit, nach ihm zu sehen, als sie für einen Badegast einen Gang zu erledigen hat. Der Sanitätsrat von Weißenfeld hat sie bestellt, um sie wegen der Behandlung einer Dame zu instruieren, und zufällig unterhält er seine Praxis im unteren Teil der Wilhelmstraße, zwei Häuser neben dem Hotel «Metropol/

Monopol». Frieda empfindet diesen Zufall als einen Wink des Schicksals, sich dort nach Herrn Tremus zu erkundigen.

Es ist ein bitterkalter frostiger Tag, als sie dorthin geht, jedoch sonnig, und erstaunlicherweise herrscht auf der Straße reges Treiben. Viele Pferdeschlitten sind unterwegs, und auf dem Trottoir ist Gedrängel wie auf dem Andreasmarkt. Die Straße ist nun mal der Salon der Stadt, und wer Zeit und Muße hat, präsentiert sich hier. Durch Zufall geht Frieda hinter dem spleenigen greisen Baron her, der sommers wie winters in Begleitung seiner beiden Lakaien auf der Wilhelmstraße anzutreffen ist. Die Lakaien, immer in altmodische Livreen gekleidet, sind kaum jünger als ihr Gebieter und haben ihm grundsätzlich in zwei Schritt Abstand zu folgen. Frieda hätte nicht die geringste Mühe, die drei zu überholen. Doch es reizt sie, diese zu studieren, und deswegen achtet sie darauf, daß sie hinter ihnen bleibt. Man muß beim Gehen sowieso viel Vorsicht walten lassen. Der Schnee der letzten Tage ist zwar auf Trottoir und Fahrbahn festgetreten, aber darunter hat sich Eis gebildet. Wie zur Warnung rutschen die Pferde ab und an oder tänzeln erschrocken, wenn sie die Sicherheit verlieren.

Den meisten ist der Anblick so vertraut, daß sie kaum Interesse an den dreien zeigen. Die Damen, die promenieren, haben sowieso andere Interessen. Sie heucheln Begeisterung über die Auslagen der eleganten Geschäfte oder tun so, als suchten sie einen freien Platz in einem der vielen Cafés. In Wirklichkeit sind sie auf der Jagd. Ihr Leben erschöpft sich darin, jemanden kennenzulernen oder jemanden wiederzutreffen, und damit sind sie auch jetzt beschäftigt. Frieda kennt sie zur Genüge. Schon als Kind ist sie hier auf und ab marschiert, von einem Ende der Straße zum anderen, von der Ecke Sonnenberger Chaussee und Taunusstraße zu den drei Bahnhöfen am unteren Ende der Wilhelmstraße. Bei ihren Ausflügen mußte Willy ihr oft Schutz und Beistand sein. Meistens haben sie dabei Pakete herumgetragen, die nichts enthielten als einen Besenstiel oder eine hohle Tapetenrolle. Damit wollten sie den Anschein erwecken, für sie bestehe Auftrag und Berechtigung, hier zu sein. Die prüfenden Blicke der Herrschaften waren schwer zu ertragen; zu schwer für Kinder. Reiche Leute glauben, die Welt sei ausschließlich in ihrem Besitz, und sie könnten Armen den Zutritt nach Belieben erteilen oder verwehren. Junge, reiche Frauen sind nach Friedas Erfahrung in diesem Punkt die schlimmsten.

Die Drehtür des «Metropol/Monopol» ist zur Seite geklappt, und Kofferträger schleppen Berge von Gepäck zu einem offenen Automobil. Daß sich jemand bei dieser Kälte überhaupt in so ein windiges Gefährt setzt!

Frieda hat keine Vorstellung, wie sich das Wiedersehen mit Georg Tremus gestalten wird; ist noch nicht einmal fest entschlossen, sich im Haus nach ihm zu erkundigen. Kann sie das wirklich wagen? Wie steht sie da, wenn er sie angelogen hat und gar nicht im «Metropol/Monopol» beschäftigt ist? Und wenn er es ist, welche Position hat er dort? Wahrscheinlich ist er kein großes Licht. Sonst hätte er doch mit seiner Stellung renommiert. Welcher Mann läßt sich denn die Chance entgehen, sich im besten Licht zu zeigen, gibt man ihm Gelegenheit dazu?

Und wenn sie ihn sieht, was fragen?

Einige Momente läßt sich Frieda vom Hin und Her der Kofferträger und Pagen aufhalten, dann bemerkt sie mit Erschrecken ihren Ballkavalier, wie er eben diesen Kofferträgern und Pikkolos Anweisungen erteilt. Seine Litewka, taubenblau und auf Figur gearbeitet, ist von zurückhaltender Eleganz, eher für einen Major als für einen Portier geschneidert. Er seinerseits nimmt sie nicht wahr, und sie macht sich auch nicht bemerkbar. Was kann Gutes dabei herauskommen, wenn er sie bei der Arbeit abfertigt?

Dennoch ist sie mit dieser Wendung der Dinge hoch zufrieden. «Sieh an, Portier», sagt sie halblaut vor sich hin, als sie weitergeht. In seinem Alter bedeutet das allerhand. Portiers sind die Visitenkarte eines Hauses, wie Herr Thomé immer betont. Wenn man Georg diese Position anvertraut, muß er tüchtig sein. Die Entdekkung macht sie stolz. Hat sie ihr Herz doch nicht an den Falschen gehängt.

Frieda erbittet bei Herrn Thomé eine Audienz und die wird gewährt. Herr Thomé nimmt sie in einer stillen Stunde mit in das kleine Büro, in welchem die Rechnungen ausgeschrieben werden, und hier befragt sie ihn nach Georg Tremus. Sie tarnt ihre Neugier an seiner Person; stellt es so dar, als ginge es ihr um eine Auskunft wegen Geld und Schulden. Sie vermutet nämlich, ein Portier weiß über einen anderen Bescheid, und diese Vermutung erweist sich als richtig. Herr Thomé kennt Georg aus gemeinsamen Zeiten und stellt ihm ein sehr schönes Zeugnis aus. Danach stammt Georg aus einer rechtschaffenen hiesigen Familie – Handwerker, soweit Herr

Thomé in Erinnerung hat – und hat eine Zukunft zu erwarten. Mit Sicherheit hat er seinen Militärdienst absolviert; bei den Achtzigern, vermutet Herr Thomé, und er meint sich zu erinnern, Georg war auch schon im Ausland in Stellung, wohl in Lüttich. Er spricht angeblich fließend Französisch und Spanisch.

Frieda zeigt sich von allem sehr befriedigt, dankt und will gehen. So schnell läßt Herr Thomé sie aber nicht frei: «Hast du ihm Geld geliehen? Habe ich das richtig verstanden?» nimmt er sie seinerseits ins Verhör. – «Nein, soweit ist es noch nicht. Ich bin nur wegen eines Projekts angesprochen worden ...»

Herr Thomé legt bei dieser Antwort seine übliche Zurückhaltung ab. Sein Gesicht bekommt etwas Fuchsiges, als er ungeniert fragt: «Ah, man hat Pläne. Wollt ihr euch eine Existenz aufbauen?»

Die Frage ist einerseits absurd; andererseits, warum es leugnen, daran hat sie schon gedacht. Warum sollen sie nicht erreichen, was andere junge Paare auch geschafft haben? Ihr kommt es vor, als habe Herr Thomé ihr ins Herz geblickt und ihre geheimsten Gedanken erkannt. Deswegen ist sie in Versuchung, ihn einzuweihen. Sie läßt es. Herr Thomé ist nicht ihr Vertrauter, er ist aller Welt Vertrauter. Deswegen lächelt sie nur hintergründig, als sie antwortet: «Nein, Existenzgründung steht bei uns nicht an.»

Georg meldet sich auch in den folgenden Tagen nicht. Schließlich setzt sich Frieda über alle Gebote von Schicklichkeit und Konvention hinweg und schreibt ihm einen knappen, freundlichen Brief, in dem sie ihm für die schönen Stunden dankt, auch in Annas Namen. Mehr nicht. Georg versteht und meldet sich umgehend.

An ihrem nächsten freien Abend gehen sie aus. Georg macht verschiedene Vorschläge, was man unternehmen könnte. Frieda lehnt alle Vorschläge ab. Sie will *ihn* kennenlernen, nicht irgendwelche Varietékünstler. Ein weiteres Mal nimmt sie ihren Mut zusammen, hängt sich bei ihm ein, als sei es mit ihnen beschlossene Sache, und sagt: «Es muß nicht immer was Großartiges sein. Gehen wir irgendwohin, wo wir uns unterhalten können.»

Er führt sie in ein Bierlokal, das in schweren hohen Steinkrügen ein sehr kräftiges bayerisches Bier ausschenkt, dunkel vom Rauch eines großen Eisenofens und vom Qualm der vielen Pfeifen, die geraucht werden. In dem Lokal sitzt man an großen Tischen, zu acht, zehn, zwölf Personen. Ob man will oder nicht, man wird in die Unterhaltung der Nachbarn einbezogen; hört zumindest, was die übrigen reden. Frieda und Georg kommen deswegen auch hier kaum dazu, über sich zu sprechen. Erst als er sie nachher zum «Römerbad» geleitet, können sie sich austauschen. Frieda erfährt aber nichts, das sie nicht schon wüßte. Er ist mit Auskünften über sich zurückhaltend, als habe er ein Gelöbnis abgelegt, über seine Person zu schweigen. Es dauert lange, bis Frieda begreift, daß dahinter kein Geheimnis steckt. Georg ist nur vollkommen uneitel, kann sich nicht einmal vorstellen, jemand sei an seinen Angelegenheiten interessiert. Statt dessen erkundigt er sich nach Anna. Geht es ihr etwas besser? Ein so junger Mensch und für immer ruiniert.

«Ruiniert? Wie kommen Sie darauf?» widerspricht Frieda heftig. «Sie ist auf dem besten Weg. Die Ärzte machen ihr große Hoffnung.»

«Glauben Sie daran?»

«Natürlich», gesteht Frieda, verwundert, daß er so negativ über Annas Heilungschancen urteilt. «Sie hätten sie mal vor einem Jahr erleben müssen. Die Mediziner können selbst kaum fassen, was sie erreicht haben. Anna ist sogar in einer medizinischen Zeitschrift erwähnt worden; der Professor hat ihr den Artikel extra ausgeschnitten.»

Sie lobt die Ärzte der Städtischen Kliniken, als habe sie deren Wohltaten am eigenen Leib erfahren, und erzählt ihm bei dieser Gelegenheit auch von Willy. Willy ist zu der zu ihm passenden Überzeugung gelangt, die Krankenhaus-Ärzte seien, weil sie jung und unbekannt sind, tüchtiger und ehrgeiziger als die Kapazitäten, die Frau Maison behandeln und keinerlei Fortschritte erzielen. Was meint Herr Tremus dazu?

Der bemerkt nur gleichmütig: «Scheint plausibel.»

Warum so reserviert? Ist das wirklich nur Höflichkeit, oder langweilt er sich in ihrer Gegenwart?

Was ihm noch berichten?

Sie redet weiter, ohne zu wissen, was; als nächstes verrät sie ihm eine Überlegung, die längst noch nicht spruchreif ist: «Herr Maison hat sich vorgenommen, mit seiner Frau nach Loreto zu pilgern. Vielleicht hilft ihr ein Wunder.»

«Wo ist das?»

«Kennen Sie Loreto nicht? Das ist ein sehr bekannter Wallfahrtsort in Italien. Da gibt's das Haus der Heiligen Familie; angeblich haben das die Engel dorthin gebracht.» Als Georg nur mit einem knappen «So» reagiert, fügt sie an: «Es kommt natürlich darauf an ... Je nachdem ...»

«Worauf kommt es an?»

«Na ja, Wunder passieren nicht auf Kommando. Aber irgendwas muß man ja tun. Die Frau Maison ist grundanständig.»

«Sie meinen, Wunder hängen vom Lebenswandel ab?»

«Glauben Sie nicht an Wunder?»

«Ich glaube nicht an die Jungfrau Maria und an keinen lieben Gott. An Wunder schon gar nicht», erwidert Georg knapp. Davon ist Frieda so schockiert, auch empört und verletzt, daß sie schweigt. Wie kann jemand nicht an Gott glauben? Georg spürt ihre Ablehnung und setzt deswegen zu einer längeren Erklärung an. Er beruft sich auf irgendwelche Denker, von denen Frieda noch nie gehört hat, und behauptet, diese hätten den einwandfreien wissenschaftlichen Beweis erbracht, es gibt keinen Gott und keine Götter.

«Gehen Sie nie in die Kirche?» fragt sie, noch immer schockiert.

«Was sollte ich da finden?»

Als Frieda darauf nichts erwidert, setzt er ihr dozierend auseinander, Priester seien Leute, die den guten Glauben der Unwissenden zu ihren Gunsten ausbeuteten. Wenn sie wolle, gebe er ihr gern Lektüre, wo alles genau ausgeführt sei. Mit Sicherheit fielen ihr einige Scheuklappen von den Augen. Zu allem Überfluß bekennt er, er ist eingeschriebenes Mitglied der Sozialdemokratischen Partei.

Für Frieda ist diese Eröffnung, als hätte er ihr mitgeteilt, er leide an einer ansteckenden Krankheit.

3

Nachdem sie gründlich darüber nachgedacht hat, die Sache auch überschlafen hat, beschließt Frieda, Georgs Ansichten hinzunehmen, wie man einem lieben Menschen einen Charakterfehler verzeiht, und sucht, ihm näherzukommen.

Sie hört ihm von nun an schweigend und mit dünnem, nichtssagendem Lächeln zu, wenn er sie über Politik belehrt, was er ausgesprochen gern macht. Er hat die Neigung zu einem Lehrer, auch zu einem Propheten, und sagt ihr voraus, es werde eine Zeit heraufziehen, in der alle Rangunterschiede zwischen den Menschen aufgehoben würden und alle am Reichtum der Erde teilhaben könnten.

Aha. Und was sagen seine Chefs zu seinen Ansichten?

Georg versichert ihr, jedermann im «Metropol/Monopol» wisse von seiner Gesinnung. Mit Ausnahme der Gäste, denkt Frieda da, behält ihre Meinung aber für sich. Sie vermutet, ganz so direkt wie bei ihr werde er da nicht auftreten, und für den Moment kommt es ihr vor, er renommiere mit seinen gewagten Ansichten wie der Saucier Hildebrandt mit seinen Saucen und aus keinem anderen Zweck, als sie ins Bett zu bekommen.

Er scheint ihre Gedanken zu erraten und beharrt darauf, keiner seiner Ansichten werde er untreu, gleichgültig, ob man ihn deswegen entlassen oder befördern wolle. Was solle denn sein Vater sagen? Der sei seiner sozialistischen Gesinnung wegen verfolgt worden und habe dennoch nicht abgeschworen. Nach allem, was ihr Georg über seinen Vater berichtet, stellt sich Frieda ihn als Rauschebart und verbiesterten Menschen vor und ist ganz erstaunt, als sie ihn später kennenlernen darf, daß er im Gegenteil sehr umgänglich ist.

Ein anderes Mal, als sie sich treffen, ist Georg wegen eines Gerichtsurteils, von dem er gerade gehört hat, so empört, daß Frieda zuerst glaubt, sie hätte etwas falsch gemacht und er rege sich ihretwegen auf.

Es stellt sich zum Glück heraus, es geht um etwas ganz anderes. Ein Bekannter von ihm, ein Mensch namens Karl Enders, ein Genosse aus einer Fabrikansiedlung am Main, der in seinem Leben eine große Rolle spielt, hat am Vortag vor Gericht gestanden. Er hatte bei einer Versammlung gegen einen Prälaten polemisiert und das in eine Zeitung setzen lassen. Georg hält ihr eine zerlesene Zeitung hin, als sei darin die endgültige Wahrheit gedruckt. Der entscheidende Satz ist rot unterstrichen, sorgfältig mit einem Lineal.

«Dafür vier Monate!» empört er sich. «Vier Monate!» wiederholt er zur Vorsicht noch einmal und tippt mit dem Zeigefinger (er hat schöne gepflegte Hände, stellt Frieda bei dieser Gelegenheit fest; Frau Eichhorn sagt immer: «Hände lügen nicht») auf den Absatz, auf den es ankommt und um den es bei dem Prozeß gegangen ist.

Frieda liest. «Wer nicht arbeitet, soll nicht essen! lehrt der feiste Pfaff. Wie? Ausgerechnet jener, der sich den Ertrag seiner fetten

Pfründe dadurch verdient, daß er zu gewissen Zeiten an gewissen Stellen gewisse nichtssagende Zeremonien macht?»

«Dafür vier Monate», wiederholt Georg und steckt die Zeitung wieder ein. Er hat in Kleidung und Accessoires viel von den Gästen seines Hotels angenommen, was ihr gefällt. Er ist ein ausnehmend gutaussehender Mann, von natürlicher Eleganz und bestimmtem Auftreten, bestätigen ihr alle, die ihn mit ihr sehen. Und ausgerechnet er will ein Anwalt der Arbeiterschaft sein? Arbeitet in einem Haus, wo ein Zimmer in einer Nacht mehr kostet, als ein Arbeiter im ganzen Monat verdienen kann, und macht sich um das Wohl und Wehe der Arbeiter Gedanken? Kennt er überhaupt welche? Sie, Frieda, könnte ihm einige Exemplare in der «Hilf» zeigen.

«Von wem ist die Rede?» erkundigt sie sich irritiert. «Von welchem ‹feisten Pfaff› ist die Rede?»

Er erläutert ihr: «Allgemein... Es ist keine bestimmte Person gemeint. Der Priester an sich ist gemeint, der Priester als Handlanger der Bourgeoisie...»

«Und was heißt das?» bittet sie vorsichtig um Erklärung: «‹... daß er an gewissen Stellen gewisse nichtssagende Zeremonien macht.› Wie darf ich das verstehen?»

«Das ist doch deutlich. Deutlicher kann man es doch gar nicht aussprechen, bei unseren Schandgesetzen. Sonst setzt es ja statt vier Monate vier Jahre! Daß der Pfaffe einen Kelch mit Wein hochhält und Ihnen einreden will, das sei Blut eines Gottes. Das heißt es, zum Beispiel!»

Frieda schweigt dazu, meint aber, die Strafe für die Gotteslästerung sei mit vier Monaten noch viel zu milde ausgefallen. Übrigens stellt sich nach einigem Hin und Her heraus, die vier Monate Gefängnis hat der Staatsanwalt nur beantragt. Das Gericht hat Herrn Enders mit einem Monat Gefängnis davonkommen lassen. Für Georg ist jedoch jeder Tag Gefängnis, den ein Proletarier absitzen muß, Willkür.

Bald darauf lernt Frieda diesen bewußten Herrn Enders kennen. Er ist ihr auf Anhieb unsympathisch. Er hat dünne, fettige Haare, eine muffige Ausdünstung und das Gebaren eines Geschäftsmanns, der seine Kunden vertreibt. Immer seine großen Worte! Einmal behauptet er, und rückt dabei Frieda unangenehm nah, nach vielen blutigen Kämpfen werde letztlich die große, die entscheidende Schlacht zwischen Besitzenden und Besitzlosen geschlagen, die Schlacht zwischen Arbeit und Kapital. Bei dieser Schlacht gehe es um die Herrschaft der Erde, und das Proletariat werde sie mit unabweislicher Sicherheit gewinnen. «Glücklich die, die den Kampf um den Birkenbaum erleben und mitkämpfen!» schwärmt er heftig und sieht dabei aus, als stehe er kurz vor dem Erguß.

Viel später erfährt Frieda, daß wegen des von den Behörden beanstandeten Artikels zwischen ihm und Georg ein Geheimnis besteht.

In den kommenden Monaten treffen sich Frieda und Georg, so oft es ihnen möglich ist. Aber sie läßt sich von Georg nicht ein einziges Mal küssen, geschweige, daß sie seine Hand auf ihrem Busen duldet oder was der verliebten Zudringlichkeiten mehr sind, die er versucht, wenn sie an abgelegenen Plätzen allein sind. Sie hat erreicht, daß er in sie verschossen ist, und das genügt ihr. Er seinerseits glaubt, ihre Prüderie habe ihren Grund in ihrer hohlen Religiosität und ist überzeugt, diese werde sich mit der Zeit verlieren.

Obwohl sie sich immer noch mit «Fräulein Frieda» und «Herr Georg» anreden, werden sie für ein Paar gehalten, und wirklich sprechen sie immer öfter über eine gemeinsame Zukunft. Er stellt sich vor, daß er eine Arbeit in einem Hotel annimmt, in dem auch sie angestellt ist. Wenn sie darüber phantasieren will, wie man zu einem eigenen Hotel gelangen könne, lächelt er, als habe er es mit einem Kind zu tun, das sich zu Weihnachten eine Kutsche mit vier Schimmeln und goldenem Aufputz wünscht. Er legt ihr offen seine Vermögensverhältnisse dar. An Barem besitzt er kaum mehr als Anna; als sie fragt, wie das sein kann bei seiner Position, stellt sich heraus, er spendet seiner Partei.

Georg ahnt zum ersten Mal, daß Frieda nicht die ist, die er in ihr vermutet, als sie auf Biegen oder Brechen gemeinsam mit ihm einen Fallschirmabsprung der todesmutigen Aeronautin Käthe Paulus beobachten will. Diese Person stammt aus Frankfurt, hat ihre Kunst aber schon in London und Paris vorgeführt und besitzt daher internationales Renommee. Frieda ist nicht davon abzubringen, sich das anzuschauen. Schon die Vorgeschichte ist bezeichnend. Als auf Plakaten angekündigt wird, daß Fräulein Paulus den übernächsten Sonntag mit einem Ballon aufsteigen wird und, so es die Umstände zulassen, über dem Exerziergelände der Gersdorff-Kaserne abspringen, bedrängt ihn Frieda, mit ihr dorthin zu gehen. Georg paßt es durchaus nicht. Frieda läßt keine Ausflucht gelten, verlangt unbeirrt und rücksichtslos, daß er auf seine Vorhaben verzichtet und mit ihr das Vergnügen teilt. Er spürt, sie nimmt den Punkt als eine Probe und macht mit ihm Schluß, wenn er nicht auf sie eingeht. Wiewohl er ihr Insistieren nicht begreift, sagt er endlich halbherzig zu.

Bereits lange vor der Zeit, da die Aeronautin im Kurpark überhaupt aufsteigen will, sind Frieda und Georg schon auf dem Exerziergelände, wo Fräulein Paulus ihren wahnwitzigen Versuch wagen will. Es ist ein wenig freundlicher Tag, und außer ihnen gehen und stehen auf dem Übungsgelände in der Hauptsache Soldaten niedriger Ränge herum. Sie sind offenbar dazu eingeteilt, Massen zurückzuhalten, die nicht kommen oder jedenfalls noch nicht gekommen sind. Frieda will von Georg alles wissen, was er ihr über das Ballonfahren und den Fallschirmabsprung sagen kann. Können auch Männer mit dem Fallschirm springen oder sind sie dazu zu schwergewichtig? Wie groß muß ein Schirm sein, daß er einen Menschen tragen kann, und aus welchem Material ist er hergestellt? Wie kommt es, daß Fräulein Paulus sich beim Niederstürzen nicht alle Knochen bricht? Aus welcher Höhe springt sie? Springt sie mit den Füßen voran oder mit dem Kopf zuerst? Kann sie während des Fluges etwas erkennen oder hält sie die Augen geschlossen? Bekommt man überhaupt Luft, wenn man aus so großer Höhe in die Tiefe stürzt?

Als er nur vage Antworten geben kann, zeigt sie sich unzufrieden. Darauf verlangt er Erklärungen: «Was fasziniert Sie an dem Kunststück so sehr? Was ist denn der Unterschied zu Seiltanz? Ich erinnere mich, zu den Türmen der Bonifatiuskirche waren mal Seile gespannt und ein Mann ...»

«Erlauben Sie mal! Das ist doch was ganz anderes. Einfach so, sich ohne allen Halt in die Tiefe stürzen – das kann man doch gar nicht damit vergleichen. Welcher Mut gehört dazu!»

«Wem soll denn dieser Mut nutzen?»

«Man muß auch was versuchen, wenn es ganz unmöglich ist. Wenn alle sagen, es geht nicht, muß man es trotzdem probieren. Das bewundere ich!»

Er nimmt das schweigend zur Kenntnis. Erst nach einer Bedenkpause erwidert er: «Das ist Ihre Ansicht vom Leben?» – «Ja», erwidert Frieda in einer Tonart, als lasse sich darüber nicht verhandeln.

Später, als der erwartete papageiengelbe Ballon herantreibt – eigentlich ist er schneller, als Frieda vermutet hatte; wenn man auch keine Vorstellung gewinnen kann, wie schnell –, löst sie sich wieder von Georg und betrachtet angespannt und mit etwas geöffnetem Mund das Schauspiel, als werde es nur für sie aufgeführt. Endlich geschieht das Unfaßbare: Eine Gestalt klettert aus dem Weidenkorb, welcher unter dem Ballon hängt, verharrt einen Moment auf der Umrandung des Tragkorbs und springt dann ins Nichts, wie sich ein Schwimmer ins Wasser wirft.

Eine Katastrophe scheint sich anzubahnen. Der Fallschirm öffnet sich nicht; Menschen schreien, andere wenden sich ab. Frieda beobachtet starr und atemlos, wie die Person fällt und fällt; diese hat die Arme dabei ausgebreitet und liegt eher in der Luft, als daß sie wie ein Stein fiele. Dann plötzlich in der Höhe Gewirre und Geflattere von Stoffbahnen und Leinen, ein gewaltiger Schirm spannt sich auf, und daran hängt die Gestalt und winkt der Menge auf dem Feld offenbar heiter und wohlgemut zu.

«Vivat! Vivat!» schreien die Zuschauer, die sich zuletzt doch eingefunden haben. Anscheinend ist jedermann erleichtert, daß alles nach einem guten Ausgang aussieht, und wirklich gelingt der Frau das Aufkommen glücklich. Für die allermeisten ist damit das Schauspiel beendet; sie applaudieren ein letztes Mal und entfernen sich befriedigt.

Nicht so Frieda.

Sie bedrängt Georg, sie zu der Aeronautin zu geleiten; läuft fast, diese aus der Nähe zu sehen. Käthe Paulus ist, als Frieda sie erreicht, von Soldaten umringt, die ihr behilflich sind, den Fallschirm abzuschnallen. Sie ist eine kleinere Person, beinahe lausbubenhaft und wesentlich älter, als Frieda vermutet hat. Sie scheint Mitte der Dreißig zu sein, ihre Haut ist braun gebrannt, und angetan ist sie mit Pumphosen, Ledergamaschen und einer Rüschenbluse. Als die Männer mit ihren Bemühungen fertig sind, steigt sie aus dem Schirm wie andere aus einem Unterrock, setzt eine schicke Matrosenmütze auf, bedankt sich bei ihren Helfern und will sich entfernen.

Frieda nimmt all ihre Courage zusammen und spricht sie an: «Sie werden entschuldigen …»

Die Aeronautin wendet sich Frieda zu: «Ja …?»

«Sie verzeihen meine Frage: Wie sind Sie darauf gekommen? Ich meine ... aus dem Ballon zu springen? Wie sind Sie darauf gekommen?»

«Ich hab's gemacht – mehr war's nicht», erwidert die Aeronautin freundlich.

«Ja, das habe ich mir gedacht», bemerkt Frieda, als seien ihr damit alle Fragen zufriedenstellend beantwortet worden.

4

An diesem Tag stellt Georg Frieda seinen Eltern vor.

Es ist ein spontaner Entschluß, geboren aus der Tatsache, daß die elterliche Wohnung nur ein paar Straßen weit entfernt ist.

Frieda meint Georgs Eltern aus seinen Schilderungen bereits recht gut zu kennen. Der Vater ist Dachdecker, die Mutter hat neun Kinder geboren. Sechs sind noch auf der Welt; drei leben bei ihr – außer Georg noch die beiden Mädchen, Nachkömmlinge. «Nesthäkchen» nennt Georg sie manchmal. Georgs Großeltern waren Rheinfischer, besaßen einen eigenen Kahn und ein kleines Anwesen mitten in Schierstein; das ist ein Hafenstädtchen, sozusagen vor den Toren Wiesbadens. Georg ist dort zur Welt gekommen. An seine ersten Jahre hat er allerdings nur noch unklare Erinnerungen; erinnert sich vor allem an den Geruch des Rheins und den der beiden Ziegen, die der Großvater hielt. Heute noch trinkt er mit Genuß Ziegenmilch. Nach dem Tod der Großeltern ist der kleine Besitz verkauft und das Erbteil unter fünf Geschwistern aufgeteilt worden. Georgs Vater hat seinen Anteil als Aussteuer für seine Mädchen bestimmt.

Das Viertel, wo Georg und seine Eltern wohnen, ist erst im letzten Jahrzehnt begonnen worden, und die Arbeit ist noch nicht an ihr Ende gelangt. Noch immer verlieren sich Häuser und Straßen zwischen Gärten und Feldern; manches Haus steht wie vergessen in einer Wüstenei. Es ist ein Wohnviertel für Handwerker und Handlanger, die einigermaßen Einkommen haben. Die meisten Häuser sind vier- und fünfgeschossig, haben auch oft Seiten- und Hintergebäude; den Reklameschildern nach gibt es viele Werkstätten – Schreiner, Glaser, Installateure, auch kleinere Fabrikationen. Alles wird überragt von einem gewaltigen vieleckigen Bau, und gekrönt wird dieser von einer mächtigen Kuppel. Man kann den Bau für eine Zitadelle halten oder für einen Dom; in Wahrheit ist es der Winterbau eines Zirkus.

Georg verspricht scherzend: «Wenn wir uns im Winter noch zugetan sind, gehen wir hin!»

«Zweifeln Sie daran?»

«Und Sie?»

Sie schüttelt den Kopf. «Nein!» setzt sie hinzu, als wäre es ein Versprechen. Sie gibt ihm Gelegenheit, nun von Verlobung und Heirat zu beginnen, nimmt sie doch an, der Besuch bei den Eltern sei ein erster Schritt dazu. Georg läßt aber die Gelegenheit verstreichen. Statt dessen spricht er über den Garten, der sich hinter dem Haus befindet und der das ganze Glück seiner Mutter darstellt.

Georgs Eltern wohnen im ersten Stock eines Hinterhauses. Es handelt sich um eine ordentliche, sogar geräumige Wohnung. Vom Küchenfenster aus sieht man den Garten, von dem Georg gesprochen hat – ein schmales Stück Land, eingefaßt von rostigen Drahtzäunen –, Felder und eine Bahnlinie. Dahinter, in der Ferne, ahnt man den Rhein. Der Zug zur Eisernen Hand und nach Schwalbach fährt gerade vorbei. Auf allen Plattformen drängeln sich Ausflügler. Aus der Entfernung sind es nur Farbflecke in Rot, Weiß, in Rosa und Blau.

Selbstverständlich ist es so, wie Frieda vermutet hat: Georgs Mutter ist nicht wirklich erbaut davon, daß ihr Sohn seine Angebetete mitbringt, ohne dies angekündigt zu haben. Sie steht am Spülstein und wäscht das Geschirr ab, hat den Kittel über dem Unterrock nicht geschlossen, die Strümpfe sind ihr heruntergerutscht, und entsprechend ist sie verlegen, als ihr Sohn unverhofft mit einem fremden Fräulein vor ihr steht. Sie ringt sich unglücklich ein «Freut mich» ab und trocknet sich die Hände mit einem Tuch, während Georg ihr Frieda vorstellt. Georgs Mutter ist eine kleinere, etwas in die Breite gegangene Frau, die ausführt, was man ihr aufträgt. Dabei ist sie nicht eigentlich unterwürfig; sie ist nur so an Gehorsam gewöhnt, daß er ihr zur Natur geworden ist und weder ihr noch sonst jemand auffällt.

«Soll ich euch Vater rufen?» fragt sie. «Er ist hinten!»

«Hat er doch angefangen?» erkundigt sich Georg.

«Was hast du denn gedacht? Wenn er sich was in den Kopf setzt... Wir wollen ja auch mal wieder in unseren Betten schlafen. Ihr könnt ihm ja guten Tag sagen.»

Es stellt sich heraus, Georgs Vater ist dabei, sein Schlafzimmer zu tapezieren, wie er es sich vorgenommen hatte, und wobei ihm eigentlich Georg helfen wollte. Auf dem Gang türmt sich Mobiliar so hoch, daß man sich kaum daran vorbeidrücken kann. Frieda stößt mit dem Schienbein gegen die Kante eines Möbelstücks, unterdrückt aber jeden Schmerzenslaut. Sie meint, das zieme sich nicht in fremder Umgebung.

Das Zimmer ist bis auf eine Lampe leergeräumt. Diese Lampe, eine Ampel aus böhmischem Glas, hängt an drei dünnen Ketten von der Decke herab, und Frieda muß sie immer wieder ansehen, weil das Schlafzimmer der Heybach ein ähnliches Stück ziert und ebenso leicht schief, wie dieses hier, und das läßt sie denken, vergeht denn die Vergangenheit nie? Setzt sie sich immer fort?

Zwei Männer arbeiten in dem Zimmer. Ohne daß Georg es ihr vermittelt, weiß sie, welcher von ihnen Georgs Vater ist. Er ist im Unterhemd und hat eine Mütze aus Zeitungspapier auf dem Kopf; Leim tropft von der Mütze auf seine breite Brust, und Tapetenreste kleben an seinen Pantoffeln. Er drückt gerade eine Bahn Tapete gegen die Wand; steht dabei auf einem Bock, den er sich aus zwei niedrigen Leitern und einem darüber gelegten Brett gebaut hat. Der andere Mann ist damit beschäftigt, eine nächste Bahn mit Kleister einzustreichen. Die Männer sind so in ihre Tätigkeit vertieft, daß keiner von ihnen Georg oder Frieda bemerkt. Endlich macht sich Georg mit einem Räuspern bemerkbar, und darauf wendet sich sein Vater um. Im Gegensatz zu seiner Frau macht es ihm nichts aus, bei der Arbeit überrascht zu werden. Er tut so, als könne es gar nicht anders sein, als daß er den Sonntag in dieser Weise verbringt, und begrüßt Frieda mit einem herzlichen: «Ei, Mädche, lernt man dich auch mal kennen?» Noch bevor er von seinem Gerüst heruntersteigt und ihr die Hand gibt, hat er sie schon einer schnellen, freundlichen Musterung unterzogen. «Hast dir e' goldisch Krott angelacht», sagt er dann anerkennend zu Georg. In dem Lob steckt Zustimmung und ein Rest von Mundart, und es bedeutet genau das, was es zu bedeuten scheint – Frieda ist für ihn ein goldiges Mädchen. Den überwiegenden Teil seines Dialekts hat er seiner gewerkschaftlichen Aktivität geopfert. Bei näherer Bekanntschaft lernt Frieda später, auf nichts legen die Gewerkschaftler mehr wert, als daß man sie für gebildete Menschen hält. Deswegen mühen sie sich, jeden Satz so zu formulieren, als sollte er gedruckt werden. Auch Georgs Vater versteht sich in reinem Schriftdeutsch auszudrücken. Er mischt aber gern Hochdeutsch und Mundart; seine Sprache soll sozusagen ein Teil von ihm bleiben.

Georgs Mutter gesellt sich dazu und erkundigt sich: «Und? Gefällt's euch, wie's wird?» Damit meint sie die Tapete, die geklebt wird. Sie zeigt ein Muster sehr bunter Blumen; Frieda behauptet, genau das sei ihr Geschmack. Georgs Vater urteilt, es sei eine Tapete für Frauen, und stellt auch den zweiten Mann vor. Es ist ein Nachbar, der die Arbeit verrichtet, die eigentlich Georg übernehmen wollte. Georgs Mutter macht sich Gedanken, was sie den beiden Ankömmlingen an Essen anbieten kann. Es ist Suppe übriggeblieben und Georgs Stück vom falschen Hasen. Sie will es teilen. Georg behauptet, keinen Hunger zu haben. Das läßt seine Mutter nicht gelten, und Frieda denkt gar nicht daran, sich zu zieren. Sie hat Appetit, sagt sie, und das wird beifällig aufgenommen. Schließlich sitzen Frieda und Georg wie hoher Besuch am Tisch des guten Zimmers und werden von Georgs Mutter bedient.

Später kocht Georgs Mutter Kaffee – «aus echten Bohnen», wie ihr Mann freundlich betont und womit wohl das Außergewöhnliche des Augenblicks betont werden soll. Georgs Vater setzt sich zu ihnen. Doch weder er noch seine Frau stellen Fragen wegen ihrer Verbindung; für sie scheint es feststehende Tatsache zu sein, daß Frieda und Georg sich verbinden werden.

Frieda empfindet es als angenehm, daß man sie nicht ausfragt. Auf der Suche nach einem allgemein interessierenden Thema sind die Männer bald in ihren Lieblingsstreit verstrickt. «Schon wieder der politische Kram; da müssen Sie sich dran gewöhnen, Fräulein», stöhnt dazu Georgs Mutter. «Früher habe ich gedacht, das bleibt ihnen mal im Hals stecken. Aber davon kriegen sie nie genug! Morgens, mittags und abends Politik. Schade, daß man die nicht kochen kann; dann wären wir schon alle kugelrund. Die könnte man ihnen sogar noch aufwärmen.»

Georgs Vater will Frieda an einer Stelle in die Unterhaltung einbeziehen. «Was ist denn Ihre Ansicht davon, Fräulein?» sagt er. Bevor Frieda antworten kann, behauptet Georg: «Das ist kein Thema für Fräulein Scherer. Sie beschäftigt sich mehr mit den Großfürsten ...» Wiewohl er das durchaus liebevoll sagt, klingt der Satz dennoch herablassend. Deswegen überlegt sie nicht lange und antwortet Georgs Vater: «Ich glaube, man sollte auf Sie hören.»

«Das ist die richtige Ansicht», sagt der alte Tremus und behandelt Frieda von diesem Moment an als seine Tochter. Es geschieht in den kommenden Jahren nicht ein Mal, daß er sich gegen sie wendet. «E' schö' Mädche und 'n kluger Kopp», lobt er sie und verspricht ihr, wenn es sich fügt, wird er sie herumführen und ihr zeigen, wo überall er schon Dächer gedeckt hat. Halb Wiesbaden hat er schon unter dem Hammer gehabt, sagt er scherzhaft.

Frau Tremus nimmt das als Zeichen, daß das Fräulein von nun an zur Familie gehört, steht auf, nimmt eine Mappe aus grünlich marmorierter Pappe von einem Stapel Zeitungen, löst die Kordel, die darum gebunden ist, und legt Frieda einige Zeitungsausschnitte daraus vor. Schon als sie sich nach der Mappe gebückt hatte, versuchte Georg das zu verhindern: «Laß doch, Mutter... Ist doch jetzt nicht wichtig.» Seine Mutter läßt sich davon aber nicht aufhalten und legt Frieda die Mappe vor.

Diese versteht nicht. Soll sie die Artikel lesen?

«Stammen alle von Georg», erklärt seine Mutter voller Hochgefühl, ganz als sei sie die Verfasserin. «Sind natürlich unter falschem Namen eingerückt», fügt sie noch an. Sie deutet dabei auf die Zeile: «Von Georg Muster», als müßten Frieda nun Schuppen von den Augen fallen. «Muster – Tremus... dieselben Buchstaben, nur rumgedreht.»

«Ist ja gut, Mutter», sagt Georg und will die Artikel wieder einsammeln. Frieda entdeckt aber, es ist auch der Artikel dabei, welcher Karl Enders Gefängnis einbringen sollte. Frieda hält Georg deswegen auf: «Sie haben das geschrieben mit dem Pfaffen? Warum erfahre ich denn das erst jetzt?»

«Was soll denn das ewige ‹Sie› zwischen euch?» mischt sich Georgs Vater ein. «Wann wollt ihr das denn mal ablegen? Nach dem ersten Kind? Mutter, jetzt wird mal eine Flasch' aufgemacht und geprostet. Sonst lernen die das ja nie... Sind zu vornehm, die beiden. Hoffentlich könnt ihr wenigstens küssen!»

Georgs Mutter steht brav auf: «Welchen soll ich...?»

«Ich mach's schon», sagt sein Vater und erhebt sich.

Während Georgs Vater das Zimmer verläßt, blickt Frieda auf die Zeitungsartikel, die vor ihr liegen. Sie liest auch einige Zeilen, versteht aber den Inhalt nicht. Selbst die Buchstaben verschwimmen. Sie weiß, nun wird ihr Schicksal besiegelt. Wenn sie mit Georg und seinen Eltern anstößt, gilt sie als verlobt.

Sie blickt auf, betrachtet Georg, der die Riemen seiner Schuhe neu bindet. Hier, wo er sich sicher fühlt, wo er hingehört, ist er ihr fremder als sonst. Sie wundert sich, daß er nie von seiner Schriftstellerei gesprochen hat. Hat er kein Vertrauen zu ihr? Fürchtet er, daß sie seine Aktivitäten gegen ihn wenden könnte? Warum diese Heimlichtuerei?

Er lächelt ihr freundlich zu, als er nun den Kopf hebt, und sie erwidert sein Lächeln. Ja, ich will ihn, denkt sie dabei. Mag er seine Eigenarten haben und behalten und die falsche Partei unterstützen; er ist ein zuverlässiger Mensch, der es zu etwas bringen wird. Wenn sie zusammenhalten, werden sie beide Zukunft haben.

Georgs Vater kehrt mit einer Flasche «Schiersteiner Hölle» zurück – Schierstein, weil er dorther stamme, erläutert er –, schenkt ein, dann stößt man vorsichtig an. «Auf die Kinder», sagt der alte Tremus, und Frieda wird dabei warm ums Herz. Man trinkt einen Schluck, dann ermuntert Herr Tremus Georg, Frieda zu küssen. «Damit das aufhört mit eurer Förmlichkeit», wiederholt er dabei. Georg umarmt die befangene, auch errötende Frieda vorsichtig, drückt ihr einen kleinen Kuß auf die Lippen, dann nehmen Vater und Mutter Tremus Frieda in die Arme und Frau Tremus sagt: «Jetzt gehörst du auch zu uns!»

Frieda kann nicht anders, darauf muß sie weinen; die Tränen laufen ihr nur so über das Gesicht. Erst versucht sie sie mit dem Handrücken abzuwischen, dann mit dem Taschentuch, das ihr Georg reicht.

Natürlich haben nun Georgs Eltern jedes Recht, Frieda nach ihren Eltern zu befragen. Darauf erzählt sie knapp das Wesentliche von ihnen. Sie schildert, daß ihr Vater nicht von hier ist, sondern vom Niederrhein stammt, und daß er früher als Flößer Holz den Main und den Rhein hinabtrieb, nach Köln und nach Holland. Die Geschichte, wie er ihre Mutter kennengelernt habe, sei ein Roman, sagt sie. Eines Tages habe ihr Vater wieder Holz nach Biebrich gebracht und sei schon wieder beim Ablegen gewesen, als er ihre Mutter am Ufer gesehen habe. Auf der Stelle habe er darauf Floß Floß sein lassen und sei an Land gesprungen, wie ein Deserteur sein Heer verläßt, und ein paar Wochen später seien sie verheiratet gewesen.

Frieda hat die Geschichte schon so oft erzählt, daß sie sie mittlerweile in dieser Weise glaubt. Erst jetzt, beim Erzählen, fällt ihr auf, daß sie überhaupt nicht weiß, wie ihr Vater ihre Mutter kennengelernt hat. Warum erzählt sie dann immer wieder dieses Märchen? Wahrscheinlich weil sie sich wünscht, es wäre so gewesen.

5

Nach dem Besuch bei Georgs Eltern fühlt sich Frieda herausgefordert, ihrerseits die Verhältnisse klarzustellen. Sie möchte ihm zeigen, woher sie kommt.

Sie will Georg allerdings nicht mit der Witwe Heybach konfrontieren. Nicht, daß sie ihm deren Existenz verschwiegen hätte. Im Gegenteil, sie hat ihm mehr als einmal deren Charakter und Taten geschildert, sogar deren Anfälle von Wahnsinn. Er wird sich also das richtige Bild von ihr gemacht haben. Warum ihm dann das Weib noch vorführen? Man kann meinen, die Heybach werde von Woche zu Woche schlampiger. Seit Friedas Vater sie verlassen hat, zieht sie keine Strümpfe mehr an und hat das Kämmen aufgegeben. Selbst in ihren Kreisen gilt sie seitdem als «Wetterhex». Es hat den Anschein, als wolle sie ihren untreuen Galan mit ihrem Aussehen noch nachträglich strafen.

Was Frieda davon abhält, Georg mit dem Weibsbild bekannt zu machen, hat jedoch nichts mit Äußerlichkeiten zu tun. Ob die Heybach ihre Haare frisiert oder nicht, ist für niemanden wichtig, am wenigsten für Frieda. Sie hat aber Angst davor, Georg könne sie mit ihr vergleichen. Vielleicht entdeckt er bei der Heybach irgendwelche Eigenarten, die sie von dem Weib übernommen hat, ohne es zu ahnen. Sie spürt, daß selbst Therese ein wenig auf sie abfärbt. Wie leicht kann es da sein, daß sie auch etwas von der Heybach angenommen hat, was ihm mißfällt. Es mag sein, daß Georg es nicht mal sofort bemerkt. Bei irgendeiner Gelegenheit, wenn sie nicht auf ihre Worte oder ihre Gesten achtet, kann ihm diese Gemeinsamkeit aber bewußt werden. Wer weiß, welche Folgerungen er dann daraus zieht. Soll sie dieses Risiko eingehen?

Wenn sie ihm wenigstens ihren Vater zeigen könnte! Von ihm gibt es immer noch kein Lebenszeichen; Frieda träumt manchmal von ihm, und was sie träumt, jagt ihr Furcht ein. Einmal hat sie ihren Vater im Traum auf dem Boden liegen sehen, den Schädel eingeschlagen, und Blut war auf dem Boden geronnen und glänzte dunkelblau. Seitdem hat sich in ihr die Vorstellung festgesetzt, sein Verschwinden sei mit einem schrecklichen Geheimnis verbunden. Auch die Auslegungen des Traumbuchs können sie darin nicht beschwichtigen. In ihr hat sich der Verdacht festgesetzt, die Heybach oder Theo oder sonst einer von der Sippschaft habe ihn erschlagen und irgendwo verscharrt.

Sonst würde ja auch die Polizei nicht nach ihm suchen.

Aber Willy hat ihr erklärt: Es war umgekehrt. Gerade die Heybach hat die Polizei alarmiert; sie hat ihn als vermißt gemeldet.

Weil Frieda also gewissermaßen Waisenkind ist, ist sie darauf gekommen, Georg mit Frau Schweitzer bekannt zu machen.

Diese Dame ist die Witwe eines ehemals bekannten Rechtsanwaltes und hat in Friedas Leben eine gewisse Bedeutung. Sie hat nämlich Frieda einige Jahre lang – Frieda war da ein ausgehungertes Kind – «zum Essen genommen», wie man sagt. Das war eine gute Tat, Gott wohlgefällig, und für die Heybach eine wünschenswerte Entlastung des Portemonnaies. Dreimal in der Woche durfte und mußte Frieda deshalb direkt nach der Schule ins Dambachtal marschieren und erhielt dort von dem Essen für Bedienstete; hin und wieder auch zu lange Strümpfe, die die Dame des Hauses eigenhändig gestrickt hatte.

Frau Schweitzer war, wie ihr verstorbener Gatte, als Jüdin auf die Welt gekommen, hatte, wie er, um die Herkunft vergessen zu machen, die Konfession gewechselt und sich zur glühenden Katholikin gewandelt. Für gewöhnlich geht Frau Schweitzer sonntags zweimal zur Kirche: morgens zur Messe, mittags zur Andacht; und just da, in der Maria-Hilf-Kirche, war ihr Frieda aufgefallen. Frieda ist und war nie fromm (oder wenn, dann auf eine sehr persönliche Weise), aber sie geht und ging gerne in die Kirche. Schon als kleines Mädchen war sie von allem fasziniert, was mit den geistlichen Riten zu tun hatte. Für gewöhnlich dauert Kindern schon der Kindergottesdienst zu lange, scharren sie spätestens bei der Predigt unruhig mit den Füßen. Sie dagegen war freiwillig ins Hochamt marschiert, hatte sich nach Möglichkeit in eine der vorderen Bänke gesetzt. Hätte man's ihr erlaubt, hätte sie sich sogar in die erste Reihe gesetzt, nur um keine einzige Handbewegung des Geistlichen oder der Meßdiener zu verpassen. Wie hatte sie die Meßdiener beneidet, wenn die das Weihrauchfaß so schwenken durften, daß ganze Schwaden Weihrauch aufstiegen! Als sie so dreizehn, vierzehn wurde, war sie oft vor dem ewigen Gezanke der Heybach und Theos Anstrengungen in die Kirche geflüchtet. Genaugenommen beruht daher die Bekanntschaft mit Frau Schweitzer auf einem Mißverständnis. Was die Dame für Gläubigkeit hielt, war im Grunde für Frieda Kurzweil gewesen. Wie auch immer, die Frau Schweitzer hatte sie aus einer Schar Aspirantinnen ausgewählt und das gute Werk an ihr vollbracht, nämlich sie, wie erwähnt, dreimal in der Woche zu füttern.

Damals machte Frieda das Wort «Jüdin» sehr zu schaffen. Von der Heybach wurde es immer mit einer Süffisanz in den Mund genommen, als mache es sie und die Frau Schweitzer in irgendeiner Weise gleich; als müsse diese eigentlich dankbar sein, daß sie ihr den kleinen Sonnenschein zum Essen schicke. Frieda hatte deswegen Doktor Schweitzer und seine Frau immer mal verstohlen gemustert. Insbesondere hatte sie die Nase der Frau Schweitzer studiert, weil man ihr beigebracht hatte, Juden erkenne man an ihren Nasen. Daran war ihr jedoch nichts als bemerkenswert aufgefallen; Frieda hatte deswegen gemeint, Frau Schweitzer sei wahrscheinlich doch keine Jüdin, und die Alte habe sich mal wieder was zusammengesponnen. Sie hatte allerdings nicht gewagt, die Dame danach zu fragen. Sie hatte geglaubt, die Frage sei ungehörig.

Frau Schweitzer war eine sehr hagere Person – eins der Hausmädchen hatte einmal behauptet, sie habe einen Bandwurm, und seitdem hatte Frieda ihr nur ungern die Hand gegeben –, ihr Mann hatte für gewöhnlich dunkle Ringe unter den Augen und zeigte die heruntergezogenen Mundwinkel eines Magenkranken. Frau Schweitzer sprach nie anders als eine Frau der höheren Stände. Was sollte sie also mit den blassen jüdischen Metzgern gemein haben, die in der Saalgasse ihr koscheres Fleisch verkaufen, oder den aufgeregten Männern mit ihren schwarzen Hüten und Käppchen, die freitags abends in die Synagoge streben, als verpaßten sie das Beste, wenn sie sich nicht beeilten?

Frieda hat Frau Schweitzer also seit Jahren nicht mehr besucht und würde es womöglich nie mehr tun, wäre sie nicht in der beschriebenen Situation. Doch unter welchem Vorwand wieder Verbindung mit der Dame aufnehmen? Nach kurzem Nachdenken setzt sie sich hin und schreibt der Dame einen salbungsvollen Brief, worin sie sich für die längst verblichenen Wohltaten bedankt. Der Tenor davon ist: «Endlich kann ich ermessen, was Sie für mich getan haben! Haben Sie tausendfachen Dank dafür, und möge Gott es Ihnen reichlich lohnen.» Nebenbei erwähnt sie Georg und daß sie sich mit der Absicht trage zu heiraten. Sei es Frau Schweitzer angenehm, wenn sie ihn vorstelle?

Beinahe postwendend erhält sie eine knappe Einladung. Im Grunde besteht sie nur aus der einen Zeile: «Sie und Ihr Verlobter sind mir den kommenden Donnerstag um vier Uhr nachmittags herzlich willkommen.»

Zum angegebenen Zeitpunkt spazieren die beiden deswegen im besten Staat dorthin.

Es bedurfte vieler Mühe, Georg zu überreden, sie zu begleiten, und noch mehr, daß er sich bereit zeigt, die Komödie mitzuspielen und sich als ihr Bräutigam auszugeben. Eine Weile hatte er sich mit der Behauptung gewehrt, er kenne reiche Leute zur Genüge und bis auf ihren Grund und habe keine Lust, sich in seiner freien Zeit weitere anzusehen. Frieda kann ihn nur dadurch zu dem Besuch bewegen, daß sie ihm ein Tauschgeschäft vorschlägt: Geht er mit zu Frau Schweitzer, wird sie mit ihm zu einer politischen Manifestation nach Mainz fahren, woran ihm so viel liegt. In Mainz soll ein Kongreß der Sozialdemokraten stattfinden, und dabei wird August Bebel, Georgs wahrer Kaiser, sprechen.

Die «Villa Schweitzer» ist das vierte oder fünfte Haus im Dambachtal, ein prächtiges Anwesen, in einem ausgedehnten Garten situiert. Das Dambachtal stellt eine besonders angenehme Wohnlage dar, nah an Kurhaus, Kurpark und Theater – all diese Plätze kann man in wenigen Minuten zu Fuß erreichen – und gleichwohl entfernt von der Unruhe der eigentlichen Stadt. Man kommt sich hier vor wie in ewiger Sommerfrische.

Entsprechend sehen die beiden, als sie sich zur bezeichneten Zeit zur «Villa Schweitzer» begeben, keinen Menschen auf der Straße, läßt man zwei adrette Hausmädchen, die Hunde ausführen, außer acht. Die Gittertür am Anwesen Schweitzer ist verschlossen; man muß läuten. Während sie warten, fällt Frieda ein ovales Emailleschild mit der knappen Aufschrift «Armenverein» auf. Es bedeutet: Hier darf keiner betteln; wir geben freiwillig und zwar ausschließlich an uns genehme Arme! Es muß neu sein; Frieda kann sich nicht erinnern, daß es bereits früher angebracht war.

Kaum haben sie sich bemerkbar gemacht, schlurft bereits Herr Emil heran, der alte Diener von Doktor Schweitzer. Von ihm hieß es immer: «Eine solche Treue zur Familie gibt es nicht noch einmal!» Er gehört zum Haus wie das grau und rot gestreifte Canapé im Salon und die mittelalterliche Madonna aus Lindenholz in dem kleinen Erker, den Frau Schweitzer «meine Hauskapelle» nannte.

Im Innern des Hauses scheint sich nichts verändert zu haben.

Während der Diener sie anmeldet, flüstert Frieda: «Habe ich zuviel versprochen? Ist das eine Pracht? Sie bewohnt das ganze Haus allein.»

«Für eine Person ausreichend», bemerkt Georg kühl.

«Sechzehn Zimmer, Georg, und außerdem noch Personalräume!»

Dabei ist schon die Halle der Villa beeindruckend; mächtig und vom gleichen geheimnisvoll düsteren Licht durchflutet wie die «Maria Hilf». Zu ebener Erde befinden sich Gesellschaftsräume, und gleich zwei Treppen führen zu einer Galerie und den oberen Wohn- und Schlafräumen. Die Tür des kleinen Salons zur rechten Hand, ehemals das Rauchzimmer von Herrn Schweitzer, steht einen Spalt auf, und Frieda, neugierig, wie sie ist, kann es nicht lassen hineinzusehen. Sie bemerkt, Frau Schweitzer hat ein Buffet, welches früher im Eßzimmer stand, in einen Hausaltar verwandelt. Die Madonna, angeblich sehr wertvoll, ist nun hier aufgebaut, umrahmt von armdicken Kerzen auf schweren Leuchtern, zu ihren Füßen ein goldgerahmtes Porträt von Doktor Schweitzer. Und vor dem Arrangement ein mit rotem Samt gepolsterter Betschemel. Der Stoff ist an zwei Stellen wie abgewetzt, Zeichen von Frau Schweitzers gläubiger Inbrunst.

Herr Emil, der Diener, kehrt zurück, erklärt würdevoll: «Die gnädige Frau läßt bitten», und geht voran. Und zwar wendet er sich nach links, als wollte er die Besucher zur Küche führen. Den Bruchteil einer Sekunde hat Frieda widersinnigerweise die Befürchtung, man fertige sie wie in ihrer Kinderzeit dort ab. Frau Schweitzer hatte Frieda nämlich mit dem Personal in der Küche essen lassen. Das war Frieda einerseits Demütigung gewesen, andererseits hatte sie sich dabei wohler gefühlt, als etwa die Suppe unter dem strengen Blick der Dame zu verschlabbern. Frieda besaß damals ein einziges Kleid; dasjenige, das sie gerade anhatte. Es wurde so lange getragen, bis es durch ein gleich aussehendes ersetzt wurde. Damit das gute Stück geschont wurde, jedenfalls nicht so oft gewaschen werden mußte, hatte man sie ausreichend mit Schürzen ausstaffiert: Schulschürzen, Sonntagsschürzen, Werktagsschürzen. Erst nach und nach hatte Frau Schweitzer angefangen, sich mit ihr zu unterhalten; vorzüglich hatte sie darauf geachtet, daß ihr Wendungen und Haltungen beigebracht wurden, wie sie unter kultivierten Menschen gebräuchlich sind. Wenn man es genau nimmt, hatte Frau Schweitzer damit nicht geringen

Anteil daran, daß Frieda im «Römerbad» eingestellt wurde. Da werden ja Manieren verlangt!

Der Diener öffnet den schmalen Durchgang zu Garten und zur Veranda und kündigt an: «Fräulein Scherer, Herr Tremus!»

Frau Schweitzer ist nicht sofort zu entdecken. Gewaltig ausladende Palmen, die in den letzten Jahren unglaublich gewuchert haben müssen, verdecken sie zur Gänze. Als Frieda die gnädige Frau endlich ausmachen kann, winkt die ihr mit einem Lorgnon zu. Sie hat ein Buch im Schoß liegen, sieht aber aus, als sei sie gerade geweckt worden. Die Dame ist eher noch dünner geworden, verschwindet beinahe in dem schmalen eisernen Sessel, in dem sie sitzt. Die Veranda ist mit Glas geschlossen, und insofern ist es hier sehr warm, beinahe stickig. Trotzdem hat die Dame einen Strickschal um den Hals gelegt.

Ihre Freude, Frieda wiederzusehen, scheint ehrlich zu sein.

Georg betrachtet sie, als wolle sie ihn kaufen.

Die ersten Worte, die sie an die Besucher richtet, sind geradezu familiär. Sie sagt: «Sehr schön, dich wiederzusehen, Frieda. Du siehst prächtig aus; ich erkenne dich kaum wieder. So wird aus einem Entlein ein Schwan. Ich darf dich doch weiterhin duzen?»

«Selbstverständlich, gnädige Frau.»

«Ach was, ‹gnädige Frau›! Einfach ‹Frau Schweitzer›, das reicht vollkommen.» Zu Georg sagt sie erklärend: «Ich hatte Ihr Fräulein Frieda früher unter meinen Fittichen. Das hat sie Ihnen sicher berichtet?»

«Ja», erwidert Frieda statt seiner, der nur knapp nickt. Georg gibt sich, als sei er der lang erwartete eigentliche Besucher, zeigt sich in der Folge weltgewandt. Ein Portier des «Metropol/Monopol» wird mit jeder Situation fertig, drückt seine Haltung aus.

Die Besucher werden gebeten, Platz zu nehmen. Dann stellt Frau Schweitzer tastend Fragen, etwa, ob Frieda sich in ihrer Stellung noch wohl fühle, oder ob sie sich in dieser Hinsicht verändert habe; bringt auch eine beiläufige Gratulation zur Verlobung an. Sie ist gerade dabei, Auskünfte über ihr eigenes Befinden zu erteilen («die Kinder zum Glück alle blendend verheiratet; nur die Aufregungen mit Hannah müßten mal ein Ende finden …»), da betritt eine Person das Zimmer, die Frieda nicht sofort erkennt. Sie ist in Straßenkleidung, trägt ein graues Seiden-Complet und einen Hut mit einer grünen Feder und hat einen Bund Schlüssel in der Hand. Entweder ist sie gerade gekommen oder im Begriff zu gehen.

Frieda ist unsicher. Ist das etwa Hannah, die älteste Tochter von Frau Schweitzer? Sollte sie sich so zu ihrem Nachteil verändert haben? Sie war damals eine regelrechte Schönheit gewesen, und jetzt geht sie wie eine Schlafwandlerin? Frieda hat ihren Nachnamen nicht parat; wenn sie sich recht erinnert, hatte sie damals einen Herrn Copell oder Topell geheiratet. Hat er sie so ruiniert?

«Liebe Hannah, sieh mal, wer uns hier besucht... Unsere liebe Frieda», bemerkt Frau Schweitzer ihr gegenüber und in einem Tonfall, als müsse sie geschont werden.

Also ist das doch Hannah!

Frieda erhebt sich wie Georg, man reicht sich die Hand. Hannahs Rechte fühlt sich an, als fasse man einen Lurch an. Frieda ist die Empfindung unangenehm. Erst nimmt Frieda an, Hannah sei zu Besuch bei ihrer Mutter. Im Laufe der Unterhaltung wird sie aber gewahr, Hannah hat sich von ihrem Mann getrennt oder der von ihr, und daraufhin ist sie zu ihrer Mutter geflüchtet. Sie wirkt geradezu verwirrt; von Zeit zu Zeit klopft ihr Frau Schweitzer aufmunternd respektive beruhigend auf die Hand, wie es die Situation erfordert.

Der Diener serviert Tee und englischen Cake; einige Freundlichkeiten gehen hin und her, und allgemeine Belanglosigkeiten werden ausgetauscht. Plötzlich aber, ohne daß man sagen könnte, was eigentlich der Anlaß ist, wird Hannah sehr zudringlich. Sie will von Frieda erfahren, ob diese ihren «christlichen Pflichten» noch so eifrig nachkomme wie zu ihrer Kinderzeit?

Frieda weiß nicht, ob das ein Vorwurf ist oder ob sie das als freundliche Erinnerung nehmen soll; Hannahs Stimme wird nämlich seltsam schrill dabei. In jedem Fall ist sie erstaunt darüber, daß Hannah sich dessen erinnert. Hatte sie doch nicht erwartet, von Fräulein Hannah überhaupt wahrgenommen zu werden. Frieda erwidert, sie bemühe sich nach Kräften, wenigstens sonntags zum Gottesdienst zu gelangen, aber der Dienst erlaube es ihr nicht immer.

«Frieda, gestatten Sie mir: Sie sind auf einem abschüssigen Weg!» gibt Hannah darauf exaltiert zurück und blickt sie an, als wolle sie sie vor dem Verderben retten. «Lassen Sie die Religion niemals außer acht. Sie ist die höchste Angelegenheit der Menschheit. Lassen Sie sich nicht verwirren...» Plötzlich wird sie kiebig und fährt ihre Mutter geradezu an: «Du willst die Wahrheit ja nicht hören!»

«Wie kannst du denn so einen Unsinn verbreiten!» ärgert sich ihre Mutter. Man erkennt, daß sie sich dann zu beherrschen sucht und sich bemüht, ihre vorherige Gelassenheit wiederzufinden. «Hannah, bitte!» bringt sie geradezu beschwörend heraus.

Die nächste Stunde wird sehr unangenehm. Hannah will eine Botschaft verbreiten, und ihre Mutter sucht Mal für Mal das Gespräch ins Unverbindliche zu wenden, erkundigt sich auch mehrfach, ob Hannah nicht ihren täglichen Spaziergang unternehmen wolle. Soll sie Herrn Emil benachrichtigen? Diese tut so, als habe ihre Mutter kein Wort gesagt, bleibt vielmehr bei ihrer Eindringlichkeit und predigt in verschiedenen Wendungen wider die allgemeine große Glaubenslosigkeit der Zeit, wobei sie Frieda anfleht, ihrem Glauben nicht untreu zu werden. «Gehen Sie nicht unseren Weg! Folgen Sie nicht unserem Beispiel!» mahnt sie zum Unwillen ihrer Mutter und schließt geradezu verführerisch: «Wollen wir darum beten?»

«Jetzt?» fragt Frieda irritiert und sieht Frau Schweitzer fragend an. Möchte diese, daß man Hannah nachgibt?

Die Dame des Hauses gibt ihr jedoch mit Augenaufschlag zu erkennen: auf keinen Fall!

Unversehens wendet sich Frau Hannah nun an Georg, als sei er der einzig Vernünftige im Raum und ihr als einziger ebenbürtig: «Sie haben gewiß Nietzsche gelesen? O heilige Wahrheit, wie wirst du mit Füßen getreten!»

Es gibt keine andere Erklärung, sie hat einen religiösen Fimmel. Frieda fürchtet nur eins, nämlich daß Georg ihr widerspricht und seinerseits zu missionieren beginnt. Neulich hat er es ihr wieder erklärt: Gott ist in seinen Augen eine Erfindung der Reichen und dient nur dazu, die Armen in Zucht zu halten. Georg verrät sie jedoch nicht. Er hört sich alles gleichmütig an und hält seine Anschauungen hinter seiner Portiersmaske verborgen. Als Hannah etwa voraussagt: «Wir gehen unserem Hegadon, dem vollkommenen moralischen Verfall entgegen!», bewegt er kaum merklich den Kopf. Wenn man will, kann man das sogar für Einverständnis nehmen, und das scheint Frau Schweitzer als Beistand zu empfinden. Sie sagt dankbar: «Hannah, Herr Tremus stimmt dir zu ... Alle ernst Gesinnten teilen deine Einsicht ...»

Wüßte Frieda es nicht besser, glaubte sie selbst, er sinne über die erteilten Belehrungen dankbar nach. Dafür könnte sie ihm die Hand küssen. Sie hatte ihm zeigen wollen, es gibt Menschen, die

Großes von ihr erwarten; sie ist nicht nur ein beliebiges Mädchen aus der «Hilf», und nun diese Verrücktheiten! Da hätte sie ihn auch zur Heybach schleppen können.

Man hat Frieda beigebracht, der Ranghöhere beende eine Zusammenkunft, und so wartet sie ungeduldig darauf, daß Frau Schweitzer ein entsprechendes Zeichen gibt. Die scheint aber Friedas Empfindungen nicht zu erkennen oder sich darüber hinwegsetzen zu wollen. Jedenfalls entläßt sie Frieda und ihren Bräutigam selbst dann noch nicht, als das Feuer in Hannah niederbrennt und sie sich, über ein Problem brütend, etwas abseits niederläßt.

Frau Schweitzer berichtet nun Belangloses von ihren übrigen Kindern; erklärt, was sie studieren beziehungsweise welche Partien sie gemacht haben. Frieda tut nur so, als höre sie zu. In Wirklichkeit denkt sie an Allergewöhnlichstes; ob sie sich noch ein weiteres Stück vom Teekuchen nehmen soll und ähnliches. Ihre Gedanken irren so weit ab, daß sie nicht weiß, wie es dazu kommt, daß Frau Schweitzer von Georg hören will: «Beabsichtigen Sie, sich bei Gelegenheit selbständig zu machen?»

«Das ist weniger eine Frage des Wollens als der Möglichkeiten, gnädige Frau», erwidert Georg darauf vollkommen neutral und in einer Manier, wie er mit Frieda nie darüber gesprochen hat. Es hört sich an, als erwäge er den Gedanken reiflich. Darauf bemüht sich Frau Schweitzer, ihm Wege zu eigenem Besitz aufzuzeigen. Sie vertraut ihm an, daß ein heruntergekommenes Garni-Hotel nicht weit von hier – Geisbergstraße, Ecke Kapellenstraße – zum Verkauf anstehe. «Ich an Ihrer Stelle würde es erwerben», rät sie eindringlich. «Mein Mann hatte sich dafür interessiert; es sind auch schon erste prophylaktische Gespräche geführt worden, leider ist es nicht mehr zum Abschluß gekommen ...»

«Haben Sie erfahren, wie er gestorben ist, Frieda?» macht sich Hannah an dieser Stelle wieder bemerkbar. «Erniedrigend ... Aber angemessen!»

«Hannah, bitte, das ist zuviel für mich!»

«Ja, das ist es, erniedrigend, auch für mich», ruft Hannah nun beinahe juchzend aus und verläßt endlich den Raum. Frau Schweitzer ist das erkennbar peinlich, und deswegen lenkt sie Georgs Interesse noch einmal auf das Haus, das bereits ihrem Gemahl in die Augen stach. «Wenn ich Ihnen raten darf, greifen Sie zu. Für mich stellt sich die Frage nicht. Für Sie kann es eine Existenz sein! Nehmen Sie den kleinen Hinweis als mein Verlobungsgeschenk! Und lassen Sie keine Zeit verstreichen! So was muß rasch vom Tisch!»

«Nun, wir...»

«Und wenn Sie es nur kaufen, um es mit Gewinn wieder zu veräußern», ereifert sich Frau Schweitzer. «Ich bin überzeugt, mein Mann hätte sich nicht dafür interessiert, wäre es nicht möglich. Schade, Frieda, daß du dich nicht früher gemeldet hast. Wir hätten auch an dich denken können!»

«Ja, das war mein Fehler», erwidert Frieda, als kaufe sie täglich Häuser und habe sich hier eine gute Gelegenheit entgehen lassen.

Kaum hat der Diener das Gartentor hinter ihnen abgeschlossen, bittet Frieda bei Georg um Nachsicht. Sie verspricht: «Das war das erste und letzte Mal, daß wir dahin gegangen sind.»

«Obwohl sie uns so herzlich gebeten hat, recht bald mal wieder vorbeizuschauen?» neckt er sie.

Sie hängt sich bei ihm ein und verspricht ihm: «Du hast was bei mir gut. Diese Hannah ist ja schlimmer als die Heybach! Die ist ja im höchsten Grad hysterisch.»

Georg zeigt zum Glück keinen Groll; er gibt sich amüsiert: «Es ist doch was Merkwürdiges mit den Juden», sagt er freundlich, «diese immerwährende Verknüpfung von Geld und Gott. Erst die Belehrung über Jehova, und dann der gute Tip, wie wir günstig zu einer Immobilie gelangen. Kommt das daher? Hat sie dir die fixe Idee vom eigenen Haus in den Kopf gesetzt?»

«Woher weißt du das, daß sie Juden sind?» fragt Frieda mit wirklichem Erstaunen, beinahe Bewunderung. Wie hat er das herausgefunden?

«Läßt sich ja nicht übersehen.»

«Woran hast du das gemerkt?» bohrt sie. «Ich habe extra nichts gesagt. Und es hängen doch überall Muttergottesbilder.»

«Ich bitte dich! Jedes Wort, das gesprochen wurde...»

«Aber sie sind beide getauft, Mutter und Tochter. Ich meine sogar, Herr Schweitzer war auch getauft. Hast du verstanden, woran er gestorben ist?»

«Anscheinend an einer peinlichen Krankheit.»

«Ja, so hat es sich angehört.»

«Es ist doch wirklich was Unfaßbares mit Juden; wie ihre Natur immer wieder durchkommt. Die Tochter will uns vor der Hölle bewahren und die Mutter uns ein Haus andrehen. ‹Ich gebe Ihnen einen guten Rat: Spekulieren Sie auf das Haus!› Das sollen wir auch noch als Geschenk betrachten.»

«Andere spekulieren auch mit Häusern und sind keine Juden», erwidert Frieda spitz; sie fühlt sich plötzlich mit Frau Schweitzer solidarisch. «Was ist denn dabei, wenn man Häuser kauft? Wir können es uns ja mal angucken.»

«Frieda, hör auf mit dem Unsinn! Ich dachte, du kennst mich allmählich. Ich glaube nicht an die Ausbeutung des Menschen, nicht mal an die der Kurgäste.»

Will man vom Dambachtal aus die Stadt erreichen, gibt es praktisch keine andere Möglichkeit, als Kapellenstraße und Geisberg zu nehmen. Das Paar gelangt deswegen folgerichtig bereits nach wenigen Dutzend Schritten an die Ecke, von der Frau Schweitzer gesprochen hat.

Auf beiden Seiten der Einmündung stehen Hotels, wie sich überhaupt auf dem Geisberg eins ans andere reiht. Doch Frau Schweitzer hat sie ja auf ein Eckhaus aufmerksam gemacht; welches ist es? Beide Bauten wirken nicht eben pompös, und keines der Häuser hat Frieda je in ihre Liste wünschenswerten Besitzes aufgenommen.

«Welches hat sie gemeint?» fragt Frieda.

«Schöne, zerbrich dir nicht den Kopf... Wir werden keine Spekulanten!»

«Ich will nicht ewig Badefrau sein», verteidigt sich Frieda.

«Es gibt Ärgeres», gibt er knapp zurück und warnt sie vor jedem Abenteuer. Frieda geht nicht darauf ein. Hätte er nichts gesagt, wäre der Effekt derselbe. Frieda behauptet, das Haus zu ihrer Linken sei wohl das Haus, von dem Frau Schweitzer gesprochen hat.

«Warum nicht das andere?»

«Das ist gepflegt. Das hier ist heruntergekommen.»

Bei dem Haus, das sie meint, handelt es sich um ein dreistöckiges Gebäude, das bestimmt seine hundert Jahre auf dem Rücken hat. Anscheinend ist es aus zweien zusammengefügt; bei genauerem Betrachten sieht man noch die frühere Trennaht. Der Name des Hauses ist «Hotel Krick», und ganz offensichtlich ist es kein Objekt, um das man sich reißt.

«Das andere würde mir mehr zusagen», meint Georg beiläufig.

«Deswegen wird es ja auch günstig zu haben sein.»

«Wir bekommen das eine nicht und das andere nicht.»

Frieda beschließt, sich wenigstens nach den Konditionen zu erkundigen.

Hinter allem steckt Gottes Hand!

6

Während der nächsten Zeit denkt Frieda an nichts anderes als an das Hotel, von dem Frau Schweitzer gesprochen hat. Einmal träumt sie von einem Hotel. In ihrem Traum sieht sie sich vor dessen Tür stehen, mit dem Rücken zur Haustür; sie trägt dabei einen steifgebügelten Badekittel, reibt ihre frisch gewaschenen Haare mit einem flauschigen Tuch trocken und winkt gleichzeitig jemand nach, der sich mit tänzelnden Schritten entfernt. Darüber erwacht sie und sucht sich an jede Einzelheit ihres Traums zu erinnern. Es könnte eher ein Mann als eine Frau gewesen sein, dem sie nachgewinkt hat, aber die Gestalt hat mit niemandem Ähnlichkeit, den sie kennt.

Was hat der Traum zu bedeuten?

Vorsichtig fischt sie das Traumbuch aus dem etwas wackligen Nachtschränkchen neben ihrem Bett und steht behutsam auf. Es ist früher Morgen, und alle übrigen im Raum schlafen fest, deswegen schleicht sie mit ihrer Pythia auf den Gang hinaus. Dort studiert sie, das Buch auf dem Fensterbrett aufgeschlagen, alle angegebenen Deutungen. Obwohl Frieda längst die Bedeutungen von oft wiederkehrenden Einzelheiten ihrer Träume intus hat, liest und bedenkt sie alle Abschnitte, als wären sie ihr fremd. Alles in allem deutet sie den Traum so, daß es heißt, Abschied zu nehmen und sich Neuem zuzuwenden. Sie liest daraus: Sie soll sich um den Kauf des «Hotels Krick» bemühen.

Noch am gleichen Tag schreibt sie einen knappen Brief an Herrn Krick, worin sie Auskünfte über das Anwesen erbittet. In dem Schreiben bezeichnet sie sich als geschätzte Kraft des Grandhotels «Römerbad» und bietet Referenzen an. Als einzige Empfehlung legt sie das Schreiben der Majorin von Senckendorff bei, welches diese ihr vor langer Zeit wie ein Geschenk in die Hand gedrückt hat. Die Empfehlung ist in makellosem Französisch abgefaßt, hat ihr Herr Thomé erklärt, und lobt sie über den grünen

Klee. Auf ihre Anfrage erhält Frieda keine Antwort, was sie nicht verwundert. Deswegen beschließt sie, bei nächster Möglichkeit im «Hotel Krick» vorzusprechen.

Für diese Gelegenheit wählt sie sehr sorgfältig die Garderobe. Erst will sie in einem frischen Sommerkleid dort auftreten. In letzter Minute entscheidet sie sich jedoch für eine hochgeschlossene, blaugepunktete Bluse, dazu einen dunkelblauen Rock und einen flachen Hut von gleicher Farbe. Als sie sich im Spiegel betrachtet, meint sie, so erwecke sie den gewünschten seriösen Eindruck.

Die Geisbergstraße ist die direkte Verlängerung der Saalgasse, steigt steil an und verliert sich im oberen Teil in Gärten. Das «Hotel Krick», Friedas Ziel, liegt im unteren Teil der Straße und ist hier eins unter mehreren. Fünf Hotels und Pensionen zählt Frieda allein bis zur Einmündung der Kapellenstraße.

Frieda bleibt, als sie da anlangt, auf der dem Hotel gegenüberliegenden Straßenseite stehen, teils, um etwas Atem zu schöpfen, und zum anderen, weil ihr Herz heftig klopft. Die ganze Situation ist unglaubhaft. Wo gibt es das, daß eine Badefrau von zwanzig Jahren von einer Immobilie träumt? Andere in ihrem Alter verzehren sich nach einem Mann oder nach Kindern, einem Heim, wo sie sich geborgen fühlen können. Doch nach einem Hotel? Wenn sie wenigstens einen Mann an ihrer Seite hätte, der sie darin bestärkte; jemand, auf den sie sich stützen könnte. Doch Georg ist in ihren Überlegungen eher ein Hindernis, das überwunden werden muß, als eine Hilfe.

Entsprechend zögert Frieda, den nächsten Schritt zu tun. Sie kann schließlich nicht vor wildfremde Leute hintreten und mir nichts, dir nichts fragen: Was soll das Gemäuer kosten? Vielleicht brächte Frieda überhaupt nicht den Mut dazu auf, würde nicht der Unterschied zum «Hotel Bristol» auf der anderen Straßenseite in die Augen springen. Das Konkurrenzhotel ist kaum weniger groß; doch atmet dort alles ruhige, bestimmte Gediegenheit. Seine Fenster sind weiß gelackt, Blumen leuchten von allen Fensterbänken, und über dem Eingang prunkt ein gläserner, kunstvoll fächerförmig gestalteter Baldachin. Nicht mal das «Römerbad» weist ein ähnlich elegantes Entree auf. Das «Hotel Krick» wirkt dagegen wie erschöpft; es sieht aus, als ließe es die Schultern hängen. Manche Dachgauben sitzen schief, wie sich alte Männer nachlässig ihre

Hemden zuknöpfen. Frieda beschließt, wird sie je Besitzerin des Hauses, wird sie dafür sorgen, daß es ebenso schmuck aussieht wie das «Bristol» auf der anderen Straßenseite. Mindestens!

Dann fängt sie an, das Haus mit den nüchternen Augen eines Käufers zu mustern. Das Haus hat gewissermaßen zwei Fassaden, eine zum Geisberg hin, die andere zur Kapellenstraße, drei Etagen, und unter dem Dach scheinen sich weitere Gästezimmer zu befinden. Alles in allem wird es an die fünfzig Betten aufweisen, und Häuser dieser Art gelten als «Familienhotels». Man hat ihr gesagt, ein gut geführtes, renommiertes Haus von dieser Größe dürfte bis zu fünfzehntausend Mark kosten. Dann wären hier vielleicht achttausend Mark angemessen, und diese Summe klingt in ihren Ohren astronomisch hoch.

Andererseits hat Frau Schweitzer ihr anvertraut (eigentlich Georg, was sie immer noch kränkt), man könne es billig erwerben. Aber was ist billig bei einem Haus?

Frieda bemerkt, daß man sie beobachtet. Eine ältere, abgearbeitete Frau, mit einem Gesicht faltig wie ein Waschbrett, reinigt mit zäher Wut mit einem Eimer Wasser und einer groben Bürste den Sockel des Hotels und wirft ihr gelegentlich einen Blick zu. Ihre Arbeit wirkt sinnlos. Der Sockel besteht nämlich aus anderthalb Meter grünlich wirkenden Feldsteinen, und warum ausgerechnet sie gewienert werden, ist nicht einzusehen.

Frieda überquert die Straße, steigt die vier Stufen des Eingangs hoch, behutsam, als überschreite sie eine Grenze. Bevor sie den abgegriffenen Messinglöwen niederdrückt, der der schweren Tür als Griff dient, holt sie noch einmal Luft, und endlich tritt sie in einen kleinen Vorraum ein. Zwei abgeschabte Koffer warten darauf, abgeholt zu werden, und die Tür zur Küche steht weit offen. Essensgeruch schwängert die Luft. Neben der Küchentür führt eine steile Treppe nach oben, und neben der Treppe wiederum befindet sich ein Gang; anscheinend gelangt man da zu Gastzimmern im Parterre. Ein Wäschekorb mit abgezogener Wäsche fällt ihr auf. Wenn das die Doos, die Hausdame des «Römerbads», sehen würde! Da wäre etwas fällig. Schmutzige Wäsche im Flur!

Frieda schlägt knapp auf den Knopf einer Klingel. Als sich darauf niemand zeigt, geht sie die wenigen Schritte zur Küche. Da sitzt ein älterer, schlecht rasierter Mann im offenen Hemd am Küchentisch. Er hat eine grüne Schürze umgebunden, wie Kofferträger sie haben, und müht sich, eine in Teile zerlegte Kuckucksuhr zusammenzusetzen; er zittert aber zu sehr, als daß er die Teile zusammenfügen könnte. Allem Anschein nach ist er ein Trinker, hat jedenfalls den verschwiemelten Blick des Trinkers und hofft wie alle Säufer, die noch nicht die Endphase erreicht haben, daß man nicht erkennt, was mit ihm los ist.

Nachdem Frieda sich ein weiteres Mal bemerkbar gemacht hat, sieht er in ihre Richtung und begrüßt sie freundlich; weil er aber die Zähne nicht auseinanderbringt, klingen die Worte wie durchgedreht.

Frieda bittet, Herrn Krick sprechen zu dürfen, und der alte Mann erwidert: «Ist er nicht vorne?»

«Wo bitte?»

Die Frau, die geputzt hat, kommt ins Haus. Sie wirft erneut einen abschätzenden Blick auf Frieda und fragt geradezu vorwurfsvoll: «Wollen Sie ein Zimmer?»

«Eine Auskunft, wenn es möglich ist. Kann ich den Besitzer oder die Besitzerin sprechen?»

Die Frau nickt: «Der Besitzer ist hier!», stößt eine Schwingtür zu ihrer Rechten auf und ruft hinein: «Herr Krick! Sie werden gewünscht.» Jemand antwortet: «Geht jetzt nicht ... Siehst du doch!» Die Frau nickt darauf resignierend, erklärt Frieda: «Herr Krick ist beschäftigt. Suchen Sie Arbeit?» – «Nein, nur eine Auskunft.» – «Was wollen Sie denn wissen? Ich bin Frau Krick.»

«Oh, Entschuldigung ... Ich dachte ...»

«Ja, denken sie alle, ich bin die Putzfrau. Ich denke es ja selbst.»

Sie geht in die Küche und stellt da den Putzeimer ab. Dabei sagt sie zu dem alten Mann: «Es hat keiner gesagt, daß du runterkommen sollst, Onkel Rupert.» Darauf bückt sich der alte Mann nach einer offenen Flasche, die er unter dem Tisch abgestellt hat, und tappt damit aus der Küche. Frau Krick verlangt, daß er seinen Kram mitnimmt. Der alte Mann tut aber so, als habe er nicht gehört, und der Frau genügt das als Antwort.

Kein Wunder, daß das hier nichts wird!

Frieda stellt sich vor und trägt in knappen Worten ihr Anliegen vor. Sie merkt, sie ist verlegen, als mache sie der Frau ein unsittliches Angebot. Deswegen bemüht sie sich, wenigstens durch die mehrmalige Verwendung des Namens «Frau Doktor Schweitzer» etwas Eindruck zu machen. Männer der Müllabfuhr, die aus dem Hof kommen und hinter ihrem Rücken eine Mülltonne nach draußen tragen, bringen sie vollends aus dem Konzept.

«Sind Sie mit Schweitzers verwandt?» examiniert sie die Frau.

«Frau Schweitzer war wie eine Mutter zu mir, als ich kleiner war», behauptet Frieda und kommt wieder auf das Wesentliche: «Ich hatte Ihrem Gatten einen Brief geschickt...»

«Ach, Sie sind das... Vom ‹Römerbad›?»

«Ich bin da in Stellung, ja.»

«Ach so; wir dachten, Sie wär'n 'ne Französin. Und Sie wollen unser Haus kaufen?»

«Wenn es möglich ist.»

«Ist möglich. Sie müssen nur Geld mitbringen. Von mir aus können Sie es haben. Lieber heute als morgen!»

Jetzt kommt ein Mann wie ein Operettenbuffo aus dem vorderen Raum, der sich nachher als eine Mischung von Büro und Empfang erweist. Der Mann ist wahrscheinlich älter als Frau Krick, gibt sich aber wesentlich jünger. Seine Haare sind erkennbar schwarz gefärbt und kunstvoll gewellt, und sein grünpaspeliertes Jackett macht ihn zu einer Art Forstmeister. Als er die fremde junge Frau bemerkt, bemüht er sich sofort um Schwung; er ist der geborene Casanova, erkennt Frieda mit einem Blick.

«Ein Zimmer?» wendet er sich an Frieda, als wolle er sie zu einem Vergnügen überreden.

Frau Krick antwortet für sie: «Das Fräulein ist an unserem Haus interessiert. Die Frau Schweitzer schickt sie.»

Damit verflüchtigt sich der Schwung des Mannes. Sein Blick und seine Haltung verändern sich. «Aber ich bin nicht interessiert», sagt er scharf, was wohl heißen soll, er sei nicht an Verkauf interessiert, und zur Bekräftigung fügt er an: «Was denken die sich denn! Kommen dauernd hier angeschissen! So weit sind wir noch lange nicht!» Von oben hört man Gepolter; der alte Mann scheint gestolpert zu sein.

«Das ist der andere Hotelbesitzer», sagt Frau Krick giftig.

Ihr Mann streift sie mit einem Blick, schreit dann durchs Haus: «Onkel Rupert, ist was?» Er erhält keine Antwort, deswegen ärgert er sich: «Den binde ich noch mal fest...», und eilt die Treppe hinauf.

«Am besten, man bindet sie beide fest», sagt die Frau mehr zu sich als zu Frieda und fordert sie auf: «Kommen Sie mal!»

Sie führt Frieda in den kleinen Empfangsraum. Ein wuchtiger Schreibsekretär füllt ihn zur Hälfte aus, und die andere Hälfte wird von einem gewaltigen Vertiko eingenommen. Papiere häufen sich sowohl da wie dort und eine offenstehende Kassette gibt Auskunft über die trübe finanzielle Situation. Auf einem Piedestal neben dem Fenster kümmern irgendwelche Grünpflanzen vor sich hin, und auf dem durchgesessenen Canapé liegt eine aufgeschlagene Zeitung. Frau Krick faltet sie zusammen, legt sie zur Seite, und dadurch sieht man, daß sich eine Feder durch den Bezug gedrückt hat.

«Bitte», fordert sie Frieda auf, Platz zu nehmen, und während diese der Aufforderung folgt, setzt sie sich auf einen Drehstuhl am Sekretär. Es ist, als wäre damit die Verhandlung eröffnet.

«Können Sie wirklich kaufen?» fragt Frau Krick direkt, wie es ihre Art ist. «Woher haben Sie denn das Geld?»

«Es käme auf die Summe an. Ein Teil wäre gespart...», weicht Frieda aus. «Was stellen Sie sich vor?»

«Auf mich kommt's nicht an. Sie müssen mit meinem Mann und unserem Onkel Rupert einig werden. Er ist auch Besitzer.»

«Ist Ihr Gatte denn Angeboten zugänglich?»

«Das ist er – leider... jederzeit!»

«Ich meinte, ob er verkaufen will.»

«Ich hab Sie schon verstanden, Fräuleinchen. Tja, ob er zugänglich ist... Wir haben gar keine Wahl mehr. Wir haben jede Woche zweimal den Gerichtsvollzieher im Haus. Das hat Ihnen die Frau Schweitzer sicher schon gesagt?»

«Sie hat etwas angedeutet – in dieser Richtung», behauptet Frieda ungeniert.

«Natürlich wollen sie nicht verkaufen. Aber wir müssen, bleibt uns gar nichts anderes mehr übrig. Es sind schwierige Naturen, das sage ich Ihnen gleich. Sie haben doch gesagt, die Frau Doktor Schweitzer hat Sie geschickt?» – «Ja. Frau Doktor Schweitzer hat mir den Rat erteilt.» – «Dann wissen Sie ja Bescheid. Was wollen Sie denn mit unserem Haus? Wollen Sie sich Sorgen kaufen?»

«Ist es möglich, daß ich die Zimmer mal sehe?»

«Mal langsam. Sind Sie verlobt?»

«Ja, wir werden in absehbarer Zeit heiraten», behauptet Frieda kühn und setzt rasch dazu: «Mein Bräutigam ist ebenfalls aus dem Fach. Ist im Hotel ‹Metropol/Monopol› beschäftigt... an der Wilhelmstraße», fügt sie an, in der Hoffnung, das sei der Frau nun endgültig genügende Empfehlung.

«Dann werden Sie ja wissen, auf was Sie sich einlassen wollen. Ich wußte es nicht, als ich hier reingeheiratet habe. Ich wollte, mir hätte es einer rechtzeitig erklärt; ich habe nur das Haus gesehen und die schönen blauen Augen von meinem Mann. Also gut, ich zeig's Ihnen. Es waren schon so viele da; kommt es jetzt auf eine Führung mehr auch nicht mehr an. Die Küche haben Sie ja schon gesehen...»

«Ja.»

«Wir würden Ihnen alles lassen, Geschirr, Porzellan, Töpfe und so weiter... Sie könnten gleich anfangen.»

«Sie geben auch Essen?»

«Wenn's gewünscht wird. Meistens nur Übernachtung und Frühstück. Wie alt sind Sie?»

«Ich werde einundzwanzig.»

«Sind Sie aus Wiesbaden?»

«Hier gebürtig, ja», gibt Frieda ausweichend Antwort. Wie sie das sagt, läßt denken, daß sich dieser Geburt eine Odyssee angeschlossen habe.

«Ich frage nur, weil man das nicht hört. Sie sprechen gar keinen Dialekt.»

Frieda fühlt sich bemüßigt zu erwidern: «Das war das erste, was im ‹Römerbad› verlangt wurde... Daß man sich in Hochdeutsch ausdrückt.»

«Na ja, gut. Fangen wir mit den Kellern an.»

Sie führt Frieda in den engen, grauen Hof. Eine Mauer trennt ihn von den Nachbargrundstücken am Geisberg und im Dambachtal, und vor dieser Mauer ringt ein Kastanienbaum um sein Leben. Sein Stamm ist dünn wie eine Gerte. Frau Krick erklärt: «Hat sich selbst angepflanzt. Ich weiß gar nicht, wie er das geschafft hat, da an der Mauer hoch. Aber ich reiß ihn nicht raus. So, hier ist der Weinkeller.»

Sie öffnet eine Klappe, eine abenteuerlich schief und krumm gewordene Treppe wird sichtbar. «Ist die nicht gefährlich im Winter?» fragt Frieda. «Ich meine die Treppe.»

«Sie brauchen nichts schlechtzumachen; ich kenne alle Fehler von dem Haus, besser als Sie. Damit können Sie die Preise nicht drücken.»

«Entschuldigung, so war das nicht gemeint.»

«Jeder hat was anderes zu maulen; die sehen alle Sachen, die ich noch nie gesehen habe. Der Keller ist immer gut temperiert. Im Sommer kühl, und im Winter auch. Da drüben geht es runter in die anderen Keller.»

Wiewohl Frieda nicht weiß, was sie in den Kellern soll, folgt sie der Frau in die staubigen düsteren Gänge und Gelasse. Da diese keine Lampe anzündet, muß das wenige Licht, das durch Luken von der Straße hereinfällt, genügen. Frieda hat dauernd Angst um ihre Kleidung; sie möchte sie nicht durch irgendwelche Salpeterflecken ruinieren, die auf den Wänden blühen. Einer der Kellerräume ist fast vollständig zu einer einzigen gemauerten Wanne hergerichtet worden. Hier werde Wäsche gewaschen, die nur einmal benutzt wurde, erklärt ihr Frau Krick, die übrige außer Haus gegeben. Im nächsten Raum steht eine schwere, gußeiserne Wäschemangel. Frau Krick bewegt das große Schwungrad, um vorzuführen, wie leicht sich die Mangel bedienen läßt. Sie ist offenbar stolz auf das Gerät; die Mangel ist erst einige Jahre alt und angeblich sehr praktisch. Früher mußte man jedes Bettuch mit dem Eisen bügeln, jetzt genügen wenige Handgriffe, und schon ist die Wäsche glatt.

Frieda bemerkt beiläufig: «Ich habe Bekanntschaft mit Herrn Maison, Wäscherei Maison, aus Rambach. Ich würde wohl dahin wechseln.» Wahrscheinlich will sie mit der Bemerkung klarmachen, sie sei trotz ihrer Jugend der Aufgabe gewachsen, die sie sich vornimmt. Frau Krick ist nicht beeindruckt: «Das können Sie halten, wie Sie wollen. Der Kohlenkeller ...»

«Sie haben nicht Zentralheizung?»

«Was denn noch?» fragt Frau Krick, als habe Frieda sie mit gezielter Bosheit beleidigt. Frieda unterläßt es von nun an, ihr Fragen zu stellen, die auch nur einen Hauch Kritik enthalten. Was hat es für einen Sinn, sich die Frau zur Feindin zu machen?

«Mit wem müßte ich verhandeln?»

«Mit beiden Besitzern. Mir gehört hier gar nichts, nicht das Schwarze unter dem Fingernagel; ich bin hier nur das Dienstmädchen. Fräulein, ich gebe Ihnen einen guten Rat: Sehen Sie zu, daß Sie einen anständigen Mann kriegen mit einem geregelten Einkommen. Und wenn er nur Fahrscheine locht bei der Bahn, alles besser als das hier. Das hier, das ist, als wenn Sie zum Zirkus gingen. Einen Tag essen Sie trockenes Brot, und dann haben Sie wieder so viel Arbeit, daß Sie nicht mal zum Essen kommen. Und wenn alles rum ist, zählen Sie Ihr Geld, zahlen die Schulden, und alles geht wieder von vorne los. Sie sind doch eine bildschöne Person; Sie haben das doch nicht nötig. Und sogar Ersparnisse, sagen Sie. Ich hab meine ganze Aussteuer hier reingesteckt. Ich darf gar nicht dran denken ...» Frieda erwartet, daß die Frau zu weinen beginnt. Doch weder zeigen sich Tränen, noch nimmt ihr Ton eine weinerliche Färbung an. Sie scheint ausgetrocknet wie altes Holz.

Als sie wieder im Erdgeschoß sind, öffnet die Frau eine Tür und läßt Frieda einen Blick in ein Schlafzimmer tun. Dunkle, altmodische Möbel stehen drin, und es riecht ungelüftet. «Unser Schlafzimmer», sagt sie dazu. «Die anderen Zimmer sehen ähnlich aus. Wollen Sie noch mehr sehen?»

«Wenn es möglich ist.»

Die Frau nickt grimmig, ruft dann: «Lina!»

Das Hausmädchen zeigt sich.

«Räum jetzt endlich mal hier die Wäsche weg. Wie sieht denn das aus!»

Also gibt es zwischen dem «Römerbad» und dem «Hotel Krick» doch Gemeinsamkeiten. Die Doos hätte allerdings nur mit Blicken dirigiert.

Frau Krick führt Frieda die steile enge Treppe zu den oberen Stockwerken hinauf. Das Treppenhaus ist beinahe ebenso dunkel, wie es die Keller waren, auch so verwinkelt. Die Treppe ist abgetreten, ebenso die Kokosläufer, die darauf liegen. Einmal präsentiert Frau Krick einen der grüngestrichenen Lokusse, die sich jeweils auf halber Treppe befinden. Er verströmt den gleichen fauligen Geruch wie das Plumpsklosett der Heybach, und Fliegen kreisen auch in diesem kleinen Kabinett. Frau Krick öffnet wortlos das schmale Fenster zum Hof.

Im zweiten Stock deutet sie mit dem Finger nach oben: «Die Mansarden sind alle ausgebaut.»

«Wie viele Betten hat das Haus ingesamt?»

«Achtundvierzig. Und hier Zimmer 18 ... unser Prachtzimmer.»

Bei diesem Raum handelt es sich um eine Art Suite. Im vorderen Teil stehen zwei Sessel und ein Tischchen, im hinteren – vom ersteren durch eine verschlossene Portiere getrennt – hohe Ehebetten. Die Waschkommode hat zwar eine Marmorplatte, aber ein Bierfilz unter einem der gedrechselten Beine muß sie in der Waagrechten halten. Die Betten sind frisch bezogen, wirken jedoch wie durchgelegen. Kein Gast des «Römerbads» würde sich da reinlegen. Frieda wundert sich, daß selbst dieser Prachtraum leersteht, und das mitten in der Saison. Das «Römerbad» ist bis unters Dach voll mit Gästen, und hier gähnende Leere.

«Gucken Sie mal hier ... Das ist eine Aussicht, hm ...?»

Die Frau schlägt die Gardine zurück und führt den Ausblick vor, wie das Makler gern tun, wenn sie keine weiteren Vorzüge wissen. Vom Eckfenster blickt man auf die Wandelhalle des Kochbrunnens und erahnt den Park, der die Halle umgibt. Frieda hat schon längst bemerkt, der einzige Vorzug des Hauses ist seine Nähe zum Kochbrunnen. Deswegen kommt ihr die Frage: «Baden kann man bei Ihnen nicht?»

«Sie können sich ja das Kochbrunnenwasser kommen lassen. Das machen die Adamys auch, auf der anderen Straßenseite. Ich wollte es nur nicht anfangen. Wollen Sie sich damit belasten?»

«Ich bin Badefrau!» betont Frieda stolz.

«Na ja, dann. Das ist ja kein Problem – die Männer bringen Ihnen das kochendheiße Badewasser, wie Sie es haben wollen. Dafür gibt's ja Firmen.» Sie betrachtet Frieda, als sehe sie sie plötzlich mit anderen Augen, und Frieda stellt deswegen tatsächlich schon Überlegungen an. Sie kann im Erdgeschoß einige Zimmer abtrennen und zu einer kleinen Badeabteilung umgestalten. Vielleicht kann sie sogar die eine oder andere ihrer Damen bewegen, ihretwegen mit dem «Römerbad» zu brechen und sich weiterhin von ihr massieren zu lassen. Sie hat allerdings wenig Hoffnung, daß sich die Damen hier einquartieren. So wie das Haus nun aussieht, kann man nur an die untersten Kategorien von Gästen vermieten, und selbst nach einer gründlichen Renovierung wird das Haus nie die Creme anziehen.

Die Führung geht weiter, im Grunde hat Frieda aber alles gesehen, was sie sehen wollte. Nichts kann so bleiben, wie es ist. Öfen in allen Zimmern, abgetretene Läufer überall. Es gibt kein Gaslicht, geschweige denn elektrisches Licht, nur Kerzen und Laternen; das muß alles anders werden. Nun bedauert sie, Georg nicht bei sich zu haben. Er könnte bestimmt abschätzen, was eine Renovierung an Geld verschlingt.

«So, Fräulein, jetzt haben Sie einen Überblick. Was sagen Sie?»

«Ja. Ich würde gerne in Verhandlung treten», erwidert Frieda und sucht damit ihre eigene Beklemmung zu beschwichtigen. «Ich müßte natürlich noch mal mit meinem Bräutigam herkommen, wenn Sie das gestatten.»

«Ich hab gar nichts zu gestatten», sagt die Frau und klopft an eine Zimmertür. «Onkel Rupert, dürfen wir mal reinkommen?»

Als niemand antwortet, drückt sie die Klinke herunter. Der alte Mann sitzt auf einem Nachttopf, mit dem Rücken zur Tür, und zeigt seinen faltigen Hintern. Die Frau schließt die Tür wieder: «Na ja, Sie wissen ja jetzt Bescheid.» – «Sie haben noch keinen Preis genannt.» – «Ich werde mich hüten. Das müssen Sie mit den Besitzern abmachen. Die reißen mir den Kopp ab, wenn ich was sage. Und nehmen Sie sich nicht alles zu Herzen, was ich gesagt habe. Sie sind nicht die erste junge Frau, die was wagt und was gewinnt. Wenn Ihr Bräutigam fleißig ist und zupackt und Sie fleißig sind, dann bringen Sie das Haus ganz schnell wieder hoch. Es ist ja nicht so, daß wir gar keine guten Gäste hätten. Ich kann's nur nicht allein. Ich würde mich jedenfalls freuen, wenn ein junges Paar unser Haus kriegen würde, das noch was draus macht. Wäre wenigstens nicht alles umsonst gewesen, was man hier reingesteckt hat an Arbeit.»

«Das ist sehr freundlich von Ihnen. Und nochmals vielen Dank. Ich melde mich bestimmt wieder», verspricht Frieda.

«Würde mich freuen. Einen schönen Gruß an Frau Schweitzer.»

«Richte ich sehr gerne aus!»

7

Diesem Anfang folgen langwierige Verhandlungen.

Die Herren Krick sind schwierige Patrone, und Georg lehnt es rundweg ab, das «Hotel Krick» auch nur in Augenschein zu nehmen. Frieda nimmt das aber nicht als sein letztes Wort. Ohne Hilfe eines Mannes kann sie nicht in den Besitz des Hauses gelangen; Herr Thomé hat ihr die Gesetze erläutert. Er hat ihr erklärt, selbst wenn sie die gesamte Kaufsumme bar auf den Tisch legen könnte, würde man ihr das Haus nicht lassen. Eine alleinstehende Frau ist nicht geschäftsfähig. Rechtlich hat sie die gleiche Stellung wie ein unmündiges Kind, und insofern muß sie ihn so oder so gewinnen.

Das ist einer der Gründe, warum sie ihn zu dem lange angekündigten Kongreß seiner Partei nach Mainz begleitet. Damit nimmt sie ein nicht geringes Risiko auf sich. Man wird sie entlassen, wenn es sich bis zur Direktion des «Römerbads» herumspricht, daß sie bei diesen Umtrieben mitwirkt!

Bald denkt sie, es war dennoch verkehrt, Dinge miteinander zu verknüpfen, die nichts miteinander zu tun haben. Die Fahrt steht von Anfang an unter einem Unstern. Der Ärger beginnt bereits am

Bahnhof. Sie hat die falsche Garderobe gewählt. Während Georg abgetragene Sachen angezogen hat, kommt sie in einem eleganten, weit ausgeschnittenen, rotgepunkteten Sommerkleid. Mit kalten Blicken gibt er ihr zu verstehen, wie deplaciert er das Kleid findet. Als sie ihn herausfordernd fragt, wie ihm das Kleidungsstück gefalle, antwortet er gereizt: «Wir fahren nicht in die Sommerfrische, sondern zu einem Kongreß, an dem für Deutschlands Zukunft gestritten werden soll!»

Sie hatte sich vorgestellt, sie und Georg würden Hand in Hand auf der Tribüne der Stadthalle sitzen, den Vorträgen lauschen und ganz unmerklich werde ruhige Zweisamkeit die Bande zwischen ihnen stärken. Doch ihre Erwartungen werden enttäuscht. Schon am Bahnhof warten fünf oder sechs seiner Geistesbrüder auf ihn, und weitere steigen unterwegs zu. Sie werden jeweils mit einem Hallo begrüßt, als seien sie Einjährige, deren Dienstzeit abgelaufen ist. Dabei stellt Georg für seine Genossen offenbar so etwas wie eine Respektsperson dar. Er ist allerdings nicht der Anführer der sich allmählich vergrößernden Reisegruppe. Das ist wie selbstverständlich der Schriftsetzer Karl Enders, den sie schon mehrfach sehen durfte. In Georgs Augen ist er einer der «kommenden Männer», sie kann nichts Imponierendes an ihm entdecken. Er wohnt zwar in Flörsheim, aus einem Grund, den sie aber nicht kennt, ist sein eigentliches Wirkungsfeld in Wiesbaden, und prompt taucht er auch am Bahnhof auf und führt sofort das große Wort. Karl Enders bestimmt, wer wo zu sitzen hat und welches Lied gesungen werden soll; man meint, es könne gar nicht anders sein. Frieda findet ihn anmaßend, die übrigen fügen sich aber wie selbstverständlich seinen Anordnungen, und wie früher fällt ihr auf, daß Georg anscheinend so etwas wie sein Berater ist. Deswegen fällt auch auf ihn Glanz. Frieda hat das Empfinden, Georg mache sich hier weit kleiner, als er ist. Hat er es nötig, einem Herrn Enders nach dem Mund zu reden? Einmal bittet Enders Georg zu Seite, und eine Weile bereden sie Angelegenheiten, von denen anscheinend nicht mal die übrigen ihrer Genossen erfahren sollen. Georg zeigt dem Menschen ein Papier, das dieser abwartend entgegennimmt und welches sie dann gemeinsam Zeile für Zeile studieren, wobei sich Georg allem Anschein nach rechtfertigen muß; der andere streicht und korrigiert jedenfalls manches.

Frieda fühlt sich in dem Kreis nicht wohl und spürt ganz genau, auch sie ist umgekehrt für Georgs Genossen (in der Hauptsache

Arbeiter und Handwerksgesellen, wie sie nach und nach erfährt) ein störendes Element. Die Männer versuchen sie zwar in Gespräche zu ziehen, aber Frieda bleibt einsilbig, wie man es ihr im «Römerbad» für heikle Situationen eingetrichtert hat, und so versickert die Unterhaltung. Nach einer Weile bereden die Männer Dinge, von denen sie nichts weiß und wozu sie nichts sagen kann. Wenn sie glauben, Frieda bemerke es nicht, mustern sie sie mit Seitenblicken, als sei sie Georg zugelaufen.

In Mainz angekommen, beginnt das große Warten. Der Vorplatz des Mainzer Bahnhofs ist mit roten Fahnen und Transparenten geschmückt, und Parteigruppen versammeln sich um Banner; zwischen ihnen eilen aufgeregte Ordner mit Armbinden und Abzeichen umher, die sich mehrfach erkundigen, ob man bereits Quartier habe oder Quartier benötige. Eine junge Frau in einem Reformkleid – ein seltsam blaßgraues Gewand ohne alle Abnäher; die Frau sieht darin aus wie eine Nonne – hat Listen in der Hand und sucht aufgeregt nach dem Wiesbadener Ortsverband. «Ich finde euch nicht. Habt ihr nicht gemeldet?» fragt sie mehrfach und scheint regelrecht aufgebracht, als Georg ihr versichert, man fahre abends wieder zurück und benötige deswegen keine Unterkunft. Frieda will wissen, worauf man warte, und man erklärt ihr, man wolle gemeinsam zur Festhalle marschieren. «Wir werden August zeigen, über welch machtvolles Heer er gebietet!» Der Ausspruch wird mit Beifall und Hochrufen bedacht und steigert die Stimmung. Unter den Umstehenden herrscht Uneinigkeit darüber, ob August Bebel bereits in der Stadt sei oder noch eintreffen werde, aber alle scheinen seinem angekündigten Erscheinen entgegenzufiebern. Die Genossen sprechen von ihrem berühmten Parteiführer, wie Friedas Damen von Kaiser Wilhelm reden oder dem russischen Zaren: mit einer Emphase, daß Frieda sich ausgeschlossen fühlt. Sie hat nie ähnliches erlebt. Wann hätte ihr Vater je den Namen eines Parteimenschen in den Mund genommen? Über so etwas wurde in der Wohnung der Heybach nicht gesprochen. Aber über was wurde denn wirklich geredet, überlegt sie, während sie in der Menge der gläubig aufgewühlten Sozialisten steht? Eigentlich nur über die Verrücktheiten der Heybach und über die Weiber des «Hexenhäuschens» auf der anderen Straßenseite und was es den folgenden Tag zu essen geben sollte.

Unter den Wartenden gibt es den obligatorischen Querkopf, den man bei jeder Menschenansammlung findet. Er will darüber streiten, ob es richtig ist, daß sich Bebel für eine halbe Million Mark («von unseren Arbeitergroschen», wie er immer wieder hartnäckig schnauft) in der Schweiz ein Haus gekauft habe, sein «Bebelsruh». Dafür wird er wütend angefahren, er sei bürgerlichen Hetzartikeln aufgesessen; es gebe kein Bebelsches Palais. Bei dem bewußten Haus handle es sich um ein gewöhnliches Mietshaus. Bebel habe sich da gerade die Dachkammern reserviert, und im übrigen sei seine Tochter in der Schweiz verheiratet, und alles sei aus selbstverdientem Geld bezahlt. Der Genosse solle sich hüten, bürgerliches Gift zu verspritzen! Das Gerücht von dem Palais stamme im übrigen von einem Menschen, der wegen verschiedener Delikte gesucht werde und feige ins Ausland geflohen sei, und das sage wohl alles.

Der Räsonierer gibt sich damit nicht zufrieden, was ihm wütende Blicke und böse Bemerkungen einträgt, und jemand versetzt ihm einen harten Hieb. Man weiß nicht, wie die Sache ausgehen würde, schritte nicht Karl Enders ein. Es gelingt ihm, die Streithähne zu beruhigen. Also hat er doch Autorität.

Auf welches Kommando sich die Menge endlich zu einer Marschkolonne formt, könnte Frieda nicht angeben. Es geschieht einfach. Bataillon um Bataillon strebt plötzlich der am Rheinufer gelegenen Festhalle zu, und Frieda bleibt kaum etwas anderes übrig, als mitzumarschieren. Niemand fragt, ob sie August Bebel überhaupt hören will. Jedermann nimmt es als selbstverständlich.

Nachher, als man in die Festhalle einmarschiert ist und auf den Galerien einen Platz gefunden hat – für die sogenannten Delegierten, die eigentlich Agierenden, sind im Parterre lange Tischreihen aufgebaut worden; die Stühle akkurat wie Paradesoldaten aufgestellt und auf allen Tischen blütenweiße Decken –, müht sich Frieda, in Georgs Nähe zu bleiben. Das ist nicht einfach. Unverkennbar sucht der vor allem Kontakt zu seinem Herrn Enders und vertraut sie, Frieda, der Fürsorge irgendwelcher Parteigenossen an.

Sie meint, es sei ihm letztlich gleichgültig, ob sie anwesend ist oder nicht, und nur die Neugier auf die Hauptperson Bebel läßt sie ausharren. Mit Vorreden und aufgeregten Debatten über deutsche Raubzüge in China vergehen Stunden, und es ist beinahe Mittag, ehe Bebel das Wort ergreift. Und dabei sagt er nur mit leiser, beinahe gebrochener Stimme, die Erschütterung über das Ableben seines alten Freundes und Kampfgefährten Liebknecht mache es ihm unmöglich, sich in gewohnter Weise in die Verhandlungen einzumischen; er wolle aber alle Freunde und Genossen grüßen und der Zusammenkunft den erhofften Erfolg wünschen. Ungläubige Stille folgt darauf, und Georg stehen Tränen in den Augen, so ergriffen ist er. Auch Frieda muß sich eingestehen, sie ist bewegt.

Nach der Mittagspause verläßt sie den Kongreß. Georg hat ihr bedeutet, er hat verschiedene Verhandlungen zu führen, und kann nicht angeben, wie lange sie dauern werden. Warum soll sie dann in der stickigen Halle ausharren? Sie haben noch zusammen Erbsensuppe gegessen, die es zu Mittag gab, dann hat er sich mit mehreren Genossen zu einer Besprechung zurückgezogen. Es war überdeutlich, bei seinen Aktivitäten ist Karl Enders das treibende Element, und das behagt ihr nicht. Was hat er sich zum Handlanger eines Schriftsetzers zu machen? Der Mann hat keine gute Ausstrahlung; hoffentlich wird Georg wegen ihm nicht in etwas verstrickt, was er später bitter bereut. Die Sache mit dem Artikel müßte ihm doch Warnung genug sein!

Frieda nutzt die freie Zeit, die ihr unverhofft geschenkt wird, zu einem ausgedehnten Spaziergang. Zuerst promeniert sie am Rheinufer entlang, genießt dessen Schönheit, erfreut sich am Anblick der mächtigen Raddampfer und kräftigen Schlepper, die jeweils einen ganzen Schwarm von Kähnen hinter sich herziehen.

Nach einer Weile setzt sie sich auf eine Bank und durchdenkt ihr Vorhaben. Wie Georg für ihren Plan gewinnen? Kein Tag vergeht und keine Nacht, in der sie nicht darüber grübelt. Sogar Frau Eichhorn hat sie schon in ihre Pläne eingeweiht; ihr Herz fließt einfach über. Frau Eichhorn hat darauf freundlicherweise das Haus in Augenschein genommen, von außen natürlich nur, und hat ihr Mut gemacht: «Friedchen, das ist ganz richtig, was du da anstrebst», hat sie gesagt. «Das ist was für ein fleißiges Paar!»

Das ständige Grübeln verdirbt Frieda den Alltag. Manchmal fühlt sie sich im «Römerbad» wie angekettet; immer dieselben Gäste, immer dieselben Gespräche, und jeder Versuch, ihre Arbeit für eine Stunde im Stich zu lassen, bedarf umständlicher Vorbereitung und Rechtfertigung. Sie hat sich vorgenommen, gelangt sie nicht an ein eigenes Haus, wird sie die Stelle wechseln, egal, wo sie landet, und wenn es Vichy ist.

Willy, dem Frieda das «Hotel Krick» natürlich ebenfalls gezeigt hat, hat sofort Feuer gefangen. Er hat auf der Stelle ausgemalt, wie man das Haus verschönern und vergrößern kann, daß es schließlich die Luxushotels übertrumpft. Willy ist auch bereit, eine Art Subdirektor zu werden, wobei er sich von der Pike auf hocharbeiten will. Ohne auch nur einen Moment nachzudenken, hatte er die aberwitzigsten Vorschläge parat, als es um die Frage ging, wie man das Haus erwerben könne. Wie wäre es zum Beispiel, hatte er gefragt, wenn sie sich mit Frau Schweitzer oder ihrer Tochter zusammentut? Frieda soll den Damen eine stille Beteiligung anbieten.

Wieso Frau Schweitzer? Was hat sie damit zu schaffen?

«Sie ist doch Jüdin, und Juden sind immer hinter Häusern her, das ist ihre Natur; wie Hunde hinter dem Knochen», hat Willy verkündet, als stehe das so in der Bibel. Deswegen hatte sie mit ihm gezankt. Noch jetzt, wenn sie an die Szene denkt, ärgert sich Frieda. Willy hat eine ebensolche Abneigung gegen Juden zum Vorschein kommen lassen wie Georg, wenn sich die seine auch aus anderen Quellen speist als die von Georg. Während Georg Juden sozusagen aus übergeordneten Gründen ablehnt (wiewohl er das nicht bei seinen Genossen zu sagen wagt, da verstößt es gegen den Komment), rührt bei Willy die Betrachtungsweise aus der allgemeinen Anschauung der «Hilf». Da kennt man Juden nur als Pfandleiher und Rechtsanwälte und fürchtet sie. Frieda ist die Voreingenommenheit Willys genauso suspekt wie die Georgs; Menschen sind Menschen, und die einen sind so und die andern anders, und es gehört sich nicht, jemand pauschal zu verurteilen.

Wie schön wäre es, Georg brächte für sein berufliches Fortkommen den gleichen Eifer auf wie für seine politischen Aktivitäten. Sie fragt sich, ob es nicht besser wäre, die Verbindung mit ihm zu lösen, bevor es zu spät ist. Eigentlich sind es nur die Äußerlichkeiten, in denen sie harmonieren; im Inneren sind sie grundverschieden. Natürlich macht es sie froh, wenn sie beim Tanz oder bei Spaziergängen die bewundernden Blicke anderer Frauen spürt. Doch wenn sie daran denkt, mit welcher Emphase er Bebel bei dessen kurzer Ansprache anhimmelte, hat sie die Empfindung, er sei der Falsche für sie. Schon mehr als einmal hat sie gedacht, er ist nicht wirklich für die Hotellerie geschaffen. Wie unterschiedlich Hotelpersonal im einzelnen sein mag, in einem Punkt sind sich Hotelbedienstete ähnlich: Sie sehen ihre Mitmenschen mit einer gewissen Nüchternheit. Einerseits verübeln sie es niemandem, daß er nicht so ist, wie er sich gibt. Auf der anderen Seite glauben sie aber auch keine Sekunde daran, daß ein Mensch, mag es nun Mann, Frau oder Kind sein, so tugendsam sei, wie er sich darstellt, so feurig oder so idealistisch. Kein Beichtvater weiß mehr über Menschen als ein Empfangschef. Man kann gegen Herrn Thomé sagen, was man will, aber eins ist sicher: Er hat noch nie einen Gast in den Himmel gehoben und wird es wohl bis ans Ende seines Lebens nicht tun. Georg bemerkt an seinem Idol Bebel jedoch nur Lichtseiten. Wie kann das sein? Wie bringt er das fertig? Vielleicht, meint sie nun, ist es seine Berufung, Artikel oder Bücher zu verfassen oder selbst Parteiagitator zu werden, aber ein besessener Hotelier wird er nicht.

Die Erkenntnis schmerzt Frieda nicht; wahrscheinlich hat sie sie die ganze Zeit geahnt, nur noch nicht zuzugeben gewagt. Aber warum sich selbst belügen? Noch ist ja nichts vorgefallen, das sich nicht reparieren ließe. Soll er sich mit Anna zusammentun. Die bewundert ihn sowieso. Neulich hat sie sich verraten. Da hat sie gesagt (und es drückt aus, was sie wirklich empfindet): «Georg wird es noch mal ganz weit bringen, das wirst du erleben!» – «Wobei soll er es weit bringen?» hatte sie gefragt, und Anna hatte dadurch erkannt, daß sie ein Wort zuviel gesagt hatte, und war ausgewichen: «In dem, was er sich vornimmt. Manche Männer sind zum Siegen geboren, und dein Georg gehört dazu.» Aber es war klar, sie glaubt, Georgs Weg führt in die Politik. Soll er. Von ihr aus kann er ein neuer Bebel werden!

Frieda erhebt sich mit dem befriedigenden Gefühl, einen wichtigen Entschluß gefaßt zu haben. Weder wegen des «Hotels Krick» noch eines anderen Hauses wird sie ihn noch einmal ansprechen. Sie wird sich separieren. Seltsamerweise bereitet ihr dieser Entschluß weder Kummer noch Bedauern. Sie meint, sie werde in Zukunft eher unbeschwerter gehen können als von ihm gefesselt.

In der Stimmung, in der sie nun ist, würde sie am liebsten den nächsten Zug nehmen und umkehren. Was soll sie noch hier? Georg kommt sehr gut ohne sie zurecht, hier und anderswo. Dann sagt sie sich, vielleicht ist es voreilig, ihm den Beschluß, den sie gefaßt hat, auf der Stelle mitzuteilen. Frau Eichhorn sagt immer, man muß alle Entscheidungen eine Nacht überschlafen. Und außerdem fällt ihr ein, was ihr eine lebenserfahrene Dame neulich über die Männer gesagt hat. Frieda hatte ihr beiläufig gestanden, sie kann ihren Bräutigam und seine Gedankengänge nicht immer verstehen. Die Dame hat ihr geantwortet, sie kann keinen Mann verstehen. Männer seien grundsätzlich andere Wesen; die Unterschiede zwischen Männern und Frauen seien nicht aufzuheben, genausowenig wie die zwischen Berg und Tal. Damit müsse man leben, wie mit dem Wetter.

Abends, beim Wiedersehen, schenkt Georg ihr ein rot eingebundenes Buch; es heißt «Die Frau und der Sozialismus» und nennt Bebel als Verfasser. Frieda liest hier und da einen Satz des Buches, aber was sie liest, versteht sie so wenig wie die Debatten der Männer, vor denen sie geflohen ist. Es scheint sehr wissenschaftlich zu sein, und so bedankt sie sich mit einem schmalen Lächeln: «Sehr freundlich, Georg.»

Er fordert sie auf, die ersten Seiten zu betrachten, und da entdeckt Frieda, daß Bebel ihr das Buch zugeeignet hat: «Der Genossin Frieda Scherer, mit guten Wünschen August Bebel» steht da.

«Wie aufmerksam», bedankt sich Frieda ein weiteres Mal, und Karl Enders, der sich das Buch zeigen läßt, bemerkt: «‹Genossin› ist ja etwas vorgegriffen. Aber was nicht ist, kann ja noch werden.»

Während der Rückfahrt versucht Enders übrigens, ihre Sympathien zu gewinnen, indem er ihr gegenüber Georg lobt; dieser habe erneut glänzend verhandelt und taktiert.

Als ob sie einen Karl Enders brauchte, damit sie Georgs Vorzüge erkennt!

8

Willys Gedanke, sich einen stillen Teilhaber zu nehmen, erscheint Frieda bei näherer Betrachtung ganz vernünftig.

Umgehend meldet sie sich telephonisch bei Herrn Maison an und bittet um einen Gesprächstermin. Sie sagt ihm, sie wolle ihn in einer geschäftlichen Angelegenheit aufsuchen. Der Dampfwäscher ist von ihrem Begehren überrascht, lehnt aber nicht ab, und so wandert Frieda einmal mehr nach Rambach.

Dort wird sie ins Herrenzimmer gebeten. Der Raum ist verlassen, als sie eintritt; allerdings hängt Zigarrenduft in der Luft und das beweist, der Hausherr hat sich eben noch hier aufgehalten. Frieda nimmt in einem der schweren Ledersessel Platz. Es hieß ja, sie soll sich ins Herrenzimmer begeben.

Bald darauf hört sie Herrn Maisons befehlsgewohnte Stimme: «Fräulein Frieda, wo stecken Sie?»

Als sie aufsteht und sich meldet: «Herr Maison, hier», erscheint er schon im Türrahmen. Er reicht ihr die Hand und erklärt ihr, es tut ihm leid, aber er ist in Eile. Es ist ihm etwas dazwischengekommen. Weswegen will sie ihn sprechen?

Frieda zögert nicht, sondern sagt in drei Sätzen, daß sie die Chance hat, ein kleineres Hotel günstig zu erstehen, und daß sie Herrn Maison dafür als stillen Teilhaber gewinnen möchte. Er hört sich ihren Vorschlag mit Erstaunen an, lehnt aber nicht auf der Stelle ab, läßt sich sogar einige Details schildern.

«Tja, der Vorschlag ehrt mich ja», sagt er endlich. «Eilt es sehr? Müssen Sie sofort eine Entscheidung haben?»

«Nein, um Gottes willen. Ich wollte Sie erst mal fragen, ob Sie überhaupt...»

«Und wo wäre mein Vorteil?»

«Ich würde natürlich die Wäsche bei Ihnen waschen lassen», antwortet Frieda, konsterniert darüber, daß er so rasch auf den Punkt kommt.

«Na ja, das wäre ja schon mal etwas. Ein guter Kunde mehr. Ja, wertes Fräulein Anna... Entschuldigen Sie, Fräulein Frieda – für mich sind Sie immer so etwas wie der siamesische Zwilling von Anna, der hübschere allerdings –, so etwas können wir nicht zwischen Tür und Angel besprechen. Haben Sie schon mal irgendwelche Zahlen aufgeschrieben? Gewinn und Verlust? Kann ich da irgendwas lesen?»

«Ich wollte erst mal Ihre grundsätzliche...»

«Grundsätzlich bin ich immer fürs Geldverdienen. Aber das geht so nicht, das müssen wir mal in Ruhe besprechen. Wann hätten Sie denn wieder Zeit?»

«Es ist für mich natürlich sehr schwierig mit freien Tagen», antwortet Frieda unglücklich.

«Das können wir anders arrangieren. Sie brauchen ja nicht hier rauszutippeln. Ich bin ja oft genug in Wiesbaden. Machen wir es so, ich gebe Ihnen Bescheid. Das arrangieren wir schon.»

«Ja, vielen Dank, Herr Maison.»

«Tut mir ja leid, daß ich so in Hetze bin. Aber reden können wir drüber! Ist nicht uninteressant!»

Anna sagt hinterher, Frieda sei verrückt. Herr Maison lasse sich niemals auf so etwas ein.

Einige Tage danach erhält Frieda ein offizielles Schreiben der Wäscherei Maison, worin sich ein unleserlich unterzeichneter Sekretär für das Angebot bedankt, das sie Herrn Maison unterbreitet hat, und mitteilt, Herr Maison sei an der Verfolgung der Angelegenheit interessiert. Sei es ihr möglich, den kommenden Montag, vier Uhr nachmittags, mit Herrn Maison im «Café Orient», Unter den Eichen, zusammenzutreffen? Es wird um Rückäußerung gebeten.

Selbstredend ist Frieda zur angegebenen Zeit am vorgeschlagenen Ort, sogar einige Minuten früher. Das «Café Orient» liegt außerhalb der Stadt auf einer Höhe, am Rande eines Eichenhains, ist für seine Fernsicht berühmt und sieht aus, wie man sich einen morgenländischen Palast vorstellt, besitzt sogar goldene Kuppeln.

Frieda ist unschlüssig, ob sie bereits hineingehen soll, selbst auf die Gefahr hin, daß Herr Maison noch nicht eingetroffen ist. Die Entscheidung wird ihr abgenommen, als er jetzt mit seinem Einspänner vorfährt und sie wie ein übermütiger Postillion mit einer lustigen Bewegung seiner Peitsche begrüßt. Er steigt gut gelaunt ab, überläßt Pferd und Kutsche einem Pikkolo in einer Art Sarotti-Kostüm und eilt auf die wartende Frieda zu. Das erste, was er sagt, ist: «Es müßte verboten werden, daß jemand so hübsch aussieht wie Sie. Die wandelnde Versuchung.» Ein Automobil fährt knatternd vorbei, erregt Aufmerksamkeit, und dadurch wenden sich die Blicke der Herrschaften im Cafégarten unvermeidlich auch Frieda und Herrn Maison zu. Frieda vermutet, man wird sie für die Geliebte von Herrn Maison halten. Das stört sie nicht. Im Gegenteil, sie empfindet deswegen so etwas wie flüchtigen Stolz.

«Wollen wir uns reinsetzen? Dort sind wir vielleicht ungestörter», überlegt Herr Maison. – «Wie Sie meinen.» – «Da hinten in der Ecke ist auch noch ein freier Tisch. Wäre Ihnen das lieber?» – «Wie Sie meinen, Herr Maison.»

«So verhandle ich gerne; wenn's ganz nach meinen Wünschen geht», sagt er und lächelt. Man kann nicht behaupten, er sei ein schöner Mann. Dafür ist er zu füllig, beinahe stiernackig. Aber er wirkt stattlich, befindet Frieda und betrachtet ihn noch einmal, als sähe sie ihn zum ersten Mal. «Na, wie schneide ich ab?» sagt er gutmütig, und darauf wird sie denn doch verlegen.

Nach einigen weiteren Worten begeben sie sich ins Innere des Cafés. Er ist der Ansicht, man kann dort freier über das reden, was sie hergeführt hat. Frieda bestellt eine Schokolade, Herr Maison einen Zwetschgenkuchen – «mit viel Sahne; ist eine Passion von mir» – und ein Kännchen Mokka.

«Gehen wir gleich in medias res», verlangt er dann.

Frieda berichtet knapp und wahrheitsgemäß, durch welche Umstände sie mit der Familie Krick ins Gespräch gekommen ist und was sie sich von ihm erhofft, nämlich stille Teilhaberschaft.

Herr Maison hört im wesentlichen zu, schlingt dabei seinen Kuchen runter und bestellt sich ein zweites Stück. Als sie endet, fragt er: «Warum ist Ihr Verlobter nicht hier?»

Frieda sieht darauf Herrn Maison geradezu erschreckt an. Der Mann wird ihr unheimlich. Wie ist es möglich, daß er bei allem sofort versteht, worauf es wirklich ankommt? Sie zögert, faßt sich endlich ein Herz und schildert ihm ungeschönt, was ihr an Georg gefällt und was ihr mißfällt. Sie übertreibt weder seine Schwächen noch seine Stärken. Was sie ausbreitet, klingt wie eine Bilanz. Sie meint, Georg werde seine Zukunft in der Politik finden, nicht im Hotelgewerbe. Das hat sie noch nie jemandem gestanden, und nun breitet sie es aus wie beliebige Familienangelegenheiten. Genauso könnte sie über ihren Vater sprechen oder über die Narreteien der Heybach. Instinktiv erkennt sie, Herr Maison ist nicht neugierig; ihn interessiert kein Klatsch. Er will nur erfahren, mit wem er es zu tun hat, wenn er sich auf ein Geschäft einlassen soll.

Er läßt sich einen Cognac bringen, auch eine Havanna. «Sie gestatten doch?» fragt er dabei gewohnheitsmäßig. Das ist aber nur eine Höflichkeit, die nicht viel zu besagen hat. Sie spürt, er kennt es nicht anders, als daß alles so marschiert, wie er es wünscht. Sein Befehlen liegt, wird ihr nun deutlich, nicht eigentlich in der Art, wie er das tut; man spürt einfach seine Kraft und hat ihr nichts entgegenzusetzen. Wahrscheinlich erreicht er selbst das, was er nur flüsternd erbittet.

«Gut, Fräulein Frieda. Ich habe jetzt eine klare Vorstellung von Ihrem... bleiben wir bei Bräutigam?»

«Ja.»

«Sie werden trotzdem heiraten? Habe ich doch richtig verstanden?»

«Ja. Wenn nichts dazwischenkommt. Von meiner Seite aus – ja.»

«Ich muß sagen, Sie imponieren mir, Fräulein Scherer. Das habe ich noch nie erlebt, daß jemand mit so offenen Augen in die Ehe geht. Ich wollte, mein Großer hätte was von Ihnen; lieber Gott, bis der auf den Pott gekommen ist, und was für eine Ehe... So, und jetzt der andere unangenehme Punkt. Wie sieht es mit Ihrem Geld aus? Was haben Sie auf der Kante?»

Frieda bemerkt, daß sie sich mit einem Knöchel gegen die Zähne klopft, unterläßt das wie beschämt und legt dann mit der vorherigen Offenheit auch ihre finanziellen Verhältnisse dar, speziell, was sie auf der Kante hat. Es sind immerhin über elfhundert Mark, die sie sich erspart hat.

Als sie endet, nickt der Wäscherei-Besitzer wie zustimmend. «Alle Achtung, elfhundert Mark. Wie alt sind Sie?»

«Vor zwei Wochen einundzwanzig geworden.»

«Herzlichen Glückwunsch nachträglich.» Herr Maison läßt eine Pause eintreten, in der er sie erneut mustert, und zwar so, als habe sie bei ihm um eine Stellung nachgesucht. Dann erst kehrt er zu seiner ursprünglichen Nonchalance zurück und fragt: «Was halten Sie davon, wollen wir einen Schluck Champagner auf den Geburtstag trinken?»

«Auf nüchternen Magen?»

«Es artet schon nicht in eine Orgie aus.» Und bei einem Ober bestellt er: «Können wir eine halbe Flasche Krug haben? Und bringen Sie uns noch ein Stück Zwetschgenkuchen.»

Als sie wieder allein sind, wägt Herr Maison seine Worte, und schließlich bemerkt er: «Fräulein Frieda, ich habe in der letzten halben Stunde eine ganz andere Meinung von Ihnen gewonnen. Bis jetzt waren Sie für mich in der Hauptsache die schöne Freundin von Anna. Ich dachte, Sie würden versuchen, Ihren Erfolg im Bett zu suchen. Sie brauchen nicht pikiert zu gucken, das machen viele, und die fahren nicht so schlecht dabei. Aber nach dem, was Sie mir jetzt von sich anvertraut haben, traue ich Ihnen ein eigenes Haus zu.»

Der Champagner wird gebracht und geöffnet, und der Pikkolo weiß nicht, will der Herr das dritte Stück Kuchen für sich, oder ist es für die Dame bestellt?

Für die Dame.

Diesmal ziert sich Frieda nicht.

Herr Maison stößt mit ihr an: «Auf Ihr Spezielles, Fräulein Frieda. Und noch mal meine guten Wünsche zum Geburtstag.»

«Danke. Das ist außerordentlich freundlich von Ihnen, Herr Maison. Ich weiß das zu schätzen.»

«Sie haben aber auch alle Sprüche parat, Fräulein Frieda, für alle Lebenslagen», erwidert Herr Maison wie amüsiert. «Jetzt seien Sie mal ein bißchen locker, Sie müssen mir kein Zimmer vermieten.

Noch nicht.» Er wird dann wieder ernster, als er anfügt: «Fräulein Scherer, Sie wissen ja, daß ich ein erstes Enkelkind habe, und ich könnte Ihr Vater sein. Ich will Ihnen aber trotzdem verraten, was ich eben gedacht habe. Ich kann jetzt die Männer verstehen, die sich einen Schatz wie Sie zulegen. Ich habe eine herzensgute Frau, und ich werde ihr keinen Kummer machen, weder mit Ihnen noch mit einer anderen. Damit es da gar keine Mißverständnisse zwischen uns gibt. Und trotzdem, wenn es ginge, würde ich mich um Sie bemühen. Mit Ihnen rumzufahren, Ihnen alles zu zeigen, das muß ein Fest sein.» Er setzt dann wie verzichtend hinzu: «Es ist uns nicht gegeben, und es wird auch nicht passieren, da können Sie sich auf mich verlassen. Und außerdem wollen Sie ja auch heiraten. Wenn nichts dazwischenkommt...»

Er wartet auf eine Reaktion Friedas, aber die zeigt nichts als ein Lächeln, das sowohl milde Zustimmung wie freundliche Ablehnung ausdrücken kann und insofern vollkommen unverfänglich ist. Wie sollte er ahnen, daß Frieda nur aus vollkommener Verwirrung schweigt? Sie hat seinen Worten nur eins entnommen: Er macht ihr das Angebot, sein Verhältnis zu werden, und nimmt es im gleichen Moment wieder zurück. Wie erwartet er also, daß sie ihm begegnet?

Als von Frieda keine weitere Antwort kommt, leert Herr Maison sein Glas, zeigt sich von der Güte des Champagners angetan und kommt ohne Umschweife wieder auf das zu sprechen, was sie hergeführt hat. Er erklärt ihr, er sieht bei diesem Stand der Dinge durchaus eine Möglichkeit für sie. Er wolle ihr jedoch gleich den Zahn ziehen, daß er ihr Financier werde. Er werde nicht das Geld für sie aufbringen. In Geldsachen sei jeder für sich verantwortlich. Er für seine Wäscherei; sie für das Haus, das sie zu erwerben trachte. Er halte auch wenig von der angebotenen stillen Teilhaberschaft; er sei es gewohnt, selbst das Ruder in der Hand zu halten, nicht, sich kutschieren zu lassen. Wenn sie es wünsche, wolle er ihr aber gern mit seinen geschäftlichen Erfahrungen und Verbindungen zur Seite stehen.

«Das ist außerordentlich entgegenkommend. Ich weiß das sehr zu schätzen, Herr Maison», erwidert Frieda höflich; enttäuscht, daß er außer guten Worten nichts investieren will.

«Fräulein Frieda, ich glaube, Sie sind ein bißchen undankbar. Sie unterschätzen mein Angebot. Ich kann Ihnen Tore öffnen. Ich kann Ihnen vernünftigen Rechtsbeistand vermitteln; Sie müssen erst mal einen vernünftigen Vertrag kriegen. Mit *einer* falschen Klausel können Sie sich für Ihr Leben unglücklich machen. Weiterhin kann ich Ihnen einen günstigen Kredit beschaffen. Das wird wohl für den Moment sogar das Wichtigste sein.»

«Ich bin nicht undankbar, Herr Maison. Sie sind nur so schnell. Ich kann nicht so leicht hin- und herspringen wie Sie», gesteht sie.

«Akzeptiert. Sie versuchen das zum ersten Mal, und ich stecke seit einem Vierteljahrhundert in der Mühle. Manchmal komme ich mir vor wie ein Hamster im Laufrad. Wissen Sie, warum ich Ihnen helfen will? Warum ich hier sitze? Weil ich auch mal so angefangen habe wie Sie; vielleicht nicht mit ganz soviel Elan, aber ähnlich. Ich hatte einen Vater, der für Höheres geboren war. Bei ihm war es nicht die Politik, bei ihm war es die Archäologie. Wir hatten eine Wäscherei, und er hat sich über die Assyrer und Babylonier den Kopf zerbrochen. Meine Mutter hat einen Fehler gemacht, hat ihn festgehalten. Sonst hätte er vielleicht Troja entdeckt. Jedenfalls, als ich so alt war wie Sie jetzt, stand ich vor der Wahl, entweder anzupacken und das Ruder rumzureißen oder dem Bankrott zuzugucken. Was uns eint, Fräulein Scherer, ist der Drang, nicht mit dem zufrieden zu sein, was uns vorgesetzt wird. Mein Vater hat sich in Büchern vergraben. Drei Schriftzeichen hat er entziffert, Aufsätze geschrieben! Als ich anfing, Fräulein Frieda, gab es Dampfwäschereien nur in den Metropolen wie Paris oder London; in Berlin ging es gerade los. Heute findet man sie sogar in Ländern, die in der Kultur weit zurück sind. Das Thema fasziniert Sie, das sehe ich Ihnen doch an?»

«Alles, was Sie mir sagen ...»

«Frieda, Sie bringen es zu was ... Also, jetzt werde ich Ihnen noch was enthüllen. Der Aufschwung kommt nicht nur von den Maschinenfabrikanten; wir können uns auch bei den Chemikern bedanken. Wir haben heute Seifen, die sind von einer Reinheit, das ist unvorstellbar. Es gibt heute Stärken, Wäscheblau und so weiter, davon konnten Sie früher nicht mal träumen. Heute werden aber auch Anforderungen an das Aussehen von Wäschestücken gestellt, die sind unvorstellbar. Von uns wird praktisch verlangt, daß wir alte geflickte Wäsche ‹auf neu› waschen! Darüber haben Sie wahrscheinlich noch nie nachgedacht ...»

«Nein, leider nicht.»

«Jetzt hören Sie mal auf mit Ihrer Ziererei. Wir haben uns doch verstanden.»

Frieda nimmt das als Aufforderung, das Damenhafte, das sie bis jetzt wie einen Schutz vorgezeigt hatte, abzulegen; ganz gelingt es ihr nicht. Immerhin wird sie etwas lebhafter, als sie nun bemerkt: «Herr Maison, es ist nicht ganz so, daß ich überhaupt nichts von Ihrem Betrieb wüßte. Anna hält mir manchmal auch Vorträge!»

«Sehr vernünftig.»

Er streckt ihr die Hand hin: «Fräulein Frieda, Sie haben mein Wort. Ich helfe Ihnen.»

Ehe sie die Hand ergreift, fragt sie: «Herr Maison, wie kann ich mich erkenntlich zeigen?»

«Machen Sie sich darüber keine Gedanken. Das Leben ist noch lang. Und außerdem, das müssen Sie auch wissen, bin ich zum Wohltäter geboren. Wie es aussieht, kriege ich einen sehr schönen Platz im Himmel. Apropos, Himmel. Sie erinnern sich an Herrn Jennewein? Er kann auch mal für Sie und Ihren Geschäftserfolg beten.»

Er sieht sie dabei an, als wolle er etwas herausfinden.

Frieda tut so, als erinnere sie sich nur schwach an Herrn Jennewein.

Die versprochene Unterstützung gibt Frieda beinahe ebensoviel Sicherheit, als habe ihr Herr Maison einen Blankoscheck in die Hand gedrückt. Dennoch kommt die Verhandlung nicht voran. Die Herren Krick, sowohl Onkel wie Neffe, zeigen sich wegen des Hausverkaufs weiterhin hartnäckig ablehnend. Mal wollen sie überhaupt nicht verkaufen («unser schönes altes Häuschen geben wir doch nicht her»), mal behaupten sie aufs Geratewohl, andere und bessere Kaufangebote zu haben als das von Frieda. Dabei wird anfangs nur sehr vage über einen Preis gesprochen. In der nächsten Phase (als sie sich mit dem Gedanken des Verkaufs vertraut gemacht haben), versucht der alte Mann seinen Neffen zu betrügen und dieser ihn. Es kommt zu tragischen und komischen Auftritten. Die Sache entwickelt sich mehr und mehr zu einer Posse, nur daß niemand da ist, der darüber lachen könnte. Frau Krick verzweifelt manchmal. Sie zeigt Frieda die offenstehenden Rechnungen, die drängenden Mahnungen, die Pfandmarken unter den Stühlen. Wie soll das alles enden, fragt sie mehr als einmal bitter. Sie fürchtet, bald werde hier alles versteigert und ihnen bleibe kein Pfennig.

Manchmal will Frieda aufgeben. Wie soll sie Männer zur Vernunft bringen, die keine haben? Mit der Zeit gewöhnen sich die Kricks an ihren Besuch wie an den des Gerichtsvollziehers. Und das Makabre an dieser Konstellation ist, daß selbst Frieda ständig Komödie spielt. Weil sie zu den Gesprächen immer allein erscheint, fragen die Kricks argwöhnisch nach ihrem Bräutigam und warum er sich nicht wenigstens *einmal* zeigt. Frieda lügt, er sei krank und lasse herzlich grüßen. Nach einer Weile hat sie das Gefühl, sie müsse mehr bieten als die vorgetäuschte Krankheit; darauf schickt sie Georg zur Kur an die See. Herr Maison muß einspringen und ihr Reputation verleihen. Frieda stellt Herrn Maison als ihren Gönner vor, was allen einleuchtet.

Georg selbst will weiterhin von einem Kauf nichts wissen. Er weigert sich, ihre Bemühung ernst zu nehmen, bemerkt dazu abfällig: «Warte, bis es zur Versteigerung kommt. Billiger kommst du nicht dran!» Herr Maison rät ihr, sich nicht darauf zu versteifen. Bei einer Versteigerung sammelten sich die Geier, und dazu zähle sie nicht.

Dann geschieht das Wunder. Von einer Stunde zur nächsten und ohne daß sich zuvor etwas Entscheidendes ereignet hat, sind die Herren Krick mit einem Verkauf einverstanden. Am liebsten gingen sie jetzt auf der Stelle zum Notar. Frieda benachrichtigt Herrn Maison telephonisch von der wundersamen Wendung. Er erklärt sich bereit, bei der nächsten und entscheidenden Unterhandlung mit den beiden Eigentümern des Hauses anwesend zu sein. «Jetzt werden Nägel mit Köpfen gemacht!» verspricht er. Frieda vergißt, sich dafür zu bedanken, so sehr hat sie sich daran gewöhnt, Herrn Maison als ihren Schutzpatron zu betrachten.

Wie angekündigt, sitzt Herr Maison an Friedas Seite, als es zur abschließenden Besprechung mit Herrn Krick und seinem Onkel kommt. Herr Maison hört erst eine Weile schweigend zu, ergreift dann das Wort und gibt es nicht mehr ab. Der größte Gewinn seiner Anwesenheit liegt darin, daß sich Onkel und Neffe Krick seinetwegen zusammennehmen und nicht in ihre vorherigen Hampeleien zurückfallen.

Die Besitzergemeinschaft verlangt für das Haus, wie es steht und liegt, siebentausendachthundert Mark. Die könnte Frieda aufbringen. Doch das Haus ist heruntergekommen; man muß es umbauen und ausbauen. Außerdem werden bessere Gäste, wie sie sich Frieda erhofft, nicht am ersten Tag kommen; es wird ein oder zwei Jahre Anlaufs bedürfen, das heruntergewirtschaftete Haus hochzubringen. Die müssen überbrückt werden. Soll sie also den geforderten Kaufpreis akzeptieren?

Herr Maison bittet um eine kurze Pause und berät sich mit ihr, indem er mit ihr auf der Straße auf und ab geht. Er rät ihr, nicht den Preis zu drücken, eher ein paar Mark draufzulegen, und damit ans Ziel zu gelangen. «Ob Sie nun achttausend oder neuntausend Mark aufnehmen...», will er ihr erklären, als sie ihn unterbricht: «Ich habe auf einmal schreckliche Angst bei der ganzen Sache. Meinen Sie wirklich, ich soll kaufen?»

«Ja, sollen Sie. Und wenn Sie es nicht machen, mache ich es. Ich werde Ihnen jetzt auch sagen, warum, Frieda. Das behalten Sie aber für sich; ich komme sonst in Teufels Küche, wenn was durchsickert. Es ist gar nicht nötig, daß Sie das Haus eröffnen. Kaufen Sie es, lassen Sie es stehen und liegen, wie es ist. Sie verdienen trotzdem ein paar tausend Mark dran. In spätestens zwei, drei Jahren haben Sie den Gewinn in der Tasche. Ich habe Ihr Wort, daß das unter uns bleibt?»

«Herr Maison, ich bitte Sie. Ich werde doch nicht...»

«Also, Fräulein Frieda, ob Sie noch mal auf so einen Wohltäter stoßen wie mich, ist äußerst fraglich. Ich vermute mal nein. Also, jetzt den Sack zugeschnürt: Kaufen Sie das Haus, und wenn Sie es nur als Spekulationsobjekt betrachten. Die Straße soll verbreitert werden, das steht definitiv fest; dann muß das hier abgerissen werden, und dann können Sie Forderungen stellen. Aber behalten Sie es ja für sich.»

Frieda geht hinein, bietet glatte achttausend Mark und erhält dafür die Zusage der Kricks. Man schüttelt sich mit einer gewissen Feierlichkeit die Hand.

Zwei Tage später erhält Frieda von den Herren Krick ein Schreiben, worin sie ihr für ihr Interesse danken und mitteilen, daß sie einen anderen Käufer vorzögen.

Als sich Frieda in der Mittagspause aufgebracht dorthin begibt, vertraut ihr Frau Krick weinend an: Ja, es ist so, wie ihr Mann geschrieben hat; die beiden Besitzer haben sich entschlossen, an einen anderen Interessenten zu verkaufen.

«Und wenn ich noch mal fünfhundert Mark draufiege?»

«Der Mann, an den sie verkaufen wollen, bietet ja weniger als Sie, Fräulein Frieda.»

«Weniger als ich? Und trotzdem...?»

«Weil sie verrückt sind, die beiden. Ich habe alles versucht; die sind nicht mehr umzustimmen. Ich schäme mich, aber die sind stur wie die Maulesel. Es ist alles unbegreiflich.»

Die Frau beugt sich über den Tisch, weint schluchzend. Frieda legt ihr die Hand auf den Rücken. Später umklammert die Frau Friedas Arm. Dabei bedürfte Frieda Trost; sie fühlt sich elend, mehr als damals bei der Nachricht, daß ihr Vater verschwunden sei.

Ein paar Tage nach dieser Unterredung zeigt Frau Eichhorn Frieda eine kleine Todesanzeige in der Zeitung, in der es heißt, daß Gott der Herr in seinem unerforschlichen Ratschluß den Hotelier Rudolf Krick aus einem erfüllten Leben gerissen hat. Von Kondolenzbesuchen bittet die Familie Abstand zu nehmen.

Frieda rafft sich zu einigen Worten des Beileids auf und erhält statt einer gewöhnlichen, schwarzgeränderten Danksagungskarte einen Brief. Darin schreibt die Witwe, in dem doppelten Kummer um den Verlust des Mannes und der Zukunft seien ihr Friedas Worte sehr tröstlich gewesen. Sei sie immer noch am Kauf interessiert, so wolle sie sich bitte umgehend einfinden.

Als Frieda Frau Krick aufsucht, hat diese rotverweinte Augen, aber auch gleichzeitig eine Entschlossenheit, die vorher nicht vorhanden war. Nach dem Testament ist sie nun ebenfalls Besitzerin des Hauses. Frau Krick verspricht ihr: «Fräulein Scherer, ich verkaufe an Sie und an niemand anders; und den Onkel Rupert bringen wir auch dazu. Und wenn wir ihn auf die heiße Herdplatte setzen müssen.»

Frieda erkundigt sich: «Darf ich erfahren, wie Ihr Gatte so überraschend ...»

«Herzschlag, Fräulein Frieda.»

«Das tut mir leid für Sie. Er sah doch gar nicht krank aus.»

«Morgens um fünf haben wir ihn gefunden. Auf der Treppe. Der Onkel wollte zum Abtritt gehen, da lag er da. Man verkraftet das alles nicht mehr, in dem Alter – raus und vor dem Nichts. Er auch nicht!»

Frieda bittet um Entschuldigung. «Ich wollte keine Wunden aufreißen.»

«Das tun Sie nicht. Es ist tröstlich, daß er noch seinen Stolz hatte. Mehr Stolz, als wir geahnt haben ...»

9

Ein Vierteljahr später, in der ersten Dezemberwoche des Jahres 1900, heiraten Georg und Frieda. Am nächsten Tag eröffnen sie ihr Hotel.

Es sind graue, unfreundliche Tage. Statt des im Hundertjährigen Kalender vorausgesagten Schnees fällt nieseliger Regen, und aus undichten Ofenrohren dringt moorig-modriger Rauch. Hätten Frieda und Georg die Wahl, würden sie die Feierlichkeiten auf eine heiterere Zeit verlegen. Stellt man sich Hochzeit doch unwillkürlich in Sonnenschein und Blumenglanz vor!

Die Dinge sind jedoch miteinander verknüpft, eins hängt vom anderen ab, eins ist nicht ohne das andere zu denken. Sie müssen so rasch wie möglich mit dem Haus Geld verdienen. Deswegen können sie mit der Eröffnung nicht bis zum Beginn der Saison und damit bis zu einem günstigeren Zeitpunkt warten. Auch kann Frieda erst dann Verantwortung übernehmen (und insofern auch erst dann ihren Teil des Kaufvertrags unterzeichnen und gegenüber ihren Gläubigern haften), wenn sie Frau Tremus geworden ist.

Bis jetzt hält der Notar Mandelbaum, ein Bekannter von Frau Schweitzer, das Haus treuhänderisch für sie. Das ist nur eine Formalität, denn Frieda und Georg können bereits seit Mitte November im Haus schalten und walten, als sei es ihr Eigentum. Frieda schläft sogar schon seit zwei Wochen im Haus, in Betten, die ihnen Frau Krick zurückgelassen hat; Georg jedoch noch nicht. Für Frieda ist es ein beglückendes Gefühl, nachts in dem menschenleeren, stillen Haus zu sein. Sowohl Georg wie Willy haben ihr angeboten, sich, damit sie Gesellschaft hat, im Haus einzuquartieren. Frieda hat das abgelehnt. Sie hat die Moral vorgeschützt; man dürfe übler Nachrede keinen Anlaß geben, und sie wolle sich nicht bei den Nachbarn in Verruf bringen. In Wirklichkeit will sie sich nicht für ihre Gefühle rechtfertigen müssen, will diese egoistisch auskosten. Wenn sie über die ausgetretenen Stufen geht, ist ihr nach Singen zumute. Nicht, daß sie sich über die Mängel des Hauses und die kommende Quälerei etwas vormachte. Sie ist in diesen Punkten ebenso scharfsichtig wie Georg, und der bemerkt wahrlich jeden Fehler. Doch etwas anderes überwiegt bei weitem. Sie ist an einem Ort, von dem man sie nicht verjagen kann. Zum ersten Mal in ihrem Leben geben ihr Mauern Sicherheit.

Frieda weiß nicht, wie Georg empfindet; ob er sich auf das künftige Leben freut, oder ob er sich deswegen vergewaltigt fühlt. Mehrfach haben sie sich in den vergangenen Wochen heftig gestritten; einmal sah es aus, als ob er sich von ihr abwenden wolle. Sie glaubt, sein Vater hat ihm sehr nachdrücklich zu Heirat und bürgerlichem Leben geraten. Ihr ist es gleichgültig; Georg ist für sich selbst verantwortlich. Sie hat ihn weder gezwungen noch überlistet, wiewohl Männer in dieser Hinsicht leicht zu täuschen sind. Aber wüßte Frieda nicht längst, daß sich alle Männer vor Heirat fürchten und am liebsten vor der Ehe drücken, ihre Damen hätten es ihr verraten. Warum dann mit Georg über etwas rechten, das zur männlichen Natur gehört?

Es ist verabredet, daß Georg seine Braut am Hochzeitstag mit einer Kutsche abholt. Er will gegen halb zehn vor dem neuen Heim vorfahren. Frieda steht bereits kurz vor fünf auf, teils, weil sie sowieso nicht schlafen kann, teils, um die letzten Vorbereitungen für die Hochzeitsfeier zu treffen. Georgs Mutter und eine Schafferin aus der Nachbarschaft, die in Zukunft für sie putzen wird, eine gewisse Lisbeth Löber, gehen Frieda dabei zur Hand, schmücken und richten, soweit es nicht schon geschehen ist. Diese Lisbeth ist eine Wühlerin; sie hat zwölf Kinder und die Kraft von zwei Frauen. Georgs Mutter rät Frieda, die Frau auch späterhin zu behalten. Frieda hält sich an den Rat, muß sich aber nach einiger Zeit von ihr trennen, weil sie die Gäste unflätig beleidigt, wenn diese Unordnung in ihren Zimmern hinterlassen.

Noch ist aber Hochzeitstag, und in den Parterreräumen sieht es aus wie im Entree des «Römerbads», wenn eine bedeutende Persönlichkeit erwartet wird, überall Blumen. Alle künftigen Nachbarn und Konkurrenten haben wie auf Verabredung Blumen geschickt; Herr und Frau Adamy vom «Hotel Bristol» auf der anderen Straßenseite erscheinen sogar persönlich, um ihren Gruß abzugeben und noch einmal die gute Nachbarschaft zu bekräftigen, welche sie schon vorher versprochen haben; Georg und Frieda haben sich bereits vor Wochen rundherum als die neuen Besitzer des «Hotels Krick» vorgestellt, und insofern kennt man sich. Die Adamys werden von Frieda auf der Stelle zum Hochzeitsessen eingeladen, was diese zögernd, weil überrascht, annehmen. Alles in allem rechnet Frieda mit fünfunddreißig Personen.

Frau Tremus und die zupackende Lisbeth, die künftige Putzfrau, sind Frieda auch beim Ankleiden behilflich. Frieda hat sich ein gewaltiges Brautkleid schneidern lassen, weiß, mit winzigen aufgesetzten rosa Blütchen als Applikation, das Meisterstück der Frau Krennrich. Diese wollte sich damit selbst übertreffen, aber unter dem rechten Arm ist das Kleid wie üblich zu eng. Frieda hat Georg angeboten, es mit Rücksicht auf seine Einstellung bei einer standesamtlichen Trauung zu belassen. Georg hat ihr jedoch die Freude gemacht und sich mit kirchlichem Segen einverstanden erklärt. Er hatte nach zwei Sätzen erkannt, daß seiner Braut das Kleid, das bei der Zeremonie getragen wird, ebensoviel bedeutet wie das Ritual selbst.

Später kommt Georg in Gehrock und Fliege und, wie er elegant aus der geschlossenen Kutsche steigt und auf sie zugeht, kann Frieda nicht anders als bewundernd sagen: «Was bist du für ein schöner Mann!»

Diese Bemerkung kommt so spontan und aus so ehrlichem Herzen, daß Georg lachen muß. «Ein herzliches Wort zur rechten Zeit ist immer angebracht. Wie kann ich dein Kompliment noch übertreffen?»

«Probier's.»

«Du siehst aus wie eine Herzogin», versucht er.

«Na ja...»

Sie küssen sich, erst zärtlich, dann hingebend, und in gewisser Weise ist es der erste richtige Kuß ihrer Brautzeit.

Während Frieda wegen der Aufregung noch mal verschwinden muß, geht Georg im Haus umher, läßt sich von seiner Mutter alle getroffenen Vorbereitungen erklären und zeigen, lobt alles und nickt immer wieder zustimmend. Man könnte glauben, er sei ein verfrühter Hochzeitsgast. Erst als er zur Stärkung einen Schnaps nimmt, erkennt man, daß er sich hier zu Hause fühlt.

«Es wird Zeit. Ihr müßt los», drängt dann Frau Tremus, gibt der zurückkehrenden Frieda einen aufmunternden Kuß, dann ihrem etwas widerstrebenden Sohn einen zweiten und hält ihnen die Eingangstür auf. «Viel Glück, Kinder.»

«Danke, Mutter.»

Frieda deutet auf die Scheibe: «Hast du gesehen, Georg, die Schrift? Sie haben es gestern noch fertiggekriegt.»

Georg nickt freundlich: «Schon beim Reinkommen. Sieht sehr edel aus.»

«Ja, finde ich auch», bekräftigt Frieda stolz.

Sie hat den Namen des Hauses geändert; seit gestern heißt es «Petersburger Hof», und der neue Name steht nun mit goldenen, schwarz unterlegten Buchstaben auf beiden Scheiben der Eingangstür. Das Schild, das an der Außenmauer angebracht werden soll, ist noch in Arbeit, wird aber in der kommenden Woche montiert. Georg findet den Namen übertrieben, und es hat darüber einige Diskussionen gegeben. Wahrscheinlich wäre ihm «Hotel Tremus» angenehmer. Frieda hofft jedoch, daß man mit dem Namen russische Kundschaft anziehen kann.

Frieda dreht sich, bevor sie in die geschmückte Kutsche einsteigt, noch einmal um. Sie will sich noch einmal des Schriftzugs vergewissern. Ihre zukünftige Schwiegermutter, die auf den Stufen wartet, meint, es sei ihretwegen. Darauf nickt Frieda der freundlichen Frau zu und läßt sich von ihrer ursprünglichen Absicht nichts anmerken. Plötzlich fällt ihr ein: Wieso steht Georgs Mutter auf der Treppe? Was will sie eigentlich noch hier? «Willst du nicht mit?» fragt Frieda.

Frau Tremus winkt lächelnd ab: «Ich bin in der Kirche...»

Während sie neben Georg Platz nimmt, denkt Frieda: Warum hat sie nicht auch eine so gutherzige Mutter? Sie fürchtet den Auftritt der Heybach; das Weib hat angekündigt, daß sie sich zur Trauung in der Maria-Hilf-Kirche einfinden werde und natürlich auch zur Hochzeitsfeier. Tagelang hat Frieda mit dem Gedanken gespielt, die Heybach in Unwissenheit zu lassen und ihr erst gelegentlich von der vollzogenen Eheschließung zu erzählen. Georg hat das strikt abgelehnt, hat ihr gepredigt: Wie leicht kann es passieren, daß ihre Stiefmutter von Dritten von der Hochzeit erfährt. Macht sie dann Krawall, kann Frieda dafür bei niemand anderem die Schuld suchen als bei sich selbst! Frieda hat das eingesehen und ihre Pflegemutter deswegen korrekt eingeladen. Das ist allerdings keine Versicherung für irgend etwas. Seit dem Aufstehen hat Frieda deswegen nur eine Sorge: Hoffentlich wird die Verrückte sie nicht über die Maßen blamieren!

Die standesamtliche Trauung findet im Rathaus statt. Ihre Trauzeugen sind Georgs Vater und Herr Maison.

Georg hat noch immer keine plausible Antwort auf seine anfänglich mißtrauisch gestellte Frage, warum sich der Wäschereibesitzer so großzügig und hilfsbereit verhält. Ihm ist natürlich bewußt, ohne die Türen, die Herr Maison ihnen geöffnet hat, wären sie nicht in den Besitz des Hauses gelangt. Seine Empfehlungsschreiben haben bei der Bank Wunder bewirkt; ein paar Zeilen von ihm, und schon war der anfangs zögernde Bankdirektor bereit, den notwendigen Kredit zu bewilligen. Georg hat sich deswegen pikiert gezeigt und wissen wollen, ob Herr Maison Frieda in irgendeiner Weise verpflichtet sei – «du verstehst schon, was ich meine!» Als diese alle Andeutungen empört zurückwies, hat er sich wegen seines Mißtrauens entschuldigt, und seitdem nimmt er Herrn Maisons Wohltaten ungefragt hin. Frieda rechnet das Georg hoch an. Ein kleinerer Geist hätte Herrn Maisons Hilfe abgelehnt, schon aus Eifersucht. Dafür hat sie sich neulich ausdrücklich bei Georg bedankt. Er hat leichthin geantwortet, er kenne Frieda und wisse, daß ihr Herz rein und lauter sei, und das klang ihr wie leichter Hohn.

Wie Herr Maison es erreicht hat, daß ausgerechnet Pater Jennewein ihren Bund fürs Leben segnen wird, hat Frieda nicht zu erfragen gewagt. Als Herr Maison diesen Gedanken das erste Mal andeutete, hatte sie sich abgewandt, um sich nicht zu verraten. Jetzt ist sie auf die Begegnung mit Pater Richard vorbereitet; ist deswegen aber doch erregt. Sie ist sich noch immer nicht im klaren darüber, ob sie sich über den Umstand freuen soll oder ob er im Gegenteil abgeschmackt ist.

Immerhin haben sie sich auch darüber ausgetauscht. In einem Brief, kaum länger als einige Zeilen, hat sie ihm mitgeteilt, Georg heiraten zu wollen, und seine Meinung erbeten. Wie als Echo war darauf seine Frage gekommen: Meint Fräulein Frieda, es sei vordringlicher, die Eingeborenen Samoas zu missionieren als die Schwarzen Afrikas? Seine Oberen wollen ihm die Entscheidung freistellen, hatte er geschrieben; sie stehe aber jetzt an und müsse getroffen werden. Frieda hatte von der Südsee abgeraten; wenn, solle er sich nach Afrika versetzen lassen, wo man die Deutschen sehr schätze, wie sie gehört habe.

Als sie in die Kirche einzieht, läuft ihr ein Schauer über den Rücken. Sie hier und als Mittelpunkt einer Zeremonie!

Insgesamt erfüllen Frieda in der Kirche gänzlich andere Empfindungen als vorhin auf dem Standesamt. Dort ging es um Ernstes, gewissermaßen um Unabänderliches, in der Kirche um ein schönes Schauspiel, dessen Heldin sie ist. Sie weiß, sie kann nichts falsch machen. Und sollte ihr doch ein Fehler unterlaufen, werden Herr Maison und Georgs Vater oder Georg ihn ausbügeln. Daß sie diese Männer in ihrer Nähe weiß, gibt ihr vollkommene Sicherheit. Ja, auch von Georg fühlt sie sich beschützt. Sie nimmt an, er wird unter allen Umständen zu seinem Wort stehen. Während sie durch die Kirche schreiten, sieht sie Georg nicht an und der sie nicht; das ändert aber nichts an ihrem warmen Gefühl für ihn. Ein einziges Mal nur wendet sie sich Georg zu; da bemerkt sie, er grüßt Anna mit einem winzigen Lächeln. Anna sieht verheult aus, tupft sich auch jetzt die Augen und antwortet mit einem Nicken, wie ein Kind, das Besserung verspricht.

Neben Georgs Verwandten sitzen die meisten der Heybachschen Kinder, die Heybach selbst hat sich herausgeputzt wie eine vom «Hexenhäuschen», die Ausgang hat. In bester Absicht zeigt sie ihre verfaulten Zähne. Willy steckt in dem neuen blauen Anzug, den Frieda ihm spendiert hat. Weil er seine Haare mit viel Brillantine angeklatscht hat, erkennt sie ihn kaum wieder.

Pater Richard erwartet Frieda und Georg an der Kommunionbank. Wiewohl er im Trauen wenig Routine haben kann, steht er da, als habe er sein Leben lang nichts anderes getan: ein wahrer Priester. Die geistlichen Gewänder sind wie für ihn gemacht. Frieda achtet auf jedes Wort seiner Ansprache und jede seiner Gesten. Er sagt wohl alles, was für den Fall vorgeschrieben ist, aber kein persönliches Wort.

Es freut Frieda sehr, daß sich neben den drei Frauen aus ihrer Kammer im «Römerbad» auch Frau Eichhorn eingefunden hat. Sie sagt ihr nachher, das betrachte sie als große Ehre, aber Frau Eichhorn wehrt nur gerührt ab: «Aber Kind, Frieda, du gehörst doch zu uns.» Sie bedeutet ihr, in der Badeabteilung sei immer ein Platz für sie; jedenfalls solange sie, Frau Eichhorn, selbst da gelitten sei. Im Gegensatz zu allem Vermuteten benimmt sich die Heybach manierlich, spielt weder die untröstliche Mutter, der die Tochter abhanden gekommen ist, noch sonst eine Rolle. Sogar ihre Brut gibt sich von der besten Seite. Keiner schlägt über die Stränge, auch nachher nicht, als beim Hochzeitsessen Versuchungen locken. Frieda steht dadurch da, als übertreibe sie maßlos, wenn sie sich über die Familie Heybach erregt.

Gefeiert wird in den Parterreräumen des Hotels. Da keines der Zimmer groß genug ist, daß man alle Feiernden an einer Tafel unterbringen könnte, sitzt man in Gruppen und Grüppchen, aber das fördert eher die gute Stimmung, als daß sie sie dämpfte. Es gibt ein mehrgängiges Essen; Georg hat dafür zwei Köche aus dem «Metropol/Monopol» gebeten, Freunde von ihm. Einer der ersten Gänge ist Markklößchen-Suppe. Herr Maison, der Ehrengast, lobt sie; das will etwas heißen bei diesem Kenner der Spezialität. Georgs Vater hält nach dem Essen eine schöne Rede; erstens ist er das Reden gewohnt, zweitens muß er seinen guten Gefühlen Ausdruck verleihen. Als Hochzeitsgeschenk hat er das Dach ausgebessert. Herr Thomé erscheint beim Dessert; vorher war es ihm nicht möglich. Selbstverständlich kann er es nicht lassen, ebenfalls einige Worte anzubringen. Im Gelächter und Gekreische aus anderen Räumen gehen sie zum großen Teil unter. Der Wein und die Liköre lockern allgemein die Zunge.

Eine ausgesprochene Überraschung ist ein Telegramm der Majorin von Senckendorff, worin sie Frieda ihre Glückwünsche zur Hochzeit und für den Neuanfang ausdrückt. Frieda fühlt sich dadurch sehr geehrt. Woher weiß sie im fernen Ostpreußen von den Ereignissen in Friedas Leben? Jedenfalls ist es eine Aufmerksamkeit, die staunend herumgereicht wird. Herr Maison schenkt einen silbernen Samowar, ein Gerät, mit dem die Russen ihren Tee zubereiten; einfach unerläßlich für einen «Petersburger Hof», sagt er. Frau Schweitzer hat neben lieben Grüßen eine Pelzstola abgeben lassen, einen mächtigen Rotfuchs, dessen spitzer Kopf über die Schulter geworfen werden kann. Hannah, ihre Tochter, übergibt Frieda persönlich ein mit rotem Seidenpapier und blauen Bändern umwickeltes Geschenk. Es erweist sich als eine Prachtausgabe der «Griechischen Sagen». Als sie Pater Jennewein erspäht, verwickelt sie den im Handumdrehen in ein Gespräch. Sie sucht ihn davon zu überzeugen, daß es falsch ist, die Menschheit mit totem Wissen zu füttern statt mit lebendigen Glaubenswahrheiten.

Zwischen Festmahl und der Kaffeetafel steht der Gang zum Photoatelier Reinhardt in der Taunusstraße auf dem Programm; Herr Reinhardt ist bekannt für seine lebendigen Hochzeitsbilder.

Frieda zieht sich deswegen in das Zimmer 8 zurück, das schönste im Haus, das sie sich für ihre Flitterwoche reserviert haben. Sie will sich etwas restaurieren und ist gerade dabei, etwas Rouge aufzulegen, als es klopft. Da sie Frau Tremus oder sonst eine hilfsbereite Seele vermutet, öffnet sie die Tür, ohne zu fragen, wer da ist, obwohl sie ihre Bluse abgelegt hat und in ihrer Wäsche dasitzt. Es ist Richard Jennewein, der bei ihrem Anblick verlegen werdend bemerkt: «Ich wollte mich verabschieden ... Ich ...»

«Kommen Sie herein!»

«Ich möchte wirklich nicht stören.»

Er tritt zwar einen oder zwei Schritte ins Zimmer, läßt aber hinter sich die Tür auf. Frieda steht auf. «Ich muß Ihnen etwas sagen, bevor Sie gehen», bemerkt sie und schließt die Tür. Dann sucht sie nach der richtigen Formulierung, sagt aber nur ganz einfach: «Ich danke Ihnen ...», und sieht ihm dabei in die Augen.

Er weicht ihrem Blick nicht aus. «Wofür?» fragt er. «Es war *mir* eine Freude.»

«Nicht», widerspricht sie und nähert sich ihm. «Wir haben nur ein paar Momente. Ich danke Ihnen von Herzen für Ihre Freundschaft. Sie war mir sehr kostbar.»

«Sie sagen das so, als endete sie? Werden Sie mir nicht mehr schreiben?»

«Das geht nicht. Ich habe vorhin ein Gelübde abgelegt, in der Kirche ...»

Er sieht sie darauf an, als habe sie ihn geohrfeigt. Offenbar hat er daran nicht gedacht und dies nicht erwartet. Er steht völlig schutzlos da.

«Bedeutet Ihnen meine Freundschaft so viel?» fragt sie darauf vorsichtig und tritt noch dichter an ihn heran. Sie kann jetzt seinen Atem spüren und er ihre Wärme. Er senkt den Blick, blickt auf ihren bloßen Busen und schließt die Augen, als sähe er etwas, das er nicht sehen dürfe. Frieda legt vorsichtig ihre Arme um seinen Hals, sucht seinen Mund und küßt ihn. Er weicht aus, aber so, als habe er nicht genug Kraft, der Versuchung zu widerstehen. Der Kuß ist erst sanft, dann drängen sie sich enger und enger aneinander, küssen sich gierig und leidenschaftlich. In dem Kuß liegt Hunger und Verzweiflung darüber, daß sie sich nicht finden werden. Dann sind sie nur noch Mann und Frau, die sich begehren; sie spürt seine Zunge, seine Hände, seinen Körper, spürt, wie er Mann wird, weicht ihm aber nicht aus. Sie zieht seinen Kopf an ihre Brust, er soll ihre Haut spüren.

Plötzlich stöhnt er brünstig auf, blickt sie dann mit glasigen Augen an, ist beschämt und entsetzt und verwirrt. Offenbar hat er den Höhepunkt des Liebesaktes erreicht, und der erscheint ihm wie der Höhepunkt eines Verbrechens. Er will etwas bemerken, bringt keinen Ton heraus, dreht sich um und flieht.

Frieda fürchtet in dem Moment, ihn nie wiederzusehen.

Die Brautnacht, die doch oft Gegenstand von Ängsten und Mißlichkeiten ist, verläuft ohne Komplikationen. Frieda und Georg gehen miteinander um, als seien sie sich lange vertraut. Weder gibt sich Frieda als erfahren, noch verstellt sie sich. Sie findet es angenehm, daß sie nicht die schrecklichen Vorbereitungen treffen muß, die sonst das Zusammensein mit einem Mann peinlich machen: das Einführen des Verhütungsmittels und das beschämende Warten darauf, daß es seine Wirkung entfaltet. Sie hat mit Georg nicht darüber gesprochen, aber sie nimmt es als selbstverständlich, daß sie früher oder später sein erstes Kind empfangen wird, und sollte es heute nacht sein, was spricht dagegen? Georg legt sich zu ihr, streichelt sie geschickt und liebt sie endlich. Wie er das macht, beweist seine Erfahrung. Nachher, als sie zufrieden in seinem Arm liegt, fragt sie nicht, wo er diese Erfahrung gewonnen hat, und er stellt ihr keine Fragen wegen der Jungfräulichkeit respektive des nicht vorhandenen Jungfernhäutchens. Frieda weiß nicht, hängt das mit seinen sozialistischen Gedanken zusammen oder mit den Usancen des Hotellebens.

10

Am Tag nach der Hochzeit eröffnen Frieda und Georg ihr Hotel.

Georg schließt kurz nach sechs Uhr die Tür auf, Frieda sieht ihm dabei zu, und das ist die ganze Zeremonie. Beim Aufstehen haben sie darüber gesprochen, wer wohl der erste Gast sein wird und wann er kommt. «Wenn überhaupt Gäste kommen», hat Georg halblaut vor sich hingesagt, in der Erwartung, Frieda werde es nicht hören. Das ist aber auch fast das einzige, das er sagt. Er spricht morgens nie viel, aber da sie noch nie zuvor mit ihm aufgewacht ist, kennt sie seine Gewohnheiten nicht und hält sein Schweigen für Grübeln. Schon gestern hat er sich einmal anmerken lassen, daß er wegen des Wagnisses mit sich noch immer nicht im reinen ist. «Mach dir nicht so viele Gedanken, uns kann gar nichts passieren», versucht Frieda ihn deswegen aufzumuntern. Und nachher schreibt sie mit großen, schwungvollen Buchstaben auf die Vorsatzseite des Fremdenbuchs: «Mit Gott», und setzt drei Ausrufezeichen dahinter.

In der Tat, fürchtet auch Frieda, wird man auf die ersten Gäste eine Weile warten müssen. Sie hat sich dennoch proper angezogen; wie um ihm zu beweisen, daß sie schon für die nächste Stunde mit ihrem Eintreffen rechne. Über Rock und Bluse trägt sie zum ersten Mal den weißen Kittel, den ihr Frau Eichhorn verehrt hat, und den sie von nun an nur noch auszieht, wenn sie ausgeht oder wenn sie ihre Kinder bekommt. Der Kittel ist wie ein Abzeichen, auf dem nur ein einziges Wort steht, nämlich «Chefin».

Georg hat dagegen seine ältesten Sachen angezogen, und nach dem Frühstück fängt er an zu werken, ohne Rücksicht darauf, daß die Hochzeitsgäste noch schlafen, in der Hauptsache Verwandte von ihm, die von auswärts gekommen sind. Er hat sich vorgenommen, alle Zimmer sukzessive zu renovieren. In den vergangenen Wochen hatten sie gerade genug Zeit, das Notwendigste zu erledigen. Sie haben entrümpelt, im Erdgeschoß und im ersten Stock geweißt und tapeziert. Sie haben neue Gardinen aufgehängt, die Matratzen ausgetauscht und neue Bettwäsche aufgezogen. Alles ist soweit hergerichtet, daß sie Gäste empfangen können, aber vieles bleibt noch zu tun.

Wäre es nach Frieda gegangen, hätten sie neue Möbel angeschafft. Aber Georg wollte das nicht. «Wir müssen einnehmen, bevor wir ausgeben. Sonst sind wir bald soweit wie die Kricks», war seine ständige Mahnung zur Sparsamkeit.

Im großen ganzen werden sie mithin so weitermachen, wie die Kricks aufgehört haben; wenigstens die erste Zeit. Wenn Frieda ihn daran erinnert, daß die pleite gegangen sind, wehrt er ab. Georg ist überzeugt, daß vor allem die Art, wie diese ihr Geschäft betrieben haben, Gäste abgeschreckt hat. «Wer will schon in Familienstreit verstrickt werden, wenn er in ein Hotel geht?» hat er Frieda mehrfach gefragt, und dagegen war wenig einzuwenden. Daß die Vorgänger nicht in allem auf dem neuesten Stand waren, stört ihn nicht. «Was kann man denn bei unseren Preisen verlangen?» hatte er ein ums andere Mal argumentiert. Es sind im Grunde die Preise, welche die Vorgänger festgesetzt haben. Georg hatte nicht gewagt, sie zu verändern.

Es klopft an der Haustür, und als Georg hingeht, steht Willy davor. Er hat versprochen zu helfen; Georg ist jedoch verblüfft, daß er so früh zum Dienst antritt. Frieda bemerkt dazu nichts, weiß sie doch, anfangs ist Willys Eifer immer immens. Als Arbeitskleidung trägt er seinen früheren guten Anzug, ein Hemd, das selbst durch Kochen nicht mehr weiß wird, und derbe Maurerschuhe. Was könnte er noch tun, seinen guten Willen zu beweisen?

Willy hat verschiedene Zeitungsexemplare in der Hand. «Lagen alle vor der Tür», bemerkt er dazu erstaunt und fragend.

«So soll's auch sein», sagt Georg und nimmt ihm die Zeitungen ab. Er hat für seine Gäste und wohl auch für sich gleich alle Wiesbadener Blätter abonniert; sogar den «Volksfreund», das Blatt der Sozialdemokratie. Diese Zeitungen breitet er nun eifrig auf dem großen Küchentisch aus und sucht nach den Annoncen. Für den heutigen Tag hat er überall Anzeigen einrücken lassen. «Unter neuer Leitung!!! Hotel garni ‹Petersburger Hof›, Geisbergstraße. Es empfehlen sich Georg und Frieda Tremus. Zivile Preise.»

Willy begutachtet die Inserate und findet: «Sie springen einem direkt ins Auge, überall ausgezeichnet placiert!» Man könnte meinen, er sei Anzeigenakquisiteur, so fachmännisch drückt er sich aus, und als Schlußpunkt setzt er hinzu: «Geh doch gerade, geh nicht krumm – Halter nur von Anton Trumm.»

An diesem Tag kommt kein Gast, auch nicht an den folgenden.

Einmal sehen Willy und Frieda zufällig, wie ein Gepäckträger den Geisberg hochkommt, zwei Koffer schleppend, und ihm folgt erkennbar ein Fremder. Der Träger geht nicht in eins der Häuser, die unterhalb ihres Hauses rechts und links der Straße liegen, und mit jedem Schritt, den er näher kommt, wächst ihre Hoffnung, der Reisende habe den «Petersburger Hof» zum Ziel.

Doch an der Ecke Kapellenstraße wechseln Knecht und Herr die Straßenseite und begeben sich zum «Bristol».

Das ist der Augenblick, wo Frieda das Haus auf der anderen Straßenseite als Feindesland anzusehen beginnt. Von jetzt ab gibt es für sie nur eine Schmach: daß das «Bristol» Gäste hat, sie aber nicht.

Der erste Gast, der sich bei ihnen einfindet, ist ein Vertreter, der in Kinderkleidung reist, ein Herr Weyershäuser. Er fragt irritiert nach Herrn Krick, und es stellt sich heraus, er ist vornehmlich seinetwegen hier abgestiegen. Wenn er in Wiesbaden zu tun hat, nutzt er die Gelegenheit, seinem alten Kriegskameraden Krick die Aufwartung zu machen. Sie haben im gleichen Bataillon gedient und gefochten und waren am gleichen Tag bei Mars-la-Tour verletzt worden. Entsprechend ist er vom Ableben des Herrn Krick erschüttert; eigentlich schockiert, als habe der ihn verraten. «Rudolf, wir sind in der gleichen Stunde verwundet worden, und nun bist du als erster gegangen», bemerkt er, als sei das seine Grabrede. Und setzt noch hinzu: «Darin sehe ich auch die Ursache, daß der gute Rudolf gelegentlich ... Na, wie soll ich es formulieren? Sich von seiner weniger schönen Seite zeigte. Seine Frau hat was mitgemacht!»

Bereits am Tag, an dem Herr Weyershäuser zum ersten Mal seinen Fuß in den «Petersburger Hof» setzt, präsentiert er Frieda und Georg die Narben, die ihm auf Brust und Unterschenkel von seiner Verwundung geblieben sind, und schildert ihnen laut und launig die Erlebnisse des 70er Krieges. Wenn man ihn hört, gibt es nichts Unterhaltsameres, als sich die Kugeln um die Ohren pfeifen zu lassen und den Franzmann laufen zu sehen. Offenbar hat er seine Schnurren schon unendlich oft zu Gunsten seines Geschäfts erzählt, das meiste klingt wie aus einem Witzblatt.

Herr Weyershäuser setzt stillschweigend voraus, daß ihm Frieda und Georg auch die Privilegien einräumen, die ihm Herr Krick gewährt hat. Georg will sich darauf einlassen, aber Frieda macht da nicht mit: «Das fangen wir gar nicht erst an. Der bezahlt, was alle anderen auch zahlen, und kriegt, was alle anderen auch kriegen. Was haben wir mit dem Krieg zu tun!»

Der Gast bleibt drei Tage. Bei der Abreise verkauft er Georg einen Knabenanzug, und zwar die kleinste Größe, die er führt.

Atemnot

1

Ende Februar 1903 kommt zum ersten Mal die Polizei ins Haus.

Frieda hat gerade in der Küche zu tun. Mit ihren Kochkünsten ist es nicht weit her, und deswegen leistet sich der «Petersburger Hof» während der Saison eine berufsmäßige Köchin, eine gewisse Frau Döringer. Während der schlechten Wintermonate kann man sie nicht bezahlen, und entsprechend müssen sich dann alle im Haus mit Friedas Kost zufriedengeben, eingeschlossen die wenigen Pensionsgäste, die das Hotel zur Zeit hat.

Frieda steht also am Herd und Georg ist außer Haus, als ein gesetzter Mann mit Paletot und abgetragener Melone zur Tür hereinkommt, in seinem Gefolge zwei Schutzleute.

Friedas erster Eindruck ist, der Mann hat etwas ausgefressen, und die Polizisten wollen ihr seinetwegen eine Frage stellen. Der Mann trägt eine Trauermiene, daß es gar nicht anders sein kann. Um so mehr ist Frieda verwirrt, daß der Trauerkloß sich erkundigt, ob sie sich seiner nicht erinnere, und sich als Polizeiinspektor namens Koblentzer ausweist. Er sagt, er habe damals im «Römerbad» wegen ihres Vaters mit ihr gesprochen.

«Ach ja», erinnert sich Frieda und fragt besorgt: «Haben Sie ihn gefunden? Ist was mit ihm?»

Der Polizist gibt Auskunft: «Leider nein», und bittet, Herrn Tremus sprechen zu dürfen.

Friedas nächster Gedanke ist, wenn es das nicht ist, handle es sich wieder um die leidige «Lokalfrage». Georg trifft sich ab und an mit einigen seiner Genossen im Haus, und das ist der Polizei wie den Berufskollegen ein Dorn im Auge; Frieda übrigens auch. Die Behörden suchen Zusammenkünfte der Sozialdemokraten mit Schikanen zu unterdrücken und setzen entsprechend die Wirtsleute unter massiven Druck, damit diese den Proletariern keine Räume für ihre Versammlungen überlassen. Dieser Umstand gilt als «Lokalfrage», und darüber können sich Georg und seine Genossen die

Köpfe dumpf reden. Georg selbst zeigt sich in dieser Angelegenheit absolut halsstarrig. «Ich treffe mich, mit wem ich will – und wo ich will! Speziell in meinem Haus», fährt er Frieda an, wenn die etwas dagegen sagt. Die Herren vom Hotel- und Gaststätten-Verband haben ihn wegen dieser Sache bereits vorgeladen. Sie haben ihn daran erinnert, daß die Stadt und vorzüglich die Hotellerie von Fremden und dem Wohlwollen des Kaisers lebt, und ihn aufgefordert, sich zu mäßigen. Man hat ihm mit Ausschluß gedroht, doch die Absicht bisher Gott sei Dank nicht verwirklicht. Georg hat den Herren, in der Form verbindlich, in der Sache fest geantwortet: Er tritt für seine Überzeugung ein, und das empfiehlt er allen anderen auch.

So hat er ihr die Szene jedenfalls geschildert, und darin glaubt sie ihm unbedingt.

Frieda kann nicht verstehen, daß er stolz darauf ist, mit den Menschen, auf die es ankommt, im Streit zu liegen. Sie hat die Befürchtung, daß man ihnen wegen dieser Sache die Brandschutz-Kommission ins Haus schickt. Mit dieser probaten Methode kann die Polizei jeden Hausbesitzer kleinkriegen. Der «Petersburger Hof» wäre nicht das erste Haus, das unter so einem Vorwand geschlossen würde. Wegen dieser Angst übertreibt Frieda nun die gebotene Unschuldsbeteuerung: «Herr Inspektor, hier finden keine Zusammenkünfte statt. Wir kennen unsere Pflichten. Seien Sie dessen versichert!» sagt sie mit falscher Betonung und falschem Eifer, der noch den Einfältigsten mißtrauisch stimmen würde. «Hat uns jemand angezeigt? Ich habe auch schon jemand in Verdacht!»

Der Inspektor hält es für angezeigt, darauf nicht zu antworten, und deswegen fährt Frieda mit noch mehr Emphase fort: «Daß die Adamys sich nicht schämen. Einen Berufskollegen anzuzeigen! Wie man nur so neidisch sein kann. Nur weil wir gute Gäste haben. Es hat gedauert, aber jetzt haben wir sie. Aber ich schwöre Ihnen – bei uns geht nichts vor, das sich nicht gehört.»

«Erfreulich zu hören. Wollen Sie jetzt bitte Ihren Mann rufen, Frau Tremus.»

«Mein Mann erledigt gerade eine Besorgung. Wollen Sie solange warten? Er wird Ihnen aber genau dasselbe sagen. Reiner, purer Neid.»

Der Polizist blickt sie an wie ein Leichenbestatter, der erst mal sein Mitleid ausdrückt, bevor er von seinem Geschäft anfängt.

Plötzlich fürchtet Frieda, es handle sich um Ärgeres als um die Treffen der Sozialisten. Deswegen fragt sie besorgt: «Es ist doch nichts mit meinem Mann?» Dann fällt ihr ein, das kann ja nicht sein; sonst würde er ja nicht nach Georg fragen. Eins der Hausmädchen kommt in die Küche, und der Polizeiinspektor bittet, ungestört mit Frieda sprechen zu können. Frieda führt ihn darauf, nun sehr besorgt, nach Zimmer 1, dem Raum neben dem Eingang, wie bei den Kricks halb Büro und halb Reception, aber wesentlich angenehmer möbliert.

«Herr Inspektor, spannen Sie mich nicht auf die Folter!»

Es stellt sich heraus, die Polizei sucht Theo Heybach. Er hat in der Nacht jemand erschlagen und ist vom Tatort weggerannt. Zeugen sagen aus, sie hätten ihn in der Taunusstraße zuletzt gesehen.

«Er kommt doch nicht zu uns! Theo war noch nie hier im Haus. Das heißt, ich darf nicht lügen, bei meiner Hochzeit... Sonst war er noch nie hier – wie gesagt, bei meiner Hochzeit, danach nie wieder», sagt Frieda entrüstet.

«Wir dürfen uns davon selbst überzeugen?»

«Selbstverständlich. Wen hat er denn...? Seine Mutter?»

«Kann ich jetzt die Zimmer sehen?» – «Ja, sicher. Soll ich mitgehen?» – «Das wäre mir sehr angenehm.» – «Wenn was mit seiner Mutter ist, kann ich mich nicht wundern. Die kann den gutmütigsten Menschen rasend machen, die...»

Einer der beiden Polizisten erhält den Auftrag, sowohl Haustür wie Fenster des Hotels im Auge zu behalten, und verläßt deswegen das Haus. Sein Befehl lautet: Falls jemand zu flüchten versucht, hat er Signal zu geben. Der zweite Gendarm folgt dem Inspektor nach oben. Der Inspektor möchte seine Durchsuchung in den oberen Stockwerken beginnen. Er läßt sogar den Speicher aufschließen. Dort ist alles ordentlich aufgeräumt. Ein Blick genügt dem Polizisten, um zu erkennen, daß sich hier niemand versteckt hält. Danach läßt sich Herr Koblentzer Zimmer für Zimmer öffnen. Die meisten sind nicht belegt, aber proper, wie Frieda bei diesem Inspektionsgang feststellt. Der Gang gleicht ein wenig der Tour, die Frau Krick damals mit ihr unternommen hat, und unwillkürlich vergleicht sie das, was sie nun vorfindet, mit dem, was sie damals gesehen hat. Dabei wird ihr deutlich, was ihr Mann und sie in wenigen Jahren geleistet haben. Jeder Ofen glänzt, als sei er gelackt. Frieda achtet darauf, daß auch die kleinen Annehmlichkeiten nicht fehlen. In jedem Zimmer ein Spucknapf, überall Tintengeschirr und Streichholzbüchse.

Der Inspektor blickt jeweils in die Schränke und unter die Betten, läßt sogar die Couchen, soweit vorhanden, von der Wand abrücken und sucht da nach dem flüchtigen Theo. Zum Glück ist keiner der wenigen Gäste im Haus. Wie würde das aussehen, und wie sollte Frieda die Suche erklären?

Ab und zu stellt der Polizeiinspektor Fragen. Er will zum Beispiel wissen, wann sie gestern die Haustür abgeschlossen haben? Um elf, wie immer. Und beschäftigt die Familie Tremus einen Nachtportier?

«Nachtportier kann man nicht sagen. Wenn viel zu tun ist, bleibt der Willy auf, das ist unser... mein Halbbruder. Auch ein Sohn von Frau Heybach. Der Theo ist der älteste Sohn und Willy der jüngste. Alle von anderen Vätern.»

«War er gestern hier?»

«Der Willy? Ja. Er schläft meistens bei uns. Öfter...»

«Ist er bei Ihnen im Anstellungsverhältnis?»

«Nein, er hilft meinem Mann, bis er wieder Arbeit findet.»

«Ich möchte ihn auch sprechen!»

«Er ist mit meinem Mann weg. Sie bringen Möbel weg. Sie glauben nicht, wie manche hausen – wie die Kosaken. Wir hatten im Dezember eine russische Familie im Haus – angesehene Leute eigentlich, hat man ja sonst gern. Am Schluß sah es aus... Ich kann es Ihnen nicht beschreiben. Die Kinder durften machen, was sie wollten.»

«Ihnen ist heute nacht nichts Verdächtiges aufgefallen? Es hat niemand an der Tür geklingelt oder geklopft?»

«Ich versichere Ihnen, Herr Inspektor – Theo würde nicht zu uns flüchten, und wenn die Welt untergeht. Ich hatte mit dem Theo nie ein gutes... Ich bin ihm aus dem Weg gegangen, wie es nur ging. Er ist ein ganz rabiater Patron, regelrecht rabiat.»

«Das ist bekannt.»

Natürlich ist das der Polizei bekannt; Theo hat wegen verschiedener Schlägereien schon im Gefängnis gesessen. Er ist lange mit einem netten Mädchen namens Sophie Schmidt gegangen; die «kalte» Sophie hat die Heybach sie immer abfällig genannt, völlig ohne Grund. Was hat sich das brave Geschöpf nicht alles von Theo gefallen lassen! Mehr als einmal hat Theo sie so verdroschen, daß sie wochenlang mit verschwollenem Gesicht herumlaufen mußte. An Weihnachten hat er ihren Eltern mal den Weihnachtsbaum auf die Straße geworfen, samt brennender Kerzen. Aber selbst der geduldigen Sophie hatte es eines Tages gereicht, und sie hatte Schluß mit ihm gemacht. Ein paar Tage lang mußte sie sich verstekken, bis sich Theo wieder halbwegs beruhigt hatte, und sogar dann hatte er sie noch mal vermöbelt. «Er hat sich doch nicht etwa an Sophie vergriffen?» fragt Frieda plötzlich besorgt.

«An ihrem Vater.»

«Um Himmels willen», sagt Frieda erschrocken, «dann hat Theo ja mit einem Schlag sieben Kinder zu Waisen gemacht.»

«Ja.»

«Du lieber Gott! Es war so ein freundlicher Mann. Und warum?»

«Das würden wir gerne von Herrn Heybach hören.»

Der Inspektor blickt sie erneut prüfend an, bückt sich dann ein weiteres Mal und sieht unter das nächste Bett.

Auf einmal Aufregung auf der Straße, Stimmen, Rufe, Geschrei, dann ein Schuß. Als Frieda und der Inspektor zum nächsten Fenster eilen, ist schon alles vorbei. Theo liegt auf dem Trottoir, hält sich sein rechtes Bein und wälzt sich vor Schmerz. Der Polizist, der Wache schieben sollte, pfeift aufgeregt auf einer Trillerpfeife und fuchtelt gleichzeitig mit seiner Pistole herum. Der Inspektor ruft ihm etwas zu, aber der Gendarm reagiert darauf nicht, sieht nicht einmal nach oben. Und alles ereignet sich unmittelbar vor dem Eingang des «Bristol»! Frieda glaubt, die Frau Adamy am Fenster zu sehen; sicher ist sie dessen nicht.

«War er also doch im Haus! Scheint nicht weit her mit Ihrer Ehrlichkeit, Frau Tremus», sagt der Inspektor und sieht Frieda an, als habe sie ihn enttäuscht.

«Ich schwöre Ihnen bei der Jungfrau Maria...», will Frieda beginnen, aber der Inspektor hört nicht zu, beeilt sich vielmehr, nach unten zu gelangen.

Theo wird ins Haus getragen, hier notdürftig verbunden, dann wartet man auf einen Arzt und den vergitterten Transportwagen, mit dem die Polizei ihre Verbrecher wegfährt.

Georg und Willy sind unten, als Frieda die Treppe herunterkommt, und Georg ist schon in groben Zügen informiert. Der Inspektor bittet sich aus, daß sich Frieda, ihr Mann und Willy nicht untereinander besprechen. Er habe an jeden von ihnen Fragen. Darauf schweigt Georg, als wolle er nie mehr wieder den Mund aufmachen, während Frieda die gekränkte Unschuld spielt. Sie hatte nicht das geringste von Theos Anwesenheit im Haus gewußt, weiß auch jetzt noch nicht, wo er sich versteckt gehalten hat, und doch tut jeder der Männer so, als wolle er ihr auf die Schliche kommen.

Als ihr Mann nach einer Weile aufgefordert wird zu sprechen, versichert er dem Inspektor ernst und ruhig, er hatte kein Wissen von der Anwesenheit seines Schwagers im Haus (Frieda ist erstaunt, daß er sich als mit Theo verwandt empfindet), billigt sein Verhalten aber unter keinen Umständen. Er wird den Vorfall prüfen und den Herrn Inspektor davon in Kenntnis setzen, wie sich Theo Zutritt verschaffen konnte, und wer ihn eingelassen hat.

Der Inspektor nickt dazu nur bekümmert. Er scheint es für Menschenrecht zu nehmen, daß eine Familie ihr schwarzes Schaf versteckt. Vielleicht weiß er auch schon, wer Theo verborgen gehalten hat. Tatsächlich braucht man deswegen keine Fragen zu stellen. Willy verhält sich so devot und schuldbewußt, daß es geradezu peinlich ist. Von seinem üblichen hochgestimmten Gebaren ist nichts geblieben. Nur mit strengen Befehlen ist er zu bewegen, den einen oder anderen Handgriff für Theo zu tun, und dabei wagt er Theo kaum anzusehen. Er benimmt sich, als fürchte er sich vor Theo, und scheint sich auch stillschweigend vor ihm rechtfertigen zu wollen.

Theo, der große schwere Kerl, liegt währenddessen auf dem Canapé im Flur, wo man ihn hingetragen hat, und jammert ein ums andere Mal, man solle ihm nur das Bein nicht abschneiden. Alles, nur nicht das Bein abschneiden. «Die lassen dir dein Bein», verspricht ihm Willy voller Falschheit, während er ihm etwas kalten Kaffee einflößt, der noch vom Frühstück übriggeblieben ist. «Es gibt überhaupt keinen Grund, dir das Bein abzunehmen!» Das sagt er allerdings in einer Weise, als sei er Arzt und im Gegenteil fest entschlossen, Theo ohne Betäubung zu amputieren. Man erkennt nicht genau, was zwischen den beiden vorgeht, spürt aber, es ist etwas Ungewöhnliches. Einmal kommt es Frieda so vor, als suche sich Willy zu entschuldigen. Für was? Er hat doch den Schmidt nicht erschlagen.

Arzt und Transportwagen treffen fast gleichzeitig ein. Der Arzt ist der Doktor Kellerwessel aus der Nachbarschaft, ein jüngerer Mann, der noch dabei ist, sich eine Praxis aufzubauen, und der sich deswegen gern beschäftigter gibt, als er ist. Frieda zieht ihn hinzu, wenn Hotelgäste gesundheitliche Beschwerden haben, und das wird der Grund sein, daß er Theo jetzt mit einer gewissen Höflichkeit behandelt. Er stellt dessen Transportfähigkeit fest, und darauf legt man Theo Handschellen an, bugsiert ihn auf eine Trage, und zwei Pfleger tragen ihn nach draußen in seine rollende Zelle. Der Inspektor nimmt würdevoll neben dem Kutscher auf dem Bock des vornehm dunkelblau gestrichenen Gefährts Platz, lüftet noch mal seine Melone, dann setzt sich der Wagen in Bewegung.

Frieda, die auf der Treppe steht, ist versucht, dem Wagen nachzuwinken.

Kaum ist man unter sich, nimmt Georg Willy ins Gebet. Nach einigem Leugnen gesteht er, wie sich alles zugetragen hat.

Danach hat jemand mitten in der Nacht gegen das Fenster von Zimmer 4 geklopft, und als Willy schlaftrunken raussah, stand Theo da und verlangte, reingelassen zu werden. Willy wollte ihn angeblich wegschicken (Frieda glaubt ihm in diesem Punkt nicht) und den Rolladen wieder runterlassen, da fing Theo an zu weinen. Willy sagt, er war wie vom Schlag gerührt, das zu erleben. Nie zuvor hatte Theo in seinem Beisein auch nur eine Träne vergossen; und wie oft hatte ihn seine Mutter mit dem Lederriemen verdroschen. Umgekehrt war es normal; Theo brachte andere zum Heulen. Und nun liefen ihm die Tränen herunter, und der ganze massive Körper schüttelte sich.

«Moment mal, langsam. Da stimmt doch was nicht», forscht Georg. «Woher wußte er denn, wo er klopfen mußte? Wie kam er denn ausgerechnet auf Zimmer 4?»

Dazu muß man wissen, Zimmer 4 ist ein Schlauch, gerade so breit wie das Bett, das drin steht, hat ein schmales hohes Fenster und ist nur an mitreisende Dienstboten zu vermieten. Es hat sich eingebürgert, daß Willy hier schläft, wenn es leer steht und für die Nacht niemand zu erwarten ist.

Willy erwidert, er habe keine Ahnung, woher Theo wußte, wo er ihn zu suchen hatte. Die Wahrheit wird wohl sein, im Haus Heybach weiß man über seine Dienste genau Bescheid, und wie er Beschreibungen von Charakteren liefert, liefert er auch exakte Beschreibungen von Örtlichkeiten. Man kann sich daran halten, als hätte man eine Karte in der Hand. Jedenfalls, Willy schloß dem Halbbruder die Tür auf. Wohl hatte er dabei Unruhe auf der Straße bemerkt, sie aber nicht auf Theo bezogen oder nicht auf Theo beziehen wollen. Theo war also ins Haus und ins Zimmer 4 getorkelt – Willy behauptet, er habe auf ihn wie ein Betrunkener gewirkt; er habe allerdings keine Fahne gerochen – und hatte sich ohne lange Erklärung auf dem Bett ausgestreckt. Kurz darauf hatte er geschlafen wie ein Toter.

«Was? Erst schlägt er den armen Schmidt tot, und dann schläft er in Seelenruhe?» vergewissert sich Frieda.

«Als hätte er seit Nächten kein Auge mehr zugetan», bekräftigt Willy seine Erzählung.

Willy war alles seltsam erschienen; er hatte aber an Alkohol und Suff gedacht, nicht an ein Verbrechen. Gegen Morgen war Willy ein zweites Mal von Theo geweckt worden; diesmal verspürte dieser Durst, und Willy mußte ihm eine Flasche Bier aus dem Keller holen. Dann hatte er Willy den Schwur abgenommen, niemand zu verraten, daß er hier sei, und Willy mußte ihm außerdem versprechen, ihn die nächsten Tage zu verstecken.

«Da wolltest du immer noch nicht wissen, was los ist?» forscht Georg.

Doch, gesteht Willy, jetzt habe Theo fluchend und in wirren Worten geschildert, daß er gesucht werde und warum. Theo hatte sich offenbart (wenn alles so stimmt, wie Willy es wiedergibt), er sei gestern abend auf dem Weg nach Hause gewesen – nicht ganz nüchtern, aber auch nicht besoffen, da sei zufällig die Sophie und ihr Bruder die Straße runtergekommen, und dadurch sei seine alte Wut, daß er die Sophie nicht mehr haben konnte, erneut aufgeflammt. Er hatte sich eine Latte aus dem nächstbesten Bauzaun gerissen und auf die beiden eingeschlagen. Der junge Mann habe um Hilfe gerufen, und unglücklicherweise sei Sophies Vater, besagter Schreiner Schmidt, gleich darauf aus dem Haus gekommen. Der habe Theo am Hals gewürgt, und schließlich sei dem nichts anderes geblieben – so habe Theo es jedenfalls dargestellt –, als sich selbst zu retten. Deswegen habe er in höchster Not eine Eisenklammer aus dem Bretterzaun gerissen und sich damit das eigene Leben erhalten. «Er hat gesagt: ‹Ein Schlag und es war Ruhe!›»

«Das hört sich ganz nach Theo an», befindet Georg, als habe er nun den Beweis für die Wahrheit von Willys Schilderung.

«Das kann doch gar nicht stimmen», widerspricht Frieda. «Der Schmidt ist ein schmaler Mann, ein Handtuch. Der wagt sich doch nicht an Theo.»

«Frieda, in Not wachsen den Menschen Kräfte zu», befindet Willy.

«Das muß die Polizei rausfinden», weist Georg seine Frau zurecht, darüber verärgert, daß sie sich in seine Vernehmung mischt. «Mich interessiert nur eins: Ich will wissen, was in meinem Haus vorgeht!»

Frieda registriert, daß Georg von «seinem» Haus spricht, bemerkt aber dazu nichts.

«Und jetzt zu dir, Willy! Du hältst es also nicht für nötig, mir ein Wort zu sagen! Stehst auf, trinkst Kaffee und läufst mit mir durch die Stadt. Erzählst mir von Eisenbahnschienen in Sibirien, und bei uns liegt ein polizeigesuchter Mörder im Bett. Das muß man sich mal vorstellen: Erzählt mir der Kerl von Eisenbahnschienen in Sibirien, welche Kälte die aushalten müssen ... Ich muß mich legitimieren, wenn ich mein eigenes Haus betreten will, und Willy steht dabei, als könnte er kein Wässerchen trüben. Willy, das war's dann mit uns!»

Willy hat wohl so etwas erwartet, er senkt demütig das Haupt und will gehen.

«Moment», sagt Frieda entschieden. «Hier wird niemand rausgeschmissen. Da habe ich auch noch ein Wörtchen mitzureden!»

«Wir sind geschiedene Leute», sagt Georg warnend. Und: «Frieda, ich lasse mir von zwei Strolchen nicht die Arbeit von Jahren kaputtmachen. Meinst du, wir kriegen jetzt noch anständige Kundschaft? Hier springen Mörder aus dem Fenster, und da meinst du, du kriegst noch einen anständigen Gast? Was denkst du denn, wie lange das dauert, bis es sich herumgesprochen hat? Der Adamy stand mit beiden Händen hinter dem Rücken vor der Tür. Das ist schon rum. Der hat doch nur darauf gewartet.»

«Es spricht sich auch rum, daß sich hier Sozialisten herumtreiben», erwidert sie scharf.

«Was ist das? Du willst den heiligen Kampf für Freiheit und Menschenrecht mit Mord und Totschlag gleichsetzen?»

«Die Polizei macht sich Sorgen um deine sozialistischen ... um deine Genossen. Mehr als um einen toten Schreiner in der Adlerstraße. Das sage ich dir!»

«Ein weiteres Wort ...»

«Das willst du natürlich nicht hören.»

«Frieda, ich warne dich!»

«Was, du warnst mich? Wovor? Daß ich dir die Wahrheit sage? Wenn die Polizei unser Haus schließt, dann nicht wegen Theo. Dann haben sie nur endlich was in der Hand. Wenn ich noch einmal einen von deinen roten Brüdern ...» Darauf wird Georg heftig. Frieda antwortet ihm mit Worten, die wie lange überlegt klingen und Stück für Stück ins Fleisch schneiden. Georg blickt nun Frieda an, dann Willy, als seien sie seine Todfeinde. Man spürt, er will etwas Endgültiges, etwas Vernichtendes sagen, aber alles, was ihm einfällt, ist ein hilfloser Satz: «Ich will dich hier nie wieder sehen!» Er verläßt das Zimmer und knallt hinter sich die Tür zu. Man weiß nicht einmal, ob er Willy oder Frieda meint.

Frieda winkt nur ab und sagt zu dem schreckensbleichen Willy: «Das renkt sich alles wieder ein!»

Willy, der große Stücke auf Georg hält und seine Freundschaft mit einem Eifer sucht, daß es manchmal peinlich wirkt, murmelt: «Er hat ja recht. Ich hab ihn enttäuscht. Aber wenn du das gesehen hättest, Frieda, wie der da geheult hat. Ich finde schon was; ich habe ja immer was gefunden.»

«Du bleibst hier!» befiehlt Frieda. «Das ist auch mein Haus!»

2

In dieser Nacht wird Frieda von einem merkwürdigen Geräusch geweckt. Als sie sich aufrichtet, erkennt sie, daß Georg Husten zu unterdrücken sucht. Besorgt fragt sie: «Was hast du denn?»

Georg hustet in sein Kissen, räuspert sich dann umständlich und anhaltend, was sich wie das Röhren eines uralten Mannes anhört, und wehrt ab, als Frieda ihm aufmunternd auf den Rücken klopfen will.

«Hast du dich verschluckt?» – «Manchmal kriege ich keine Luft.» – «Hast du das schon länger?» – «Ja.» – «Mußt mal zum Arzt gehen.»

Er quält sich aus dem Bett.

«Wo willst du denn hin?»

«Ich mach mir einen Tee.»

«Kann ich dir doch machen», bietet sie an und steht auf.

Georg lehnt ab, nimmt sein Kissen und sein Plumeau und sagt geradezu haßerfüllt: «Ich will nichts mehr hören von der Heybach, nichts mehr hören von Theo, nichts mehr von Willy. Ich will von der ganzen Brut nichts mehr hören, bis ans Ende meines Lebens!»

In dieser Nacht schläft er in einem der vielen freien Zimmer.

Frieda spürt bei dieser Gelegenheit, die Kluft zwischen ihr und Georg schließt sich nicht.

Bei der Hochzeit hatte sie erwartet, ihr Mann werde ihr im Laufe der Zeit vertraut wie kein anderer Mensch. In naiver Weise hatte sie das Versprechen von dem einen Fleisch und dem einen Leib für bare Münze genommen und auf das gemeinsame Bett bezogen. Aber gelegentlich ist ihr Georg fremd wie ein beliebiger Gast. Es kommt vor, daß sie seinen Blick bemerkt und darin Distanz entdeckt, als habe er sie vor einer Stunde zum ersten Mal getroffen.

Wenn sie neben ihm liegt und nicht einschlafen kann, sucht sie zu verstehen, woher die Fremdheit rührt, die sich zwischen ihnen hält wie Unkraut auf nacktem Boden. Einmal hat sie versucht, Georg danach zu fragen. Es gelang ihr jedoch nicht, exakt das zu formulieren, was sie ausdrücken wollte, und gegen ihren Willen hatte sie ihn mit ihrer Frage verletzt. «Ich bin durchaus zufrieden mit unserer Ehe», hatte er knapp behauptet. «Und wieso führen wir keine vorbildliche Ehe? Was soll das überhaupt heißen, ‹eine vorbildliche Ehe›? Bist du die Kaiserin Augusta, daß du eine vorbildliche Ehe führen mußt?»

Wahrscheinlich sind es die ständigen Geldsorgen, die ihnen das Leben vergiften, sagt sich Frieda. Im letzten Jahr war es so schlimm, daß ihnen Anna ihre Ersparnisse leihen mußte, sonst hätten sie nicht mehr ein noch aus gewußt. Wenn man das Haus verkaufen könnte. Aber die Stadt rührt sich nicht. Anscheinend hat sie im Moment andere Pläne, als den «Petersburger Hof» abzureißen!

Eines Morgens erscheint Willy wieder, begrüßt alle heiter, als komme er von einer Ferienreise zurück, und nimmt sich Kaffee, als könne es gar nicht anders sein.

Frieda betrachtet ihn, dann ihren Mann, und überläßt ihm die Entscheidung, wie weiter mit Willy zu verfahren ist. Der zieht sich mit seinem Schwager in Zimmer 1 zurück, und dort kommt es zu einer längeren Aussprache, wie Frieda diese Art von Redereien nennt, und danach wird so getan, als habe es nie ein Zerwürfnis gegeben.

Mit Willy kehren ganz spezielle Sorgen in den «Petersburger Hof» zurück. Er stellt zum Beispiel die Betrachtung an, ob man für Theo nicht einen Anwalt suchen solle. «Was sollen wir tun? Wir sollen ihm einen Anwalt nehmen? Wozu?» erkundigt sich Georg gereizt, als Willy beim Mittagessen davon anfängt.

«Ohne Anwalt ist er verloren.»

«Mit auch», ist Georgs Meinung. «Er kriegt lebenslänglich Zuchthaus; mit oder ohne Anwalt. Man kann doch nicht einen Vater von soundso vielen Kindern totschlagen und darauf vertrauen, daß ein Anwalt einen rauspaukt! Was soll denn das für ein Wunderadvokat sein?»

«Georg, sag das nicht! Ein schlechter Anwalt kann alles verderben! Du sagst, Theo kriegt lebenslänglich. Das glaube ich ja auch. Aber was ist, wenn es am Schluß heißt: ‹Verurteilt zum Tode durch den Strang!› Was sagst du dann?»

«Wir können ihm nicht helfen!» behauptet Georg ein weiteres Mal und zuckt die Achseln.

Abgesehen von den Aufregungen, deren Urheber Theo ist, schleppt sich das Jahr 1903 im «Petersburger Hof» dahin, wie sich ein Magenkranker durchs Leben schleppt. Die Saison kommt, doch ist sie nicht mit dem zu vergleichen, was Georg und Frieda aus ihren früheren Arbeitsstellen kannten.

Der Name ihres Hauses ist vom Publikum richtig verstanden worden, und das hat zur Folge, daß sich einige Russen bei ihnen einquartieren, und zwar sowohl zur Kur wie bei Durchreisen. Russen haben die Angewohnheit, zumeist in größeren Familien samt vielfältigem Personal zu reisen. Erhält die Familie Tremus also eine Anmeldung aus Moskau oder aus Minsk oder wie die Namen der Märchenstädte sonst lauten (als man Frieda sagt, in Moskau gibt es Elektrische, will sie es nicht glauben; sie hatte sich vorgestellt, dort fahre man sommers wie winters mit dem Schlitten), meldet sich also eine russische Familie an, sind immer gleich mehrere Zimmer belegt. Jedes Schreiben einer russischen Reiseagentur – zu erkennen am besonders großen Format der Schreiben und an herrlichen Briefmarken – wird geöffnet wie ein Brief der Lotterieagentur. Frieda spießt diese Schreiben mit besonderem Schwung auf und blickt Georg jedesmal an, als habe sie ein Versprechen erfüllt. Aber es sind Reisende der zweiten und dritten Kategorie, die sich im «Petersburger Hof» einmieten. Zu ihnen kommen nicht die reichen Russen, die Frieda im «Römerbad» und Georg im «Metropol/Monopol» kennengelernt haben; nicht die eleganten, weltläufigen Herrschaften, die äußerst freigebig Trinkgeld verteilen und jede Handreichung mit einer Freundlichkeit quittieren. Zu ihnen kommen Beamte mit kleinem Besitz auf dem Land, Kaufleute der unteren Ränge, Gutsbesitzer, die selbst auf ihre Renten und Pachten warten. Deren Vorstellungen von Ordnung und Reinlichkeit stimmen nicht mit denen der Familie Tremus überein. Doch wie können ihnen Frieda und Georg anders begegnen als mit Nachsicht und einigen zusätzlichen Posten auf der Rechnung?

Obendrein zahlen die Russen, die sich bei der Familie Tremus einmieten, im allgemeinen nur zögernd. Und doch bewahrt Frieda ihnen ihre Sympathie. Sie liebt ihre Sprache, beherrscht auch die wichtigsten Floskeln: «Herzlich willkommen», «Haben Sie gut geschlafen?», «Ihr Gepäck wird geholt», «Gute Reise», «Beehren Sie uns bitte wieder!», und was sie für den Alltag braucht. Sie kann sich zur Not sogar in dieser Sprache verständlich machen. Vor allem aber liebt sie die Form, wie die Russen miteinander umgehen. Wenn sie sieht, wie russische Kinder von ihren Ammen, sogar von ihren Müttern in die Arme genommen und geherzt werden, nimmt sie sich vor, ihre eigenen Kinder, so sie welche haben wird, wie kleine Russen zu behandeln.

Willy, dem die Gabe gegeben ist, über alles spezielle Theorien zu erdenken, verbreitet sich des öfteren über die Reiselust der Russen. Er behauptet, diese sei ihrer Natur bis zu einem gewissen Grade eigen wie den Deutschen der Wandertrieb. Sie habe ihre Ursache im rauhen Klima Rußlands. («Minus 50 Grad Celsius, da würdest du auch die Kälte fliehen!») Daher werde man immer mit dem Erscheinen der Russen rechnen können, folgert er daraus, und insofern sei die Zukunft des «Petersburger Hofes» gesichert. «Einzig, Frieda – das wäre das einzige, was ich befürchte – daß sie sich in absehbarer Zeit andere Ziele suchen! Das wäre denkbar... Ziehen ja heute schon gern an die Riviera!» Und zum Abschluß seiner Betrachtung folgt einer seiner unvermeidlichen Sprüche: «Mein Ideal – Vasenol!»

Willy ist in den vergangenen Jahren – «unter der Hand», wie Frieda das nennt – das Faktotum des Hauses geworden. Er holt und bringt Gäste und ihr Gepäck von und zu den Bahnhöfen. Dafür kassiert er jeweils einige Groschen. Die Herrschaften wundern sich gern halblaut darüber, daß ihr Gepäck nicht gratis zum Bahnhof spediert wird, doch Frieda ist auf diesem Ohr taub. Haben amtliche Gepäckträger nicht auch ihren Preis? Wenn er keine Koffer holt oder wegbringt, macht er sich mit Hilfsarbeiten nützlich. In der Hauptsache geht Willy dem eigentlichen Hausdiener Ewald – das ist ein umgänglicher, erfahrener Mann, der praktisch jede im

Haus vorkommende handwerkliche Verrichtung beherrscht und ständig aufpaßt, ob nicht in einem größeren Haus ein Posten frei wird – zur Hand. Er nennt sich deswegen einen «Beispringer». Niemand weiß, wo er den Ausdruck herhat, aber jeder versteht, was damit gemeint ist. Seine Tätigkeit ist es etwa, seinem Meister Zangen und Bürsten anzureichen, wenn der verstopfte Rohre reinigt oder Öfen putzt, Tätigkeiten, um die sich Willy gern drückt, oder die Leiter festzuhalten, wenn Ewald die Scheiben des Baldachins über dem Eingang putzt. Man sieht, Frieda hat sich in diesem Punkt gegen ihren Mann durchgesetzt, der die Anschaffung eines Baldachins abgelehnt hatte. Für Georg ist er nichts als sinnloser Wettstreit mit dem «Bristol» und Hochstapelei.

Mehr und mehr geht Georg aus dem Haus, diskret und manchmal geradezu verstohlen, als ginge er zu einer Geliebten. Er ist für seine Partei tätig, soweit es eben möglich ist und mehr als er sollte. Manche Abende, halbe Nächte, sogar ganze Tage entzieht er sich auf diese Weise.

Damit überläßt er Frieda mehr und mehr das Regiment. Sie bestimmt, wer welches Zimmer erhält, was gekocht und welcher Wein eingekauft wird. Selbst Banalitäten von der Art, ob man nachts die Lampen vollkommen abdrehen oder Nachtbeleuchtung brennen lassen soll, entscheidet sie. Das ist ihr zwar angenehm, aber richtig kann das nicht sein. Außerdem stört sie das bei ihrer Arbeit. Wie oft kommt es vor, sie ist gerade dabei zu massieren – dazu muß man wissen, sie haben das Zimmer 6 zu einer Badestube mit Massageliege umgestaltet; das heiße Badewasser bringen auf Vorbestellung die sogenannten «Wassermänner» –, es liegt also eine Dame nackt auf der Liege, da reißt eins der Mädchen die Tür auf und verlangt: «Frau Tremus, Sie müßten mal kommen. Man fragt nach Ihnen!» Gelegentlich schlägt sie Georg vor: «Laß uns das Haus verkaufen. Versuch dich in der Politik, wenn du darin deine Erfüllung findest.» Georg hört dann kaum zu. Oder er sagt: «Suchst du Streit? Du würdest doch niemals mitmachen, wenn ich das ernstlich versuchte!»

Das zeigt immerhin, daß er weiß, was ihr wichtig ist.

Noch immer schreibt er für seinen Herzensbruder Enders (und unter dessen Namen) Artikel, die angeblich Aufsehen erregen. Georg verbreitet sich über die Samoa-Krise oder preist die Amerikaner als Befreier der Kubaner. Willy, der jede Zeile von ihm liest, behauptet, niemand anderer als Georg habe ihm die Augen für das Los der Kubaner geöffnet! Nur über den Burenkrieg können sie sich nicht einigen, den lehnt Georg ab, während Willy auf Seiten der Buren steht.

Was Frieda bei Georgs Schreiberei besonders fuchst, ist die Tatsache, daß Georgs Eifer Karl Enders schönen Lohn einträgt, ihm aber nicht. Herr Enders kommt dabei gut voran. Seit neuestem ist er hauptamtlicher Parteisekretär in Frankfurt. Georg hat ihr das mit einer Genugtuung erzählt, als habe ein Verwandter von ihm seinen Aufstieg erreicht. Doch was hat er davon? Er opfert seine Zeit und manche Mark von seinem knappen Geld. Wofür? Wenn sie dran denkt, packt sie die Wut, und sie sagt ihm dann, er solle sich mehr um sein Geschäft kümmern als um die Karriere von Herrn Enders.

3

Herr Maison hat in Wiesbaden zu tun und ist so liebenswürdig, Anna mitzubringen. Er setzt sie sogar vor der Haustür des «Petersburger Hofs» ab.

Der Dampfwäscher besitzt neuerdings ein Automobil, Marke Daimler-Benz, ein hochbeiniges, hochherrschaftliches Gefährt, rundum verglast, und die Polster sind mit festem Leder bezogen. Das Fahrzeug ist elegant flaschengrün lackiert und wirkt edel wie eine Karosse, in der Fürsten umherkutschiert werden. Eigentlich erwartet man, daß es von einem Chauffeur gelenkt wird, und man ist jedesmal überrascht, daß Herr Maison es selbst chauffiert. Man kann sich jedenfalls vorstellen, welche Sensation es macht, als das Fahrzeug vor dem Hotel anhält. Selbst die Gäste treten ans Fenster, um sich den Anblick zu gönnen.

Der junge Jörns – sein Vater betreibt seit Jahrzehnten auf der gegenüberliegenden Straßenseite ein gutgehendes Fuhrgeschäft, drei Kutschen, sechs schöne, gepflegte Pferde, dazu Ställe – kommt heran und inspiziert das Fahrzeug, als wolle er es auf der Stelle erwerben. Herr Maison macht keinen Hehl aus seinem Besitzerstolz und erklärt dem jungen Mann bereitwillig die Einzelheiten des Motors und der sonstigen Mechanik, soweit er sie selbst versteht. Angeblich ist das Gefährt so ausgereift, daß man Hunderte von Kilometern damit unterwegs sein kann, ohne eine Panne gewärtigen zu müssen.

«Erstaunlich für eine deutsche Marke», urteilt Jörns junior mit Kennermiene, während er um das Automobil schreitet und es von allen Seiten begutachtet.

«Wenn Sie meine Meinung hören wollen, ich bin überzeugt, der Benz-Motorwagen nimmt's mit jeder französischen Konkurrenz auf», behauptet Herr Maison, und fügt hinzu, das versichere nicht ein Verkäufer, das versichere ein zufriedener Kunde. Soweit er das überblicken könne, werde gerade diese Marke fortschreitend den neuesten Anforderungen gemäß verbessert. Er seinerseits wisse allerdings nicht, welche Verbesserung noch vorgenommen werden könnte.

«Sie hatten noch keine größere Störung?» – «Auch keine kleinere.» – «So ausgereift ist der Mechanismus? Wirklich erstaunlich», befindet der Jörns. «Und was halten Sie von der Marke Opel?» – «Das sagt mir nichts», bekennt Herr Maison. – «Die kommen aber stark auf. Die sitzen in Rüsselsheim. Wir stehen in Verbindung.» – «Na ja, es gibt ja so viele Marken. Man kann sie ja nicht alle kennen. Tragen Sie sich auch mit der Absicht...?»

«Ja, als Droschke... Wir überlegen...»

«Dann steht Ihnen ja die Qual der Wahl noch bevor! Darum beneide ich Sie nicht.»

Herr Maison will weiter, aber Frieda drängelt so lange, bis er ihre Einladung annimmt und auf eine Tasse Kaffee mit ins Haus kommt.

Während er mit ihr und Anna ins Haus geht, streicht der Jörns immer noch um das Automobil. «Frau Tremus, halten Sie den im Auge, sonst ist mein Auto nachher noch weg», scherzt Herr Maison.

«Ja, der hat Feuer gefangen», bestätigt Anna.

Für Anna war die Fahrt von Rambach hierher die erste größere Fahrt mit einem Automobil. Entsprechend ist sie noch ganz benommen, als sie die wenigen Stufen des Eingangs hinaufgeht. Die Knie zittern ihr noch ein wenig, gesteht sie, so rasant schnell sei Herr Maison gefahren. Der wehrt mit großer Gebärde ab, das Gegenteil sei wahr; er habe sich vollkommen an die polizeiliche Vorschrift gehalten, und die erlaube nun mal keine höhere Geschwindigkeit als die vorgeschriebenen 36 Kilometer in der Stunde.

«Und wie geht's Ihnen, Frau Tremus?» – «Wir können Gott sei Dank nicht klagen.»

Anna ist bei diesem Besuch merkwürdig wortkarg. Sie erzählt das Übliche – von den Leiden der Frau Maison und die neuesten Kapriolen der Maisonschen Söhne. Friedhelm (er ist der älteste der Maisonschen Kinder) hat die Absicht, in der Kolonie Tsingtau eine Dampfwäscherei zu errichten. Sein Vater versucht ihm das auszureden, aber der junge Mann ist wie besessen von seiner Idee.

Frieda hört gewöhnlicherweise kaum zu, wenn Anna die Narreteien der Maison-Söhne ausbreitet. Was geht es sie an, welche Schicksalsschläge die Maisonschen Sprößlinge austeilen oder auszuhalten haben? Immerhin fällt ihr auf, daß Anna ihre Neuigkeiten heute sehr knapp mitteilt, ohne das übliche Feuer, das sonst ihre diesbezüglichen Erzählungen illuminiert. Es ist, als erfülle sie mit ihrer Rederei nur eine ungeliebte Pflicht. Sie stellt auch keine Fragen wegen Theo. Frieda hat ihr das Wichtigste davon geschrieben, um so erstaunlicher, daß sie den Punkt nicht mal erwähnt. Es kommt schließlich nicht alle Tage vor, daß ein Bekannter einen Menschen erschlägt, und in diesem Fall der Bruder der einzigen Freundin.

«Hast du was? Habe ich dir was getan?» fragt Frieda nach einer Weile ohne Umschweife. – «Was sollst du mir denn getan haben?» – «Du bist so verschlossen.» – «Ich fühle mich nicht wohl. Das gibt's doch mal.» – «Siehst wirklich angegriffen aus. Kommt das etwa wieder, die Lähmung? Bist du mal untersucht worden?»

Anna wendet sich ab, aber Frieda bemerkt dennoch, daß sie etwas beschäftigt. Die bewußte Krankheit wird doch nicht wieder auftreten? Sie nimmt die Freundin in den Arm. «Was hast du denn?»

Anna wehrt ab, macht sich los. «Es ist nichts.»

«Geh doch mal zum Arzt. Ich bezahl's, wenn es daran liegt.»

«Es ist nichts. Mit dem Bein ist alles in Ordnung, auch mit der Hüfte», behauptet Anna geradezu trotzig. Doch sie kann Frieda nicht täuschen: «Anna, du hast doch was. Wenn du es mir nicht sagen willst, wem willst du es denn sagen?» dringt sie in die Freundin. «Mach mir doch keine angst!» – «Ist schon wieder vorbei.»

Frieda gibt sich für den Moment mit der Antwort zufrieden, versucht aber bei diesem Besuch noch mehrfach, Anna zum Sprechen zu bewegen. Sie hat damit kein Glück. Anna weigert sich kategorisch, irgendwelchen Kummer preiszugeben. «Deswegen bin ich nicht hergekommen. Ihr habt eure eigenen Sorgen.»

«Also doch Sorgen?»

«Ich hab das heulende Elend», sucht Anna Frieda zu beschwichtigen, «mehr ist es nicht. Das kommt doch mal vor. Immer nur Dienstmädchen ...»

«Du hast doch das letzte Mal was erzählt von einem Mann, von dem Kürschner?»

«Frieda, der Mann ist dreißig Jahre älter.»

«Hast du keinen Kontakt mehr?»

«Ich habe noch mal geschrieben und er auch – 'ne Postkarte –, aber das hat doch keine Zukunft.»

«Du warst doch ganz angetan.»

«Ich weiß nicht. Der Mann ist einundfünfzig, und was für eine Werkstatt. Wenn ich das hier so sehe, du hast einen guten Mann, ein eigenes Geschäft. Da darf man doch mal trübsinnig werden.» Sie schnieft in ein Taschentuch und bemüht sich um ein Clownsgesicht. «Lache, Bajazzo», dieser Spruch könnte von Anna sein.

Frieda tut ihr den Gefallen, wechselt das Thema: «Und sonst?»

Was soll es schon in Rambach Neues geben? Da fällt Anna ein: «Dieses Jahr fährt die Frau Maison endgültig nach Loreto. Das ist jetzt perfekt.»

«Wollen wir es glauben. Das hören wir schon seit Jahren. Solange ich sie kenne.»

«Ja, aber jetzt ist alles bestellt und gerüstet. Sie kriegt ein Abteil im Schlafwagen, nur für sich. Es ist alles schon geregelt.»

Am besten, die Maisons nehmen Anna mit nach Loreto. Ihr kann auch nur ein Wunder helfen. Ein Unglücksrabe, die Anna.

An diesem oder am folgenden Tag ruft Frieda ohne Georgs Wissen Herrn Maison in seinem Geschäft an. Sie erinnert ihn an seine Voraussagen, die Stadt werde ihr Haus kaufen und abreißen. Er hat die Erinnerung daran nicht sofort parat.

«Aber, Herr Maison, Sie hatten mir das doch damals fest zugesagt ...» – «Wie kann ich Ihnen in dieser Hinsicht etwas zusagen? Ich bin nicht die Stadtverwaltung!» – «Ich habe mich auf Sie verlassen.» – «Frau Tremus, ehe Sie mir Vorhaltungen machen, machen wir es so: Ich erkundige mich bei Eingeweihten nach dem Stand der Dinge. Das kann aber vier Wochen dauern. Das sage ich Ihnen gleich.» – «Ich wäre Ihnen sehr verbunden.»

Bereits am Ende dieser Woche hat er Nachricht: «Still ruht der See, Frau Frieda. Die Ämter sind unter sich noch nicht zu einer Entscheidung gelangt, was Abriß und andere Straßenführung angeht. Das ist nichts Neues. Das habe ich noch nie anders erlebt. Erinnern Sie sich an die Geschichte mit dem königlichen Theater! Wie viele Jahre hat das gedauert, bis man da zu Stuhle kam. Und da ging es nur um den Bauplatz.»

«Auf das Theater habe ich nicht gewartet. Das war mir egal, aber...» – «Tut mir leid, ich kann Ihnen nichts anderes sagen.»

Sie bemerkt nicht das kleinste Anzeichen schlechten Gewissens bei ihm. Immerhin ist er es gewesen, der den Rat erteilt hatte, das «Hotel Krick» zu kaufen und kein anderes, und insofern hätte Frieda erwartet, er zeige sich mehr hilfsbereit und erläutere ihr nicht allgemein die Situation. Leute, die ihr die Weltlage erklären, hat sie zur Genüge um sich.

«Müssen wir weiter beten und hoffen», sagt sie knapp und will das Telephongespräch beenden.

Er läßt es nicht zu: «Kommen Sie nicht zurecht? Ist es dramatisch?»

«Es wird besser», antwortet sie matt, wohl vor allem, um sich Mut zu machen. Vor ihr liegt ein Pack unbezahlter Rechnungen, und sie weiß nicht, wo sie das Geld für die Begleichung hernehmen soll. «Es muß besser werden. Ich warte jeden Tag drauf. Ich träume sogar schon davon, daß uns Geld ins Haus getragen wird.»

«Sehr geschätzte Frau Tremus», bemerkt Herr Maison dazu. «Sie sind Geschäftsfrau, und im Geschäftsleben kommt es genau so, wie man es sich arrangiert – anders nicht. Auf Wunder zu warten bringt Ihnen nichts. Wenn Sie meinen, Sie kommen nicht zurecht, lassen Sie uns einen Weg finden. Ich hab meine Liquiditätskrisen hinter mir – nichts Menschliches ist mir fremd.»

«Wir kommen schon hin», behauptet sie ein weiteres Mal, bedankt sich für seine Bemühung und will ein zweites Mal das Hörrohr einhängen.

«Warten Sie, einen Moment noch», bittet er. «Ich hab auch was auf dem Herzen...» – «Sie?» – «Es ist sicher etwas unverschämt. Sagen Sie es offen, wenn es sich nicht einrichten läßt.» – «Worum geht es denn?» fragt sie. So kennt sie ihn gar nicht, daß er so herumdruckst.

«Es ist mir eingefallen, weil wir gerade vom Theater gesprochen haben... Können Sie mich am nächsten Samstag – nicht diese

Woche, die darauffolgende – ins Theater begleiten? Ich habe zwei Karten, kann aber bekanntlich nur auf einem Platz sitzen. ‹La Bohème›, eine Galavorstellung. Aus Anlaß des Besuches von Kaiser Alexander.»

«Der Kaiser Alexander nimmt daran auch teil?»

«Nein, nur wir beide. Aber wie gesagt, eine Galavorstellung, und ich muß jemand finden für meine zweite Karte.»

«Wie stellen Sie sich das denn vor, Herr Maison? Wie soll ich das meinem Mann ...?»

«Ist er überhaupt da? Vielleicht ruft er wieder mal die Weltrevolution aus.»

«Am Samstag in acht Tagen?»

«Ja.»

«Ich kann Ihnen jetzt nicht ja oder nein sagen. Wie können Sie mich so etwas überhaupt fragen?»

Sie hängt ein und legt ihre Hand auf die klopfende Brust. Es ist ihr, als habe er sie zum Ehebruch aufgefordert.

Das Verhältnis zwischen ihnen ist eigenartig. Selten, sehr selten sogar, treffen sie sich. Seit Frieda verheiratet ist, hatten sie insgesamt drei Verabredungen miteinander. Dabei verstecken sie sich nicht, kommen nicht etwa wie ein heimliches Liebespaar an verschwiegenen Plätzen zusammen. Es sind vollkommen korrekte Begegnungen an Orten, wo jeder ihrer Bekannten sie sehen könnte, wiewohl Frieda dem Schicksal dafür dankbar ist, daß es noch nicht geschehen ist. Zweimal haben sie sich in einem Café auf der Wilhelmstraße getroffen, ein einziges Mal haben sie zusammen zu Mittag gegessen, und zwar im «Schützenhof», einem bürgerlichen Lokal, dessen deftige Kost Herr Maison schätzt. Herr Maison verhält sich ihr gegenüber vollkommen korrekt. Nie Zweideutigkeiten, nie schnelle heimliche Berührungen, niemals unbeholfene Zärtlichkeiten. Er präsentiert sich ihr gegenüber gleichbleibend freundlich, hilfsbereit, nicht einmal neugierig. Er unterhält sich mit ihr über den Gesundheitszustand seiner Frau und die gängigen Sorgen eines Dampfwaschanstalt-Besitzers. Angeblich kann er kaum noch Waschfrauen finden, die die schwere Arbeit verrichten wollen, wenigstens nicht zu dem Lohn, den er zahlen kann.

Abends, als sie sich auszieht, würde Frieda ihrem Mann am liebsten von der Einladung berichten. Das ist natürlich unmöglich. Wie kann eine verheiratete Frau mit einem verheirateten Mann die

Oper besuchen? Wer würde da nicht annehmen, sie hätten eine intime Beziehung? Sie selbst würde es ja annehmen.

Sie kann Georg auf keinen Fall um Erlaubnis fragen, und geht sie ohne sein Wissen, begeht sie Treubruch. Wahrscheinlich tut sie sogar Herrn Maison einen Gefallen, wenn sie ablehnt. Sie nimmt an, die Einladung war ein spontaner Gedanke; sie vermutet, Herr Maison hatte darüber zuvor nicht nachgedacht, geschweige denn, daß er eine Karte zu verschenken hat. Wahrscheinlich wird er alle Hebel in Bewegung setzen müssen, überhaupt Karten zu erlangen, sagte sie zu.

Oder gibt es doch eine Möglichkeit? Aber wie sollte sie das einrichten? Was ist, wenn jemand sie zusammen sieht? Wer sollte sie denn sehen? Die Familie Heybach besucht keine Opern, und die Gäste des «Petersburger Hofs» lieben ebenfalls derbere Vergnügungen. Sie schätzen Kremserfahrten im Frühling oder Herbstwanderungen zu den Rheingauer Winzern. Selbst das neumodische Vergnügen, auf Schneeschuhen verschneite Hänge herunterzurutschen, findet bei ihnen Anklang. In diesem Winter, eigentlich erst vor ein paar Wochen, als der Schnee auf dem Geisberg einen halben Meter hoch lag, ist einer der Gäste auf zwei an die Füße geschnallten Brettern davongestapft und davongerutscht. Leute mit solchen Ambitionen gehen in keine Oper. Wer sonst sollte sie also da erkennen?

Ein listiges Schicksal arrangiert es, daß Georg ihr am nächsten oder übernächsten Tag mitteilt, Karl Enders habe für das kommende Wochenende («nicht dieses, sondern das darauffolgende», sagt Georg beinahe im selben Wortlaut wie Herr Maison) zu einer politischen Zusammenkunft eingeladen und rechne fest mit seiner Teilnahme. Er sagt das etwas herausfordernd; wahrscheinlich erwartet er Widerspruch. Er wird aber nicht mißtrauisch, als Frieda nur zustimmend nickt.

Die Situation gleicht fatal jener, als sie damals zum ersten Mal mit einem Mann zusammen war – eine Versuchung, und alle äußerlichen Hindernisse werden weggeräumt.

Ein zweites Mal stellt Frieda ihr Glück jedoch nicht auf eine Probe. Sie schreibt Herrn Maison eine Absage.

Das kann sie Georg nicht antun, heimlich mit Herrn Maison in die Oper zu gehen. Es ist Sünde genug, daß sie hin und wieder liebevoll an Pater Jennewein denkt. Gelegentlich geht sie zum Postamt, in der Hoffnung, daß man dort einen postlagernden

Brief für sie hat. Nie auch nur ein Lebenszeichen von ihm. Wie sein Leben in Afrika wohl verläuft?

Einmal hat sie an einem Kartenständer eines Kiosks – «Wasserhäuschen» sagt man dazu in Wiesbaden – eine Postkarte gesehen, auf der eine Negerin mit nackten Brüsten abgebildet war. In einem Impuls von Eifersucht hatte sie die Karte zerrissen. Der Händler hatte geglaubt, sie habe aus sittlichen Gründen so gehandelt, und das Geld verweigert, das sie für die Karte geben wollte.

4

Das Putz- und Modewarenhaus Süß in der Langgasse ist in Geschäftsauflösung begriffen («alle unsere Läger müssen bis zum Ende des Monats geräumt sein») und bietet dem geschätzten Publikum deswegen die einmalige Chance, Ia-Qualitäten zu niedrigsten Preisen zu erstehen.

Frieda sucht Georg zu überreden, sich bei dieser Gelegenheit einen Sommerpaletot zuzulegen: «Günstiger kommst du nicht mehr dran.» – «Woran komme ich nicht?» – «Die Gebrüder Süß machen zu. Die geben ihr Geschäft auf. Wenn du jetzt nicht zugreifst...» – «Du bist aber auch das geborene Opfer jeder Propaganda. Du kennst doch Juden, Frieda. Hier machen sie zu und an der nächsten Ecke wieder auf.» – «Das kann dir doch egal sein, was die Juden machen. So günstig...» – «Zu verschenken hat keiner was.» – «Was bist du denn so ruppig? Ein Sommerstaubmantel für acht Mark. Billiger...» – «Ich habe, was ich brauche. Ich brauche keinen Sommerstaubmantel. Wo soll ich denn damit hingehen?» – «Wo du immer hingehst. Zu deinen Versammlungen!» – «Suchst du wieder Streit?»

«Georg, stell dich doch nicht so an! Ich will doch nur stolz auf dich sein. Die haben ja auch noch andere Sachen.»

«Ich auch.»

«Dann eben nicht. Des Menschen Wille...»

«Frieda, manchmal habe ich den Eindruck, du begreifst das Prinzip des Geschäftslebens nicht. Erst einnehmen, dann ausgeben. Andersherum funktioniert es nicht. Ausgeben kann jeder, aber einnehmen... Daran hapert es bei uns.»

«Für einen Paletot im Schlußverkauf reicht es!»

Es ist, wie in der Annonce angekündigt: Man will haben, was man sieht, man weiß nicht, was man wählen soll. Enorm billige Jupons aus flaumzarten Wollstoffen, Pailletteroben, Paillettebluse; alles zu Spottpreisen; seidene Blusen ab 15 Mark. Ein unglaublicher Hut mit Reiherfeder kostet drei Mark, ungarnierte Hüte keine Mark, Schleier und Spitzen Pfennige. Bänder, wie man sie für Lavaliers nimmt, liegen zu Bergen aufgetürmt, in allen Farben und Mustern, daneben Schleifen und Jabots. Frieda könnte kaufen und kaufen und rafft wirklich, als werde die Ware verschenkt. Der Verkäufer bestärkt sie darin: «Gnädige Frau, gediegenere, preisgünstigere Artikel finden Sie nirgends!» Er verführt sie, auch die Herrenabteilung aufzusuchen. Die Auswahl an Herren-Staubmänteln ist tatsächlich riesig, ebenso die an Hosen.

Irgendwas muß sie Georg mitbringen.

Frieda wühlt eine Weile selbstvergessen in dem Stapel Westen und entscheidet sich schließlich für eine aus golddurchwirktem Pikee. Sie wird sich bestimmt sehr gut zu Georgs dunklem Anzug ausnehmen. Als sie das Geschäft verläßt, bemerkt sie bei einem Blick in einen Spiegel, sie hat rote Flecken am Hals, wie nach einer heftigen Umarmung. Der Anblick ist ihr peinlich, und sie drapiert einen Shawl darüber.

Frieda kommt nur selten aus dem Haus; während des Tages so gut wie nie. Deswegen wählt sie, obwohl sie jetzt all ihre Einkäufe erledigt hat, nicht den raschesten Weg zurück, dehnt den Gang vielmehr aus zu einer kleinen Promenade.

In der Goldgasse muß sie wegen eines Kohlenfuhrwerks zur Seite treten, und während sie wartet, daß das Fuhrwerk weiterzukkelt, entdeckt sie zu ihrer Überraschung Anna. Die Freundin steht zusammen mit einem Mann vor der papierverklebten Schaufensterscheibe der Lotterieannahme Korngold und studiert gemeinsam mit ihm die ausgehängten Gewinnlisten. Frieda hat den Mann, den Anna bei sich hat, nie zuvor gesehen, aber sie weiß instinktiv, es kann sich nur um den Kürschner handeln, den sich Anna vor einiger Zeit im Wartezimmer ihres Arztes angelacht hat. Ab und an treten wieder Beschwerden in ihrer Hüfte auf und treiben Anna zum Arzt. Bei ihrem letzten Anfall ist sie mit einem wartenden Patienten ins Gespräch gekommen, und daraus hat sich eine Bekanntschaft entwickelt.

Von dem Mann hat Anna ihr also berichtet, auch daß er wesentlich älter ist als sie, dennoch hat sich Frieda eine gänzlich andere

Vorstellung von ihm gemacht. Zwar ist er, wie beschrieben, groß und schlank, hält sich aber unordentlich, fast als wolle er sich verstecken. Seine Haare werden ihm von jemand gestutzt, der wenig Geschick darin hat, wahrscheinlich von Anna, und Kragen und Ärmel seiner Kleidung glänzen. Wie Anna und der Mann die Listen studieren, hat etwas Verzweifeltes; als hätten sie all ihre Hoffnung auf einen Lotteriegewinn gesetzt. Frieda ist versucht, sich diskret zu entfernen, wie man sich davonschleicht, wenn man unbeabsichtigt Zeuge eines schamlosen Liebesaktes wird. Ein Kohlenschlepper fordert sie aber just jetzt ruppig auf, aus dem Weg zu gehen, und Anna wendet sich deswegen um; sie erwartet wohl, eine Szene zu erleben. Die Freundinnen sehen sich an, und beide sind gleichermaßen verlegen. Anna faßt sich als erste und macht bekannt: «Herr Wienandt, darf ich Ihnen meine Freundin Frau Tremus vorstellen?»

Anna spricht mit falscher, wie verstellter Stimme.

Frieda reicht dem Mann die Hand, und wie sie das tut, ist, als wolle sie ihm ein Trinkgeld geben. Beide Frauen spüren, sie spielen Theater, können aber nicht anders.

Aus der Nähe besehen, ist der Kürschner noch weniger eine Schönheit. Er hat eine sehr hohe Stirn, fast eine halbe Glatze, und der Altersunterschied ist nun kraß. Seine Haut ist ungesund grau; das Schlimmste aber ist, daß er sich wie ein Hausdiener gibt, der mit viel Mühe seinen kleinen Posten erklommen hat und ihn nun mit Übereifer zu halten sucht und in jedermann einen Konkurrenten wittert. Was will Anna mit dem Menschen? Frieda ist versucht, der Freundin auf der Stelle zu sagen: Schick ihn weg! Statt dessen redet sie von den günstigen Einkäufen, die sie getätigt habe, und wie unbedacht es von Georg sei, sich zu sträuben, ebenfalls im Ausverkauf etwas zu erstehen. Das Gerede kann die Peinlichkeit der Begegnung nicht mildern, vergrößert sie eher. Anna hat das Gefühl, antworten zu müssen, und gibt zum besten, man habe gerade erfolglos nach Herrn Wienandts Gewinnummer gesucht; seit Jahren spiele er immer dieselbe Nummer, habe aber bisher kein Glück in der Lotterie gehabt.

Beim nächsten Mal werde es mit Sicherheit besser, verspricht der Mann, doch der Scherz verrutscht, und deswegen verfällt er wieder in seinen angestrengt ehrgeizigen Domestikenton und sagt: «Damit wären wir alle saniert.» Offenbar bezieht er bei dem Wort «alle» Anna bereits ein.

Frieda verabschiedet sich, wobei sie sich um Herzlichkeit bemüht: «Es hat mich gefreut....» Sie lädt Anna nicht ein, sie später zu besuchen, hofft allerdings drauf, daß sie dennoch kommt; hofft, daß Anna hören will, was sie von dem Mann denkt. Anna läßt sich jedoch an diesem Tag nicht blicken, schickt ihr nicht einmal eine Karte. Zwischen den Freundinnen ist eine Verstimmung eingetreten, ohne daß sich Frieda einer Schuld bewußt wäre.

Am Ende der Woche trifft dann ein Brief von Anna ein.

In zittriger Schrift, die nichts Gutes verheißt, und mit einigen auffallenden orthographischen Fehlern, macht ihr Anna Vorwürfe. Sie schreibt, sie sei von Frieda enttäuscht, und wenn das alles sei, was sie an Freundschaft aufbringe, könne sie darauf verzichten. Es habe keinerlei Grund bestanden, sie oder Herrn Wienandt von oben herab zu behandeln. Es folgen Mitteilungen über den Gesundheitszustand der Frau Maison, und diese münden in neuerliche Vorwürfe wegen Friedas angeblicher Herzenskälte. Alles endet mit der kränkenden Bemerkung: «Ich suche nicht wie du nur meinen Vorteil. Ich will auch geben.»

Frieda ärgert sich so über das Schreiben, daß sie es zerreißt und die Schnipsel ins Herdfeuer wirft. Das ist die Höhe! Anna läßt sich mit einem Habenichts ein und macht ihr Vorwürfe!

Einen ganzen Tag läßt Frieda vergehen, ehe sie sich zu einer Antwort aufrafft. Erst will sie schreiben, dann erscheint ihr dies zu albern, und sie läßt eine telephonische Verbindung zur Wäscherei Maison herstellen. Dort will man sie nicht sofort mit Anna verbinden, doch sie besteht so energisch darauf, Fräulein Anna zu sprechen, daß man endlich nachgibt. Im Maisonschen Privathaus meldet sich statt Anna das Fräulein Thecla. Ihre fette Stimme kann Frieda auf die Palme bringen, und sie muß sich beherrschen, die Verbindung nicht wortlos zu beenden. Die einfache Frage «Wer ist dort bitte?» bringt die Thecla so selbstgefällig heraus, als handle es sich um ihren Apparat und um ihren Haushalt. Je älter sie wird, desto tückischer wird sie, behauptet Anna. Manchmal kocht sie drei Tage hintereinander Weißkraut, nur weil sie weiß, das «Settchen» verträgt es nicht. Als sie begreift, wer da ist und wer Anna sprechen will, wird sie geradezu fußfällig. «Ich hol Ihnen die Anna!» verspricht sie eifrig. Frieda wird dadurch deutlich, in den Augen des Fräulein Thecla gehört sie nun zu den besseren Kreisen, zu den Herrschaften, vor denen man kuschen muß.

Frieda holt, während sie auf Anna wartet, gehörig Luft. Sie macht sich darauf gefaßt, mit dieser am Telephon herumzanken zu müssen. Anna gibt sich jedoch katzenfreundlich und tut so, als freue sie sich, ihre Stimme zu vernehmen: «Das kommt mir wie gerufen, daß du dich meldest. Ich wollte dir gerade 'ne Karte schreiben.»

«Das muß Gedankenübertragung sein. Was steht denn drauf?»

«Das geht jetzt nicht.»

«Drückt sich die Thecla noch da rum?»

«Nein. Aber das geht nicht am Telephon.»

«Was geht nicht am Telephon?»

«Was ich dir sagen muß.»

«Ist es so wichtig?»

«Ja.»

Darauf wird Frieda sehr direkt: «Du willst doch nicht etwa heiraten?»

Anna atmet hörbar, um dann zögernd zu gestehen: «So was Ähnliches. Ich kann jetzt nicht sprechen. Das muß ich dir unter vier Augen auseinandersetzen.»

«Wann hast du denn Zeit?»

«Wann hast *du* denn Zeit? Geht es am Sonntag? Der Herr Maison ist verreist und ich soll ...»

«Morgen ist doch schon Sonntag!»

«Ach so, ja, die Woche ist ja schon wieder rum. Nach dem Essen könnte ich ...»

«Versprochen, sehen wir uns morgen», willigt Frieda ein. Und in einer Gefühlsaufwallung setzt sie noch hinzu: «Anna, mach nichts und sag nichts zu, bevor wir uns nicht ausgesprochen haben.»

«Ja», wehrt Anna ab.

«Nicht ‹Ja›, versprich es richtig! Anna, es geht um dein ganzes Leben.»

«Das allerdings. Damit hast du mehr recht, als du denkst», sagt Anna bitter und: «Bis morgen.»

Frieda beschließt, sie wird ihr den Mann ausreden. Besser keinen Mann als diese Null.

Am nächsten Tag sitzt Willy in Zimmer 1 und schneidet weltvergessen etwas aus einer Illustrierten aus, und Frieda schreibt Rechnungen. Als er hört, daß sich die Haustür öffnet, richtet er sich halbwegs auf, ohne aufzusehen, ohne auch nur die Schere aus der Hand zu legen, und setzt ein erwartungsvolles Lächeln auf.

Es erlischt nicht einmal, als er erkennt, daß Anna kommt. Jede seiner Bewegungen zeigt eingeübte Routine und polierte Hotelfreundlichkeit. Frieda sieht sich für einen Moment mit sich selbst konfrontiert. So begrüßt auch sie Gäste; Willy kopiert sie darin nur. Jeder wird empfangen, als sei er der lang vermißte Freund, Bruder, Vater oder Großvater, oder wenigstens der am meisten geschätzte Gast des Hauses, und in Wirklichkeit empfindet man gegen jedermann nichts als Vorsicht. Mit *einer* falschen Bewegung sind Gäste zu kränken, mit *einem* Wort kann man sie gewinnen oder verlieren, und alle scheinen zu meinen, ausgerechnet sie erwärmten das Herz des Wirts oder der Wirtin. Dabei gibt es für das Verhalten von Hotelpersonal nur eine Regel: Wer Gewinn zu bringen verspricht, wird geliebt; wer nicht, nicht. Alles andere wird akzeptiert und toleriert, ertragen, sogar erduldet, wenn es sein muß. Aber niemand darf besonderen Respekt oder gar Zuneigung von Hotelpersonal erwarten.

«Anna, wie geht's? Wie steht's?» gibt Willy sich nun wie ein langgedienter Concierge.

Frieda begrüßt Anna, dann verlangt sie, daß Willy die Schnipsel wegräumt. «Was schneidest du denn da wieder aus?» fragt Frieda mahnend.

«Habe ich zufällig entdeckt! 'ne Lebensbeschreibung von Adolf Kolping. Das müßte dich eigentlich interessieren, Frieda. Der war ja gebürtig in Kerpen! Das ist da irgendwo am Niederrhein, wo dein Vater herkommt.»

«Aha.» Dann fordert sie: «Willy, sorg doch mal dafür, daß wir Kaffee kriegen. Oder willst du was anderes, Anna?» – «Kaffee wär gut.» – «Also!»

Darauf begibt sich Willy zur Zimmertür und ruft Richtung Küche, wiewohl Georg das haßt und ihm dies ausdrücklich verboten ist: «Käthe! Eine Kanne Kaffee wird gewünscht.» – «Das hätte ich auch gekonnt», empört sich Frieda.

Käthe kommt mit einem Tablett und Tassen und will an dem kleinen Tisch decken, der in der Ecke von Zimmer 1 steht und von der Palme mittlerweile fast verdeckt wird.

«Drüben in 2», bestimmt Frieda. «Anna, es ist noch ein bißchen Kuchen da. Willst du ein Stück?»

Anna nickt mit der vorsichtigen Bescheidenheit, die man ihr in der Bewahranstalt eingetrichtert hat. Frieda empfindet deswegen das Bedürfnis, sie zu umarmen und zu beschützen. Sie hat ihr schon zweimal angeboten, zu ihr zu kommen. Hier hätte sie es gut. Aber Anna will nicht. Wer weiß, was Anna noch bei den Maisons hält.

Während Anna sich nach Zimmer 2 bemüht, flüstert Willy Frieda zu: «Hat sie was?» – «Was soll sie denn haben?» wehrt Frieda ab. «Ich werde mich ja mal mit meiner Freundin unterhalten dürfen.» – «Sie hat heute wieder ihren schleppenden Gang.»

«Wie meinst du das?»

Er ahmt darauf Annas Gehweise treffend nach. Frieda ist stets aufs neue verblüfft, wie scharf Willy zu beobachten versteht. Ja, so geht sie, wenn sie Sorgen hat.

Etwas stimmt wirklich nicht mit Anna, etwas macht ihr das Herz schwer. Wahrscheinlich kann sie sich nicht entscheiden, ob sie diesen Kürschner heiraten soll oder nicht. Dabei, welch eine Frage! So einen Mann kann man doch nicht heiraten wollen!

Zimmer 2, wo Anna an einem Tisch Platz genommen hat, wird als Frühstücksraum und Speisezimmer genutzt. Das Zimmer ist mit dunkelgebeiztem Holz getäfelt; es wirkt dadurch düster, selbst wenn wie jetzt Sonnenschein durch die beiden Erkerfenster drängt. Zinnkrüge und Zinnteller auf Wandbrettern dienen als Dekoration, und Willy nennt den Raum deswegen gern «unsere Kemenate».

Alle Tische in Zimmer 2 sind schon für die Abendtafel gedeckt, und Anna sitzt regungslos vor einem Gedeck, als erwarte sie, es werde gleich serviert. «Räum dir das doch weg», bemerkt Frieda deswegen zu Anna und stellt einige Teller zur Seite. Dann: «So ist es doch ein bißchen gemütlicher.» – «Es geht doch», wehrt Anna uninteressiert ab.

Frieda schenkt ihr Kaffee ein.

«Also, was hast du?»

«Ich kriege ein Kind», bekennt Anna hart, als wolle sie damit jemanden strafen.

Frieda spürt den Schreck über diese Eröffnung wie einen Schmerz. Sie setzt sich und sieht die Freundin an. Einerseits ist der Sachverhalt klar und leicht verständlich, andererseits bleibt ein Rest von Unglauben. Wenn Anna ihr mitgeteilt hätte, sie müsse ins Gefängnis, hätte sie das leichter begreifen können. Sie müht sich, ein heiteres Gesicht aufzusetzen. «Ihr habt euch ja beeilt», sagt sie und versucht zu spielen, alles sei in bester Ordnung. Sie gratuliert sogar: «Alles Gute für euch.»

«Wen meinst du?» fragt Anna.

Frieda ist irritiert: «Ist dein ... der Herr Wienandt ... Ist er nicht derjenige, welcher ...?»

«Er hat damit nichts zu tun.»

«Wieso hat er damit nichts zu tun?»

«Weil er nichts damit zu tun hat!»

«Wer ist dann der Vater?»

Anna sieht Frieda mit einem Blick an, der offenbar verlangt: Denk mal darüber nach. Wieder krampft sich Friedas Herz zusammen. Erfährt sie jetzt, was sie immer fürchtete? «Georg?» fragt sie zögernd, sich die Fingernägel ins Fleisch der Daumen pressend, wobei sie Anna fixiert.

«Georg? Dein Georg? Wie kommst du denn darauf?»

Anna sieht sie an, als habe Frieda ihr eine Ohrfeige versetzt.

Frieda wird ärgerlich: «Mach nicht so ein Geheimnis draus. Wer ist es?»

«Was denkst du denn von mir? Wie kommst du denn darauf? Auf Georg?» wiederholt Anna, noch immer schockiert darüber, daß Frieda ihr diese Ungeheuerlichkeit zutraut.

«Tu nicht so! So was kommt vor, auch mit der besten Freundin. Ich hab schon manchmal gedacht, er paßt besser zu dir als zu mir. Du liest doch wenigstens, was er schreibt. Und glaubst doch auch an das sozialistische Paradies. Aber wenn es nicht mein Mann war, wer dann?»

«Ich kann's dir nicht verraten.»

«Was kannst du mir nicht verraten? Warum nicht?»

«Ich kann's nicht. Aber daß du denkst, Georg und ich ... Seit wann denkst du denn so was? Wo ist denn Georg?»

«Mal wieder für seine Partei unterwegs. Das ist doch jetzt nicht wichtig. Ich hab's verstanden, Georg ist es nicht; aber es wäre mir immer noch lieber, er als irgend jemand. Wer dann?»

Anna schweigt geradezu verstockt, als sei Frieda ihre Richterin.

«Jetzt mach schon den Mund auf!» drängt Frieda. «Was ist denn mit ihm ... dem Mann, dem Vater? Ist er verheiratet oder was?»

«Willst du mir das Herz noch schwerer machen?»

«Bist du sicher? Seit wann weißt du denn das?»

«Ich bin im vierten Monat.»

«Du lieber Gott. So lange schleppst du das Geheimnis mit dir rum? Warum bist du denn nicht mal früher gekommen?»

Frieda erwartet, Anna werde sich ihr an den Hals werfen oder wenigstens Tränen zeigen. Nichts. Anna bleibt steif und mit leerem Gesichtsausdruck sitzen, als ginge es darum, kein Gefühl zu verraten. Frieda hält es nicht länger aus, steht auf, preßt Anna ungeschickt an sich und streichelt ihr übers Haar, drückt ihr auch einen Kuß aufs Haar.

Anna hält ihre Hand für einen Moment fest, dann schiebt sie Frieda von sich weg.

Frieda versucht eine Lösung zu finden, versucht Anna sogar den Kürschner einzureden. Kann sie ihm nicht vorspielen, es ist sein Kind? Womöglich freut er sich schon lange auf etwas Kleines, und am Ende sei es doch gleichgültig, ob er der Vater sei oder irgend jemand anders – Kind sei Kind. Anna weigert sich, darüber auch nur nachzudenken. Bei der Gelegenheit stellt sich heraus, der Kürschner ist Witwer und hat bereits vier Kinder, und weitere will er nicht, wenn es sich vermeiden läßt. Zum Glück sind seine eigenen wenigstens schon erwachsen oder fast erwachsen.

«Was soll nur werden?» fragt Anna einmal tonlos.

Frieda bietet an: «Wenn die Maisons dich vor die Tür setzen» (und in ihren Worten schwingt mit: Sie werden dich vor die Tür setzen, gleichgültig, wer der Vater ist), «wenn sie dich nicht mehr haben wollen, dann kommst du zu uns.»

Das sind jedoch nur Worte, die sich verflüchtigen wie beliebige andere Worte. Sie zählen im Moment nicht. Im Grunde geht es nur um eins, und Frieda weiß es ebenso wie Anna: Das Kind darf nicht zur Welt kommen; ein Kind wird Anna endgültig ruinieren. Von frühester Jugend an hat Frieda erlebt, welch bösartige Verachtung die Leute für unehelich Geborene haben; auch für deren Mütter, selbst noch in der «Hilf». Sie hat gesehen, was Mädchen passierte, die mit dickem Bauch und aufmuckendem Grinsen durchs Viertel liefen. Eine Weile hatten sie dieses Grinsen im Gesicht, als wollten sie sagen: Und? Was ist dabei? Nachher hatten sie sich, ausgezehrt, das Bündel Unglück an die Brust gedrückt, an den Hausmauern entlanggedrückt; als würden sie dreimal am Tag geprügelt. Bei ihresgleichen hatten sie nicht mehr Verständnis für ihr Balg gefunden, als sie, Frieda, es bei der Frau Schweitzer erfahren würde oder Anna bei der Frau Maison. Das Kind muß abgetrieben werden; ob ein Arzt das besorgt oder eine Pfuscherin Anna den Bauch auskratzt, ist nicht das Entscheidende. Es zählt nur eins: daß es geschieht. Alles, was Frieda sonst noch sagt – zum Beispiel sagt sie, andere Frauen brächten auch Kinder zur Welt und hätten keinen

Mann und meisterten doch ihr Leben –, sind Unwahrheiten, die trösten sollen, die sie aber nicht fühlt. Sollten es dennoch Wahrheiten sein, dann sind es Georgs Wahrheiten. Er und seine Genossen wollen die Frauen angeblich aus den Fesseln des Gebärens befreien; wollen, daß Kinder ein Segen sind, keine Last. Oder wenigstens Georgs Heros Karl Enders will es; er hat es ihr ins Gesicht gesagt.

Anna verschwindet zum Klo und kommt nicht zurück. Frieda rührt sich nicht; sie sinnt darüber nach, wie man Anna helfen kann. Wenn sie Anna nicht beisteht, braucht die nie wieder ihre Hilfe. Sie darf gar nicht daran denken, wie ihr Leben verlaufen wäre, wäre ihr so etwas widerfahren! Sie hat Glück gehabt. Zum Glück bekommt sie anscheinend nicht so ohne weiteres Kinder. Wenn sie überhaupt welche bekommt. Sie war bei einem Frauenarzt. Der hat sie untersucht und ihr versichert, bei ihr sei alles in bester Ordnung. Doch bis jetzt nicht ein Anzeichen einer Schwangerschaft.

In jedem Fall besser nichts Kleines als ein uneheliches Kind!

Man müßte Anna rütteln, daß sie zur Besinnung kommt! Tut so, als setzte ihr irgend jemand den Heiligenschein auf, wenn sie den Namen des Mannes für sich behält, der ihr das Unglück eingebrockt hat. Wahrscheinlich ist sie doch schwach geworden und hat den jungen Maison in ihr Bett gelassen, diesen schwarzgelockten Bernhard, der es oft genug bei ihr versucht hat. Sonst gibt es ja keinen Grund, daß sie den Namen des Vaters für sich behalten will. Das würde auch erklären, warum sie die Maisons nicht verlassen kann.

Sie hatte Anna für schlauer gehalten.

Das und ähnliches geht Frieda durch den Kopf, ungeordnet und sich gegenseitig bestärkend oder beschwichtigend, und das ist der Grund, daß sie sich erst relativ spät aufmacht, nach Anna zu sehen. Diese hat sich eingeschlossen und öffnet auch nicht, als Frieda an der Tür rüttelt.

«Anna, komm raus! Es hat doch keinen Sinn, daß du da drin heulst ...»

Ein Gast kommt die Treppe herunter, und Frieda hält so lange Ruhe, bis er seinen Schlüssel abgegeben und das Haus verlassen hat. Dann klopft sie wieder energisch gegen die Tür: «Ich breche die Tür auf, wenn du jetzt nicht aufmachst!» sagt sie scharf und bringt damit Anna endlich zur Vernunft.

Anna ist kalkweiß, aber sie hat nicht geweint – keine Spuren von Tränen.

«Ich lasse dich doch nicht allein», sagt Frieda und umarmt Anna.

Dann bestimmt sie: «So, jetzt setz deinen Hut auf, und dann gehen wir...» – «Wohin?» – «Wir müssen doch was unternehmen.» – «Was willst du denn unternehmen!» – «Jetzt komm schon!»

Anna und Frieda sind, als sie jetzt den «Petersburger Hof» verlassen, ebenso sonntäglich herausgeputzt wie all die übrigen Müßiggänger, die an diesem freundlichen Sommertag unterwegs sind. Der Tag scheint nichts als Frieden und Langeweile bereitzuhalten, scheint einzig für lange Spaziergänge gemacht zu sein und für den Verzehr von Kaffee und Schlagsahne. Und doch kann man die beiden jungen Frauen, die da den Geisberg hinunterhasten, nicht mit dem Rest der Sonntagsgesellschaft vergleichen. Ihnen begegnen Familien mit Oberhaupt und Kindern und Kinderfräulein, Gruppen ausgelassener Backfische, Scharen junger Herren, und niemand hat Sorgen; einzig für Anna geht es um die Existenz. Sie ist nicht wie andere Leute aus Fleisch und Blut, sie ist aus dem Stoff Unglück gewebt. Als sei sie sich dessen bewußt, folgt sie Frieda mit einem halben Schritt Abstand, wie ein Hündchen einer Dame folgt, ohne eigenen Willen.

Plötzlich bleibt sie wie störrisch stehen: «Wo wollen wir überhaupt hin?»

Frieda faßt nach ihrer Hand und sagt: «Wir müssen mit der Bender reden. Wenn eine in der bewußten Hinsicht etwas weiß, dann die Bender.»

Anna ist starr vor Entrüstung; ist die Entrüstung in Person. «Doch nicht die! Die mit den Weibern?»

«Genau die. Die weiß, wie die Fiedel gespielt wird.»

«Hast du nicht für einen Groschen Moral? Erst soll ich das Kind Herrn Wienandt unterschieben! Und jetzt willst du...»

Frieda wird wütend: «Du machst mir Spaß! Kriegst von weiß wem ein Kind und machst dir Gedanken um meine Moral!»

«Da gehe ich nicht hin!»

«Da gehen wir beide hin, und zwar auf der Stelle!» bestimmt Frieda.

Anna sträubt sich noch, mit ihr das Bordell aufzusuchen, als sie bereits vor dem Hurenhaus stehen.

Das Haus ist windschief, eigentlich unansehnlich. Brocken des Verputzes sind heruntergefallen. Entsprechend sieht man an manchen Stellen das Drahtgitter, das den Putz festhalten sollte, das rohe Balkenwerk und den Lehm, der es ausfüllt. Frieda hatte nicht mehr in Erinnerung, wie verkommen das «Hexenhäuschen» wirkt, und doch erscheint es in gewisser Manier keck. Keine Laterne, kein Schild, nichts, das es von einem gewöhnlichen Bau unterscheidet, und dennoch spürt man, darin geht etwas Besonderes vor. Arme, verlotterte Mädchen strahlen manchmal gierige Lust aus, und darin gleicht ihnen dieses Haus.

Die Fensterläden im Erdgeschoß sind bis auf einen Spalt geschlossen; im oberen Stock weht ein verblichener Vorhang im offenen Fenster, und beides wirkt lockend.

«Mich kriegst du da nicht rein! Ich geh da nicht rein!» sträubt sich Anna erneut, ganz störrisches Kind. Erst als Frieda scharf verlangt: «Mach kein Theater! Mach schon! Ich will hier auch nicht gesehen werden! Hoffentlich hockt nicht gerade die Heybach am Fenster!», gehorcht Anna, steigt kraftlos (beinahe, als solle sie gehängt werden) die kleine Treppe hinauf. Die vier Stufen sind abgetreten, aber Frieda weiß, nicht deswegen schwankt Anna ein wenig.

Vor der Tür bleibt Anna stehen, als wisse sie nicht, wie sie öffnen.

Frieda handelt für die Freundin, drückt den wackligen Griff herunter, schiebt Anna ins Halbdunkel des Hauses und zieht hinter sich die Tür zu. Weil sie eine Aufgabe hat (auch weil sie nicht für sich selbst handelt), fühlt sich Frieda sicher. Man könnte meinen, sie ginge hier ständig ein und aus. Dabei war sie noch niemals zuvor hier drin; die Weiber kamen immer herüber, wenn sie mit der Heybach die Zeit totschlagen wollten.

Im Inneren des Hauses riecht es nach Essen und Patschuli. Von der Decke hängt eine Ampel im orientalischen Stil herab; falsches böhmisches Glas. Weil sich beide Besucherinnen nicht zu bewegen wagen, hören sie ein durchdringendes Geräusch wie Hämmern, das immer lauter und heftiger wird. Sie haben nicht den geringsten Zweifel, wovon das Geräusch rührt.

Erneut macht Anna Anstalten zu fliehen, Frieda hält sie jedoch fest. «Die machen auch nichts anderes als du», sagt sie dazu und ruft: «Ist niemand da?» und «Hallo!» Wie zur Antwort streckt eine jüngere Frau falsche blonde Locken aus einer Zimmertür. Sie muß neu sein; Frieda kennt sie nicht. Als das Weibsstück erkennt, zwei Frauen sind zu Besuch, ruft sie ihrerseits: «Mutter Bender!»

«Schrei nicht so», kommt von oben deren Antwort.

«Schauen Sie mal, wen wir hier haben ...»

Die Blondine verschwindet, als sei ihre Aufgabe erfüllt, und bald darauf quält sich die Bender die schmale Treppe herunter. Das erste, das Frieda bemerkt, ist, an ihren Metzgerfüßen trägt die Bender Pantoffeln mit gewaltigen goldenen Pompons. Auf dem Leib hat sie ein verflecktes, buntes Negligé und ein nachtblaues Spitzenkorselett, das ihr Fleisch zusammenhält. Sie ist um die Fünfzig, wirkt aber wesentlich jünger als etwa die Heybach, für deren Schwester Frieda sie immer gehalten hat. In den Augen der Frau steht Habgier, gemischt mit Sinnlichkeit.

«Was wollt ihr denn?» fragt die Bender statt einer Begrüßung und mustert erst Anna, dann Frieda und diese, als suche sie sich zu erinnern, ob sie ihr schon über den Weg gelaufen sei. «Dich kenne ich genau!» sagt ihr scharfer Blick, «versuche nicht, mich zu täuschen!»

«Guten Tag, Frau Bender», grüßt Frieda höflich.

An der Stimme scheint die Bender sie zu erkennen. «Doch nicht etwa Frieda?» vergewissert sie sich.

«Dieselbe.»

«Ich wußte es doch gleich, das Gesicht kommt mir bekannt vor», zeigt die Kuppelmutter nun geradezu Wiedersehensfreude. «Hast dich ja rausgemacht! Sag nur, du hast es dir doch noch überlegt?» Sie faßt Frieda am Arm und führt sie in den kleinen Empfangsraum rechter Hand, als wäre es selbstverständlich, daß man sich besprechen müßte. Anna will zurückbleiben.

«Kommen Sie auch!» fordert die Bender sie auf, und Frieda stellt vor: «Meine Freundin Anna ...»

«Freut mich», sagt die Bender und lädt Anna mit einer Geste noch einmal ein, näher zu treten. Der Raum läßt an das Wartezimmer eines wenig beschäftigten Arztes denken. Er ist wegen der vorgelegten Fensterläden ebenfalls nur schummrig erhellt; fünf oder sechs Stühle sind unordentlich an den Wänden aufgereiht, selbst Haken für Mäntel und Hüte sind nicht vergessen. Man vermißt nur einen Kalender und die zu einem Arrangement dieser Art gehörenden zerlesenen Journale. Die Bender rückt zwei Stühle zurecht, als würden sich sonst Frieda oder Anna nicht wohl fühlen, mault dabei über die Achtlosigkeit der Mädchen und mustert dann Anna. Wahrscheinlich vermutet sie nun, Frieda wolle die Freundin empfehlen. «Setzt euch endlich!» verlangt sie dabei. Frieda nimmt darauf die Einladung an, Anna bleibt abwehrend stehen. Es ist ein seltsamer Anblick: die Bordellmutter mit dicken, krampfadrigen Beinen auf einem Hocker, Frieda, nach ihrer Haltung ganz Dame, und Anna steht wie ihre Schildwacht neben ihr.

«Was habt ihr denn für Sorgen?» eröffnet die Bender die Unterredung, und zu Anna sagt sie: «Das war ein neugieriges Luderchen, deine Freundin Frieda. Hat immer im Fenster gehangen und wollte alles mitkriegen bei uns. Das habe ich doch noch gut in Erinnerung?» will sie von Frieda Bestätigung erfahren.

«Wir suchen nur einen Rat.»

«Ach so, einen Rat», erwidert die Kupplerin leichthin, aber es ist erkennbar, sie hat sofort verstanden, was man von ihr will. «Hätte mich auch gewundert; die Heybach sagt doch immer, du wirst reich mit deinem Hotel. Aber mit Ratgeben habe ich nichts zu tun! Mit so was verbrenne ich mir nicht die Finger», lehnt sie kategorisch ab. «Ihr habt auch keinen Rat gebraucht, als ihr euch amüsiert habt. Da habt ihr auch gewußt, wie das geht. Wer ist es denn? Wer ist denn die Glückliche? Du doch wohl nicht, Frieda?»

Anna windet sich vor Verlegenheit, wagt aber weder zu sprechen noch sich zu entfernen. Das ist Antwort genug. Wer kann einer Kuppelmutter etwas vormachen?

Frieda läßt sich nicht abschrecken: «Es geht uns wirklich nur um einen Rat», wiederholt sie. Die Alte winkt ab, als lohne sich die Mühe der Überredung nicht. «Also gut», sagt Frieda nun, «wir brauchen Hilfe, Frau Bender.» Sie drückt dem Weib ungeniert einen Geldschein in die Hand, den sie kleingefaltet längst bereitgehalten hat. Die Bender läßt ihn in der Tasche ihres Negligés verschwinden, ziert sich dennoch, den erhofften Gefallen zu tun, wahrscheinlich aus Gewohnheit oder weil sie weiteres Geld aus Annas Notlage erpressen will. Ob Frieda wisse, was sie da verlange? Sie kommt ins Kriminal, wenn sie hilft! Außerdem kann sie gar nicht helfen, beteuert sie, doch so, daß man begreift: Allerdings kann ich es mir überlegen, wenn man mich sehr herzlich bittet.

Frieda ist sicher, die Bender wird für einen zweiten oder dritten oder vierten Schein tun, was man von ihr erwartet. Sie öffnet deswegen ihre Handtasche, nimmt einen Pack Geldnoten heraus und sagt dabei, als sei längst alles besprochen: «Das muß reichen!»

Die Bender zählt die Scheine rasch wie ein Bankkassierer, steckt sie wie das andere Geld in das Negligé, nickt, als sei nun alles korrekt geregelt, rappelt sich von ihrem Hocker auf und nimmt Anna an der Hand. «Dann komm. Bringen wir es hinter uns.»

«Jetzt?» fragt Anna entsetzt.

«Worauf willst du warten?»

«Wer macht es? Ein Arzt?» fragt Frieda.

«Welcher Arzt?»

«Wer dann?»

«Frag nicht so viel. Dir passiert ja nichts. Es muß ja gemacht werden.»

«Nicht jetzt», wehrt sich Anna mit aufgerissenen Augen.

«Entweder ihr wollt, oder ihr wollt nicht. Ich bin viel zu gutmütig», erwidert die Alte, scheinbar wütend werdend. «Ihr habt doch nicht mit jemandem gesprochen, daß ich ... daß ihr hierher geht?»

Frieda erhebt sich ebenfalls. «Nein. Was denken Sie denn!»

«Frieda, ich sage dir, ich würde es nicht machen, wenn ich dich nicht schon ewig kennen würde. Und deinen Vater!» Und zu Anna: «Jetzt stell dich nicht so an!»

Frieda will die Freundin begleiten.

«Dich kann ich nicht gebrauchen!» bestimmt die Bender.

«Soll ich hier warten?»

«Von mir aus. In einer Stunde kannst du sie mitnehmen.»

Die Alte führt Anna, die wie betäubt wirkt, aus dem Raum. Im gleichen Moment betreten zwei Männer das Haus; Frieda nimmt sie durch die halb offenstehende Tür wahr, hört ihre verschämten, wie gequetscht klingenden Stimmen im Flur. Die Bender scherzt mit ihnen; anscheinend brauchen sie Aufmunterung; wahrscheinlich gehören sie nicht zu ihren Stammgästen. Dann schickt die Bender die Besucher ins Wartezimmer. Diese tun wie geheißen, und kaum treten sie ein und sehen, daß da eine honorige Frau sitzt, verlieren sie ihre Sicherheit. Es sind junge, unternehmungslustige Kerle, Arbeiter in ihrem Sonntagsstaat und bereit, derbe Scherze mit abgebrühten Weibern zu treiben. Aber wie in dieser Umgebung einer anständigen Frau begegnen? Verlegen ziehen sie ihre Strohhüte; murmeln etwas. Einer von ihnen wagt sich in Friedas Nähe, hängt seinen Hut auf, der andere behält ihn in der Hand. Sie setzen sich nebeneinander wie in einem Eisenbahncoupé und als warteten sie auf die Abfahrt des Zuges. Sie lächeln leer. Hin und wieder wagen sie, Frieda neugierig anzusehen. Mit den Minuten, die vergehen, werden sie kühner und freier. Einer fängt an, in zweideutiger Weise vom Wetter zu reden («kommt heute bestimmt noch einiges runter») und erwartet darauf wohl von seinem Gefährten passende Antwort. Frieda ist es gleichgültig, was die beiden von ihr denken. Es mag sein, sie kommen allmählich darauf, sie habe hier etwas zu suchen oder gehöre hierher und man könne sich deswegen Freiheiten herausnehmen.

Eine dicke Hure mit verquollenen Augen und unzufriedenem Gesichtsausdruck betritt den Raum. Es ist die «blaue Lilly», wie sie genannt wird; sie hat kein gesundes Herz, und wenn sie bei ihren Bemühungen übertreibt, läuft sie blau an. Schon vor Jahren hieß es, sie könne ihr Gewerbe nicht mehr ausüben, und jetzt ist sie immer noch dabei! Sie ist barfuß, aber unter ihrem Gewicht quietschen die Dielenbretter. Das Auffallendste an ihr ist jedoch ihre Kleidung. Sie hat sich in ein ausgewaschenes, ausgebleichtes, rosenfarbenes Hemd gequetscht und in eine schmuddelige, aufgeplusterte Hose von gleicher Farbe. An den Beinen und am Bauch sind rote Schnüre durch den Stoff gezogen und so energisch zugezurrt, daß sie ins Fleisch schneiden. Man meint, ein Unteroffizier habe sich Uniform angelegt; es muß wahre Befreiung sein, diese Schnüre zu lösen und diese Hose abzulegen. Die Dicke gönnt Frieda keinen Blick, anscheinend erkennt sie sie nicht, aber auch den Männern präsentiert sie sich mißmutig und fragt ungeniert, wer als Nächster «dran» sei.

Die antworten darauf witzelnd und ausweichend, Friedas wegen. Man merkt, sie antworten nicht das, was sie sagen würden, wären sie allein. Frieda denkt an Willy; der würde sich in vergleichbarer Lage ebenso anstellen.

Schließlich macht die Hure der Szene ein Ende. Sie beugt sich zum größeren der Männer herunter, legt ihm den Arm um den Hals und nötigt ihn, sie zu begleiten. Die Männer, die sich offenbar etwas Bestimmtes vorgenommen haben, verständigen sich mit Blicken; der Zurückgesetzte folgt den beiden anderen mit hochrotem Kopf in den Flur. Frieda hört, daß vor der Tür halblaut verhandelt wird, hört maulige Zustimmung.

Wüßten sie, wie gleichgültig Frieda die Bettangelegenheiten ihrer Mitmenschen sind, sie hätten sich weniger genant aufgeführt. Ihr ist es gleichgültig, wer zu wem kriecht; geschieht es in ihrem Haus, ist nur wichtig, daß der Anstand – oberflächlichste Konvention – gewahrt wird und daß gehörig gezahlt wird. In dieser Hinsicht ist ihr nichts fremd. Sie kennt die Herren, die durchgehende Zimmer für sich und ihre Nichte verlangen und umständliche Erklärungen wegen ihrer Verwandtschaftsverhältnisse abgeben; die Frauen, die mit ihrem Kutscher reisen und darum beten, es möchte dies niemand erkennen! Welch unwürdige Manöver unternehmen die Gäste, ihre verbotenen Freuden zu erlangen! Wie demütigen sie sich, wenn sie sich durchschaut und ertappt fühlen, und Frieda kann die Genugtuung der Bender teilen, über all dem zu stehen und zu gewähren und zu verweigern, wie es ihr beliebt.

Die drei scheinen sich geeinigt zu haben, jedenfalls kehrt keiner der Männer zurück, und Frieda beschäftigt wieder der Gedanke, was mit Anna geschieht. Sie hat nicht Sorge, die Bender wisse nicht, wie mit ihrem Körper umzugehen. Wegen der Abtreibung ängstigt sie sich kaum; sie wird Schmerzen verursachen, wird Anna erschöpfen, vielleicht sogar auslaugen, aber diese wird die Qual überstehen wie eine schwere Regel. Dies bereitet ihr wirklich die geringere Sorge. Doch was wird danach sein? Morgen, nächste Woche? Wird ihr das erneut widerfahren? Wie kann es sein, daß Anna von einem Unglück ins nächste stolpert? Wieso findet sie niemanden, der sie haben, ehren und achten will? Es muß doch in der Maisonschen Wäscherei, unter Dutzenden von Männern, einen tüchtigen Kerl geben, mit dem sie das Leben teilen kann. Läßt sich wirklich der eine vernünftige Mann nicht finden, der sieht, was er an Anna hat, welchen Schatz?

Oder liegt es an Anna, daß sie nicht den Richtigen findet? Sie, Frieda, ist seit langem Annas Freundin, und sie hat nur eins begriffen, sie kann Anna nicht wirklich begreifen. Sie kann Annas Charakter nicht packen. Nur auf den allerersten Blick kann man Anna für ein gewöhnliches Dienstmädchen halten, welches geduldig erträgt und nichts verlangt. Hinter dieser freundlichen Alltäglichkeit lauert ein Wesenszug, der nur scheinbar eine Vergröberung dieser Charaktereigenschaft ist. Bei Anna gibt es eine unbegreifliche Bereitschaft zur Unterwerfung. Frieda möchte sie deswegen manchmal ohrfeigen. Dieser Kürschner, mit dem sie sie gesehen hat, dieser Herr Wienandt – was ist das wieder? Anna schämt sich seinetwegen und gewährt ihm dennoch Rechte. Sucht Anna am Ende das Unglück? Sucht sie Männer, die sie ausnutzen wollen? Findet Anna darin ihre Befriedigung?

Es ist schwül und muffig in dem Räumchen; Frieda würde gern die Läden öffnen, Luft hereinlassen. Sie merkt, daß sie Schweiß unter ihren Achseln hat, reibt die Achselhöhlen mit einem Tuch trocken, tupft zwei Tropfen Parfüm und will gerade ihre Bluse wieder zuknöpfen, da erstarrt sie in der Bewegung. Sie hört einen Schrei wie aus Todesangst. Kurz darauf einen zweiten. Sie erwartet nun Getrampel, besorgtes Hin- und Hergerenne. Entgegen ihrer Erwartung bleibt alles ruhig.

Dennoch hält sie es jetzt hier nicht mehr aus. Sie geht suchend durch das Haus, öffnet zwei Türen – hinter der einen ein leeres Bett und hinter der anderen Besen und Eimer – und eine dritte, die Küchentür, ist abgeschlossen. Frieda klopft heftig, ruft Annas Namen und gibt nicht eher Ruhe, bis ihr von innen aufgeschlossen wird. Die Bender macht ihr ärgerlich auf und wütet: «Was willst du denn?» Sie hat die Ärmel hochgekrempelt, ihr Kittel ist voller Blut, und im Ganzen gibt sie sich wie ein Schlächter. Gereizt bescheidet sie Frieda: «Wir haben es gleich.» Frieda drängt sie zur Seite und kann nun einen Blick in die Küche tun. Anna liegt auf dem Tisch, halb entkleidet, die Röcke hochgeschoben, die Beine breit und angewinkelt, ihre Fersen pressen sich gegen die Tischkante; eine Schnur aus rotem Gummi ist in sie eingeführt, und daraus rinnt, wie aus einer künstlichen Nabelschnur, Blut in ein Gefäß. Die Blonde, die sie beim Hereinkommen empfangen hat, hält Anna; preßt deren Oberkörper gegen das blaßblaue Linoleum, mit dem der Tisch belegt ist. Frieda sieht nur einen zuckenden Torso und hört unterdrücktes Weinen. Die Bender wendet sich ab, als habe sie Wichtigeres zu tun, als sich um Frieda zu kümmern, nimmt die Blechschüssel von dem Hocker auf und preßt einen Gummiball.

Eine blutbeschmierte Stricknadel liegt auf dem Herd, eine zweite ist heruntergefallen.

Dieser Anblick ist es, der Frieda zittrige Knie macht. Sie lehnt sich gegen das Holz des Türrahmens, schließt die Augen und ringt um Luft; sie fürchtet, die Besinnung zu verlieren, fürchtet auszugleiten, in Blut zu fallen, in Blut zu ertrinken.

Aber all dies geschieht nicht. Die Hurenmutter ruft sie in die Wirklichkeit zurück: «Wenn ich das gewußt hätte», macht sie Frieda Vorwürfe, «daß sie schon mal ... Das hättet ihr mir sagen müssen! Ich dachte, das wäre das erste Mal.» Frieda begreift nichts. «Was soll das erste Mal sein?» – «Erzähl mir nichts! Sie hat schon mal ein Kind gehabt!» – «Nein!» – «Lügt nicht! Sie hat's ja überstanden. Aber zu mir braucht ihr nicht noch mal zu kommen – noch mal hält sie das nicht aus.»

«Das wußte ich nicht, das von einem anderen Kind», sagt Frieda, als müsse sie sich vor der Kupplerin rechtfertigen.

«Ist ja vorbei. Aber ich will sie nicht mehr sehen. Sie muß jetzt liegen; bis heute abend mindestens.»

Frieda nimmt Anna mit ins Hotel und bringt sie am nächsten Tag nach Rambach zurück.

5

Frieda hat es sich zur Gewohnheit gemacht, gelegentlich auf dem Postamt in der Schützenstraße nach einem restanten Brief für sie zu fragen. Meist liegt zwischen ihren Nachfragen zwei oder drei Monate Abstand, doch weil sie immer vergebens fragt, kennt man sie dort schon, hat sogar so etwas wie ein Lächeln für sie, wenn man ihr mitteilen muß: «Leider nein...»

An einem unfreundlichen Tag im Herbst 1903 wird diese Regel durchbrochen.

Frieda kommt an diesem Tag vom Gericht, wo gegen Theo verhandelt wird. Sie ist noch immer aufgewühlt vom Gehörten und Erlebten. Für Theo geht es um Leben und Tod, und er hat sich aufgeführt, als habe er mit der ganzen Angelegenheit nichts zu tun. Meistens meint man, ihn langweile das Geschehen über die Maßen. Alles, was er von sich gibt, ist dem Sinne nach: «Ich war von rasender Wut erfüllt, als ich die Sophie bemerkt habe! Konnte nichts mehr denken! Mehr weiß ich nicht!» An alles, was geschehen sei, habe er nur undeutliche Erinnerung wie an einen dunklen Traum, behauptet er. Meistens sagt er gar nichts und hockt stur da.

Was soll da sein Anwalt erreichen?

Diesen Anwalt, ein Doktor Born aus der Moritzstraße, hat das Gericht gestellt. Es ist ein vertrocknetes Männchen, das auf Frieda wenig Eindruck macht. Wie soll er da die Richter beeindrucken? Er wird noch das wenige ruinieren, was ein Anwalt gutmachen könnte. Sie wird sich ewig Vorwürfe machen müssen, wenn Theo gehängt wird! Willy hat sie rechtzeitig gewarnt, aber sie und Georg haben nicht auf ihn gehört. Georg hat ihr vorgerechnet, sie müssen jeden Groschen zweimal umdrehen. Wo solle da das Honorar für einen Anwalt herkommen? Sie hat ihm nicht widersprochen. Er hat ja recht, jeden Monat, wenn die Hypothekenzahlung fällig wird, wälzen sie sich schlaflos in den Betten. Aber dürfen sie deswegen zusehen, wie Theo gehängt oder geköpft wird?

Nun ist es zu spät, morgen oder übermorgen wird das Urteil gesprochen. Jetzt kann man nur noch beten.

Willy ist natürlich ganz begeistert von dem Anwalt. Das ist ja nichts Besonderes! Wie oft hat er sich schon für Figuren begeistert, die die übrige Menschheit kaum zur Kenntnis nimmt.

Es regnet, mit jedem Schritt wird der Regen stärker, und endlich sieht sich Frieda nach einem Platz um, wo sie sich unterstellen kann. Sie ist da ungefähr in der Mitte der Langgasse angelangt, und das gibt ihr den Gedanken ein, wieder einmal im Schützenhof-Postamt wegen Post nachzufragen. Sie hat längst keine Hoffnung mehr, daß sich Richard Jennewein je melden werde.

Es ist nur verblühte, verblassende Erinnerung an die Zeit ihrer Freundschaft, die sie zum wievielten Male auch immer veranlaßt, sich zu erkundigen, ob etwas für sie eingetroffen ist. Im Grund erwartet sie, daß man ihr mitteilt: «Bedauern, keine Post!»

Der Beamte, den sie wegen eines postlagernden Briefes für Frau Frieda Tremus anspricht, ist ihr nicht vertraut; er scheint hier neu zu sein, und er sieht sie an, als sei es wenig wahrscheinlich, daß er etwas für sie habe. Bei dieser Gelegenheit verspürt Frieda unangenehm, daß ihr Wasser in die Stiefeletten gedrungen ist und die Füße naß sind. Wahrscheinlich haben sich auch ihre Röcke am Saum mit Wasser vollgesogen; sie hätte die Elektrische nehmen sollen. Doch was hat ihr Aussehen mit ihrer Nachfrage zu tun? Hat sie sich vor einem ausgemusterten Soldaten zu rechtfertigen? Deswegen wiederholt sie patzig, als der noch mal ihren Namen hören will: «Ich bin Frau Tremus.»

Der Beamte wendet sich schwerfällig auf seinem knarrenden Drehhocker um, greift nach dem Inhalt eines Fachs über sich und murmelt: «Tremus, Tremus», während er einen Pack Briefe und Karten durchblättert, auch eine Benachrichtigung durchliest. «Warten Sie!» sagt er, danach erhebt er sich wie zweifelnd. Frieda kann sich keinen Reim auf sein Benehmen machen, ahnt Unannehmlichkeiten auf sich zukommen und ist versucht, einfach davonzugehen. Doch da erscheint der Beamte bereits wieder mit einem kleineren Paket unter dem Arm. «Ist es wirklich für mich?» – «Sie haben doch gesagt: ‹Frieda Tremus›. Sind Sie das?» – «Ja.» – «Dann ist es für Sie», behauptet der Beamte und streckt ihr einen Federhalter entgegen.

Frieda will wissen, bevor sie unterschreibt: «Kostet das was?» Ihr ist mit Schreck eingefallen, sie hat kein Geld bei sich, und es wäre ihr unangenehm, dies gestehen zu müssen. Der Postbeamte versichert ihr, nein, es ist alles im voraus erledigt.

Noch immer ungläubig nimmt Frieda das Paket an sich und setzt sich damit an den breiten Tisch, welcher an die Wand des Postsaals gerückt ist und wo man Formulare ausfüllen kann. Sie ist etwas konfus, gleichzeitig auch neugierig, und im Grunde erwartet sie, ein Irrtum zeige sich. Auf den ersten Blick hat sie erkannt, das Paket ist mit einer Reihe Kolonialmarken beklebt, und für einen Moment vermutet sie, es kommt aus Samoa. Die angenehme Familie Birnrath, welche im letzten Jahr von dort zu Gast war, hat versprochen, ihr einen Gruß von den fernen Inseln zukommen zu lassen, wenn sie wieder auf ihrer Farm angelangt sind. Es ist durchaus üblich, daß sich Gäste schriftlich für die gute Aufnahme bedanken und Karten oder kurze Nachrichten schicken. Erst vor kurzem hat sich ein Architekt aus Breslau mit dem hübschen Satz gemeldet: «Ich suchte eine Herberge für eine Nacht und fand bei Ihnen ein Heim!», und auch die Birnraths waren von der Bewirtung sehr angetan. Aber gleich ein ganzes Paket als Dank? Außerdem, Grüße kommen doch direkt ins Haus und werden nicht postlagernd geschickt.

Das Päckchen ist so dick und gewichtig, als enthalte es mehrere voluminöse Bücher, ist des weiteren mit schwerem, honigfarbenem Wachspapier umhüllt und mit mehreren Schnüren gesichert und sogar gesiegelt. Als Absender ist die «Woermann-Reederei, Kontor Duala, Kaiserliche Kolonie Kamerun» angegeben. Diese Angabe ist gedruckt, während die Adresse mit schwungvoller Kanzleischrift ausgeführt ist.

Die einzige Seele, von der Frieda weiß, daß sie sich in Kamerun befindet, ist Richard Jennewein. Was sollte er ihr aber schicken?

Mit jeder Sekunde, die vergeht und in der sie versucht, die Schnüre zu lösen – es gelingt ihr trotz aller Anstrengung nicht –, wächst die Spannung in ihr. Wäre das Paket von ihm, meint sie nun, würde sein Name darauf stehen. Oder kann es sein, ihm ist etwas zugestoßen und man schickt ihr seine Habseligkeiten, wie man der Frau eines Gefallenen Brieftasche und Uhr schickt zur ewigen Erinnerung? Erfüllt man womöglich mit diesem Paket seinen Letzten Willen?

Frieda hat Mühe, das Notwendige zu unternehmen. Endlich faßt sie sich, erbittet eine Papierschere und durchtrennt die Schnüre. Das Wachspapier umhüllt einen Karton, und als sie diesen öffnet, findet sie darin mehrere dicke Bündel Papier, alle mit breitem roten Band zusammengehalten.

Obenauf liegt eine kurze Notiz: «Auszuhändigen Frau Hotelbesitzerin Frieda Tremus persönlich», und darunter ist die korrekte Anschrift des zuständigen Postamts angegeben. Sonst nichts, keine Bemerkung, keine Erklärung.

Frieda zieht den obersten der Briefe mit spitzen Fingern aus dem Band, wie man ein Lotterielos zieht. Er ist ohne weiteren Umschlag, im Grunde nur mehrere Blatt Papier nachlässig zu einem Ganzen gefaltet. Das Datum ist vom Anfang des Jahres und scheint ihre Ahnungen und Befürchtungen aufs Schrecklichste zu bestätigen. Schon in den ersten Zeilen ist von Krankheit und Krankenhausaufenthalt die Rede, und Frieda muß zweimal ansetzen und sich zu Ruhe zwingen, um den Inhalt des Mitgeteilten zu begreifen.

Im ganzen hat das Schreiben folgenden Wortlaut:

«Duala, am Tag der heiligen Agnes, nachmittags.

Liebe Frieda, dreimal täglich schließe ich Sie in mein Gebet ein und speziell heute, wo ich viel Zeit habe, an Sie zu denken. Wie sehr wünschte ich, ich könnte Ihre Stimme vernehmen. Wie der HERR es will.

Ich schreibe Ihnen aus dem hiesigen Wilhelms-Krankenhaus. Das oft Vorhergesagte, auch Befürchtete, ist eingetreten: Ich bin an Malaria erkrankt. Meine Brüder hatten es mir vorhergesagt, der Arzt hatte es mir vorhergesagt, und nun ist es eben eingetroffen. Ich beteuere Ihnen, ich habe nicht *einmal* meine wöchentliche Ration Chinin ausgelassen; Chininprophylaxe ist das anerkannt beste Mittel zur Bekämpfung der Malaria; wöchentlich anderthalb Gramm und die Biester erleben ihr Wunder. Sie fragen, wie kann es dennoch passieren? Ich weiß es nicht und antworte Ihnen: Gottes Ratschluß. Keiner, der hierher geht, weiß, wird Afrika seine Erfüllung oder sein Grab. Dank der aufopfernden Pflege von Doktor Nikutowski und seiner treuen Schwestern fühle ich mich wieder leidlich.»

Frieda überspringt die lange Epistel, in der er den guten «Nikotin» und auch noch dessen besten Freund, einen Kolonialbeamten namens Ewert, ausführlich charakterisiert. Frieda sucht anderes, etwas Persönliches. Es kommt nichts. Statt dessen vergleicht er die schwarze Bevölkerung der Hauptstadt Duala mit der Landbevölkerung im Umkreis seiner Missionsstation. Danach haben die Dualas von den Europäern nur den äußeren Schliff, die oberflächlichste Tünche angenommen. Eine ungezügelte Genußsucht herrscht bei den Dualas vor; Feste feiern, mit Musik und Fahnen durch die Straßen ziehen, sich häufig und gründlich amüsieren, nach der neuesten europäischen Mode kleiden, das geht ihnen über alles, schreibt Richard. Gerissene Händler seien die Dualas, aber leider schlechte und unzuverlässige Arbeiter. «Heute Schreiber, morgen Ladenschwengel, immer was anderes, nur keine Ausdauer! Der Hausbursche versucht sich als Dolmetscher, der Schneiderlehrling steht am nächsten Tag in der Küche und der Postbote erweist sich als...»

Frieda denkt an Willy.

Aber was hat der Brief zu bedeuten? Er hat keinen Schluß und bricht mitten im Satz ab. Sie entfaltet noch zwei andere Schreiben, sie sind kürzer und wesentlich älter. Das eine beschreibt die Regenzeit; der Regen falle oft tagelang in dicken Strähnen herab. «Überall Wasser; Wasser, Wasser, Morast und Sumpf», schreibt er, und in einem anderen Brief schildert er den Alltag auf seiner Missionsstation; beschreibt umständlich das Aussehen und den Geschmack von Gemüsen, die in Europa vollkommen unbekannt sind und an deren Wohlgeschmack man sich leicht gewöhnen könne. In allen drei Briefen finden sich Formulierungen wie «Habe ich Ihnen ja schon mitgeteilt» oder «Will Sie ja nicht mit Bekanntem langweilen». Erst glaubt Frieda, er habe ihr wohl Briefe geschickt, die sie nicht erreicht haben. Dann versteht sie, nein, dies ist eine Sammlung nicht abgeschickter Post. Statt Tagebuch zu führen, hat er oft an sie geschrieben, muß diese Schreiben aber ewig bei sich behalten haben.

Warum aber wurden sie ihr jetzt zugestellt und ohne Erklärung?

Frieda steckt den letzten der Briefe in ihre Handtasche, legt die übrigen in den Karton zurück, und dabei wird ihr bewußt, sie hat keinen Platz für sie. Was damit anfangen? Sie kann sie unmöglich nach Hause tragen. Es wird den größten Krach geben, wenn Georg sie bemerkt. Wohin aber damit? Wo kann sie sie lassen?

Anna fällt ihr ein. Soll sie das Paket nach Rambach expedieren?

Beim angestrengten Nachdenken darüber kommt sie darauf, daß Anna davon gesprochen hat, ihr Kürschner, dieser Herr Wienandt, habe seine Werkstatt in einem Hinterhof in der Langgasse. Kann sie ihm die Post anvertrauen? Warum nicht? Wenn er Anna heiraten will, kann er ihrer besten Freundin diesen kleinen Gefallen tun!

Mit einiger Fragerei gelingt es Frieda, die Werkstatt zu finden. Die Häuser der Langgasse sind zumeist in den letzten Jahren errichtet oder so gründlich umgebaut worden, daß sie neuzeitlichen Ansprüchen genügen; wenigstens die Häuser zur Straßenseite hin. Die Hinterhäuser hat man dagegen in dem Zustand belassen, in den sie im Laufe der Jahrzehnte und Jahrhunderte geraten sind. Weil sie zu den ältesten Baulichkeiten der Stadt gehören, sind sie im allgemeinen kaum mehr als niedrige Schuppen und dunkle Löcher, im Sommer feucht und im Winter zugig kalt. In einem dieser Bauten betreibt auch Herr Wienandt sein Handwerk. Man kann sich nicht vorstellen, wie sich je eine Kundin hierher verirren sollte, aber Anna hat ihr schon erklärt, er hat keinen Publikumsverkehr. Er arbeitet für zwei renommierte Kürschner, holt von denen die Anweisungen und Aufträge. Wiewohl nominell selbständig, ist er nur besserer Handlanger. Und das in seinem Alter.

Wienandt gibt sich erfreut, als er Frieda sieht, aber eine gewisse Beunruhigung ist ihm gleichwohl anzumerken. Nervös räumt er ihr einen Hocker frei und erklärt gleich als erstes, seine Hilfe sei unterwegs. Das soll den Eindruck vermitteln, er habe gegen allen Anschein einen geordneten Geschäftsbetrieb. Aus einer blauen Kanne, der die Emaille an vielen Stellen abgeplatzt ist, bietet er ihr Kaffee an, und Frieda läßt sich eine Tasse einschenken. Die Brühe schmeckt, wie zu erwarten, mehr nach Malz und Gerste als nach Bohnen, ist aber wenigstens heiß, und insofern tut sie gut. Bei aller erkennbaren Besorgnis wegen des Besuchs wartet der Mann doch ab, was Frieda zu sagen hat. Es ist ganz deutlich, er glaubt, sie wolle Annas wegen mit ihm reden, ihm entweder Anna ans Herz legen oder ihm die Heirat auszureden suchen.

Das ist also wieder einer von denen, auf welche Georg seine ganze Hoffnung setzt, geht es Frieda durch den Kopf, ein Prolet und Habenichts. Männer wie er sollen die glänzende strahlende Zukunft der Menschheit erschaffen. Dabei muß man schon zufrieden sein, wenn er Anna nicht schlägt, sollten sie sich wirklich zusammentun.

Der Gedanke, dieser Mann mit seinen fettigen Haaren und hungrigen Augen werde Mitwisser ihres Geheimnisses, behagt Frieda nicht, und deswegen redet sie hiervon und davon, erwähnt aber nicht, was sie hergeführt hat. Der Mann wird mit jeder Minute, die vergeht, unruhiger. Anscheinend ist er so an die Knute gewöhnt, daß er sich nicht vorstellen kann, jemand wolle ihm in aller Freundschaft einen Besuch abstatten. Als sich Frieda endlich zum Gehen entschließt und dabei bemerkt: «Es war angenehm, daß wir uns einmal unterhalten konnten!», gehen seine Augen unruhig hin und her. Über ihren Besuch und was er zu bedeuten hat, wird er noch lange nachsinnen, vermutet Frieda.

Über Anna kein Wort bei der Begegnung.

Es ist unbegreiflich, daß sich diese mit einer solchen Null, mit einer solchen tauben Nuß abgibt! In einer schwachen Stunde hat Anna ihr endlich gestanden, von wem sie das Kind hatte, das im «Hexenhäuschen» geblieben ist. Sie, Frieda, hat gebohrt und gebohrt, und endlich hat Anna offenbart, unter den Männern der Maisonschen Wäscherei war einer, der ihr im Aussehen und nach seinen Ansichten gut gefiel. Leider sei er nicht lange geblieben, und überhaupt sei die Amoure aus verschiedenen Gründen von Anfang an aussichtslos gewesen. Der Mann hat angeblich nie erfahren, daß er sie in Umstände gebracht hatte. Anna kann man so etwas zutrauen!

Die afrikanische Post versteckt Frieda auf dem Speicher. Georg geht so gut wie nie dorthin, doch selbst, wenn er sich dorthin bemühte, müßten schon einige unwahrscheinliche Zufälle zusammenkommen, daß ihm das Paket in die Finger geriete. Hier sind die Briefe also sicher, und hier bleiben sie auch. Gerade in diesen Wochen ist im «Petersburger Hof» erfreulicherweise viel zu tun. Die Belegung zieht sehr an und diese Wochen gestalten sich dadurch zu den besten des Jahres. In der Erinnerung ist es Frieda später, als sei der geschäftliche Erfolg mit Pater Jenneweins Briefen gekommen, und insofern verbinden sich in ihr diese beiden Vorgänge für immer zu einem. In dieser Zeit ist sie von fünf Uhr morgens bis nach Mitternacht auf den Beinen und dies Tag für Tag. Dadurch vergehen manchmal Tage zwischen der Lektüre der einzelnen Schreiben. Frieda liest sie, wenn sich nur Gelegenheit dazu findet; manche in einem leeren Zimmer, manche auf dem Klosett, den einen oder anderen, wenn Georg mal wieder außer Haus ist.

Sie liest sie wie Liebesbriefe. Wiewohl sie scheinbar nur von dem alltäglichen Leben eines Missionars erzählen und zumeist Schilderungen enthalten, die man auch in einem Missionsblättchen drukken könnte, sind zwischen den Zeilen Seufzer und Sehnsucht versteckt, Kummer und Verzicht. Einmal heißt es: «Der Missionsweg ist ein Leidensweg. Wer das Kreuz predigt, muß unter dem Kreuze stehen.» Und ein anderes Mal nennt er sein Tun «ein unblutiges Martyrium aus Enttäuschung, Arbeit, Armut und Keuschheit». Eine lange Epistel über die Lügenhaftigkeit der Neger und die Empfindlichkeiten der Weißen endet mit einer sehr persönlichen Wendung. Unversehens und erst jetzt, ganz am Ende seiner Ausführungen, wechselt der Ton des Briefes, und nun heißt es: «Wenn Ihnen dergleichen permanent widerfährt – wenn man sieht, daß man nichts auszurichten vermag an den Herzen der Menschen, sowohl bei Weißen wie bei Schwarzen; wenn man erkennt, wie wenig man gegen die finsteren Mächte vermag – da ist der Trost köstlich und erquickend, zu wissen, daß es außer dem HERRN jemand gibt, der dich nicht vergessen hat.»

Frieda kann da nicht anders und vergießt Tränen wegen dieser Stelle.

So viel Papier und kein persönliches Wort; meist die neutrale Anrede: «Meine liebe Frau Tremus», nur selten «geschätzte Frieda» oder «meine liebe Frieda». Und doch! Welche Gewissensqual mag es Richard bereitet haben, ihr diese Briefe zu schreiben. Hat er doch jedesmal, wenn er die Feder in die Hand genommen hat, an sie gedacht und damit sein Gelübde verraten. Existiert der Mann da im dunklen Afrika, Tausende von Kilometern von ihr entfernt, und lebt mit ihr, als seien sie sich aufs engste verbunden.

Je deutlicher ihr dieser Gedanke wird, desto mehr macht ihr die Art, wie er sein Geheimnis offenbart hat, Beklemmung. Mitten im Alltag denkt sie gelegentlich an ihren Verehrer in Afrika. Warum hat er ihr nach so langer Zeit die Briefe zukommen lassen? Was wird der Anlaß gewesen sein, und was erwartet er von ihr? Glaubt er, sie antwortet ihm? Oder war es gar nicht er, der das Päckchen gepackt und aufgegeben hat? Hat jemand anders es für notwendig gehalten, sie abzuschicken? Wer könnte das gewesen sein, und warum? Und weswegen nicht ein Wort der Erklärung? Hat vielleicht doch alles mit der Malaria zu tun, die ihn plagt?

Sie sucht sich vorzustellen, wie Richard Jennewein jetzt wohl aussieht. Er hat ihr seine helle Tropenkleidung beschrieben, einschließlich des Tropenhuts, und sie vermutet, er hat sich einen langen Bart wachsen lassen. Seine Hände und sein Gesicht werden von der sengenden südlichen Sonne verbrannt sein, sein Körper von Fieber und Anstrengung ausgezehrt. Einmal träumt sie von ihm. Da liegt er auf einer Schwarzen.

Das Traumbuch sagt nichts dazu.

Sobald es Frieda möglich ist, setzt sie sich mit dem Limburger Missionshaus der Pallotiner in Verbindung und richtet an die Ordensleitung die Anfrage, ob Pater Jennewein etwas zugestoßen sei. Sie habe entsprechende Nachricht aus Afrika erhalten. Beinahe postwendend empfängt sie Antwort, nein, es bestehe kein Anlaß zu Besorgnis. Pater Jennewein befinde sich wohlauf, soweit bekannt sei, und sei soeben in gewohnter Tatkraft daran, eine neue Missionsstation in der Nähe von Akundinga, Provinz Jaunde, zu errichten. Beigefügt ist zur gefälligen Ansicht (wohl auch zum Abonnement) ein Exemplar «Gott will es!», das Organ des Afrikavereins.

6

Bei goldenem Herbstglanz wird das «Römertor» im Beisein von Frieda Tremus und Seiner Majestät Kaiser Wilhelm II. eingeweiht.

Jawohl, in Friedas Beisein.

Der Kaiser hat ein Faible für Wiesbaden. Er ist in so hohem Maße am Aufblühen der Stadt interessiert, daß man glauben kann, er sei hier mit Aktien beteiligt. Selbst bei kleineren Fragen der Stadtgestaltung will er gefragt werden, und oft genug trifft er die letzte Entscheidung. Insofern ist es nichts Außergewöhnliches, daß er die Huld beweist, die Einweihung des Tores mit seinem Erscheinen zu krönen. Für eine neu anzulegende Straße hat man die uralte, noch aus den römischen Jahrhunderten stammende Wehrmauer durchbrochen und diesen Durchbruch mit einem Torbogen im altrömischen Stil verschönt. Der Torbogen gleicht, wird bei der feierlichen Eröffnung von einem Altertumsforscher, einem Professor Soundso, sachkundig erläutert, dem Wachgang des in der Nähe gelegenen ehemaligen Kastells. Dreihundert Jahre war sozusagen an Ort und Stelle die Grenze des römischen Reiches verlaufen; die Grenze zwischen Zivilisation und Barbarei, auch die Grenze zwischen römischer Tyrannei und germanischem Freiheitssinn, wie der Professor, sich vor Eifer gelegentlich verhaspelnd, ausführt. In seiner Rede flicht der Professor so viel Ruhmredigkeit und Schmeichelei für die anwesende Majestät, daß die Servilität aus jedem Satz tropft und selbst Frieda übertrieben erscheint. Nachher rechtfertigt aber Georg das Verhalten mit der herablassenden Bemerkung: «Der Kaiser braucht viel Sonne.»

Frieda erscheint es vollkommen unglaubhaft, daß sie im Kreise hoher und höchster Herrschaften dieser Feier beiwohnen darf, auf einer mit Fahnen und Girlanden und einem meterhohen kaiserlichen Adler geschmückten Tribüne, bei Adel und Militärs, wenige Schritte vom Bischof von Limburg und hohen Herren der Regierung entfernt.

Immer wieder drückt Frieda ihrem Mann die Hand, um sich zu versichern, daß sie nicht träumt. Ihr Bruder sitzt im Zuchthaus in Diez (mit achtzehn Jahren Zuchthaus ist er erstaunlich milde bestraft worden), ihr Vater ist spurlos verschwunden, und sie darf hier anwesend sein! Der Professor könnte erzählen, was er will, und noch mehr Prahlerei anbringen, und zwar in jeder Sprache der Welt, und der Bauleiter seine wenigen Worte vergessen, ihr wäre alles recht. Sie empfindet über die Teilnahme an dieser Festivität Stolz, als würde sie geadelt.

Die Ehre, hier anwesend sein zu dürfen, ist Familie Tremus völlig unerwartet widerfahren und ironischerweise nur wegen Georgs sozialdemokratischer Agitation. Am Beginn der vergangenen Woche hatten Georg und sie noch nichts von der Ehre geahnt. Die Einladung war völlig unerwartet gekommen, auf schwerem Bütten gedruckt und mit dem Stadtwappen bestätigt, und an Herrn Georg Tremus und Gattin gerichtet.

Willy hatte die Karte geradezu mit Widerspruchsgeist hin und her gewendet, als offenbare sich ihr Geheimnis erst bei genauester Betrachtung. Es hatte sich dann herausgestellt, Familie Tremus verdankte die Einladung einem Meinungsstreit innerhalb der Sozialdemokratie. Die meisten der Genossen, die man deswegen gefragt hatte, hatten eine Teilnahme an der Feierlichkeit strikt abgelehnt; fühlten sie sich doch noch immer und gerade in Wiesbaden von der preußischen Regierung verfolgt. Eine kleinere Gruppierung innerhalb der örtlichen Partei, die sogenannten Revisionisten, sah in der Einladung des Oberbürgermeisters von Ibell dagegen den Versuch der Obrigkeit zu Versöhnung, und wollte die ausgestreckte Hand ergreifen. Und zu dieser zahlenmäßig kleinen Gruppe gehörte Georg. Bei dieser Gelegenheit hatte Frieda zum ersten Mal wahrgenommen, daß Georg bei seinen Genossen offenbar in beträchtlichem Ansehen steht. Bis zu diesem Moment hatte sie geglaubt, er sei im wesentlichen der Handlanger von Karl Enders. Wenn sie mit Georgs Vater zusammentreffen und die Rede auf Politik kommt – und sie kommt immer darauf –, streiten sich Georg und sein Vater regelmäßig. Gewöhnlich wirft der seinem Sohn vor: «Stehst eben mit einem Bein im Sumpf!», womit er den Kapitalismus meint. Daraus hatte sie geschlossen, Georg sei seinen Genossen generell in seinen Ansichten suspekt, und nun tritt er bei der Einweihung des «Römertors» als ihr Vertreter auf!

Nun, sagt sich Frieda, sie ist oft genug wegen Georgs sozialdemokratischer Neigungen schief angesehen worden. Die Adamys hecheln sogar mit ihren Gästen darüber, ist ihr zugetragen worden. Da ist die mit der Einladung zur Einweihung des «Römertors» verbundene Ehre nichts als der gerechte Ausgleich. Sie meint, bei der Feierlichkeit durchaus nicht unangenehm aufzufallen. Sie hat auf allen Schmuck verzichtet, in der gewiß vernünftigen Erkenntnis, daß selbst ihre schönste Halskette – in der Hauptsache Rheinkiesel und einige Perlen – ihre Erscheinung eher mindert als hebt. Einen Moment lang hatte sie daran gedacht, Herrn Maison um Schmuck seiner Frau zu bitten, leihweise natürlich nur. Wie hätte sie das aber Georg plausibel machen können? Ihre Garderobe hat sie vom Kostümverleih Mengert in der Ellenbogengasse ausgeliehen. Sie meint, mit dem ausgeliehenen Kleid Furore machen zu können; die Leihgebühr ist nicht niedrig, aber immer noch billiger als der Preis für ein Kleid, das sie kein zweites Mal anziehen kann.

Nach der Einweihungszeremonie findet im Festsaal des Kurhauses ein Bankett statt; zwölf Gänge und erneut viele Reden. Familie Tremus sitzt an einem der hinteren Tische, immerhin mit berühmten Wissenschaftlern an einem Tisch und einem Grafen in ihrer Nähe.

7

Das war natürlich wieder was für Willy, der Prozeß und das Hin und Her wegen Theos Verteidiger! Nach der Urteilsverkündung hatte Willy mit Ehrfurcht in der Stimme verkündet, komme er je in Theos Lage, werde er sich keinen anderen Anwalt nehmen als just den Rechtsanwalt Born! Theo müsse sich auf den Knien bei dem Mann bedanken. Obwohl nur Pflichtverteidiger und er insofern von seinesgleichen über die Schulter angesehen werde, sei Herr Born eine wirkliche Koryphäe; keiner der mit allen Wassern gewaschenen Frankfurter Anwälte hätte das fertiggebracht, was der Doktor Born vollbracht habe. Theo sei knapp am Strick vorbeigekommen! Mehrfach habe er, Willy, die Richter in heiklen Momenten messerscharf beäugt und sei daher sicher, das Gericht habe Theo schon verurteilt gehabt. Erst bei der Verteidigungsrede des Anwalts Born habe man das Urteil revidiert. Das sei phänomenal, und einen besseren Anwalt müsse man lange suchen.

Willy war zwei volle Tage bei dem Prozeß anwesend und ist seitdem Experte auf dem Gebiet des Rechtswesens.

Beim Mittagessen spielt er die entscheidende Passage nach, nämlich die, welche Theo angeblich definitiv vor dem Strick bewahrt hat. Er zitiert jeden der seiner Ansicht nach entscheidenden Sätze. Und zwar wortwörtlich! Dabei trifft er exzellent den gutturalen Ton des Anwalts Born, geradezu phänomenal gut. Man kann glauben, Willy sei sogar ein Stück geschrumpft; nur, um ebenso klein zu werden wie der Anwalt. Man weiß gar nicht, wie er es fertigbringt, daß man plötzlich einen fremden Menschen sieht und hört.

Die Hausmädchen sind nach seiner Vorführung stumm vor Verwunderung, und die Frau Döringer, die Köchin, sagt ein ums andere Mal bewundernd: «Man kann es sich richtig vorstellen; genau so muß es gewesen sein!» Sie hat noch nie im Leben ein Theaterstück gesehen. Doch jetzt will sie auch mal ins Theater gehen, so sehr beeindruckt es sie, was Willy geboten hat.

An Willy ist ein Schauspieler verlorengegangen! Es ist eine Schande, daß er sein Talent im «Petersburger Hof» vergeudet. Frieda sagt ihm das auch und zwar mit dem ganzen Überschwang, den sie für die Taten ihrer Liebsten aufbringt. Selbst Willy ist es ein bißchen zuviel des Lobs. Doch Frieda beharrt auf ihrem Urteil: «Willy, du bist das geborene Theatergenie!»

«Na ja, Genie...», widerspricht Willy vage.

«Warum gehst du denn nicht wirklich zum Theater?» will ihm nun auch Georg das Rückgrat stärken. «Warum stellst du dich denn da nicht wenigstens mal vor? Hast doch das Zeug dazu und siehst auch nach was aus!»

Willy wehrt unsicher ab und sagt, er habe zur Bühne keine Verbindung, und ohne Verbindung könne man dort nicht reüssieren; man werde da nicht mal angenommen ohne Verbindung. «Probier's wenigstens mal! Vergibst dir doch nichts», will ihn Georg ein weiteres Mal ermuntern, und nun lächelt Willy und verspricht, sich den Gedanken durch den Kopf gehen zu lassen. Alle, einschließlich Willy, wissen dabei aber schon, er wird es nicht tun. Er traut sich nichts zu. Frieda meint, müßte Willy den «Petersburger Hof» je verlassen, aus welchem Grund auch immer, sei er verloren.

Es mag nun Zufall sein oder die erfahrene Ehre hat Georg süchtig gemacht, mehr davon zu erfahren, jedenfalls teilt er seiner Frau kaum eine Woche nach dem Ereignis beiläufig beim Zubettgehen mit, er trage sich mit dem Gedanken, für die Stadtverordnetenversammlung zu kandidieren.

Frieda hält im Ausziehen inne, wendet sich ihm zu und bittet ihn, das Gesagte zu wiederholen und zwar so, daß sie es begreifen könne.

«Reg dich nicht vorzeitig auf, Frieda!» sucht er sie sofort zu beschwichtigen. «Es ist alles noch unausgegoren. Man hat mich gefragt – mehr ist es noch nicht» – «Was hat man gefragt?» – «Behalte die Ruhe.» – «Ich habe noch gar nichts gesagt. Ich weiß ja gar nicht, was du willst.» – «Es war verfrüht. Entschuldige bitte.» – «Georg, jetzt hast du mich verrückt gemacht. Jetzt will ich es auch richtig wissen. Was hast du vor?»

Er zieht seine Hosen aus (Hose und Unterhose gleichzeitig, was ihr immer als ein besonderes Kunststück vorkommen will) und tritt mit nacktem Hintern an die Waschkonsole; gehört es doch erfreulicherweise zu seinen festen Gewohnheiten, sich vor dem Schlafengehen Hals, Gesicht und Genitalien zu waschen. Während seiner Waschung sucht er sie zu beschwichtigen: «Ich habe gar nichts vor. Man hat es mir vorgeschlagen, und ich habe versprochen, darüber nachzudenken. Mehr ist es nicht.» – «Was genau? Worüber willst du nachdenken?» – «Du weißt, was ein Stadtverordneter ist?» – «Ein Stadtrat.» – «Stadtrat ist wieder was anderes. Stadtverordneter ist ein gewählter Volksvertreter, ein Abgeordneter im Stadtparlament.»

«Das willst du werden?»

«Das will man nicht werden, dazu wird man gewählt. Das habe ich doch gerade erklärt.»

«Sei nicht so ruppig. So sprichst du ja auch nicht mit Gästen. Es geht mich ja auch was an. Sieht man dich dann noch hier? Oder bleibt die ganze Arbeit in Zukunft vollkommen an mir hängen?»

«Frieda, das ist ein Ehrenamt, kein Beruf!» – «Verkauf mich nicht für dumm. Das kostet doch Zeit, das Amt. Da mußt du doch hingehen. Jeden Tag?» – «Natürlich ist es mit Zeitaufwand verbunden. Aber wieviel – das weiß ich auch nicht im voraus; ich war es ja noch nicht, und es ist ja auch nicht gesagt, daß ich es je werde.»

«Aber du willst doch. Du hast dich doch entschlossen. Das höre ich doch.»

«Jetzt leg dich erst mal ins Bett. Heute abend wird nichts entschieden.»

«Sondern wann?»

«Ich bin gefragt worden, ob ich kandidieren will; ich habe gesagt, ich überlege mir das, und nun wollte ich mit dir darüber reden. Es ist doch kein Grund, daß du dich jetzt hier aufführst. Wie stellst du dir denn das vor, wie man Stadtverordneter wird? Da schnippt man nicht mit dem Finger! Man muß von seinen eigenen Leuten für würdig befunden werden, es gibt Wahlen und Abstimmungen und Intrigen – schon in der eigenen Gruppierung. Man muß einen aussichtsreichen Platz auf dem Wahlvorschlag erreichen.»

«Das interessiert mich alles nicht! Du hast dich entschieden; das merke ich doch. Alles andere geht mich nichts an.»

«Frieda, was ich dir vermitteln will: Das ist ein Weg von Jahren! Man beschließt nicht: Ich will Stadtverordneter werden, und dann ist man das! Das ist kein Stück Kuchen, das man sich beim nächsten Bäcker kaufen kann.»

«Bring mich doch gleich auf den Eichberg! Du mußt mich ja für einen Idioten halten! Mir so einen Quatsch zu erzählen – ‹das ist kein Stück Kuchen ...› Das kann ich mir auch denken, daß das nicht von einer Minute zur nächsten geht. Das ändert doch nichts! Wenn du dich entschieden hast, dann machst du das doch auch. Dann nimmst du doch das alles auf dich. Ich kenne dich doch! Mußt du da jeden Tag hin, wenn es soweit ist?» setzt sie streitsüchtig hinzu. – «Wohin?» – «Was weiß ich, wo man als Stadtverordneter hingeht. Ins Rathaus, vermute ich. Das einzige, was ich wissen will, ist: Habe ich noch Hilfe an dir oder bin ich in Zukunft allein hier? Bist du nur mit deinem Parteikram beschäftigt?»

Nach einer Pause des Nachdenkens gibt er ihr Auskunft und bemüht sich dabei um einen Ton, wie man ihn bei einem lieben Kranken anschlägt: «Alle anderen haben doch auch ihre Verpflichtungen, Frieda; müssen auch im Leben ihren Mann stehen. Kein Mensch kann jeden Tag Sitzungen abhalten. Ich soll da ja nicht Kassenbote werden oder was...» Erneut läßt er eine Pause eintreten, dann bricht Groll aus ihm heraus: «Frieda, hast du denn gar keine Empfindung, was das für mich bedeutet? Welches Vertrauen man da in mich setzt? Ich habe angefangen mit... Ich habe als Kind Koffer geschleppt, eine Mütze schief auf dem Kopf, und für mich war Weihnachten, wenn mir jemand einen Groschen in die Hand gedrückt hat. Dann war ich als Pikkolo verkleidet und durfte Türen aufhalten, und nun fragt man mich, ob ich als Stadtverordneter kandidieren will. Und meine Frau...» Er kann vor Erschütterung nicht weitersprechen; sie bemerkt, daß sein Körper sich verkrampft, offenbar kämpft er mit den Tränen.

Sie geht zu ihm, drängt sich an ihn und küßt ihm Nacken und Schultern. Sein Körper ist hart wie Holz.

Als er nachher auf ihr liegt, spürt sie, er will sie nicht bezwingen und unterwerfen, will ihr nicht zeigen, wer der Stärkere ist und der Herr im Haus. Er sucht sie damit im Gegenteil zu beruhigen und zu gewinnen, und will ihr versichern, sie sind ein Paar, und deswegen empfindet sie bei dem Akt Liebe für ihn, ungeachtet des vorangegangenen Streits.

Diese Empfindung, die auch nicht nachläßt, als er schon lange schläft, kann aber die Besorgnis, die sie wegen seiner Pläne spürt, nicht überdecken. Stundenlang wälzt sie sich im Bett. Soll sie sich gegen sein Vorhaben sträuben oder soll sie ihn gewähren lassen? Und wohin führt alles?

Daß ihm Politik so viel bedeutet!

Nie wird sie vergessen, wie Georg zum ersten Mal wählen durfte. Mit dem Kauf ihres Hauses hatte er alle Voraussetzungen erfüllt, daß er an der Wahl teilnehmen durfte. Bei den Gemeindewahlen gilt das modifizierte Bürgerrecht; was bedeutet, daß bei den städtischen Wahlen nur zugelassen ist, wer Eigentümer eines Hauses beziehungsweise eines Grundstücks ist oder zur Staatssteuer mit wenigstens 4 Mark veranlagt wird. Zu Georgs Erbitterung sind also ausschließlich die Wohlhabenden wahlberechtigt, und desto größer seine Befriedigung, nun selbst seine Stimme abgeben zu können. Für seinen ersten Wahlakt hatte sich Georg einen neuen Hut geleistet, seinen besten Anzug angezogen und war mit ihr zum Wahllokal geschritten, als würden sie zum zweiten Mal heiraten. Wie selbstbewußt hatte er sich dem Wahlvorstand vorgestellt! «Georg Tremus, Hotelbesitzer», hatte er gesagt; seinem sozialdemokratischen Genossen, einem verdutzten schmalbrüstigen Tüncher, sogar demonstrativ die Hand geschüttelt. Man hatte in Listen geblättert, ihn dann höflich um seine Stimme gebeten, und Georg hatte klipp und klar verkündet: «Weiße Liste – Sozialdemokraten!»

Diese Wahl war vom gesamten Wahlvorstand mit offenkundigem Erstaunen registriert worden, hatte man doch wohl als selbstverständlich betrachtet, ein Hotelbesitzer gebe seine Stimme den Freisinnigen oder den Konservativen. Nachher, als sie wieder auf der Straße waren, hatte sie gefragt: «Warum, Georg? Bei deinem Vater verstehe ich das! Aber wir haben jetzt ein Hotel!»

«Deiner Meinung nach habe ich jetzt also bei den Sozialisten nichts mehr zu suchen?» hatte er wie amüsiert zurückgegeben, doch mit einem Lächeln, das nichts Gutes verhieß. Ihr ist das zu hoch. Entweder gehört man zu den Wohlhabenden, dann benimmt man sich auch so, oder zu den Armen, dann kann man quengeln und Fahnen hochhalten und mit Schildern durch die Straßen laufen. Das hatte sie mit einem knappen «Entweder – oder...» auszudrücken versucht. Georg hatte darüber nur den Kopf geschüttelt. «Was willst du denn da noch?» hatte sie darauf herausfordernd gefragt, und er hatte ihr geantwortet: «Dir das Wahlrecht erstreiten! Außer uns tut das nämlich niemand!»

«Danke, ich kann darauf verzichten! Ich brauch's nicht.»

Das ist die pure Wahrheit; sie legt keinen Wert auf das Wahlrecht. Politik ist eine Leidenschaft der Männer; wie nur Männer Bordelle aufsuchen. Keine der vielen Damen, die sie je massiert hat, hat das Wahlrecht vermißt.

8

Wiewohl das Jahr 1903 für den «Petersburger Hof» alles in allem eine deutliche Belebung des Geschäfts bringt, werden die Wintermonate, finanziell gesehen, wieder hart. An manchen Tagen ist nur ein Gast im Haus.

Dies ist ein Fräulein Heinrich, siebenunddreißig Jahre alt, aber bereits ledern. Sie ist diplomierte Hauslehrerin, spricht Französisch wie eine Französin («leider mit etwas *accent lorrain*») und rühmt sich, Kinder aus bedeutenden Familien aus Metz und Trier unterrichtet zu haben. Erfreulicherweise hält sie sich mit dem Rühmen zurück; muß man sie doch über Monate ertragen. Sie begleitet und betreut ihren Vater, der in der nahen Augenheilanstalt behandelt wird. Sie behauptet, laut Aussagen von Kennern genieße die Anstalt weltweiten Ruf. Herrn Heinrich wird jedenfalls geholfen. Seine Sehfähigkeit verbessert sich nach mehreren Operationen kolossal – «ein Unterschied wie Schwarz und Weiß», berichtet Fräulein Heinrich anerkennend, und in der Freude über die Besserung ihres Vaters verliert sich für Momente ihre altjüngferliche Geziertheit. Man will ihren Vater entlassen, da stellen sich Beschwerden am Kniegelenk ein, das früher einmal gebrochen war und falsch zusammengewachsen ist. Herr Heinrich wird deswegen in die Städtischen Kliniken gebracht, und hier erklären ihm die Ärzte, nur wenn das Knie «blutig repräniert» werde, bestehe Hoffnung, es zu retten. Diese Repränation ist ein schmerzhafter und nicht in jedem Fall erfolgversprechender Eingriff. Die Alternative dazu ist, das Gelenk zu versteifen.

Die Familie Tremus nimmt aus zwei Gründen an der Krankengeschichte des ihnen persönlich unbekannten Herrn Heinrich viel Anteil. Zum einen, weil er weitläufig Berufskollege ist. Er ist Weinhändler und sein Bruder Besitzer und Betreiber des alteingesessenen Gasthofs «Sitthan» in Sobernheim an der Nahe. Die Firma verkauft, immer nach den Erzählungen des Fräulein Heinrich, zum größten Teil Wein aus eigenen Lagen, die sich an den sonnigen Berghängen des idyllischen Nahetals hinziehen. Frieda hatte zuvor nie etwas von Nahewein gehört. Nun erfährt sie von Fräulein Heinrich: *Au contraire*, der Nahewein nimmt sogar eine führende Stelle unter den deutschen Edelgewächsen ein!

Was das Befinden ihres Vaters angeht, so schildert sie beim Frühstück und Abendessen jeden kleinen Fortschritt, den er macht, auch den geringsten Rückschritt. Solange noch Gäste im Haus sind, werden diese mit dem Verlauf der Krankheit vertraut gemacht, als handle es sich um die Eroberung eines neuen Erdteils. Als die Gäste aber, der nahenden Weihnachtszeit wegen, nach und nach abreisen respektive ausbleiben, hält sich Fräulein Heinrich vornehmlich an Willy. Bald ist es soweit, daß er ihr wegen der Operationsmethoden spitzfindige Fragen stellt, die Fräulein Heinrich nur ausnahmsweise zu beantworten weiß. Deswegen muß sie sich mehrfach bei den Ärzten sachkundig machen. Am Abend oder am nächsten Tag kann sie Willys Neugier dann stillen; für gewöhnlich legt er ihr da aber bereits das nächste Problem vor.

«Die beiden haben sich gesucht und gefunden», seufzt Frieda deswegen manchmal.

Oft nimmt Fräulein Heinrich abends bei Willy Platz, wenn der in Zimmer 1 Wache hält. Haben sie sich gründlich über die Vorgänge in der Heilanstalt ausgetauscht, oder später über die im Krankenhaus, lesen sie. «Es macht Ihnen doch nichts aus, wenn ich mich zu Ihnen geselle?» erkundigt sich Fräulein Heinrich anfangs, wenn sie mit einem Buch anrückt, und Willy antwortet darauf entweder stereotyp: «Ist mir ein Vergnügen», oder mit einem seiner sinnlosen Reklamesprüche, worüber das Fräulein Heinrich erstaunlicherweise lachen kann. Sie sind beide große Leser, verschlingen wahllos, was sich findet, und wenn sie mit einem Buch fertig ist, ruft sie freudig erregt aus: «Ich bin durch.» Man könnte glauben, es gehe um einen Wettbewerb im Schnellesen.

In allem spürt man, daß sie Pädagogin ist. Ihr Lieblingswort ist «ein kleines Minus – dafür muß ich Ihnen ein kleines Minus geben». Ein Minus verteilt sie für beinahe alles: Wenn das Mädchen das Zimmer nicht richtig geputzt hat, wenn die Wasserkannen nicht ganz aufgefüllt sind, wenn der Ofen vorzeitig ausgegangen ist. Des weiteren hat sie geistige Anliegen. «Die materielle Prüfung unserer Zeit» macht ihr Sorgen, aber auch die Trunksucht der Menschheit: «Die Trunksucht ist auf ihrem traurigen Triumphzug, Herr Willy. Mir brauchen Sie darüber nichts zu erzählen; wir haben darauf unsere Existenz gegründet. Ist Ihnen aber aufgefallen, daß die Sucht nach alkoholischen Genüssen beim *weiblichen* Geschlecht immer mehr überhandnimmt? Bei Festlichkeiten ist es oft in einer Weise beteiligt, die nur mit Bangen für die Zukunft erfüllen kann!»

Dabei scheint sie sich ab und an selbst heimlich einen Schluck zu gönnen; sie geht immer mal kurz in ihr Zimmer, und hinterher glühen die Bäckchen. In ihrem Zimmer bewahrt sie Flaschen eigener Gewächse auf; man muß zugeben, sie werden nie mehr und nie weniger. Sie muß wohl heimlich leere gegen volle austauschen. Die Hauptsache ist, sie fällt niemals aus der Rolle. Sie ist auch nie erkennbar betrunken. Vielmehr wird sie nach einigen heimlichen Schlucken geradezu schelmisch: «Na, Herr Willy, Sie beten gewiß: ‹Herr im Himmel, ich wollte, es wäre Nacht oder die Preußen kämen.›»

Ein anderes Mal sagt sie, als Willy vergessen hat, sie rechtzeitig zu wecken: «Herr Willy, versuchen Sie doch wenigstens einen Teil Ihres Gehaltes zu verdienen!» und (zu dieser Zeit haben sie wohl schon ein Liebesverhältnis): «Herr Willy, wissen Sie, daß Sie ein ganz besonderes Exemplar sind, aber ein süßes?»

Frieda hat sie von Anfang an im Verdacht, es auf Willy abgesehen zu haben.

Georg, der sich dafür nicht interessiert, sagt dazu nur: «Auf den hat es niemand abgesehen.»

Dann erhält Frieda den Beweis für ihre Vermutung. Fräulein Heinrich lockt Willy in ihr Zimmer, und was geschieht da? Sie übergibt ihm ein Büchlein, «Aphorismen zur Liebesweisheit». Frieda erwischt ihn, als er mit hochroten Ohren, das Büchlein im Hosenbund versteckt, aus ihrem Zimmer, Zimmer 7, einem Zimmer mit Blick zum Hof, kommt. Erst will sie ihm weiteren Umgang mit der Schlange verbieten, dann überlegt sie es sich anders. Das Weibsbild geht Frieda zwar mehr und mehr auf die Nerven. Wie sie Willy mit Kuhaugen verlangend, manchmal verzehrend ansieht, wenn sie glaubt, niemand achte darauf! Gelegentlich streichelt sie ihm im Vorbeigehen über die Hand oder das dünne blonde Haar. An Weihnachten gibt sie nicht eher Ruhe, bis man sie zu Bescherung und Festessen einlädt, und bei der Gelegenheit erzählt sie eine wirklich traurige Geschichte von ihrer Schwester. Die hatte sich als ganz junges Mädchen – «viel zu jung!» – mit einem Leutnant aus dem nahen Kreuznach verlobt, war dann aber in Liebe zu einem anderen jungen Mann entbrannt und hatte mit diesem Spaziergänge an abgelegene Fleckchen unternommen. Ihre Freundinnen, die ihr entweder das zweite Glück nicht gönnen wollten oder sie *au contraire* vor Dummheiten und Fehltritt bewahren wollten, waren ihr in einigem Abstand gefolgt und hatten immer wieder den Namen des Verlobten, des Leutnants also, gerufen. Eines Tages hatte die Schwester von Fräulein Heinrich dieser Nötigung nicht mehr standgehalten, hatte sich von ihrem Kavalier gelöst und war auf die Quälgeister zugerannt, wollte sie wohl verjagen. Dabei war sie ausgeglitten, in die Nahe gefallen und trotz der Rettungsversuche ihres Begleiters und der übrigen jungen Leute ertrunken; im Alter von siebzehn Jahren! Nach den Schilderungen des Fräulein Heinrich ist die ansonsten malerische Nahe in manchen Zeiten ein geradezu tückisches Gewässer.

«So ein Liebesdrama kann unserem Fräulein Heinrich nicht passieren, in die verguckt sich keiner, der seine fünf Sinne beisammen hat!» hatte Frieda nachher sarkastisch bemerkt, als sie unter sich waren.

Sie hatte Willy damit warnen wollen. Aber der hatte getan, als verstehe er nicht, wovon die Rede war.

Zu Weihnachten schenkt Fräulein Heinrich Willy einen teuren Spazierstock; den Knauf bildet ein fein geschnitzter Negerkopf aus schwarz eingefärbtem Elfenbein.

Nach dem Fest sind Georg und Frieda überzeugt, nun ist es passiert, nun erfreuen sie sich gegenseitig. «Na und?» sagt Georg dazu. «Laß sie doch. Es wird Zeit, daß Willy Mann wird!» Er überlegt: Vielleicht macht Willy seine Sache besser, als man denkt, das Fräulein fängt dabei Feuer und will ihn am Ende noch heiraten. So was kommt vor! Willy wäre es zu gönnen. Es gibt schlechtere Ehen. Sie haben sich was zu erzählen, und immerhin wird sie mal erben; vielleicht können auch ihre Brüder Willy brauchen. Deren Gasthof hat sieben Fremdenzimmer, wie Fräulein Heinrich mehrfach geschildert hat, und Willy kennt sich jetzt in der Hotellerie aus. Da bietet es sich doch an, daß sie Hand in Hand arbeiten. Wer will denn sonst Willy? Das Fräulein Heinrich ist die erste, die sich um ihn bemüht.

Anfangs ist Willy bemüht, das Geheimnis zu wahren. Sehr stolz kann er ja darauf nicht sein. Sie ist immerhin mehr als zehn Jahre älter als er, beinahe zwanzig. Aber nach einer Weile wird er sicherer und zeigt endlich Zeichen selbstgefälliger Zufriedenheit. Einmal pfeift er schon vor dem Frühstück.

Spätestens zu diesem Zeitpunkt schläft er mit ihr. Einmal kommt ein Gast spät in der Nacht, schellt und klingelt, und niemand macht ihm auf. Frieda hört ihn nur zufällig. Es stellt sich heraus, der Gast hat seinen Schlüssel vergessen, und Willy ist nicht in seinem Bett.

Frieda sagt dazu nichts; Georg, der den kleinen Vorfall nicht mitbekommen hat, erfährt nichts davon.

Das Liebeserlebnis verändert Willys Charakter aber nicht grundlegend, weder zum Positiven noch zum Negativen.

Zum Abschied – der Vater von Fräulein Heinrich kann da wieder auftreten, muß aber die Heimreise mit einem Krankentransportwagen antreten – schenkt Fräulein Heinrich Willy ein Barometer: «Damit Sie sehen, was Sie erwartet!» Als sie sich verabschiedet, zeigt sich das Fräulein bewegt und gesteht Willy und den Umstehenden: «Ich empfinde es als eine Fügung, daß ich Sie getroffen habe. Bitte besuchen Sie mich, wann immer es Ihnen möglich ist! Sie sind uns willkommen.»

Willy verspricht es.

«Und? Wann fährst du hin?» fragt Georg, als sie außer Sichtweite ist. «Die Einladung war ernst gemeint.»

Willy sieht nur triumphierend in die Ferne.

Einige Zeit später drängt Georg erneut darauf, die Verbindung nicht abreißen zu lassen, aber Willy erwidert nur elegisch: «Hast du ihre Füße gesehen, Georg?» – «Wieso?» – «Sie hat Männerfüße, Georg ... wie ein Schreiner!» – «Ist mir nicht aufgefallen.» – «Aber mir, Georg! Es ist gut gemeint, aber man sieht's!»

9

Auch die allerletzten Tage dieses Jahres werden von der Liebe vergoldet.

Frieda kehrt von einem Arztbesuch zurück, Georg sitzt in Zimmer 1 und verschickt an die guten Gäste Neujahrswünsche, zusammen mit Werbebroschüren und kleinen, aus Metall gestanzten vierblättrigen Kleeblättern. Das letztere ist eine Idee von Willy («Georg, du wirst sehen, das zieht!» hat er ihn deswegen wochenlang bekniet), und Georg hat sie nur skeptisch aufgegriffen. Als Frieda nun zu ihm tritt, blickt er auf und sagt freundlich: «Na, Frau Tremus, alles in bester Ordnung?» Dabei unterbricht er aber seine Tätigkeit nicht. Wie geschickt er auch darin ist, denkt Frieda; was er anpackt, hat Hand und Fuß! Welches Durcheinander, wenn Willy gleiche Arbeit verrichtete. Dieser Gedanke macht ihr gute Gefühle; sie geht deswegen in die Knie, schmiegt sich an ihn und flüstert ihm zu: «Wir bekommen ein Kind, Georg...»

Er versteht sofort, was sie ihm da eröffnet, hat vielleicht schon auf diese Mitteilung gewartet, benötigt jedenfalls keine Sekunde des Nachdenkens, bis er im Brustton der Überzeugung erwidert: «Ich wußte es... Ich wußte es, wir werden eine richtige Familie.» Er umarmt und küßt sie ungestüm und rutscht dabei vom Stuhl, und sie purzeln übereinander wie Kinder, und so werden sie von einem Passanten überrascht, der von draußen kommt und sich nach den Zimmerpreisen erkundigen will. In seiner Freude (wohl auch um die Situation zu erklären, in der sie angetroffen wurden) offenbart Georg sogar diesem Wildfremden die freudige Nachricht.

Erst Jahre später, als Frieda sich dieser Szene erinnert, geht ihr auf, wieviel heimlicher und unterdrückter Zweifel in Georgs Bemerkung verborgen war, daß sie mit dem Kind eine richtige Familie werden. Als sie die Äußerung vernimmt, hört sie nur seine Freude, seinen Stolz und sein Glück, Vater zu werden, und in diesem Moment ist auch ihr Glück vollkommen. Sie hat nun alles, was eine Frau haben kann: einen guten strebsamen Mann, in ihr wächst ein Kind, und sie ist im eigenen Haus.

Sie begibt sich, während Georg mit dem Passanten verhandelt, ins Schlafzimmer, zieht sich da um, und als Georg die erwünschten Auskünfte erteilt hat, kommt er zu ihr. Er findet sie im Unterrock vor und umarmt sie aufs neue und aufs neue stürmisch: «Frieda, mein schönes Weib», sagt er dabei und: «Ich danke dir.»

«Wofür?» fragt sie. «Es ist auch dein Kind.»

«Für deinen Eifer. Ohne dich wäre ich jetzt nicht hier. Und nicht Ehemann und nicht Vater. Das weiß ich sehr wohl.»

Ein Ölbild voll falscher Fröhlichkeit

1

Frieda träumt. Sie sieht sich über den dünn verschneiten Nordfriedhof gehen; sie beobachtet zwei Totengräber, die die Erde aufhacken, ein Grab öffnen und darin ein in Silber gerahmtes Bild finden. Sie sieht sich selbst, wie sie Lehm und verfaulte Wurzeln vom Glas des Bildes wischt. Eine Photographie ihres Vaters kommt zum Vorschein. Er sieht sie wie amüsiert an, und sie meint, das Photo wolle zu sprechen beginnen.

Der Traum ist so plastisch, daß Frieda während der folgenden Tage immer wieder daran denken muß. Sie ist sogar versucht, zur Polizei zu gehen und die zuständigen Herren darauf hinzuweisen. Kann es nicht wirklich sein, daß die Heybach oder Theo oder sonst jemand aus der Sippschaft ihren Vater erschlagen und auf dem Friedhof verscharrt hat? Zuzutrauen ist der Brut alles. Wer sollte ihn je dort finden? Von der Wohnung der Heybach bis zum Nordfriedhof sind es keine zehn Minuten Weg; vielleicht haben sie ihn in einen Sack gepackt und mit einem Handwagen dorthin geschafft, möglich wäre es. Es gibt doch sonst keine Erklärung, daß man nie wieder was von ihm gehört hat. Es mag sein, daß er nichts mehr mit der Heybach zu tun haben wollte; aber warum sollte er sich ihr, seiner einzigen Tochter, entziehen? Warum sonst läßt er ihr nicht mal eine Zeile zukommen?

Es muß ihm was zugestoßen sein! Eine andere Erklärung gibt es nicht für sein Verstummen. Das Traumbuch deutet die Szene so: Der unerwartete Tod eines lieben Menschen ist zu betrauern. Frieda fühlt sich zu dieser Zeit oft niedergedrückt; ach was, das Wort Bedrückung umschreibt ihre Empfindungen nicht angemessen. Sie spürt Erbitterung über jeden Gast, der Wünsche äußert, gibt aber allen Forderungen nach.

Dabei gibt es keinen wirklichen Grund für ihre schwarzen Stimmungen. Das Geschäft geht so lala; die Schulden werden zwar nicht weniger, aber es ist auch nicht so, daß sie sie erdrückten. Was sie einnehmen, gibt Georg aus, das Haus voranzubringen. Er hat den Frühstücksraum vergrößert – eine Wand ist durchbrochen worden, Zimmer 2 ist nun mit Zimmer 3 zu einem kleinen Saal vereinigt –, im Hof sind Pissoirs gebaut worden, und die Küche hat einen neuen massiven Herd bekommen, mit drei Kochstellen und einem gewaltigen Heißwasserschiff. Die Umbauten und Verschönerungen kosten weit mehr, als sie einbringen. Doch Georg strebt nach Höherem. Jetzt redet er sogar davon, elektrisches Licht legen zu lassen.

Für wen? Wer braucht das?

Wahrscheinlich erscheint Frieda alles deshalb in düstere Farben getaucht, weil sie wieder in anderen Umständen ist. Ihr zweites Kind kommt in zwei Monaten, was ihr kaum anzumerken ist. Selbstverständlich geht sie schwerfälliger als sonst, sind ihre Bakken und ihr Busen prall, aber der Bauch ist kaum mehr gerundet als üblich.

Es sind nicht die Äußerlichkeiten, die sie bewegen. Es geht um Seelisches. Schon während ihrer ersten Schwangerschaft war sie oft so depressiv, daß ihr Doktor Kellerwessel Heroin verschrieben hatte. Das ist zwar eine wahre Wundermedizin; Frieda hatte sie dennoch nur eine Zeitlang genommen. Solange sie wirkte, fühlte sie sich davon leicht und unbeschwert – «glücklich wie im Himmel», hat sie Georg die Empfindung zu beschreiben versucht –, doch wenn die Wirkung des Medikaments nachließ, wurde ihr Gefühl von Trauer und Verlassenheit schier unerträglich.

Diesmal hat sie sich strikt geweigert, das Mittel zu nehmen. Außer der Schwangerschaft hat sie keine Erklärung für ihre Niedergedrücktheit und Schwäche; auch der Arzt kann ihr den Zustand nicht plausibel machen. Es gibt Momente, in denen sie an Selbstmord denkt. Vielleicht ist der unerwartete Tod, den das Traumbuch ankündigt, ihr eigener. Vielleicht ruft ihr Vater sie. Vor einigen Wochen wollte Georg sie mit einer Dampferfahrt aufmuntern, doch sie hat nur am Schiffsgeländer gestanden und daran gedacht, sich in den Rhein zu stürzen. Einmal sagt sie Georg – mitten am hellen Tag, im Beisein eines Gastes, der sie deswegen pikiert ansieht –, wenn ihr etwas zustoße, wolle sie auf dem Biebricher Friedhof beerdigt werden; wenn es irgendwie geht, im Grab ihrer Mutter. Georg hört sich das kaum an und macht ihr hinterher, als sie allein sind, Vorwürfe. Seine Zuversicht ist, ihre Depression werde sich nach der Niederkunft verflüchtigen, wie es auch bei ihrer ersten Schwangerschaft der Fall gewesen war. Damals war ihre Sehnsucht nach Tod und Ende einige Wochen nach der Geburt verblaßt, dann gänzlich verschwunden.

Wahrscheinlich hat Georg recht; wahrscheinlich wird es auch diesmal so sein.

Die Geburt ihres ersten Kindes war ohne Komplikationen verlaufen; auch dieses Mal sind keine Schwierigkeiten zu befürchten, haben ihr der Doktor Kellerwessel und ein Professor der Städtischen Kliniken übereinstimmend versichert. Angst vor der Niederkunft kann also nicht die Ursache ihrer düsteren Stimmungen sein, und tatsächlich meint Frieda, die Schmerzen, die da auszuhalten seien, seien rasch vergessen.

Was ist es dann, was sie niederdrückt?

Anna kann nicht begreifen, daß sich Frieda nicht auf das Kind freut. Denn es ist wahr, das kommende Kind ist ihr geradezu gleichgültig. Wenn es sich in ihr bemerkbar macht, spricht sie mit ihm wie mit einem Gast, der unangemeldet kommt, und zwar genau dann, wenn das ganze Haus besetzt ist. Frieda macht sich nicht die Mühe, der Freundin ihre Empfindungen auseinanderzusetzen. Soll die sich selbst Kinder anschaffen, dann weiß sie, worum es geht. Anna ist jetzt verheiratet; sie hat ihren Herrn Wienandt geheiratet. Es ist allerdings eine merkwürdige Verbindung. Anna ist immer noch im Maisonschen Haushalt beschäftigt und sieht ihren Mann entsprechend nur an ihren freien Tagen. Anna behauptet, er verdiene nicht genug, sie zu ernähren. Frieda glaubt aber, es stecke etwas anderes dahinter. Etwa, Anna bereue ihre Wahl und wolle sich den Mann und die tristen Umstände so weit vom Leib halten, wie es nur möglich ist. Warum hat sie ihn dann aber geheiratet?

Adam, Friedas Erstgeborener – «unser Addychen» hat ihn Frau Döringer getauft, und dieser Kosename ist sein eigentlicher Name geworden –, ist ein ruhiges, geradezu bedächtiges Kind. So, wie er in seinem Laufstall saß und die Welt höflich abwartend betrachtete, war er das Ebenbild seines Vaters. Hoffentlich wird ihr zweiter mehr ihr gleichen.

Dann geschieht das von Frieda erwartete Unglück. Frau Maison wird von ihrem Leiden erlöst. Als ihr Mann in der Nacht nach ihr sieht, liegt sie tot im Bett. Allem Anschein nach ist sie im Schlaf vom Tod überrascht worden.

Frieda stattet Herrn Maison am Tag vor der Beerdigung einen Kondolenzbesuch ab. Es ist merkwürdig, weder kündigt sie Georg den Besuch an, noch denkt sie daran, ihn zu fragen, ob er sie dabei begleiten wolle. Sie zieht Trauerkleidung an und läßt sich von dem Jörns nach Rambach kutschieren, als könne es gar nicht anders sein. Dort führt man sie ins Herrenzimmer, wo Herr Maison mit seinem ältesten Sohn Friedhelm sitzt und wohl letzte Vorbereitungen für den kommenden Tag trifft. Ihr ist es selbstverständlich, ihn tröstend zu umarmen, wie es eine Tochter oder Schwiegertochter tun würde. Auch Herr Maison empfindet das als natürlich und richtig, und nur die Reaktion seines Sohnes – unsichere Empörung – macht den beiden klar, man kann ihr Benehmen mißdeuten.

Herr Maison berichtet von den letzten Stunden der Verblichenen. Um zehn Uhr abends hat er ihr gute Nacht gewünscht und die Lampe gelöscht; mitten in der Nacht ist er wach geworden, weil er einen Ruf seiner Frau zu hören vermeinte. Er ist zu ihr gegangen und fand sie für immer eingeschlafen; der Arzt hatte ihm gesagt, da müsse sie schon eine oder zwei Stunden tot gewesen sein. Frieda gesteht ihm mit Anstrengung, sie habe erwartet, es werde jemand in ihrem Umkreis sterben; das Traumbuch habe es ihr vorausgesagt, es sei ein ihr lieber Mensch. Als sich darauf Herr Maison für ihre Anteilnahme bedankt, kann sich Frieda nicht mehr beherrschen. Sie weint, als habe sie einen ihr besonders verbundenen Menschen verloren, nicht eine Frau, mit der sie nur oberflächliche Bekanntschaft hatte. Dabei verbirgt sie ihr Antlitz in ihren Händen, und als sie nachher das Weinen unterdrückt, zucken ihre Mundwinkel und machen ihr Gesicht häßlich.

Friedhelm versteht nicht, was vorgeht. Er versucht, da der Vater schon nichts tut, Frau Tremus zu beruhigen, ihr ein Taschentuch in die Hand zu drücken; später schiebt er ihr mehrmals einen Schluck Cognac zu. Ihm ist die Situation erkennbar unangenehm; anscheinend glaubt er, einer Schamlosigkeit seines Vaters oder dessen Konkubine auf die Spur gekommen zu sein. Frieda ist das gleichgültig. Friedhelm ist in ihren Augen beschränkt. Aber sie kennt ihn nur aus den Schilderungen seines

Vaters beziehungsweise aus Annas Schilderungen, und insofern mag sie ihm unrecht tun.

Die eigentliche Trauerfeier ist ein pompöses Ereignis; Frieda hat da keine Emotionen oder Empfindungen. Sowohl in der Leichenhalle wie am Grab verhält sie sich, als gehöre sie nicht hierhin und sei nur zufällig hier. Anscheinend hat sie am Vortag alle Tränen vergossen, die in ihr waren, alle Trauer verschwendet, deren sie fähig ist. Die Familie Georg Tremus ist wie selbstverständlich auch zum Leichenschmaus geladen; sitzt da zwischen Geschäftsfreunden des Witwers und Schulfreundinnen der Toten. Später, als die Stimmung von Wein und Schnaps gelockert ist, setzt sich Herr Maison mal zu diesen, mal zu jenen Trauergästen, auch zu Georg. Er wirkt nun wie ein Gastgeber, der eine größere Gesellschaft zu unterhalten sucht, nicht wie ein Hinterbliebener. Man könnte meinen, er habe vergessen, aus welchem Anlaß man hier sitzt. Zu Georg sagt er: «Haben Sie schon eine Entscheidung getroffen, Herr Tremus?» – «Wie meinen Sie bitte?» – «Verkaufen Sie oder halten Sie sie erst mal etwas hin?» – «Ich verstehe nicht. Wovon sprechen Sie?» – «Mir ist zugetragen worden, die Stadt will Ihr Haus abreißen. Aber wenn Sie nicht darüber sprechen wollen...»

Frieda empfindet es wie einen Stich, daß Georg immer nur von «seinem» Haus spricht. Zählt sie nicht? Und wieso weiß er darüber nicht Bescheid, wenn Herr Maison schon davon gehört hat? Wofür ist er Stadtverordneter, wenn er das Entscheidende nicht weiß?

Ja, Georg hat sein Ziel erreicht – ganz wie sie es vorausgesehen hat. Was sie nicht erahnte und er ursprünglich auch nicht, war die Tatsache, daß der Weg, den er einschlagen wollte, voller Fußangeln ist. Freundschaften sind deswegen zerbrochen und merkwürdige Allianzen geschlossen worden. Georg hat sie nicht in alle Winkelzüge eingeweiht, aber was sie von den Umständen erfahren hat, die ihn an sein Ziel gebracht haben, hat ihre Abneigung gegen Politik gemehrt, nicht gemindert. Wie jede Leidenschaft erregt sie offenbar nur den, der die Passion teilt.

«Hat man mir was Falsches erzählt?» fragt Herr Maison irritiert, als weder Georg noch Frieda sofort auf seine Frage reagieren. Er nimmt wohl an, er sei in ein Fettnäpfchen getreten, habe etwas ausgeplaudert, was Georg für sich behalten wolle. Es klingt jedenfalls so, als er jetzt sagt: «Falls ich mich da irre, bitte ich um Verzeihung. Ich hatte es so verstanden, die Ecke Kapellenstraße/Geisbergstraße sollte korrigiert werden.»

«Davon war mal die Rede. Das ist richtig», setzt Georg ihm auseinander. «Aber das Vorhaben ist längst aufgegeben worden, soweit ich weiß. Wie kommen Sie denn zur Meinung, das sei jetzt wieder akut?»

«Mir war so etwas zugetragen worden. Es kann auch sein, ich habe mich geirrt.»

«Ich werde der Sache mal nachgehen, vielen Dank für den Hinweis», erwidert Georg höflich, als sei er zu seinem Bedauern gezwungen, dem Wäschereibesitzer einen Antrag ablehnen zu müssen, und es gehe dabei um dessen Angelegenheiten und nicht um seine eigenen.

Auf dem Rückweg von der Trauerfeier sind die Eheleute Tremus einsilbig.

Erst als der ebenfalls diskret schweigende Jörns sein Geld erhalten hat und mit seinem knatternden Gefährt in seine Garage auf der anderen Straßenseite hoppelt, findet Georg seine Sprache wieder. Frieda will gerade das Haus betreten, als er sie zurückhält und scharf anfährt: «Was geht da vor? Was mischt sich der in unsere Angelegenheiten?» – «Von wem sprichst du?» – «Bitte! Bis jetzt wollte ich es nie so genau wissen, aber jetzt würde ich ganz gern Klarheit haben: Was ist das, mit dir und deinem Beschützer? Was geht da vor?»

«Bist du plötzlich eifersüchtig? Worauf?»

«Ach was. Es gibt noch andere Kategorien als Liebe und Eifersucht! Frieda, ich habe dir immer vertraut...!»

«Das kannst du auch weiterhin!» antwortet sie knapp. Wiewohl Georg sie festzuhalten sucht, geht sie ins Haus. Er will etwas bemerken, sie läßt ihn jedoch nicht zu Wort kommen: «Ich muß mich hinsetzen.»

Im Eingang warten Gäste, Gepäck steht herum; Willy atmet erkennbar auf, als er Georg sieht. Anscheinend kommt er mit den Herrschaften nicht zurecht. Frieda hört, wie er Georg einen Sachverhalt um telegraphisch vorbestellte und abbestellte Zimmer erläutert, dabei die Telegramme schwenkt, als werde dadurch die Wahrheit erkenntlich. Frieda kümmert sich nicht darum; kaum, daß sie die Herrschaften grüßt. Sie geht in ihr Schlafzimmer, klappt die Läden zu und legt sich im Unterkleid aufs Bett. Als Georg kommt, sich umzukleiden, tut sie, als schlafe sie. Georg läßt sich davon nicht täuschen. «Ich hatte den Eindruck, du weißt da genau Bescheid», sagt er, während er den Kragen abnimmt. «Was habt ihr hinter meinem Rücken zu verhandeln? Ihr habt doch verhandelt! Gib's zu, sparen wir Zeit!»

Wiewohl sich Frieda zu Unrecht angegriffen fühlt, erreicht der Vorwurf sie nicht wirklich. «Ich weiß nicht mehr als du. Vor Jahren hat er mal behauptet, die Stadt wäre an unserem Haus interessiert.»

«Aha, das erfahre ich jetzt! Sieh mich an! Das kann ich ja wohl verlangen!» sagt Georg voll unterdrückter Wut. Sie öffnet die Augen, wendet sich ihm aber nicht zu.

Zu anderer Zeit würde sie kämpfen; wahrscheinlich hätte die Mitteilung des Herrn Maison sie sogar elektrisiert. Immerhin hatte sie jahrelang auf ein Angebot der Stadt gewartet, ihnen das Haus abzukaufen. Jetzt ist es ihr beinahe gleichgültig, ob Georg das Haus verkauft oder behält.

Georg bleibt am Bett stehen, sieht auf sie hinunter, fragt mit der routinierten Besorgnis, die er auf Kommando aufbringen kann: «Soll dir jemand Kompressen machen? Soll ich dir jemand schikken?»

«Nein ... Oder doch, ja ... Es eilt nicht.»

«Frieda, damit das ein für allemal klar ist: Ich brauche keinen Herrn Maison, der mir sagt, was ich zu tun oder zu lassen habe. Und du auch nicht! Du bist meine Frau, nicht seine.»

«Er will uns nur helfen. Er ist uns gut gesonnen.»

«Darauf verzichte ich. Außerdem ... Das kann so nicht stimmen, was er da phantasiert. Wenn das Beschluß wäre, hätte ich davon erfahren. Das gibt's doch gar nicht. Einer von der Baukommission wäre auf mich zugekommen und hätte mich aufgeklärt. Ein Satz hätte doch genügt: ‹Georg, wir wollen dein Haus abreißen!› Das sagt einem doch schon der gesunde Menschenverstand, daß sich das bis zu mir rumgesprochen hätte, wenn daran wirklich etwas wäre. Wir machen uns deswegen nicht verrückt. Wenn das wirklich Beschluß sein sollte – ich sagte bewußt ‹wenn› –, werden wir es bald erfahren. Ohne unsere Einwilligung können sie nicht anfangen.»

«Es wird alles gemacht, wie du willst, Georg», wehrt sie ab, sich mit dem Problem zu beschäftigen. Soll er entscheiden: «Du bist der Mann im Haus, das sind deine Angelegenheiten.» Er traut ihr und ihren friedvollen Worten nicht und erklärt wie mißtrauisch: «Wir können in aller Ruhe abwarten. Das macht am Ende keinen Unterschied!»

«Wie du meinst.»

Er geht, unzufrieden, als habe sie sich ihm verweigert.

Zwei Wochen später trifft im «Petersburger Hof» ein offizielles Schreiben des Bauamtes ein, das den von der Stadtverordneten-Versammlung bestätigten Beschluß der Baukommission mitteilt, die Straßenverbindung zum Dambachtal zu verbessern. In diesem Zusammenhang, teilt das Amt mit, besteht die Absicht, die Grundstücke Geisbergstraße 8 und Kapellenstraße 1 aufzukaufen respektive die Baulichkeiten auf den genannten Grundstücken niederzulegen. Um Vorsprache wird gebeten.

Georg faltet den Brief sorgfältig, als handle es sich um ein Dokument von unwiederbringlicher Einmaligkeit, und teilt ihr seine Entscheidung mit: «Frieda, ich werde das ablehnen!»

«Du weißt doch gar nicht, was sie anbieten!» erwidert sie, aber mit einer Distanz, als sei die Angelegenheit für sie weiterhin ohne größere Bedeutung.

«Ich bitte, daß man mich ernst nimmt. Mach mir doch nichts vor! Ich weiß genau, du willst, daß ich auf das Angebot eingehe. Also bitte nicht diesen Ton und diese Leidensmiene.»

«Georg, mach, was du für richtig hältst. Ich will nichts davon hören.»

«Im Moment vielleicht nicht. Aber später erfahre ich die heftigsten Vorwürfe, gehe ich auf das Angebot ein!»

«Später auch nicht», erwidert sie wie unbeteiligt.

Das sage sie jetzt, meint er bitter und fügt hinzu, es sei ihm bewußt, ihre Meinung sei von ihrem gegenwärtigen Zustand diktiert, nicht von ihrem wahren Wollen.

Frieda schweigt, unfähig und unwillig, diesen sinnlosen Streit fortzusetzen. Sogar das nimmt er als Widerspruch. «Dafür haben wir uns nicht gequält, Frieda, daß unser Haus sang- und klanglos verschwindet!»

Korrekt, wie er ist, sucht er das Bauamt zur angegebenen Zeit auf. Dort unterbreitet man ihm Vorschläge zu einer Abfindung, die durchaus verlockend sind. Als er seiner Frau davon berichtet, ist ihm anzumerken, er ist schwankend geworden. Frieda drängt ihn, das Geld anzunehmen.

«Elftausend Mark hört sich nach viel an, gebe ich dir durchaus recht. Aber das ist schnell weg.»

«Georg, wir wollen uns damit doch nicht zur Ruhe setzen. Wir kaufen uns was Neues; Häuser gibt's genug. Es ist doch reiner Zufall, daß wir hier sind. Hätte die Frau Schweitzer damals gesagt: ‹Ich hab was für Sie im Nerotal›, wären wir heute da. Es ist doch nicht dein Elternhaus.»

«Also, dann haben wir ja deine wahre Meinung: Verkaufen!»

«Warum denn nicht? Wir können uns vergrößern; wir kaufen uns irgendwas, wo wir eine richtige Badeabteilung haben. Das geht doch nicht so weiter, jeder Eimer Wasser einzeln... Immer sind Pfützen im Gang, man muß sich schämen. Wir hätten endlich auch andere Gäste. Ich versprech dir...»

«Du würdest alles versprechen, um dieses Haus loszuwerden», fällt er ihr kalt ins Wort. «Frieda, du hast keine Wurzeln! Und so wirst du auch nie welche schlagen!»

Er schläft eine Nacht über das Angebot. Am nächsten Tag ist sein Entschluß gefestigt, und von da an ist er beim Thema «Hausverkauf» halsstarrig, als ginge es um sein Leben. Er teilt dem Bauamt schriftlich mit, er gedenke nicht zu verkaufen. Darauf droht man ihm mit Zwangsenteignung und stellt ihm andererseits in diskreten Gesprächen die Nachteile dar, die ihm aus Weigerung erwachsen; Georg ist nicht umzustimmen.

Und warum? Angeblich, weil man ihn für einen Menschen halten könnte, der sich unredlich bereichert. In vielen Tonarten sagt er immer wieder dasselbe: Er ist Stadtverordneter, und deswegen kommt es für ihn nicht in Frage, mit der Stadt ein Geschäft zu machen. Man könnte ihn für käuflich halten. In diesem Punkt ist er keinem Argument zugänglich.

2

Eines Tages – es sind jetzt nur noch Stunden bis zu Friedas Niederkunft; jeden Moment können ihre Wehen einsetzen – steht Herr Thomé in Zimmer 1.

Er sieht aus, als habe er seit Tagen nicht geschlafen, und während der ganzen Zeit des Besuchs hält er sich nur mit erkennbarer Anstrengung aufrecht. Seine Haare glänzen fettig; das ist ein verräterisches Zeichen, so deutlich, als trage er Sträflingsdrillich. Wenn ein Mensch wie Herr Thomé sich nicht mehr pflegt, hat er sich aufgegeben. Frieda weiß sofort, warum er kommt. Das Gerücht ist bis zu ihr gedrungen. Man hat ihn entlassen; er ist in einer verfänglichen Situation mit einem Pikkolo entdeckt worden.

Nach dem angemessenen Drumherum fragt er demütig, ob sie eine Chance für eine Anstellung erkennen könne. Er behauptet natürlich, er sei Opfer einer gezielten Verleumdung, er werde dagegen gerichtlich angehen, und seine Ehrenhaftigkeit werde sich erweisen.

«Das steht doch außer Frage, Herr Thomé. Das kann doch keiner glauben, der Sie kennt», behauptet Frieda, und das so fest, daß sich Herr Thomé für einen Moment getröstet fühlt.

In Wahrheit hat Frieda nicht den geringsten Zweifel daran, daß Thomé die Beherrschung verloren und dem Burschen, um den es geht, die Hosen ausgezogen hat. Dennoch schmerzt sie das Leid des Herrn Thomé; wenn ihr eigener Vater bei ihr bettelte, würde sie dies nicht härter ankommen. Selbstredend kann sie Herrn Thomé keine Stellung geben, hat auch keine Verbindungen zu großen Häusern, die ihm helfen könnten. Anscheinend hat er sich vorgemacht, sie steht mit den Besitzern und Direktoren des «Kaiserhofes», des «Nassauer Hofes» oder der «Vier Jahreszeiten» auf du und du. Selbst wenn es so wäre, würde es ihm nichts nützen. Niemand würde einen Portier einstellen, der in Ruch geraten ist, homosexuelle Gelüste zu pflegen. Es ist schon Entgegenkommen des «Römerbads» genug, daß man ihn nicht angezeigt hat. Er wäre ins Gefängnis gewandert. Unzucht mit einem Pikkolo!

«Würden Sie auch was anderes machen außer Empfang?» fragt Frieda zögernd. Sie bringt es nicht über sich, ihn einfach wegzuschicken, wie man es wohl bereits andernorts mit ihm gemacht hat.

«Jede Arbeit», behauptet Herr Thomé.

«Ich kann Ihnen nichts versprechen, aber die Wäscherei Maison... Ich kenne den Herrn Maison gut.»

«Ach, das wäre äußerst liebenswürdig. Das ist ja ein sehr bekanntes Haus... eine angesehene Firma», korrigiert sich Herr Thomé. «Sie haben vollkommen recht!»

Georg kommt dazu; Herr Thomé spielt nun Theater; versucht glaubhaft zu machen, er habe der lieben Kollegin Frieda endlich den lange versprochenen Höflichkeitsbesuch abstatten wollen. Nicht, daß er lügt, schmerzt Frieda, sondern in welch durchsichtiger, schäbiger Art.

Georg bemüht sich nicht um die geringste Höflichkeit. Er schickt Thomé praktisch weg; als Vorwand dient ihm Friedas Zustand, und tatsächlich fällt es Herrn Thomé erst jetzt auf, daß sie hochschwanger ist. Anscheinend ist er blind für alles, was nicht sein Unglück betrifft.

Als er gegangen ist, wundert sich Georg: «Daß das so lange gutgegangen ist! Daß der Päderast ist, duftet doch aus jedem Knopfloch.»

«Er hat immer sehr gut von dir gesprochen.»

«Das eine hat nichts mit dem anderen zu tun. Von mir aus kann jeder machen, was er will – in der Hinsicht. Aber nicht mit Abhängigen. Da hört bei mir das Verständnis auf!»

«Vielleicht kann ihn Herr Maison einstellen, auf dem Büro. Ich frag da mal.»

Georg will darauf antworten, bringt aber nichts heraus. Seine Linke krallt sich in seine Rechte, und wie mit gebrochener Stimme warnt er seine Frau: «Untersteh dich, Frieda! Wenn du ein Wort verlauten läßt! Das hört auf mit diesem Weiß- und Buntwäscher!»

«Was soll denn da aufhören? Das sag mir jetzt mal! Was wirfst du Herrn Maison vor – oder mir? Wir haben niemals auch nur...»

«Was?»

«Nichts! Absolut nichts! Er war immer vollkommen korrekt und ich auch!»

Er sieht sie wie haßerfüllt an und sagt endlich knapp beherrscht: «Ich dulde nicht, daß der Mann weiter diese Rolle in unserem Leben spielt.» – «Welche Rolle?» – «Ruh dich aus!»

3

Friedas zweites Kind ist gleichfalls ein gesunder, kräftiger Junge. Frieda möchte ihm den Namen des Kaisers geben. Sie findet, der Name Wilhelm hat Klang und Kraft, einem Wilhelm Tremus muß die Zukunft offenstehen.

Georg weigert sich, darüber auch nur nachzudenken. Er regt sich über den Wunsch auf, als wolle sie dem Kind damit Arm und Bein amputieren oder es gleich ganz entmannen. Was habe er oder sein Sohn mit «Wilhelm Zwo» zu schaffen, fährt er sie an. Das «Wilhelm Zwo» betont er mit nachgeahmtem Offiziersschnarren, als könne er damit seine Verachtung noch steigern.

Frieda sucht ihn zu dämpfen. Es muß niemand hören, was er in dieser Hinsicht denkt oder sagt!

Doch Georg kann kaum noch an sich halten. Der Mensch, den sie verherrliche, sei für ihn ein Lump oder, wahlweise, ein kranker Geist. Nie und nimmer höre der Gekrönte und Gesalbte auf zu hetzen! Ob sie nicht mitgekriegt habe, daß sich auf sein allerhöchstes Anstiften hin neuerdings ein Reichsverein zur Bekämpfung sozialdemokratischer Umtriebe gebildet habe? Der Haß des «Wilhelm Zwo» auf alles Sozialdemokratische sei pathologisch und werde sich früher oder später als verheerend erweisen; nicht nur für das Proletariat, nein, für die ganze Nation. Einen so erbärmlichen Mann wolle sie zum Paten ihres Kindes haben?

Pate – diese Ehre werde dem kleinen Wilhelm wohl nicht widerfahren, widerspricht Frieda.

Das werde er auch zu verhindern wissen, behauptet Georg scharf. Niemals werde er das zulassen. Niemals!

Nach weiteren Streitereien wird das Neugeborene endlich als «Georg August Tremus» ins Standesamtsregister eingetragen und einen Monat nach seiner Geburt in der Maria-Hilf-Kirche auf den Namen «August» getauft, nach August Bebel. Bei der Taufe ist die Heybach übrigens anwesend; sie wirkt wie verfault.

Im Gegensatz zur ersten Niederkunft liegt Frieda diesmal sechzehn Tage im Wochenbett; es treten Komplikationen auf. Wochenlang kann Frieda ihr Kind nicht stillen; man muß ihr die Milch abpumpen, was sehr schmerzhaft ist und von einer Pflegerin erledigt wird, die zweimal am Tag ins Haus kommt. Die Frau hat die robuste Natur eines Metzgergehilfen. Frieda wendet den Kopf zur Seite, wenn sie nur zur Tür hereinkommt. Für den kleinen August wird eine Amme gefunden und dieser an die Brust gelegt. Später bekommt er als Nahrung Ziegenmilch; die ist angeblich kräftigender als Kuhmilch, sogar gesünder als Muttermilch. Wirklich entwickelt sich der Kleine normal, nachdem er die üblichen Kinderkrankheiten überwunden hat.

Frieda wird von Frau Döringer mit dem Kräftigungsmittel «Doktor Niemands Hematol» aufgepäppelt. Sie schwört darauf. Sie behauptet, es sei fünfmal nahrhafter als Fleisch und in seiner Wirkung unerreicht. Frau Döringer hat die Neigung, alles miteinander in Beziehung zu setzen. Nichts kann bei Frau Döringer für sich allein bestehen. Bei Rachitis und Frauenleiden gibt es ihrer

Ansicht nach nichts Besseres als Hematol, «besser als Eisen und Pepton zusammen». Man hat sich so an ihre Ausdrucksweise gewöhnt, daß man sie für gewöhnlich nicht wahrnimmt; daß Frieda diese Eigentümlichkeit nun auffällt, ist kein gutes Zeichen. Sie denkt offenbar nicht über das nach, was sie beschäftigen müßte, sondern sucht nach Ablenkung und Abwechslung.

Seltsamerweise wird ausgerechnet diese wenig glückliche Phase in Friedas Leben in einem Ölbild von falscher Fröhlichkeit festgehalten; Frieda, im Bett aufrecht sitzend, das Neugeborene im Arm, Georg neben ihr auf dem Bettrand, seinen Erstgeborenen wie schützend an sich gepreßt. Wenn man genau hinsieht, merkt man, alle vier blicken einen imaginären Beschauer an, als erwarteten sie ausgerechnet von ihm das Heil, und das steht im Gegensatz zur vorgetäuschten Heiterkeit.

Das Bild stammt von dem angesehenen Schlachtenmaler Gottfried Becht-Röpl, der zu dieser Zeit Gast im «Petersburger Hof» ist. Der Maler hat schon am Frankreich-Feldzug von 1870/71 teilgenommen und davon Bilder gefertigt, die sowohl im Berliner wie im Dresdner Schloß hängen und die auf Hunderttausenden von Postkarten wiedergegeben sind. Georg hat er davon kurz nach dem Einzug einen ganzen Satz geschenkt, alle handsigniert, und Georg hat ihm höflich versprochen, sie wie einen Schatz zu hüten. Doch der Maler hat darauf nur uninteressiert erwidert: «Brauchen Sie nicht. Die gehen nicht aus!» Das hat Georg imponiert, und seitdem kommen die Männer gut miteinander zurecht. Manchmal sitzen sie abends in der aufgeräumten Küche und trinken Bier. Becht-Röpl ist ein Mann um die Sechzig, mit langem Tirpitz-Bart, wettergegerbter Haut und dem rauhen Benehmen eines Seemanns. Er leidet unter Anfällen von Rheumatismus. Darauf nimmt er aber nicht die geringste Rücksicht; wenn es wieder soweit ist, streckt er sich auf dem Fußboden aus, gleichgültig, wo er ist, und wartet darauf, daß die Anfälle abklingen. Frieda hatte ihm anfangs versprochen: «Ich bringe Sie wieder in die Reihe, verlassen Sie sich drauf!» und ihm angeboten, ihn täglich zu massieren. Der Maler hat empfohlene Behandlung rundweg abgelehnt. Man weiß gar nicht, was er in Wiesbaden sucht, wenn er nicht kuren will. Ein paarmal hat er sich wenigstens bereden lassen, in Zimmer 6 zu baden; für Gäste wie ihn lassen sie ja das Kochbrunnenwasser kommen. Der Maler hat aber geknurrt, er verspüre keine Besserung, und hat die Baderei eingestellt. Dabei ist das Kochbrunnenwasser bei Gicht, Rheumatismus, Ischias, Knochenleiden, auch bei Nervenleiden, das Wirksamste, was es gibt.

Der Maler hat eine vollkommen nichtssagende Person bei sich, ein rothaariges träges, dummes Geschöpf, das am liebsten am Fenster sitzt und mit Katzenträgheit beobachtet, was draußen vorgeht. Er nennt sie seine «Muse», sie scheint aber nur fürs Bett dazusein. Jeden Tag muß sie ihm eine halbe, manchmal eine ganze Flasche Champagner aus der Weinhandlung Scholl holen. Grundsätzlich trinkt er nur die Marke «Mercier», Reims, erkennbar an einem blau-roten Band um den Flaschenhals, die halbe Flasche zu drei Mark. Ist «Mercier» zufällig aus, tobt der Künstler rum und besäuft sich mit Armagnac. Seine materiellen Angelegenheiten sind anscheinend ganz ungeregelt; mal hat er Geld, mal hat er keins. Die ersten beiden Monate hat er das Prachtzimmer des Hauses bewohnt, Zimmer 8 im ersten Stock, mit Balkon über dem Eingang. Dann wurde ihm das zu teuer, und er ist unters Dach gezogen. Da ist er mit zwei Kammern zufrieden, 31 und 32. Seitdem er sich dort einquartiert hat, ist von Auszug oder Abreise nicht mehr die Rede. In einer der beiden Kammern haust und malt er, in der anderen wird geschlafen. Eines Tages gibt es Geschrei in Nummer 32, dann schleppt die «Muse», wie sie bald auch von den Hausmädchen und den Besitzern des «Petersburger Hofes» bezeichnet wird (natürlich nur hinter vorgehaltener Hand), zwei Koffer die Treppe runter und stolpert damit aus dem Haus. Drei Wochen ist sie verschwunden, dann zieht sie auf ähnliche Weise wieder ein.

Herr Becht-Röpl behauptet, er hat zuletzt gewaltige Schinken von der Niederschlagung der Hereros gefertigt und dafür überschwengliche Anerkennung von Leuten gefunden, die keine Ahnung haben, wie Mord und Totschlag in Wirklichkeit aussehen. In den Zeitungen würden die Feldzüge der Kolonialtruppen «Befriedung» genannt; tapfere deutsche Männer brächten angeblich die Neger zur Vernunft, wo sie sich zu erheben suchten. Was er in Afrika mit ansehen mußte – wie in Deutsch-Südwest schwarze Frauen und schwarze nackte Kinder niedergemacht und zum Verrecken in die Wüste getrieben werden –, das hat ihn, behauptet er, ein für allemal zu einem Hasser aller Verkünder von der deutschen Mission in Afrika werden lassen. Angeblich malt er kein weiteres der bestellten und längst bezahlten Bilder. Er wolle keinen

Spähtrupp im Morgengrauen mehr verherrlichen, erklärt der Maler sowohl nüchtern wie im Suff, kein Gefecht und kein Gemetzel. Er sei nicht mal bereit, Genrebilder abzuliefern – von jetzt an keine pfeiferauchenden Soldaten vor dem Kampf mehr, auch keine briefeschreibenden. Dabei würden die Pfeifenraucher und Briefeschreiber (Briefe an die Lieben daheim) von der Käuferschaft richtigerweise am meisten geschätzt. Kurz nach seinem Einzug – Frieda ist zu dieser Zeit hochschwanger – läßt er seine Wirtsleute einen Blick auf den Stapel angefangener, halb fertiger und fast fertiger Bilder tun, die sich in seiner Kammer angesammelt haben. Die Eheleute Tremus sind sich einig, er versteht es meisterhaft, die über der Wüste aufgehende Sonne oder das Meer im letzten Abendglanz bildlich festzuhalten; man meint, wenn man auf die Bilder blickt, selbst das Schnaufen der Pferde und das Plätschern der Ozeanwellen zu hören. Unter den fast fertiggestellten Ölbildern sind auch kleinere Szenen aus dem Burenkrieg; sie sehen kaum anders aus als die vom Herero-Aufstand. Herr Becht-Röpl wirft sie wie angewidert weg und nennt alles «Pferdescheiße». «Man müßte die Gedärme malen, wie sie den Toten aus dem Bauch quellen», beschwert er sich über sich selbst, «die Hautfetzen, wenn sie sich vom Körper schälen, gleich, ob weiß oder schwarz – nicht so was... Jeder Krieg ist ein Unglück, aber dieser Krieg ist eine Infamie», sagt er dazu und hört mit der Erzählung seiner furchtbaren Geschichten, grausamer als Alpträume, erst auf, als Georg ihn dran erinnert, daß Frieda in anderen Umständen ist. Spontan verspricht er darauf, sie zu malen, wenn sie das Kind habe, und hält das Versprechen auch, als es soweit ist. Frieda wollte ihn überreden, das Vorhaben auf später zu verschieben, auf den Zeitpunkt, zu dem sie wieder vollkommen hergestellt sei, aber er versichert ihr: «Machen Sie sich keine Gedanken! Ich lüge mit dem Pinsel besser als mit dem Maul! Sie werden zufrieden sein!»

Darauf wurde das Jüngste an ihrer Brust drapiert, Georg und das Addychen mit ernstem Gesicht daneben plaziert, und das Ganze photographiert. Nach diesem Photo malt Herr Becht-Röpl nun an dem Bild, und Frieda und Georg sind sich nicht einig, ob er dafür Geld verlangen wird oder ob das sein Geschenk zur Geburt des zweiten Kindes wird. Frieda ist überzeugt, wenn es fertig ist, wird er eine erkleckliche Summe verlangen. Georg glaubt an das Gute im Maler Becht-Röpl.

Es kommt so, wie Frieda vermutet hat. Der Maler erwartet dafür ein saftiges Honorar. Schließlich wird das Bild mit der Mietzahlung für vier Monate verrechnet.

Das Gemälde wird goldgerahmt im Eingang aufgehängt und macht sich dort sehr gut.

4

Im Sommer 1907 ist Pater Richard Jennewein PSM, für Frieda vollkommen unerwartet, in Wiesbaden.

Er gesteht Frieda später, er sei schon mehr als eine Woche in der Heimat gewesen, ehe er den Mut gefaßt habe, sich telephonisch zu melden. Frieda ist gerade dabei, im Hof mit den Müllmännern zu verhandeln, die jedesmal, wenn sie die Mülltonnen auf die Straße tragen, den Hausflur verdrecken. Sie wird puterrot, als Willy ihr zuruft: «Frieda! Der Pater Jennewein ist am Apparat!» Als sie dann in der Telephonzelle steht, vermag sie kaum zu sprechen. «Herr Jennewein ...», bringt sie endlich voller falscher Töne heraus, «welche Freude, mal wieder Ihre Stimme zu hören.»

Nur mit Anstrengung findet sie Alltagston und Alltagshaltung zurück, als er ihr antwortet: «Gottes Segen, liebe Frau Tremus.» Sie möchte ihm mit Passendem antworten, mit Wichtigem. Wie oft hat sie an ihn gedacht, sternenfern schien er ihr, und nun hört sie seine Stimme, als stünde er neben ihr, und alles, was sie herausbringt, ist die banale Frage: «Wo sind Sie?» – «Raten Sie bitte», fordert er sie freundlich, beinahe scherzend auf. Vielleicht vermag sich das Glück, das sie spürt, durch die elektrische Leitung zu übertragen und er empfindet es.

«Etwa hier in Wiesbaden?»

«Sehr, sehr in Ihrer Nähe ... In Rambach.»

Sie hat Mühe, das Hörrohr nicht loszulassen, so stark zittert ihre Hand. «Sehe ich Sie?» fragt sie endlich. Nun ist er es, der nicht zu antworten weiß. Allem Anschein nach ist ihre Frage zu direkt; so fragt eine Geliebte ihren Liebhaber, nicht eine verheiratete Frau und Mutter einen geistlichen Herrn. Sie wartet nicht ab, daß er antwortet, läßt ihm nicht mal Gelegenheit dazu, sondern behauptet: «Ich hatte vor, morgen das Grab von Frau Maison zu besuchen. Vielleicht sind Sie auch da. Ich würde mich freuen.» Dann hängt sie ein, ehe er Gelegenheit hat, mit irgendwelchen Ausflüchten zu antworten.

Hätten sie eine Uhrzeit verabredet, sie könnten sich nicht exakter treffen, als es geschieht. Als Frieda am nächsten Tag gegen drei Uhr nachmittags mit einem ansehnlichen Blumenstrauß (viel azurfarbene Kornblumen, wie Frau Maison sie geliebt hat) aus dem Taxameter steigt – die Taxe hat sie sich am Kurhaus genommen; dies schien ihr sicherer, als den Jörns zu bemühen –, will Pater Jennewein gerade die niedrige schmiedeeiserne Friedhofstür öffnen. Er hält in seiner Bewegung inne und wartet auf sie. In seinem weißen Missionarsgewand, mit seiner tiefbraunen Gesichtsfarbe – sie meint, mit einem Schimmer Oliv – und der aufrechten, männlichen Haltung, die auch etwas Verwegenes ausdrückt, macht er Eindruck auf sie. Er ist gereift, meint sie, ist männlicher geworden, wirkt zupackend.

Sie reichen sich die Hand, sehen sich ernst und wortlos an – was kann man in dieser delikaten Situation sagen, scheinen beide zu fühlen –, gehen stumm nebeneinander den kurzen Weg zum Grab, als seien sie gestern zum letzten Mal hier geschritten und dieser Besuch sei der wirkliche Grund ihres Zusammentreffens. Endlich bemerkt sie, als sei das noch von Wichtigkeit: «Ich dachte, Sie würden früher kommen ... Im letzten Jahr schon ... Sie hatten es doch angekündigt?» – «In Afrika fügt es sich, wie es sich fügt. Versuchen Sie dennoch nach europäischer Unsitte einen Plan aufzustellen, geht prompt ein Unwetter nieder oder ein Aufstand bricht aus. Man lernt dort Geduld.» – «Recht bequem, man hat eine Ausrede für alles.» – «Allerdings», gesteht er ihr lächelnd zu.

Sie sind sich vertraut, wie sich Menschen nur vertraut sein können; haben sie sich doch in ihren Briefen alles mitgeteilt, was ihr Leben ausmacht. Trotzdem wagen sie bei dieser ersten Begegnung nach Jahren nichts Persönliches auszutauschen. Sie reden weder über seine noch ihre Empfindungen, nicht einmal über so Naheliegendes wie über den Tod der Frau Maison oder über die schier unbegreifliche Trauer, die Herr Maison deswegen zeigt. Jeder hätte meinen können, nachdem ihm seine Frau über Jahre dahingewelkt war, habe er längst von ihr Abschied genommen. Um so erstaunlicher, daß er sich gibt, als sei sie ihm in der Liebe Maienblüte genommen worden. Über all dies sprechen die beiden jedoch nicht. Wie unter Zwang kommen sie immer wieder auf die Banalitäten ihres Alltags zurück. Sie berichtet von Gästen, die aus der Reihe fallen, und der unbegreiflichen Weigerung ihres Mannes, das Angebot der Stadt anzunehmen und den «Petersburger Hof» günstig zu verkaufen. Er seinerseits redet von den Gemüsegärten, die er hat anlegen lassen und die immer reicheren Ertrag bringen, so daß nun der Überschuß verkauft werden kann. Angebaut werden neben den unserem Gaumen bekannten Gemüsen Mais, Bataten, Maniok, Yams, Zichorien und Papaya, und der Bananenbaum ist auf seiner Station, was in Europa der Apfelbaum ist.

Frieda und der Freund sitzen während ihres Gesprächs unter einer blühenden Kastanie, einem noch schmächtigen Gewächs, das erst vor wenigen Jahren gepflanzt wurde. Sie sind die einzigen Lebenden auf dem kleinen Friedhof, und sie haben keine Eile, den idyllischen Fleck zu verlassen. Alles, was er ihr schildert oder erklärt, schildert er mit dem Eifer eines Verliebten, der wünscht, daß er genau verstanden wird, als dürfe es absolut keine Mißverständnisse zwischen ihnen geben. Mit dem Absatz seines hochgeschnürten Schuhs skizziert er hin und wieder Grundrisse in den Sand und wägt Vor- und Nachteile der einzelnen Baulichkeiten seiner Station gegeneinander ab. Es gibt neben den Wohngebäuden und der Kirche eine kleine Manufaktur, in der man aus einheimischem Kautschuk Reifen, Riemen und Schläuche fertigt. Man betreibt selbstverständlich auch Viehzucht; dies aber nur für den eigenen Gebrauch. Er spricht von seiner Station, als unterhalte er einen wohlorganisierten kleinen Gewerbebetrieb; Taufen und Messelesen kommt in seinen Schilderungen nicht vor. Als habe er den nicht ausgesprochenen Vorwurf vernommen, erläutert er ihr ausführlich, eine Missionsstation solle nicht nur die Seele bilden, sondern immer auch eine Heimstätte deutschen Fleißes, deutscher Häuslichkeit und deutscher Gesittung sein. Eine Mission bedeute den Sieg der vorwärtsstrebenden christlichen Kultur über niedere Lebensformen, sei durch ihre bloße Existenz ein Wahrzeichen christlichen Glaubens und ein Versprechen, den Neger auf eine höhere Kulturstufe heraufzuziehen. Mit Feuer in der Stimme behauptet er: «Das nenne ich Arbeit in SEINEM Dienst. Man kann den Blick auf IHN hinrichten und alles so heiligen, daß es einem gleich viel wert ist, ob man baut oder pflanzt oder meinetwegen Kautschuk verformt oder predigt ...»

Sie fragt wie obenhin, wann er wieder gehe. Er antwortet ihr, seine Abreise sei noch vollkommen unbestimmt. Vorerst sei er hier. Als nächstes habe er in Limburg seinem Orden Bericht zu erstatten.

Eine Weile sitzen sie stumm, als genüge ihnen das Beisammensein vollauf und werde von weiteren Worten eher verdorben als verbessert. Dann stellt Frieda aber doch die Frage, die sie lange beschäftigt hat und welche sie immer zurückgehalten hat, fragt zögernd: «Richard, warum haben Sie mir damals das Paket geschickt? Sie wissen schon, das Paket mit Ihren Briefen...!»

«Ich habe es nicht geschickt, ich habe darum gebeten, daß man es Ihnen zukommen läßt. Ich weiß, das sind Haarspaltereien...», fügt er noch an, aber erkennbar, um Zeit für eine exaktere Antwort zu finden. «Ich lag damals im Wilhelms-Krankenhaus; wieder mal, muß ich wohl hinzufügen, und glaubte, diesmal werde es zu Ende gehen», sagt er endlich. «Ich glaubte, meine Stunde sei gekommen und ich würde dieses Jammertal mit dem besseren Jenseits vertauschen... Der gute Doktor Nikutowski war so freundlich, es für mich zu besorgen.»

«Und warum nicht ein Wort der Erklärung?»

«Haben sich meine Schreiben nicht selbst erklärt?»

«Erst mal haben Sie mir furchtbaren Schreck eingejagt... Plötzlich solche Post – wie ein Nachlaß...»

«Bedarf es deswegen wirklich der Worte zwischen uns?» fragt er und legt behutsam seine Hand auf die ihre, und sie ergreift sie.

In den beiden Wochen, in denen Pater Richard im Mutterhaus der Pallotiner weilt, denkt Frieda mit schmerzender Sehnsucht an ihn. Ihn nicht berühren, ihn nicht sprechen zu können, wenn er in Afrika ist, ist verständlich, und daran ist sie gewöhnt. Ihn aber in Limburg, kaum eine Stunde Bahnfahrt entfernt, zu wissen und dennoch vollkommen von ihm getrennt zu sein, macht sie launisch. Manchmal antwortet sie Georg oder dem Personal unbeherrscht auf vollkommen harmlose Fragen. Georg läßt sich das einige Tage gefallen, dann nimmt er sie ins Gebet: Was ist mit ihr? Was nimmt sie sich da heraus?

Sie versucht, ihn mit einigen nichtssagenden Worten abzuspeisen, kommt damit jedoch bei Georg nicht durch. Während sie niemals hinter seine Geheimnisse gelangt – entweder weil sie kein Interesse daran hat, oder weil er sie zu gut bewacht –, hat sie immer die Empfindung, ihre Wahrheiten erahne er. «Geht's um einen anderen Mann?» sagt er ohne Umschweife und vollkommen kalt, während er sich für die Nacht zurechtmacht. – «Georg, ich hab ein Hotel, ich hab zwei Kinder – ich hab keine Zeit für einen Mann.» – «Du warst doch am Dienstag aushäusig. Wo bist du da gewesen?» – «Traust du mir nicht?» – «Gib mir doch eine ganz einfache Antwort auf eine ganz einfache Frage. Macht's doch leichter.»

«Wie komme ich denn dazu?» entrüstet sie sich. «Du gehst aus dem Haus, wenn du es für richtig hältst! Du gehst zu einer Sitzung oder fährst zu deiner geliebten Partei, ganz wie es dem Herrn in den Sinn kommt. Und ich soll mich für jeden Schritt rechtfertigen. Was weiß ich, ob das überhaupt wahr ist, was du mir erzählst.» Ohne die Stimme zu heben oder zu senken, unterbricht er sie: «Frieda, hast du ein Liebesverhältnis?» – «Nein», antwortet sie wütend, «ich wollte, ich hätte eins.»

Warum muß er das Schlafzimmer zum Gerichtssaal machen? Gibt es keinen anderen Ort für Streitereien? Warum immer im Schlafzimmer und vor dem Zubettgehen?

«Hast du jetzt deine Spione?» fragt sie. «Wer hat dir das zugetragen?»

«Niemand. Ich selbst habe dich gesehen, als du aus dem Blumenladen kamst.» – «Und so was behältst du vier Tage für dich?» – Er läßt sich von ihrer Bemerkung nicht von seiner Spur abbringen: «Also, wo bist du gewesen?» wiederholt er seine Frage. – «Ob du es glaubst oder nicht, ich war auf dem Friedhof und habe die Frau Maison besucht. Ich hoffe, du hast nichts dagegen. Ich habe blaue Kornblumen gekauft. Die hatte Frau Maison so gern, sie und die Königin Luise auch. Bist du zufriedengestellt?»

Statt ihr zu antworten, stellt er seine Schuhe vor die Zimmertür, schließt danach die Tür ab, öffnet das Fenster einen Spalt weit, löscht das Licht, legt sich ins Bett – alles, wie er das jede Nacht zelebriert. Vielleicht ist das seine Antwort. Erst nach einer Weile, in der beide keinen Schlaf finden, ermahnt er sie: «Frieda, ich möchte gerne wissen, wann du das Haus verläßt und wohin du gehst! Es interessiert mich zu erfahren, wo es dich hinzieht!» – «Mich auch!» antwortet sie bitter und voller Selbstmitleid. «Das würde ich auch gern wissen, was du treibst, wenn du nicht hier bist!» – «Ja, aber ich bin der Mann!»

Einmal, Georg ist wieder zu einer seiner vielen Besprechungen aus dem Haus gegangen, schließt sich Frieda im Schlafzimmer ein und gibt ihrer Verzweiflung nach. Sie schluchzt, als habe sie das Liebste verloren. Frau Döringer klopft, bringt ihr eine Tasse in heißem Wasser aufgelösten Hematols und versichert ihr, was sie durchmache, hätten viele Frauen erlitten, und eines Tages seien alle Schmerzen und Kümmernisse wie weggeblasen, und es bleibe nur noch die Freude über das Kindchen. Frieda nickt dankbar über diesen quasimütterlichen Trost, trinkt auch gehorsam die Brühe, und hinterher denkt sie: Bin ich wahrhaftig eine Rabenmutter, daß ich meine Kleinen und meine Pflichten über einen Mann vergesse, der seinem Gott und seinen Oberen ewige Keuschheit gelobt hat? Und wie kann es sein, daß ich nach fünf Jahren Ehe und bei zwei kleinen Kindern meine erste Backfisch-Schwärmerei erlebe? Was stimmt mit mir nicht? Nein, widerspricht sie sich entschlossen, es handelt sich nicht um eine Schwärmerei und nicht um eine Affäre, wie sie treulos-neugierige Frauen in den Fortsetzungsgeschichten der illustrierten Blätter erleben. Richard Jennewein ist der Mann, den sie sich genommen hätte, hätte er zur Wahl gestanden.

Wenn es wenigstens einen Menschen gäbe, mit dem sie über ihre Emotionen sprechen könnte!

Nachdem Richard seinen Oberen berichtet hat, kehrt er zu wohlverdienten Ferien zurück. Er nächtigt neuerlich im Christlichen Hospiz an der Platter Straße. Dies ist ein stattlicher Bau, und sowohl für kurende wie für durchreisende Geistliche beider Konfessionen gedacht; eine ökumenische Sonderheit. Frieda hat sich beim Vorbeigehen schon manchmal gefragt, wie es drinnen aussehen mag. Ist das etwa ein Hotel oder mehr ein Kloster?

Als Frieda einmal hingeht, eine Nachricht für Pater Jennewein zu hinterlegen, läßt man sie nicht ein, und entsprechend wird nicht mal ihre Neugier befriedigt. Er ist da noch nicht aus Limburg zurück. Doch auch als er zurückgekehrt ist, ist es schwierig für sie, ihm zu begegnen, was aber nicht bedeutet, daß es ihr nicht gelingt. Pater Jennewein liest, wie das katholischen Priestern vorgeschrieben ist, täglich eine Messe, entweder in St. Bonifatius, der städtischen Hauptkirche, oder in Maria Hilf; gelegentlich sogar in der Kapelle der Krankenanstalten. Zu zweien dieser Messen geht Frieda, wiewohl Georg ihre wiedererwachte Frömmigkeit nicht behagt und er sich darüber indigniert zeigt. Einmal empfängt sie sogar aus Richards Hand den Leib Christi. Sie sehen sich kurz in die Augen, als er beim Austeilen der Hostien zu ihr tritt. Dann aber läuft der Vorgang vollkommen sachlich ab, wie geschäftsmäßig. Sie öffnet den Mund, und er legt ihr die Hostie auf die Zunge. Frieda spürt dabei nichts als Übung. Seine Hand ist ruhig, die Stimme, die den Segen spricht, klar. Die Kommunion hat keine Bedeutung über die religiöse Zeremonie hinaus. Frieda hatte sich davon mehr erwartet; irgendeinen Schauer, der sie dabei durchriesele. Während des ganzen Gottesdienstes hat sie diesem Moment entgegengezittert, im entscheidenden Augenblick spürt sie aber nur das Knacken ihres Knies und eben seine routinierte Gewandtheit.

Nach der Messe frühstückt Richard für gewöhnlich im Hospiz. Dieses Wissen läßt Frieda in der Nähe seiner Unterkunft warten. Als er sie bemerkt, versucht er nicht, seine Wiedersehensfreude zu unterdrücken. Sie reichen sich die Hand, und wie selbstverständlich verzichtet er auf seinen Morgenkaffee, will sie auf dem Nachhauseweg begleiten, und daraus wird ein langer Spaziergang. Wo könnten sie sich sonst aufhalten, ohne Aufsehen zu erregen, wenn nicht auf der Straße? Anfangs sind sie wiederum befangen, suchen sich am Nächstliegenden festzuhalten. Wie war der Aufenthalt in Limburg? Und wie findet er überhaupt, nach so langer Abwesenheit von hier, die Heimat? Hat sich viel für ihn verändert? – Beinahe alles, behauptet er. Wohin man blicke, nur Fortschritt! Und sie? Sei ihr Leben von Glück und Liebe erfüllt, wie sie es verdiene? Es sei ihm aufgefallen, er habe neulich nur von sich gesprochen. Dabei habe er so viele Fragen an sie.

In der Hauptsache spricht er aber doch wieder von sich und seinen Umständen. Wieviel Streiterei sich allein in Kamerun aus der Konkurrenz der verschiedenen Konfessionen ergebe! Er wolle nicht daran erinnert werden! Die Fromme Missionsgesellschaft der Pallotiner, die Pia Societas Missionarum (daher die geheimnisvoll klingende Abkürzung «PSM» hinter Richards Namen) sei dort ja nicht in Neuland vorgedrungen, wie man oft vermeine. Vor ihnen hätten bereits deutsche Baptisten gewirkt, und sie wiederum seien nur die Nachfolger englischer Glaubensbrüder gewesen. Die von den Engländern angeworbenen Christen fühlten sich unter der ernsten deutschen Zucht nicht wohl, wollten überhaupt ohne das Regiment der Europäer auskommen, und die innere Widerspenstigkeit mache begreiflicherweise auch den katholischen Hirten das Leben schwer.

Beide, Frieda wie Richard, verstehen, daß seine Redereien sie schützen sollen. Sie wollen beieinander sein und fürchten sich dennoch davor; fürchten, sich zu verstricken.

Die Wochen gehen dahin. Richard Jennewein ist noch immer in der Stadt, doch der Tag der Rückkehr nach Afrika rückt unaufhaltsam näher. Ab und an kommt es zu Begegnungen zwischen ihm und Frieda, sie werden allerdings immer quälender. Gäbe es doch nur eine Möglichkeit, mit ihm irgendwo ungestört zu sein, und sei es im verkommensten Schlupfwinkel. Entweder empfindet er ähnlich und redet, um seinen Gefühlen auszuweichen, oder die Jahre auf dem schwarzen Kontinent haben ihn im Herzen zu einem Afrikaner gemacht. Ohne Unterlaß spricht er jedenfalls von den dortigen Verhältnissen.

Es fällt ihr auf, daß Richard oft Bilder mit sexuellem Gehalt gebraucht. Etwa sagt er: «Die Schöne wollte nicht entblättert werden. Doch Stück für Stück fielen die Schleier», und damit meint er nichts als die Landesnatur Kameruns und wie sie von Forschern erkundet wurde. Oder er sagt: «Hosen runter!», wenn er sich besonders forsch geben will. Wahrscheinlich ist ihm das nicht bewußt, aber sie nimmt an, dies ist kein Zufall.

Einmal fragt sie ihn direkt danach: «Haben Sie dort Umgang mit Frauen?» Er versteht natürlich sofort, was sie erfahren will, weicht aber aus und gibt an, die Basler Missionsgesellschaft habe sieben unverheiratete Missionarinnen in ihren Reihen. Denke sie etwa an diese? Frieda gibt sich nicht mit diesem mageren Scherz zufrieden, erläßt ihm die Antwort nicht. Nein, sie spreche von Frauen, die sich umarmen lassen, beharrt sie auf ihrer Frage, gleich, ob weiß oder schwarz. Er zuckt vor klarer Beantwortung zurück, aber sie bemerkt, er strengt sich wenigstens an, die Wahrheit zu formulieren. Während er nach den rechten Worten sucht und wahrscheinlich auch nach Entschuldigungen für sich, beschließt sie: Wenn er nein sagt, wird sie ihn fallenlassen; dann werden sie nie das Verhältnis haben, das sie will. Nur wenn er eine Frau zugibt, wird sie ihn weiter als Mann sehen.

Sie stehen, als sie diese Frage an ihn richtet, auf der vorderen Plattform der Nerobergbahn, einer Drahtseilbahn, die zum höchsten Punkt eines Aussichtsberges hinaufführt, und gerade als er ihr antworten will, kommt ihnen der talwärts fahrende Wagen der Bahn auf dem Gegengleis entgegen und auf dessen Plattform stehen Gäste des «Petersburger Hofes» und winken Frieda freundlich zu. Er schweigt, als sei nun Beantwortung nicht mehr angebracht, und nachher kommt sie nicht mehr auf die Frage zurück.

Zum Abschied schenkt Frieda Richard einen vergoldeten Kelch, den sie in einer Paramenten-Handlung in der Friedrichstraße gekauft und wofür sie einen Teil ihres Gesparten hergegeben hat. Ihr Mann weiß nicht, daß sie überhaupt Spargeld besitzt, und Richard ist über die Kostbarkeit des Geschenks so verwundert, daß er vergißt, danach zu fragen, wie sie ihm ein derart kostspieliges Präsent machen kann.

Aus Bremerhaven läßt er ihr einen äußerst umfangreichen Brief zukommen. In diesem Brief sagt er ihr unter anderem, was es ihm bedeutet, ihr schreiben zu dürfen: «Ich will mich Ihnen nicht nur im Sonntagsgewand der göttlichen Gnade präsentieren, sondern auch im Alltagskleid menschlicher Schwachheit. Man wird erst in der Fremde gewahr, was einem die Lieben in der Heimat sind. In der Fremde ist man allein, auf sich zurückgeworfen. Und das ganze Leben soll man in Einsamkeit verbringen, in einem Land des Todes für die Seele? Man sieht, daß man nichts auszurichten vermag an den Herzen der Menschen, die Macht der Finsternis ist groß und unsere Kraft gering. Da wäre es zum Verzagen und zum Verschmachten, wenn man wirklich allein wäre und nicht wüßte: Es gibt außer dem dreieinigen Gott ein Wesen, das vielleicht an dich denkt.»

Sie ist sehr gerührt, als sie diese Zeilen liest.

5

Frieda kennt nur eine einzige Ehe, von der sie glaubt, sie sei so, wie sie in den Predigten beschrieben und von jungen Mädchen erträumt wird. Das ist die Ehe von Georgs Eltern. Die alten Tremus' sind sich zugetan wie am ersten Tag.

Frieda fragt sich, ob Georg ihre Ehe mit der seiner Eltern vergleicht. Wahrscheinlich nicht. Georg ist kein Holzklotz; er wird wissen, wo ihre Grenzen sind. Sie haben stillschweigend vereinbart, daß jeder von ihnen beim anderen seinen Vorteil sucht, und sie meint, Vor- und Nachteile seien in ihrer Verbindung ausgewogen.

Müßte sie Georg mehr Liebe geben? Doch wie das tun? Soll sie heucheln? Sie ist aufmerksam, läßt ihm Freiheit, und im übrigen sind sie dafür da, den Gästen die Wünsche an den Augen abzulesen. Manche stehen schon um sechs Uhr morgens mit einem Berg Koffer vor der Tür, andere wollen mitten in der Nacht Rollmöpse.

Sie haben einen Gast, der an Verfolgungswahn leidet. Er hat Angst, daß man ihn vergiften will. Deswegen bekocht er sich selbst; jedesmal, wenn die Küche aufgeräumt und geputzt ist, fängt er an zu schnuddeln. Frau Döringer haßt ihn, und wenn er nicht gewaltig aufpaßt, wird sie ihn eines Tages wirklich vergiften. Wie soll man bei derartigen Umständen dem eigenen Mann mehr Liebe zukommen lassen? Wenn er im Bett einen Wunsch hat, erfüllt sie ihn. Sie ist ihm dankbar dafür, daß er in dieser Hinsicht nicht übertreibt.

Und eins ist sicher, gemessen an Annas Ehe ist die ihre aus purem Gold. Im Grunde sind Herr und Frau Wienandt nur auf dem Papier Mann und Frau. Anna verbringt einmal in der Woche eine Nacht dort, oft genug nicht einmal das. Es kommt vor, daß sie ihm nur die Wäsche bringt und schmutzige mitnimmt und sich wieder verzieht.

Gelegentlich erscheint Anna im «Petersburger Hof» und berichtet von ihrem Eheleben. Bei Gelegenheit erfährt Frieda, jetzt ist alles noch schlimmer geworden, der gute Fritz kann seine Wohnung nicht mehr halten, die beiden Räume im Obergeschoß, die er vorher mit einem Schlafburschen teilte. Er hat sich vorgenommen, in Zukunft auf seinem Zuschneidetisch zu schlafen, einer ewig mit Fellresten bedeckten Fichtenplatte, die den größten Teil der Werkstatt füllt. Seine Wohnungsverhältnisse waren immer katastrophal; doch selbst die Heybach haust so nicht. «Er weiß nicht mal, ob er die Werkstatt halten kann», bekennt Anna, beinahe ungeniert.

«Allmächtiger Gott. Anna, mach Schluß. Oder führ eine richtige Ehe. Wenn du ihn dir schon ausgesucht hast.»

«Ich soll in die Werkstatt ziehen?»

«Natürlich nicht in die Werkstatt. Vielleicht braucht er nur einen Anstoß. Georg hätte ohne mich auch noch kein Haus.»

Anna bekennt ohne Umschweife, es war ein Fehler zu heiraten. «Das Heiraten war nicht falsch», widerspricht Frieda der Freundin, «du hast dir nur den Falschen ausgesucht.» Darauf gesteht Anna etwas Bemerkenswertes. Sie sei nur aus Neid die Ehe eingegangen. Sie habe Frieda nacheifern wollen, und dadurch sei sie an Fritz geraten.

Frieda bewundert Anna dafür, daß diese ihre Bekenntnisse noch immer so leichtherzig herausbringt wie eine Vierzehnjährige. Sie denkt, sie hätte Richard ebenso rundweg ihre Gefühle gestehen sollen: Ich verzehre mich nach Ihnen, und es ist mir gleichgültig, was der Papst, der liebe Gott und meinetwegen Ihr Prior dazu zu sagen haben! Was hat sie eigentlich davon abgehalten?

Der laue Sommerabend – Georg ist wieder aushäusig, Willy kümmert sich hingebungsvoll um die Gäste, und die beiden Frauen sind völlig ungestört – verführt dazu, Geständnisse auszubreiten. Frieda ist versucht, der Freundin zu gestehen, was ihr vor einiger Zeit zugestoßen ist. Sie möchte endlich mit jemandem darüber reden. Vor einigen Monaten ist ihr der nette Russe wieder begegnet; ihr allererster Mann. Es war reiner Zufall. Sie war mit August wegen einer Impfung beim Arzt, und als sie die Goldgasse entlangging, kam er ihr entgegen. Natürlich erkannten sie sich auf der Stelle wieder. Wiewohl ihr Zusammensein schon beinahe zehn Jahre zurückliegt, hat er sich kaum verändert. Er ist noch immer rank und hat noch immer die Geschmeidigkeit, die ihr beim ersten Mal an ihm auffiel. Das Herz ist ihr fast stehengeblieben, als er sie ansprach. Das ist ja leicht, wenn eine Frau ein Kind bei sich hat; und sie hatte ihm, um überhaupt etwas zu sagen, verraten, sie hat nun ein eigenes Hotel. Am übernächsten Tag stand er im Haus, tat so, als wolle er eine Erfrischung, und bat sie in Wirklichkeit um ein Rendezvous. Und wirklich hat sie sich mit ihm getroffen. Hier ganz in der Nähe, in einem Gartenhäuschen, einem verschwiegenen Nest in einem romantischen Garten, innen nur zwei Räume, ein Salon und ein Schlafgemach.

Letztlich unterdrückt sie den Impuls, sich Anna zu offenbaren. Warum soll sie der damit das Gewissen belasten? Vor sich selbst verteidigt sich Frieda deswegen mit dem Satz, den sie vor langer Zeit in dem Aufklärungsbuch gelesen hatte. Wahrscheinlich ist es so, sagt sie sich, daß eine Frau niemals den Mann vergißt, der sie entjungfert hat, und auf ewig an ihm hängt. Sie macht sich nichts vor, bei ihm hat sie es mit einem Schürzenjäger zu tun. Wie hätte er sonst von einer Stunde zur nächsten ein Liebesnest parat haben können? Aber er versteht es, mit Frauen umzugehen, und außerdem ist er großzügig, und alles in allem war das Erlebnis beglükkend.

Später berichtet sie Georg über das, was sie von Anna erfahren hat. Er wendet es gleich ins Allgemeine, nimmt es als Beispiel für die Situation der heutigen Frau. Entweder heiraten oder keine Existenz haben!

«Na, mit ihrem Fritz hat sie auch keine!» widerspricht ihm Frieda.

Er ist nicht in Stimmung zu streiten, nickt nur und betrachtet voller Wohlgefallen, wie Frieda vor dem Frisierspiegel sitzt und ihre Haare löst. «Ich weiß nicht, was soll es bedeuten», scherzt er dazu.

«Wie meinst du?»

«Du kämmst dich so selbstvergessen – beinahe wie die Lorelei. Sollte mein Weib etwa Gelüste haben?»

«Wer weiß», lächelt sie. Dann fragt sie, kann man Anna nicht eine bessere Stelle beschaffen?

Wie stellt sie sich das vor? Will sie ihre Freundin als Hausmädchen einstellen? Dann ist ihre Freundschaft aber rasch zu Ende, prophezeit er ihr. Nein, daran hat sie nicht gedacht, antwortet Frieda überrascht. Natürlich nicht Hausmädchen; Anna könne doch mehr als der Familie Maison die Leib- und Tischwäsche bügeln oder bei ihnen die Betten beziehen. Seine Partei setzt sich doch so energisch für die Rechte der Frauen ein, hat sie keine Verwendung für Anna?

Was solle Anna denn für die Partei tun? Etwa agitieren?

Unsinn. Es werde doch irgendwelche bezahlten Tätigkeiten geben. Sie hat gehört, man verdient nicht einmal schlecht mit Parteiarbeit, bei Bebel habe es immerhin für eine Villa in der Schweiz gereicht. – Ja, Gehässigkeiten dieser Natur behalte sie, erwidert Georg, sofort gereizt. Aber was August Bebel für die Arbeiterklasse erreicht habe, das nehme sie nicht zur Kenntnis. Eins könne er allerdings tun, bietet er dann an; er kann mal fragen, ob im Konsumverein nicht eine Stelle vakant ist. Da stehen ja nur Frauen hinter der Theke, und wer weiß, vielleicht könne sich Anna dort nach und nach emporarbeiten. Darin stimme er mit ihr überein, es könne nicht Annas Lebenswerk sein, noch weitere tausend Hemden zu bügeln.

Der Gedanke mit dem Konsumverein ist natürlich ein alberner. Inwiefern würde sich Anna verbessern, wenn sie Nudeln und Kaffee abwiegt und ungeduldigen Kindern fünf Bonbons vorzählt? Das ist doch keine Verbesserung! Frieda behält diese Meinung aber für sich, will nicht, daß es zu Streit kommt. Sie lädt ihn ein, sich zu ihr zu legen, und er folgt der Einladung.

Nachher, als Georg bereits eingeschlafen ist, sinnt Frieda darüber nach, was geschehen wäre, wäre Anna damals allein auf dem

Ball gewesen und Georg wäre Anna begegnet statt ihrer. Hätten sich die beiden gefunden?

Zwischen den beiden ist eine geheime Übereinstimmung, von der sie nicht weiß, worauf sie gegründet ist, und beide hoffen, sie, Frieda, bemerke es nicht. Nicht, daß sie vermutet, die beiden hätten ein geheimes Liebesverhältnis. So etwas hält sie für ausgeschlossen. Und dennoch schwingt etwas zwischen ihnen, sind sie sich zugetan. Gelegentlich wagt Anna jetzt, Georg zu widersprechen, was anfangs so gut wie nie vorkam, und hin und wieder verbeißen sie sich sogar in Diskussionen. Anna ist tüchtiger, als sie sich gibt; davon ist Frieda überzeugt; hat ja auch schon viel gelesen. Ein wenig zurechtgemacht, sieht Anna apart aus. Georg hat einmal eine stille Madonnenschönheit in ihr entdecken wollen; wo er die allerdings gefunden hat, ist ihr schleierhaft.

Wenn das alles so ist, warum tut er dann nichts für Anna?

6

Über Monate, allerdings mit Pausen von jeweils einigen Wochen, logiert der Reichstagskandidat der Sozialdemokraten für den Wahlkreis Wiesbaden, der Buchhalter Gustav Lehmann, im «Petersburger Hof». Mehr noch, er bereitet ausgerechnet hier seinen Kampf um das Reichstagsmandat vor respektive führt von hier aus seinen Wahlkampf.

Die Reichstagswahl soll im Spätherbst erfolgen, Herr Lehmann quartiert sich aber schon Ende Juli zum ersten Mal bei der Familie Tremus ein. Frieda ist das Ganze äußerst unangenehm; warum muß der Mensch ausgerechnet bei ihnen Unterschlupf suchen? Es gibt doch so viele Hotels und Pensionen, und bei ihnen muß er schlafen? Welche Beklemmung hatte Georg damals an den Tag gelegt, als die Geschichte mit Theo akut war; wie hat er gefürchtet, es könne bekannt werden, daß sich Theo nach seiner Mordtat ein paar Stunden bei ihnen versteckt hatte. Und nun wird sogar in den Zeitungen erwähnt, der Vertreter der Radikalen hat sich bei der Familie Tremus einquartiert. Unter der Rubrik «Abgestiegen» steht zwar immer nur: «Petersburger Hof» – Herr Gustav Lehmann, Mannheim. Aber jeder, der lesen kann, weiß doch, was das bedeutet!

«Was willst du denn? Er bezahlt regulär!» fährt Georg sie an, als sie sich darüber wieder mal beschwert.

«Das wäre auch noch schöner, wenn wir es ihm noch schenken würden! Das wäre die Höhe! Wir haben doch wohl schon genug geopfert für deine Partei.»

Wie gerne würde Frieda auf diesen Verdienst verzichten. Aber Georg ist ja fanatisch mit seinem Sozialismus. Das Allerschlimmste ist, er sieht es nicht einmal ein, daß er sich mit seinem Verhalten unmöglich macht. Sie will nur das Beste, und zum Dank schnauzt er sie an: «Was hast du nur für Vorstellungen! Ein Reichstagsmandat ist eine Ehre, keine Lumperei! Eines Tages bist du noch stolz drauf, daß er hier gewohnt hat!»

«Das glaubst du doch selbst nicht!»

Frieda fürchtet, es wird böse Folgen für sie haben, daß sie den Buchhalter Lehmann als Gast akzeptieren. Die Behörden werden nicht stillhalten und zusehen, wie sich in Wiesbaden subversive Elemente ausbreiten. Es heißt, der Kaiser sei über diese ganzen Machenschaften sowieso äußerst aufgebracht; sollte Herr Lehmann gewählt werden (was zum Glück wohl ausgeschlossen ist), werde er die Stadt in Zukunft meiden. Das wäre die größte Katastrophe, die Wiesbaden treffen könnte. Georg tut das leichthin ab: «Was machst du dir Gedanken? Von mir aus kann er wegbleiben! Bei uns hat noch kein Großfürst gewohnt, und der König von Belgien steigt voraussichtlich auch nicht bei uns ab.»

«Es reicht, wenn wir die Behörden gegen uns haben. Am Schluß reißen die uns unser Häuschen noch ab und alles, was wir kriegen, sind ein paar Pfennige.» – «Du siehst zu schwarz.» – «Ich sehe nicht zu schwarz, du nimmst das zu leicht.»

Wie kann er nur so leichtfertig sein! Er weiß doch genau, die Polizei hält ein Auge auf ihn. Vor zwei Jahren hat er eine Strafe für seinen Busenfreund Enders gezahlt. Der konnte es wieder mal nicht lassen. Bei der Beerdigung eines seiner Genossen hatte er eine Handvoll Erde ins Grab geworfen und dabei hörbar die Worte gesprochen: «Ruhe sanft! Im Grab nur herrscht Freiheit, Gleichheit und Brüderlichkeit.» Das hatte ein Polizeispitzel aufgeschnappt und weitergegeben; die Figur mußte sogar vor Gericht aussagen und hat das natürlich auch ungeniert getan. Wegen Agitation sollte Herr Enders 90 Mark zahlen; einschließlich Anwalts- und Gerichtskosten hatte sich das auf über hundert Mark summiert. Die Summe hatte er natürlich nicht, und Georg hat ihm das

Geld gegeben, angeblich «vorgestreckt». Auf die Rückzahlung werden sie bis zum St.-Nimmerleinstag warten müssen. Für das Geld hätten sie in die Schweiz reisen können!

Direkt kann man nichts gegen den Reichstagskandidaten vorbringen. Herr Lehmann ist ein freundlicher durchschnittlicher Mann mit passablen Manieren, immer mit Händen und Füßen redend, Mannheimer eben. Er ist untersetzt, verfügt über etwas Embonpoint, ein sehr kräftiges Organ, liebt Schnitzel à la Holstein, und im Ganzen ist er der geborene Schankwirt. Frieda kann sich nicht vorstellen, daß man von dem Mann etwas anderes erwarten kann als schöne Worte und harmlose Witze. Sie vermutet, er wird schon im ersten Wahlgang ausscheiden; eine Kurstadt von Weltrang ist kein Pflaster für einen Sozialdemokraten, und erst recht nicht für diesen. Da mag die Partei von Wahl zu Wahl stärker werden, wie ihr Georg ständig versichert, dafür wird es nicht reichen. Wiesbaden ist nun mal ein Paradies der Reichen. Hier gibt es gleich vierhundert Millionäre; hier wohnen mehr Rentiers und Millionäre als an jedem anderen Ort der Welt. Dies hat jedoch weniger mit der gerühmten Schönheit der Stadt und der Heilkraft der Quellen zu tun, wie Frieda im «Römerbad» zu hören bekam, sondern mit dem Portemonnaie der Reichen. Die Wohlhabenden zahlen in Wiesbaden die niedrigsten Steuern im ganzen Reich. Andererseits bringt der niedrige Steuersatz der Stadt die höchsten Einnahmen, keine Stadt nimmt mehr Geld ein als Wiesbaden, pro Kopf gerechnet.

Georg hat den Reichstagskandidaten in den Zimmern 9 und 10 einquartiert; das sind Familienzimmer, zwei Betten in jedem Raum, die Zimmer durch eine Tür getrennt beziehungsweise verbunden. Das vordere Zimmer dient nun Besprechungen. Die Betten, die sonst hier stehen, sind herausgeräumt worden, und dafür haben Willy und der Hausdiener einen Tisch und acht Stühle reinstellen müssen. So viele Stühle hat der «Petersburger Hof» gar nicht übrig, deswegen wurden sie von Genossen des Kandidaten ausgeliehen. Das andere Zimmer, Nummer 10 also, nimmt Herr Lehmann als Schlafzimmer. Aber selbst hier sind überall Akten ausgebreitet und Landkarten und Pläne an die Wand geheftet; noch auf dem zweiten, dem unbenutzten Bett liegen Papiere und Bücher und auch sonst überall im Raum. Die Mädchen sagen, man kann nicht mal das Plumeau richten, ohne auf etwas zu treten. Zu voller Pension konnte sich Herr Lehmann nicht entschließen. Er behauptet, es sei ihm unmöglich, zu festen Zeiten an der Tafel zu erscheinen, und so ißt er, wann es ihm gerade einfällt und meistens kalt. Wenn er sich was gönnen will, leistet er sich ein Schnitzel.

Frieda fragt sich, wer ist begierig darauf, von dieser Gestalt vertreten zu werden? Das ist doch kein Vergleich zu dem jetzigen Reichstagsabgeordneten Eduard Bartling, den man hin und wieder auf der Taunusstraße sieht, meistens hoch zu Roß. Herr Bartling ist Industrieller und hat Unsummen mit eigenen Erfindungen verdient. Wenn er nur über die Straße geht, weiß man, hier geht ein Mensch, der etwas kann und etwas darstellt, ein Herr eben! Ein Gustav Lehmann mit seinem geflickten Hemd und seinem Pappmachékoffer kann ihr nicht imponieren. Allein das Prädikat «Kandidat»! Es hört sich an wie «Lehramtskandidat» oder «cand. jur.» und läßt Frieda immer denken, es handle sich bei ihm um einen Anfänger. Frieda ist sicher, Herr Lehmann wird niemals die Stimmen der Millionäre und Rentiers erhalten, die sich hier niedergelassen haben und von welchen die Stadt lebt. Georg gibt ihr darauf mal gereizt zu bedenken, die Herrschaften haben Kammerdiener und Flickschuster, und die sehen die Welt anders. Zwei Drittel der Bevölkerung verdienten ihr Geld eben nicht mit Coupon-Schneiden, sondern mit wunden Fingern.

Und wie ist man ausgerechnet auf Herrn Lehmann gekommen?

Das wolle er ihr gern erläutern, sagt ihr lieber Mann. Die Partei sei froh und dankbar, daß sich Gustav bereit gefunden habe, für Wiesbaden zu kandidieren. Darum reiße man sich nicht. Den letzten Wahlkampf habe man nicht nur mit einer Niederlage, sondern auch mit pekuniärem Verlust abgeschlossen. Gustav bringe frischen Wind!

Nicht nur, daß Herr Lehmann sein Zimmer zu seinem Büro gemacht hat, es dient ihm auch als Versammlungsraum. Tag für Tag tauchen Gestalten bei ihm auf, konferieren mit ihm, und man muß endlose Mengen Kaffee, Tee und Limonade in den ersten Stock raufbringen lassen. Ein Glück nur, daß die Besucher im allgemeinen das Verschwörerflüstern bevorzugen. Nicht auszudenken, wenn sich alle so lautstark ausließen wie ihr Anführer und Gastgeber. Manchmal hört man ihn bis unten im Eingang. Anfangs denkt Frieda, es kommen nur Ballonmützen zu ihm. Zu ihrer Verblüffung erhält er jedoch auch Besuch von seriösen

Herrschaften; sogar Prälaten und andere Herren des Klerus sind dabei. Manche schleichen sich ins Haus wie die Bauarbeiter in den Puff der Bender. Georg erklärt ihr, sie sind Vertreter des Zentrums, und sie wollen nach Möglichkeit nicht bemerkt werden. Die Strategie und Geschicklichkeit von Gustav bestehe darin, ein geheimes Bündnis zwischen der Zentrumspartei und der Wiesbadener Sozialdemokratie zu knüpfen.

«Das wird ja wohl nicht gelingen!» offenbart Frieda bei dieser Gelegenheit spontan ihre Meinung. – «Abwarten! Das behältst du aber unter allen Umständen für dich!» – «Wem soll ich denn das verraten? Anna vielleicht? Das besorgst du ja wohl schon!» – «Frieda, ich weiß bald nicht mehr, wie ich mit dir verkehren soll. Auf jeden Satz von mir hast du eine freche Erwiderung. Du hast mir eine Frage gestellt...»

Sie finden nicht Zeit, die Differenz auszufechten. Jemand kommt und verlangt, daß sich Georg bitte zur Runde in Zimmer 9 geselle. Georg folgt der Einladung wie selbstverständlich, und niemand macht sich Gedanken darüber, ob seine Arbeit das überhaupt zuläßt oder nicht. Es ist nicht das erste Mal, daß Georg oben an einer Besprechung teilnimmt; seine Ansicht ist dort gefragt. Frieda ist es jedesmal, als werde damit die Weltordnung auf den Kopf gestellt. Wann hätte Herr Direktor Knab je an einer Konferenz von Gästen des «Römerbads» teilgenommen, von Frau Eichhorn ganz zu schweigen! Wahrscheinlich wird das noch nicht mal beim Jüngsten Gericht passieren. Doch in ihrem Haus ist das möglich. Georg beteiligt sich an hochpolitischen Fragen, um die es anscheinend geht, als sei das sein Leben lang sein Metier gewesen. Um welche Wichtigkeiten geht es auch! Der Telegraphenarbeiter Reimers versucht sich für den Evangelischen Arbeiterverein aufstellen zu lassen und ist entsprechend schlimmer als ein Verbrecher. Eine Liste «Energische Wahrung der Interessen der Mieter gegenüber dem vorherrschenden Haus- und Grundbesitz» hat angekündigt, bei der Wahl anzutreten, und nun muß herausgefunden werden, wer steckt hinter diesem Manöver? Die Freisinnigen versuchen neuerdings die Landwirte auf ihre Seite zu ziehen. Das wirft für die Sozialisten das Problem auf, soll man die Bauern weiterhin als untergehende Klasse links liegen lassen oder ihnen die Hand reichen?

Wegen der Besprechungen in Zimmer 9 taucht auch Karl Enders mehrfach im Haus auf. Er ist seit längerem Arbeitersekretär in Frankfurt, und entsprechend hat er bei den Wahlvorbereitungen im Bezirk Wiesbaden mitzureden. Frieda hat immer noch keine Sympathien für ihn; sie sieht es aber mit Genugtuung, daß er Georg nicht mehr mit der gönnerhaften Attitüde behandelt, welche er sich früher erlaubt hat. Als er den kleinen August wie ein Patenonkel auf den Arm nimmt, gesteht er sogar etwas Neid auf Georgs Glück zu. Frieda meint, das hänge auch mit Georgs wachsendem Wohlstand zusammen. Sie ist überzeugt, Geld beeindruckt jeden, ob er es nun zugeben will oder nicht.

Frieda träumt von Feuer. Nach dem Traumbuch bedeutet das, es ist Gefahr im Anzug, eine Prüfung muß bestanden werden.

Bald zeigt sich aufs neue, auf das Traumbuch kann man sich verlassen. Man ist beim Mittagessen, als die Türglocke läutet. Willy wischt den Mund ab und begibt sich nach vorne, Gäste erwartend. Es ist aber der Briefträger, der die Mittagspost bringt. Willy nimmt die Post entgegen und sortiert sie. Das ist der normale Ablauf der Dinge, gehört es doch zu seinen Pflichten, Anfragen nach Prospekten zu bearbeiten etcetera. Schon beim flüchtigen Durchsehen fällt ihm auf: Alle Briefe sind geöffnet worden und anschließend wieder zugeklebt. Deswegen ruft er aufgeregt nach Georg und Frieda und macht sie auf seine Entdeckung aufmerksam. Gemeinsam stellt man fest, daß alle Umschläge Stempel des Polizeipräsidiums tragen, und zwar durch die Bank Stempel der Abteilung gegen staatsgefährdende Umtriebe.

«Ich hab's gewußt», sagt Frieda, nicht triumphierend, eher so, wie man eine schlechte Nachricht empfängt, die man lange erwartet hat. «Ich hab's gewußt, wir kriegen Ärger mit deinem Herrn Lehmann, mit deinem hochverehrten Gustav. Ich hab es dir vorausgesagt, Georg! Und das ist nur der Anfang.» – «Ich fürchte, ich kann dir nicht widersprechen.» – «Und? Was willst du machen?» – «Was schlägst du vor?»

«Du gehst hin und entschuldigst dich!»

«Ich glaube, du bist nicht ganz richtig im Kopf! Bei wem soll ich mich entschuldigen? Der Mann kandidiert für den Reichstag, und ich soll mich dafür entschuldigen?!» – «Meinst du, das machen die nur einmal? Das machen die so lange, bis sie uns klein haben. Was sollen denn unsere Gäste von uns denken? Ihre Post wird von der Polizei gelesen! Wer bleibt denn in so einem Haus? Was willst du denn den Gästen sagen?» – «Erfinde irgendeine Lüge. Das wäre ja nicht das erste Mal.» – «Danke schön», erwidert sie pikiert und beharrt dann wieder auf dem Wesentlichen: «Siehst du das denn nicht? «Überall ein dicker Stempel: ‹Polizei, Kommissariat gegen Umtriebe!› Was soll ich denn da erfinden? Die wollen den Mann aus dem Haus haben, vorher hören die nicht auf. Du wirst es erleben.»

«Du wiederholst dich.»

«Ist das alles, was dir einfällt? Das geht nicht wieder mit hundert Mark ab, diesmal. Und außerdem tun mir die hundert Mark auch weh. Dafür müssen wir nicht um fünf Uhr aufstehen, daß unser Geld an die Gerichtskasse geht.»

«Können wir uns vielleicht mal darauf konzentrieren, was jetzt ansteht?» Georg nimmt die Post und will sich damit allem Anschein nach nach oben begeben, dort mit seinen Genossen zu beraten. Sie hält ihn auf: «Georg, was geht Herrn Lehmann die Post von unseren Gästen an?» – «Was ist dein Vorschlag? Darauf warte ich noch.» – «Es gibt doch so viele Hotels in Wiesbaden! Herr Lehmann hat die freie Auswahl.» – «Nein!» bestimmt Georg.

Auch in der Folgezeit schnüffelt die Polizei ganz offen in der eingehenden Post. Nicht nur die Privat- und Geschäftspost der Familie Tremus wird geöffnet und kontrolliert, es wird die gesamte Korrespondenz der Gäste überprüft. Frieda kann deswegen kaum noch schlafen. Sie glaubt stündlich, nun verließen die Gäste das Haus und kehrten nie zurück. Georg läßt sich im Gegensatz dazu nicht ins Bockshorn jagen. Er berät sich mit seinen Genossen, ein Rechtsanwalt namens Doktor Gloeckel – «kein Israelit!» wie Georg ausdrücklich vermerkt – wird beauftragt. Dieser begibt sich mit allen notwendigen Vollmachten zum Präsidium und erstattet anschließend Bericht. Wie zu erwarten war, ist die Polizei juristisch nicht zu packen. Nach den einschlägigen Paragraphen ist sie dafür verantwortlich, daß Ruhe und Ordnung herrscht, und ihm, dem Anwalt, hat man unverblümt zu verstehen gegeben, wer sich Krawallbrüder von auswärts einlädt, beweist nicht eben Untertanengesinnung und darf sich über entsprechende Behandlung nicht beschweren.

«Herr Doktor, das bedeutet, wir sind Freiwild?» erkundigt sich Georg.

«Was willst du denn noch hören?» ärgert sich Frieda über die Halsstarrigkeit ihres Mannes. Will er ein Märtyrer für die gerechte Sache werden? Reichen ihm die hundert Mark Strafe immer noch nicht? – «Du mußt dir mal über eins klarwerden, Frieda», belehrt er sie darauf, «du mußt dich mal entscheiden, auf welcher Seite du stehen willst. Wenn du dich an den Schikanen gegen einen Reichstagskandidaten beteiligen willst...»

«Der Mann ist mir egal. Mir geht es um meine Existenz!»

Sie ist in diesem Moment so aufgebracht, daß sie am liebsten nach oben ginge und den Genossen Gustav mitsamt seinen Akten und Unterlagen eigenhändig aus den Zimmern expedierte. Als sie dazu Anstalten trifft, hält Georg sie fest und bemerkt kühl gegenüber dem Rechtsanwalt: «Herr Doktor, habe ich Sie recht verstanden, die Polizei hat hier unumschränkte Vollmacht?»

Der Rechtsanwalt versichert ihm: Das natürlich nicht. Die Polizei ist genauso ans Gesetz gebunden wie jeder andere. Aber sie stellt es so dar, als sei sie sich über den Aufenthaltsgrund der Gäste des «Petersburger Hofs» nicht im klaren und müsse darum entsprechend prüfen.

«Was gibt's da zu prüfen?» fällt ihm Frieda beinahe ins Wort. «Wir haben ganz normale anständige Gäste. Das sieht man doch, da braucht man sich doch nur einmal an die Tür zu stellen. Und dann natürlich den Herrn Lehmann... Georg, wir verlieren alle – bis auf deinen Herrn Lehmann!»

«Verbreite hier nicht Pessimismus! Was die Polizei sich erhofft hat, geht ins Leere. Die Post, die unsere Gäste erhalten, ist vollkommen nichtig. Was steht denn da drin? ‹Tante Emma geht es gut› und ‹Wann kommt ihr zurück?› Das kann die Polizei ruhig lesen.» – «Die verlassen uns bald alle, Georg!» – «Ach was!»

Bei der nächsten Abendtafel richtet Georg einige Worte an die verehrten Gäste und erläutert die Situation ohne Umschweife. Nun geschieht ein kleines Wunder. Den meisten Herrschaften ist es eher kurios bis angenehm, daß sie mit einem möglichen Reichstagsabgeordneten unter einem Dach wohnen. Den russischen Gästen macht die Situation am wenigsten aus, sie sind sowieso an Zensur gewöhnt, und die amerikanische Familie findet das Geschehen «crazy» und offenbar typisch für Europa. Zwei Herren aus Wittenberg stellen sich in der Angelegenheit sogar ausdrücklich auf die Seite der Hoteliersfamilie Tremus, jedenfalls insoweit, als sie keine Polizeiwillkür dulden wollen. Nur eine Familie aus Lübeck, ein Apotheker-Ehepaar, reist unter einem Vorwand vorzeitig ab; die Herrschaften betonen aber ausdrücklich, sie hätten sich hier sehr wohl gefühlt und wollten das Haus weiterempfehlen.

Insofern geht die Schikane der Polizei fürs erste fehl. Ob das aber so bleiben wird, ist mehr als fraglich. Vielleicht reisen die Gäste jetzt nicht demonstrativ ab, vermutet Frieda, aber im nächsten Jahr wird man sie nicht wiedersehen.

Dieser kleine Triumph über die politische Polizei steigt Georg zu Kopf. Er läßt sich von seinen Genossen überreden, öffentlich aufzutreten, und zwar im Saal des Gewerkschaftshauses. Er will hier in einer Art Wahlveranstaltung sprechen. Sein Thema lautet: «Was wollen die Sozialdemokraten?»

Frieda weigert sich, bei Georgs Debüt als Volksredner anwesend zu sein. Unter anderem, weil sie befürchtet, er verstehe nicht, eine längere Rede zu halten. Bis jetzt hat er nur in kleinen Zirkeln das Wort ergriffen. Wie peinlich wäre es, sollte er sich auf der Bühne verhaspeln. Das will sie nicht miterleben müssen. Zum anderen kennt sie die Forderungen seiner Partei zur Genüge: Bei allen Wahlen gleiches und geheimes Wahlrecht von zwanzig Jahren an, gesunde und billige Arbeiterwohnungen, Freigabe der unteren und Mehrbelastung der oberen Steuerstufen, Unentgeltlichkeit aller Lehr- und Lernmittel; Schulklassen sollen höchstens dreißig Schüler haben. Die letzteren der Forderungen unterstützt auch Frieda.

Georgs öffentlicher Auftritt gelingt und hat eine gänzlich unerwartete und sogar positive Wirkung. Als er das nächste Mal im Rathaus ist, bittet ihn der Oberbürgermeister zur Seite, bemerkt, über seine Ausführungen ließe sich reden, und macht Georg das Kompliment, er halte ihn schon seit langem für einen realistischen Kopf und wünsche seiner Partei mehr von seiner Sorte.

Georg sinnt hinterher darüber nach, wie er zu dieser Ehre gekommen ist (vermutet für einen Moment sogar eine politische Ranküne), bis ihm einfällt, bei seiner Rede hat er den Herrn Oberbürgermeister beiläufig gegen gehässige Angriffe in Schutz genommen. Er hat ausgeführt, die Gerechtigkeit gebiete festzuhalten, daß Herr von Ibell in der Stadtkasse nicht nur Geld für gewaltige Repräsentationsbauten finde, ihm gebühre auch Dank für hervorragende Armenpflege. Diese Bemerkung muß dem Oberbürgermeister zugetragen worden sein. Unmittelbar nach dem Händedruck zwischen dem Oberbürgermeister und dem Stadtverordneten Tremus werden die polizeilichen Maßnahmen gegen den «Petersburger Hof» eingestellt.

7

Neuerlich ein schwerer Schlag für Anna. Ihr Mann wird tot in seiner Werkstatt aufgefunden. Seltsamerweise kommt man mit der Nachricht zu Frieda. Ein Sohn des Hausbesitzers aus der Langgasse informiert sie über den tragischen Vorfall, weil man die Adresse von Anna nicht hat.

Frieda ist gerade in den oberen Stockwerken. Gewöhnlich macht sie gegen vier Uhr nachmittags einen Kontrollgang durchs Haus (wie es im «Römerbad», ihrem großen Vorbild, die Hausdame gehalten hat). Dabei prüft sie sehr streng, ob die Mädchen ihre Arbeit korrekt verrichtet haben. Zum Glück besitzt der «Petersburger Hof» schon seit mehr als zwei Jahren Zentralheizung. Damit ist die größte Quelle ewiger Ärgernisse verschwunden. Georg hatte sich von Anfang an vorgenommen, Zentralheizung zu installieren, und das ist jetzt erfolgt, obwohl die Anlage eine große Ausgabe bedeutet, die sie noch lange schwer drücken wird. Die Zentralheizung bedeutet eine unglaubliche Erleichterung gegenüber dem alten Zustand, bei dem zwei Männer nichts anderes zu tun hatten, als sich um die Öfen zu kümmern. Georg spricht nun davon, Wasserleitungen in alle Zimmer legen zu lassen, doch wie das finanzieren? Ganz abgesehen von der Frage, warum sich diese Kosten aufladen, wenn das Haus sowieso abgerissen wird? Frieda ist noch immer überzeugt, die Stadt wird sich nicht mit Georgs Starrsinn abfinden. Früher oder später werden sie abreißen. Gegenwärtig, das muß sie allerdings zugeben, tut sich nichts.

Das Mädchen, das sie bei dem bewußten Kontrollgang begleitet, schwatzt und schwatzt; «schwätzt» würde sie in ihrem Pfälzer Dialekt sagen. Sie ist aus Hettenleidesheim in der tiefsten Pfalz. Georg stellt in der Hauptsache Mädchen vom Land ein. Sie kommen, weil sie etwas städtischen Schliff erfahren wollen, und bleiben ein, zwei Jahre. Dann heiraten sie oder gehen in einen Haushalt. Frieda achtet darauf, daß sie nicht zuviel Schliff bekommen; die Gefahr ist immer gegeben. Mädchen vom Land sind zahm und fügsam und treu und billig. Sie sind jung, haben kräftige Arme, rote Backen und ein gutes Herz. Sie heißen Traudel, Klärchen, Rosa, Reschen, Treschen oder werden so genannt, und die meisten lachen und singen gern und einige sind weitläufig mit Georg verwandt.

Das Mädchen, das Frieda an dem bewußten Tag bei sich hat, redet also und redet. Der Schreck sitzt ihr noch in den Knochen.

Immer wieder beteuert sie ihre Unschuld, die längst erwiesen ist. Vor zwei Tagen nämlich hat eine Dame, eine ältere korpulente Kölnerin, die täglich Bad und Massage nimmt, behauptet, ihre Geldbörse sei weg, sei ihr aus dem verschlossenen Zimmer gestohlen worden, und es komme dafür niemand anders in Frage als eins der beiden Mädchen, die bei ihr saubermachen, oder möglicherweise beide, im Komplott. Man hat das Zimmer untersucht, die Mädchen visitiert, ihre Mansarde durchsucht und war schon drauf und dran, auf Verlangen der Dame die Polizei zu rufen, da fand sich die Geldbörse wieder. Die Dame hatte sie mit in die Badestube gebracht, und irgendwie muß sie unter die gebrauchten Handtücher geraten sein. Wer denkt denn auch an so was! Frieda war die Angelegenheit doppelt unangenehm, weil die Dame zum ersten Mal zu Gast war, und zwar auf Empfehlung der Frau Major von Senckendorff. Die treue Seele denkt immer noch an Frieda; jedes Jahr zu Neujahr kommen Glück- und Segenswünsche. Und dann passiert so etwas! Gewiß hat sich die Dame auf der Stelle entschuldigt und erklärt, alles sei ihre Schuld. Doch Frieda vermutet, mit jedem Tag Abstand wird sich das Geschehen in ihrem Kopf mehr verdrehen und verschieben, und am Ende wird sie doch behaupten, sie sei im «Petersburger Hof» bestohlen worden. Das Mädchen denkt ähnlich, und Frieda empfiehlt ihr, in der Bonifatiuskirche vor dem Bild des heiligen Antonius, dem fürs Finden und Verlieren zuständigen Heiligen, ein Gebet zu sprechen. Zur Sicherheit soll sie auch etwas in den Opferstock werfen. Für alle Fälle!

Frieda und das Mädchen halten sich gerade im zweiten Stock auf, als Willy den Boten mit der schrecklichen Nachricht zu ihr führt. Der junge Mann zieht seine Kappe, und vor Befangenheit bringt er nichts heraus. Die Art, wie er Frieda ansieht, läßt diese vermuten, er bitte gleich um eine milde Gabe. Statt seiner sagt Willy: «Frieda, es ist passiert. Der Wienandt hat sich aufgehängt. Vor 'ner Stunde haben sie ihn gefunden.»

«In seiner Werkstatt», fügt der junge Mann an, als sei dies das eigentlich Wichtige an der Sache. Er erklärt, seine Mutter war im Hof und wollte kehren, und da dachte sie sich: Was hängt'n da? Sieht ja so komisch aus. Und da hing er da. Willy, mit seinem Sinn fürs Detail, fügt hinzu: «Seinen Strick hat er sich aus Lederresten geknotet.»

«Was für ein Ende», schüttelt Frieda den Kopf, dann wendet sie sich an den Überbringer der Nachricht: «Und warum kommen Sie zu mir?»

«Sie sind doch mit seiner Frau befreundet.»

«Die Anna weiß das noch gar nicht?»

«Nein.»

«Da kommen Sie zu mir, und ich soll meiner Freundin sagen: ‹Dein Mann hat sich aufgehängt?› Sie haben Nerven!»

Willy schaltet sich ein: «Soll er eine Beileidskarte schreiben? Oder ein Telegramm schicken? ‹Kommen Sie vorbei, er hängt hier›?» – «Hängt er etwa noch da?» – «Nein», beschwichtigt der junge Mann, «der Arzt war schon da. Er hat ihn abgeschnitten. Sie haben ihn mitgenommen, ins Leichenschauhaus. Es muß ja untersucht werden; es ist ja kein natürlicher Tod.»

«Das kann man sagen.Das ist wirklich kein natürlicher Tod. Na ja, einer muß es ja Anna schonend beibringen. Dann muß ich dahin.»

Willy soll den Jörns bestellen. Und sich selbst fragt sie: Was zieht man an? Soll sie in Schwarz gehen?

Willy gibt zu bedenken: «Du bist doch nicht die Witwe!»

Während der Fahrt nach Rambach redet Herr Jörns von seinen Plänen; er trägt sich schon eine Weile mit der Absicht, Automobil-Rennfahrer zu werden. Die ersten Schritte hat er getan. Unter anderem hat er bei dem Bergrennen «Rund um den Feldberg» den zweiten Platz belegt. Dafür ist er von der ganzen Straße geehrt worden, als hätte er das Rennen Peking–Paris gewonnen. Jetzt renommiert er damit, welches Aufsehen sein Fahrstil in Fachkreisen erregt hat und daß...

Frieda bittet ihn, sie damit zu verschonen. Sie habe anderes im Kopf.

Herr Jörns schweigt beleidigt. Er weiß nicht, welche Last Frieda auf der Seele liegt. Es geht ihn auch nichts an.

Anna weint, als sie die schlechte Nachricht empfängt, aber Frieda beinahe mehr.

Fritz wird auf dem neu angelegten Südfriedhof beerdigt. Es ist eine trübselige Beerdigung. Fritz hat kaum Verwandte und Freunde; zwei Cousinen von ihm und ein gelangweilter Neffe stellen seine ganze Familie dar. Seine Kinder leben in weit entfernten Orten und sind nicht gekommen. Georg, Willy, Frieda, der Hauswirt aus der Langgasse, dessen Frau und Sohn und der Klavierspieler seines Stammlokals bilden den Rest der Trauergesellschaft. Dieser Klavierspieler scheint ein Trinker zu sein; er hat eine regelrechte Fahne. Fritz wird auf dem Südfriedhof unter die Erde gebracht, weil hier die Grabstellen am billigsten sind. Alles atmet Armut. Der Mensch, der in der Leichenhalle auf dem Harmonium herumhackt, verheddert sich in seinen Noten und Tasten. Hinterher beschwert sich der Kneipenpianist bei ihm, und während die Sargträger den Sarg aufnehmen und zur letzten Ruhe schaffen wollen, geraten sich die Männer in die Wolle. Man muß sie trennen, bevor es zur Schlägerei kommt. Der Prediger Welcker von der Freireligiösen Gemeinde, der sich bereit gefunden hat, die passenden Worte zu sprechen, hat es eilig. Er drängt auf den raschen Abschluß der Zeremonie und läßt es sich anmerken, daß er Wichtigeres weiß, als den Heimgang eines Fritz Wienandt zu segnen. Man muß ja noch dankbar sein, daß er es übernommen hat. Selbstverständlich war kein regulärer Geistlicher bereit, den Selbstmörder auf seinem letzten Weg zu begleiten. Georg kennt den Prediger – das muß etwas sein wie ein Pfarrer ohne Weihen – von seiner Parteiarbeit her. Eine Weile hatte er mal bei den Sozialdemokraten das große Wort geführt, jetzt ist er in Ungnade gefallen. Das geht rasch. Heute sind die Genossen noch die besten Freunde, morgen vermuten sie sich gegenseitig in irgendwelchen feindlichen Lagern und behandeln sich wie Überläufer.

Frieda ist auf dem Friedhof anfangs elegisch gestimmt. Sie erinnert sich der Beerdigung ihrer Mutter und wie sie an der Hand ihres Vaters zu verstehen suchte, was geschah. Eine Weile trauert sie um sich, auch um ihren verschwundenen Vater. Hat er unter ähnlichen Umständen sein Ende gefunden? Oder war es noch unwürdiger? Sie hofft immer noch, eines Tages steht er in der Tür und gibt eine plausible Erklärung für sein Verhalten ab.

Endlich heult sie erneut wie ein Schloßhund. Georg drückt ihr die Hand, flüstert ihr beruhigende Worte zu; schließlich faßt sie sich. Anna dagegen ist nur von praktischen Sorgen erfüllt. Sie macht sich Gedanken darüber, wieviel man den Leichenträgern gibt; erkundigt sich gleich zweimal bei Frieda danach. Georg erledigt das.

Bei der Leichenfeier wird auch über den Konsumverein gesprochen. Georg hat sich erkundigt, wie er es versprochen hatte; es ist dort keine Stelle vakant. Außerdem geht der Laden sowieso schlecht.

Frieda mischt sich da ins Gespräch ein. Anna muß ihr in die

Hand versprechen, wenn sie nicht mehr bei Herrn Maison bleiben will, kommt sie zu ihr!

In den Wochen nach dem schrecklichen Geschehen bricht viel über Anna herein. Man will sie für die Schulden haftbar machen, die Fritz hinterlassen hat. Sie hat etwas unterschrieben; mit diesem Papier drohen die Gläubiger. Muß sie zahlen, ist sie ruiniert. Herr Maison verhandelt mit den Gläubigern und erreicht einen Vergleich. Ganz ohne Zahlungen geht es nicht ab; Anna muß sich verpflichten, jeden Monat vier Mark abzutragen, und das die nächsten sieben Jahre lang. Dezember '14 endet die Zahlung.

Gelegentlich trifft sich Frieda mit Herrn Maison. Er ist aus seinem Schmerz erwacht und wieder von alter Agilität. Er sagt ihr nebenbei: Für Herrn Thomé konnte er leider nichts tun. Frieda muß nachdenken, wovon er spricht, sie hat die Angelegenheit fast vergessen. Endlich versteht sie. Herr Thomé hat sich in der Wäscherei gemeldet und sich auf sie berufen. Herr Maison erkundigt sich, ob er anderswo untergekommen sei? Frieda behauptet aufs Geratewohl, soweit sie gehört habe, habe Herr Thomé in der Gasanstalt an der Mainzer Straße Arbeit im Büro gefunden. Sie will nicht als herzlos erscheinen, und das fällt ihr gerade so ein.

Bei solcher Gelegenheit fragt sie Herrn Maison einmal, was er an ihr schätzt, und er antwortet ihr, ohne nachzudenken: «Ihre Amoralität.»

Sie ist darüber gekränkt. Sie soll keine Moral haben?

Jedenfalls nicht die landläufige, erklärt ihr Herr Maison.

8

In dieser Zeit widmet Georg seine Kraft fast ausschließlich dem Reichstagswahlkampf, kaum, daß er Interesse an seinen Gästen findet. Bis in den Oktober hinein ist der «Petersburger Hof» das Wahlkampfbüro des Herrn Lehmann, was bei dem schlechten Wetter und ewigen Regen viel zusätzliches Putzen bedeutet.

Nicht jeder Gast ist begeistert, dieses Hin- und Hergelaufe, dieses tägliche Getrappel und Gemurmel ertragen zu müssen. Sie haben deswegen mehrere Abreisen und verschiedene Beschwerden, aber so etwas bedeutet Georg ja nichts.

Wenn man wenigstens den Sinn davon erkennen könnte. Frieda

ist überzeugt, Herr Lehmann wird mit Pauken und Trompeten verlieren. Doch Georg macht sich immer wieder selbst froh, behauptet: «Auf einen Mann wie Gustav haben wir lange gewartet! Unglaublich, welches strategische Geschick dieser Mann besitzt!» Dabei reibt er sich die Hände wie ein Trödler, der einen durchgerosteten Topf losgeworden ist. Diese schreckliche Angewohnheit muß er von seinem Herrn Lehmann übernommen haben. Vorher hat Frieda so etwas nie an ihm gesehen, und nach dem Wahlkampf treibt sie ihm die Unsitte sofort wieder aus.

Während der Wahlkampagne ist Georg einerseits angespannt, andererseits aufgeputscht, als trinke er jeden Tag eine Flasche Champagner. Er gibt sich permanent siegesgewiß, achtet nicht einmal auf Friedas stumme Skepsis. Nicht ein einziges Mal hat er einen seiner gräßlichen Asthmaanfälle, die ihn sonst quälen.

Die Vorwahl kommt, die Ergebnisse werden ausgezählt, und schon an der Art, wie Georg in der Wahlnacht den Geisberg heraufkommt, weiß Frieda, die Sache ist gut für seine Partei ausgegangen. Man kann meinen, er sei gewählt worden.

Tatsächlich hat sein Gustav die zweithöchste Stimmenzahl erhalten. Wie stets ist Georg schon mit halbem Erfolg zufrieden. Jetzt kann die Sache ausgehen, wie sie will; ihm genügt das Erreichte. Seinem Gustav nicht. Der strebt wirklich und wahrhaftig den vollen Sieg an, der will wirklich in den Reichstag.

Und das Wunder geschieht: Herr Lehmann gewinnt; zum ersten Mal wird Wiesbaden von einem Sozialdemokraten vertreten!

Als feststeht, daß die Sozialdemokraten gewonnen haben, kommt es zu einem Fackelzug auf dem Geisberg. Der neue Reichstagsabgeordnete steht dabei auf dem Balkon von Zimmer 8 und dankt seinen Anhängern mit wenigen wohlgesetzten Worten. Er verbirgt seine Bewegung nicht, läßt sich aber von seiner Rührung auch nicht übermannen. Hauptsächlich läßt er sich feiern. Immer wieder donnert es von der Straße herauf «Hoch» und «Vivat».

Auch Georg steht auf dem kleinen Balkon, auf dem sich die engsten Anhänger des Gustav Lehmann drängen. Frieda hält sich an einem der Fenster von Zimmer 8 auf. Sie hat dadurch freien Blick auf Rücken und Hinterkopf des Abgeordneten. Allmählich empfindet sie tatsächlich Stolz auf ihren Gast. Sie sagt sich, gegen den ersten Anschein muß es sich bei ihm doch um eine Persönlichkeit handeln; eine Null gelangt nicht in den Reichstag.

Die Adamys werden giften!

Hannah

1

Im Haus wird gehämmert und geklopft. Georg hat sich durchgesetzt; der «Petersburger Hof» wird seinen Gästen bald fließendes warmes und kaltes Wasser bieten können. Seit anderthalb Monaten arbeiten die Männer bereits an der zukünftigen Attraktion.

Frieda und Georg haben lange darüber gesprochen, ob sie sich bei dieser Gelegenheit eine richtige Badeabteilung zulegen sollen, wie sie sich Frieda immer erträumt hat. Doch in welchen Räumen einrichten? Etwa alle Zimmer im Erdgeschoß opfern? Und die Badeabteilung in den Hof zu verlegen, in einen Anbau, wie der Baumeister Maninoff vorgeschlagen hat, scheiterte am Einspruch der Nachbarn.

Frieda und Georg sind sich einig, die Wasserspiele in Zimmer 6 müssen aufhören. Sie haben sowieso mehr gekostet als eingebracht. Mit ein wenig Wehmut erklärt sich Frieda zu guter Letzt damit einverstanden. Ihre Zeit als Badefrau ist damit zu Ende. Georg rechnet ihr vor, sie hat faktisch schon lange aufgehört. Im abgelaufenen Jahr hatten sie kaum noch Massagen und Bäder.

Wie sollte das auch anders sein? Wegen ihrer neuerlichen Schwangerschaft hat sie seit Juli niemanden mehr in Zimmer 6 bedient, und finanziell gesehen hat die Baderei nie das erwirtschaftet, was sie sich ursprünglich davon erhofft hatte. Doch ist das Bewußtsein, sie wird niemand mehr massieren, schmerzlich. Wie hatte sie diese Tätigkeit geliebt! Jedes Mal, wenn ihre Finger über das Fleisch einer Dame glitten, war sie ein wenig in das «Römerbad» und in ihre Jugend zurückgekehrt.

Frieda ist über Georgs Unternehmungsgeist immer wieder erstaunt. Würde er seine Energie doch für Wichtigeres einsetzen! Statt ihr altes Haus herauszuputzen, sollte er sich um ein größeres bemühen. Sie hat gehört, das Hotel «Concordia» stehe zum Verkauf. Könnte er sich zum Kauf entschließen, hätten sie mit einem Schlag doppelt so viele Betten und kletterten eine ganze Kategorie nach oben. Er weigert sich, auch nur die Konditionen zu erfragen. Den «Petersburger Hof» aufzugeben, ist ihm, als sollte er aufhören zu atmen. Warum hängt er so an diesem alten Kasten, den er ursprünglich nicht einmal wollte?

Wenn sie deswegen debattieren, kann es passieren, daß er mit einem Anfall von Asthma antwortet. Die Krankheit hat sich in letzter Zeit wesentlich verschlechtert und jagt ihnen beiden Angst ein, wiewohl sie kaum darüber sprechen. Doktor Kellerwessel empfiehlt eine Kur in trockenem Heilklima. Utopisch! Der Arzt sagt selbst, eine Asthmakur ist nur erfolgversprechend, wenn sie mindestens drei bis vier Monate durchgeführt wird. Georg behauptet, es sei undenkbar, daß er seine Frau mehr als ein Vierteljahr im Stich lasse.

Um Geld zu sparen, beteiligen sich Georg und Willy am Schlitzeklopfen und dem Durchbrechen von Decken und Wänden. Für Georg ist das Staubschlucken natürlich Gift, er ist aber nicht davon abzuhalten. Willys Hilfe ist ausschließlich symbolischer Natur. Auf jeden Hammerschlag, den er tut, kommt ein Satz. Der einzige, der wirklich etwas zuwege bringt, ist Georgs Vater. Er hat freundlicherweise angeboten, kostenlos zu helfen. Im Winter ruhe die Dachdeckerei sowieso, hat er gesagt, da sei er dankbar für Beschäftigung. Frieda hat das nicht zugelassen. Er braucht sein Geld wie alle anderen auch, und wenn sie einen Fremden genommen hätte, würde es teurer. Gibt's überhaupt einen, der so fleißig werkelt wie der alte Mann?

Alles in allem ist man so weit, wie man es sich vorgenommen hatte. Wenn nichts Schwerwiegendes dazwischenkommt, ist man zum Saisonbeginn fertig. Es wird auch höchste Zeit, daß sie wieder Gäste haben; daß sie mal wieder Einnahmen sehen. Während der Bauarbeiten halten sie das Haus natürlich geschlossen. Die einzige, die sich von dem Baulärm nicht stören läßt, ist die alte Frau Wengenroth. Sie kichert, das Gehämmere mache ihr nichts aus; sie sei sowieso taub wie Beethoven. Es ist ein Drama mit ihr. Sie ist ein Hutzelchen, wie das Fräulein Thecla sagen würde; an die achtzig, im Grunde nur noch Haut und Knochen, und verzehrt eine sehr geringe Pension. Wenn es überhaupt eine Pension ist! Wahrscheinlich muß sie von irgendeiner gütigen Zuwendung vegetieren, aus Dankbarkeit gewährt und jederzeit gefährdet. Jedes Jahr ist sie einige Wochen im Haus und immer außerhalb der Saison. Die Preise sind dann für sie einigermaßen erschwinglich; statt einer

Woche kann sie sich dann ihren Monat leisten. Frieda gestattet ihr aus Mitleid sogar, sich auf ihrem Zimmer zu verköstigen. Das gibt es sonst prinzipiell nicht. Die alte Frau besucht ihre Tochter, die sie jedoch gar nicht so oft sehen will. Tagelang sitzt die bedauernswerte alte Frau dann in der Trinkhalle, schlürft ein Glas salziges Kochbrunnenwasser nach dem anderen und behauptet abends, sie hätte den Tag bei ihrer Tochter verbracht. Die Trinkhalle ist der einzige Ort, wo geheizt wird und wo es für sie nichts kostet.

Bei der Arbeit ergeben sich die üblichen Komplikationen. Wenn man in einem alten Haus zu hämmern beginnt, braucht man sich über nichts zu wundern. Einmal fällt eine Wand in sich zusammen, prompt im Zimmer der Frau Wengenroth, und versaut ihr das wenige, das sie an Kleidung besitzt. Man tröstet sie mit vielen lauten Worten, einigen warmen Abendessen und verspricht ihr, alles kommt so gut wie neu aus der Chemischen Reinigung. Tatsächlich hat der alte dünne Mantel, in dem sie Tag für Tag friert, nach der Prozedur wieder Farbe. Vorher konnte man ihn für graubraun halten, nachher stellt sich raus, er ist von einem gedeckten Rot. Die Reinigung besorgt übrigens die Wäscherei Maison. Die Firma unterhält nun auch eine Filiale in der Nerostraße. Herr Maison hat Willy, halb im Spaß, dort die Geschäftsführung angeboten, und Willy hat wirklich geschwankt, das Angebot anzunehmen. Seitdem wird er, wenn Frieda ihn ärgern will, von ihr immer «der Herr Direktor von der Waschanstalt» genannt.

Frieda hat nun ihr drittes Kind, es ist ebenfalls ein Junge. Sie haben ihn Heinrich getauft, mit dem zweiten Namen Julius, nach seinem verschollenen Großvater. Frau Döringer hat es mit «Heini» als Kosenamen probiert, das ist ihr aber gleich verboten worden.

Georg ist ein guter Vater, ein sehr guter sogar. Wahrscheinlich wiederholt er nur, was er in seiner Kindheit erfahren hat. Adam hat lange wegen eines Hundes gebettelt; jetzt hat Georg ihm einen besorgt. Es ist ein sanftes, treues Tier, eine Schäferhündin namens Nera, die alle drei Kinder beschützen will und jedesmal so lange unruhig umherläuft, bis sie alle drei im Blickfeld hat. Adam spannt die Hündin gern vor seinen Leiterwagen, und damit kutschiert er dann seinen jüngeren Bruder umher. Wenn er schon einen Hund besitzt, soll der auch was leisten. Augustchen staunt immer wieder, wieviel der Hund verschlingt. Es ist komisch:

Wenn August zusieht, hört der Hund auf zu fressen, als sei ihm das peinlich. Das macht er sonst bei keinem, nur bei Augustchen.

Dieser ist, 1907 geboren, jetzt drei Jahre alt, Adam bereits sechs, und beide sind für ihr Alter stämmig. Heinrich ist etwas zarter und schreit geradezu melodisch; Frau Döringer vermutet, er wird mal ein Musiker. Alle drei Kinder entwickeln sich wie nach Plan; man muß wegen keinem von ihnen Sorgen haben. Adam, der Erstgeborene, ist von Natur aus vorsichtig, feinfühlig. August ist draufgängerisch, Willy hat mehr Sympathie für ihn als für seinen größeren Bruder. Er hat ihm einen hölzernen Säbel geschenkt, der geht ihm über alles. Von Frau Schweitzer hat er zum Geburtstag eine Uniform erhalten, in der er am liebsten noch schlafen würde. Sie gleicht haargenau der Uniform der 98er; der Knirps sieht darin aus wie ein Kadett, jeder Knopf glänzt, und das Blau des Tuchs leuchtet. Es ist eine Freude. August ärgert sich darum maßlos, wenn ihn Addy «unser Briefträger» nennt. Dabei ist das die gängige Bezeichnung; die 98er – das Wiesbadener Hausregiment – haben nun mal denselben Kragen wie brave Postbeamte.

Frieda kann sich nicht so um die Kinder kümmern, wie sie müßte. In einem Hotelbetrieb stören Kinder nur, entweder laufen sie dem Personal zwischen den Beinen herum oder werden von den Gästen mit Süßigkeiten gefüttert. Manche der Gäste scheinen sie für eine besondere Sorte Haustier zu halten. Im Sommer wollte eine Dame, daß Addy bei ihr im Zimmer schlafe. Bewundernswert, wie Willy ihr das ausgeredet hat; ein Diplomat hätte es nicht besser vermocht. Bedenklich ist, daß die Kinder kein wirkliches Familienleben kennenlernen. Wenn andere feiern, müssen ihre Eltern dienern. Kaum sitzt man am Tisch, kommt ein Gast. Immer springt einer. Dabei ist es sowieso selten genug, daß alle zur gleichen Zeit essen, eigentlich nur in den schlechten Monaten. Und noch etwas lernen die Kinder sehr schnell, viel zu früh: Gäste kommen, Gäste gehen. Nichts ist von Dauer, alles endet. Und Freundlichkeit kann man andrehen wie das Licht, sie bedeutet nicht viel.

Frieda darf gar nicht daran denken, was ihnen alles zustoßen kann. Ihre beiden Ältesten könnten schon tot sein! Vor ein paar Wochen gab es einen schrecklichen Unfall. Bei einem Pferdefuhrwerk, einem Möbelwagen, haben die Bremsen nicht gegriffen, Pferde und Wagen sind mit Karacho den Geisberg heruntergedonnert. Unten auf der Taunusstraße ist der Wagen in die Scheibe der Delikatessenhandlung Engel gestürzt, dem Kutscher hat es die Halsschlagader durchtrennt. Die Kinder hatten ihren Schutzengel. Sie hatten auf der Fahrbahn paradiert und exerziert, und als das Unheil näher kam, waren sie vor Schreck ratlos und reglos stehengeblieben, statt sich in Sicherheit zu bringen. Ein Gast, der zufällig in diesem Moment das Haus verlassen wollte, hat den Lärm gehört, hat erkannt, was passiert, ist auf die Straße gerannt und hat Adam und Augustchen an sich gerissen und gerettet.

Georg und sie wollten sich natürlich angemessen bedanken, dem Herrn die Rechnung erlassen oder anderes, aber der Gast hatte nur abgewinkt. Für Selbstverständlichkeiten wolle er keinen Dank. Georg hat nach dem grausigen Vorfall postwendend einen Garten gepachtet, oben an der Idsteiner Straße. Er ist überzeugt, ein Garten ist das beste für die Entwicklung der Kinder; dort kann ihnen nichts geschehen.

2

Der «Petersburger Hof» hat noch nicht wieder eröffnet, da stattet Frau Schweitzer einen Besuch ab. Sie hat sichtlich ein Anliegen, rückt aber lange nicht damit heraus. Endlich sieht sie sich um, wie man es macht, wenn man nicht wünscht, daß ein Gespräch publik wird, und eröffnet Frieda: «Liebe Frau Tremus, ich habe einen Anschlag auf Sie vor. Aber zuerst muß ich Sie bitten, das Gespräch vertraulich ...»

«Wir haben Schweigepflicht», wiederholt Frieda einen Ausspruch von Willy. «Wie die Ärzte.»

Bei dem Wort «Ärzte» zuckt Frau Schweitzer merkbar zusammen und erwidert mit spitzem Mund: «So streng sind die Bräuche?» Es klingt, als wolle sie sagen: «Mir ist nicht nach Lachen zumute.» Dann, seufzend, setzt sie hinzu: «Sie wissen, wie es um Hannah steht?»

«Wie geht's ihr denn? Ich habe gestern noch zu meinem Mann gesagt: ‹Man sieht die Frau von Copell gar nicht mehr.› Sonst habe ich sie immer mal gesehen, aber jetzt schon eine Ewigkeit nicht mehr.»

Frau Schweitzer sieht Frieda darauf mißtrauisch an, und Frieda fürchtet, einen Fauxpas begangen zu haben, wenn sie auch nicht weiß, welchen. Selbstverständlich ist es eine glatte Lüge, daß sie sich Hannahs wegen Gedanken gemacht hätte; Frieda hatte sie rundweg vergessen. Erst durch die Frage ihrer Mutter ist ihr bewußt geworden, sie hat die Frau seit langem nicht mehr wahrgenommen. Ihr Gerede soll es Frau Schweitzer erleichtern zu sagen, was sie sagen will und was ihr offenbar so schwerfällt herauszubringen. Diese ist jedoch immer noch nicht soweit. «Ein Mensch, mit diesen Gaben gesegnet», setzt Frau Schweitzer wieder an, um dann die Worte erneut versickern zu lassen.

«Ja, wie Sie sagen», stimmt Frieda teilnahmsvoll zu. Sie weiß nicht, mit welchen Gaben Hannah gesegnet ist, sieht man davon ab, daß sie reich geboren wurde und reich geheiratet hat. Einer der Monteure kommt ins Zimmer, hat einen Wunsch. Frau Schweitzer erlaubt, daß Frieda sich erst ihm widmet. Während Frieda dies tut, nimmt Frau Schweitzer umständlich in dem kleinen Korbsessel unter der Palme Platz, zieht ein Spitzentüchlein aus dem Ärmel, tupft sich die Augen ab. Dann entdeckt sie das Wandbild, das Frieda neben dem Vertiko hat aufhängen lassen, und studiert es geradezu. Es zeigt die Grotte von Lourdes, darüber die Madonna mit geneigtem Kopf und gotisch gefalteten Händen (auf das «Gotische» der Handstellung hatte sie der Verkäufer der Kunsthandlung Wolff beim Kauf ausdrücklich aufmerksam gemacht), und die glücklich strahlenden Kinder, denen das Wunder der Erscheinung widerfährt. Es ist ein Mehrfarbendruck unter Glas, mit schmalem Goldrand gerahmt. Für den Empfang eines Hotels ein ganz ungewöhnlicher Bildschmuck; es soll den Gästen signalisieren, sie haben es hier mit rechtschaffenen, christlich fühlenden Menschen zu tun. Es hat viel Kampf bedeutet, bis sich Frieda damit bei Georg durchgesetzt hatte.

Frau Schweitzer scheint jede Einzelheit des Bildes in sich aufnehmen zu wollen und sagt, als sie sich endlich wieder Frieda zuwendet: «Wie schön, daß Sie stolz Ihren christlichen Glauben bekennen. Ist Ihnen bekannt, liebe Frieda, daß mein Mann vorhatte, mit mir nach Lourdes zu wallfahren? Ist das nicht eine seltsame Übereinstimmung?»

«Ja, das ist wirklich wie Fügung», bestätigt Frieda.

Endlich rückt Frau Schweitzer mit ihrem Wunsch heraus. Ihre Tochter ist zur Zeit Patientin der Psychiatrischen Anstalten Eichberg, wird aber in absehbarer Zeit als geheilt entlassen. Wohin dann mit ihr? Sie selbst kann sie nicht wieder aufnehmen; der behandelnde Arzt, der ihr sehr wohlgesonnen ist, hält – das muß offen ausgesprochen werden – Rückschlag für unvermeidlich. Sie, Frau Schweitzer, trägt selbstverständlich alle Kosten, wenn wider Erwarten etwas vorkommen sollte.

«Ich verstehe Sie recht, Sie möchten, daß Ihre Tochter bei uns als Dauermieterin ...? Oder wäre das nur für kurz?»

Nein, nein, Frieda hat das schon richtig verstanden. Sie sähe es gern, daß Hannah sich ganz hier einmietet. Dann wüßte sie als Mutter sie gut versorgt.

Frieda lehnt nicht ab und sagt nicht zu. Sie könne das nicht allein entscheiden. Einerseits hätten sie keine guten Erfahrungen mit Dauermietern gemacht, hätten eigentlich beschlossen, keine mehr aufzunehmen, und insofern müsse sie das mit ihrem Mann besprechen. Andererseits könne man ja Frau Schweitzer eine Bitte nicht abschlagen. Erstaunlicherweise bittet Frau Schweitzer nun demütig: «Legen Sie ein gutes Wort für mich ein!» Frieda hätte nie gedacht, daß diese stolze Dame sie einmal anbetteln würde.

Georg will wissen, was hat Frau von Copell eigentlich? Sie kommt nicht mit ihrer Mutter zurecht; soviel hat er verstanden. Mit ihrem Mann auch nicht und mit dem Rest der Menschheit wahrscheinlich ebenfalls nicht, sonst wäre sie nicht auf dem Eichberg gelandet. Aber was hat sie?

Frieda kann ihm keine vernünftige Antwort geben; sie vermutet, Hannahs religiöser Fimmel könnte noch stärker geworden sein. Sie hat die Frau schon Jahre nicht mehr gesprochen, und wenn ihre Mutter sie erwähnt hatte, dann immer mit Bemerkungen wie: «Mit unserer Hannah geht's auch wieder aufwärts», nie etwas Konkretes.

Wie zu erwarten, lehnt Georg rundweg ab. Er will keine seelisch Kranken im Haus; an die völlige Wiederherstellung der Frau von Copell glaubt er nicht. Er verstehe, daß es Frieda schwerfalle, der Frau Schweitzer den Wunsch abzuschlagen, aber jetzt müsse sie an sich denken. Was macht es denn für einen Eindruck auf andere Gäste, wenn sie mit einer Verrückten an einem Tisch sitzen sollen?

Frieda wägt die Argumente ab und sagt dann entschlossen: «Sie kriegt ein Zimmer. Wir hätten das Haus gar nicht ohne Frau Schweitzer; wir zahlen unsere Schulden zurück, Georg!» Sie will Hannah Zimmer 14 anbieten, und zwar zum vollen Preis. Dann können Mutter und Tochter in Ruhe entscheiden, ob sie sich das leisten wollen oder nicht. Das Zimmer liegt zum Hof und ist an und für sich nicht gut zu vermieten, weil es etwas dunkel ist. Für jemand, der von der Welt nichts hören und sehen will, ist es genau richtig.

Frieda vermutet, Georg hat vor allem deswegen etwas gegen sie – sowohl gegen Hannah wie gegen ihre Mutter –, weil sie Juden sind, wenn auch getauft. Aus seiner wahren Gesinnung über Juden macht er unter vier Augen keinen Hehl mehr. Neulich hat er sich sogar zu dem Satz verstiegen: «Die Juden sind unser Unglück.» Laut wagt er das natürlich nicht zu verkünden; weder bei seinen Gästen noch bei seinen Genossen läßt er seinen Antisemitismus laut werden, hält ihn im Gegenteil wie einen schwarzen Fleck verborgen. Erstens haben sie gar nicht so wenige jüdische Gäste, und außerdem ist das gegen seine Parteiräson. Vor allem aber gehört sich das nicht in einer weltoffenen Kurstadt. Man ist hier stolz auf seinen kosmopolitischen Geist, und ob ein Mensch mit einem Fez auf dem Kopf herumläuft oder einen Chinesenzopf runterhängen läßt, zählt hier nicht. Hauptsache ist, er kann zahlen und benimmt sich.

Frau Schweitzer besichtigt das Zimmer, das für ihre Tochter vorgesehen ist, und moniert, es sei ein wenig dunkel. Frieda führt ihr vor, unmittelbar neben Zimmer 14 wird ein Bad installiert. Eine Besenkammer hat man dafür geopfert; die Badewanne ist schon aufgestellt, jetzt müssen nur noch die Hähne montiert werden. Frieda sagt, für Frau Hannah sei das doch ein großer Vorteil; Hahn aufgedreht, und schon hat sie warmes und kaltes Wasser; soviel sie will und wie sie es gewohnt ist.

Ja, stimmt Frau Schweitzer, nun schon freundlicher, zu; ein Bad sei Hannah wirklich angenehm. Wasser tue ihr immer gut. Also gut, dann nimmt sie das Zimmer, und den Preis hat sie sich in etwa so vorgestellt.

Damit ist das Zimmer für ein Jahr fest vermietet, das ist auch etwas. Mit der Mieteinnahme können sie immerhin rechnen! Das Zimmer stand oft genug leer, auch in der Saison.

Damit sich Hannah in ihrem neuen Heim wohl fühlt, schleppt ihre Mutter ein weiches, beinahe seidiges Bärenfell an und Masken von Berühmtheiten, die Hannah schätzt. Bach und Beethoven sind natürlich darunter, Goethe und Schiller sowieso. Frau Schweitzer bringt aber auch Masken von Künstlern, deren Namen Frieda noch nie gehört hat. Willy macht deswegen später den Scherz: «Frieda, da hast du uns aber schön blamiert. Puccini ist keine

Käsesorte! Das ist ein edler Rotwein!» Die Masken werden an allen vier Wänden angebracht. Frieda würde sich bei ihrem Anblick fürchten, aber Frau Schweitzer meint, ihre Tochter sei es so gewohnt, und sie vermittelten ihr das Gefühl, ein Stück Zuhause um sich zu haben. Auf den Nachttisch legt sie einen Rosenkranz. Als Hannah einzieht, ist das erste, was sie macht, den Rosenkranz in den Papierkorb zu werfen.

Es erhebt sich die Frage, wie soll Hannah zu ihnen gelangen? Soll sie etwa mit der Bahn kommen? Die Heilanstalt Eichberg befindet sich im Rheingau und dort nicht irgendwo an der Bahnlinie, sondern außerhalb jeder Ortschaft auf einer Höhe. Selbst ein gesunder Mensch ist beinahe einen Tag unterwegs, ehe er den Weg bewältigt hat. Georg gibt zu bedenken: Die Männer vom Eichberg holen Kranke ab, sie können sie auch herbringen. Soweit kommt es noch, widersetzt sich Frieda. Sie haben ein Hotel, kein Gefängnis. Sie will nicht den vergitterten Anstaltswagen vor der Tür haben.

Also wie?

Zu guter Letzt bestellt Frieda den Jörns und seine Taxe. Soll der sie holen.

Das ist längst nicht mehr so einfach wie ehedem, wo man nur über die Straße laufen mußte und schon stand der junge Jörns parat. Jetzt muß man seine Wünsche rechtzeitig anmelden, und dann kann es immer noch passieren, daß er nicht zur Verfügung steht. Wie oft ist er auf Reisen! Er nimmt neuerdings an Rennen in Italien und in Belgien teil, sogar in Spanien ist er schon rumgejagt. Anfangs hat er sich gefreut, daß er das Wettrennen «Rund um die Hohe Wurzel» gewinnen konnte, sozusagen vor den Toren der Stadt. Kleine Siege bedeuten ihm aber nichts mehr. Herausforderungen stellen für ihn nur noch die großen Fernfahrten dar. Frieda ist überzeugt, der Jörns wird sich bei seinem riskanten Vergnügen das Genick brechen. Zum Glück fährt er, wenn er Taxe fährt, äußerst manierlich. Als er nun erfährt, was Frieda von ihm erwartet, sträubt er sich, als verlange sie etwas ganz Extraordinäres, geradezu Lebensgefährliches von ihm. Es stellt sich heraus, er fürchtet sich wie viele Menschen vor Irren. Daß Frau von Copell als geheilt entlassen wird, bedeutet ihm nichts. Frieda besteht drauf: Frau von Copell ist gesund, und sie wird abgeholt. Wenn ihm das eine Beruhigung sein sollte, fährt sie mit.

Das wäre ihm sogar eine große Beruhigung, gibt Herr Jörns zurück.

Also gut, dann fährt sie mit. Letztlich bringt Frieda Männer immer dazu, daß sie tun, was sie sollen.

Unterwegs macht es Frieda froh, daß sie sich zu dieser Fahrt entschlossen hat. Wie schön der Rheingau ist, trotz der frühen Jahreszeit! Der Frühling liegt schon in der Luft; wenn man die Scheibe runterläßt, hat man ihn gewissermaßen auf der Zunge. Wie lange war sie nicht mehr in der Natur! Jahre nicht mehr.

Die Straße windet sich von Kiedrich, einem bekannten Weinort, von welchem Georg sehr gute Tropfen bezieht, durch Weinberge den Hügel hinan. Jetzt sind das nur kahle Furchen mit in Reihen stehenden Stöcken, aber im Herbst gibt das ein herrliches Bild. Einmal war Georg mit ihr im September oder Oktober am Germania-Denkmal hoch über Rüdesheim; ein unvergeßlicher Eindruck für sie, die Weinberge im üppigen goldenen Herbstlaub. Man sieht sehr weit, über den Rhein, nach Rheinhessen hinein. Die Konturen sind sehr scharf gezogen, alles wirkt wie im Scherenschnitt. Der Rhein selbst schimmert grau wie Zinn, das geputzt werden müßte.

«Da hätten wir's ja», bemerkt der Jörns, als eine endlos lange und haushohe Mauer auftaucht. Sie zieht sich den Hügel hoch, bis in den Wald, und weiter den Weg entlang, und Frieda meint, sie müsse ein Areal umschließen so groß wie eine kleine Stadt. Sie holpern die Mauer entlang und gelangen auf diese Weise zum eigentlichen Eingang der Anstalt.

Frieda steigt aus, begibt sich zum Torhaus und erklärt dem Pförtner, einem Berserker von Mann, weswegen sie gekommen sind. Der nickt zustimmend. Es liegt eine Nachricht bereit, eine Patientin von Copell wird abgeholt, es ist alles bestens geregelt. Sie möge bitte warten, die Patientin wird geholt. Es dauert nur kurz! Er schickt einen Boten aus.

Frieda begibt sich zum Auto zurück; der Jörns ist nicht ausgestiegen, hat nur seine Fahrertür geöffnet und sitzt da, die Stiefel auf dem Trittbrett, und kaut an einem Butterbrot. Frieda stellt sich an den Rand eines Hangs und blickt auf die Landschaft hinab, und dabei ist sie sich bewußt, das Ganze gibt ein Genrebild ab – junge Frau mit Limousine und Chauffeur, besinnlich die Landschaft betrachtend. Die Limousine elegant, der Chauffeur in seiner Lederkluft jung und kraftvoll, und darüber dunkle schwere Wolken. Alles wie von Herrn Becht-Röpl gemalt.

Wie angenehm! Mal niemand, der etwas von ihr will; mal fünf Minuten, in denen niemand nach ihr ruft.

Ein Wärter mit Lederschürze und einem Rübezahl-Bart, ebenfalls ein Baum von einem Menschen, tritt neben Frieda und bittet die gnädige Frau zu Doktor Vorsänger, dem behandelnden Arzt.

Die Station, in der Hannah von Copell hier ihre Zeit verbracht hat, liegt am entgegengesetzten Ende der Anlage. Man muß laufen und laufen; der Wärter bestätigt ihr, ja, wer hier sein Brot verdienen wolle, müsse gut zu Fuß sein. Doktor Vorsänger, Hannahs Arzt, ist Jude. Das ist ihr erster Eindruck. Er hat sehr dunkle, traurige Augen, zarte Finger und spricht mit weicher, beruhigender Stimme. Trüge er nicht einen weißen Kittel, man könnte ihn für einen Dichter halten. Er ist noch jung, kaum älter als sie selbst, höchstens zweiunddreißig, dreiunddreißig, nicht größer als Frieda, eher kleiner, und sein Gesicht scheint in Locken gebettet. Daß ein eleganter junger Mann sich hier einschließen läßt! Sie hätte vermutet, nur Ärzte, die für sich alle Hoffnung aufgegeben haben, widmen sich so unergiebigem Dienst.

Es muß ein Irrtum entstanden sein. Der Arzt betrachtet Frieda als Schwester der Patientin und spricht sie auch so an, tituliert sie wie der Wärter ständig mit «Gnädige Frau» und sagt, es sei ihm darum zu tun, den Menschen kennenzulernen, der Hannah in Zukunft unter die Fittiche nehme. Frieda lächelt dazu in erprobter Weise zurückhaltend. Das Lächeln kann alles bedeuten. Frieda ist während der ganzen Unterredung unsicher, ob sie das Mißverständnis aufklären soll. Wahrscheinlich spricht er offener mit ihr, wenn er in seinem Irrtum befangen bleibt, als wenn er erfährt, sie will Hannah nur ein Bett vermieten. Andererseits fürchtet sie, es werde sehr peinlich werden, wenn Hannah sich etwa gegen sie sträubt. Man weiß ja nicht mal, ob sie mit dem einverstanden ist, was ihre Mutter arrangiert hat. Schließlich läßt Frieda es darauf ankommen, laviert sich durch. Wenn man es sehr großzügig betrachtet, ist sie ja so etwas wie eine Halbschwester von Hannah; Frau Schweitzer hat das neulich noch bemerkt.

Der Nervenarzt erkundigt sich anfangs nach einigen Umständen aus Hannahs Vergangenheit. Er will zum Beispiel wissen, in welchem Alter war die Patientin, als sich ihre Eltern vom Judentum abwandten? Zufällig kann ihm Frieda mit der Antwort dienen: «Etwa zehn Jahre.» Ach so, das bestätigt seine Vermutung. Die Patientin hat sich darüber anders geäußert.

Aber Hannah ist doch wieder vollkommen hergestellt?

Nun, über eins sollte man sich im klaren sein, führt der Arzt darauf aus, in den vergangenen Monaten ist Besserung erreicht worden, absolute Heilung ist nicht möglich. Medikamente existieren bei der Art ihrer Erkrankung nicht, und es ist schwer vorstellbar, daß es sie je geben wird, bei allem Fortschritt der Pharmakologie, den zu leugnen er der Letzte sei. In der Prävention möge man mit Hyoszin und Atropin einige Wirkung erzielen, Heilung sei damit nicht möglich; Chinin-Injektionen seien seiner Erfahrung nach sogar gänzlich wirkungslos. Entsprechend ist mit Schüben durchaus zu rechnen. Der Arzt faßt Hannahs Krankheit als eine Abart der Melancholia auf oder, wie man sich neuerdings angewöhnt habe zu kategorisieren, als eine manisch-depressive Erkrankung.

Frieda erkundigt sich, welche Regeln zu beachten sind. Soll Hannah unter Menschen gehen, oder ist für sie Abgeschlossenheit besser? Womit kann man sie beschäftigen? Was darf sie an Nahrung zu sich nehmen?

Nun, im Grunde soll man sie als gesunde Person behandeln und ihre Wünsche achten, empfiehlt der Arzt.

«Na ja, wenn sie erst mal aus der Umgebung hier raus ist...», bemerkt Frieda unbedacht.

Ihre Bemerkung verletzt den Arzt. Er sieht Frieda für einen Moment geradezu diagnostizierend an; so, als wolle er auch ihre seelische Verfassung ergründen. Dann plaudert er ein wenig in eher beiläufigem Umgangston und zeigt sich angenehm davon berührt, daß Frau Hannah von ihrer Familie nicht aufgegeben werde.

Man führt dann Hannah herein; sie ist manierlich angezogen, trägt ein stachelbeergrünes Zweiteiliges und hat das Gesicht einer Märtyrerin. Die Wärterin bleibt hinter ihr stehen und hält dabei in einer Hand das Gepäck der Frau von Copell, mit der anderen umfaßt sie ihren Oberarm, bis sich Hannah davon befreit. Hannah gibt sich bei dieser Gelegenheit im ganzen gesittet. Frieda begrüßt sie kühl, zum Glück mit Handschlag. «Frieda», sagt sie dabei nur, und jedes weitere Wort wäre auch zuviel. Der Arzt, der sie genau im Auge behält, wird davon jedenfalls nicht irritiert. Er wünscht Hannah ein gutes, erfülltes Leben. Hannah sagt von oben herab: «Ich weiß, was Sie von mir erwarten, Doktor Vorsänger! Erwarten Sie von mir aus! Es gibt noch andere Autoritäten als die Medizin, wesentlich gewichtigere, möchte ich Ihnen sagen!»

Sehr gesund scheint Hannah immer noch nicht zu sein. Das kann heiter werden.

Im Auto sitzt Hannah hinten, anfangs rührt sie sich so gut wie gar nicht.

Als sich Frieda ihr zuwendet und ihr sagt, man habe für sie ein schönes, ruhiges Zimmer reserviert, bemerkt sie nur: «Meine Mutter hat es mir bereits geschildert, Frieda.»

Dann der erste Ärger. Der Jörns drückt einmal die Hupe, um einen Bauernkarren zu bewegen, Platz zu machen. Darauf zitiert Hannah in hinterhältiger Weise, was Schopenhauer über das Peitschenknallen bemerkt hat. Die Sache stellte sich dar als reiner Mutwille, als frecher Hohn des mit den Armen arbeitenden Teiles der Gesellschaft gegen den mit dem Kopf arbeitenden. Fuhrknechte, Sackträger, Eckensteher und dergleichen seien Lasttiere der menschlichen Gesellschaft; ihnen dürfe nicht gestattet sein, durch mutwilligen Lärm den höheren Bestrebungen des Menschengeschlechts hinderlich zu werden.

Der Jörns empfindet es zu Recht als Frechheit, daß er mit Fuhrknechten auf eine Stufe gestellt wird, hält erbost an. Er ist entschlossen, Hannah rauszusetzen. Frieda muß alles aufbieten, ihn zu beschwichtigen. Hat sie es ihr Leben lang mit Verrückten zu tun? Erst die Heybach, nun dieses Weibsstück und der eitle Jörns.

Als sie nachher Willy fragt, wer Schopenhauer ist, erklärt ihr dieser, ein bedeutender Philosoph mit sehr kleinen Füßen.

Wieso kleine Füße?

Warum, weiß Willy auch nicht. Der Denker habe sich selbst darüber beschwert, großer dicker Kopf und kleine Füße.

Willy weiß alles; man kann ihn fragen, was man will.

3

Hannah von Copell spürt bereits beim Einzug in den «Petersburger Hof», daß Georg sie ablehnt. Sie hat ihm noch nicht die Hand gereicht, da ist ihr bereits bewußt, er hegt Aversionen gegen sie. Sie reagiert darauf mit Hochmut. Ihr sei der beschränkte Verstand von Wärtern und Oberwärtern zur Genüge bekannt, bemerkt sie zu Frieda, als sei diese ihre Vertraute und habe im Grunde nichts mit dem Hotelier gemein.

Georg überhört die Unverschämtheit, schreibt Hannahs Verhalten ihrem kranken Geist zu, wiederholt jedoch seine Prophezeiung, Frieda werde ihren Schritt noch bitter bereuen. Dann wolle er kein Gejammer vernehmen und keine weinerliche Entschuldigung.

Eine Weile geht alles gut.

Hannahs innere Unruhe legt sich zwar nicht wirklich. Sie versteht es jedoch, diese Unruhe als Temperament zu tarnen. Hannah ißt mit an der gemeinsamen Mittags- und Abendtafel in Zimmer 2, beteiligt sich sogar eifrig an der Konversation. Wenn sie spricht, spricht sie für gewöhnlich sehr laut und sehr schnell. Manchmal ist es, als tanzten ihre Worte, so rasch irren sie hierhin und dahin. Hin und wieder stößt sie mit sehr scharfen Urteilen den einen oder anderen Gast vor den Kopf. Man kann das jedoch für das Gebaren einer verwöhnten reichen Frau halten; nach Kleidung und Schmuck, auch nach ihrem Auftreten, gehört sie sichtlich zu den besseren Kreisen, und die sind selten für ihre Bescheidenheit gerühmt worden.

Sie geht beinahe täglich aus, gibt oft Briefe zur Post, und bei jeder Antwort, die sie erhält, tut sie, als sei lang ersehnter Besuch eingetroffen. In einem merkwürdigen Kontrast zu ihrer Unfähigkeit, stillzuhalten, steht ihre Begeisterung für das Simultanschachspiel. In einem Café in der Saalgasse werden für gewöhnlich zweimal in der Woche Turniere ausgetragen. Wiewohl sie da über Stunden zu Konzentration und Aufmerksamkeit verurteilt ist, verpaßt Hannah selten einen der Wettkämpfe. Wenn sie davon berichtet, klingt es, als prügelten sich dort Rabauken. In ihrer Sprache wimmelt es von kriegerischen Ausdrücken. Da wird getäuscht und geschlagen, die Schlacht eröffnet, der Schlachtplan eingehalten oder vergessen, tapfer der Heldentod gesucht oder feige retiriert. Es gibt Blockade, Überfall und Raubzug, Blutbad, Blutstrom und Blutzoll, und man fragt sich, woher diese Begeisterung fürs Militärische rührt.

Ihrer Mutter geht sie vollkommen aus dem Weg. Es ist auffallend, wie sehr sie alle Situationen meidet, bei denen es zu einem Zusammentreffen kommen könnte. Frau Schweitzer erscheint in regelmäßigen Abständen im Haus, um sich bei Frieda für die Betreuung zu bedanken, die ihre Tochter hier erfährt; auch, um die finanziellen Angelegenheiten zu regeln. Es gibt Momente, da genügte es, daß Mutter oder Tochter den Kopf ein wenig wendeten, dann würden sie sich in die Augen sehen. Es geschieht nicht. Frau Schweitzer macht keinen Hehl daraus, wie schmerzlich die Situation für sie ist. Dennoch zwingt sie sich, Hannahs Betragen hinzunehmen, und noch mehr, die Tochter nicht trotz allem zu umarmen. Aber, erklärt sie Frieda, sie habe sich fest vorgenommen, alles zu vermeiden, was zu einem Rückfall führen könne, und daran halte sie sich, wie sehr sie das Verhalten ihrer Tochter auch verletze. Frieda empfindet deswegen Mitleid mit ihr. Mit welchem Recht straft Hannah ihre Mutter so grausam?

Zu Frieda gewinnt Hannah von Copell mehr und mehr Vertrauen. Einmal klopft es mitten in der Nacht an der Schlafzimmertür. Als Frieda aufsteht und die Tür aufmacht, in der Erwartung, Willy komme mit einem Problem nicht zurecht, etwa, irgendein später Gast habe seinen Schlüssel verlegt und der Nachschlüssel finde sich nicht oder ähnliches, steht Hannah vor der Tür. Es ist vielleicht drei Uhr in der Nacht, und dennoch präsentiert sie sich vollkommen korrekt angekleidet. Sogar ihre Haare sind sorgfältig eingedreht; allein mit der Frisur muß sie eine Stunde zugebracht haben. Sie bittet um Verzeihung, falls sie stören sollte. Könne ihr Frieda eine kurze Unterredung gewähren?

«Jetzt?»

«Warum nicht jetzt?» erwidert Hannah darauf, quengelig wie ein kleines Mädchen, dem man ein Zuckerstück versprochen hat und dann vorenthalten will.

Frieda legt sich ein Wolltuch um die Schultern, ansonsten ist sie barfuß und im Nachthemd. So geht sie mit Hannah nach vorne, schließt den Speiseraum auf. In Nummer 1 brennt Licht, Willy scheint jedoch über einem Buch eingeschlafen zu sein; sonst würde er rauskommen und sich vergewissern, was da vorgeht. Sie will ihn nicht wecken. Zimmer 2 ist schon für das Frühstück hergerichtet; die Tische, die zweimal am Tag zu einer langen Tafel zusammengeschoben werden, sind auseinandergerückt; um jeden der Tische stehen Stühle, mal vier, mal sechs oder sieben, je nachdem, wie groß die Familien sind, die zum Frühstück erwartet werden. An einem der kleineren Tische nehmen sie Platz. Über ein Wohnzimmer, wie andere Menschen es besitzen, verfügt die Familie Tremus nicht. Selbst ihr Schlafzimmer ist unpersönlich wie ein beliebiges Gästezimmer. Jederzeit können sie ihre Sachen zusammenpacken und ausziehen. In Notfällen machen sie das auch; da vermieten sie ihr Zimmer und schlafen in der Küche.

Unerwartet ergreift Hannah Friedas Arm und hält ihn mit Kraft fest, beinahe, als wolle sie sie gefangennehmen. Flüsternd verlangt sie Frieda das Versprechen ab, sie nicht, unter keinen Umständen, auf den Eichberg zurückzubringen.

«Aber wieso denn, Frau Hannah? Wie kommen Sie denn darauf? Es besteht doch gar kein Grund dazu!» – «Versprechen Sie es!» – «Ja, gut, wenn Sie wollen.» – «Sagen Sie: ‹Ich verspreche es Ihnen, Hannah!›»

Frieda zögert keine Sekunde, den Wunsch zu erfüllen; dabei ist ihr durchaus bewußt, so etwas kann sie guten Gewissens gar nicht versprechen.

Hannah scheint wegen der raschen Zusage unbefriedigt, denn sie sagt geradezu mißmutig: «Na gut, erinnern Sie sich daran, wenn es notwendig wird.» Danach erhebt sie sich und verläßt den Raum, ohne auch nur gute Nacht zu wünschen.

Mit der Zeit gewöhnt sich Hannah auch an, mit Willy Diskussionen zu führen, die ziellos dahintreiben und an einem beliebigen Punkt enden. Meistens sitzt sie dann, Fräulein Heinrich gleich, in Zimmer 1, blättert in Journalen, die Gäste zurückgelassen haben, läßt sich ein Kännchen Tee servieren, und der erstbeste Gegenstand muß herhalten, um zu moralisieren. Frieda hegt immer die Befürchtung, daß Willy mit einem der dummen Sprüche antwortet, wie er sie so liebt. Neulich hat er einem irritierten Gast gesagt: «Media-Socken – unentbehrlich für Schweißfuß-Leidende, stets trockner Fuß», und der langen Emma hat er ohne jeden Zusammenhang beim Mittagessen zugeraunt: «Pariser Neuheiten für Damen und Herren, illustrierte Preisliste gratis!» Die wurde darauf erst rot wie eine Tomate, dann verschluckte sie sich fast an ihrem Essen.

Zum Glück unterläßt er bei Hannah diesen Unsinn, unterhält sich durchaus ernsthaft mit ihr. Die Konversation mit Willy befriedigt diese aber nicht wirklich. Einmal beschwert sie sich bei Frieda darüber, Herr Willy sei doch wohl zu sehr ein Produkt der modernen Zeit, vollkommen oberflächlich. Mehr und mehr schließt sie sich Frieda an, gewöhnt sich sogar daran, diese zu begleiten, wenn Frieda zu Besorgungen aus dem Haus gehen will. Kaum, daß sie noch bittet: «Darf ich Gesellschaft leisten?»

Warum nicht?

Unterwegs benimmt sich Hannah meistens wie ein Kurgast, der zum ersten Mal in Wiesbaden ist, betrachtet Alltäglichkeiten, als suche sie darin einen geheimen Sinn. «Sehen Sie sich um, Frieda», sagt sie etwa, «nur feiste Gesichter und Selbstgerechtigkeit. Als ob das Wort ‹Erbsünde› nie gefallen wäre... Die schlimmste Schuld von allen ist natürlich, als Jude auf die Welt gekommen zu sein. Ich bekenne mich zu meiner Schuld!»

Jemand, der sie hört, wendet sich ihr erstaunt zu; Frieda geniert sich deswegen. Sie will nichts von Hannahs Verrücktheiten hören, will vor allem nicht in aller Öffentlichkeit über Juden und Nichtjuden disputieren. Wer weiß, wohin das am Ende führt. Der Arzt hat vor ernsthafter Diskussion von Religion und Glauben strikt gewarnt. Man solle beruhigend auf die Patientin einreden, ihr Mut zusprechen, bei Erregung dämpfend wirken. Auf keinen Fall sie aufzuputschen suchen. Deswegen macht sie Hannah bei derartigen Szenen auf das erstbeste aufmerksam, und diese läßt sich auch für gewöhnlich einen Moment ablenken.

Insgesamt ist aber Hannah vom Thema Juden besessen; sie spricht davon druckreif und durchaus verständlich, auch logisch, nur eben an den falschen Orten. Einmal sind sie im Kaufhaus Schneider, suchen Nähseide und Knöpfe aus, und wieder hört und hört Hannah nicht auf, davon zu reden. Sie verbreitet sich darüber, Jude zu sein und jung zu sein, sei immer schwer. Jedoch eine Zentnerlast, wenn die eigenen Eltern einem das Jude-Sein verbieten wollten! Ihre Stimme wird schrill, als sie sagt: «Können Sie sich vorstellen, Frieda, wie wir Kinder hin- und hergerissen wurden zwischen den buchstabengläubigen Großeltern und den Eltern, die ihren Kindern das Gebet verbieten? Ist das vorstellbar? Ist das menschlich?»

Frieda erwidert: «Niemand ist mit seiner Kindheit zufrieden», und hofft damit, dem Gerede Einhalt zu gebieten. Die Verkäuferinnen tun, als vernähmen sie kein Wort. Sie werden sich in ihrer Pause jedoch gehörig über das seltsame Paar belustigen; die redselige Predigerin und ihr Opfer, welches mit Worten überschüttet wird wie andere mit Regen. Frieda spürt, Hannah ist es ernst mit dem, was sie von sich gibt. Deswegen läßt sie Hannah nicht nur reden, sondern sucht für gewöhnlich ihre Worte sogar zu begreifen. Hannahs Ausbrüche unterscheiden sich gewaltig von den Belehrungen, die sie von Georg erfährt. Er weiß viel, hört viel und gibt es wahrscheinlich auch korrekt wieder. Aber Hannahs Äußerungen kommen aus seelischer Not, das ist etwas ganz anderes. Wie üblich werden ihre Ausführungen auch im Kaufhaus Schneider immer schneller und gehetzter; merkwürdigerweise stolpert sie dabei niemals. Es ist, als ob jemand den Zungenbrecher vom Fischer Fritz und seinen Fischen zu einem Crescendo steigern wolle und es auch erreicht; Frieda ist sicher, selbst wenn sie die Worte irgendwo ablesen könnte, niemals könnte sie sie so schnell herausstoßen.

Man ahnt, nun kommt sie zum Schluß, als sie wie erstaunt bemerkt: «Kann man seinen Kindern denn eine größere Last auf die Schultern legen? Die Eltern wollen sich vom Glauben abwenden, und kein strafender Jahwe schmettert sie nieder! Wie sollen das Kinder verstehen können?»

«Ja, ja ... Ich mußte mich mit der Heybach rumschlagen. Ich hab sie Ihnen ja mal gezeigt», sucht Frieda abzulenken, aber für dieses Mal verfängt das nicht. Hannah klammert sich an ihr Thema wie an ein Seil, das man nicht loslassen darf. Das Gegenteil des von ihr Erwarteten sei eingetroffen. Nicht nur, daß den Eltern keine Strafe des Himmels aus ihrer Abwendung vom wahren Glauben erwuchs; nein, ärger noch, sie, Hannah, Enkelin eines Vorbeters der Wormser Gemeinde, mußte dulden, daß man ihr Taufwasser auf den Kopf träufelte und ihr das Vaterunser abverlangte! Es ist wie Resümeeziehen, als sie sagt: «Der Gott meiner Jugend versteckte sich hinter den Kulissen einer Anwaltskanzlei und ihren Aktenstücken. Ich fand ihn nicht!»

Einmal kommt Frieda der Gedanke, wie wäre es, wenn sie sich zur Synagoge begeben? Bis zum Michelsberg sind es da nur wenige Schritte. Vielleicht gibt Hannah ein Gebet, dort gesprochen, neue Kraft und Ruhe?

Für sie, gibt Hannah knapp zurück, seien die Türen der Synagoge geschlossen, und bis sie sich ihr wieder öffneten, müsse sie noch manchen Weg zurücklegen. Das befindet sie so spitz und abwehrend, als habe Frieda ihr vorgeschlagen, mit ihr ein Freudenhaus aufzusuchen. Und im übrigen, was sich Frieda davon erwarte? Die Herrschaften dort seien zwar durchaus anders maskiert und kostümiert als jene im Börsensaal, doch ohne Zweifel ebenso gottlos. Es gebe dreitausend Menschen in der Stadt, die sich Juden nennen oder als Juden bezeichnet werden. Doch in dieser Synagoge werde man keinen wahren Gläubigen finden! Das sei ein Auktionshaus, eine Eheanbahnungsstelle, ein Schiedsgericht – was sie wolle, doch nicht ein Tempel des Herrn! Frieda solle versichert sein, mit der Frömmigkeit der Frommen vom Michelsberg sei es nicht weit her. Man leiste sich dort Orgel und Chorgesang, moniert Hannah, als sei damit das Verdammungsurteil gesprochen und bedürfe keiner Erläuterung. Wahre Gläubige sind für sie nur die armen Ostjuden, vor den Pogromen aus Rußland und Polen hierher geflohen und sich nun in einer Judengasse drängend. Diese «Jidden», verlacht und überall unwillkommen, unter der Hülle ihres Talles jubilierend und schluchzend, seien die wahren Enkel Abrahams, Isaaks und Jakobs, und sie seien würdiger als Grafen, Barone, Kaiser und Könige, verkündet Hannah.

Widerspruch ist sinnlos.

4

Der Mai kommt, und Hannah gerät nun etwas in den Hintergrund. Es ist der selige glückliche Mai 1910, den Frieda wegen seiner turbulenten Ereignisse immer in Erinnerung behalten wird. Im «Petersburger Hof» spielt sich eine Romanze ab, wie man sie nur in Liebesromanen findet und die verdiente, von einem Literaten erzählt zu werden.

Wie könnte der alles ausschmücken! Von der jäh aufbrechenden Knospe Liebe könnte er schreiben; von herzlosen Eltern, einem beharrlichen Liebhaber und einem hintergangenen Bräutigam, dem sich der Boden unter den Füßen auftut. Braucht es mehr Elemente für einen großen Roman? Und das Schönste ist, es ist alles wahr! Man kann es gar nicht so erfinden, wie es sich abspielt. Das Leben übertrifft die Courths-Mahler, wenn es will.

Alles beginnt damit, daß ein aufgeregter Subchef des «Imperial» anruft und dringend Herrn Tremus zu sprechen wünscht, ein Herr Keiplinger oder so ähnlich. Georg ist nicht anwesend, deswegen spricht Frieda mit ihm. Sie kennt den Mann nicht, trotzdem tut er beharrlich so, als seien sie gute alte Freunde und die Familie Tremus könne ihn endlich aus Lebensgefahr erretten, worauf sie anscheinend schon lange gehofft hatte, wie man bei seinen hilfeheischenden Formulierungen meinen muß.

Die Kollegen helfen sich schon mal untereinander; das ist richtig. Die Adamys auf der anderen Straßenseite schicken zum Beispiel Gäste, die sie nicht unterbringen können, und der «Petersburger Hof» revanchiert sich gelegentlich in gleicher Weise, wenn hier besetzt ist. Mit dem «Imperial» hat man bisher noch nicht verkehrt. Die Grenzen zwischen den verschiedenen Hotelkategorien sind gut abgesteckt und mindestens so dicht wie die zwischen Staaten. Der Kollege Keiplinger spürt Friedas Zögern, drängt noch einmal: Kann sie ihm helfen? Er wird es nie vergessen. Es ist ein schreckliches Mißverständnis entstanden. Eine Fabrikantenfamilie Dambo aus Breslau – sie stellen die bekannten Dambo-Waagen her, von denen er annimmt, sie sind der Kollegin Tremus ein Begriff – hat rechtzeitig und verbindlich eine der beiden Dependancen des «Imperial» reserviert. Durch ein schreckliches Mißverständnis, das auf die Schnelle nicht aufzuklären ist, hat man zugesagt, und zwar schriftlich. Unglückseligerweise hat man die Dependance aber für die nämliche Zeit an die Königin von Württemberg vergeben. Nun steht die Familie Dambo samt Entourage in der Halle, und wohin mit ihnen? Kann die Kollegin Tremus helfen? Kann sie die Familie Dambo aufnehmen? Herr Fabrikant Dambo hat angeboten, außerordentlich großzügig zu zahlen. Der Preis spielt keine Rolle.

Wie viele Zimmer werden denn benötigt?

So viele, wie es geht; sechs, sieben müßten es schon sein. Die Herrschaften sind es gewohnt, immer eine Dependance zu nehmen. Sie kuren für gewöhnlich in Karlsbad, jedes Jahr vier Wochen; außergewöhnlicher Umstände wegen haben sie sich dieses Jahr für Wiesbaden entschieden, und nun ist dieses bedauerliche Mißverständnis entstanden.

Es wird wohl kein Mißverständnis sein, denkt Frieda, sondern eine schlichte Schlamperei des «Imperial», aber das behält sie für sich. Einerseits hat sie die Zimmer nicht. Andererseits, Herrschaften der ersten Gesellschaftskreise – und andere verkehren nicht im «Imperial» –, die obendrein dankbar sind und vier Wochen bleiben wollen, sollte man nicht so ohne weiteres abweisen. Seitdem sie fließendes warmes und kaltes Wasser haben, fühlt sich Frieda eher gerüstet, auch Herrschaften mit Ansprüchen etwas zu bieten. Wenn sie es deichseln kann, ihren sonstigen Renommiergast, die Exzellenz von Schostak, kaiserlich russischer Geheimrat mit Familie aus St. Petersburg, ein Stockwerk höher einzuquartieren, den einen oder anderen Gast umzulegen und der amerikanischen Familie Wheaver, zur Zeit Oxford in England, abzutelegraphieren, ließe es sich vielleicht bewerkstelligen.

Sie bittet Herrn Keiplinger um ein bißchen Geduld; in einer

Viertelstunde kann sie ihm endgültig zu- oder absagen. Herr Keiplinger gewährt ihr schweren Herzens diese Bedenkzeit. Daß er sich darauf einläßt, beweist, er hat sein Glück schon in der ganzen Stadt versucht und ist überall auf Ablehnung gestoßen. Man ist in der Hochsaison, die Stadt in ihrem prächtigsten Schmuck. Alles ein einziges Blütenmeer. In der Oper finden die Kaiserfestspiele statt; weltberühmte Künstler treten auf. Seine Majestät wird für die nächsten Tage erwartet – mit seinem halben Hofstaat und in seinem bekannten Sonderzug –, und da sucht das «Imperial» angemessene Räume für Gäste, die sie vergessen haben? Dann sollen sie mal suchen.

Frieda spricht mit der Exzellenz von Schostak, ein ganz reizender älterer Herr («Sie» hat etwas Haare auf den Zähnen und tut immer so, als sei sie schwerhörig), und indem sie ihm eine pekuniäre Vergünstigung in Aussicht stellt, kann sie ihn bewegen, sich mit Zimmer 15 im zweiten Stock anzufreunden. An und für sich ist das auch ein sehr schönes geräumiges Zimmer, aber eben ein Stockwerk höher, als er es gewohnt ist. Dafür ist das Badezimmer auf gleichem Flur, auch ein Vorteil. Die beiden anderen Zimmer für die Kinder und das Kindermädchen wären dann unter dem Dach, aber ausnahmsweise wird das ja mal gehen.

Na ja...

Dann herzlichen Dank für das Verständnis.

Auch mit den übrigen Gästen gelangt sie zu einer Verständigung; innerhalb von zwanzig Minuten hat Frieda den gesamten ersten Stock für die Familie Dambo freigeräumt. Herr Keiplinger meldet sich da auch schon wieder ungeduldig.

Es klappt? Herrlich! Das wird er der Kollegin Tremus nicht vergessen. Es dauert keine halbe Stunde, dann zieht die Familie Dambo ein. Sowohl die Herrschaften wie die Dienerschaft machen keinen Hehl daraus, alles ist unter ihrer Würde; kaum besser als ein öffentliches Pissoir. Die Herrschaften beschweren sich über beinahe alles.

Georg ärgert sich darüber. «In der Not muß man nehmen, was frei ist! Das Jesuskind war in entsprechender Situation mit einem Eselstall zufrieden, und er war immerhin Gottes Sohn», sagt er einmal zu Willy. Auf der anderen Seite denken die Dambos aber auch nicht daran, auf die Zimmer zu verzichten und nach Breslau zurückzukehren oder an die See weiterzureisen. Es muß einen Grund geben, der sie in Wiesbaden hält.

Die einzige, die mit allem einverstanden ist, ist Fräulein Elly Dambo, die Tochter. Sie ist ein blasses Geschöpf ohne Brust und ohne Schwung; etwas spitznasig, knochig, wirklich keine Schönheit, auffallend sind nur ihre großen Augen. Sie ist zweiundzwanzig, sieht aber aus wie achtzehn. Miß Roberts, ihre englische Klavierlehrerin, die sie ebenfalls mitgebracht haben, spricht das unglückliche Wesen immer nur mit «Elly, mein Gold» an und gibt sich, als wäre sie in sie verliebt.

Miß Roberts verlangt übrigens, daß auf der Stelle ein Piano in das Zimmer von Fräulein Elly kommt; aber auf der Stelle. Natürlich wird das gewünschte Piano beschafft. Ein Anruf genügt, dann schickt die Firma Klavier-Kloos ein wunderschönes Stück zur Ansicht, das selbst die nörgelnde Engländerin rundum zufriedenstellt. Fräulein Elly selbst macht sich nicht viel aus Musik.

Der dankbare Keiplinger hält Wort und beweist seine Dankbarkeit. Ein oder zwei Tage nach dem Einzug der Familie Dambo läßt er der Kollegin Tremus ein Blumengebinde zugehen, das der Königin von Württemberg angemessen wäre. Georg will es im Speisezimmer aufstellen; es würde den immer etwas winterlich dunklen Raum aufhellen. Doch Frieda läßt es nicht zu. Sie sorgt dafür, daß die Blumen in das Zimmer von Fräulein Dambo gebracht werden.

«Warum ausgerechnet ihr?» fragt Georg verwundert.

Frieda erklärt ihm: Irgendwas liegt Fräulein Elly schwer auf der Seele. Gleich am ersten Tag hat sie mitgekriegt, wie diese sich auf dem Klosett übergeben hat, und hat beobachtet, wie sie deprimiert in ihr Zimmer zurückgeschlichen ist.

Als sich Fräulein Elly für die Blumen bedankt, sind sie zufällig unter vier Augen. Frieda nutzt die Gelegenheit und bemerkt, das gnädige Fräulein wirke etwas niedergeschlagen. Mit den Blumen wolle sie das gnädige Fräulein ein wenig mit Wiesbaden versöhnen. Wenn sie einen Wunsch habe, möge sie ihn bitte äußern; man werde sich bemühen, ihn auf das prompteste zu erfüllen.

Dem Fräulein Dambo treten bei diesen Worten Tränen in die Augen. Sie antwortet, man sei hier so gut zu ihr, so gut.

Frieda sagt nachher zu Georg: «Der Himmel hat uns die Dambos geschickt. Wir werden noch ein Herz und eine Seele, das wirst du erleben, Georg!»

Vorderhand kommen sich aber erst mal die «lange Emma» – so genannt, damit man sie von einer anderen Emma unterscheiden kann, die früher im «Petersburger Hof» Hausmädchen war – und das Fräulein Elly näher. Vielleicht ist das Fräulein für die Sympathie dankbar, die sie da spürt, vielleicht rührt die Seelenfreundschaft aus anderem. Tatsache ist jedenfalls, daß sie die lange Emma zu ihrer Vertrauten macht und, da Emma nichts für sich behalten kann, offenbart sie sich damit gleich dem ganzen «Petersburger Hof». Es sind höchstens drei Tage seit dem Einzug vergangen, da rückt das Fräulein bereits mit dem raus, was sie bedrückt, was sie jedenfalls beständig beschäftigt. Fräulein Elly soll innerhalb absehbarer Zeit heiraten; im geheimen ist sie schon Braut. Ihre Eltern haben ihr mittels eines Eheanbahnungs-Instituts und mit Annoncen in Berliner Blättern einen Mann gesucht; es ist soweit alles arrangiert. Sie hat den Mann kürzlich an neutralem Ort kennengelernt und der Verehelichung mit ihm zugestimmt. Damit die Übereinkunft für die neugierige Verwandtschaft und Bekanntschaft ein Mäntelchen bekommt, sich auch ein bißchen romantisch darstellt, sollen sich die Brautleute jetzt hier in Wiesbaden wie zufällig über den Weg laufen. Freiherr von Loê, der potentielle Gatte, ist bereits anwesend und bei Freunden untergekommen, die an der Parkstraße ein Anwesen besitzen. Ursprünglich hatte man geplant, sich gemeinsam im «Imperial» einzuquartieren, aber so ist es vielleicht noch unverfänglicher. Ambiente und Atmosphäre von Mai und Wiesbaden sollen das Weitere bewerkstelligen, sie wenn möglich zu Verliebten machen.

Emma, beglückt, daß sie durch ihr Wissen in den Mittelpunkt gerückt ist, verbreitet, Fräulein Elly hat der Heirat zugestimmt, weil sie ihrem Vater nichts abschlagen kann. Sie sieht sich als eine stumpfe Natur und meint, sie könne und wisse nichts.

Andererseits besitzt sie handgestickte Unterwäsche, packt einmal im Jahr Kleiderpakete «pour les pauvres» und betätigt sich bei Wohltätigkeitsbazars zugunsten der Breslauer Ortsarmen gern als «Lotterie-Fee». Die Kostüme, die sie da tragen muß, könnten manche arme Familie satt machen, hat das Fräulein Elly Emma vorgerechnet. Ansonsten hilft sie ihrer Mutter, die Zeit totzuschlagen, und verbringt dadurch ihre Tage in der Hauptsache bei der Modistin. Fräulein Elly fürchtet, daß sie bei diesen Voraussetzungen ohne die Hilfe ihrer Eltern keinen Mann finden werde, und widersetzt sich ihnen deswegen in keinem Punkt.

Frieda will von Emma wissen: Ist denn das schon endgültig mit der Eheschließung? Wann soll denn Hochzeit sein?

Georg tadelt sie: «Frieda, wir spionieren keine Gäste aus!»

Die Romanze soll bei einer «Illuminierten Nacht» in Kurhaus und Kurpark aufblühen. Fräulein Elly wird so hübsch herausgeputzt, wie es nur möglich ist. Modistin und Friseuse verstehen beide ihr Handwerk; sie übertünchen ihre Blässe nicht, verstärken sie im Gegenteil, und suchen Elly so die Aura einer Geheimnisvollen zu verleihen. Ihr graugrundiges, dezent geblümtes Chiffon-Kleid macht sie wirklich elfenhaft; genau wie Miß Roberts behauptet. Was Elly im Alltag an Fülle fehlt, wirkt sich nun zu ihrem Vorteil aus. Miß Roberts sieht Elly, als diese hergerichtet ist, voller Anbetung an, auch überrascht, als sei sie unverhofft zur Blüte gelangt.

Als die Familie Dambo das Haus verlassen will – Frau Dambo stolziert im tief dekolletierten Schleppkleid voran und präsentiert dabei ihren makellosen Busen so großzügig, als wolle *sie* sich einen Mann einfangen –, stürzt Miß Roberts den Davongehenden nach, hält Fräulein Elly an der Kutsche noch einmal auf und küßt ihr wie segnend die Stirn. Offenbar entläßt sie «Elly, mein Gold» ins feindliche, grausame Leben.

Willy ist der erste, der bemerkt, daß die «Illuminierte Nacht» nicht so verlaufen ist wie gewünscht und erwartet.

Als er in der Nacht die Haustür aufschließt, treten Herr und Frau Dambo vollkommen schweigend und sehr ernst ein. Ihre Tochter ist nicht bei ihnen; sie fragen nicht, ob sie etwa schon da sei, suchen auch keinen Blick auf den Schlüsselkasten zu werfen. Anscheinend haben sie eine klare Vorstellung davon, wo sie sein könnte; vermuten sie jedenfalls nicht in ihrem Bett. Fräulein Elly kommt in der Morgenfrühe, beschwingt und summend. Ein Kavalier ist bei ihr, der ihr an der Tür abwechselnd beide Hände küßt und ihr mit Katerblick nachsieht, als sich hinter ihr die Tür schließt. Willy fällt auf, daß er sich nicht hackenknallend verabschiedet, wie man das von einem Volljuristen erwartet. Immerhin ist der Freiherr von Loê, wie Willy mitbekommen hat, Assessor an einem Landgericht; da geht einem doch das Leutnantsgehabe in Fleisch und Blut über. Eine Verbeugung wie das Zusammenklappen eines Taschenmessers wäre angemessen gewesen und ein markiges «Bedanke mich, Gnädigste, für den Abend». Und dieser hier spielt den Schmusekater?

Am nächsten Morgen – Willy gehört zu den Menschen, die wie Napoleon mit extrem wenig Schlaf auskommen – äußert Willy den Verdacht: «Unsere Elly hat sich einen Verehrer angelacht, aber es ist nicht der vorgesehene.» Das ist einerseits ein ungeheuerlicher Verdacht, doch die schlechte Laune, die die Herrschaften Dambo an diesem Vormittag zeigen, spricht für Willys Vermutung. Fräulein Elly schläft; sie kann man nicht fragen. Sie verschläft den halben Tag, und am späten Nachmittag verhandelt sie mit Miß Roberts und diese wiederum mit Herrn und Frau Dambo. Es scheint da um höhere Diplomatie zu gehen. Obwohl Emma und andere Hausmädchen um die Zimmer im ersten Stock schleichen, können sie nicht sicher sagen, was sich dort abspielt. Die einen wollen lautstarke Auseinandersetzungen vernommen haben, die anderen sagen, alles ist in schönster Harmonie. Jedenfalls verlassen Elly und Miß Roberts gegen sechs Uhr das Haus und kommen kurz vor zehn Uhr abends zurück; Elly erneut beschwingt, die Engländerin mit undurchdringlicher Miene.

Warum die Sache künstlich in die Länge ziehen? Willy hat den Nagel auf den Kopf getroffen. Später erfährt Emma, das Fräulein Elly ist im Kurhaus ihrem Glück begegnet (oder das, was sie dafür hält) und hat es mit beiden Händen ergriffen. Sie hat ihre Eltern und den Auserwählten bei dem Fest buchstäblich sitzenlassen und hat sich mit einem Mann, der weder ihr noch ihren Eltern vorgestellt worden war, unter die Menge gemischt und ward nicht mehr gesehen.

Hat man je von einem derartigen Affront gehört?

Herr Dambo will abreisen, seine Frau ist überzeugt, der Mensch, mit dem sich ihre Tochter abgegeben hat – wer immer es auch ist –, hat ihre Elly mit Drogen gefügig gemacht.

Emma kann vor Aufregung kaum sprechen, wenn sie davon berichtet. Die Dambos, weiht Emma die übrigen in die Gedanken der Fabrikantenfamilie ein, überlegen sogar, die Polizei hinzuzuziehen. Sie sind überzeugt, Elly ist das Opfer eines Heiratsschwindlers geworden. Diese Kreaturen suchen sich bekanntermaßen Orte wie Wiesbaden für ihre Machenschaften aus. Einzig der Skandal, den die Dambos fürchten, läßt sie vor dem Schritt zurückschrekken. Genaugenommen weiß bis jetzt niemand von der Ungeheuerlichkeit; in Wiesbaden sind sie so gut wie unbekannt. In Karlsbad, wohin sie sonst fahren, wären sie jetzt bereits unten durch. Hier jedoch weiß niemand, mit welchen Absichten man kam. Warum bei dieser Lage dann die Angelegenheit eigenhändig an die große Glocke hängen? Ist es nicht besser, man läßt Ellys Rausch verfliegen und verwirklicht dann seine Absicht? Es sind immerhin noch mehr als drei Wochen bis zum Zeitpunkt, da man planmäßig wieder abreisen wollte! Was kann bis dahin alles geschehen...

Elly selbst hat angekündigt, sie läßt nicht von ihrem Kavalier. Sie hat ihm bereits ewige Treue gelobt. Der Freiherr von Loê, der planmäßige Bräutigam, verhält sich fabelhaft, er sieht die Affäre als einen natürlichen, generationsbedingten Protest wider die Eltern, will ihr kein entscheidendes Gewicht beilegen. Er ist weiterhin an Eheschließung interessiert, und den Eltern Dambo wächst er durch sein fabelhaftes Verhalten geradezu ans Herz. Er stammt aus Mecklenburg, die Familie hat da Güter und Pferde. Willy vermutet, er oder die Familie braucht Kapital.

Fräulein Elly schildert, als Emma sie mal allein zu sprechen kriegt – das Fräulein hat Hausarrest, was lachhaft ist und sich natürlich im ganzen Haus herumspricht; selbst die Geheimrätin von Schostak erkundigt sich jeden Morgen nach dem neuesten Stand der Angelegenheit –, Elly schildert jedenfalls, als sie den jungen Mann sah, sei es gewesen, als habe sie der Blitz getroffen. Winfried ist angeblich Privatgelehrter und Sohn des berühmten Professors von Kretschmar. So wie sein Vater auf dem Gebiet der Medizin eine Kapazität sei, habe er selbst glänzende Aussichten in der literarischen und universitären Welt und arbeite gerade an seiner Dissertation. Auch finanziell scheint er ein bißchen was draufzuhaben. Er schickt Rosen, jeden Tag Rosen. Den Eltern Dambo ist das alles nur Beweis, es kann sich nur um einen Heiratsschwindler handeln. Nach überstürzter Eheschließung wird das große Erwachen kommen, versuchen sie ihrer Tochter die Augen zu öffnen. Wie viele Frauen sind schon um Vermögen, wenn nicht um ihr Leben gebracht worden, von skrupellosen, raffinierten Verbrechern, wie ihre Elly einem in die Finger gefallen ist? Will Elly denn keine Vernunft annehmen?

Abreisen! schreit der Vater wieder.

Eine Weile steckt die Sache in der Schwebe. Elly wird wie eine Verbrecherin eingeschlossen. Miß Roberts hat als einzige einen Schlüssel, und nur mit ihrer Erlaubnis darf jemand zu Fräulein Elly vordringen oder diese das Zimmer verlassen. Man hört Elly weinen; sie ißt kaum. Sie ist nur noch ein Strich, behauptet Emma.

Frieda erkennt aus allem eins: Herr und Frau Dambo sind der

Meinung, für ihre Tochter paßt nur eine Trantüte. Sie können sich nicht vorstellen, daß ein hoffnungsfroher junger Mann ausgerechnet ihre Tochter lieben und ehren will. Nun, vielleicht will er sie auch nicht ehren. Vielleicht sucht er tatsächlich nur ein Abenteuer und hat offenbar auch eins gefunden. Jedenfalls läßt er nicht locker; die Rosen kommen pünktlich wie die Zeitung. Frau Dambo läßt sie wegwerfen, aber Frieda fischt sie wieder aus den Abfallkörben und schmückt damit die Zimmer.

Dann die nächste Wendung: Man öffnet eines Morgens das Zimmer von Fräulein Elly, und sie ist verschwunden. Frieda verdächtigt sofort Emma, ihr Beihilfe geleistet zu haben. Die schwört, sie ist unschuldig. Trotzdem werden Keller, Speicher und die Räume der Hausmädchen durchsucht – keine Spur von Elly. Wie kann sie geflohen sein? Ist sie etwa die Fassade hinabgeklettert? Das Fenster steht auf, aber ist Elly so gewandt, daß sie das fertigbrächte? Und wann ist sie geflohen? Miß Roberts sagt weinend aus, heute morgen um sechs Uhr hat sie ihr die Tür geöffnet, weil Elly dahin wollte, wo der Kaiser zu Fuß hingeht. Danach hat sie wieder ordnungsgemäß abgeschlossen. Frau Dambo fühlt ihr auf den Zahn. Miß Roberts versichert aufgeregt, sie werde «Elly, mein Gold» niemals die Hand reichen, damit die ins Elend gelange! Wenn Elly nicht hier im Haus ist – und wo sollte sie hier sein? –, wo kann sie dann unterkommen? Die Dambos fürchten, das wird ein zweiter Fall Wettin! Wenn dem sächsischen Königshaus die Kronprinzessin davonlaufen kann, wieviel eher dann der Familie Dambo?

Wie um die ganze Geschichte aufzuklären, betreten nun Elly und ihr Liebhaber das Hotel «Petersburger Hof», Hand in Hand. Nicht mal Willy weiß bei soviel Dreistigkeit etwas zu sagen. Herr und Frau Dambo starren das Paar an wie eine Geistererscheinung, bis Frau Dambo empört herausbringt: «Wir haben dich gesucht, Elly!»

Das löst den Bann. Herr Dambo faßt den jungen Mann (er sieht wirklich prächtig aus, findet Frieda, ein richtiger germanischer Recke, blond, groß, schön; und trägt sehr gute Schuhe, was ja auch immer viel über einen Menschen aussagt) scharf ins Auge und fragt: «Welche Absichten verfolgen Sie?» – Der junge Mann erwidert höflich: «Ich habe die Absicht, Sie und Ihre Frau Gemahlin davon in Kenntnis zu setzen, daß Ihre Tochter Elisabeth und ich zu heiraten gedenken.»

«Das ist vollkommen ausgeschlossen!» erwidert Frau Dambo verbissen, während ihr Mann gekränkt schweigt. «Mutter», läßt sich nun das totenblasse Fräulein Dambo vernehmen, «du weißt, ich habe deinen Willen immer respektiert. Aber jetzt sage ich zum ersten Mal ‹Ich will›, und so wahr ich hier vor dir stehe, ich werde meinen Willen durchsetzen. Seid vernünftig und willigt ein!»

«Ganz undenkbar», zischt Mutter Dambo. Darauf zieht der junge Mann die Konsequenz und verkündet knapp und höflich: «Nun, in diesem Fall werden wir wieder gehen. Wir wollten Pflicht und Anstand wahren und Sie persönlich von unseren Plänen in Kenntnis setzen. Wenn es Ihnen nicht möglich ist, uns Ihre Zustimmung zu geben, werden wir darauf verzichten müssen. Elisabeth und ich werden uns davon nicht aufhalten lassen. Es ist pure Höflichkeit von mir, wenn ich mich Ihnen vorstelle. Sie legen darauf keinen Wert, ich nehme das zur Kenntnis. Ich wünsche Ihnen einen guten Tag und weiterhin angenehmen Aufenthalt.»

Und das alles im Hausflur!

Herr Dambo hat schon während der kleinen Ansprache den jungen Herrn wie einen Kunden studiert, über dessen Bonität er sich nicht ganz im klaren ist. Als Herr von Kretschmar Anstalten macht, die Haustür wieder zu öffnen, sagt er: «Warten Sie mal! Nicht so rasch!» Dann fragt er, ob es einen Raum gibt, wo er sich mit dem «jungen Herrn», wie er ihn nennt, ungestört unterhalten könne? Offenbar will er ihn nicht in sein Zimmer führen, wo die Hausmädchen gerade die Betten abziehen und die Waschbecken putzen. So bleibt nur Zimmer 2; und während der junge Mann und Herr Dambo sich hier hineinbegeben, gibt Frau Dambo ihrer Tochter überraschend eine Ohrfeige. «Wie kannst du uns so etwas antun?» fragt sie aufgebracht. Das Fräulein lächelt nur; Frieda denkt: Die Liebe kann eine Frau wirklich verschönen.

Herr Dambo fühlt Herrn von Kretschmar ungefähr eine halbe Stunde lang auf den Zahn, dann kommen die beiden wieder zum Vorschein. Sie geben sich locker und heiter. Offenbar ist alles zu allseitiger Zufriedenheit geklärt und geregelt. Während Herr Dambo nach oben geht, wohl um seine Tochter zu holen, bleibt der junge Herr wartend im Hausflur stehen.

Frieda wirft da zufällig einen Blick auf das Bild mit dem Wunder von Lourdes und denkt: Warum sollen sich Wunder nur da ereignen, wo wir nicht sind? Warum auch nicht mal im «Petersburger Hof»? Dann gratuliert sie Herrn von Kretschmar: «Unsere allerherzlichsten Glückwünsche.» Der junge Mann drückt ihr die Hand. So fest und kernig, wie er ihr die Hand gibt, kann er kein Heiratsschwindler sein.

Bei der Abreise zahlt Herr Dambo wie angekündigt sehr großzügig und verteilt Trinkgelder, wie sie im «Petersburger Hof» noch nie vorgekommen sind.

5

Irgendwann im Sommer dieses Jahres bekommt Frieda überraschenden Besuch. Einen endlos langen Moment glaubt sie, als die Tür aufgeht und ein Mann zögernd unsicher eintritt, ihr Vater kehre zurück. Sie wagt sich nicht zu rühren, aus Furcht, die Erscheinung könne sich sonst verflüchtigen.

Es ist jedoch nicht ihr Vater, der ihr die Freude macht, es ist ihr Onkel Philipp, ein Bruder ihres Vaters. Nachher kann sie gar nicht erkennen, worin die Ähnlichkeit zwischen den Brüdern besteht. Sie holt sogar das einzige Bild, das sie von ihrem Vater besitzt, aus der Kommode und vergleicht es mit der so unverhofft ins Haus gefallenen Verwandtschaft. Onkel Philipp ist wesentlich gewichtiger, als ihr Vater es gewesen war, regelrecht plump. Beim Gehen stellt er die Füße nach außen, das macht ihn behäbig. Man merkt ihm an, daß er gewohnt ist, schwere Lasten zu stemmen und zu wuchten; er wirkt aber ausgelaugt und erschöpft. Worin soll also die Übereinstimmung liegen?

Und doch bleibt die Tatsache, Frieda hielt ihn, als er zur Tür reinkam, für ihren Vater. Sie hat ihn nicht als einen beliebigen Gast angesehen, nicht für einen der vielen Männer, die etwas holen oder bringen, was für den Geschäftsbetrieb von Wichtigkeit ist, nein, sie hielt ihn für ihren Vater. Vielleicht gibt es neben der äußeren Ähnlichkeit – dieselbe Haarfarbe oder dieselbe Augenfarbe oder die gleiche Form der Nase oder der Hände – innere Gleichartigkeit zwischen Menschen, die nur in besonders wichtigen Momenten zu Tage tritt. Welche Erklärung gäbe es sonst für das Phänomen?

Und noch etwas macht ihr zu schaffen. Sie hat nie bedacht, daß ihr Vater, sollte er sich irgendwo in der Fremde aufhalten und dort sein Glück oder Unglück gefunden haben, genau wie jeder andere

Tag für Tag älter wird. Sie hat ihn in Erinnerung, wie sie ihn vor Jahren zuletzt gesehen hat. Wer weiß, was ihm die Zeit und das Schicksal angetan haben. Was wird aus seinen kräftigen schwarzen Haaren geworden sein, in welche sie als kleines Kind so gerne gefaßt hat und wobei sie sich vorstellte, es sei die Mähne eines Pferdes?

Onkel Philipp ist nicht allein gekommen. Er hat seinen sechzehnjährigen Sohn Leo bei sich, einen ausnehmend hübschen Bengel, den jüngsten seiner vier Buben.

Frieda hat selbstverständlich gewußt, daß noch Verwandte ihres Vaters existieren. Wie es auch in Biebrich und Bingen Verwandte von mütterlicher Seite gibt, mit denen Frieda jedoch nichts zu schaffen hat. Denen hat sie nicht verziehen, daß die sie nach dem Tod ihrer Mutter der Heybach überlassen haben. Aus Emmerich, dem Geburtsort ihres Vaters, kam ab und zu ein Brief oder eine Karte, vor allem ihre dortige Großmutter hatte sich gelegentlich gerührt. Fast alle Briefe und Karten endeten mit einem gereimten Gruß an die liebe Frieda, und manchen der kleinen Verse hatte Frieda so lange aufgesagt und gesungen, bis ihr die Heybach das verboten hatte. An die Großmutter hat Frieda sogar eine verschwommene Erinnerung; als ihre Mutter damals kalt und reglos und fremd auf ihrem letzten Lager lag, suchte die Großmutter sie zu trösten. Von Onkel Philipp, seiner Frau und seinen Kindern weiß sie nur aus Erzählungen und eben den erwähnten Briefen. Daß sie jemals leibhaftig vor ihr stehen könnten, damit hat sie nicht gerechnet. Der erste Gedanke ist: Sie sind in Not und suchen Hilfe. Das macht ihr aber kein schlechtes Gefühl. Wenn man den Verwandten nicht helfen will, wem dann?

Es stellt sich heraus, ihr erstes Empfinden ist nicht ganz falsch, aber auch nicht ganz richtig. Onkel Philipp sucht eine Lehrstelle für den Jungen. Er selbst ist Fabrikarbeiter, verdient sein Brot mit saurer Arbeit. Er ist schon seit bald vierzig Jahren in der Emmericher Farbenfabrik; das Leben da ist nicht leicht, aber man gewöhnt sich an alles. Für Leo ist das jedoch nichts; Onkel Philipp hat in der Fabrik gar nicht für ihn gefragt. Leo hat nicht den Körperbau, den man als Handlanger braucht.

Er wird auch kein Arbeiter, denkt Frieda, eher Taschendieb; im besten Fall Kellner.

Georg hat wirklich Herzensbildung, stellt Frieda bei dieser Gelegenheit wieder fest. Er behandelt den ihm unbekannten Mann ganz selbstverständlich als angenehmen Verwandten, dabei respektvoll und gastfreundlich. Er findet immer den rechten Ton, nicht anbiederisch, nicht überheblich, und schon gar nicht gibt er sich als Arbeiterführer. In Momenten wie diesen hat Georg ihre ganze Sympathie.

Weil nicht ein Fleckchen frei ist, können sie die beiden Besucher leider nicht im Haus aufnehmen. Frieda bringt die Verwandten in der Nachbarschaft unter, in den Räumen von Herrn Jörns, der wieder auf Reisen ist. Wegen der ständigen Anforderungen, die die Gäste stellen, kann man sich dem Besuch auch nicht so widmen, wie Frieda es gerne möchte. Aber das Problem, das Onkel Philipp hergeführt hat – was soll aus Leo werden? –, gerät nicht in Vergessenheit. Mehrmals sprechen sie über seine Zukunft. Für die Fabrik taugt er nichts; dafür ist er zu zart. Onkel Philipp hat versucht, ihn als Kaufmann unterzubringen, aber da hat man ihm abgeraten: Das gewaltige Eindringen weiblicher Arbeitskräfte in diesen Stand, wie jetzt überall zu beobachten ist, eröffnet den männlichen Gehilfen ganz schlechten Ausblick für die Zukunft. Es gibt bereits unbeschäftigte Kaufmannsgehilfen zu Zehntausenden. Wo soll Leo da später mal unterkommen? Onkel Philipp hofft deswegen, Leo wird hier ausgebildet, wenn es geht, von seinen Verwandten. Leo braucht eine feste Hand.

Was soll er hier lernen? Der «Petersburger Hof» ist kein Grandhotel, wo Karrieren beginnen. Das ist richtig, mischt sich Georg ein. Ein Zeugnis des «Petersburger Hofs» wird ihm in der Welt nicht viel helfen, aber wenn er hier alles Wesentliche erfaßt, wird er auch woanders unterkommen und kann sich da weiterbilden. Frieda spürt, aus Georg spricht der Stolz. Er ist Hotelier, und nichts bringt ihn mehr auf die Palme, als wenn seine Frau andeutet, sie haben eine Klitsche.

Frieda nimmt sich einen Nachmittag für Onkel Philipp, wiewohl sie auch diese Zeit nicht guten Gewissens erübrigen kann. Sie zeigt dem Onkel ein wenig von der Stadt, unter anderem das idyllische Nerotal und die Zahnradbahn, die steil zur Höhe des Nerobergs hinaufsteigt. Die Bahn beeindruckt den alten Mann tatsächlich gehörig. Damit fahren will er nicht; es ist ihm schon unheimlich zu sehen, welche Steigung die Bahn bewältigt. Er sagt, vom bloßen Hingucken wird ihm schwindlig; so steil den Berg rauf!

Es ist das erste Mal seit vierzig Jahren, daß Onkel Philipp unterwegs ist. Als junger Bursche war er in Sumatra und Borneo, sonst nur in Emmerich. Emmerich ist eine hübsche alte Stadt, nicht groß, aber sehr anheimelnd, berichtet er. Gleich hinter Emmerich beginnt Holland.

Wußte Frieda nicht.

Bei ihrem Spaziergang gelangen Onkel Philipp und Frieda auch auf den Nordfriedhof. Das mag Zufall sein, vielleicht fügt es sich aus innerer Notwendigkeit so. Frieda könnte beschwören, ursprünglich war es nicht ihre Absicht, den Onkel auf einen Friedhof zu führen. Dabei ist der Nordfriedhof durchaus eine Sehenswürdigkeit. In den Stadtführern ist er mit zwei Sternchen gekennzeichnet, und manche der Gäste widmen ihm bei jedem Aufenthalt einen Besuch. Viele berühmte Menschen haben hier ihre letzte Ruhe gefunden, viele reiche vor allem. Man sagt immer, im Tod werden die Menschen gleich. Davon ist hier nichts zu spüren. Im Gegenteil, die Rangunterschiede sind hier für die Ewigkeit festgefügt. Es gibt Grabdenkmale, die hausgroß sind; regelrechte kleine Tempel, die man betreten und wobei man schwere Bronzetüren hinter sich schließen kann.

Frieda zeigt Onkel Philipp ein Grab, das sie für das ihres Vaters erklärt hat. Ein Rittmeister von Grabow liegt hier, und das einzige, was ihn mit Julius Scherer verbindet, ist die Tatsache, daß er am gleichen Tag geboren wurde, am 28. April 1856. Sie hat diese Übereinstimmung zufällig entdeckt, und seitdem tritt sie jedesmal an dieses Grab, wenn sie auf dem Friedhof ist. Es besteht aus einer Sandsteinsäule, welche oben wie abgebrochen wirkt, und aus einer Bronzetafel, die sich an ihren Sockel lehnt. Darauf sind gekreuzte Säbel und gekreuzte Fahnen zu sehen und der Name und das Alter und der Rang des Verstorbenen; kein Geburtsort, kein Sterbeort. Das Grab wird nur auf das notwendigste gepflegt. In Herbst und Frühjahr setzen die Friedhofsgärtner Pflanzen, die lange halten, schneiden die Hecken, und ansonsten ist die Ruhestätte sich selbst überlassen. Frieda war schon zwei- oder dreimal am Geburtstag ihres Vaters und dieses fremden Mannes hier und hat Blumen aufs Grab gelegt.

Onkel Philipp spürt, daß sie gern etwas von ihrem Vater erfahren möchte. Er ist aber im Geschichtenerzählen nicht geübt, und was ihm von seinem Bruder einfällt, ist so banal, daß man es beinahe von allen Buben erzählen könnte; wie Julius dem Lehrer mal eine freche Antwort gegeben hat und wie der ihn mit dem Rohrstock versohlt hat und ähnliches.

Er ist eben früh weggegangen, setzt Onkel Philipp unbeholfen hinzu. Wie es in Emmerich nahelag, ist Julius auf einen Rheinkahn geklettert, und eines Tages ist er in Biebrich von Bord gegangen und hier geblieben. Das weiß sie ja.

Bei dieser Gelegenheit fragt Frieda den Onkel: Was ist wirklich mit Leo? Warum soll er in Wiesbaden unterkommen? Ist er faul, aufsässig, dumm, oder was stimmt mit ihm nicht? Es muß doch einen Grund geben, daß man ihn so weit weg von zu Hause unterbringen will! Onkel Philipp hält nicht mit der Wahrheit zurück. Leo ist ein Herumtreiber. Emmerich ist zu klein für ihn. Er ist schon zweimal ausgerissen, beide Male ist er in Amsterdam aufgegriffen worden.

Frieda hat nichts gegen den Jungen. Aber hat Georg nicht zu schnell ja und amen gesagt?

«Ich dachte, du wolltest das so! Daß es nicht heißt, ich bringe nur meine Verwandtschaft hier unter und ...»

«Darum geht es doch nicht, Georg. Hausmädchen brauchen wir, aber was sollen wir mit Leo anfangen? Für einen Pagen ist er zu groß, und einen Portier haben wir. Was können wir denn mit ihm anfangen? Mal Koffer vom Bahnhof holen und mal einen Gang besorgen.»

Georg erinnert Frieda daran, wie sie angefangen haben, ebenfalls mit Handlangerdiensten. Sie soll sich nicht aufs hohe Roß setzen! Davon kann doch gar nicht die Rede sein, gibt Frieda zurück; sie will wirklich helfen, wo es geht. Aber können sie sich leisten, sich einen weiteren Klotz ans Bein zu binden? Willy ist Luxus genug! Die Adamys haben keinen Portier, dessen Arbeit erledigen die nebenbei. Leo muß irgendwo schlafen, er ißt und trinkt, braucht Kleidung, und Taschengeld will er auch noch.

Du hast doch auch von Trinkgeldern gelebt!, gibt Georg zurück.

Sicher, er kann sich Trinkgelder verdienen, aber die fehlen den anderen. Die Trinkgelder werden nicht beliebig mehr bei mehr Personal. Bei ihnen wird sowieso gespart und geknapst; ihre Gäste rechnen bei jedem Handgriff mit, und am liebsten bekämen sie alles geschenkt.

Er hat es bereits zugesagt, will Georg die Diskussion beenden.

Eben.

Die Probleme, die Frieda vorausgesehen hat, ergeben sich sehr rasch. Leo soll mit Willy in einem Bett schlafen. In Zimmer 4 ist unmöglich noch eine zweite Bettstatt aufzustellen, der Raum reicht kaum für ein Bett. Willy ist von dem Arrangement verständlicherweise nicht begeistert. Doch wenn es nicht anders geht, bitte. Ansonsten wird Leo vergattert, die Mädchen in Ruhe zu lassen, und den Mädchen umgekehrt wird eingeschärft, es gibt keine Bettspiele! Keine von ihnen braucht ihn zu entjungfern oder sonstwie einzuweihen. Er soll hier lernen, aber nicht das.

Georg – auch Frieda – behalten Leo in dieser Hinsicht scharf im Auge, aber er verhält sich vorbildlich, zumindest was dieses Gebiet angeht. Er schäkert so gut wie nie mit den Mädchen, ist freundlich, versucht aber nie, sie im Gang mal kurz zu drücken, und probiert auch sonst keine der üblichen kleinen Tricks. Mit den Gästen kommt er gut zurecht, ist anstellig und willig. Er hat auf alles eine Antwort; wenn er keine weiß, erfindet er was. Er lügt hemmungslos. Und noch etwas anderes stört bald an dem Jungen. Er nutzt jede Gelegenheit, außer Haus zu sein. Das Varieté hat magische Anziehung für ihn; wenn er nur kann, treibt er sich dort rum. Einmal soll er eine Brille zur Reparatur wegbringen, und was macht er? Er sieht sich die Varieté-Proben im Walhalla-Theater an. Beim ersten Vorkommnis dieser Art erzählt er noch vollkommen unbefangen davon. Er schildert voller Emphase, was vorgeführt wurde. Zwei Taucher – ein Herr und eine Dame – haben in einem Bassin mit größter Seelenruhe unter Wasser Essen und Getränke zu sich genommen und Karten gespielt. Es sah aus, als könnten sie ganz ohne Luft auskommen. Und wie wunderhübsch illuminiert war alles! Das teilweise farbig beleuchtete Wasserbecken bot einen reizenden Anblick.

Irgendwas stimmt mit der Varieté-Leidenschaft nicht. Georg hört sich alles geduldig an. Erst dann stellt er Leo die Frage: Wie hat er da Zutritt erlangt? Wie ist er ins Walhalla-Theater gelangt?

Leo antwortet umschweifig und erkennbar darauf bedacht, daß man ihn nicht packen kann. Eine offene Tür spielt in seiner Erzählung eine Rolle und ein freundlicher Logenschließer, und auch die Artisten wollten, daß er sich die Proben ansieht.

Die ganze Geschichte stimmt vorne und hinten nicht.

Leo lernt daraus. Von jetzt an lügt er Georg und Frieda frech an, wenn er sich herumtreibt. Er denkt sich jedesmal irgendwelche Erklärungen für Verzögerungen und Ausbleiben aus, die nur schwer nachzuprüfen sind.

Frieda fragt Willy danach; sie nimmt an, Leo werde wenigstens ihm die Wahrheit sagen. Hat er eine Vorstellung davon, was Leo macht, wenn er nicht hier ist? Frönt er da jedesmal seiner Varieté-Leidenschaft? Willy weiß nicht mehr als sie auch; ihn zieht Leo ebenfalls nicht ins Vertrauen.

Woher kann er das Geld für das Varieté haben? Frieda hat Leo im Verdacht, daß er stiehlt und sich davon seine Vergnügungen leistet. Aber dann würde sich doch mal jemand beschweren! Das kann doch nicht vollkommen unbemerkt vonstatten gehen. Einmal bestellt Leo Grüße von Herrn Thomé.

Danke. Wie geht es ihm?

Sehr zufriedenstellend.

Und was macht er? Leo soll sich doch nicht jeden Satz abpressen lassen.

Herr Thomé ist jetzt Bademeister im Licht- und Luftbad «Unter den Eichen».

Ach ja. Das ist ja ein seltsamer Wandel.

Er fühlt sich dort aber wohl.

So. Und woher kennt Leo ihn?

Hat sich durch Zufall ergeben. Sie sind miteinander ins Gespräch gekommen. Herr Thomé hat ihn gefragt, was er macht, und da hat er ihm gesagt, Frieda Tremus ist seine Tante, und Herr Thomé hat darauf herzliche Grüße bestellt.

Hat Leo ihn etwa im Licht- und Luftbad kennengelernt?

Auf diese Frage sieht Leo Frieda mit ganz großen Augen an. Wie kommt sie auf den Gedanken? Er weiß ja nicht mal, wo sich das Licht- und Luftbad befindet.

Also wo?

Neulich, als er am Bahnhof auf einen Gast warten mußte, sind sie miteinander ins Gespräch gekommen; Herr Thomé wartete ebenfalls dort, und so hat es sich ergeben.

Eine weitere Lüge. Ein Herr Thomé kommt nicht mit einem Hotelboy ins Gespräch, der einen Gast am Bahnhof abholen will. Das ist ganz ausgeschlossen.

Das Rätsel löst sich binnen kurzem. Frieda untersucht Leos Habseligkeiten, als der mal wieder eine Besorgung zu einem freien Nachmittag dehnt. Allerdings ist da nicht viel zu durchsuchen, eigentlich nur der Pappkarton, den ihm sein Vater bei der Trennung dagelassen hat. Zuerst findet Frieda außer Hemden und Wäsche nichts als einige Programme von Varieté-Vorführungen und mehrere abgerissene Karten. Mißtrauisch, wie sie ist, sieht sie auch unter dem Bett nach, hebt die Matratze an und fühlt, ob er unter dem Auslegpapier des Schranks etwas versteckt hat. Nichts. Unzufrieden will sie den Koffer an seinen Platz im Schrank zurücklegen; mißmutig, weil sie sicher ist, er hat was zu verbergen, und weil sie sich darüber ärgert, daß sie ihm nicht auf die Schliche kommt. Als sie sich bückt, um den Karton wieder so hinzurücken, wie er gelegen hat, fällt ihr ein größeres Couvert aus braunem, festen Papier auf, das mit Reißzwecken unter dem niedrigsten Zwischenbrett des Schranks befestigt ist. Vorsichtig nimmt sie das Couvert ab und entdeckt darin einen Pack Photographien. Sie zeigen nackte Männer in absonderlichen Stellungen. Auf einem bilden fünf Kerle eine Pyramide, auf anderen fahren sie Hochrad und präsentieren dabei ihre steifen Glieder. Auf einem der Photos halten drei Männer einen Jungen an Armen und Beinen fest, und es wird so getan, als sei ein vierter dabei, ihn zu vergewaltigen. Man könnte so Photo für Photo beschreiben, das Ergebnis bleibt gleich, Invertierte, wohin man sieht. Alle Bilder zeigen Obszönitäten; alle Abarten der Männerliebe kommen vor.

Frieda, weit davon, erschreckt zu sein, betrachtet eingehend, was ihr da geboten wird. Eines der Bilder findet sie ästhetisch, geradezu anziehend. Es zeigt zwei ausnehmend schöne junge Männer beim Akt. Der unten liegt, könnte Leo sein; da er aber den Kopf wegdreht, ist das nicht auszumachen. Wahrscheinlich ist er es, nimmt Frieda an. Sie hat die ganze Zeit schon so etwas vermutet. Neulich hat sie einen Gast, den ehemaligen Kammersänger Pächt, beobachtet, wie der ihm im Vorübergehen einen Blick zugeworfen hat; ein Blick, der wie ein Streicheln war. Leo hat diesen Blick ungerührt ausgehalten. Da kam ihr bereits eine Ahnung.

In einem weiteren kleineren Umschlag stecken Bilder von anderem Format. Auf vier oder fünfen ist ein älterer Mann zu sehen, der an einem Gitterbett festgebunden ist und gepeitscht wird. Man sieht nur seinen Körper, der sich im Schmerz windet, den verstriemten hageren Hintern, Striemen auf den Beinen und auf dem Rücken. Man sieht eigentlich nur Körperteile, Arme, Beine, Rükken, schlagende Hände, gefesselte Hände. Auf keinem ein Kopf.

Einen Schock versetzt ihr jedoch das allerletzte Bild. Es ist eine Aufnahme von Herrn Thomé in seiner Glanzzeit und in einem Passepartout aus Goldpapier. Wie aus einem Schriftzug in der Ecke hervorgeht, wurde sie von einem bekannten Photographen angefertigt. Herr Thomé steht mit Gehrock und Zylinder vor dem «Römerbad» und trägt eine Miene, als sei er Besitzer des Hotels.

Schon beim Betrachten der letzten Bilder hatte Frieda gefühlt, daß zwischen Leos Bekanntschaft mit Herrn Thomé und den schweinischen Photos eine Verbindung besteht; ein vager Verdacht war die ganze Zeit in ihr gewesen. Die Wahrheit aber nun schwarz auf weiß in Händen zu halten, ist etwas anderes. Es ist ihr, als habe Herr Thomé sie hintergangen. Das Idol ihrer Jugend zeigt sich von seiner niedrigsten Seite.

Frieda weiß nicht, was sie mit der Entdeckung anfangen soll. Ist es sinnvoll, Georg einzuweihen? Der kennt nur die gerade Linie, den geraden Weg. Georg wird Leo auf der Stelle rauswerfen. Das ist das mindeste; möglicherweise zeigt er ihn bei der Polizei an. Wahrscheinlich sogar. Das bedeutet in der Konsequenz, Herr Thomé landet da, wo Theo schon ist. Wenn er überhaupt noch dahin gelangt. Von sich überzeugt, wie er ist, wird er seinem Leben ein Ende setzen wollen, gelangen diese Machenschaften an die Öffentlichkeit. Er wäre nicht der erste, der sich wegen so etwas erschießt, erhängt oder vergiftet. Und was wird sich an Leos Neigungen ändern, wenn man ihn ins Gefängnis steckt?

Außerdem kommt ihr Haus ins Gerede, und wesentlich anders als damals wegen Theo.

Als Leo wiederkommt – diesmal hat er sich ausnahmsweise an die abgemachte Zeit gehalten –, reicht ihm Frieda den Umschlag mit den Photos und sagt, er solle sie entweder verbrennen oder besser verstecken. Leo wird für einen Moment kleinlaut, dann beweist er, daß er schon vollkommen in dem Sumpf steckt, in welchem er sich wohlfühlt, und daß man ihn da nicht mehr rausziehen kann. Er gibt Frieda das Couvert zurück und bemerkt, wenn Tante Frieda wolle, könne sie die Photos gerne in Beschlag nehmen; er könne sich leicht ähnliches besorgen.

Der Kerl hat alle Anlagen zu einem Luden, denkt Frieda, nimmt die Bilder, geht damit in den Keller und wirft sie in die Feuerung der Warmwasserheizung.

Zum Glück muß man sich nicht lange mit Leo abplagen. Kurz nachdem er zum ersten Mal im Haus war, kommt der Herr Kammersänger Pächt für einige Tage zurück. Er ist, wie Frieda im Fremdenbuch nachschlägt, siebenundsechzig Jahre, schmerbäuchig und hat kleine, weiche Hände; seine Kleidung ist von ausgesuchter Eleganz. Frieda erwartet, er werde sich an Leo heranmachen oder der an ihn.

Nichts.

Die beiden scheinen sich kaum wahrzunehmen. Vier Tage nach seiner Ankunft reist der Herr wieder ab, und beim Bezahlen der Rechnung verspricht er, das Haus der Königlichen Oper zu empfehlen; dort suche man immer Häuser, wo sich Künstler wohlfühlten. Der «Petersburger Hof» sei wie dafür geschaffen. Er gibt bei der Abreise die üblichen Trinkgelder, auch Leo bekommt seinen Obolus, aber vollkommen im Rahmen. Frieda meint schon, sie sei einer Täuschung aufgesessen, da kommt Leo von einer Besorgung nicht zurück. Georg will am Abend oder am nächsten Tag die Polizei benachrichtigen, doch Frieda hält ihn beide Male zurück: «Mach dir keine Gedanken. Der meldet sich schon ... Das ist nur das unruhige Blut der Familie Scherer!»

Es vergehen weitere zwei Tage, dann kommt mit der Abendpost ein Schreiben aus Antwerpen. Leo teilt in einem längeren, gewundenen Schrieb mit, es geht ihm gut, man braucht sich keine Sorgen zu machen, und er beginnt jetzt eine künstlerische Laufbahn. Den Brief hat ihm offenbar jemand aufgesetzt, und er hat ihn abgeschrieben.

«Du hast recht; die Familie Scherer hat wirklich kein Sitzfleisch», sagt Georg nach der Lektüre und ordnet an, das Schriftstück gut aufzuheben, für den Fall, daß sich jemand nach Leo erkundigt. Außerdem sagt er noch, den Kammersänger Pächt werden sie wohl nicht mehr zu Gesicht bekommen.

Er hat also auch gerochen, was mit Leo war.

6

Die Episode mit Leo zeitigt noch eine andere Wendung.

Das oberflächliche Versprechen des Kammersängers, sich bei der Königlichen Oper für den «Petersburger Hof» einzusetzen, bringt Frieda auf die Idee, sich dort mal um Gäste zu bemühen. Vielleicht können die während der schwachen Monate Leute schikken! So dumm ist der Gedanke nicht. Aus diesem Grund drückt sie Willy einen Pack Prospekte in die Hand und schickt ihn zum Theaterbüro.

Willy zieht los und kommt nicht wieder! Es ist, als hätte man einen zweiten Leo ausgeschickt. «Er wird doch nicht auch noch der Kunst zum Opfer gefallen sein?» scherzt Georg. Frieda versichert ihm, er kann ganz ruhig bleiben. Willy wird nicht überlaufen, nirgendwohin.

Endlich kehrt er zurück. Statt einer halben Stunde war er zwei oder drei Stunden unterwegs. Natürlich wird er sofort mit Fragen überfallen: Wo war er? Was ist geschehen? Hat man am Theater seine Begabung erkannt und ihn vom Fleck weg engagiert?

Willy antwortet voller innerer Heiterkeit: «Nicht direkt...»

Was heißt das?

Es stellt sich heraus, die Sache ist in einer Weise abgelaufen, die man wahrhaftig nicht voraussehen konnte. Willy hat sein Anliegen vorgetragen. Nebenbei hat er dem Sekretär im Büro sehr höflich gesagt, daß er sich seit langem für das Schauspiel interessiert, eigentlich schon immer, und daß er, wenn es ginge, gerne seinen Beitrag zum Gelingen leisten wolle. Aber nur, wenn es ginge! Er ist sehr zurückhaltend gewesen, hat nur in Andeutungen gesprochen.

Aber man hat ihn verstanden? bemerkt Frieda sofort mißtrauisch.

Nicht sofort. Er hat sich jedoch ein Herz gefaßt und hat dem Sekretär endlich unverblümt eröffnet, er würde gerne Schauspieler werden, und sich erkundigt, welcher Weg dorthin führt. Der Sekretär ist nach Willys Beschreibung ein erfahrener alter Fuchs; Willy spielt auch gleich vor, wie er die Augen beim Sprechen schließt oder wie sie ganz füchsig werden, wenn ihm etwas durch den Sinn geht. Er, Willy, hat natürlich angenommen, der Sekretär würde sagen: «Es ist keine Vakanz», oder was sie sonst an Ablehnungen haben. Aber mitnichten, es kam noch ein anderer junger Mann dazu, mit dem hat er sich beraten, und dann hat man ihn zu einem Probensaal geführt. Man hätte annehmen können, es wäre bereits alles für Willy arrangiert worden. Dann mußte er warten, weil in dem Raum eine Probe im Gange war; aber, hat er sich gesagt: immer mit der Ruhe und Hoffmanns Pastillen, die Hälfte seines Lebens wartet der Soldat vergebens. Es war recht lehrreich, so eine Probe mal zu erleben, und er hatte ja nichts Besseres vor. Endlich machten die Künstler Pause, und nun forderte man ihn auf, seinen Text vorzusprechen. Welchen Text? Darauf war er natürlich nicht vorbereitet; er hatte ja geglaubt, es käme zu einem unverbindlichen Gespräch. Aber weit gefehlt, die wollten, daß er was zu Gehör bringt. Woher jetzt einen Text nehmen? Zum Glück kam ihm ein Geistesblitz. Er hatte ja die ganze Zeit zugehört, was die da geprobt hatten, immer wieder dasselbe. Das konnte er ja bereits auswendig, und da hat er ihnen eben das vorgespielt.

Wie, ihr eigenes Stück?

Ja, er hat einfach aus der Not eine Tugend gemacht und ihnen vorgeführt, wie er das geben würde, wenn er der betreffende Schauspieler wäre. Glücklicherweise war das ein ganz modernes Stück, ohne Reime; es geht da um einen Baumeister, ein Ehedrama, wie man so etwas nennt. Da hat er sich gedacht, er kopiert den Herrn Weidenbaum, den sie neulich eine Woche als Gast hatten, den von Zimmer 36. Ihn hat er nachgeahmt; mal hat er ganz scharf gesprochen, dann wieder so hinterhältig freundlich, wie der das mit seiner Frau gemacht hatte. Sie haben es ja alle erleben dürfen, wie der Widerling sich aufgeführt hat. Die arme Frau wußte doch nie, woran sie war. Die Manier von dem hat er jedenfalls kopiert, und als er fertig war, hat die eine Schauspielerin ihn ungläubig gefragt, ob er wirklich noch nie aufgetreten sei? Er, Willy, hat gehört, wie sie zu dem Direktor, oder was der war, bemerkt hat: «Das ist ein reines Naturtalent!»

«Gratuliere!» beglückwünscht ihn Georg.

Und Frieda fügt an: «Das haben wir schon immer gewußt, daß du ein Naturtalent bist, das hat dir die Frau Döringer schon vor hundert Jahren bescheinigt. Aber wie soll's weitergehen? Willst du jetzt hier kündigen?»

Nein, nein, so schnell schießen die Preußen nicht. Die Theaterleute haben ihm gesagt, das Zeug hätte er, ganz eindeutig. Aber er müsse seine Aussprache verbessern. Er hat eben seinen Wiesbadener Akzent; hat wie alle Leute hier seine Schwierigkeiten mit dem «ch» und dem «sch», verschluckt die Anfänge von Wörtern und die «r» kommen auch selten vor. Goethe hat ja auch frankfurterisch gesprochen. Oder mit Anklängen von frankfurterisch, und das ist immerhin unser größter Dichter. Die haben pariert, bei Goethe hat's nicht gestört, der ist ja nicht aufgetreten. Aber er, Herr Willy Heybach, wolle ja in den königlich-preußischen Theatern brillieren. Und aus diesem Grund müsse er seine Sprachbildung verbessern, und danach solle er wieder vorsprechen.

Für Frieda ist damit die Angelegenheit erledigt, sie will nur noch hören, was haben sie zu den Prospekten gesagt? Hat Willy vergessen, die abzugeben? Willy gibt sich eifrig: Nein, deswegen hat er auch gesprochen. Sie waren sehr dankbar, daß er damit gekommen ist, und haben gesagt, wenn wie im nächsten Jahr wieder Kaiserfestspiele sind, haben sie oft das Problem, daß sie ganze Theatertruppen unterbringen müssen, und da sind sie immer froh, wenn sie für die ein Hotel finden.

Was für Theatertruppen?

Na ja, die fremden Opernhäuser, die hier gastieren, bringen oft Techniker mit; für die wird Unterkunft gesucht.

Was für Techniker?

«Frieda», belehrt sie der Theaterexperte Willy, «ein Theaterstück kommt nicht ohne Bühnentechnik aus. Es spielt sich auch vieles hinter der Bühne ab. Für diese Leute werden immer Zimmer gesucht.»

Ach so, im nächsten Mai, wenn hier alles voll besetzt ist, dann will er eine Truppe Handlanger unterbringen? Willy, wie er leibt und lebt! Besorgt erkundigt sie sich: «Du hast doch nicht etwa was zugesagt?»

Nein, das kann er ja gar nicht.

Ein Glück! Das sind irgendwelche Kulissenschieber, wenn sie das richtig verstanden hat. Und für die will er ihre guten Gäste wegschicken.

Georg wird fuchtig, er läßt nicht zu, daß Willys Erfolg zerredet wird. Er sagt: «Frieda, dreh doch nicht alles rum. Wo haben wir überall schon unsere Prospekte abgegeben und man hat uns keine Gäste geschickt, da wird das hier auch so sein ... Willy, das war ein sehr weiser Entschluß und nun mußt du an dir arbeiten, daß du den Ansprüchen genügst. Was wir an Hilfestellung geben können, geben wir. Das ist versprochen, und darauf kannst du bauen ... Frieda, das ist doch eine unglaubliche Chance für ihn ... Ich gratuliere dir, Willy, das ist eine ganz, ganz große Leistung.»

Willy fragt sich, wie kann er sich verbessern? Wie kann er zu Sprachbildung gelangen? Wie das angehen, rein praktisch gesehen?

Georg schlägt vor: Er liest doch die ganze Zeit. Dann muß er halt laut lesen. Georg weiß auch nicht, wie sich Schauspieler verbessern. Wo erlernen denn andere diesen Beruf? Gibt's eine Schule für Schauspieler oder was? Diese Frage kann Willy nicht beantworten. Das hat er nicht erfragt, aber das kann man ja nachholen. Frieda protestiert: Willy kann in seinem Alter in keine Schule mehr gehen. Andere sind in seinem Alter schon Familienväter, und Georg will ihn auf eine Schule schicken? – «Frieda, es ist doch kein

Zustand für ihn. Er kann doch nicht sein Leben lang hier sitzen und Artikel ausschneiden und darauf warten, daß Gäste kommen. Man muß doch vorwärtskommen im Leben. Wenn ihm diese Chance geboten wird ...» Und, sich nun wieder Willy zuwendend: «Wer war denn das, der dich so gelobt hat?» – «Keine Ahnung. Der Herr, der das da geleitet hat, die Probe ...»

Frieda vermutet: Es war der Intendant des Theaters, der berühmte Dichter Lauff.

«Ach was. Der Herr Lauff war Dramaturg des Theaters, war!» behauptet Willy. Jetzt widmet er sich nur noch seiner literarischen Arbeit, schreibt seine Stücke und so weiter. Hat doch schon mehrfach mit großen Dramen debütiert! Und die Festspiele stammen auch von ihm.

Typisch Willy! Er war noch keine Stunde im Theater, kennt dort aber bereits die internen Verhältnisse. Es fehlt nur noch, daß er sagt, wenn er erst mal eingetreten ist, dauert es nicht lange und *er* wird Intendant. So war er doch schon als Kind! Immer große Pläne, aus denen nichts wurde!

«Aber irgend etwas ist mit Herrn Lauff!» beharrt Frieda. Hat nicht neulich ein Gast gesagt, der Kaiser hat ihn geadelt? War nicht so etwas?

«Frieda, darauf kommt es doch nicht an! Lenk doch nicht schon wieder vom Entscheidenden ab!» weist Georg ihre Frage zurück. «Also, wer war das?» will er hören. Wer hat Willy gelobt? – Nun, es muß jemand gewesen sein, der was zu sagen hat, befindet Willy. Sonst hätte er ja den Schauspielern nicht Anweisungen geben dürfen.

Georg will, daß nicht wieder alles versickert. Er macht sich sachkundig und erfährt, es gibt, da es für alles Lehrer gibt, auch Schauspiellehrer. Man kann entweder Unterricht in Gruppen haben oder Einzelunterricht; wobei sich Einzelunterricht als wesentlich effektiver erwiesen hat. Er bringt zwei Adressen mit; beide Herren haben in ihrem Fach Renommee, und wenn sie einen Eleven annehmen, dann ist das so gut wie eine Versicherung, daß der Betreffende es in diesem Beruf zu etwas bringt. Mit Unbegabten vertun sie nicht ihre Zeit.

Hört sich alles sehr vielversprechend an, befindet Frieda. Man kann ja mal hinschreiben. Willy soll sie beide herbestellen, dann sieht man weiter. Nach Möglichkeit sollen die Lehrer zwischen zwei und vier Uhr nachmittags kommen, das ist die ruhigste Zeit.

Also gut, wie Frieda will...

Willy setzt sich hin und schreibt zwei Postkarten. Bereits am nächsten Tag stellt sich ein älterer Mann vor, der dem abgereisten Kammersänger Pächt verdächtig ähnelt und unangenehm nach aufdringlichem Duftwasser riecht. Er wird abgelehnt. Der zweite Bewerber erweist sich als eine Frau mittleren Alters, eine Witwe Ortloff. Sie ist das, was man eine üppige Schönheit nennt, vollbusig, ausladende Hüften, fülliger Hintern, hat runde, volle Backen und trotz ihres Alters kaum Falten. Mollige haben in dieser Beziehung einen Vorteil. Sie färbt sich ersichtlich die Haare und spricht jeweils in langen Sätzen und in gewählter Art. Sie sagt, man sei gewiß erstaunt, daß sie sich hier eingefunden habe, habe man doch den berühmten Ewald Ortloff angeschrieben. Das Rätsel löse sich aber gleich, Ewald Ortloff sei leider von uns gegangen. Sie deutet an, er litt lange an einer Krankheit, die ihm in seinen späteren Jahren das Auftreten unmöglich machte. Sonst wäre er nie auf die Idee gekommen, Schüler anzunehmen, bei seinem Können. Wobei sie aber um Gottes willen nicht andeuten wolle, er habe nicht pädagogischen Impetus besessen. Man möge ihr die mißverständliche Formulierung bitte nachsehen und korrigieren. Sie setze jetzt seine Tätigkeit fort; eine junge Dame, die sie ausgebildet habe, sei gerade im letzten Monat bei den Städtischen Bühnen Mainz eingetreten. Dies könne bei der Begabung der jungen Dame aber nur ihre erste Stellung sein. Man werde mit Gewißheit noch von ihr hören, und diese Begabung habe ihr dankbar versichert, ohne ihre gründliche Schulung wäre sie, die junge Dame, dort nie angenommen worden. Frau Ortloff wird demnächst nach Mainz fahren und sich ihr Werk ansehen; denn die Formung eines jungen Menschen ist ein Werk, auf das der Lehrer mit Recht stolz ist, nicht anders als ein Bildhauer auf das von ihm Geschaffene. Sie selbst war früher unter ihrem Mädchennamen ebenfalls eine bekannte Schauspielerin; sogar am Mannheimer Nationaltheater, was gewiß die glänzendste Empfehlung ist, die man haben kann, und sie würde sich gerne als Lehrerin empfehlen.

Was meint Willy? fordert Georg sein Urteil. Es geht um ihn.

Sicher, erwidert dieser, warum nicht?

Frieda ist zurückhaltender, bemerkt: «Es kommt natürlich drauf an, hat Willy überhaupt das Zeug dazu, nach Ihrer Meinung? Soll er mal was vorspielen?»

Die Lehrerin lehnt das entsetzt ab, verkündet, das habe nicht den geringsten Sinn. Es solle nicht ein Hund abgerichtet werden, Pfötchen zu geben. Hier gehe es um Unwägbares und Unmeßbares, Intuition und Aura seien unumgänglich notwendig, es müsse ein besonderer unsichtbarer Strom fließen zwischen Schauspieler und Publikum, ein Fluidum. Sie vergleiche das gern mit dem elektrischen Licht. Da wisse man, es gibt am einen Ende ein Elektrizitätswerk und auf der anderen Seite leuchtet eine Lampe auf, aber was sich zwischen ihnen tue, sei ganz unsichtbar, unhörbar, ungreifbar, auch unbegreifbar, nur die Wirkung stelle sich ein und mache einen großen Theaterabend aus oder eben keinen. Sie bietet eine kostenlose Probestunde an. Danach ist jede Seite frei, sich zu entscheiden. Einverstanden?

Gern.

Lehrerin und Schüler begeben sich in Nummer 4, und als die Frau befindet, das Zimmer sei für Unterricht zu klein, man brauche Freiraum, müsse sich entfalten können, müsse die Schwingen der Phantasie ausbreiten können, drückt Frieda ihnen die Schlüssel für 16 und 17 in die Hand; die Herrschaften, die die Zimmer gemietet haben, kommen erst zum Abendessen zurück, und so lange können sie da ungestört üben.

So lange werde es wohl nicht dauern, versichert die Lehrerin. Als sie wieder runterkommen, lobt Frau Ortloff selbstverständlich Willys Talent in höchsten Tönen. Frieda hat gesehen, daß ihre Schuhe besohlt werden müßten, insofern hat sie nichts anderes erwartet. Wer wird eine Quelle versiegen lassen, die gerade zu sprudeln beginnt? Die Geldnot muß die Madame sehr drücken. Sie sagt nämlich, am liebsten sei ihr, man könne morgen beginnen, wo noch beiderseitig alles voller Schwung und Elan sei. Und eines wolle sie schon vorweg aussprechen: Wenn Herr Heybach etwas erreichen wolle, müsse er proben, proben und nochmals proben, und zwar täglich.

Wie, jeden Tag Stunden? Wer soll denn das bezahlen? protestiert Frieda sofort.

Nein, sie habe davon gesprochen, daß der junge Mann sich quälen müsse, sich selbst fordern, gibt die Lehrerin zurück. Was die Anzahl der Stunden angeht, werde es wohl mit wenigen Stunden pro Woche abgehen. Der Rest sei Fleiß und Repetition. Man vereinbart, die Frau arbeitet dreimal pro Woche mit Willy, jeweils eine Stunde.

Und wo soll der Unterricht stattfinden?

Sie verfüge sich gerne hierher, erklärt die Lehrerin sofort bereitwillig, es sei ja nicht weit von der Querstraße, wo sie in einem sehr gepflegten Haus wohnt. Das sei praktisch nur ein Katzensprung; Spazierweg wäre schon zuviel gesagt.

Wäre es nicht besser, Willy würde die Stunden bei ihr nehmen? überlegt Georg. Wären sie doch ungestörter.

Nein, das möchte sie aus ganz bestimmten Gründen nicht, lehnt Frau Ortloff ab.

Frieda bleibt mißtrauisch. Hat die Frau Erfahrung? Ist das überhaupt eine Schauspielerin? Sie kann viel erzählen. Daß ihr Mann einen Namen hatte, beweist nicht, daß sie auch etwas von dem Metier versteht. Sie hat eine abgegriffene Visitenkarte dagelassen; darauf ist überhaupt keine berufliche Tätigkeit angegeben. Und selbst wenn da stünde «Schauspiel-Lehrerin», was beweist es? Wenn sie so gut ist, wie sie sagt, warum tritt sie dann nicht mehr selbst auf der Bühne auf? Das wird doch wohl mehr eintragen, als sich auf die Ausbildung von Willy zu verlegen. Allerdings ist der Satz, den sie verlangt, ganz stolz.

Bei ihrem nächsten Besuch stellt Frieda der Person mehr oder minder diskret die genannten Fragen und erfährt, Frau Hildegard Ortloff ist durch ihre Ehe beim Publikum etwas in Vergessenheit geraten; ihr Gemahl stand im Rampenlicht, brauchte sie als seine seelische und sonstige Stütze, und deswegen hat sie ihr Leben ganz ihm geweiht. Sie will auch neidlos einräumen, er war künstlerisch der größere von ihnen beiden, ein Genie. Außerdem hat sie seit einiger Zeit Probleme mit ihrer Hüfte, wie Frau Tremus sicherlich bereits bemerkte. Alle Gründe zusammengenommen haben dazu geführt, daß sie nun im stillen wirkt und diejenigen an ihrem reichen Erfahrungsschatz teilhaben läßt, die ihn zu würdigen wissen.

Der Unterricht steht von Anfang an unter einem Unstern. Erstens hat Willy den Kopf nie ganz frei. Oft genug muß ihn Frieda sogar aus der Stunde rufen. Die Herrschaften denken nicht daran, ihre Anforderungen zu reduzieren, weil sich Willy auf Höheres vorbereitet, und Gäste gehen immer vor. Zweitens stellt die Platzfrage ein Problem dar, Lehrerin und Schüler müssen mit den Zimmern vorliebnehmen, die gerade frei sind. Daß das ein ungenügendes Provisorium ist, sieht Frieda ein. Es liegt jedoch nicht an ihr, daß sie kein größeres Haus besitzen. Sie hat ihrem lieben Mann verschiedentlich Vorschläge für andere, geräumigere Häuser unterbreitet, er lehnt ja kategorisch ab. Sieht sich die Häuser ja nicht mal an!

«Frieda, gibst du nie auf?» ärgert sich der über diese Sticheleien.

«Georg, jeder macht das, was er machen muß», erklärt Frieda darauf kryptisch.

Willy ist anfangs, wie man erwarten konnte, voll Eifer bei der Sache, geradezu fiebrig. Er spricht, hüpft, macht Fechtbewegungen und so weiter, wo es ihm nur möglich ist. Aber das ist einfacher dahingesagt als ausgeführt. Wo und wann kann er denn ungestört üben? Nachts ist es nicht möglich, weil die Gäste nicht gestört werden dürfen. Tagsüber hat er seine Arbeit, ab und zu will er ja auch mal schlafen. Manchmal geht er ins Dambachtal oder in den Wald, um seine Lungen zu kräftigen und Schreie ausstoßen zu können. Als Schauspieler braucht man die «zweite Luft», wie er den anderen beim Essen erklärt. Die doppelten Anstrengungen lassen Willy nach kurzer Zeit etwas fahrig werden. Man kann eben nur eins perfekt machen, seine Arbeit oder seine Ausbildung, bemerkt Frieda dazu. Georg hat sich das unkomplizierter vorgestellt, gibt er unumwunden zu.

Frieda ist der Ansicht: Kein Mensch zwingt Willy zu diesen Anstrengungen. Er kann jederzeit wieder aufhören. Er hat seine Arbeit und sein Dach über dem Kopf, und mehr braucht kein Mensch.

Das könnte dir so passen, gibt Georg grimmig zurück.

Beiden, Frieda wie Georg, ist bewußt, daß sich die Sache zu einem Machtkampf zwischen ihnen ausgewachsen hat. Eigentlich war sie es von Anfang an. Georg will, daß Willy endlich etwas aus sich macht, Frieda unterstützt jede seiner Schwächen. Es ist durchaus so, wie Georg ihr mehr als einmal vorwirft, sie will nicht, daß er ihr verlorengeht.

Dann wird Frau Ortloff krank; ihr Hüftleiden verschlimmert sich so, daß sie sich nur noch mit Krücken vorwärts bewegen kann. Es wäre eine Zumutung für sie, sich wegen jeder Stunde die drei steilen Treppen ihres Hauses rauf- oder runterzuquälen. Verständlicherweise klammert sie sich jedoch an den Unterricht; er scheint beinahe die einzige Einnahme zu sein, die sie hat. Daher bürgert sich ein, daß Willy seine Lehrerin in ihrem Zuhause aufsucht.

Willy schildert in seiner üblichen farbigen Art, wie ärmlich die Wohnverhältnisse in der Querstraße sind; es wird nur eine Fassade von Bürgerlichkeit aufrechterhalten, hinter der nichts mehr steckt. Man merkt auf Schritt und Tritt, Frau Ortloff hat schon bessere Tage gehabt. Ihre Wohnung hat durchaus herrschaftlichen Zuschnitt. Frau Ortloff hat jedoch alle besseren Räume an eine Familie mit vielen Kindern abgetreten, für sie bleibt nur ein Kabuff, worin sie schläft, und die Küche. Nach den Wohnverhältnissen ist sie ihr eigenes Dienstmädchen geworden. In dieser Kammer üben sie. Die Madame streckt sich meist auf der Chaiselongue aus, um sich zu schonen, und er steht, geht oder kniet bei den Lektionen vor ihr. Den Fechtunterricht haben sie zurückgestellt, bis sich ihr Zustand wieder bessert.

Frieda setzt darauf, Willy wird bald die Lust verlieren. Wann ist das Strohfeuer seiner Begeisterung nicht binnen kurzem abgebrannt? Gegen ihre Erwartung läßt er aber keine Stunde aus. Das irritiert sie, und deswegen horcht sie ihn aus: Er kann doch nicht stundenlang die sinnlosen Sätze aufsagen, die die Sprachübungen ausmachen? Nach und nach rückt Willy damit heraus, sie üben zwar noch, verwenden aber einen Teil der Zeit darauf, miteinander Konversation zu treiben. Ist er verrückt geworden? Konversation, für vier Mark die Stunde? Er will doch nicht ein Verhältnis mit ihr anfangen? Oder ist es schon passiert?

Ach was! Die Frau erzählt sehr fesselnd vom Schauspielerdasein; seinem Glanz und seinem Elend. Madame Ortloff hat unglaublich weite Kenntnisse, das traut man ihr gar nicht zu. Sie vermittelt ihm Theorie und Ästhetik des Theaters; das ist faszinierend. Außerdem hat sie viel erlebt, kennt alle Höhen und Tiefen. Auf Anhieb hält man sie für eine Salondame, die nur Oberflächlichkeiten im Kopf hat, aber das täuscht vollkommen. Sie hat tiefe Gedanken. Anders kann man gar nicht schauspielern; sonst kann man die Figuren gar nicht ausfüllen, behauptet Willy, und daraus hört man die hochtrabenden Behauptungen seiner Lehrerin. Im «Petersburger Hof» kann er das auch haben, sagt Frieda dazu. Hier kann er auch alle Höhen und Tiefen studieren. Hier hat man es auch mit Kranken und Verliebten und Verrückten zu tun. Es wäre besser, er würde sich mit Hannah unterhalten statt mit Frau Ortloff. Da würde er ein gutes Werk tun, und es wäre billiger.

Die Geschichte mit Frau Ortloff hält nicht nur an; sie wird privater und privater, und es ist nicht abzusehen, wann sie zu Ende geht. Willy fängt an, für die Frau einzukaufen, ihr kleine Besorgungen zu erledigen. Frieda sorgt dafür, daß Georg die Angelegenheit wenigstens nicht noch finanziert. Dabei muß man zugeben, Willy spricht bereits wesentlich besser als zu Anfang, seine Artikulation wird klarer, die Wiesbadener Färbung geht mehr und mehr verloren. Allerdings klingt es manchmal sehr unecht, wie er spricht. Wie angelernt eben.

Eines Tages reicht es Frieda. Sie beschließt, nach dem Rechten zu sehen, und bemüht sich zur Querstraße. Das Haus macht tatsächlich den Eindruck, den Willy geschildert hat, Marmor und rote Kokosläufer im Treppenhaus, jede der Messingstangen glänzend poliert. An der Wohnungstür im dritten Stock ein Emailleschild mit dem Namen der Untermieter; auf dem Milchglas der Türscheibe klebt eine Visitenkarte, und in Willys Handschrift steht da: Für Ortloff bitte dreimal läuten.

Frieda läutet dreimal, die Tür geht auf, und Willy steht vor ihr. Er trägt eine blaue Kofferträger-Schürze und hat einen schweren nassen Putzlappen in der Hand. Im Flur steht ein Eimer, und die Fliesen glänzen; er ist also beim Aufwischen.

«So habe ich mir das vorgestellt», sagt Frieda. Sie will sich umwenden und sich wieder entfernen, aber Willy hält sie auf und sucht nach Erklärung und Entschuldigung: «Frieda, es ist nicht so, wie du denkst ...»

«Doch.»

Sie will weitergehen, aber er hält sie fest, bettelt, nicht so wegzugehen, aber erst als er lamentiert: «Wir haben doch immer zusammengehalten», bleibt sie stehen.

Als sie sich ihm zuwendet, erkennt sie, er leidet. Was geht hier vor? Hat das Weib ihn abhängig gemacht? Willy sucht stockend zu erklären: Er kann Hilde nicht einfach aufgeben; er kann sie nicht einfach im Stich lassen. Man muß doch jemand haben, mit dem man sich versteht; der begreift, was man denkt. Es kann doch nicht alles sein, daß ein Gast ein Zimmer kriegt, und ein anderer wird um Punkt sieben geweckt. Er will doch auch einen Menschen haben, mit dem er sich austauscht; sie hat ihren Pater Jennewein, was hat er?

Die Bemerkung über Richard macht er so beiläufig, als handle es sich um eine altbekannte, längst feststehende Tatsache. Er will sie damit nicht erpressen, will keinen Vorteil daraus schlagen. Er hat Richard nur als Beispiel erwähnt, fühlt sie; wollte ihr damit etwas verdeutlichen. Dennoch trifft sie diese Eröffnung. Was weiß er davon? Und woher?

Willy wiederholt, was er bei anderer Gelegenheit schon einmal bemerkt hat, es gibt keinen Menschen auf der Welt, der sie so gut kennt wie er. – Hat er je mit Georg darüber gesprochen? – Der ahnt nichts davon. – Und er, Willy? Wie ist er dahintergekommen? Woher weiß er von ihrer Freundschaft?

«Ach, Frieda ...», erwidert Willy beinahe hilflos.

«Liebst du mich?» fragt sie plötzlich, von der Erkenntnis überwältigt, daß er ihr tiefstes Geheimnis kennt und teilt und immer in sich verborgen gehalten hat.

«Schon immer ... und auf ewig», gesteht Willy und wendet sich ab.

Aus der Wohnung kommt ein Ruf: «Willy, wer ist denn da?» – «Ist schon erledigt ...»

So will Frieda die Angelegenheit aber auch nicht abtun.

Sie schiebt Willy energisch zur Seite und betritt gegen seinen Willen die Wohnung. Sie weiß, die Tragödin von ehedem haust in der kleinen Kammer neben dem Lokus. Willy hat wie gewohnt alles so plastisch beschrieben, daß sie sich hier bei völliger Finsternis zurechtfinden würde.

Die Zimmertür ist angelehnt. Frieda öffnet sie, ohne anzuklopfen, und überrascht die Ortloff, wie sie gerade ihre Füße badet. Sie trägt nur ein dünnes hellrosa Reformhemd, das sie beinahe nackt erscheinen läßt; Hemd und Hose in einem Stück. Man sieht die blauen Adern, die das Fleisch marmorieren. Die Haare sind nicht gerichtet, man ahnt ihre schweren Brüste und einen fülligen Leib, eine alternde Venus, aber alles in allem ist sie nicht abschreckend häßlich. Zwei Blicke genügen den Frauen, dann weiß jede, was sie von der anderen zu halten hat.

«Machen Sie, daß Sie wegkommen!» sagt Frau Ortloff ruhig.

Frieda bemerkt auf einem Hocker ein Messer, das ihr bekannt vorkommt, schweres Hotelsilber, Form «Flandern». Als sie es aufnimmt, trägt es auf dem Griff die Gravur «Petersburger Hof». «Das gehört wohl mir», bemerkt sie gegenüber der Frau, die sich davon nicht irritieren läßt.

«Nehmen Sie mit, was Ihnen gehört. Aber auch nur das!» sagt die Ortloff. «Versuchen Sie ja nicht, auch Willy mitzunehmen!»

Frieda würdigt sie keines Wortes mehr.

Am folgenden Tag sucht Willy eine Aussprache mit Georg; Frieda möchte daran teilhaben, die Männer lehnen jedoch unisono ab. Deswegen erfährt sie nur das, was ihr Georg nachher davon berichtet. Danach war es so: Willy hat Georg eröffnet, er werde mit Frau Ortloff zusammenbleiben und mit ihr in freier Ehe zusammenleben. «Wie stellt er sich denn das vor? In den beengten Verhältnissen, die da gegeben sind?» unterbricht Frieda Georgs Schilderung schon nach den ersten Sätzen.

Besser mit Frau Ortloff das Bett teilen als mit Leo, habe Willy hochmütig auf eine entsprechende Frage geantwortet.

Und daß sie sechzehn Jahre älter ist, spielt keine Rolle?

Angeblich nicht.

Willy solle sich da nicht täuschen, sagt Frieda. Jetzt möge das noch keine Rolle spielen, später werde es der Fall sein. Und zwar rascher, als ihm lieb sein könne. Das habe sie schon in anderen Fällen erfahren. Sie könne ihm genügend Beispiele nennen. Georg erwidert, das habe er Willy natürlich auch zu bedenken gegeben. Aber Willy sei starrköpfig. «Man wird sehen, man wird sehen!» habe er mehrfach behaupet, und ein anderes Argument könne er ja auch nicht haben; bei dem Irrsinn, den er da vorhat.

«Wovon wollen sie denn leben, in ihrer freien Ehe? Die Frau hat nichts, und Willy hat auch nichts. Hat er sich dazu geäußert?»

«*Etwas* muß er doch auf die Seite gelegt haben», vermutet Georg. «Er hat ja nie was ausgegeben!» – «Und wenn ... Wie lange reicht das denn, wenn er sich und das Weib davon ernähren will? Daß die sich nicht schämt, sich an Willy zu hängen. Das wird sein Untergang!» sagt Frieda voraus.

Nach der Aussprache hat Willy seine wenigen Habseligkeiten zusammengepackt – in der Hauptsache Zeitungsartikel, die ihm wichtig sind und die er auf dünne Pappen aufgeklebt hat – und hat das Haus verlassen. «Aber laß unsere Messer hier!» hat Frieda noch sarkastisch verlangt, als er umständlich die Tür aufmachte, und Willy hat mit Trotz in der ganzen Haltung behauptet, so etwas habe er nicht nötig.

«Ja, weil ihr nichts zu schneiden habt!»

Darauf hat er es vorgezogen zu schweigen, und seitdem hört man nichts mehr von ihm. Und bald fehlt er. Erst seitdem er nicht mehr bei ihnen ist, wissen Frieda und Georg, was sie an ihm hatten. Er hat nicht nur philosophische Probleme gewälzt und Artikel ausgeschnitten; er war den Gästen in vielem behilflich und ist ihnen offenbar durch seine vorzeitige Altmänner-Skurrilität ans Herz gewachsen. Die Gäste fragen nach ihm. Frieda erwidert dann, er bilde sich zur Zeit weiter. Sie gibt nicht an, wo und zu welchem Zweck das geschieht, aber es klingt vertrauenerweckend und enthält das Versprechen, daß er bald wieder an seinem Platz sitzen wird. Die meisten geben sich mit dieser Auskunft zufrieden.

Soll man sich einen zweiten Willy suchen? Es laufen genug Arbeitsuchende herum; die Zeiten sind schwer für diejenigen, die kein festes Einkommen haben. Eine Annonce aufgeben, und Arbeitswillige rennen ihnen die Tür ein. «Ach was», sagt Frieda, wenn sie und ihr Mann über diesen Punkt diskutieren, «was die Adamys können, können wir auch. Das Geld können wir sparen.»

Georg glaubt nicht, daß Frieda sparen will. Er meint, sie halst sich die beträchtliche Mehrarbeit auf, weil sie Willy den Platz freihalten will. Er soll zurückkommen, sich wieder in Zimmer 1 hinsetzen. Damit wäre für sie Willys Eskapade vergeben und vergessen.

Georgs Asthma, mit dem er seit Jahren geschlagen ist, wird in dieser Zeit kontinuierlich schlimmer. Es müssen viehische Schmerzen sein, die er zu ertragen hat. Wenn seine Anfälle kommen, benimmt er sich wie in Todesnot. Der Doktor Kellerwessel hat Frieda zwar erklärt, den Patienten erscheine jeder Anfall, als sei das Ende gekommen. Aber objektiv betrachtet, sei die Belastung noch im Rahmen des Erträglichen. Es sei sogar erwiesen, daß Asthmakranke ein besonders hohes, oft biblisches Alter erreichten. Das sei die paradoxe Wirkung der Abwehrkräfte, die sich im Körper gegen die Asthmaerreger bildeten. Alles Schlechte habe eben auch seine gute Seite. Und im übrigen entwickle sich Asthma immer mehr zu einer Volkskrankheit; jeder dritte Bäcker und jeder siebte Vieharzt leide daran. Es hört sich an, als wolle er sagen: Dann kann's ja nicht so schrecklich sein!

Frieda rät Georg seit langem, den Arzt zu wechseln. Georg widersetzt sich jedoch starrköpfig: «Die Krankheit geht doch nicht davon weg, wenn man zu einem anderen Arzt läuft!»

Ein einziges Mal hat er sich überreden lassen und es mit einem anderen Arzt probiert. Der wollte ihm weismachen, bei ihm handle es sich nicht um Bronchialasthma, wie Doktor Kellerwessel diagnostiziert hat, sondern um Herzasthma. Das zeige sich daran, daß seine linke Herzhälfte stärker beansprucht werde. Frieda hat sich umgehört; soweit sie es verstanden hat, wäre das eine noch gefährlichere Form des Asthmas. Dieser Arzt macht Georg keine Hoffnung auf Heilung. Man versuche, hat er ihm eröffnet, verschiedene Formen der Krankheit mit Operationen zu bekämpfen; bis jetzt seien die Erfolge auf diesem Gebiet jedoch wenig ermutigend. Die Patienten bleiben als Verstümmelte zurück.

Dann muß Georg eben weiter dreimal in der Stunde mit seiner schrecklichen Pumpe inhalieren.

Das Vernünftigste wäre natürlich eine ausgedehnte, mehrmonatige Kur. Darin sind sich alle Mediziner einig. Noch immer lehnt Georg diese Idee jedoch rundweg ab. «An Asthma stirbt man nicht», behauptet er halsstarrig. – «Das hat auch keiner gesagt, daß du daran stirbst. Aber es sind doch furchtbare Schmerzen; ich sehe es dir doch an.» – «Du mußt sie ja nicht ertragen, Frieda. Du mußt nur mich ertragen! Scheint dir aber schwer genug zu fallen!»

Georg trifft Willy durch schieren Zufall wieder.

Das geschieht ungefähr ein Vierteljahr nach seinem tristen Abschied, an einem unfreundlichen, stürmischen Herbsttag. Georg begleitet Gäste – eine Familie aus dem Münsterland mit drei sehr kleinen Kindern; das Familienoberhaupt im Rollstuhl – zum Bahnhof, wartet, daß der Zug einläuft, und wer steigt aus einem Fernzug auf dem Nachbargleis aus? Willy.

Auf Anhieb erkennt Georg ihn nicht mal; nach seiner Kleidung und seinem Auftreten hält er ihn einen Moment lang für einen betuchten Passanten. Er wird nur auf ihn aufmerksam, weil Willy nach einem Gepäckträger ruft; seine geschulte Stimme ist ja nicht zu überhören. Willy ist herausgeputzt, wie ihn Georg noch nie gesehen hat. Er trägt feinste Handschuhe und elegante Gamaschen, einen Anzug aus englischem Tuch (ein ganz feines Überkaro) und einen Hut von diskreter Eleganz. Über dem Arm hat er einen Staubmantel. Georg beobachtet erstaunt, wie Willy so lange mit dem teuren Spazierstock herumfuchtelt, den ihm das Fräulein Heinrich mal geschenkt hat, bis sich endlich ein Gepäckmann zu ihm bemüht, und nun will Georg doch sehen, welches Gepäck Willy nicht mehr selbst bewältigen kann. Es stellt sich heraus, daß Willy den Träger nicht seinetwegen gerufen hat, sondern für zwei reizende ältere Damen, die mit ihm im Coupé saßen. Willy schärft dem Gepäckmann ein: «Hotel Victoria», verabschiedet sich dann in weltmännischer Manier von den Frauen und würde an Georg vorbeischreiten, würde der ihn nicht aufhalten. «Na, Herr Willy, zurück von großer Reise?» fragt Georg leutselig, und Willy bleibt darauf, leicht indigniert, stehen. Offenbar weiß er nicht recht, wie sich zu verhalten, und gibt sich – aus Verlegenheit, nicht aus

Überheblichkeit – ein wenig von oben herab; wenigstens so lange, bis die Damen aus seinem Blickfeld sind. Als Georg freundlich bemerkt: «Hast dich ja zu deinem Vorteil verändert. Bist du Hofschauspieler geworden?» findet Willy zu seinem normalen Wesen zurück und vertraut Georg an: Nein, nein, mit seiner Vermutung liegt Georg gänzlich falsch; sein Benehmen und seine Aufmachung haben geschäftlichen Hintergrund.

Inwiefern?

Er ist jetzt Engageur.

Aha, das heißt?

Das heißt, er ist im Auftrag eines bekannten Hotels mit der Bahn unterwegs, sucht mit den Reisenden ins Gespräch zu kommen und ihnen, so ihr Reiseziel Wiesbaden ist, ganz nebenbei und völlig unauffällig sein Haus nahezubringen. Willy sagt, er will gar nicht drumherum reden, er fährt im Auftrag des Hotels «Victoria», der riesige Kasten an der Frankfurter Straße.

«Ich habe davon schon gehört», sagt Georg, «aber ich habe noch nie einen Engageur von Angesicht zu Angesicht gesehen ... Herzlichen Glückwunsch.»

Willy meint, sich rechtfertigen zu müssen, und erklärt eifrig: Das ist überhaupt nichts Ungewöhnliches. Auf den großen Überseedampfern und in allen großen Zügen trifft man – «auf Schritt und Tritt», behauptet Willy – Leute, die auf diese diskrete Weise für bestimmte Hotels werben. Er, Willy, habe allerdings noch das Manko, daß er nicht bis Hamburg oder Zürich fahren könne. Aus pekuniären Gründen müsse er sich vorerst auf Köln oder Mannheim beschränken; Stuttgart und Bebra habe er auch schon angesteuert, aber für weitere Reisen reichten seine Mittel nicht.

Und? Kann er davon leben?

Es entwickelt sich, behauptet Willy frohgemut.

Georg kann nicht entscheiden, ob das eine reale Hoffnung ist oder ob er sich erneut etwas vormacht.

«Fährst du jetzt gleich weiter? Oder was hast du jetzt vor?»

Nein, er kommt ja gerade von einer Reise. Er will erst mal nach Hause, sich ausschlafen.

Beide gehen auf den Ausgang des Bahnhofs zu, dabei fragt Georg: Ist Willy immer noch mit Frau Ortloff zusammen?

«Ja», gibt dieser schroff Auskunft.

Er will also nicht darüber reden. Kein gutes Zeichen!

Um nicht stumm nebeneinander herzulaufen, erkundigt sich

Georg: Wie sind denn generell die Bedingungen? Wie läuft das ab, das Engageursleben?

Willy erklärt: Der Engageur muß alle anfallenden Kosten selbst tragen; er lebt nur von den Prozenten. Was ihm, Willy, persönlich das Leben ein wenig sauer macht, ist die Tatsache, daß er dem Hotel erst mal die Summe zurückzahlen muß, die man ihm für Garderobe und als Reisegeld vorgestreckt hat. Willy betrachtet seine gegenwärtige Tätigkeit als eine Station in seinem Leben, als eine weitere gute Schulung. Sein Ziel ist weiterhin die Bühne. Je mehr Menschen du kennst, desto besser kannst du Charaktere auf der Bühne darstellen, sagt er sich.

Als Georg Frieda von der Begegnung berichtet, sagt die empört: «Das ist doch nichts als Bettelei! So kommt er doch nie auf einen grünen Zweig! Warte ab, bis der Vorschuß aufgebraucht ist, dann sitzt er endgültig auf dem trockenen!» Nach einer Pause des Nachdenkens setzt sie hinzu: «Die Frau ist ein Dämon!»

Sie ist kein Dämon, winkt Georg ärgerlich ab, der längst mit anderem beschäftigt ist. Sie ist eine ältere Frau, die sich an einen jungen Mann klammert, weil sie keinen anderen kriegen kann.

Aber sie hat das geistige Übergewicht! Darauf besteht Frieda. In dieser Ansicht kann sie niemand irre machen, auch Georg nicht.

Bei einem ihrer gelegentlichen diskreten Treffen mit Herrn Maison erfährt Frieda beiläufig, der Direktor des Hotels «Victoria» ist in einer bösen Klemme. Seine persönliche Kreditfähigkeit wird angezweifelt; er ist in Familienstreitigkeiten verwickelt, die langsam untragbar werden. Ihm, Herrn Maison, hat man das unter der Hand anvertraut und er erwartet, daß Frieda keinen Gebrauch davon macht.

«Welchen Gebrauch sollte ich denn davon machen?» gibt Frieda zurück. Sie kennt den Mann ja nicht mal!

Deswegen erzählt er ihr auch davon, sagt Herr Maison.

Bald darauf traut sich Willy wieder in den «Petersburger Hof». Zu Anfang gibt er sich heiter; berichtet sogar der Frau Döringer von seinen Zugerlebnissen. Aber Frieda kann er nicht täuschen. Sie nimmt ihn mit in Zimmer 5, macht die Tür zu und verlangt, daß er ihr anvertraut, was er auf dem Herzen hat.

Er wird nun konfus und gesteht, sich dabei in Andeutungen und Abschweifungen ergehend, er ist in schwierigster Lage. Das Hotel will den gewährten Kredit – jenen, den man ihm für Kleidung und erste Spesen eingeräumt hat – innerhalb von drei Tagen zurückhaben. Andernfalls will man gerichtlich gegen ihn vorgehen.

«Mit einem Wort, es ist soweit: Man hat dich rausgeworfen?» fragt Frieda und sieht Georg, der auch dazukommt, grimmig an, als sei sie gegen ihre Absicht bestätigt worden.

Rausgeworfen kann man nicht sagen, will Willy aufs neue um den heißen Brei herumreden. Frieda läßt ihm das nicht durchgehen: «Mach uns doch nichts vor; das hat sich erledigt. Du fährst weder für das ‹Victoria› noch für sonst wen. Wenn die dich nicht mehr wollen, will dich auch kein anderer. Das Kapitel ist zu Ende! Ist es so oder ist es nicht so?»

«Moment mal, Frieda, einen Moment!» mischt sich Georg ein. «Eine Niederlage heißt doch nicht... Wie ist denn das überhaupt gekommen? Neulich, bei unserer Begegnung, warst du doch noch so optimistisch?»

Eine Intrige! Eindeutig eine Intrige! Er ahnt, behauptet Willy, wer ihm das angetan hat; wer ihm Knüppel zwischen die Beine wirft. Er hat einen Konkurrenten in klarem Verdacht; er will keine Namen nennen. Er sucht nur noch nach Beweisen; dann wird derjenige, den er in Verdacht hat, sein blaues Wunder erleben.

«Willy, davon hast du nichts; davon kriegst du deine Stellung nicht zurück», sucht ihn Frieda zur Vernunft zu bringen. «Du hättest mit deinem Direktor sprechen müssen, hättest sagen müssen: ‹Das und das ist vorgefallen; bitte helfen Sie mir!› Hoffentlich hast du daraus gelernt; wenn wieder mal so was ist, gehst du zu deinem Direktor...»

«Es war doch der Direktor! Ich bin doch mit dem Direktor in die Wolle geraten», gibt Willy gegen seinen Vorsatz zu. Es war so: Der Direktor hatte ihn kommen lassen, hatte ihm einen anonymen Brief unter die Nase gehalten und verlangt, sich dazu auf der Stelle zu äußern. In dem Brief hatte eine alte Kundin des Hotels – angeblich eine alte Kundin! Willy durchschaut die Intrige und glaubt nicht an die alte Dame –, jedenfalls, die bewußte Briefschreiberin hatte voller Empörung mitgeteilt, sie sei während einer Eisenbahnfahrt mit einem jungen Mann namens Heybach ins Gespräch gekommen. Sie habe den Eindruck gewonnen, der junge Mann habe sie für das Hotel «Victoria» gewinnen wollen. Sie habe jedoch fein verschwiegen, daß sie dort bestens bekannt sei, aber dann habe dieser Herr Heybach ein schier unglaubliches Beispiel von Niedertracht und Illoyalität aufgeführt, wie man es nicht leicht ein zweites Mal finde. Er habe von Machenschaften privater Natur des Direktors gesprochen, über die sich die Welt noch wundern werde, wenn sie bekannt würden. Da sie, die Briefeschreiberin, wie gesagt aus purem Zufall alte Bekannte des Hauses sei, habe sie das erwähnte Verhalten äußerst verletzt. Es sei abstoßend, daß ein Herr, den sie nur als feinen Charakter kennengelernt habe, in dieser plumpen Art verleumdet werde, und allem Anschein nach von eigenen Leuten!

«Ja und? Wenn du doch unschuldig bist...», bemerkt Frieda; Willy sei doch nicht so dumm, Gerüchte über seinen Direktor zu verbreiten. Das merke man doch sofort, daß es sich nur um eine Intrige handeln könne. Wer ihn kenne, wisse doch, das sei pure Erfindung. «Ist denn da was dran an den Gerüchten?» setzt sie noch wie neugierig hinzu.

Das sei ja das Perfide; wenn sich das jemand aus den Fingern gesaugt hätte, hätte man es ja widerlegen können, erwidert Willy verbittert. Aber den Brief könne nur jemand geschrieben haben, der genau mit den internen Verhältnissen vertraut sei. Im Hause gebe es in dieser Hinsicht wirklich Gerüchte, und entsprechend erbost sei der Direktor.

«Ein getroffener Hund bellt», sagt Frieda, ganz als helfe in diesem Fall nur noch realistische Einsicht weiter. «Aber was hättest du für einen Grund, deine Stellung aufs Spiel zu setzen?» – «Das habe ich ihm doch auch gesagt», verteidigt sich Willy.

Georg hört sich alles wortlos an, auch als Frieda nun den Schlußstrich zieht: «Na ja, jetzt ist es vorbei; es ist nicht mehr zu kitten. Wenn es erst mal soweit ist, ist es nicht mehr zu flicken... Das wußte ich ja nicht.»

Willy rafft sich zu männlicher Haltung auf. Können Georg und Frieda ihm helfen? Kann man seine Schulden ablösen? Er wird...

«Selbstverständlich», sagt Georg. «Willy, du kriegst das Geld von uns!»

Nachts nimmt Georg seine Frau ins Verhör: Hat *sie* Willy das angetan? Hat *sie* diesen anonymen Brief geschrieben?

Frieda verteidigt sich aufgebracht. Wie soll sie das denn können? Woher soll sie wissen, in welchen Verhältnissen der Direktor des Hotels «Victoria» steckt? Sie kennt ja nicht mal dessen Namen; wie kann sie da einen derartigen Brief schreiben? Und was hat sie denn davon? Warum sollte sie das tun? Für was hält er sie? Georg glaubt, sie will dem eigenen Bruder Schaden zufügen?

Georg steht auf, sucht so lange, bis er ein Gebetbuch findet, hält es ihr in kaum noch beherrschbarer Erregung hin und sagt: «Du schwörst jetzt auf die Bibel, daß du mit der Sache nichts zu tun hast, oder wir sind geschiedene Leute!»

«Was soll ich tun?» fragt Frieda, wie erstaunt, daß er sie einer Lüge für fähig hält.

«Frieda, du kannst anlügen, wen du willst. Aber denk nicht, du kommst immer und ewig damit durch. Einmal ist Schluß! Und jetzt ist es soweit!»

Frieda legt ihre rechte Hand auf das Gebetbuch, sagt ruhig und so reinen Gemüts, daß sie noch einen erfahrenen Untersuchungsrichter täuschen könnte: «Ich schwöre bei allem, was mir heilig ist, ich bin unschuldig. Ich habe mit der Sache nichts zu tun.»

Georg sieht sie darauf noch einmal unzufrieden an, schließt das Gebetbuch weg und legt sich wieder ins Bett. Frieda sucht ihn mit einigen Worten zu beschwichtigen, streckt die Hand nach ihm aus, aber er sagt nur: «Schlaf gut, Frieda! Gute Nacht!»

Gegen Morgen erleidet Georg einen Asthmaanfall, der so schwer ist, daß Frieda um sein Leben fürchtet.

Sie wird von seinem schrecklichen Husten wach, einem Geräusch, das sich mit keinem auf der Welt vergleichen läßt, hohl, trocken und erschreckend. Als sie sich ihm zuwendet, sitzt Georg vornübergebeugt im Bett, hält sich mit beiden Händen an der Bettstatt fest und bietet, schweißbedeckt, in sich zusammengekauert, schwer keuchend, stoßweise hustend, mit einem Ausdruck von Angst und Gequältsein in den Augen, ein Bild schrecklichen Jammers.

Frieda setzt sich zu ihm, sucht ihn zu beruhigen, wischt ihm den Schleim vom Mund ab, selbst voller Furcht vor dem, was kommen wird. Sie sieht, er will den Anfall mit Macht unterdrücken, aber der ist mit dem Willen nicht zu bändigen und bricht endlich mit doppelter Wucht hervor. Der Anfall ist qualvoll, für den Kranken wie für Frieda. Georgs ganzer Körper wird erschüttert, hin- und hergeschleudert, so daß sie unwillkürlich seinen Kopf festhält. Die Stöße erfolgen so rasch und so heftig, daß kaum Zeit zum Einatmen bleibt.

«Ich hol den Arzt», sagt sie immer wieder, «gleich kommt der Arzt», wagt sich aber nicht zu entfernen und weiß auch nicht, wie sie

Hilfe holen soll. Schließlich öffnet sie die Fensterläden und ruft über die Straße: «Frau Adamy! Frau Adamy!!»

Im «Bristol» rührt sich nichts!

Georgs Lippen und Fingernägel verfärben sich jetzt blau, ja seine ganze Haut; die Augen treten hervor, sprechen ist ihm unmöglich. Frieda meint, er habe alles Bewußtsein von sich verloren, sei nur noch gequälte Kreatur. Schließlich wird ihre Angst, er werde vor ihren Augen sterben, übermächtig. Sie überläßt ihn sich selbst und hetzt, nur mit dem Nachthemd bekleidet und die erstbesten Schuhe an den Füßen, aus dem Haus und weckt den Doktor Kellerwessel auf.

Der Arzt verspricht schlaftrunken, sofort zu erscheinen; Frieda hastet darauf zu ihrem Mann zurück und sucht ihm des weiteren beizustehen. Aber was tun, außer bei ihm zu sitzen und ihn zu umarmen? Der Anfall hat sich noch immer nicht gelegt, tobt mit unverminderter Wucht und Wut, und Frieda fragt sich voller Entsetzen, wie lange Georgs Organismus das auszuhalten vermag. Hin und wieder tupft sie ihrem Mann den Schweiß von der Stirn; hält ihm eine Schüssel vor. Er bringt aber nur sehr wenig Auswurf hervor.

Gott sei Dank vertrödelt der Arzt keine Zeit, erscheint bald, seinerseits nur flüchtig angekleidet, spricht beruhigend auf Georg ein und sucht ihm dann künstliche Atemluft zu geben. Er beatmet Georg mit einem Gerät, das Ähnlichkeit mit einer Flit-Spritze hat, und gleichzeitig verlangt er von Frieda, die Städtischen Kliniken zu benachrichtigen.

«Mein Mann muß ins Krankenhaus?»

«Unumgänglich.»

«Und mit einer Kur ...?»

«Rufen Sie endlich an, Frau Tremus! Sie sollen so schnell kommen, wie es möglich ist!»

Bei der Schärfe des Tonfalls wagt Frieda nicht, sich dem Arzt zu widersetzen, und benachrichtigt das Krankenhaus. Während sie telephoniert, sieht sie, daß einige Schlüssel am Brett hängen, und denkt: Ein Glück, daß wenigstens die Zimmer im Erdgeschoß zur Zeit nicht belegt sind; beim letzten Mal, als Georg ähnliches erduldete, mußte man den Gästen in den Nachbarzimmern die Übernachtungskosten erlassen. Als sie das Schlafzimmer wieder betritt und sieht, wie sehr Georg noch immer gequält wird, schämt sie sich ihrer Gedanken.

Durch die Anstrengungen des Arztes hat sich Georgs Zustand geringfügig verbessert. Doktor Kellerwessel bettet ihn gerade vorsichtig in die Kissen, verspricht Georg noch einmal, er werde bald Linderung erfahren, und zieht Frieda in den Gang hinaus. Er bedeutet ihr, die Tür zu schließen, und erkundigt sich: «Kommt man?»

«Sehr bald... Herr Doktor, so lange hat noch nie ein Anfall gedauert. Können Sie ihm nicht ein Medikament geben? Irgendwas, daß die Schmerzen nachlassen?»

«Das wäre das Verkehrteste, was wir tun könnten. Das muß er aushalten.» Er versichert ihr, gegen den Anschein wird Georg den Schmerz auch ertragen, sogar mehrere Stunden lang, wenn die Natur es so will; unter Umständen einen vollen Tag. Präziser ist nichts vorherzusagen. Dann gesteht er ihr, Herr Tremus mache ihm diesmal ernstlich Sorgen. Seine Krankheit habe sich erkennbar und dramatisch verschlechtert. Wörtlich erläutert er ihr: «Bei diesem Bild der Krankheit sprechen wir Ärzte von status asthmaticus – diese Stufe gehört zu den lebensbedrohlichen Situationen...»

«Sie haben doch gerade das Gegenteil gesagt? Es wäre nicht so schlimm...»

«Was den aktuellen Zustand angeht... Frau Tremus, Ihr Mann bedarf einer kontinuierlichen Überwachung.»

«Soll er zur Kur?»

«Unbedingt! Jetzt ins Krankenhaus, daß man ihm gleichbleibend Sauerstoff zuführen kann. Das ist für den Moment das einzige, was man tun kann. Hinterher unbedingt Schonung und Kur. Hat er sich in letzter Zeit überanstrengt?»

«Das tut er doch immer – hier das Haus, außerdem die Politik... Und wenn wir eine Krankenschwester engagieren? Daß er wenigstens zu Hause bleiben kann?»

«Ganz ausgeschlossen. Leider.»

Frieda drängelt, wieder ins Zimmer zurückzukehren. Noch während sie das Zimmer betreten, heuchelt der Arzt schon wieder Optimismus, muntert auf: «Ganz unbesorgt, Herr Tremus. Es ist gleich vorbei; Hilfe ist nahe. So ruhig atmen, wie es Ihnen möglich ist...»

Am nächsten Tag holt Frieda Willy zurück. Sie sagt es ihrem Mann, als sie ihn in den Städtischen Kliniken besucht. Georg verliert über diese Regelung kein Wort, nickt nur zustimmend. Wahrscheinlich hat er erwartet, daß die Dinge so gelöst werden.

Im Krankenhaus sieht er schon wesentlich frischer aus, geradezu erholt.

Er ist damit einverstanden, nach seiner Wiederherstellung eine ausgedehnte Kur anzutreten.

7

Im Herbst 1910 ist Hannah von Copell noch immer im Haus. Wenn man will, könnte man meinen, ihr Zustand habe sich gebessert. Sie ist ruhiger geworden, vermag auch gelegentlich Gespräche zu führen, ohne Gott oder Jahwe zu bemühen; hat sogar zugenommen. Sie sieht dadurch voller aus, beinahe gesund.

Der Boden, auf dem sich alle bewegen, ist jedoch dünn, die Bohlen morsch.

Anfang Oktober zieht der befürchtete und längst erwartete Rückfall herauf. Am hellen Tag wird Hannah da von einem Soldaten in der Taunusstraße überritten. Niemand hat eine Erklärung, wie es zu dem Unfall kommen konnte. Der Soldat bewegte sich im leichten Trab, die Straße war praktisch ohne Verkehr, und doch kam es zu dem Unfall. Der Soldat steht noch Stunden danach unter Schock und beteuert ständig, er weiß nicht, wie es zu dem Unglücksfall kommen konnte! Er sieht sich und sein braves Pferd auf dem Reitweg, sieht die Dame am Rand des Trottoirs stehen; sie blickt ihn und den Schimmel an. Plötzlich schreitet sie wie geistesabwesend vorwärts, dem Pferd sozusagen in die Beine. Er könne sich keine Schuld zumessen, und mehrere Zeugen bestätigen seine Schuldlosigkeit.

Weil sie darauf besteht und da sie nur unbedeutend verletzt ist, bringt man Hannah statt zu einem Arzt in den «Petersburger Hof». Verletzungen sind kaum zu erkennen, doch äußert der hinzugezogene Doktor Kellerwessel sofort Bedenken. «Hoffentlich löst der Unfall nicht erneut einen Schub aus!» bemerkt er sowohl gegen Frieda wie gegen Willy. Möglicherweise, das sei auch denkbar, stelle der Unfall sogar ein Zeichen für die Wiederkehr der Krankheit dar. Wer, außer einer Lebensmüden, gerate sonst in gleicher Situation einem Pferd in die Quere?

Tatsächlich verändert sich Hannah von nun an rapide.

Von einer Stunde zur nächsten weigert sie sich, im Beisein anderer Essen zu sich zu nehmen. Sie kommt nicht mehr zu den Mahlzeiten herunter, ißt aber auch kaum von dem, was man ihr bringt. Ganze Tage verbringt sie in ihrem Zimmer, vorzüglich im Bett. Dabei läßt sie die Mädchen nicht in den Raum; diese dürfen weder putzen noch das Bett richten. Sie reagiert weder auf Klopfen noch auf Rufe, stellt sich einfach tot. Die Tabletts mit dem Essen, die man ihr vor die Tür stellt, holt sie erst ins Zimmer, wenn sie sicher ist, niemand wartet mehr. Willy kommt auf die Idee, ihr Zettel unter der Tür durchzuschieben. Auch das beeindruckt sie nicht. Einzig Frieda kann sie erreichen. Achtete Frieda nicht auf sie, Hannah würde verwahrlosen. Einmal findet Frieda sie in den Sessel gekauert, mehrere Kleidungsstücke gleichzeitig übergezogen und in eine Decke gehüllt. Dabei herrscht beinahe unerträgliche Hitze im Zimmer; Hannah beteuert aber, sie friere ständig.

Ungefähr zwei Wochen nach dem Unfall stellt Hannah das Essen gänzlich ein. Die Mädchen wechseln nur noch die Tabletts: bringen ein volles und nehmen ein anderes volles weg. Hannah ist weiß Gott nicht der erste Gast, der Mucken hat. Vor ihr haben sich schon andere in ihren Zimmern eingeschlossen und sind erst nach drei Tagen wieder hervorgekrochen, ohne daß sich Frieda deswegen beunruhigt gefühlt hätte. Die einen haben einen Rausch ausgeschlafen, die anderen sich in einem Exzeß verausgabt. Nichts davon hat Frieda in Unruhe versetzt. Mit Hannah ist es etwas anderes. Ihretwegen fürchtet sie sich. Es ist ihr unmöglich, sie einfach sich selbst zu überlassen. Dabei empfiehlt selbst Willy: «Laß sie doch links liegen. Die kriegt schon wieder Hunger.»

Am dritten Tag nimmt sich Frieda den Passepartout und müht sich so lange damit ab, bis er sich ins Schloß stecken läßt und sie die Tür öffnen kann.

Als sie eintritt, sitzt Hannah aufrecht im Bett, zeigt alle Anzeichen von Angst und Verzweiflung; das Bettlaken preßt sie gegen den Körper und einen Zipfel davon hat sie sogar wie einen Knebel im Mund und beißt darauf wie in Todesangst.

Frieda bleibt instinktiv an der Tür stehen, sucht sie zu beruhigen, sagt, alles sei in bester Ordnung, und sie brauche nicht zu befürchten, daß Ärzte oder Wärter kämen. Allmählich dringt ihre

Stimme zu Hannah durch; Hannah rutscht unter die Bettdecke, ein Kind, das sich verstecken will. Frieda setzt sich zu ihr ans Bett, erkundigt sich, ob sie einen Wunsch habe. Hannah bewegt sich nicht. Frieda streichelt sie und sagt dann, als wolle sie sie zu einem Vergnügen überreden: «Kommen Sie, wir gehen jetzt baden... Kommen Sie!»

Sie zieht ihr behutsam die Decke weg.

Hannah läßt es sich gefallen, läßt sich sogar ohne Widerstand ins Bad führen. Als Frieda jedoch den Ärmel ihrer Bluse hochschiebt, um die Wassertemperatur zu prüfen, scheint diese Geste Hannah an Vertrautes zu erinnern. Vielleicht ist es die Art, wie ihre Wärterin in der Anstalt ihr Bad präpariert hat oder ähnliches. Jedenfalls weicht sie erschrocken zurück, versucht glücklicherweise aber nicht zu fliehen. Als Frieda sie freundlich aufmuntert, sich fürs Bad fertigzumachen, sieht sie sie abschätzend an, dann entkleidet sie sich und steigt in die Wanne, wobei sie Frieda die Hand reicht, damit die ihr beim Einsteigen Halt gibt.

Es wird höchste Zeit, daß sie badet. Ihr Körper müffelt, und ihr Hemd muß in die Wäsche. Frieda will mit dem Wäschestück aus dem Bad gehen, aber Hannah bestimmt im überheblichsten Ton, der ihr zur Verfügung steht: «Sie sind nicht meine Mutter; Sie brauchen nicht zu schnüffeln! Legen Sie es hin!»

Frieda läßt darauf das Hemd fallen, und darauf schenkt ihr Hannah ein Lächeln, das wirkt, als habe sie es bis jetzt versteckt gehalten. «Bleiben Sie, leisten Sie mir Gesellschaft!» befiehlt sie dann. Wiewohl Frieda darauf hinweist, daß sie noch andere Arbeiten hat und die Mädchen ihre Anweisungen erwarten, läßt sie sich endlich bewegen, auf einem der beiden weißlackierten Hocker, die sie im Badezimmer hat aufstellen lassen, Platz zu nehmen und bei Hannah zu wachen. Frieda gibt Emma, die sich vorsichtig an der Tür zeigt, ein Zeichen, Hannahs Zimmer in Ordnung zu bringen. Das Mädchen wird ja wohl so vernünftig sein und das Bett abziehen. Das wird man ihr ja wohl nicht sagen müssen. Und hoffentlich ist sie leise, daß Hannah nicht merkt, was sich nebenan in ihrem Zimmer tut!

Hannah streckt sich währenddessen in der Wanne aus, taucht für einen Moment sogar mit dem ganzen Körper unter, genießt das Schmeicheln des Wassers. Als sie mit nassen Haaren und tropfend wieder auftaucht, sagt sie ernsthaft, als habe sie ein Welträtsel gelöst: «Wie angenehm.»

«Ja, Wasser tut immer gut», bemerkt Frieda darauf, beinahe gewohnheitsmäßig. Wie oft hat sie als Badefrau mit ähnlichen Floskeln die Konversation bestritten.

«Wie glücklich könnte ich leben und muß so furchtbar leiden!» bemerkt Hannah, ohne daß der Zusammenhang erkennbar wäre. Unverhofft hebt Hannah dann ihr rechtes Bein aus dem Wasser und betrachtet es, als handle es sich um einen ihr vollkommen fremden Gegenstand. Ihre Beine sind dünn, es ist erschreckend, wie sehr die Frau abgemagert ist! Alles, was sie in Monaten zugelegt hat, ist wieder verschwunden. Anscheinend bemerkt sie Friedas prüfenden Blick, denn plötzlich hebt sie ihre Brüste mit beiden Händen an und fragt nüchtern wie ein Auktionator, der einen Gegenstand nicht einzuschätzen weiß: «Hängt mein Busen? Finden Sie?»

«Nein. Sie haben einen sehr ansehnlichen Busen. Manche Frau wäre froh...»

Hannah läßt sie nicht zu Ende sprechen: «Und warum sehen Sie ihn dann nicht an? Stößt er sie ab?» Dabei präsentiert sie immer noch ihre Brüste. Dies ist aber vor allem eine Selbstvergewisserung; Hannah will sich damit nicht eigentlich zur Schau stellen oder gar das Urteil des Paris herausfordern. «Hannah», bemerkt Frieda vorsichtig, «ich weiß nicht, ob das angebracht ist...»

Darauf sagt Hannah aggressiv: «Die geborene Irrenwärterin!», und lacht, als sei ihr ein nicht zu übertreffender Scherz gelungen.

Wegen dieser und entsprechender Szenen, alle aus purer Fürsorge geboren, behauptet Frau Schweitzer später, als es zu einem häßlichen Streit um Geld und eine Testamentsklausel kommt, Frieda habe sich widernatürlicher Handlungen gegen ihre wehrlose Tochter zuschulden kommen lassen.

Lachhaft!

Georg ist, als Hannah ihren Rückfall erleidet, zur Kur in Tourette Levens, einem altertümlichen Dorf unweit von Nizza; mit einer Kleinbahn zu erreichen. Dort haben zwei junge deutsche Ärzte vor einigen Jahren ein Sanatorium eingerichtet, welches ganzjährig geöffnet hat und wo man, bei halben Kosten, dieselbe Heilwirkung erreichen kann wie in einer der bekannten Schweizer Lungenheilstätten. Das milde und doch herzhafte Klima der Seealpen macht sich für die Kranken außerordentlich günstig bemerkbar. Georg schreibt schon nach einer Woche Aufenthalt, er fühle sich bereits wesentlich gekräftigt.

Natürlich beschäftigt ihn auch in der Ferne das, was im Haus vorgeht. Frieda informiert ihn über Hannah von Copell zwar nur sehr summarisch, doch errät er durchaus, was los ist, und schreibt ihr rabiat; er empfiehlt dringend, Hannah rauszusetzen. Er sieht doch in seinem Sanatorium, wie rigoros die beiden Leiter durchgreifen, wenn man sich nicht an die Hausordnung hält. Eine gesunde Strenge ist überall unumgänglich, wo mehrere Menschen unter einem Dach zusammenleben, speziell in einem Hotel.

Auch Willy, der sich als Georgs Stellvertreter fühlt und aufführt, behauptet: Die Frau ist eine Gefahr.

«Wofür?»

Was ist denn, argumentiert Willy, wenn sie sich aus dem Fenster stürzt? Hat sie ihm nicht eigenartige Verse gezeigt, in denen es von Tod, Sterben und Ewigkeit wimmelt?

«Bis jetzt tut die Frau ja niemandem was! Darf sich doch ins Bett legen!»

«Ich hab Georg in die Hand versprochen, während seiner Abwesenheit...»

«Und ich hab Hannah was versprochen! Und jetzt kümmere dich drum, daß die mit den Kopfkissen beikommen. Die haben dreißig Kopfkissen zuwenig geschickt!»

«Frieda, wenn die Frau oben das Fenster aufreißt und sich in den Hof stürzt, dann zieht sie dich mit hinab! Du kannst dir nicht ihren Tod aufs Gewissen laden!»

Seien es nun Georgs oder Willys Vorhaltungen oder Friedas Einsicht, letztlich bespricht sie sich deswegen mit Frau Schweitzer. Kann diese ihre Tochter nicht wenigstens jetzt zurückholen? Frau Schweitzer weint und wimmert daraufhin beinahe wie Hannah. Endlich fängt sie sich wieder, und jetzt hat sie sogar die Unverschämtheit, Frieda daran zu erinnern, daß sie im voraus bezahlt habe!

Frieda will von ihr erfahren: Was hilft bei Hannah bei ihren Anfällen an Medizin, außer Bädern?

Nichts. Brom hat längst seine wohltuende Wirkung verloren, und narkotische Mittel wie Haschisch, Morphium, Kokain und Äther lehnt Hannah ab. Sie spricht auch nicht darauf an.

Wie wäre es, wenn sie sich bei einem Rabbi aussprechen würde?

Wiewohl Frieda ihre Frage ausgesprochen vorsichtig formuliert, wird Frau Schweitzer sehr spitz. Frieda betont höflich und zurückhaltend, nach ihrem Eindruck suche Hannah den Weg zurück zum mosaischen Glauben. Darauf empört sich Frau Schweitzer, wird beinahe zänkisch: «Frieda, wollen Sie Hannah für alle Ewigkeit in die Hölle treiben? Ist es nicht genügend, daß sie bereits hier die Hölle hat? Ich hatte mehr Einfühlung von Ihnen erwartet! Eine ganze Portion mehr! Hätten Sie mir vorgeschlagen, einen Priester... aber den Rabbi! Geht's noch abergläubischer? Wollen Sie die bösen Geister etwa mit Knoblauchketten vertreiben? Ich muß schon sagen, Frieda... Das enttäuscht mich denn doch ganz gewaltig. Ich kenne Sie doch als gute Katholikin. Wie können Sie zu dermaßen abwegigen Überlegungen gelangen?»

Frau Schweitzer entläßt Frieda, als habe sie zu schnorren versucht.

Es ist, als ob die Männer eine Vorahnung gehabt hätten! Schon in einer der nächsten Nächte entdeckt Willy Hannah dabei, wie sie an der Gaslampe im Flur manipuliert. Will sie das ganze Haus in die Luft sprengen? Als Willy sie zur Rede stellt, wird sie ruppig. Willy führt sie in ihr Zimmer zurück und weckt Frieda. «Frieda, die sprengt uns alle in die Luft!»

«Fang nicht an zu spinnen, Willy! Die ist doch keine Anarchistin!»

«Jetzt muß Schluß sein, Frieda!»

Er geht nach vorne, will eine telephonische Verbindung zu den Psychiatrischen Anstalten Eichberg herstellen lassen. Frieda setzt dem ein Ende. «Was fällt dir ein!» sagt sie energisch und nimmt Willy das Hörrohr aus der Hand. Als dieser immer weiter darauf herumreitet, er habe Georg in die Hand versprochen, hier für Ordnung zu sorgen, solange Georg in der Kur ist, sagt Frieda: «Wenn du nicht Ruhe gibst, laß ich *dich* abholen!»

«Es muß was geschehen, Frieda!»

«Es geschieht ja was!»

Frieda meint, es müsse noch andere Hilfe für Hannah geben als auf dem Eichberg in Wannen lauwarmen Wassers festgeschnallt zu sitzen!

Schon früher hat sie sich mit verschiedenen medizinisch beschlagenen Gästen beraten und gehört, es gibt bei seelischen Leiden eine neue Behandlungsmethode. Die einen lehnen sie als Unfug und Scharlatanerie ab; andere sehen darin Wegweisendes. Ein Wiener Professor hat die Methode erfunden. Einer der Gäste, selbst Ohrenfachmann, hat den Professor, dessen Namen sich Frieda unglückseligerweise nicht gemerkt hat, sogar einen «Kolumbus der Seele» genannt.

Dann muß doch was dran sein, an seiner Methode!

In ihrem Bemühen, Hannah gegenüber nicht wortbrüchig zu werden und gleichzeitig Georg zufriedenzustellen, läßt Frieda alles liegen und stehen und sucht Doktor Kellerwessel in dessen Praxis auf und befragt ihn. Hat er von der Methode schon gehört? Kann man Frau von Copell damit helfen?

Doktor Kellerwessel vermutet, sie erwäge wohl Psychoanalyse. Davon sei in der Tat in Fachkreisen die Rede. Ob diese Methode der Dame zugute kommen könne, vermöge er nicht einzuschätzen; sei er doch Wald- und Wiesenarzt. Soviel er weiß, handelt es sich bei den Patienten von Doktor Freud – richtig, das war der Name des Wiener Professors, bestätigt Frieda – um Hysterikerinnen. Insofern möge seine Methode auch bei Frau von Copell anschlagen. Wegen genauerer Auskünfte müsse Frau Tremus schon bei einem Neurologen nachfragen. Von den theoretischen Überlegungen mal abgesehen, blieben die praktischen. Wie wolle sie denn Frau von Copell nach Wien verfrachten? Sei die denn damit einverstanden?

Nein. Gibt es hier niemand, der sich darauf versteht? Wiesbaden ist doch sonst in allem vorneweg!

Auf Anhieb könne er dazu nichts bemerken, erwidert der Arzt. Aber er wolle sich gern für Frau Tremus einmal umhören. Und wie geht es ihrem Mann?

Danke der Nachfrage.

Später meldet sich Doktor Kellerwessel und empfiehlt Frieda einen Kollegen namens Edmund Heuschel, einen Neurologen in der Oranienstraße. Der Arzt hat gleich zwei Doktortitel, und das nimmt Frieda gegen ihn ein, noch bevor sie ihn zum ersten Mal gesehen hat. Ihr sind Menschen lieber, die haushälterisch mit ihrem Vermögen und ihren Gaben umgehen. Zwei Titel scheinen ihr Verschwendung zu sein. Weil sie aber keine Wahl hat, bemüht sie sich in die Praxis des doppelten Doktors.

Das Wartezimmer des Doktor Heuschel hat etwas von einer Lasterhöhle. Zum einen ist es dämmrig düster trotz des Sonnenscheins draußen; die eng gerafften Gardinen und die schweren Portieren lassen kaum Licht ein. Zum anderen ist es mit Gegenständen überhäuft. In den Ecken stauben Wasserpfeifen verschiedener Größen vor sich hin, und auf dem Fensterbrett brutzelt eine Flüssigkeit auf einer Art Stövchen und verbreitet einen merkwürdig süßlichen Duft. Frieda bleibt viel Zeit, das Ambiente auf sich wirken zu lassen. Erst nachdem er sie fast eine Stunde hat räuchern lassen, bittet Herr Doktor Doktor Heuschel Frieda in sein Sprechzimmer. Es ist ebenso mit Möbeln überladen wie der Warteraum. Besonders befremdend nimmt sich eine merkwürdig starre Couch aus, die sofort ins Auge springt. Wiewohl sie an eine Wand gerückt ist, stellt sie gewissermaßen den Mittelpunkt des Raums dar. Die Couch ist lederbezogen, und ihr Kopfteil kann mit einer Mechanik, die an einen Friseurstuhl erinnert, verstellt werden. Hinter diesem Kopfteil ist ein unbequemer Sessel placiert, und Frieda malt sich unwillkürlich aus, Hannah liegt ausgestreckt und in Hypnose auf dieser Couch und der Arzt versteckt sich gewissermaßen hinter ihrem Kopf und forscht sie aus. Kein Wunder, daß sich verschiedene Herrschaften mit Emphase gegen die neue Heilmethode ausgesprochen haben, bei solchen Auspizien.

Der Arzt, ein nicht mehr ganz junger Mann mit langsamen Bewegungen und sehr langsamer Sprechweise, bittet sie, in einem drehbaren Sessel aus Holz Platz zu nehmen. Es ist ein hartes Möbelstück, das viel Ähnlichkeit mit dem Schreibtischstuhl eines Buchhalters hat. Der Arzt setzt sich ihr gegenüber, sein Blick geht aber meistens an ihr vorbei. Frieda schildert, worum es ihr geht, und will hören, ob der Herr Doktor in dem beschriebenen Fall Heilungsmöglichkeiten sieht?

Statt klar mit «ja» oder «nein» zu antworten, erklärt ihr der Arzt das Grundprinzip seiner Heilmethode. Er sagt ihr unter anderem: Die menschliche Seele neigt dazu, Übermächtiges und Erdrückendes – schlechte Erfahrungen wie verbotene Wünsche – ins Dunkel unseres Selbst zu verweisen, und die sogenannte Krankheit stellt dann oft nichts anderes dar als der Versuch des Verwiesenen und Abgeschobenen, sich bemerkbar zu machen. Das Seelenleben habe Ähnlichkeit mit einer antiken versunkenen Stadt, eine Schicht liegt auf der nächsten, und alle müssen ausgegraben werden. Was dunkel ist, muß ans Licht gebracht werden! Bei der Analyse sei es deshalb wichtig, daß der Analysierte noch seine vernunftswidrigsten Einfälle und seine abartigsten, oft genug verbotenen Wünsche äußert; die müssen zum Vorschein kommen und aufgezeichnet werden. Das sei nun Schwerstarbeit. Der Analytiker steht nämlich dem buchstäblich unbewußten Widerstand seines Patienten gegenüber.

«Deshalb die Hypnose?» fragt Frieda.

Nein, da habe Frau Tremus falsche Vorstellungen, korrigiert sie der Arzt. Von Hypnose sei er für seine Patienten bereits wieder abgekommen. Bei ihm müssen die Patienten frei assoziieren; müßten allerdings auch rückhaltlos von ihren Träumen berichten. Das sei schwieriger, als sich der Laie vorzustellen vermöge. Manche der Patienten wehren sich gegen die «Aufdeckung», indem sie behaupten, sie träumten nicht oder könnten davon nichts behalten. Ehe er sich in den Einzelheiten verfängt, die sie nicht interessieren, fragt Frieda: Kann sich der Herr Doktor, nach ihren Angaben, bereits ein Bild von Hannahs Leiden machen?

Im groben. Es sei so: Alle, die edler sein wollten, als ihre seelische Konstitution es ihnen gestatte, verfielen der Neurose. Aber alles Nähere sei eine Frage zwischen Arzt und Patient.

Frieda ist nach diesen Ausführungen von der neuen Heilmethode angetan und verspricht, sie Hannah wärmstens zu empfehlen. Dabei haben nicht die weitschweifenden Ausführungen des Arztes sie überzeugt, sondern die Tatsache, daß bei der Heilung den Träumen des Patienten großes Gewicht beigelegt wird. Sie selbst glaubt noch immer fest an die Bedeutung der Träume; gerade neulich hatte sie im Traum eine Begegnung mit dem König von England, worin das Traumbuch ein Zeichen für guten Ausgang einer verwickelten Sache sieht.

Hannah weigert sich – das war zu erwarten –, den Arzt aufzusuchen. Auf eindringliches Zureden ist sie aber bereit, ihn zu empfangen. Von nun an besucht Doktor Heuschel Hannah täglich und schließt sich mit ihr ein.

Was in Zimmer 14 geschieht, erfährt die Familie Tremus nicht. Emma, neugierig und forsch, wie sie ist, schleicht sich des öfteren an die Zimmertür und lauscht. Sie berichtet, man hört nur Frau von Copell reden und reden, den Arzt aber nicht. Was der Arzt auch immer mit ihr anstellt, es scheint zu funktionieren. Bereits in der zweiten Woche geht es Hannah besser. Sie zieht sich wieder an und badet freiwillig, wenn auch zu lange.

8

Ein Todesfall tritt ein, ein Gast stirbt, und etwas Bestürzenderes kann einem Hotelbetrieb nicht widerfahren. Nach einem ungeschriebenen Gesetz kommt der Tod in einem Hotel nicht vor, ereignet er sich dennoch, sucht man ihn wie eine Peinlichkeit zu vertuschen. Die Herrschaften wollen nicht daran erinnert werden, daß das Leben kurz ist und jeden Tag sein Ende finden kann; wollen zumindest nicht an einem solchen Ort daran gemahnt werden.

Zu allem Unglück handelt es sich nicht um einen alltäglichen Tod. Es stirbt nicht ein beliebiger Gast unter lächerlichen Umständen, wie es im «Römerbad» mehrfach vorgekommen ist – daß sich etwa jemand beim Bad oder im Bett zuviel zugemutet hatte – und wovon die Angestellten dann beim Mittagessen witzelnd und mit Zynismus gesprochen haben. Es ereignet sich vielmehr der Frieda aufwühlende Tod der Hannah von Copell.

Die Umstände sind banal. Ein Herr von Zimmer 20 will baden, Willy bringt ihm den Schlüssel des Baderaums, doch als der Herr später die Tür des Badezimmers aufschließen will, gelingt ihm das nicht. Nach einiger Anstrengung kommt man darauf, daß die Tür von innen verriegelt sein muß. Doch auch auf mehrmaliges Klopfen und Rufen meldet sich niemand, und daher läßt Frieda den Schlosser Kern benachrichtigen, und der bringt die Tür endlich auf. Bis dahin hofft man noch, alles werde ein gutes Ende finden. Zwar hatte Frieda einen Moment lang Befürchtungen wegen Hannah gehegt. Doch als man in ihrem Zimmer nachsah, war dort alles ordentlich aufgeräumt, und ihr Mantel und ihre Schnürstiefel, die sie bei diesem Wetter beim Ausgehen gerne trägt, fehlten. Deswegen vermutete man sie außer Haus. Um so schockierender der Anblick, der sich dem Schlosser und Frieda nun bietet. Hannah liegt in der Badewanne, und der erste Eindruck ist, sie ist im Wasser eingeschlafen. Ihr Kopf ist zur Seite gerutscht, und ihr Mund ist zur Hälfte im Wasser. Was aber einen Unfall ausschließt, ist die Tatsache, daß sie vollkommen bekleidet ist. Sie trägt ein schwarzes Seidenkleid und schwarze Strümpfe, auch ihren gesamten Schmuck. Nur ihre Stiefeletten sind sorgfältig neben dem Badehocker drapiert, und ihr Mantel hängt wie vergessen an einem Garderobenhaken.

Der Schlosser versucht beherzt, Hannah zu wecken, respektive ins Leben zurückzurufen, jedoch erfolglos. Frieda, die nur einen knappen Blick auf Hannah wirft, eilt hinunter, Frau Schweitzer zu benachrichtigen. Diese ist verreist, Herr Emil, der Diener, verspricht aber, Frau Schweitzer per Telegramm zu verständigen.

Niemand zweifelt, daß Hannah von Copell Selbstmord begangen hat. Doktor Kellerwessel, den Frieda rufen läßt, vermutet, sie habe sich mit starken Schlafmitteln oder Opiaten betäubt, bevor sie ins Wasser gestiegen sei. Er ist sicher, die Obduktion wird seine Ansicht bestätigen. Anders sei ihre vollkommen unverkrampfte Haltung nicht zu erklären; keinerlei Anzeichen eines Ringens mit dem Tode. Er benachrichtigt die Polizei, und wieder kommt der Inspektor Koblentzer ins Haus, jener Komplize des Unglücks. Er ist der Polizist, der schon das Verschwinden von Friedas Vater und Theos Verbrechen untersucht hat, und wohl für alle Todesfälle zuständig, die sich außerhalb des Normalen ereignen. Der Polizeibeamte vernimmt Frieda und die Hausmädchen nur oberflächlich und kommt wohl bald zum selben Schluß wie der Arzt und alle übrigen. Frieda legt bei ihrer Aussage großen Wert darauf, daß sich Frau von Copell in ärztlicher Behandlung befunden hat. Mehrfach weist sie darauf hin, daß der Herr Doktor Doktor Heuschel ihr sogar noch am Morgen ihres Todes einen längeren Besuch abgestattet hat. Frieda hat nämlich Georgs und Willys vorherige Warnung im Ohr, die ihr gesagt haben, man werde sie zur Rechenschaft ziehen, wenn das eintrete, was nun eingetreten ist. Der Inspektor macht ihr jedoch nicht die geringsten Vorwürfe, nimmt den Namen «Eichberg» nicht einmal in den Mund, und ebensowenig Frau Schweitzer, die am folgenden Tag kommt. Sie bedankt sich bei dieser Gelegenheit neuerlich für alles, was Frieda für ihre unglückliche Tochter getan hat, und klagt sich unter Tränen an, sie habe die Dinge zu lange treiben lassen. Sie als Mutter hätte Hannah längst wieder in die Psychiatrischen Kliniken einweisen lassen müssen! Frieda sucht sie gegen besseres Wissen mit der Behauptung zu trösten, niemand habe ahnen können, daß Hannah ein solches Ende suche. Frau Schweitzer drückt Frieda dafür lange und innig die Hand. Sie äußert bei diesem Zusammentreffen kein Wort, welches Frieda als Anklage oder Beschuldigung auffassen müßte.

Erst als alle Formalitäten anstandslos erledigt sind, spürt Frieda Hannahs wegen so etwas wie Trauer. Es muß sogar noch weitere Zeit vergehen, bis ihr bewußt wird, wie sehr ihr diese übergeschnappte, erbarmungswürdige Person in den letzten Monaten ans Herz gewachsen war. Nun, wo sie tot ist, betrachtet Frieda die Tote beinahe als Schwester, worum diese sie einmal gebeten hatte.

Bei der Eröffnung des Testaments stellt sich zur allgemeinen Verblüffung heraus, Hannah hat ihr nicht unbeträchtliches Vermögen zu großen Teilen Frieda vermacht. Durch diese letztwilligen Verfügungen wird das Verhältnis zwischen Frau Schweitzer und Frieda ausgesprochen feindselig, und es kommt zu einer erbitterten Auseinandersetzung, der erst Georg ein Ende setzen kann.

Rote Fahnen

1

Die Stadt wird schöner und schöner, ist auch leichter zu erreichen als je zuvor. Sie besitzt jetzt einen Hauptbahnhof, wie ihn Europa kein zweites Mal kennt, mit eigenem Bahnsteig für den kaiserlichen Zug, mit eigenem Empfangssalon für den Kaiser, mit eigenem Portal für Seine Majestät. Das neue Kurhaus ist das prachtvollste des Kontinents; die Sportanlagen suchen ihresgleichen. Die Pferderennbahn in Erbenheim kann sich, was ihre Ausstattung und die Qualität der rennenden Gäule angeht, mit den berühmten englischen und französischen messen. Kultur und Vergnügungen sind von nie gekannter Raffinesse; für die Kostüme und Dekorationen der königlichen Oper werden Summen ausgeworfen, von denen andernorts ganze Armeen unterhalten werden.

In den großen Hotels werden die Zeitungen mit Seidenpapier gebügelt, damit man sich beim Anfassen keine schwarzen Finger holt, fiedeln rotbehoste Zigeunerkapellen, spielen berühmte Pianisten, kochen französische Köche der ersten Garnitur; die Unsummen, die sie verdienen, erbittern Georg geradezu. Aber auch im «Petersburger Hof» können die Beitische buchstäblich die Fülle des Gebotenen nicht tragen. Die Kochkunst der Frau Döringer wird allgemein gelobt; viele der Stammgäste sagen, sie freuen sich elf Monate im Jahr darauf, im zwölften hier bewirtet zu werden. Wenn Frau Döringer ihre berühmten Fischsoupers bietet, könnten sie Gäste aus großen Häusern empfangen; selbstverständlich ist das in praxi nicht möglich. Der Platz im Speiseraum reicht nach wie vor gerade für die Hausgäste.

Wiewohl die Familie Tremus den mondänsten Teil der Gesellschaft, die Crème de la crème, nie bei sich begrüßen kann, profitiert sie doch von deren Existenz. Das bürgerliche Publikum ist noch immer vollkommen geblendet von dem Glanz, den es in Wiesbaden vorfindet. Einmal den Blick aus kaiserlichen Augen auf sich ruhen zu fühlen, wäre dieser Schicht noch ganz andere Mühen und Kosten wert, als die, welche sie so schon auf sich nimmt. Tagelang können die Gäste darüber berichten, in welch unnachahmlich eleganter Manier jener Großfürst huldvoll das Monokel erhoben hat und mit welchem Chic sich die Damen und Herren seines Gefolges herausgeputzt hatten; kleinste Details werden erkannt und für die Hausschneiderin notiert. Gelegentlich bringen die Gäste bei der Familie Tremus Glückwünsche an, als sei sie der eigentliche Urheber dieser ganzen Pracht und Herrlichkeit.

Frieda und Georg, die reelle Preise für reelle Leistungen verlangen und aus Weitsicht jede Überteuerung ablehnen, kennen es praktisch nicht mehr, daß ihnen während der Saison ein Bett leer steht. Willy behauptet, den Fahrplan der Reichsbahn zu erstellen, sei weniger schwierig als den Belegungsplan des «Petersburger Hofs». Da will eine Familie noch zwei Tage länger bleiben und eine andere einen Tag früher anreisen, dort braucht man ein zusätzliches Zimmer für eine Gouvernante; wie alle Wünsche unter einen Hut bringen? Frieda bemerkt ein übers andere Mal: Was haben wir ein Glück! Uns trägt man das Geld ins Haus!

Ihr Haus ist längst schuldenfrei, sie haben sich ein beträchtliches finanzielles Polster zugelegt, und wenn Frieda zustimmte, könnte man sofort damit beginnen, elektrisches Licht zu legen. Sie ist jedoch strikt dagegen. Sie will nicht schon wieder Staub und Dreck in allen Zimmern; nicht erneut Unruhe in den wenigen Wochen, in denen sie zur Besinnung kommen können. Während der Saison sind sie Tag für Tag achtzehn Stunden auf den Beinen; da soll wenigstens während der raren ruhigen Wochen die Arbeit weniger werden statt mehr. Wer außer Willy will denn die Elektrizität im Haus haben? Und bezeichnend, warum er Georg Elektrizität aufschwatzen will! Bei seiner Reisetätigkeit für das Hotel «Victoria» hat er elektrische Zimmerklingeln kennengelernt, und seitdem sucht er sie Georg schmackhaft zu machen. Er glaubt, daß ein Haus ohne elektrische Zimmerklingeln auf die Dauer nicht konkurrenzfähig ist. Er kann davon mehr und überzeugender reden als jeder Fabrikant von Klingelanlagen.

Während Frieda darauf achtet, daß ihr Vermögen anwächst und sich gehörig verzinst, macht Georg manchmal ein Gesicht, als ersticke er an den Verhältnissen. Er ist vom eigenen rasch erworbenen Wohlstand zutiefst irritiert. Frieda genießt jeden Luxus, den sie sich leisten; es ist in ihren Augen wenig genug, exquisite Garderobe in der Hauptsache. Wenn sie ausgeht, genießt sie die neidischen Blicke ihrer Gäste. Doch wann gehen sie aus? Gelegentlich führt Georg sie zu Soireen ins Kurhaus, hin und wieder besuchen sie Opernaufführungen; in den Pausen trinken sie Assmannshäuser Roten. Einmal haben sie sich sogar für die zweite Pause einen Tisch reservieren lassen und saßen da, Rücken an Rücken sozusagen, mit dem Fürsten Albert von Monaco, einer der bekanntesten Persönlichkeiten Europas, ein erstaunlich einfacher seriöser Herr, nichts von einem Lebemann, wie man erwarten würde. Georg ist, um wieder auf das Wesentliche zurückzukommen, wegen ihres Lebensstils erkennbar im Kampf mit sich selbst. Einerseits tut er so, als unterwerfe er sich nur widerwillig der Konvention, wenn er sich einen Tisch im Theaterfoyer reservieren oder perfekt sitzende Kleidung schneidern läßt. Er muß zugeben, daß er darin eine hervorragende Figur abgibt, und Frieda beschwört ihn, das sei doppelt nötig, wenn er schon eine so wenig geachtete Partei vertrete wie die sozialdemokratische. Andererseits bringt er es nicht fertig, das Geld zu mißachten oder wegzugeben. Sporadisch spendet er seiner Partei zwar eine größere Summe. Doch diese ist nie so beträchtlich, daß er darüber zum Parteiheiligen würde. Frieda nimmt an, im geheimen hat er Gewissensbisse, daß er nicht mehr für die gute Sache opfert.

Niemand macht ihm deswegen einen Vorwurf, weder Frieda noch seine Eltern oder seine Genossen, aber ihn quält es dennoch. Er kann die Wirklichkeit und seine Überzeugungen einfach nicht unter einen Hut zwingen. Sein Vater hat sein Leben lang geschuftet und alles, was er davon hat, kann er mit einem Handwagen wegfahren, und er wird wohlhabend! Genau betrachtet führt er ein Doppelleben. Nach außen kehrt er gemäßigte Anschauungen hervor, sorgt sich um das Wohl von Leuten, die er verachtet, und im geheimen ist er nach wie vor für den vollkommenen Umsturz. Noch immer verfaßt er, unter Pseudonym, Artikel für Parteiblättchen. Frieda kann sie nicht lesen und weigert sich, sie auch nur in die Finger zu nehmen. Selbst Willy schüttelt darüber den Kopf. Er sagt, Georgs Artikel werden stetig schärfer und vorwurfsvoller.

In seinen Artikeln prangert Georg nicht nur den Müßiggang der Reichen an, ihren Hochmut und ihre Habgier. In seinen Artikeln verschont er neuerdings selbst Hof und Regierung nicht mehr mit seiner Kritik. Er schreibt von «vergiftetem Nationalismus», den die Herrschenden verbreiteten, und behauptet, die führenden Kreise schürten Haß zwischen den Nationen wie zwischen den Klassen, und einzig, um die Brüchigkeit der von ihnen geschaffenen gegenwärtigen Verhältnisse vergessen zu machen. In seinen Artikeln sagt Georg voraus, das Reich werde an seinen bestimmenden Schichten zugrunde gehen, und zwar in absehbarer Zeit. Ihr ganzes Treiben sei in egomanischer Weise darauf gerichtet, einen Krieg herbeizuführen. Die obersten Schichten täuschten sich fatal, wenn sie meinten, sie könnten aus einem Weltenringen siegreich hervorgehen. Das Gegenteil sei der Fall, die Proletarier würden nicht nur ihr Leben verlieren, sondern auch ihre Ketten.

Ein wahres Glück nur, daß die Gäste des «Petersburger Hofs» Zeitungen dieser Richtung nicht in die Hand nehmen!

Dennoch, welche Unvernunft! Jemand, der ihm böse will – und wer hat keine Neider? –, braucht nur Georgs durchsichtiges Pseudonym aufzudecken. Sie werden dann alles verlieren, was sie sich geschaffen haben. Georg verschließt sich diesem Argument gegenüber völlig.

Einmal denkt Frieda darüber nach, wie wohl seine Genossen ihn ansehen. Wenn er zu den Sitzungen ins Rathaus geht, kann man ihn für das Muster eines Bourgeois halten. Georg hat Karl Enders gestanden, wenn er mit Genossen bei Versammlungen zusammen ist, kommt er sich als Betrüger vor. Karl Enders hat ihm widersprochen: «Georg, du machst dir die falschen Vorwürfe! Du tust mehr für die Arbeiterschaft, als die meisten ahnen! Und vor allem machst du das Richtige! Du kämpfst praktisch und leistest theoretische Arbeit. Was will man mehr? Alles andere ist unrealistisch, und mit Träumereien ist der Partei und dem Proletariat nicht geholfen! Davon wird beiden schon im Übermaß geboten!»

Typisch für Georgs Handeln und Denken ist die Sache mit dem Haus am Bingert. Man hat Frieda äußerst günstig eine herrschaftliche Villa in einer sehr erstrebenswerten Wohnlage hinter dem Kurpark angeboten. Der Besitzer lebt in Danzig und nutzt das Haus nur während der Sommersaison, und insofern stellt es für ihn eine Belastung dar. Das Anwesen hat zwölf Zimmer; eins davon ist ein mahagonigetäfeltes Herrenzimmer, ein anderes ein geräumiges Speisezimmer. Die beiden Bäder, über die das Haus verfügt, imponieren sogar Herrn Maison. Sie sind erst vor wenigen Jahren installiert worden und präsentieren sich ausgesprochen luxuriös. Alles andere ist ebenfalls tipptopp in Ordnung, wie der Makler betonte, der Frieda und Herrn Maison im leeren Haus herumführte. Frieda hat alle Aspekte eines Kaufs gründlich mit Herrn Maison besprochen. Er ist wie sie der Ansicht, bei dem Objekt handelt es sich um eine Geldanlage, welche sich auf lange Sicht sehr rentieren wird. Er hat ihr gesagt, wenn sie, Frieda, das Haus nicht wolle, erwäge er, es zu kaufen.

Frieda gesteht ihm: «Doch, doch, das würde mich schon reizen, und das Geld dafür wäre vorhanden. Damit könnten wir uns eine zweite Sicherheit schaffen.»

Jedoch?

«Sie kennen meinen Mann! Er will es sich nicht mal ansehen!»

Georg verschließt sich ihrem Vorschlag in unbegreiflich starrsinniger Weise. «Frieda, wir haben ein Haus! Begreif es endlich. Wir brauchen kein größeres, kein schöneres, und wir brauchen auch kein zweites! Wir haben eins!» wiederholt er mit einer Monotonie, die an Hannah erinnert.

«Es wäre doch eine zusätzliche Sicherheit. Was ist daran anstößig?»

«Wir können das Haus nicht mal bewohnen, selbst wenn es uns geschenkt würde. Willst du mit deinen drei Kindern da hochherrschaftlich residieren, und ich zähle hier die Handtücher? Oder wie ist das gedacht?»

«Da ist sogar Platz für deine Eltern, sie müssen ja nicht ihr Leben lang ...»

«In den Dienstbotenkammern, nehme ich an?» unterbricht er sie scharf. «Wir vermieten hier Matratzen, um deine goldenen Worte zu zitieren. Nun willst du gleichzeitig hochherrschaftlich residieren? Das ist doch ein Widerspruch in sich selbst; merkst du das nicht?»

«Dann verpachten wir's eben.»

«An wen denn? Was meinst du, warum der jetzige Besitzer verkaufen will? Meinst du, der wäre nicht auch auf den Gedanken gekommen, sein Eigentum zu vermieten, wenn es möglich wäre? Das Haus steht schon Jahre leer. Ich gebe nur wieder, was ich von dir erfahren habe ...»

Schon die letzten Worte kann er nur noch mit Anstrengung herausbringen; danach erleidet er wieder einen seiner Asthmaanfälle. Die Kur hat nicht das gehalten, was sie versprach. Ein halbes Jahr ging alles gut, dann traten seine Atembeklemmungen verstärkt wieder auf. Als Georg wieder bei Stimme ist, bemerkt er, wobei er sich bemüht, die Ruhe zu bewahren: «Frieda, ist dir aufgefallen, daß wir von einem Streit in den nächsten stolpern? Ich habe es Woche für Woche mit einer Fraktion zu tun, ich habe es mit einem ganzen Stadtparlament zu tun, ich spreche bei Versammlungen. Jeder versteht, was ich vorzutragen habe. Der einzige Mensch, der Schwierigkeiten hat, mich zu begreifen, ist meine eigene Frau. Jetzt erklär mir bitte mal, woran liegt das? Immer nur an mir?»

2

Im allgemeinen haben Frieda und Georg angenehme Gäste im Haus.

Entweder ältere, gesetzte Herrschaften oder jüngere Familien mit gut erzogenen Kindern, denen von Eltern und Tanten oder Kindermädchen eingetrichtert wird, jede Störung und jedes Auffallen zu vermeiden. Nachservieren wegen Unpünktlichkeit, worunter die Kellner des «Römerbads» ewig stöhnten, kommt im «Petersburger Hof» so gut wie nicht vor. Familie Tremus hat den Vorteil davon, daß der bürgerliche Mensch kein höheres Lob kennt, als wenn man ihn für seine exakte Pflichterfüllung preist, und sei es die, zur vom Hotelier festgesetzten Stunde an der Tafel zu sitzen. Manche der Gäste unternehmen regelrechte Handstände, um nicht eine Minute zu spät zu kommen. «Gerade noch geschafft», belobigen sie sich selbst, wenn sie Punkt sieben auf ihrem Stuhl im Speiseraum sitzen.

Gelegentlich gleicht das Haus allerdings einem Heerlager. Und zwar immer dann, wenn Leute kommen, die keinen vernünftigen Gebrauch von Geld zu machen verstehen. Nichts fürchtet Georg mehr als eine Gruppe von Parvenüs, die sich zu gemeinsamen Ferien entschlossen haben. Welches Hin- und Hergelaufe dann auf Treppen und Gängen; welche lärmigen Begrüßungen und Verabschiedungen, und welch unsinnige Wünsche und Forderungen wissen diese Herrschaften zu stellen! Einmal mußte auf Biegen oder Brechen innerhalb zweier Stunden ein Hellseher beigeschafft werden, und ein anderes Mal wünschte man Bekanntschaft mit einem berufsmäßigen Dieb, und man gab nicht eher Ruhe, bis Frieda ihnen einen amtlich beglaubigten Gauner vorstellen konnte. Diese Naturen kennen kein Maß. Weiber werden ins Haus geschmuggelt, noch in der Nacht knallen die Champagnerkorken, und die Trinkgelder werden verteilt, als handle es sich um Spielgeld aus dem Kinderladen!

Als der Frühling kommt, hat der «Petersburger Hof» wieder mal eine derartige Gesellschaft zu Gast: Mehrere Familien sind gemeinsam da, insgesamt sieben Erwachsene und vier Kinder, und anfangs kann man nicht sagen, welche Kinder zu welchen Eltern gehören, so geht alles hin und her.

Die Erwachsenen sind im Alter zwischen Ende Zwanzig und Anfang Vierzig, alle bis auf einen Herrn lebhafte Künstlernaturen. Unter ihnen führt der Sohn des berühmten Musikdirektors Einacker das große Wort; halb Literat, halb Bonvivant. Er war einmal eine Art Wunderkind; seine ersten Gedichtbände wurden wegen der Kühnheit seiner Sprache und Handlungen bewundert und begeifert. Es ging um den Sexus frühreifer Mädchen und eifriger, vom ersten Drang erfaßter Jünglinge. Für diese Arbeiten spendete ihm die literarische Welt Weihrauch und erwartete, er werde sich auf die höchste Stufe schwingen. Doch auf dem Weg zum Gipfel ist Gunther Einacker der Atem ausgegangen; jedenfalls wurden seine weiteren Hervorbringungen nicht mehr ernst genommen.

Er ist eine auffallende Erscheinung, ein neuer Siegfried, hünenhaft groß, wohlgestaltete Züge, Schnurr- und Backenbart voll und dunkel, und mit einer Stimme gesegnet, die vieler Nuancierungen fähig ist. Er bestimmt, was unternommen und unterlassen wird, bestellt schon zum Frühstück Austern, Kaviar, die teuersten Weine und edle Champagner, und läßt andere bezahlen, vorzüglich Herrn Weber, den er anfangs als «den Fürsten der Rollschuhe» vorstellt. Herr Weber ist Fabrikant und fertigt renommierte Roll- und Schlittschuhe, welche sich sehr gut verkaufen. Er ist eine einfache Natur, etwas mickrig, ohne weitere Merkmale. Der einzige Vorzug, den der Mann hat, liegt auf der Hand: Ihn umgibt der goldene Schimmer des Reichtums. Mit Sicherheit wäre er in einem teuren Hotel abgestiegen, nähme er nicht Rücksicht auf die geldlichen Mittel der übrigen Gesellschaft. Er ist Fremdkörper in ihrem Kreis und gehört nur dazu, weil seine Frau, Gundula Weber-Kanitz, Romane aus dem Polnischen übersetzt, mit Vorzug Ritterromane. Gelegentlich liest sie einige Seiten daraus vor; Schurken treffen da auf sehr edle Gestalten. Die Frau, eine kleine opulente Brünette, hat – zumindest in ihrem Kreis – einen gewissen Ruhm. Es gibt keinen Zweifel, daß Herr Weber seine Frau wegen ihrer Lebhaftigkeit und ihres Esprits bewundert. Was die Sache für die übrigen Gäste jedoch zu einem eifrig betuschelten Skandal macht – auch die Hausmädchen warten gespannt und mit angehaltenem Atem, wie sich alles entwickeln wird –, ist die Tatsache, daß Herr Einacker die Frau seines allerbesten Freundes völlig ungeniert und vor aller Augen bekurt. Herr Weber duldet das. Wenn Herr Einacker wieder löwenhaft seine Pranke auf Frau Gundulas ausladendes Hinterteil legt, tut er so, als sei das in Künstlerkreisen gang und gäbe. Er belacht die Scherze, die auf seine Kosten gehen, und nimmt alles als ein einziges übermütiges Vergnügen. Nach kurzer Zeit schlägt ihm dafür Verachtung entgegen; einmal, weil er die offensichtlichen Demütigungen wie selbstverständlich hinnimmt, wohl auch, weil er sich von Frauenhand leiten läßt. So etwas gilt als die verachtenswerteste aller Verfehlungen. Selbst das Personal erlaubt sich Hochmut. Dabei gibt Herr Weber als einziger dieser Gesellschaft anständige Trinkgelder.

«Welch lächerliche Rolle spielt der Mann!» hört Frieda einmal einen der Gäste sagen und beobachtet dabei Frau Einacker, die unbemerkt in einer Ecke sitzt und eine illustrierte Zeitung studiert. Sie ist eine geradezu marienhafte Erscheinung mit unergründlichem Lächeln, Pianistin. Man kann nicht erkennen, ob sie unter dem Gebaren ihres Mannes leidet oder ob sie sich an seine Aufführungen gewöhnt hat. Jetzt jedenfalls mimt sie, sie habe keine Silbe vernommen. In der zweiten Woche kommt es zum Höhepunkt dieses Theaterstücks: Herr Weber findet Liebesbriefe, die seine Frau Herrn Einacker geschrieben hat oder schreiben wollte, und liest sie während der Abendtafel vor versammelter Mannschaft vor. Herr Weber zelebriert seine Rache, liest mit viel Übertreibung und falschen Gebärden, was Gundula Herrn Einacker offenbart hat oder offenbaren wollte. Natürlich versucht diese, ihrem Mann die Briefe zu entreißen, aber es gelingt ihr nicht. So hört die ganze Gesellschaft, daß Frau Weber Herrn Einacker in ihren gluterfüllten Briefen «Du stolzer Machthaber» und «Du edler Tyrann» nennt. Sie schreibt, sie erwarte ihn in angstvoller Sehnsucht und unterstreicht ihre Liebeslust mit einigen polnischen Ausdrücken, die Frieda nicht versteht. Viel weiter kommt Herr Weber mit seinem Vorlesen nicht. Herr Einacker geht um die Tafel, zerrt ihn von seinem Platz hoch und ohrfeigt ihn. Daraus entwickelt sich eine kümmerliche Rauferei, bei der sich der Ehemann buchstäblich eine blutige Nase holt.

«So schnell schon satt?» höhnt der Nebenbuhler, als Herr Weber aus Zimmer 2 stürzt, verfolgt von seiner Frau.

Georg spricht einige ernsthafte Worte mit Einacker, erwartet, daß man abreist. Der erklärt aber alles zu einer Laune unter Freunden und verspricht, der Vorfall werde sich nicht wiederholen. Tatsächlich bleibt die Gruppe auch die nächsten beiden Wochen, führt sich von nun an jedoch einigermaßen manierlich auf. Die «Freunde» gehen sich in der Folge aus dem Weg; frühstücken bis zur Abreise an getrennten Tischen und essen zu getrennten Zeiten. Einacker macht sich darüber lustig: «Es ist geschehen, er hat gesprochen: Mein Freund hat erklärt, ich wäre sein Gefährte nicht mehr.»

Es ist wirklich unbegreiflich, daß nicht zumindest Herr Weber abreist.

Allgemein ist man sich einig, daß die Leidenschaft Abgründe hat, vor denen man nur schaudernd zurückweichen könne.

Schon kurz nach dem Eintreffen der merkwürdigen Gesellschaft nimmt Frieda wahr, daß ihren Mann etwas stark beschäftigt. Er ist so selbstvergessen, daß es um mehr gehen muß als um die Abfassung eines Artikels oder das Niederringen eines politischen Gegners. So grüblerisch und in sich gekehrt hat sie ihn noch nie erlebt; wenn sie ihn anspricht, weiß er regelmäßig nicht, wovon die Rede ist.

Er sitzt nur da, als wenn er an etwas leide, geht aus dem Haus und behauptet, er müsse zu einer Sitzung, und nach kurzer Zeit melden sich seine Genossen und suchen nach ihm.

Einmal sieht Frieda Georg sehr ernsthaft mit Frau Weber-Kanitz reden, da krampft sich ihr das Herz zusammen. Er wird sich doch nicht etwa auch von dem Weib angezogen fühlen? Das gibt es doch gar nicht. Georg wird sie doch nicht betrügen, vor den Augen des Personals!

Als sie darüber nachdenkt, sagt sie sich ganz nüchtern: Hat er nicht das Recht dazu? Weiß sie, welchen Kummer sie ihm bereitet hat? Was ist, wenn er in den Jahren ihrer Ehe zu ihren Eskapaden geschwiegen hat wie Herr Weber zu denen seiner Frau? Sie meint, sie kennt Georg weniger, als sie Richard kennt; selbst die Reaktionen des Herrn Maison wüßte sie besser vorherzusagen.

Am Sonntag stellt sich Anna zum Mittagessen ein; ihr Fahrrad ist defekt, die Kette gerissen und nicht mehr zu reparieren, und so mußte sie auf die lange verabredete Tour mit ihren Bekannten – allesamt wahre Suffragetten – verzichten. Man hatte sich vorgenommen, den Rhein entlang bis nach Lorch zu radeln. «Das ist nun für mich ins Wasser gefallen», sagt Anna, als sie gut gelaunt ihren etwas altfränkischen Hut ablegt. Es ist, als habe sie sich entschlossen, in einer Familienpension zu Mittag zu essen statt selbst zu kochen.

Anna ist seit einiger Zeit nicht mehr bei den Maisons beschäftigt. Sie hat sich das Schreibmaschinenschreiben angeeignet, einen Stenographiekurs belegt, theoretische Buchhaltungskenntnisse erworben und hat, dank Georgs Hilfe, einen Posten im Büro des Konsumvereins erhalten.

Es ist wirklich erstaunlich, welchen Weg Anna zurückgelegt hat. Nach dem Tod ihres unglückseligen Fritz ist sie eine andere Person geworden; sie wohnt jetzt zur Untermiete in der Bleichstraße, hat nur wenige Schritte zu ihrem Arbeitsplatz, und wie sie sich selbst rühmend sagt, wird sie dort geschätzt. Immer, wenn sie kommt (meistens an Sonntagen), und eigentlich nur bei schlechtem Wetter; bei gutem fährt sie mit ihren Bekannten Fahrrad), streut sie ein, welchen Kurs sie nun wieder mit Erfolg absolviert hat. Frieda ist es manchmal zuviel; es klingt, als wolle Anna sie ermutigen, sich mehr zu bilden. Es ist der Ton, der ihr dabei gegen den Strich geht. Es ist derselbe, den Anna als junges Mädchen anschlug, wenn sie sie zum Sparen anhalten wollte.

Anna liebt Friedas Buben und diese lieben sie. Selbst Nera, die Schäferhündin, hat Zuneigung für sie; wenn Anna geht, beginnt der Hund jedesmal zu heulen. Bei Heinrich ist Anna Taufpatin, und der Matrosenanzug, den er an diesem Sonntag trägt, hat original Matrosenbänder und original Uniformknöpfe, die Anna von einer Uniformfabrik in Kiel hat schicken lassen.

Nach dem Essen geht Georg unter einem Vorwand aus dem Haus, und nun hält es Frieda nicht mehr aus; sie zerrt Anna ins Schlafzimmer und verriegelt hinter ihr die Tür. Der langen Emma hat sie gesagt, sie wünsche nicht gestört zu werden.

Anna verfolgt die Vorgänge mit einem gewissen Unbehagen. «Was hast du vor?» fragt sie, dabei leichten Widerstand zeigend.

«Anna, kannst du dir das vorstellen? Georg hat etwas mit einer Frau ...»

«Ach was», wehrt Anna sofort ab, als sei derlei Überlegung reines Hirngespinst.

«Wieso ‹ach was›?» fährt Frieda sie darauf an.

«Ich sage noch mal ‹ach was› und dreimal ‹ach was›, wenn es sein muß. Er hat nichts mit einer anderen Frau.»

«Erlaube mal. Ich sehe doch, was sich vor meinen Augen abspielt. Das Weibsstück ist jetzt abgereist, aber so was ist ja nie ein Hinderungsgrund. Wenn du das Weib siehst, du begreifst es nicht – eine dicke, fette Wachtel, und die Männer werden zu Stieren...»

«Georg nicht», behauptet Anna, als sei sie im alleinigen Besitz der Wahrheit. – «Bist du mit ihm verheiratet oder ich?» – «Wer immer diese Frau ist und was immer sie tut, ich gebe dir mein Wort darauf, Georg hat nichts mit ihr zu schaffen.»

Frieda ringt nach Luft. Sie begreift nichts. Wie kann Anna ihrer Worte so sicher sein? Zögernd setzt sie an: «Anna, wie kommst du dazu, so... Ich verstehe nicht...»

«Frieda, du denkst über dich nach, über dein Geschäft und über deinen sich mehrenden Reichtum. Das ist deine Hauptbeschäftigung. Georg hat andere Interessen.»

«Eure ewige Politik! Seine Mutter hat mich damals schon gewarnt! Aber wenn es nur das wäre. Anna, ich weiß nicht mehr weiter. Als ob mir der Boden unter den Füßen wegsinken würde. Wenn ich dieses Weib nur sehe, mit ihrem falschen Getue; das Allerschlimmste sind die zwei Goldzähne...» – «Frieda, hör auf damit! Georg hat nichts mit einer Dicken und auch nichts mit einer anderen.»

Woher weiß sie das so genau? sinnt Frieda, ein weiteres Mal von Annas Gewißheit verblüfft. Ihr kommt ein grauenhafter Verdacht: Ist etwa Anna diejenige, welche Georg zu schaffen macht? Manche Leidenschaften wachsen ja in aller Stille.

Wie aus Entfernung hört sie nun, wie Anna sagt: «Ich begehe jetzt Vertrauensbruch. Aber ehe du dir was von Weibergeschichten zusammenreimst... Am Ende vergiftest du diese arme Dicke noch. Frieda, ich sage dir jetzt was, was ich für mich behalten sollte – ich habe ihm sogar die Hand drauf gegeben: Karl Enders hat ihn in Berlin vorgeschlagen, und Georg ringt mit sich.»

«Vorgeschlagen für was?»

«Er kann Parteisekretär in Berlin werden, hauptamtlich. Möglicherweise auch Reichstagskandidat. Aber das wäre noch in der Schwebe.»

Frieda kann nicht sprechen. Niemand hat ihr je einen härteren Hieb versetzt. Anna, die das erkennt, sucht zu erklären, vielleicht sogar abzuschwächen. Es klingt aber nur hilflos, als sie sagt: «Die Partei sucht einen politisch erfahrenen Mann mit Tatkraft und neuen Ideen. Das ist natürlich schwer für ihn, er muß sich entscheiden.»

«Für was?»

«Frieda, es wäre doch besser, du würdest mit Georg...»

«Wie habt ihr euch das denn vorgestellt? Was habt ihr euch da ausgemalt?» Und dieses «ihr» und «euch» bringt Frieda auf die nächste Frage, die sie ganz kalt ausspricht: «Wie lange weißt du davon?»

«Nicht lange.»

«Wann habt ihr das Ganze besprochen?»

«Vor ein paar Tagen war er bei mir.»

«Wie? Was meinst du damit – ‹vor ein paar Tagen bei mir›? Wo?»

«Wir sind zusammen spazierengegangen. Guck mich nicht mit Argusaugen an, ich habe kein Verhältnis mit deinem Mann.»

«Wie nennst du denn das? Vertraut dir Sachen an, die nur mich was angehen und ihn. Geht ihr zusammen ins Bett?»

«Frieda, es gibt doch Freundschaft, ohne daß...»

«Komm, das ist zu ernst. Geht ihr zusammen ins Bett? Schlaft ihr miteinander, ja oder nein?»

«Nein.»

«Schwörst du das?»

Ohne zu zögern und mit Nachdruck erwidert Anna: «Ja.»

Frieda blickt ihr in die Augen und sagt nachdenklich: «Anna, wenn du es nicht wärst... Du bist der einzige Mensch auf der Welt, dem ich vertraue. Wenn du mich belügst, erhänge ich mich. Ich hänge mich auf, wie Fritz.»

«Georg hat mich noch nie berührt. Er hat mir nicht einen einzigen Knopf einer Bluse... nicht einen Kuß.»

«Wolltest du das denn?»

Anna wird nun rot.

Frieda ist von soviel Anständigkeit gerührt. «Warum machen wir's uns alle so schwer», sagt sie, umarmt die davon verwirrte Anna und küßt sie, wie ein Kind seine Puppe liebkost, küßt Anna sogar die Tränen weg, die ihr nun über die Wangen laufen.

«Sind wir beide verrückt geworden?» sagt Anna nach einer Weile, als sie sich vorsichtig aus Friedas Armen befreit.

«Und nun?» fragt Anna. «Sprichst du mit ihm?»

«Nein. Das ist seine Sache. Ich kann warten. Aber das eine sage ich dir jetzt schon: Ich gebe das Haus nicht auf, und wenn August Bebel persönlich vor mir niederkniet.»

Anna lächelt: «Selbst dem braven alten Mann willst du das abschlagen?»

«Ja.»

«Frieda, für Georg ist das schwer. Er ringt mit sich. Er muß wählen zwischen seinem Hauptberuf und seiner Mission.»

«Nein, er muß wählen zwischen mir und der Weltrevolution. Wenn ihm das wichtiger ist als seine Frau und Kinder und ein eigenes Hotel – dann muß er das machen.»

«Ihr könnt ja auch verkaufen ...»

«Ich soll mein Leben aufgeben, damit er die Proletarier von Berlin und Umgebung retten kann? Anna!»

3

In diesem Frühjahr fährt Frieda zu ihrer eigenen Überraschung nach Diez.

Sie hat vom Meer geträumt, Wellen sind auf sie zugerollt und über ihr zusammengeschlagen. Ihr Buch der Bücher erklärt dazu, wer die Flut auf sich zukommen sieht, solle das als Mahnung auffassen, sich einer notwendigen Einsicht nicht länger zu verschließen. Das Kommende wird sonst über den Betreffenden hinwegfluten.

Als sie Georg von ihrer Absicht berichtet, nach Diez zu fahren und Theo im Zuchthaus zu besuchen, schüttelt der ungläubig den Kopf: «Du hast Theo zehn Jahre nicht mehr gesehen, und heute muß es sein?»

«Ja.»

«Frieda, die haben da Bestimmungen, Besuchstage, was weiß ich alles. Ein Zuchthaus ist kein gastronomischer Betrieb! Du kannst ein Zuchthaus nicht betreten, wie dir gerade zumute ist.»

«Ich danke für die freundliche Belehrung.» – «Und was gibt's so Dringendes?» – «Ein wichtiger Termin», sagt sie mit leichter Bosheit in der Stimme. «Ein wichtiger Termin» ist ein feststehender Ausdruck in ihrem Leben. Georg benützt ihn für gewöhnlich, wenn er neuerliches Außer-Haus-Sein ankündigt; der Ausdruck kann und muß nicht erläutert werden, macht alle weiteren Begründungen unnötig. Er versteht, was sie ihm damit sagen will, und nickt ergeben.

Diez liegt an der Strecke nach Limburg; man gelangt durchs Aartal dorthin. Unterwegs erinnert sich Frieda, daß sie schon einmal in diesem Zug saß und schon einmal auf dieser Strecke unterwegs war. Ihr Ziel war damals nicht ein Zuchthaus, sondern eine Priesterbildungsanstalt, und jetzt denkt sie, es war im Grunde der aussichtslose Versuch, Richard von seinem Gelübde abzubringen; mindestens so chancenlos, als wenn sie jetzt Theo aus seiner Zelle befreien wollte. Hatte sie damals wirklich gewollt und geglaubt, Richard werde alle Versprechen vergessen, alle Gelübde brechen, wenn er ihr begegnete? War sie so naiv gewesen?

So viele Jahre sind vergangen; die Zeit hat sie dennoch nicht getrennt, wie es natürlich wäre, sondern hat sie paradoxerweise eng verbunden. In gewisser Weise ist sie mit Richard verbunden, als hätten sie sich das Jawort gegeben. Neulich hat er ihr einen gewaltigen Schreck eingejagt. Er hat ihr einen Brief zukommen lassen, und das erste, was sie las, waren die Worte «Friedhof» und «Tod». Sie mußte den Brief zweimal studieren, um zu erkennen, er schwebt Gott sei Dank nicht in besonderer Gefahr. Es ging um einen neuen Friedhof für die Schwarzen von Duala. Bislang ließen sich die Neger nach alter Sitte in ihren Häusern begraben, und somit war die ganze Stadt ein heimlicher Kirchhof! Dies soll nun anders werden.

Georg hat die Behörden und ihre Denkungsart richtig eingeschätzt; in einem Zuchthaus wird nicht jeder vorgelassen, wie er will. Ein Wachtmeister will Frieda am Hauptportal abweisen. Zum einen sei das hier nicht der Eingang für Besucher, zum anderen solle sie um eine Besuchserlaubnis einkommen und sich dann zur festgesetzen Zeit einfinden; es geht nicht anders!

Frieda, die sich streng gekleidet hat und das Gebaren einer Generalswitwe an den Tag legt, gibt sich, als sei sie über derlei lächerliche Formalitäten erhaben. Sie bringt die erstbesten Namen ins Spiel, die ihr einfallen, behauptet, sie komme im Auftrag des Doktor Doktor Heuschel und will gerade, kapitulierte der Wachtmeister jetzt nicht, auch noch Hannah von Copell ins Gefecht werfen.

Der Wachtmeister sagt, er hat soviel verstanden, die Dame wünscht den Gefangenen Heybach zu sprechen?

Exakt.

Dann muß das der Direktor entscheiden.

Bitte!

Es gelingt Frieda, auch den Stellvertreter des Direktors (jener ist bedauerlicherweise heute auf Dienstreise) zu überzeugen, daß sie auf der Stelle eine Unterredung mit dem Gefangenen Theo Heybach haben muß. Sie wird gewährt.

Der Besuchsraum, wohin man sie dann führt, ist ein kahler vergitterter Raum. Als einziger Schmuck hängt an einer Schmalwand eine übergroße eichengerahmte Photographie, die die gesamte kaiserliche Familie unter Glas zeigt; ansonsten wird der Raum von einem langen und ungewöhnlich breiten Holztisch beherrscht. An beiden Seiten sind Hocker aufgereiht; Frieda setzt sich auf einen von ihnen, wechselt dann nach einer Weile auf den Platz in der Mitte.

Bald zehn Minuten vergehen, bis sich eine eisenbeschlagene Tür öffnet und man Theo hereinführt. Er trägt Häftlingskleidung aus grauem Drillich, seine Hautfarbe ist von ähnlichem Grau. Sein Kopf ist kahlgeschoren, was seine Ohren wie abstehend aussehen läßt, und seine Kappe hält er mit beiden Händen. Das ist wohl Vorschrift.

Der Aufseher, der ihn hereingebracht hat, weist ihm den Platz Frieda gegenüber zu und nimmt in einer Ecke Aufstellung, die Begegnung zu überwachen. Theo mustert sie feindselig.

«Tag, Theo», beginnt Frieda förmlich, «wie geht es dir?»

Theo bequemt sich kaum zu einem Wort der Begrüßung oder des Wiedererkennens, verzieht das Gesicht zu einem Lächeln, das wohl Verachtung ausdrücken soll. Er sieht sie an, als sei sie von der Polizei geschickt worden und er müsse vor ihr auf der Hut sein. Frieda fühlt sich unbehaglich. Was muß der Aufseher denken? Sie überbringt einen Gruß von Georg, dito von seiner Mutter; angeblich haben die beiden ihr diese Grüße aufgetragen. Danach erkundigt sie sich, ob er einen Wunsch habe, den man erfüllen könne. Als auch darauf so gut wie keine Reaktion erfolgt, sagt sie ihm, Herr und Frau Eichhorn seien jetzt bereit, sich als Zeugen zur Verfügung zu stellen, Doktor Heuschel könne ihre Aussagen als Sachverständiger bewerten, und insofern könne er mit einer Wendung der Dinge rechnen.

Verständlicherweise begreift Theo keines ihrer Worte; wie könnte er? Er sucht aber jetzt erkennbar nach einem Sinn in ihrer Rederei. «Was für Zeugen?» erkundigt er sich.

Frieda behauptet nun, Familie Eichhorn sei in der bewußten Nacht in der Adlerstraße unterwegs gewesen und endlich bereit, seine, Theos, Aussagen zu bekräftigen; es bestehe deswegen Hoffnung, daß sein Prozeß noch mal aufgerollt werde und er freikomme.

In Theo keimt nun tatsächlich Hoffnung auf eine Wendung seines Geschicks auf, wenn er auch nicht begreift, wieso und warum, und entsprechend sucht er zu ergründen, was sie will und wie fundiert die Aussicht auf Straferlaß ist. Daraus ergibt sich ein absurder Wortwechsel, dem Frieda ein Ende macht, indem sie Theo die Frage stellt, die sie hergetrieben hat. Ohne jegliche Vorbereitung fragt sie ihn: «Warst du das mit meinem Vater?»

«Was soll ich gewesen sein?»

«Theo, es ist alles so lange her. Es ist nicht mehr zu ändern. Ich will es nur wissen. Verstehst du, nur wissen! Es ändert nichts. Du hast mein Wort darauf.» Sehr leise, so leise, daß Theo ihre Frage eigentlich nur an den Lippen ablesen kann, fragt sie: «Hast du meinen Vater auf dem Gewissen?»

Der Aufseher verlangt sofort, die Dame möge lauter sprechen, das sei die Vorschrift hier; und diese Unterbrechung gibt Theo Gelegenheit, seine Antwort zu durchdenken. Statt mit «ja» oder «nein» zu antworten, wie es ihm offenbar auf der Zunge lag, erwidert er schließlich: «Ach so, deswegen der Besuch. Nee, da mußt du Willy fragen!»

«Willy?»

«Der weiß es. Der weiß alles; hat schon immer alles gewußt.»

Frieda glaubt ihm nicht. «Wieso Willy?» fragt sie zweifelnd.

Theo grinst, wiederholt: «Willy!», als solle sie sich den Namen einprägen; versichert ihr, er wisse ihre Bemühung zu schätzen und bedanke sich dafür. Dann erhebt er sich und bleibt in einer Weise vor seinem Platz stehen, die dem Aufseher sagt, die Unterredung ist zu Ende.

Zu dem Aufseher bemerkt er, als der ihn wegführt, er wünsche nicht mehr mit der Gegenwart der Dame belästigt zu werden; man möge ihm für die Zukunft solche Gegenüberstellungen ersparen. Anscheinend ist er dem Wachtmeister sehr vertraut; der winkt nur ab.

«Das war alles? Deswegen der Aufstand?» fragt Georg, als Frieda ihm von ihrer Begegnung mit Theo berichtet.

«Glaubst du, Willy weiß wirklich was?»

«Ach woher, Theo ist der Sohn seiner Mutter. Einer so verschlagen wie der andere, für jede Teufelei zu haben. Er will dich verhöhnen oder sich an Willy rächen ...»

4

Frieda wartet immer noch auf Georgs Erklärung; wartet darauf zu erfahren, ob er gedenkt, in Berlin Parteisekretär zu werden. Weil er schweigt, verliert auch sie kein Wort über die Sache. Aber sie meint zu ersticken. Wie lange will Georg sie noch hinhalten?

Sie muß mit jemandem darüber sprechen. Wie immer in schwerwiegenden Fällen bittet sie Herrn Maison um Rat, und er zeigt sich bereit, ihn zu geben. Sie verabreden sich für eine bestimmte Uhrzeit in einer billigen Pension.

Warum ausgerechnet an diesem Ort, hat Frieda noch nicht herausgefunden, wiewohl sie sich da schon mehrfach getroffen haben. Es gibt keinen ersichtlichen Grund, warum es das hohe düstere Zimmer in der zweiten Etage sein muß, bewacht von einer beflissenen Pensionsmutter mit fleckiger Schürze. Diese behandelt Frieda jedesmal, als wolle sie ihr versichern: «Keine Beklemmung, mein Kind, alles menschlich!» Dabei könnte Herr Maison sie in seinem Haus empfangen oder sich mit ihr an einem öffentlichen Ort verabreden. Wie sie miteinander umgehen, kann jeder sehen.

Als Frieda zur angegebenen Zeit in dem Zimmer ist, läßt er auf sich warten. Es ist lächerlich; die Wirtin hat kupplerisch Sekt und Gläser bereitgestellt, des weiteren Gebäck und ein Glas Gänseleberpastete samt Brot. Blumen stehen auf der Nachtkonsole, und die schwere Bettdecke ist lockend zurückgeschlagen. Dabei wollen sie nur miteinander reden. Noch nie hat Herr Maison in erotischer Hinsicht eine Anstrengung unternommen, auch nicht nach dem Tod seiner Frau. Frieda vermutet, für diese Zwecke trifft er sich mit einer Tänzerin oder Sängerin des Residenz-Theaters, welche sie mal an seiner Seite gesehen hat, und wahrscheinlich finden diese Tête-à-têtes hier statt. Sie will von diesem Teil seines Lebens jedoch nichts erfahren.

Als er kommt, schließt er hinter sich die Tür ab, sicher aus Gewohnheit, und überreicht ihr bei der Begrüßung ein hübsch verpacktes Präsent. «Nachträglich alles Gute zum Geburtstag», bemerkt er dazu.

«So lange haben wir uns nicht mehr gesehen? Seit meinem Geburtstag?»

Sie ahnt, was das Päckchen enthält, und wahrhaftig sind es neuerlich Aktien der «Germania Brauerei», an welcher er sich vor Jahren beteiligt hat, und die er ihr in kleinen Partien zukommen läßt. Die Wertpapiere, die er ihr früher geschenkt hat, liegen in einem Stahlfach der Wiesbadener Bank und werden nur hervorgeholt, wenn Dividendenzahlungen fällig sind. Eine andere Frau wäre mit dieser Gabe wahrscheinlich zu kränken. In Friedas Augen sind die Aktien wahre Kostbarkeiten. Herr Maison hat ihr einmal erklärt, für die Art ihrer Beziehung sei nichts passender als Wertpapiere; persönlicher als Geld und unverbindlicher als Schmuck oder Pelze.

Er öffnet den Sekt und fragt, ob sie noch auf das Haus am Bingert reflektiere; liege ihr das noch am Herzen?

«Dafür habe ich den falschen Mann», sagt sie bitter. Dann vertraut sie ihm an, was sie von Anna erfahren hat; daß sich Georg mit der Absicht trägt, nach Berlin zu gehen. Sie hat wegen ihrer Offenheit leichte Skrupel, meint Georg damit zu verraten. Doch hat nicht Georg als erster gegen die Gebote des Ehelebens verstoßen? Wie kann er mit Anna erörtern, was Angelegenheiten unter Eheleuten sind?

Als Herr Maison erfahren hat, was Frieda bewegt, schenkt er sich erneut Sekt ein. Er vergißt geistesabwesend, ihr auch anzubieten. «Ich habe das richtig verstanden: Sie sprechen nicht mit ihm darüber?» vergewissert er sich noch einmal der Situation. «Sie haben Georg nicht danach gefragt?» – «Es ist seine Pflicht, mir zu offenbaren, was da vorgeht. Habe ich nichts mitzureden?» – «Haben Sie mal daran gedacht, daß er Sie schonen will?» – «Wieso schonen?» – «Frieda ... Jeder, der Sie kennt, weiß, Ihr Haus ist Ihr Glück. Stellen Sie sich mal vor, er versetzt Sie in Aufregung und entscheidet sich schließlich gegen das Angebot. Sie wüßten ja gar nichts von den Überlegungen, hätte Anna nicht die Indiskretion begangen.» – «Ganz egal, dergleichen weitreichende Entscheidungen trifft man nicht ohne seine Frau. Hätten Sie das getan?» – «Mit Sicherheit», behauptet er und schlürft erneut von dem Sekt. – «Sie haben die wichtigen Entscheidungen nicht mit Ihrer Frau erörtert?» vergewissert sie sich, geradezu empört. – «Nein. Sie hat mir gesagt, wann sie schwanger war, und ich habe ihr gesagt, wenn ich was gekauft hatte. So hat sich das bei uns abgespielt. Aber reden wir über Sie...», sagt er, als sei ein kleineres geschäftliches Problem aufgetreten. «Sie wollen also nicht mit ihm nach Berlin gehen?»

«Auf keinen Fall!»

«Wie soll es dann weitergehen? Wie stellen Sie sich das vor? Wollen Sie das Haus alleine führen?»

«Ich bin sowieso die Hälfte des Jahres Witwe; wie oft ist er nicht da! Kann ich es auch den Rest des Jahres sein.»

«Sie stellen sich das zu einfach vor. Sie haben zuviel Selbstvertrauen», widerspricht er ihr energisch. «Ein Hotel ist keine Pensionsquetsche. Die Gäste wollen einen Mann sehen. Ihrer stellt was dar, Frieda; das ist die Hälfte der Reputation. Betten und saubere Bettwäsche können sie überall haben. Gäste suchen in einem Hotel noch anderes.»

Er hat damit nicht unrecht. Wie oft verziehen Stammgäste enttäuscht das Gesicht, wenn sie erfahren, Georg ist für eine Weile aus diesem oder jenem Grund abwesend. Vielen ist es angenehm, daß er Urteile über die örtliche Politik und die des Reiches abgibt. Man hat es mit einem Stadtverordneten zu tun! Wiewohl er nicht ausspricht, was er im Tiefsten denkt, verbiegt sich Georg doch auch nicht so weit, daß man ihn für einen Heuchler halten kann. Er versteht es, die Übereinstimmung, die er mit jedem Gast bei diesem oder jenem Punkt hat, in den Mittelpunkt der Unterhaltung zu rücken. Das reicht, daß man ihn schätzt; das ist das Geheimnis seines Erfolges.

«Frieda, verrennen Sie sich nicht in etwas?» gibt ihr Mentor ihr zu bedenken. «Nehmen wir mal an, Ihr Mann macht in Berlin Karriere. Reizt Sie das nicht? Berlin hat auch was zu bieten.» – «Ich dachte, Sie sind auf meiner Seite.» – «Bin ich, bin ich...» Er erhebt sich, als sei er mit dem Verlauf einer Verhandlung nicht recht zufrieden. «Tut mir leid; ich muß jetzt weg. Mir ist was dazwischengekommen. Ich kann Sie leider nicht fahren.»

«Ist nicht notwendig.»

Er beugt sich herunter, tätschelt leicht ihre Wange – es ist wie der Abschied an einem Krankenbett – und geht. Frieda ist von dem unverhofften Aufbruch so verdutzt, daß sie vergißt, sich noch einmal angemessen für sein Geschenk zu bedanken.

5

Anfang August 1913 unternimmt Georg seine Reise nach Berlin. Er hat sie bereits mehrfach angekündigt, aber auch mehrfach verschoben. Nun ist es also soweit. Frieda blickt ihm nach, als er den Geisberg hinuntergeht; sie sucht sich seine Gestalt einzuprägen, als sehe sie ihn zum letzten Mal. Er geht rasch, mit klarem Ziel; er weiß, was er erreichen will, und weiß, er wird es erreichen.

Zwischen Annas ungewolltem, beinahe erzwungenem Geständnis und dieser Reise nach Berlin liegen Monate. In dieser Zeit haben sich Georg und Frieda ausschließlich mit ihren tagtäglichen Angelegenheiten beschäftigt, haben ihre Gäste bedient, ihnen Schlüssel und Rechnungen überreicht, gute Ratschläge erteilt und Vergessenes nachgeschickt, und sind im ganzen wohlhabender geworden. Kein Wort über die mögliche Veränderung ihrer Lebensumstände.

Georg erzählt Frieda gelegentlich, was er im Rathaus erreichte oder was ihm abgeschlagen wurde. Wenn sie ihm von den Geschichten ihrer Gäste berichten will, nickt er ungeduldig und läßt sich anmerken, sie sind für ihn nicht von Gewicht. «Deine Romane», nennt er die Erzählungen der Gäste. Tatsächlich kann sich auch Frieda nur darüber wundern, was die Gäste ihr alles anvertrauen. Der eine hat mit Hilfe seines Stiefvaters seinen Halbbruder bei der Erbschaft übervorteilt, der andere steht in telepathischer Verbindung mit seinen verstorbenen Ärzten, und ein Dritter ist der geschäftlichen Konkurrenz nicht mehr gewachsen und blickt die Wirtin des «Petersburger Hofs» flehentlich an, als erwarte er gerade von ihr die Rettung vor den sich wie eine Pest ausbreitenden Kaufhäusern. Selbstverständlich sagt niemand unverblümt und direkt, was ihn beschwert. Die Sünder schlagen Haken, verdrehen Schuld und Unschuld, stellen sich als Opfer dar, wo sie Schuldige sind, nähern sich ihrem Ziel jedenfalls nur auf großen Umwegen. Wer aber Geduld hat, erfährt manche bittere Wahrheit. Einmal hat Georg seiner Frau deswegen schon vorgeschlagen, Beichten nur noch gegen Honorar anzuhören. Viele der Gäste geben sich tatsächlich nicht eher zufrieden, bis Frieda ihnen Absolution erteilt.

Frieda hat es mithin gründlich gelernt, Geheimnisse anzuhören und zu bewahren. Warum dann nicht auch dasjenige ihres Mannes?

Noch am Tag seiner Abreise kommt aus Berlin ein Telegramm: «Wohlbehalten eingetroffen, Hotel ‹Stadt Metz›, Gruß Georg.»

Am nächsten oder übernächsten Tag stirbt August Bebel, Georgs Idol und Kaiser. Mit der Trauernachricht verbreiten die Zeitungen, daß der Vorsitzende der deutschen Sozialdemokratie in der Schweiz beigesetzt werden soll, wo er seit vielen Jahren seinen eigentlichen Wohnsitz hat. Nach allem, was man hört, muß die Trauerfeier eine gewaltige werden; es werden Vorbereitungen getroffen, als werde ein gekröntes Haupt zur letzten Ruhe geleitet. Frieda vermutet, Georg wird auf der Stelle umkehren und sich mit der Parteidelegation, die von Mainz und Wiesbaden in die Schweiz abgeht, zu den Bestattungsfeierlichkeiten aufmachen. Zu ihrer Beunruhigung teilt er ihr aber telephonisch mit, er werde noch einen weiteren Tag in Berlin aufgehalten. Es seien bedeutende Dinge im Schwange, die seine Anwesenheit erforderlich machten.

«Was für bedeutende Dinge?» fragt Frieda; diese Frage scheint ihr denn doch endlich angebracht.

Georg verspricht, sie gründlich einzuweihen, wenn er zurückkehrt. Die Verbindung ist schlecht; er ist kaum zu verstehen, wiewohl Georg in den Apparat schreit, wie er mehrfach versichert. Sie begreift dennoch: Er wird sie in alles einweihen. Frieda reagiert darauf hart: «Georg», sagt sie schneidend wie ein Anwalt vor Gericht, «ich erwarte, daß du nichts zusagst oder unterschreibst, ohne daß du das mit mir absprichst. Kann ich mich darauf verlassen?»

Er wird ihr alles erläutern, weicht Georg aus, alles bis ins kleinste erläutern, sobald ... Die letzten Worte sind schon nicht mehr zu verstehen. Es ist auch nicht wichtig. «Ist gut», erwidert Frieda ruhig und beendet von sich aus das Gespräch. Noch für den gleichen Tag verabredet sie eine Konsultation mit dem Rechtsanwalt, den Georg schon bei verschiedenen Gelegenheiten zu Rate gezogen hat; meistens in Angelegenheiten, die seine Partei betrafen, zweimal auch wegen Streitigkeiten mit Gästen. Der Anwalt hat trotz seiner jungen Jahre eine vermittelnde Art. Bis jetzt hat er es immer erreicht, daß man sich gütlich einigte.

Diesem Anwalt schildert Frieda als Tatsache, was sie allenfalls vermuten kann. Ihr Mann will das Haus und seinen Beruf aufgeben, um sich in Berlin einer neuen Tätigkeit zu widmen; die Politik soll sein Lebensinhalt werden. Sie ist damit nicht einverstanden; was kann sie unternehmen?

Wenig, erläutert ihr der Anwalt ohne Schonung. Das Gesetz legt fest, daß der Ehemann Wohnsitz und Lebensführung bestimmt; in angemessenen Grenzen natürlich. Aber er geht davon aus, daß Herr Tremus sich auch in Zukunft einer ordentlichen Lebensführung befleißigt?

Sicher. Aber wie ist es mit dem Haus? Sie hat ihre Spargroschen dafür geopfert; sie hat alle Kraft, die sie hat, dafür aufgeboten, und sie kann keinen Widerspruch dagegen einlegen, daß er verkaufen will?

Nun, rechtlich ist es so: Der Ehefrau steht die uneingeschränkte Verwaltung und Verfügung über das zu, was von ihr während der Ehe durch ihre Arbeit und respektive oder durch den Betrieb eines Geschäftes erworben wird. Die Frau kann dementsprechend Sicherheitsleistungen verlangen, im Falle sie begründete Besorgnis hat, daß ihr Eingebrachtes gefährdet ist. – Dann hat sie also Rechte? So versteht sie den Herrn Anwalt? – Insofern, daß ihr Mann durch sein Verhalten den Unterhalt von Frau und Kindern erheblich gefährdet. Eigentlich nur dann. Liegen Anhaltspunkte vor, daß Herr Tremus den gemeinsamen Besitz verschleudern will?

Nein. Aus welchem sonstigen Grund kann sie sich scheiden lassen?

O wei! wehrt der Anwalt ab. Da muß nun sehr vieles zusammenkommen. Das Eherecht verfolgt noch stärker als früher das Ziel, Eheleute auch bei Differenzen zusammenzuhalten; Ehescheidung ist noch weniger gewünscht und möglich als ehedem. Außerdem muß er ihr zu bedenken geben, daß bei Ehescheidung – falls Frau Tremus daran denken sollte – der Frau im allgemeinen großes Unrecht zugefügt wird. Im Falle der Scheidung verbleibt dem Manne das gesamte in gemeinsamer Arbeit der Eheleute erworbene Vermögen, auch wenn der Mann der Schuldige ist und sogar wenn die Frau am meisten erworben hat.

«Der Mann bekommt alles?» fragt sie entsetzt.

«Das Gericht kann darauf erkennen, ja», klärt sie der Anwalt auf. Ist bei Eheschließung etwa Gütertrennung verabredet worden? Existiert ein Ehevertrag?

Nein.

Bedauerlich, dann sind Rechtsmittel gegen die Veränderungsabsichten von Herrn Tremus keinesfalls erfolgversprechend.

Georg ist, als er zurückkehrt, in einer merkwürdigen Weise verschlossen; beinahe, als sei nur ein Doppelgänger von ihm zurückgekommen, ein Mann mit gleichem Aussehen, aber anderem Charakter. Wie er hereinkommt, kann man denken, er sei selbst Gast hier. Er drückt Willy seine Reisetasche in die Hand, wünscht, daß man ihm ein Frühstück richtet, und nimmt dann unter der Palme in Zimmer 1 Platz, ganz der bescheidene Gast, der darauf wartet, daß man Zeit für ihn hat. Frieda ist gerade mit einer Gruppe Belgier beschäftigt. Die Belgier sind zur Zeit Gäste des «Bristol», doch mit der dortigen Unterkunft absolut nicht zufrieden, was man nun wirklich gern hört. Frieda will Georg diese Genugtuung vermitteln, er sitzt aber nur da, als wolle er seine Rechnung bezahlen und dann endgültig abreisen. Unvermittelt erhebt er sich, murmelt, er habe eine anstrengende Reise hinter sich, und er wolle sich eine Stunde «aufs Ohr legen».

«Mach das. Wir unterhalten uns nachher», nickt Frieda und beobachtet ihn darauf, ob er sich vielleicht eine Krankheit zugezogen hat; er wirkt so erschöpft. Sie wird aber von den Belgiern abgelenkt, die eifrig Preise in verschiedenen Prospekten vergleichen und wegen der Getränke beim Abendessen noch Fragen haben. Immerhin bekommt sie mit, wie Heinrich von draußen hereinstürmt und wie ein Leuchten über sein Gesicht geht, als er seinen Vater bemerkt. Georg hebt ihn mit beiden Armen hoch, und eng umschlungen verschwinden beide aus ihrem Blickfeld.

Gegen Mittag hat Georg bereits ausgeschlafen. Er kommt in die Küche, wo man gerade beim Essen sitzt, und sagt, Frieda habe wohl von Bebels Ableben erfahren?

«Habe ich, ja. Karl Enders hat sofort angerufen; außerdem halten wir Zeitungen. Da stand das drin. Aber danke schön, daß du es mir persönlich sagst.»

Er übergeht die Schärfe ihrer Antwort, berichtet, eigentlich mehr der Frau Döringer zugewandt, wie er von der Nachricht im Parteihaus erfahren hat, wie die anwesenden Frauen unisono in Schluchzen ausgebrochen sind und wie sich auch gestandene Männer ihrer Tränen nicht schämten.

«Ich nehme doch an, du nimmst den nächsten Zug und begibst dich nach Zürich?» erkundigt sich Frieda. – «Ich habe mich schon entschuldigt; ich habe in Berlin an einer sehr würdigen Trauerfeier teilgenommen. Mehr muß nicht sein», erwidert er, als gebe er einem beliebigen Gast Auskunft.

August und Adam, die jetzt aus der Schule kommen, wollen natürlich von Berlin erfahren; wie sieht es da aus? Ist der Vater mit der Untergrundbahn gefahren? Ist es darin stockfinster? Georg beantwortet den Buben alle Fragen, meint aber, ihnen vor allem von Bebels Leben und Leistung eine Vorstellung vermitteln zu sollen. Er sagt, August Bebel habe seinen Zuhörern unsterbliche Wahrheiten in einer begeisternden Art und Weise nahegebracht. Wenn er im Reichstag gesprochen habe, habe der Präsident angestrengt die Glocke parat gehalten, bereit, beim kleinsten Verstoß gegen die parlamentarischen Sitten einzuschreiten, aber nie habe er Grund dazu gefunden. Und die Regierung habe stocksteif dagesessen und keine Erwiderung auf Bebels Vorhaltungen und Anklagen gewußt.

Das ist großartig. Aber wie weiß man, wenn man mit der Untergrundbahn unter der Erde fährt, wo man ist und wo man aussteigen muß?

Nur in Willy hat Georg einen Interessenten für seine Betrachtungen über Bebels Lebensleistung. Beinahe während des ganzen Mittagessens wälzen sie das Thema Bebel. Frieda hat Schwierigkeiten, sich das anzuhören und dabei auch noch zu essen. Am liebsten würde sie auf den Tisch schlagen und ihren Mann anschreien: Was bist du für ein Heuchler! Willst uns alle vernichten und tust so, als sei alles in schönster Harmonie! Da Frieda aber die Kinder nicht erschrecken will, unterdrückt sie alles, was ihr auf der Zunge liegt, wie schwer es ihr auch fällt. Nicht einmal hat sie sich bisher vor den Kindern ernsthaft mit Georg gestritten; die schier grenzenlose Angst, die sie als Kind empfunden hat, wenn sich ihr Vater mit der Heybach in der Wolle hatte, sitzt ihr noch immer in den Knochen. Als sie heiratete, hat sie sich geschworen, ihren Kindern gleiches nie anzutun. So schwer wie heute ist es ihr noch nie gefallen, sich an ihren Vorsatz zu halten.

Nach dem Essen fragt Georg freundlich auffordernd, ob Frieda mit ihm einen Spaziergang unternehmen wolle, etwa ins Dambachtal. Es sei so schönes Wetter, und er habe ihr einiges Wichtige zu eröffnen; das würde er ihr gerne in aller Ruhe erläutern. Das bringt das Faß zum Überlaufen. Ohne Rücksicht auf Gäste und Kinder fährt sie ihn an, darauf warte sie schon eine geraume Weile. «Du willst nach Berlin? Ist es das, was du mir eröffnen willst? Geh! Von mir aus – geh! Ich bleibe hier!»

Das Übermaß an Kränkung, das sie fühlt, läßt sie schreien. Außer

Georg fliehen deswegen alle aus der Küche. Georg kommt nun Erfahrung aus tausend Parteischlachten zugute. Er bewahrt seine Kaltblütigkeit, und das erregt sie noch weiter. Einmal geht sie regelrecht auf ihn los. Georg nimmt das alles, als sei es ihr gutes Recht. Ihm ist keine Emotion anzumerken, nicht mal seine Selbstbeherrschung erscheint angestrengt.

«Du hast also schon erfahren, welche Position man mir angeboten hat?»

«Von wem soll ich das erfahren haben? Von Anna?»

Als bemerke er diese Spitze nicht, legt er ihr dar, er kann hauptamtlicher Leiter des Parteisekretariats werden, möglicherweise auch Leiter der Parteischule, soweit es die organisatorische Seite anbetrifft. Frieda faßt sich einigermaßen, erwidert nur haßerfüllt: «Und unser Haus wird einfach zugeschlossen ...? Schlüssel weggeworfen und fertig?»

«Entschuldige, Frieda, es gab mal eine Zeit, da wolltest du auf Biegen oder Brechen verkaufen. Da hast du dir von dem Verkauf ein sehr lukratives Geschäft versprochen.»

«Da wußten wir nicht, wie wir unsere Rechnung beim Bäcker Urban bezahlen sollten! Heute wird uns das Geld ins Haus getragen. Von mir aus kannst du gehen. Ich bleibe! Wenn du die Sozialdemokraten glücklich machen mußt, mach es, von mir aus. Und die Kinder bleiben ebenfalls! Hier gehören wir hin! Wir sind Hoteliers und keine Politiker!»

«Das hört sich überzeugender an, als es ist!» widerspricht er ihr ruhig. «Wir sind nicht als Hotelbesitzer geboren worden, weder du noch ich. Es hat kein Stern am Firmament geleuchtet: Hotel ‹Petersburger Hof›, Wiesbaden, reserviert für Frieda und Georg Tremus! Was unsere Bestimmung ist, Frieda ...»

Es klopft an der Küchentür. Willy ruft: «Georg! Telephon!»

«Es geht jetzt nicht», will Georg ihn abweisen.

«Herr Ebert ... aus Berlin.»

«Sag ihm ... Oder warte, ich komme ... Ich wußte, warum ich aus dem Haus gehen wollte», bemerkt Georg, ärgerlich über sich selbst, verläßt aber die Küche.

«Und? Seid ihr euch einig?» fragt Willy scheinheilig.

Er hat ein Recht dazu, natürlich; es geht um seine Zukunft. Hat sich Georg auch mal um ihn den Kopf zerbrochen? Frieda will wissen: «Wer ist denn das nun wieder, dieser Herr Ebert?» – «Friedrich Ebert, der neue Stern am Himmel!»

Georg kehrt zurück, entschuldigt sich formell für die Unterbrechung ihres Gesprächs. Als er das macht, meint Frieda: Sie sind schon geschieden; er behandelt sie wie Direktor Knab eine Hausdame. Darauf macht sie ihm den knappen Vorschlag. Frostkalt eröffnet sie ihm, sie sei mit einer einvernehmlichen Trennung einverstanden.

«Es klingt alles, als hättest du dir das reiflich überlegt», sagt er, nun doch getroffen.

«Das könnte ich auch von dir sagen! Unsere Ehe scheint für dich keine große Rolle zu spielen; darauf scheinst du leichten Herzens verzichten zu können. Dann wollen wir es dabei belassen. Ich wünsche dir von Herzen alles Gute; von mir aus kannst du Reichskanzler werden, aber wir sind fertig miteinander!»

Sie streckt die Hand aus, als solle eine Abmachung mit Handschlag besiegelt werden. Er wirft ihr darauf vor, sie kenne nur ihren Egoismus. Begreife sie nicht, er kann sich endlich zu dem bekennen, was er ist? Habe er nicht das Recht dazu? Sie erwidert knapp, es tue ihr leid, wenn er sich bisher verstellt habe. Sie sei die, die sie immer gewesen sei, und habe ihm nie etwas vorgespiegelt, was sie nicht sein wolle.

In den folgenden Wochen sprechen sie nur das Notwendigste miteinander; gehen sich, soweit es möglich ist, aus dem Weg. Hätten sie mehr Platz, würden sie in getrennten Zimmern schlafen. Das ist bei den Gegebenheiten nicht möglich. So benehmen sie sich wie Fremde, die ein Schlafwagenabteil gemeinsam benutzen. Sie sind höflich zueinander und blicken sich kaum an. Georg ist noch öfter als sonst außer Haus; wie sie es versteht, bereitet er seinen Fortgang aus Wiesbaden vor. Er weiht sie aber in die Details seiner Pläne nicht ein. Die Kinder und selbstverständlich auch Willy leiden unter der Situation; einmal beobachtet Frieda, daß Willy scheinbar ohne Grund zittert. Sie sagt ihm, er brauche sich keine Gedanken zu machen. Für ihn wird sich nichts ändern; das verspreche sie ihm.

6

In dieser Zeit kehren Georgs Asthmaanfälle mit Macht zurück, sind gelegentlich grauenhafter als je zuvor.

Frieda ruft dann den Arzt oder reicht ihm, wenn er sich wieder vor Schmerzen krümmt, die Medizin. Sie sieht dabei aber beinahe mit Haß auf ihn herab. Doktor Kellerwessel erwägt, ihn ein weiteres Mal in die Städtischen Kliniken zu bringen. Das erweist sich schließlich als nicht nötig. Er empfiehlt unbedingt eine weitere Kur. Georg weigert sich, erneut ins Ausland zu gehen, so schlägt der Arzt für diesmal Bad Kreuznach vor; dies akzeptiert Georg.

Wegen seines Gesundheitszustands muß Georg seine Pläne ändern, die mehrfach angekündigte Abreise nach Berlin immer weiter verschieben. Aber nie hört Frieda, er wolle sie aufgeben.

Sie gerät, als sie ihren Mann so leiden sieht, in Zweifel. Ist es richtig, wie sie sich verhält? Ist nicht letzten Endes sie es, die ihm diese Qualen zufügt? Doktor Kellerwessel hat ihr schon früher zu verstehen gegeben, Georgs Krankheit hat nicht nur mit seiner körperlichen, sondern auch mit seiner seelischen Konstitution zu tun. Es gibt Nächte, da liegen sie beide wach; er wegen der Schmerzen, die ihn nicht zur Ruhe kommen lassen, und sie aus schlechtem Gewissen. Sie liegen da wie zwei Gefangene, die aus unterschiedlichen Gründen verurteilt wurden, aber die Zelle teilen müssen. Ihr Traumbuch rät mal so, mal entgegengesetzt. Daraus kann sie keine Sicherheit ziehen. Sie kommt darauf, Anna zum Richter in ihrem Fall zu machen. Warum ist ihr das nicht vorher eingefallen? Anna ist Georg von Herzen zugetan und hängt gleichzeitig an ihr; Anna fühlt sich als Georgs Freundin und als ihre ältere Schwester. Sie wird nichts wollen, was entweder Georg oder ihr Schaden zufügt. Anna soll entscheiden.

Ohne Georg etwas von ihrer Absicht zu offenbaren, besucht Frieda am folgenden Sonntag die Freundin. Anna wohnt zur Untermiete; es ist ein besseres Loch, mit dem sie zufrieden ist – in einem Seitenbau, über einem Kino. Das einzige Fenster ihres schmalen und schwer zu heizenden Zimmers geht auf den Hof. Eingang des Kinos ist von der Straße aus, doch nach der Vorstellung trabt die ganze Herde unter Annas Fenster zurück zur Straße. Anna behauptet, sie kann an dem Lärm, den das jeweilige Publikum veranstaltet, genau erkennen, ob der Film aufregend ist oder besinnlich, zum Lachen oder schlicht langweilig. Anna hat sich mit der Kassiererin des Kinos ein wenig angefreundet, und die läßt sie gelegentlich kostenlos in eine weniger besuchte Vorstellung. Das sind so Annas Freuden. Sie hat sich mit ihrem einsamen Leben abgefunden. Einen Mann hat sie nicht und will sie nicht. Sie will die besten Bissen für sich selbst, sagt sie, nicht es für eheliche Pflichten halten, sie ihrem Mann vorzusetzen.

Als Frieda in den Hof kommt, hört sie die Nähmaschine rattern und sieht Anna am offenen Fenster sitzen. Anna bemerkt sie ebenfalls und winkt ihr erfreut zu. «Welcher Glanz in meiner Hütte!» ruft sie herunter, und mit dem Wort Hütte hat sie viel Wahrheit ausgesprochen. Allein die Treppe, über die man sich zu ihrem Verschlag hocharbeiten muß, ist eine Zumutung. Sie ist äußerst steil und außen angebracht, bei schlechtem Wetter lebensgefährlich. Die Wohnung, worin Anna ihr Zimmer hat, ist von ähnlichem Zustand. Ihr Vermieter, ein verhungerter dünner Kerl, ist der Vorführer des Kinos. Anna kommt gut mit ihm aus; meistens ist er im Kino beschäftigt, wenn Anna zu Hause ist. Insofern hat Anna die Illusion, die Wohnung gehöre eigentlich ihr.

Die Freundinnen begrüßen sich jedesmal, als seien sie gestern zum letzten Mal zusammen gewesen; das hat sich in all den Jahren ihrer Bekanntschaft nicht verändert. Eigentlich haben sie sich beide nicht wirklich verändert, denkt Frieda. Sie leistet sich ausgefallene Frisuren und trägt elegante Kleider, Anna schneidert sich ihre Sachen selbst und ihre Haare sehen aus, als hätten Mäuse sie angefressen; darauf beschränkt sich im wesentlichen die Veränderung. Für heute hat Frieda ein sehr eng geschnittenes dunkelgrünes Georgette-Kleid gewählt, und Anna sitzt im rosa Unterrock an ihrer Maschine und fertigt sich eins ihrer unsäglichen Kleider. Nötig wäre es nicht! Frieda hat ihr schon mehrfach abgelegte Garderobe angeboten. Anna nimmt die Sachen nicht, obwohl sie so gut wie neu sind, nennt sie tragbare Staubfänger. Auch Mieder und Korsagen verweigert sie; das ist auch so ein Fimmel der Sozialdemokraten. Die Befreiung der Frau soll mit anderer Bekleidung beginnen. Frieda hat vor kurzem mal Bebels berühmtes Buch «Die Frau und der Sozialismus» durchgeblättert, weil es ihr zufällig in die Hand gefallen war. Der einzige Abschnitt, den sie darin gelesen hatte, befaßte sich mit der Mode; die soll abgeschafft werden.

Wenn Anna wenigstens akkurat nähen könnte! Aber mitnichten. Es gibt nicht ein Stück aus ihrer Hand, das nicht zipfelt.

«Mußt du noch lange machen?» fragt Frieda und lädt Anna ins

«Café Orient» ein. «Überredet», willigt Anna auf der Stelle ein. Für sie ist das Café der Ausbund an Eleganz und großer Welt, und Frieda kann ihr damit immer eine Freude machen. Ein Besuch im «Café Orient» scheint Anna eine Reise ins Morgenland zu ersetzen. Während Anna sich anzieht, sucht Frieda einen Platz, wo sie sich hinsetzen kann. Alles ist mit alten Kleidern und Stoffresten, mit Büchern und Notenheften, Geschirr und Essensresten vollgepackt; auf einem Stapel alter Zeitungen wackelt bedenklich die blecherne Kaffeekanne. Anna sollte mal einen Kurs in Haushaltsführung belegen. Das wäre wichtiger, als Kautskys Schriften zu studieren. Wo sich also hinsetzen?

Frieda räumt das Bett ein wenig frei und setzt sich auf dessen Kante. Das Bett ist mit blau-weiß gestreifter Wäsche überzogen und duftet ein wenig nach Lavendelwasser. Frieda stützt sich mit beiden Händen darauf ab, überlegt: Hat sich Georg hier schon vergnügt? Der Gedanke, daß die beiden ein heimliches Paar seien, geht ihr nicht mehr aus dem Kopf, seitdem er ihr zum ersten Mal kam. Wiewohl sie alles für Anna tun würde und ihr wahrhaftig alles Gute wünscht, spürt sie deswegen doch den Stachel der Eifersucht. Besonders, als sich Anna jetzt noch arglos erkundigt: «Was macht Georg?»

«Unverändert. Darüber will ich mit dir reden!»

«Über Georg?» sagt Anna zögernd und tut so, als müsse sie sich ganz aufs Anziehen konzentrieren, als sei da wer weiß was für ein Problem aufgetreten. Frieda registriert, daß sie sie nicht ansieht. Hat sie etwas zu verbergen?

«Ja, über Georg. Du bist seine beste Freundin – hoffe ich wenigstens –, und du mußt uns helfen. Wir müssen endlich eine Entscheidung treffen.» – «Ich dachte, die ist getroffen?» – «Was hat er dir gesagt?» – «Ihr geht nach Berlin.» – «*Wir* gehen nach Berlin? Alle zusammen?» – «Ich nicht», lächelt Anna. – «Schade», sagt Frieda, schärfer, als es in ihrer Absicht lag.

Eigentlich ist damit alles gesprochen, was zu sagen war. Frieda könnte ebensogut gehen wie bleiben. Als sie aber sieht, mit welchem jugendlichen Eifer sich Anna fürs Ausgehen fein macht, bringt sie es nicht übers Herz, ihr diese Enttäuschung zu bereiten.

Als sie am Café anlangen, bemerkt Frieda in einiger Entfernung einen Bekannten, von dem sie lange nichts mehr vernommen hat. Er strebt in Begleitung eines sehr jungen Mannes dem Eingang des Luft- und Sonnenbades zu.

«Sieh mal an, man bleibt seinen Gewohnheiten treu», bemerkt Frieda. Anna, die sie nicht versteht, lächelt in der Erwartung eines kleinen Scherzes oder einer Anekdote. Frieda erklärt ihr: «Weißt du, wer das ist, da drüben?» – «Du wirst es mir gleich sagen.» – «Unser braver Herr Thomé.»

Anna, die von dem gewesenen Concierge bisher nur gehört, ihn aber noch nie von Angesicht gesehen hat, betrachtet ihn prüfend. Sie hat reichlich Gelegenheit dazu; Herr Thomé ist stehengeblieben und erklärt dem jungen Mann etwas, wobei er sehr weit ausholende Gesten macht. Herr Thomé sieht für sein Alter blendend aus; man könnte ihn für einen Generalstabsoffizier im Ruhestand halten, tadellose Figur, sehr kurzgeschnittene graue Haare und gesunder Teint. Vielleicht ist das ein Wink des Himmels, geht es Frieda durch den Sinn. Vielleicht sollte sie Herrn Thomé einstellen, wenn Georg unbedingt nach Berlin will. Dann hätte sie eine erstklassige Fachkraft, und wahrscheinlich würde er alles tun, um wieder ins Hotelgewerbe zurückkehren zu dürfen.

«Sieht wirklich blendend aus», billigt ihm auch Anna zu.

«Die frische Luft hier oben bekommt ihm», stimmt ihr Frieda zu. «Das wäre auch was für dich. Du bist in letzter Zeit wieder so blaß. Du könntest dich auch mal hier sonnen.»

Der Ratschlag ist ernst gemeint. Anna wirkt oft, als leide sie unter Blutarmut; manchmal sieht sie deswegen ausgesprochen interessant aus, ein anderes Mal nur krank oder unpäßlich. Bei Gelegenheit hat Anna ihr mal Menstruationsbeschwerden gestanden. Hoffentlich sind das nicht Andenken an Fritz; daß der sie mit irgend etwas angesteckt hat. Der gute Fritz sah ganz so aus, als sei er treuer Kunde des «Hexenhäuschens». Wie viele Frauen haben damit zu tun; baden aus, was ihre Männer sich außer Haus zugezogen haben. Selbst Damen, deren Männer wie Konsistorialpräsidenten wirkten, haben ihr so etwas schon zu verstehen gegeben.

Die Freundinnen nehmen an einem Tisch Platz, von dem man herrliche Fernsicht hat. Als das Mädchen mit dem Tortenwagen kommt, verlangt Frieda gleich eine ganze Auswahl von Gebäck und Petits fours, auch ein Stück Frankfurter Kranz. «Wer soll das alles essen?» fragt Anna erstaunt, aber auch voller Vorfreude.

Während sie auf den Mokka warten (er wird in Kupfergefäßen serviert), erwähnt Frieda, was sie auf dem Herzen hat. Wie kann man Georgs und ihre eigenen Wünsche vereinen? Anna erwidert kaltschnäuzig wie der Anwalt: Gar nicht. Es gibt keinen Weg, der dahin führt. Die Verhältnisse sind so eingerichtet, daß die Frau ihrem Mann folgen muß.

«Ich dachte, ihr wollt die Stellung der Frau verbessern, du und Georg? Das höre ich doch immer von euch.» – «Es ist ein gewaltiges Werk. Daran müssen Generationen bauen. Wirst du wankelmütig? Willst du nicht mehr mit nach Berlin?» – «Wollte ich nie. Was hat er dir nur gesagt?» – «Ihr seid euch nicht einig?» fragt Anna mit offenbarem Erstaunen; anscheinend weiht Georg sie doch nicht in alles ein. «Ich dachte, ihr hättet euch geeinigt. Verrate mir bitte, was ist daran so erregend, Zimmer zu vermieten?»

«Wenn du es nicht weißt, hat's keinen Sinn. Ich hätte mir den Herrn Thomé einladen sollen. Der versteht, wovon ich rede. Wie das ist, mit Gästen umzugehen. Das ist eine einzige endlose Theatervorstellung.» Und, sich selbst überraschend, setzt sie hinzu: «Anna, hättest du Lust, zu mir zu kommen?»

«Ich verstehe dich nicht», erwidert Anna und nur, weil sie Zeit gewinnen will. Sie befürchtet, nun das Falsche zu sagen.

Frieda hatte daran vor einer Minute auch noch nicht gedacht, doch nun erscheint ihr der Gedanke plausibel, und deswegen fügt sie an, wiewohl sie glaubt, Anna hat sie ganz genau verstanden: «Allein kann ich die Arbeit nicht bewältigen – wenn Georg seinen Weg geht. Ich brauche Hilfe.»

«Du willst dich lieber von Georg trennen als von deinen Mauern?» fragt Anna, aber nur, um weitere Zeit fürs Nachdenken zu finden. – «Anna, willst du? Oder willst du nicht?» – «Ach, ihr einigt euch schon noch!»

7

In den nächsten beiden Wochen ändern sich die Dinge nicht; weder Georg noch Frieda finden das Wort, das sie retten könnte. Einmal kommt es im Treppenhaus zu einer Szene zwischen ihnen; nach wenigen Sätzen, die beide verletzen, schweigen sie wieder, fressen sie ihre Wut und ihre Enttäuschungen weiter in sich hinein.

Georg bemüht sich, wenigstens gegenüber den Kindern und gegenüber den Gästen den Schein zu wahren. Er versucht zu spielen, nichts Ungewöhnliches gehe vor. Einmal bietet er Willy scherzhafterweise an, dieser möge ihn in die Kur begleiten. Er habe dann Gelegenheit, das Fräulein Heinrich wiederzusehen. Es ist wohl immer noch zu haben; zu Weihnachten schickt sie Willy und dem ganzen Haus regelmäßig Kartengrüße.

Frieda, die Georgs Bemerkung hört, merkt hart an: «Ja, dann hätte er auch eine Existenz!»

Willy lächelt dazu in der für ihn charakteristischen Weise, versonnen und wehmütig.

Dann der Tag, den Georg für den Antritt der Kur festgesetzt hat. Weil der Jörns wieder zu einem seiner Rennen unterwegs ist, hat sich Georg eine Taxe für halb elf Uhr bestellt. Es ist ein Tag, an dem viel Unruhe im Haus ist; Gäste reisen familienweise ab, andere kommen familienweise an. Die Taxe steht eine Weile vor dem Eingang, dann ist sie nicht mehr da. Niemand hat Georg einsteigen sehen, er muß ganz unauffällig und ohne jeden Abschied verschwunden sein. Das ist nicht seine Art. Normalerweise geht er mit einigen letzten Anweisungen. Frieda ärgert sich darüber, daß er so klammheimlich verschwunden ist, bemerkt zu Willy: «Das ist ja ganz was Neues, daß unser Gebieter... Das gehört sich doch nicht!»

Willy meint, Georg habe sich wohl Hals über Kopf für einen früheren Zug entschieden, daher der französische Abschied. Sie werden aber abgelenkt, Gäste beanspruchen ihre volle Aufmerksamkeit. Am nächsten Tag erhalten sie einen Anruf aus Kreuznach. Das Sanatorium ruft an, ob man noch mit Herrn Tremus rechnen dürfe? Frieda, die am Telephon ist, versteht nicht: «Ist denn mein Mann noch nicht da? Er ist doch gestern morgen schon gefahren...» Sie verspricht, sofort Bescheid zu sagen, wenn sie etwas hört, und umgekehrt sagt das Sanatorium zu, sich umgehend zu melden, falls Herr Tremus in den nächsten Stunden eintreffen sollte.

«Begreifst du das?» sagt Frieda ratlos zu Willy. Wo kann Georg nur geblieben sein?

Willy schlägt vor, sich mit seiner Partei in Verbindung zu setzen. Es mag doch sein, er hat ihretwegen seine Pläne geändert. Sowohl im Rathaus wie im Parteihaus wie in der Berliner Zentrale kann man Frieda jedoch nicht helfen. Da weiß man nur, daß er eine Kur anzutreten beabsichtige. Je mehr sie telephoniert, desto unruhiger wird Frieda. Sie schickt eines der Mädchen in ihren Garten auf der Höhe des Geisbergs, dort ist er nicht. Es sieht auch nicht so aus, als ob sich in letzter Zeit jemand im Garten aufgehalten hätte.

Ist ihm während der Zugfahrt etwas zugestoßen? Vielleicht liegt er in Mainz oder in Bingen im Krankenhaus, kann sich nicht rühren, und hier ist man in Sorge? Sie setzt sich mit verschiedenen Stellen der Bahn in Verbindung; dort bedauert man, nirgends ist ein Vorfall registriert worden, wie die gnädige Frau ihn schildert.

«Was kann man denn jetzt noch tun?» fragt Frieda in höchster Unruhe.

Plötzlich legt sie ihre Schürze ab, zieht einen leichten Sommermantel über und eilt aus dem Haus. Sie sagt nicht einmal Willy, was sie vorhat. Sie hastet zum Büro der Konsumgenossenschaft; ist völlig außer Atem, als sie dort anlangt. Anna sitzt mit drei jüngeren Herren in einem Zimmer, und sie lesen sich gerade gegenseitig Zahlen aus Listen vor – wohl, um sie zu überprüfen –, als Frieda hereinplatzt. Frieda nimmt sich nicht die Mühe, Anna zu begrüßen oder sie gar aus dem Raum zu bitten. Ohne jegliche Anrede herrscht sie sie an: «Ist mein Mann bei dir untergekrochen?»

Anna wird wegen der Beschuldigung schamrot.

Sie erhebt sich halb von ihrem Drehstuhl, Frieda schubst sie zurück, sagt, sie solle sich alle Förmlichkeiten ersparen und ihr nur verraten, wo ihr Mann sei: «Anna, ich will nur eins wissen: Ist er bei dir? Ja oder nein?»

«Selbstverständlich nicht.»

Frieda sieht ihr darauf prüfend in die Augen, dreht sich um und will sich entfernen. Anna eilt ihr nach, hält sie auf: «Frieda, warte doch mal ... Ist was passiert?» Frieda bleibt wie kraftlos stehen und stöhnt: «Ich verliere den Boden unter den Füßen.» Wie zum Beweis sucht sie nun das Treppengeländer. Ihr Körper wird von einem Krampf geschüttelt.

Weder an diesem noch am folgenden Tag ein Zeichen von Georg. Willy verlangt nervös, daß man der Polizei von Georgs Verschwinden Mitteilung macht; Frieda ist damit einverstanden, bittet aber Willy, an ihrer Stelle zum Präsidium zu gehen. Tonlos klagt sie: «Lieber Gott, tu mir das nicht noch einmal an. Ein zweites Mal halte ich das nicht aus.» Sie fürchtet, gesteht sie Willy, es werde ähnliches geschehen wie mit ihrem Vater. Georg sei gegangen, und nie mehr werde man etwas von ihm vernehmen. Sie fleht Willy an, er möge sie wie in der Kindheit erneut beschützen, was auch geschehen werde, und der umarmt sie darauf ungelenk.

Karl Enders ruft an, aber Frieda weigert sich, mit ihm zu sprechen. Sie sagt, sie fühle sich seinen tröstenden Worten nicht gewachsen.

Am dritten Tag wird Georg auf dem Speicher gefunden. Der Hund benimmt sich so seltsam, daß man die Speichertür öffnet. Auf diese Weise findet man Georg. Er liegt tot neben einem umgestürzten Schemel und hält einen Schraubenzieher umklammert. Er ist in seiner Reisekleidung, selbst sein Koffer steht in einiger Entfernung, und das Ganze ergibt keinen Sinn.

Frieda geht nicht auf den Speicher. Sie will Georg nicht als Leiche sehen, wiewohl er nicht entstellt ist. Seine Züge zeigen eher Unglauben als Erschrecken, versichert ihr Willy. Als sei das mildernd! Willy hat Georg die Augen zugedrückt.

Jeden, der von oben kommt, fragt Frieda: «Warum hat sich Georg unmittelbar vor seiner Abreise auf den Speicher begeben, und was wollte er mit dem Schraubenzieher anfangen? Und wieso war der Sturz vom Hocker tödlich?» Keiner kann ihr eine plausible Antwort geben; die meisten schweigen nur verwirrt ob der Tragödie.

Willy bestellt den Doktor Kellerwessel, dieser die Polizei. Der Arzt entschuldigt sich wegen seines Vorgehens; es liegen jedoch außergewöhnliche Umstände vor, die die Untersuchung durch die Polizei zwingend machen. Er, Doktor Kellerwessel, kann nur grob feststellen, daß der Tod schon vor Tagen eingetreten sein muß, kann jedoch ohne Obduktion nicht einmal die Todesursache bestimmen. Gewalt von fremder Hand kann er nicht erkennen.

Frieda schließt sich in ihrem Schlafzimmer ein, läßt nicht mal die unglücklichen verwirrten Kinder zu sich.

Eine Weile sitzt sie reglos vor dem Bett, welches sie über Jahre mit dem Toten geteilt hat. Dann erhebt sie sich, kramt aus einem Versteck in der Kommode einen Pack alter Briefe von Richard hervor. Aufs Geratewohl nimmt sie ein Couvert aus der Mitte des Packs, zieht den Bogen heraus, den der Umschlag enthält, und liest den Brief, wie andere eine beliebige Bibelstelle aufschlagen und darin Trost suchen. Richard schreibt nach einleitenden Worten, er habe ihr wohl stets nur einen schwachen Eindruck von der Schönheit der afrikanischen Landschaft vermittelt; habe man doch nur beim ersten Kennenlernen und bei besonderen Umständen Blick für das, was uns umgibt. Kürzlich habe er den Bergstock in die Hand genommen und den Aufstieg auf den Gipfel des höchsten Berges Kameruns gewagt, und da sei ihm wieder bewußt geworden, Afrika sei die Natur gewordene Schönheit. Auf dem Gipfel wehe der Wind mit der Heftigkeit eines Sturms, daß man sich kaum auf den Füßen halten könne. Dafür werde man mit herrlicher Fernsicht entschädigt. Weit schweife der Blick in schier ungemessene Weiten, und nichts komme diesem Schauspiel gleich. Der Brief endet mit Gruß- und Segensworten, und als Frieda ihn Wort für Wort in sich aufgenommen hat, denkt sie: Sie sollte alles liegen und stehen lassen und zu Richard eilen. Er ist der einzige Mann, den sie je begehrt hat.

Was hat sie noch hier verloren?

Der Inspektor Koblentzer kommt ein weiteres Mal ins Haus. Er ist der Polizist, der schon das Verschwinden von Friedas Vater und Theos Verbrechen untersucht hat. Durch merkwürdige Verknüpfungen ist er Teil ihres Lebens, und als sie ihm später gegenübersitzt, denkt sie: Seltsam, daß die Männer jeweils nur Teile von ihr kennen, nie ihr Ganzes.

Der Inspektor hat einen jüngeren Beamten bei sich, der aber offenbar angewiesen ist, den Mund nicht aufzutun. Er darf nur notieren, was ausgesagt wird, und tatsächlich verhält er sich, als wolle er sich im Klassenbuch einen Eintrag für besonders gute Führung verdienen. Der Inspektor vernimmt alle im Haus Anwesenden. Mit Ausnahme der Frau Ederer, einer mittelalten lebenslustigen Bayerin, die in Wiesbaden Heilung von ihrem speziellen Leiden erwartet, kann niemand der Polizei behilflich sein. Frau Ederer hat wenigstens etwas zu sagen. Sie hat Georg die Treppe hinaufgehen sehen. Dafür steht sie nachher im Mittelpunkt des Interesses und gibt wiederholt Schilderungen ihrer Aussage. Sie meint, es sei zwischen Viertel nach zehn und halb elf Uhr gewesen, als sie Herrn Tremus auf der Treppe bemerkt hat; er sei zu dieser Uhrzeit in die oberen Stockwerke hinaufgestiegen, nicht etwa hinabgegangen. Darin ist sie ganz sicher. Sie kann aber weder angeben, ob er allein war oder von jemand begleitet wurde, noch ob er einen Koffer getragen hat. Sie hat ihn durch das kleine Fenster gesehen, mit dem man vom hinteren Teil des Flurs im ersten Stock auf das Treppenhaus blicken kann; da sie nicht wußte, daß ihre Beobachtung einmal Gewicht bekommen werde, hatte sie nur beiläufig auf ihn geachtet. Die Polizei habe ihr einige Fangfragen stellen wollen, sie aber habe darauf hingewiesen, alles, was sie gesehen hat, habe sie ausgesagt, und wenn man sie ausquetschen wolle wie eine Zitrone, könne man doch nicht mehr Saft aus ihr herauspressen.

Frieda wird als letzte vernommen. Die Vernehmung findet in Zimmer 1 statt, Herr Koblentzer sitzt an ihrem Schreibtisch, der Gehilfe an einem Tischchen, das man ihm reingestellt hat, und Frieda auf einem Stuhl in der Mitte des Zimmers. Ihre Arme und Beine fühlen sich bleischwer an; sie hat Mühe, die Augen offenzuhalten, und die Fragen des Inspektors erreichen sie nur gedämpft, als spreche er durch ein dickes Tuch.

Der Polizist gibt sich zuerst sowohl rücksichts- wie verständnisvoll, kondoliert ihr, wahrt in allem die Form. Seine wichtigste Frage ist natürlich: Was hat Herr Tremus auf dem Speicher gewollt? Frieda versucht eine Erklärung. Sie sagt, das habe sie sich bereits seit Stunden gefragt und finde darauf keine Antwort. Damit ist der Polizeimensch natürlich nicht zufrieden; er versucht das Rätsel einzukreisen, verschiedene Aspekte zu betrachten, aber alles endet damit, daß Frieda ihm versichert, es gibt keine vernünftige Erklärung dafür, daß ihr Mann auf dem Speicher hantiert habe, in seinem besten Anzug und fünf Minuten vor Abfahrt seines Zuges.

Der Kriminalbeamte widerspricht nicht, als sie sich jetzt erhebt und bemerkt: «Ich kann nicht mehr; wir müssen aufhören. Ich muß schlafen, und dann muß ich mich um die Beerdigung kümmern. Ich habe seit Tagen nicht mehr richtig geschlafen.»

Man muß nicht Arzt sein, um zu erkennen, daß sie die Wahrheit sagt. Herr Koblentzer klappt deswegen zum Zeichen, daß man für heute tatsächlich ans Ende angelangt ist, das Notizbuch seines Helfers zu. Was die Beerdigung angeht, so bedauert er, die Leiche vorerst nicht freigeben zu können. Es sind kriminaltechnische Untersuchungen notwendig. Auch sie, Frau Tremus, wird er zu weiteren Vernehmungen in sein Büro bitten müssen. Des weiteren wird er den Hocker beschlagnahmen müssen, der neben dem Toten gefunden wurde. Er muß eingehend unter die Lupe genommen werden.

«Was sein muß, muß sein», erwidert Frieda.

Bevor sie nach hinten geht, sich niederzulegen, trägt sie Willy auf, Anna herzubitten. Anna soll sich um die Kinder kümmern und um das, was ansteht. Anna wisse mit Sicherheit, was notwendig sei.

Anna erfüllt Frieda den Wunsch und kommt, sobald es ihr möglich ist. Sie ist es auch, die die wesentlichen Vorbereitungen für die Beerdigung trifft. Dabei zeigt sie sich den in sie gesetzten Erwartungen hundertprozentig gewachsen. Zeitweise sieht es so aus, als habe sie das Heft in der Hand und Frieda sei nur eine geduldete weitläufige Verwandte. Die Herrschaften benehmen sich teils so, teils so. Die Stammgäste bedauern sie und versprechen ihr, dem Haus auch weiterhin die Treue zu halten, andere reisen unter Vorwänden vorzeitig ab. Ihnen ist die Aufmerksamkeit suspekt, die die Angelegenheit findet.

8

Der Tag der Beerdigung.

Frieda hat bestimmt, daß ihr Mann auf dem Friedhof «Unter den Eichen» seine letzte Ruhe finden soll. Sie hat einen würdigen Grabplatz ausgewählt. Links von ihm die Grabstätte eines mit dem «Pour-le-mérite» dekorierten Majors des Königlich Preußischen Ingenieurcorps, zu seiner Rechten wartet ein Geheimer Oberfinanzrat samt Ehefrau und Schwiegermutter auf den Tag der Auferstehung. Was auf dessen Grabstein steht: «Mein Glück Deine Liebe; Deine Liebe mein Glück», wäre ein Spruch, den auch Frieda hätte wählen können. Sie hat sich jedoch für ein schlichtes «Ave» entschieden.

Daraus geht hervor, daß sie das Grabdenkmal für Georg bereits in Auftrag gegeben hat. Sie hat eine oben abgebrochene Säule aus schwarzem Marmor bestellt, eine Säule, wie sie das Grab des Rittmeisters von Grabow ziert. Dem Bildhauer war dies zu schlicht, und er hat sie überredet, eine Frauenfigur in antiker Kleidung und mit klassischem Faltenwurf hinzuzufügen. Die Figur, die sie aus einem Katalog auswählen konnte, wird sich wie trauernd an die Säule anlehnen und gibt «der Sache erst Linie», wie sich der Bildhauer ausdrückte. Frieda erinnert die Figur an die Sünderin Maria Magdalena, und vielleicht gab das den Ausschlag, seinem Vorschlag zuzustimmen. Der Künstler hat ihr zur Wahl gratuliert und ihr dabei mehrfach versichert, er stehe in der Tradition der «Berliner Bildhauerschule». Damit wollte er ihr wohl die letzten Zweifel nehmen und sicher auch seine exorbitanten Preise rechtfertigen.

Die Trauerhalle kann die zahlreichen Menschen kaum fassen, die Georg bei seinem letzten Weg begleiten wollen. Wiewohl Frieda sich nicht umsieht, spürt sie die Menge, als werde sie von ihr bedrängt. Ein sehr dichter Schleier verbirgt ihr Gesicht, sie jedoch kann alles wahrnehmen, als sei nicht ein schwarzes Tuch zwischen ihr und der Welt. Sie sieht das Gold des unter der Decke schwebenden Engels, das Leuchten der Mosaiken, die wie ein Fries die Wände schmücken und über die im unruhigen Wechsel Sonnenlicht und Schatten ziehen.

Die Kinder sitzen apathisch neben ihr, eher eingeschüchtert als unglücklich; sie verstehen noch nicht, was es heißt, der Vater kommt niemals wieder. Wahrscheinlich ist es für sie, vermutet Frieda, als sei er auf einer seiner vielen politisch bedingten Abwesenheiten, und in dem Sarg vermuten sie einen Fremden. Frieda meint, sie ringe in der überfüllten Halle nach Luft wie vordem Georg in seinen Parteiversammlungen, und wäre es einigermaßen schicklich, sie ginge jetzt ins Freie und nach Hause. Wozu braucht man sie? Sie ist hier eine Randfigur mehr. Georgs wegen ist man gekommen. Welche Ehrung für ihn! Georg hat seinen Weg damit begonnen, daß er Koffer geschleppt hat, die zu groß für ihn waren, und nun erfährt er Ehrungen wie ein Staatsmann. Als sie von ihm Abschied genommen hat, im Hinterzimmer der Pietät «Harmonia», kam es ihr so vor, als habe er wirklich den Ausdruck von Verwunderung im Gesicht, den Willy beschrieben hatte. Wie angebracht ist er auch bei dieser Aufführung! Sein Sarg ist über und über mit roten Nelken und roten Rosen geschmückt, und auf einem Ständer ist sein mit Trauerflor versehenes photographisches Porträt aufgestellt, so, als müsse Gewißheit verbreitet werden, man trauere hier wahrhaftig um den Hotelbesitzer Georg Tremus und um keinen anderen. Zu beiden Seiten des Sarges brennen armdicke Kerzen auf schwerfälligen Bronzeleuchtern, und rund um den Sarg sind Kränze drapiert; Kränze, wohin man blickt. Auf den Schleifen desjenigen, dem man den zentralen Platz eingeräumt hat, leuchtet blau und golden das Stadtwappen.

Der Pfarrer wickelt das Trauerzeremoniell nach lutherischem Ritus ab. Frieda hat Georgs Vater deswegen ausdrücklich um Erlaubnis gefragt, und der hatte nichts gegen kirchliche Zeremonien; Georg war immerhin getauft. Während dem Geistlichen die glattpolierten Worte und Bibelsprüche nur so von den Lippen fließen und Frieda langweilen, sucht sie zu ergründen, was Georg wohl zu diesem Teil der Feier sagen würde. Sie vermutet, wahrscheinlich hätte er anfangs Widerspruch erhoben und sich schließlich gefügt. Letztlich wollte er immer so sein, wie man es von ihm verlangte. Zuletzt hatte er die Religion für Privatsache erklärt; so beliebig, als ob man Rotkraut dem Sauerkraut vorziehe. Er erwartete, mit dem Aufblühen des Sozialismus werde die Religion verkümmern, wie Unkraut, das kein Wasser mehr findet.

Auf dem Weg zum Grab führt der alte Tremus seine Schwiegertochter. Willy und die Kinder gehen hinter ihr, auch Georgs übrige Verwandtschaft. Der alte Tremus leidet schwer wegen des Verlustes; Frieda meint manchmal, sie müsse ihn stützen, statt daß er ihr Beistand geben kann. Georgs Brüder und seine Mutter sind sehr stolz auf die Stellung, die ihr Bruder und Sohn in der Welt einnahm. Frieda gönnt ihnen die Genugtuung; keiner von ihnen ist von Bedeutung, und heute wird das erste und letzte Mal sein, daß auch sie etwas darstellen.

Schon beim Eintreffen hat sie Herrn Maison wahrgenommen; es freut sie, daß er am Begräbnis teilnimmt. Daß Anna dabei ist, ist selbstverständlich; das braucht nicht ausdrücklich erwähnt zu werden. Sie schluchzt während der ganzen Trauerfeier, und nachher geht sie nicht mit zum Grab; sie sei zu erschüttert gewesen, gesteht sie später Frieda, und dabei weint sie erneut. Man könnte meinen, sie sei die Witwe. Friedas Emmericher Verwandte haben einen langen Trauerbrief geschickt, zusammen mit einer Postkarte, auf der alle Emmericher Sehenswürdigkeiten abgebildet sind, und mit Bildern von Onkel Philipp. Von Leo hat man lange nichts mehr vernommen, geht aus dem Brief auch hervor.

Am Grab wehen die roten Fahnen, als wolle man in die Schlacht ziehen und Georg solle die Truppen anführen. Die meisten der Fahnen sind kunstvoll bestickt und gleichen Kirchenbannern, und so werden sie auch gehalten. Die Abordnungen der verschiedenen Organisationen der Sozialdemokraten haben sich wie zur Parade aufgereiht. Für die SPD spricht Gustav Lehmann, der ehemalige Reichstagsabgeordnete. Er sagt, er verdanke dem Genossen Tremus wertvollen Rat und echte Männerfreundschaft; er werde ihn vermissen, wie die ganze Partei ihn missen werde. Gustav Lehmann hat seine Wiederwahl übrigens nicht erreicht. Die bei seiner zweiten Wahlkampagne gegebene politische Konstellation hat dies verhindert; bei seiner zweiten Wahlkampagne hat er auch nicht im «Petersburger Hof» gewohnt. Frieda hatte Georg klargemacht, das sei ihren Gästen nicht ein zweites Mal zuzumuten. Gustav Lehmann überreicht Frieda nachher ein Kondolenzschreiben des Parteivorstands; Friedrich Ebert schreibt in dessen Auftrag, den Sozialdemokraten sei ein kluger Kopf und ein heißes Herz verlorengegangen. Für die Stadtverordnetenversammlung spricht der Vorsteher; er rühmt Georg als einen aufrechten Mann von guter vaterländischer Gesinnung und entschuldigt die Abwesenheit des Oberbürgermeisters, der dienstlich verhindert ist. Der Hotel- und Gaststätten-Verband wird von seinen beiden Vorsitzenden vertreten; sie lassen Frieda beiläufig wissen, der größte Kranz stammt von den Berufskollegen. Auch die Adamys sind da und andere Hoteliers. Sie sagen, sie haben große Stücke von Georg gehalten und noch manches von ihm erwartet. Sie dachten, daß er für den Wiesbadener Fremdenverkehr das eine oder andere Positive erreichen werde und zeigen sich erschüttert, daß er so früh gehen mußte.

Niemand fragt, wie Georg umgekommen ist; Frieda wittert deswegen, daß Gerüchte im Umlauf sind. Willy will ihr das ausreden, behauptet, sie spinnt; niemand vermute Unredliches. Der Inspektor Koblentzer läßt sich bei der Beerdigung jedenfalls nicht blikken.

Vom Hotel «Römerbad» nimmt die Frau Eichhorn teil; Frieda lädt sie ein, sich zu dem engsten Kreis zu gesellen, der nachher im «Petersburger Hof» zusammensitzt und die Leichenfeier begeht. Sie läßt Frau Eichhorn sogar mit in dic Limousine des Jörns einsteigen, die vor dem Friedhof wartet. Frau Eichhorn weiß nicht, wie sie zu dieser Ehre kommt. Dabei handelt es sich nicht um eine Laune von Frieda; sie will sich dafür bedanken, daß Frau Eichhorn die erste war, die Vertrauen in sie gesetzt hat. Wer weiß, was aus ihr geworden wäre, hätte diese gute Seele sie damals abgelehnt. Vielleicht wäre sie als Hure irgendwo untergegangen; als eine der unzähligen unglücklichen Prostituierten, von denen der Professor Mehring, ein guter Gast von ihnen und in Berlin-Moabit Facharzt für Geschlechtskrankheiten, gern und ausführlich erzählt.

Frau Eichhorn ist sehr dünn geworden und steht kurz vor dem Erreichen der Altersgrenze. Sie sagt, sie fürchte sich vor dem, was danach komme. Andererseits seien die Zeiten nicht mehr so schön, wie sie es einmal waren. Neulich zum Beispiel, da hatten sie Herrschaften fünf Wochen im Haus, und am Ende stellte sich heraus, sie waren blank, reine Hochstapler. Hat es so etwas schon mal gegeben? Hat Frieda so etwas schon erlebt? Mal ehrlich!

Die Polizei lädt Frieda vor. Als Frieda Herrn Koblentzer vor Jahren zum ersten Mal aufsuchte, mußte er sich noch mit zwei Kollegen ein Kabuff teilen. In der Zwischenzeit ist das Polizeipräsidium umgezogen, befindet sich nunmehr in einem wahren Polizeipalast. Entsprechend hat nun auch Herr Koblentzer ein geräumiges Zimmer für sich, mit Vorzimmer, in dem zwei junge Kollegen auf seine Winke warten.

Frieda sagt anerkennend: «Na, Sie haben sich ja herausgemacht...» und bewundert die Aussicht auf Rathaus und Marktkirche.

«Ja, wir wollen alle weiterkommen», erwidert der Polizeibeamte knapp.

Frieda fragt, womit sie dienen kann, und der Polizeiinspektor erklärt ihr, als erster habe sein Assistent noch einige Fragen; sie seien ihm beim Abfassen des Protokolls gekommen. Er ruft den jungen Mann herbei, mit dem er neulich im «Petersburger Hof» war, und diesmal darf dieser auch sprechen. Er stellt einige unwichtige Fragen, wobei er immer so tut, als komme es just dabei auf korrekte Beantwortung an. Frieda strengt sich an, ihm möglichst exakt zu antworten, sinnt aber dabei ständig darüber nach: Was wollen sie wirklich? Wann rücken sie mit einer gewichtigen Beschuldigung heraus?

Der Inspektor wischt die Fragen des jungen Mannes plötzlich wie mit einer Handbewegung weg – beinahe so unwirsch, wie Emma Tische abkehrt – und stellt eine Frage, auf die Frieda nun wirklich nicht vorbereitet ist. Er will erfahren, warum sich Frau Schweitzer bei der Beerdigung nicht hat blicken lassen? Hat sie wenigstens einen Kondolenzbrief geschickt?

Nein, gesteht Frieda, und ihr wird dabei heiß und kalt.

Wie sich Frieda dieses Verhalten erklären wolle? Es habe doch eine Zeit gegeben, da sei sie mit Frau Schweitzer glänzend ausgekommen?

Frieda weicht aus; sagt, es sei wohl allein Angelegenheit der Frau von Schweitzer (in ihrer Erregung verspricht sich Frieda und adelt Frau Schweitzer), zu Beerdigungen zu gehen oder es zu lassen; ganz wie es ihr beliebe.

Gegen die Argumentation sei wenig einzuwenden, sagt der Kriminalbeamte, läßt aber eine Pause eintreten, als könne das ja wohl nicht Friedas letztes Wort in dieser Sache sein.

«Was genau wollen Sie erfahren?» sagt Frieda schließlich, um der Stille ein Ende zu bereiten.

«Ist es nicht so, daß Frau Schweitzer Ihnen mit einem Skandal gedroht hat? War nicht von widernatürlichen Beziehungen die Rede?»

«Es gab Mißverständnisse zwischen uns...», bescheidet Frieda die Polizisten so, daß es klingt, niemand bedaure das mehr als sie.

«Das ist schade. Wie kurz ist das Leben, und wenn dann am Ende noch Mißverständnisse zwischen einem stehen, das muß belastend sein...», sucht er sie herauszulocken.

«Geben Sie mir doch bitte mal einen Hinweis, was für Sie von Belang ist!» erwidert Frieda. Wie immer, wenn sie sich bedroht fühlt, verfällt sie in die Attitüden der Spitzen der Gesellschaft. Deren Gehabe ist ihr stärkster Schutzpanzer. Allein die Länge der Sätze ist hilfreich; wieviel kann man in der Zeit bedenken, wo man sich mit einem schnellen «ja» oder «nein» oder einer atemlosen Beschimpfung um Kopf und Kragen bringen kann.

Der Polizist bittet mißmutig, ihm ihre Beziehung zu Frau von Copell zu erklären. Man wolle sich ein genaues Bild von allen Beteiligten machen; insofern sei das sehr aufschlußreich. Frieda versteht natürlich sofort, worauf er hinaus will. Sie schildert, wie dankbar Frau Schweitzer ursprünglich war, daß sie, Frieda, ihre Tochter aufgenommen hatte, und welche Beschwerlichkeiten sie dafür in Kauf genommen habe. Die Dankbarkeit der Frau Schweitzer sei aber mit einem Schlag verflogen, als ihre Tochter, eben Frau von Copell, sie praktisch zur Alleinerbin ihres Vermögens bestimmt habe. Dabei sei sie von der Klausel im Testament genauso überrascht gewesen wie Hannahs Mutter... Widernatürliche Beziehungen zu Hannah; eine reine Böswilligkeit!

«Frau Schweitzer hatte immerhin eine Zeugin», bemerkt der Inspektor wie sinnend. – «Ein Mädchen, das wir entlassen mußten!» widerspricht Frieda gemessen, ganz gegen ihre innere Erregung. «Wollte sich rächen und wichtig machen...» – «Nun gut», sagt der Inspektor, «dieser Fall ist ja abgeschlossen.» – «So ist es, Herr Inspektor. Am Schluß haben wir uns arrangiert. Ich habe auf den größeren Teil des Vermögens verzichtet!» – «Aber nicht auf alles?» – «Nein, nicht auf alles!»

Woher weiß er das alles? fragt sich Frieda.

Der Inspektor läßt den Punkt immer noch nicht fallen. Seine nächste Frage lautet: «Frau Tremus, was hat Ihr Mann davon gehalten?» – «Wovon?» – «Wollte er nicht auf die gesamte Erbschaft verzichten?» – «Das habe ich nicht eingesehen», antwortet sie bestimmt. «Hannah – ich meine Frau von Copell – hat in mir so etwas wie ihre Schwester gesehen ... Und wie gesagt, wir haben ja letztlich mit Frau Schweitzer eine Einigung erzielt.»

«Nun, dann ist dieser Fall abgeschlossen», bemerkt der Inspektor, als sei ihm die ganze Angelegenheit jetzt deutlicher. Nun richtet er sich etwas auf, als nähmen die Dinge zu seinem Bedauern eine weitere unerfreuliche Wendung. «Frau Tremus, was ich fragen muß, hat für den Fortgang meiner Untersuchung durchaus Bedeutung. Bedenken Sie also Ihre Antwort: Gab es zuletzt starke Spannungen im Verhältnis zu Ihrem Mann?»

«Leider, ja. Es ging um unsere Existenz!»

Der Kriminalbeamte wartet ein weiteres Mal zu, dann faßt er Frieda scharf ins Auge, beugt sich etwas vor und erkundigt sich nach dem Hocker, von dem Georg allem Anschein nach gestürzt ist. War der schon lange auf dem Speicher abgestellt?

Frieda überlegt angestrengt. Über den Hocker kann sie nichts aussagen, gibt sie zu Protokoll.

Wie ist der Hocker auf den Speicher gelangt?

Frieda gibt an, auf dem Speicher deponieren sie kleinere ausrangierte Möbelstücke, die gelegentlich noch gebraucht werden. Darauf gibt Herr Koblentzer seinem jungen Mann ein Zeichen, der öffnet einen Schrank und präsentiert den Hocker, um den es geht – beinahe wie ein drittklassiger Zauberkünstler. Er stellt ihn anschließend so auf einen niedrigen Beitisch, daß er Frieda genau ins Auge stechen muß. Dabei – ein beliebiger Hocker!

«So, und nun erklären Sie uns, warum er aussortiert wurde! Sieht doch noch aus wie neu!» verlangt der Inspektor in einer Tonart, als gehe ihm allmählich die Geduld aus. Frieda wiederholt, sie hat keine Erklärung, weswegen er aussortiert wurde. «Da müßten Sie meinen Mann fragen ...»

«Wo wurde er vorher benutzt – bevor er auf den Speicher kam?»

«Das kann ich Ihnen nicht sagen. Im Bad vielleicht ...»

«Nein, in der Küche!» widerspricht der Inspektor.

«Kann auch sein. Wird der Frau Döringer im Weg gewesen sein ... Die hat gern viel Platz, wenn sie wirkt.»

«Falsch, sie hat den Hocker vor einiger Zeit vermißt. Und sie sagt, daraufhin wurde ein neuer gekauft. Und zwar von Ihnen, Frau Tremus. Wäre es nicht einfacher gewesen, das gute Stück wieder vom Speicher zu holen?»

«In jedem Fall, ja. Ich habe ihn nicht auf den Speicher geschleppt. Ich habe auch bis heute noch nie über einen Hocker nachgedacht. Ich habe andere Sorgen.»

«Wann waren Sie zuletzt auf dem Dachboden?»

«Ich?»

«Ja, Sie.»

«In diesem Jahr noch nicht. Was soll ich auf dem Speicher?»

«Möglicherweise das gleiche wie Ihr Mann?»

Frieda antwortet darauf nicht.

«Frau Tremus, wir wissen, der Haussegen hing schief.»

«Ja. Das habe ich Ihnen ja gesagt. Mein Mann wollte das Haus aufgeben, ich nicht.»

«Sie haben an Scheidung gedacht?»

«Ich habe mich erkundigt. Aber das ist ja illusorisch.»

«Sie haben Liebesverhältnisse?»

Frieda zögert, darauf zu antworten. Weiß er auch in dieser Hinsicht etwas, oder klopft er nur auf den Busch? Sie entschließt sich, es weiterhin mit Offenheit zu versuchen: «Es gibt einen Mann, der mir ab und zu schreibt. Wenn das für Sie ein Liebesverhältnis ist, dann ja.»

«Ihnen ist klar, daß Sie in meinen Augen diejenige sind, die am meisten vom Tod Ihres Gatten profitiert?»

«Davon profitiert niemand», antwortet ihm Frieda rasch und sehr bestimmt. «Er war ein anständiger Mensch, der für alle das Beste wollte, sogar das Allerbeste. Möglicherweise, wenn es ihm noch vergönnt gewesen wäre, wäre er in den Reichstag gewählt worden! Das war mein Mann!»

Damit kann sie aber den Polizisten nicht beeindrucken. «Frau Tremus», fragt er, «waren Sie es, die Ihren Mann auf den Speicher gelockt hat?»

Als Frieda ihn bewegungslos anblickt, fährt er unerbittlich fort: «Waren Sie es, die ihn unter einem Vorwand dazu gebracht hat, auf den Schemel zu steigen? Und waren Sie es, die den Schemel umgestoßen hat?»

Nach langem Schweigen und Starren sagt Frieda, wie erschüttert, auf welches Niveau man sie ziehen will: «Das ist ungeheuerlich! Das wagen Sie, mir ins Gesicht zu sagen? Mein Mann hat mir alles bedeutet!» – «Ich wiederhole meine Frage: Haben Sie den Tod Ihres Mannes verschuldet?»

«Absolut absurd!»

«Frau Tremus, uns fehlt noch der letzte Beweis.»

«Den werden Sie niemals finden! Bis an Ihr Lebensende nicht! Eine Impertinenz! Ich habe ein reines Gewissen.» Dann wechselt sie die Tonart und sagt, als wolle sie auch den Kriminalbeamten Gerechtigkeit widerfahren lassen: «Nun, Sie verrichten Ihre Arbeit.» Sie erhebt sich, als sei damit die Unterredung beendet, und bemerkt knapp: «Ich nehme an, ich kann jetzt gehen?»

Der Inspektor läßt sie gewähren, sagt erst, als sie fast an der Tür ist: «Moment... Sie müßten noch das Protokoll unterschreiben, dann können Sie gehen.»

Entgegen der Ankündigung stellt man ihr noch verschiedene Fragen, kommt auch noch mal auf den Hocker zu sprechen, läßt sie dann das Protokoll unterschreiben, und damit ist sie entlassen. Einige Wochen danach erhält sie eine Mitteilung der Staatsanwaltschaft, die polizeiliche Untersuchung habe keine Beweise für Fremdverschulden beim Ableben des Herrn Georg Tremus erbracht. Der Fall sei damit amtlicherseits abgeschlossen.

Frieden, Krieg

1

Ein wunderbarer Maitag.

Weiche, milde Lüfte, geschwängert und gesättigt von schwerem Blütenduft. Die Stadtgärtner haben das sogenannte «Bowling green», im Alltag eine mit Wasserkaskaden geschmückte Freifläche vor dem Kurhaus, in ein einziges Beet blühender Zitronen- und Limonenbäume verwandelt, ein lieblicher Anblick, nach Jasmin und Ferne duftend.

Frieda ist unter den Zuschauern der großen Kaiserparade, die Seine Majestät alljährlich vor dem Kurhaus abnimmt; Majestät wie immer in einer das Auge bestechenden Uniform. Diesmal hat er die eines Admirals gewählt. An diesem Tag wird für den Ausbau der Flotte gesammelt, daher diese freundliche Geste gegen die Marine.

Man hat sich angewöhnt, strahlend blauen Himmel, wie er heute herrscht, «Kaiserwetter» zu nennen. Wie man hört, kann man Seiner Majestät mit diesem Ausdruck Freude bereiten, als sei tatsächlich er der Urheber der angenehmen Gegebenheiten. Wirklich bemerkt Frieda, als sie sich einen Feldstecher reichen läßt, höchste Zufriedenheit in seinen Mienen. Der Kaiser macht gerade Herren seines Gefolges auf etwas aufmerksam, was ihm besonders zusagt, und wie er das tut, läßt daran denken, alles sei sein Werk. Und ist es dies nicht sogar in gewisser Weise? Die Soldaten, die da elegant und kraftvoll paradieren, die jubelnden Zuschauer – nur die Stützen der Gesellschaft – und ihr Souverän sind alle vom gleichen Stolz erfüllt. Stolz auf sich, auf ihre Leistungen und darauf, daß der Allmächtige den Deutschen gerade diesen imposanten Herrscher gewährt hat. Hoch-Rufe rollen immer wieder durch die Reihen der Zuschauer, beinahe wie Meereswogen und ebenso ziellos.

Frieda hat sich Gästen des Hauses angeschlossen, die wegen ihrer Bekanntschaft mit dem Kommandierenden General Karten für die Tribüne erhalten haben. Karten sind äußerst schwer zu erlangen, und deswegen ist sie den Herrschaften für die Einladung sehr verbunden.

Genaugenommen ist Frieda nicht wegen des Kaisers und der Parade hier. Sie hatte erfahren, Herr Maison werde anwesend sein, und sie war neugierig, ob er sich tatsächlich in aller Öffentlichkeit mit seiner Tusnelda zeigen werde, einer Schauspielerin, wie er ihr stolz bei einem zufälligen Treffen auf der Straße berichtet hat. Und wirklich, sie ist hier. Eine wahre Abgeschmacktheit, dieses Weibsstück öffentlich vorzuführen. Sie sieht doch aus, als bügle sie bei ihm Wäsche. Nun ja, wenn Männer in ein gewisses Alter kommen... Beinahe ununterbrochen schäkert er mit dem Weib. Das wird eine ganz billige käufliche Person sein, vermutet Frieda. Ihr, Frieda, hatte er vorgeschwärmt, diese bewußte Dame sei in einer Hosenrolle unwiderstehlich! Hatte die Treuherzigkeit, ihr zu versichern: «Sie ist absolut nicht so eine, wie Sie meinen...»

Da hätte er sich ja besser mit Anna zusammengetan!

Anna ist auch nach Georgs Beerdigung bei ihr geblieben. Einerseits ist sie ihr dafür dankbar. Anna ist tüchtig, wenn auch vielleicht etwas zu bestimmt. Manche der Gäste behandelt sie, als seien es Angestellte des «Petersburger Hofs». Frieda versucht es ihr abzugewöhnen, aber bis jetzt hatte sie damit noch wenig Erfolg. Weil es nicht anders geht, teilen sie sich das Schlafzimmer; es ist noch immer das Zimmer 5, das sie mit Georg bewohnt hat. Wenn sie sich über Anna ärgert, kommt es Frieda so vor, als wären Anna und sie Halbschwestern und ertrügen sich nur, weil sie durch Familienbande aneinander gebunden sind. Es gibt Augenblicke, da bereut sie es regelrecht, Anna von ihrem Posten beim Konsum weggelockt zu haben. In anderen Momenten ist sie sehr froh darüber und sehr dankbar, daß sie Anna bei sich hat. Man sagt, Witwen verfielen oft in ein tiefes Loch aus Traurigkeit und Verzweiflung. Sie, Frieda, ist zum Glück davon verschont geblieben, und das hat sie zum großen Teil Annas Fürsorge zu verdanken.

Die Parade geht zu Ende, das übliche Gedränge entsteht, und Frieda hat Mühe, die Verbindung zu den Herren, mit denen sie gekommen ist, nicht zu verlieren. Plötzlich macht sich eine Dame bemerkbar. Frieda weiß sofort, sie kennt sie, dennoch könnte sie nicht auf Anhieb sagen, wen sie vor sich hat. Erst als die Dame mit russischem Akzent sagt: «Frieda, Sie erkennen mich nicht?», wird ihr klar, sie hat Madame Aljewna vor sich. Sie sind, seitdem sie sich zuletzt sahen, bald zehn Jahre älter geworden. Insofern ist Friedas Irritation zu verstehen. Aber es ist nicht nur die Veränderung, die die Zeit mit sich bringt, daß Frieda die Russin nicht sofort erkennt. Die Dame ist braun gebrannt wie eine Bäuerin, ist burschikoser als ehedem und eigentlich hübscher.

Frieda ist sehr von der Wiedersehensfreude angetan, welche die Dame unverhüllt zeigt. Die Russin zieht sie wie eine gute Freundin an sich, drückt ihr einen Schmatz auf beide Wangen und lobt überschwenglich Friedas blühendes Aussehen. Frieda stellt Madame Aljewna den Herrschaften vor, mit denen sie zusammen ist. Die Russin beweist ihnen jedoch kaum mehr als die allernotwendigste Höflichkeit und überschüttet Frieda dann wieder mit Fragen. Wie geht es ihr? Hat sie noch ihr Hotel? Ist sie noch glücklich verheiratet?

Leider durch Unglück Witwe!

Wie schrecklich! Sie muß ihr unbedingt alles erzählen!

Noch am gleichen Tag läßt ihr Madame Aljewna ein kleines Billett zukommen – ein Pikkolo der «Rose», wo sie abgestiegen ist, bringt es –, und darin schreibt sie, wie sehr sie sich über die Begegnung gefreut habe. Die Gräfin lädt Frieda ein, sie nach Erbenheim zum Pferderennen zu begleiten. Anna, die mitbekommen hat, daß man Frieda eine Botschaft gebracht hat, glaubt, es handle sich um eine Männergeschichte. Sie wird doch nicht so wenige Monate nach Georgs Tod... Frieda ärgert sich darüber und sagt ihr kalt ins Gesicht: «Was willst du? Dann brauchst du wenigstens die Erinnerung an Georg nicht zu teilen!» Sie läßt Anna das Billett lesen, und die entschuldigt sich zerknirscht.

Für Frieda ist das damit abgetan. Mehr beschäftigt sie: Was soll sie Madame Aljewna antworten? Soll sie wirklich mit ihr zu dem Rennen gehen? Anna rät: «Warum nicht?» Frieda hält sich doch gern in der Hautevolee auf.

Diese Ermunterung, das könnte Frieda beschwören, ist das einzige Motiv, warum sie der Einladung der Russin folgt. Daß es einmal ein erotisches Moment zwischen der Dame und ihr gab, hat Frieda zwar nicht vergessen, hat es aber unter «tastendes Suchen der Jugend nach Erfahrung» abgebucht. Sie vermutet, daß auch für Madame Aljewna andere Erinnerungen wesentlich mehr Gewicht haben als ausgerechnet die ungeschickten Zärtlichkeiten einer Bademamsell.

Am Renntag ist der Himmel bewölkt; gegenüber Sonntag hat es sich beträchtlich abgekühlt. Frieda meint, ein leichter Regenmantel ist opportun, und statt des etwas kühn gerafften Violetten, das speziell Herr Maison an ihr schätzt und das sie ursprünglich bei dieser Gelegenheit anziehen wollte, wählt sie ein strenges Zweiteiliges, dessen in schwarzen und weißen Streifen gehaltenes, über der Brust zu knöpfendes Oberteil eine andere Geometrie aufweist als das Unterteil, was dem Ganzen Pfiff gibt.

Den kurzen Weg zur «Rose» legt sie zu Fuß zurück. Madame Aljewna ist bereits in der Halle, wo sie sich mit einigen Gästen unterhält, und begrüßt sie liebenswürdig; beinahe wie eine gute Freundin. Sie hat eine Kutsche bestellt. Es scheint ihr angebrachter, mit Pferd und Wagen zu einem Rennplatz zu fahren als mit dem Auto, und auch weniger staubig, wiewohl der gestrige Nieselregen den Straßenstaub noch bindet. Es handelt sich um ein geschlossenes Gefährt; die Russin fordert Frieda auf, neben ihr Platz zu nehmen. Während der Fahrt sprechen sie über ihr Leben. Madame Aljewna hat weitere bedeutende Reisen unternommen; unter anderm hat sie mit einer Karawane die Wüste Gobi durchquert, hat auch ihre Begeisterung für die Fliegerei entdeckt. Unvermittelt erkundigt sich die Dame: Friedas Mann ist bei einem Unfall umgekommen? Welcher Natur war der Unfall?

Woher hat Madame Aljewna es erfahren?

Vom Concierge der «Rose».

Sieh mal an, man rätselt noch immer, denkt Frieda mit ungutem Gefühl, und schildert Madame Aljewna deswegen den Hergang von Georgs Unfall nur sehr summarisch. Madame Aljewna drückt ihr mitfühlend den Arm und erläutert, sie selbst ist geschieden.

Nach einem Moment des Schweigens bemerkt Madame Aljewna, die dabei zum Fenster hinaussieht: «Die Stadt ist um Wesentliches schöner geworden ... sehr chic.» Sie dreht dann den Kopf ein wenig, wendet Frieda ihr breites Gesicht zu und setzt hart und wie befehlend hinzu: «Du auch, Frieda ...»

Das klingt nicht wie ein Kompliment, und Frieda faßt es auch nicht so auf. Die Frau wiederholt nur eine unbestreitbare Tatsache wie «Es beginnt zu regnen» oder «Die Bäume sind grün». Frieda will dennoch gewohnheitsmäßig ein Lächeln aufsetzen, es verrutscht ihr jedoch, als die Russin hinzufügt: «Diesmal will *ich* dich haben, Frieda.»

«Gnädige Frau, ich ...», versucht sich Frieda zu wehren. Die

Russin rückt sehr dicht heran und flüstert ihr zu, während sie ihre Hände ergreift: «Ich hatte mich dir hingegeben, nicht du mir... Hast du das vergessen?»

Frieda hatte angenommen, die Russin werde genug Takt besitzen, den Fehltritt wie nie geschehen zu behandeln. «Das ist lange her», sagt sie deswegen abwehrend. – «Nein, das war gestern», widerspricht ihr die Russin. Sie flüstert ihr zu: «Ich war in meiner Jugend schüchtern bis zur Versteinerung. Ich wollte handeln, vermochte es aber nicht. Du hast das Geheimnis immer gekannt, vermute ich.»

Die Russin zieht die Rouleaus der Kutsche herunter, und mit dieser Geste wandelt sich die Kutsche in ein schwüles Boudoir. Als sich Frieda nicht rührt, nimmt die Gräfin das als Erlaubnis, ihr das Oberteil aufzuknöpfen, Friedas füllige, feste Brust zu suchen, sie zu umfassen und zu streicheln. Dabei sieht sie Frieda wie hypnotisierend an, studiert sie, wie ein Naturforscher einen Schmetterling beobachtet. Frieda wird bewußt, wie sehnig, beinahe knochig die Finger der Frau geworden sind, und wie unerbittlich die Falten des Halses und um die Augen das kommende Alter anzeigen. Worauf lasse ich mich hier ein? denkt sie, für einen Moment abgestoßen, und versucht behutsam, die Hand der Frau wegzuschieben, müht sich, ihre derangierte Wäsche zu richten. Madame Aljewna läßt sie gewähren, jedoch mit einer freundlichen Nachsicht, als handle es sich zweifellos um vergebliche Mühe. Endlich nimmt die Russin Friedas Kopf mit beiden Händen und sucht sie zu küssen. Frieda gewinnt nun die Oberhand zurück, wehrt die drängende Frau ab und sagt in verschiedenen Betonungen und mit unterschiedlichen Worten: Ich will das nicht! Lassen Sie das!

Nachher, als sie sich, wieder korrekt gekleidet, gegenübersitzen, und als Frieda nichts zu sagen weiß, behauptet die Russin: «Frieda, ich will Ihnen ein Geständnis machen – ich habe unsere Nacht nie vergessen. Ist Ihnen das glaubhaft?» Frieda hält es für angezeigt, dazu zu schweigen, und darauf fährt die Russin in ihrem Geständnis fort, sie habe mit etlichen Frauen Verhältnisse gehabt; aber sie, Frieda, sei die einzige gewesen, die unaufgefordert und wie ein Eroberer in ihr Zimmer gekommen sei; sie als einzige habe sie aus ihrem Schlaf gerissen und sie ohne alle Rücksicht auf Folgen geliebt. Das habe sie nicht vergessen und werde sie auch nicht vergessen.

Auf dem Rennplatz begrüßt Madame Aljewna verschiedene hochgestellte Persönlichkeiten. Sie stellt dabei Frieda nachlässig vor; macht sich nicht die Mühe, ihren Namen korrekt zu nennen. Wahrscheinlich präsentiert Herr Maison seine Aktrice – die mit der Hosenrolle – in gleicher beiläufiger Weise, die jedermann sagt: nichts Besonderes, ein Bettverhältnis.

Deswegen nutzt Frieda, als sie nach ungefähr einer Stunde mit der Russin für einen Moment allein am Wettschalter ist, die Gelegenheit und bedauert, gehen zu müssen. Sie behauptet, ihr sei eben eingefallen, man brauche sie unbedingt zu Hause. Sie läßt sich durch kein Angebot umstimmen, und entsprechend kühl fällt der Abschied aus. Frieda ist überzeugt, damit endet die Bekanntschaft. Sie nimmt an, die Russin wird nach dieser Szene wohl die Lust an ihr verloren haben. Andererseits, was denkt sie von ihr? Hat sie so wenig Achtung vor ihr, daß sie sie behandelt wie das nächstbeste Straßenmädchen?

2

Es vergehen nur wenige Stunden, da erscheint ein weiteres Mal ein Pikkolo der «Rose» und wieder mit einem Schreiben, das Frau Frieda Tremus persönlich zu übergeben ist.

Diesmal ist das Couvert von ungewöhnlichem Format – ebenso lang wie breit –, und als Frieda es öffnet, findet sie darin einen sehr edel gehaltenen Prospekt eines Luxushotels am Comer See. Es handelt sich um ein Schloß, in einem Park gelegen, früher Eigentum einer berühmten Sängerin, dem See zugewandt und ein steingewordenes Paradies. Unverkennbar ist der Prospekt ein Kunstwerk in sich. Der Umschlag besteht aus dunkelrotem Glanzkarton, ist schwer und geheimnisversprechend und läßt Frieda an Siegellack denken; die Seiten, welche die üblichen Informationen vom Zimmerpreis bis zu den Eisenbahnverbindungen vermitteln, sind aus Reispapier und sorgfältig eingelegt. Statt wie gewöhnlich Photographien von Zimmern, Meublement und Ausblick zu zeigen, liegen farbige Impressionen von Hotel und Landschaft bei, in japanischer Manier getuscht und offenbar Blatt für Blatt Originale. Irgendwo im Text, wo von der Eleganz des Hauses und der Aufmerksamkeit, die man dem Gast widmen werde, hymnisch geschwärmt wird, wird auch der Künstler gewürdigt, der diese Bilder geschaffen hat; es ist ein Japaner, wie zu erwarten. Als Frieda die Bilder durchblättert, fällt ihr eine Visitenkarte der Madame Aljewna in die Hand. Auf der Vorderseite deren Name samt Titel, aber keine Grafenkrone, auf der Rückseite einige Worte in klarer Schrift und grüner Tinte: «Frieda, es würde mir außerordentliche Freude bereiten, wenn Sie mich auf meiner Fahrt nach Italien begleiteten. Bitte geben Sie mir umgehend Antwort!»

Nach dem Lesen dieser Worte blättert Frieda den Prospekt noch mehrfach durch, vermag dabei aber nun weder seine Schönheiten noch seine Versprechungen wirklich wahrzunehmen. Sie meint, es ist das schamloseste Angebot, das man ihr je gemacht hat. Sie ist sicher, Madame Aljewna hat sehr wohl überlegt, was sie da vorschlägt und wem sie es vorschlägt, und daß sie aus gutem Grund meint, sich einen solch befehlenden Ton erlauben zu können. Sie will den Prospekt gerade ins Feuer werfen, da kommt ihr Liebling August hinzu, will die Bilder betrachten. Frieda läßt ihn auf ihrem linken Bein sitzen, legt den Arm um seinen schmächtigen Rücken und erklärt ihm, was da abgebildet ist, Frage um Frage, und was sie auch nur vom Hörensagen kennt: das unergründliche Blau des Sees, die Dampfer darauf, die Berge des Hinterlandes, die glühenden Blumen Oberitaliens, und während sie ihrem Kind antwortet, fühlt sie die Begierde nach diesen Schönheiten in sich wachsen. Wie gern würde sie sehen, tasten, riechen, auf der Haut spüren, was auf diesem exotischen Papier versprochen wird.

Aber doch nicht zu dem Preis!

Nach dem Abendessen legt Frieda Anna den Prospekt und die Karte vor und erbittet deren Meinung. Anna blättert den Prospekt durch, als ginge es um die Bestellung von Schürzen und Häubchen, und bemerkt: «Da wird aber die Begehrlichkeit geweckt. Die kennt dich bis ins Herz.» – «Was soll das heißen?» – «Was wohl? Die weiß, wie sie dich in Versuchung stürzen kann. Für Luxus gibst du doch deine Seele.» Frieda blickt Anna darauf prüfend an; deren Bemerkung ist jedoch vollkommen harmlos gemeint. Anna stellt sich Madame Aljewna als eine der vielen ziellos herumreisenden, die Abwechslung suchenden älteren Damen vor, wie man sie in allen Badeorten trifft. Wahrscheinlich nimmt sie sogar an, Madame Aljewna sei etwas hinfällig und wünsche sich Frieda als eine Art professionelle Begleiterin. Gespanne dieser Art haben sie oft genug unter ihren Gästen; üblich sind die zahlende Tante und die ausgehaltene Nichte, welcher die Verwandtschaft zum Lebensunterhalt geworden ist, oder der Rentier, der mit seiner ältlichen Tochter unterwegs ist. Frieda läßt Anna bei ihrer Meinung. «Na ja», sagt sie endlich, «aus dem Alter bin ich raus. Ich bin keine Bademamsell mehr.»

«Willst du nicht fahren?» erwidert Anna erstaunt.

«Das geht doch gar nicht. Ich kann doch hier nicht weg!»

«Wieso nicht?» widerspricht Anna energisch. «Wer kommt schon ins Land, wo die Zitronen blüh'n! Ich passe auf, und Herr Direktor Willy ist ja auch noch da. Frieda, gönn dir das Vergnügen. Wenn du nicht fährst, bewerbe ich mich. Frag doch mal – vielleicht braucht sie zwei Begleiterinnen.»

Die brave Anna!

Für einen Moment ist Frieda versucht, ihr reinen Wein einzuschenken, ihr zu offenbaren, was der Hintergrund der Einladung ist. Ihr wird aber bewußt, sie muß dann weit ausholen und mehr offenlegen, als sie will, und deswegen schweigt sie. Am nächsten Tag rät ihr auch Willy unaufgefordert zu, die Einladung anzunehmen. Das sagt er wohlweislich, als Anna nicht dabei ist, und fügt hinzu, sie könne sich vollkommen auf ihn verlassen. Beide, sowohl Anna wie Willy, nehmen allem Anschein nach an, sie seien in ihrer, Friedas, Abwesenheit die eigentlichen Herrscher aller Reußen.

Frieda ringt mit sich. Kann sie der Russin zusagen und ihr gleichzeitig zu verstehen geben, sie sei nicht bereit, das Bett mit ihr zu teilen? Ist das eine nicht die Bedingung für das andere? Kann man einer Gräfin Aljewna überhaupt Bedingungen stellen? Und aus welchem Grund sollte die Gräfin an ihrer Gesellschaft interessiert sein, wenn sie sich verweigert?

Es ist schon so, wie Anna vermutet hat, sie spürt durchaus die Versuchung, mit welcher Madame Aljewna sie ködern will. Sie sehnt sich danach, einmal im Land des Luxus zu sein, und sei es auch nur ein einziges Mal und als Geduldete. Endlich begibt sie sich in die «Rose», und da läßt die Gräfin sie nach einigen Momenten des Wartens in ihre Räume rufen.

«Wie lange ist es Ihnen möglich, mit mir zu reisen?» fragt sie, als sich Frieda für die Einladung bedankt, und Frieda antwortet, unter Umständen könne sie wohl zwei Wochen erübrigen. «Sehr gut, sehr schön!» zeigt die Gräfin darüber Freude. Frieda faßt nun den Mut und fragt danach, wie sie zu dieser Ehre komme?

«Frieda», erwidert die Gräfin, als sei sie über diese Frage denn doch erstaunt, «ich dachte, Sie seien mir gewogen? Ich erinnere mich, wie geschickt Sie mich zu massieren verstanden.»

«Gewiß...» Und weil Frieda nun nicht weiß, wie sie Madame Aljewna eröffnen kann, sie werde ihr die bewußte Freude nicht bereiten, sagt sie: «Ich habe Ihnen bei unserem Wiedersehen nicht alles von mir verraten. Ich bin nicht nur Witwe... ich habe einen Geliebten!»

Die Gräfin starrt darauf Frieda aus schmalen Katzenaugen an, als könne sie so die Wahrheit des Gesagten prüfen, wendet sich dann ab, beschäftigt sich mit etwas und sagt schließlich nach kurzem Überlegen: «Das war nicht anders zu erwarten. Die meisten Frauen suchen sich Männer. Aber lassen Sie uns dennoch fahren, Frieda! Man kann unter Fremden sehr einsam sein, selbst unter Freunden. Sie sind mir vertraut...» – «Wenn das wirklich Ihr Wunsch ist, will ich gerne als Ihre Begleiterin mitkommen», sagt Frieda, und darin steckt die Bedingung, die sie stellt. Die Gräfin versteht das durchaus und versichert ihr heiter, es sei durchaus ihr Wunsch, ja!

Darauf faßt sich Frieda ein Herz und erkundigt sich, ob es möglich sei, statt an die oberitalienischen Seen an die Riviera zu fahren?

«An die Riviera?» wundert sich die Gräfin über diesen ausgefallenen Vorschlag. – «Mein Mann hat davon so geschwärmt... von den Bergen und vom Meer. Deswegen komme ich darauf», erklärt Frieda. Die Gräfin gibt zögernd zurück: «Wir wären sehr unter uns. Die Saison ist vorbei. Nach dem Karneval ist die Riviera tot.» – «Sie meinen, es sind alle Hotels geschlossen?» – «Nicht alle natürlich... Monte Carlo – wollen wir nach Monte Carlo gehen?» schlägt die Russin mit erwachendem Eifer vor. – «Überallhin, wo man das Meer sehen kann; wenn ich mir was wünschen darf.» – «Sie dürfen wünschen, Schöne.» Bei Friedas rascher Reaktion – Frieda hebt wie abwehrend die Hände – korrigiert sich die Russin: «Nicht Schöne – Frieda, nur Frieda! Es ist versprochen! Ich werde in Zukunft daran denken!»

Die Abreise gestaltet sich umständlicher, als es Frieda angenehm ist. Auch bei dieser Gelegenheit wird der unterschiedliche Charakter ihrer drei Buben deutlich. Während Heinrich seine Ärmchen um sie legt und wegen der Trennung kläglich weint, markiert August den starken Mann, trägt ihr auf, was sie ihm von der Reise mitbringen soll, und Adam hat nur Besorgnis, daß sie den Zug versäumen könnte. In seiner eifrigen Anstrengung paßt er mehr zu Anna als zu ihr.

Sie weist den Jörns an, an der «Rose» vorbeizufahren und dort Madame Aljewna aufzunehmen. Das hat sie mit dieser ausgemacht, und das hat praktische Gründe. Frieda ist es vor allem deswegen lieb, weil sie auf diese Weise die Empfindung hat, sie mache sich nicht gänzlich von der Huld der Russin abhängig, sondern sei ein wenig deren Gefährtin. Allerdings wird ihr bei dieser Gelegenheit ins Gedächtnis gerufen, was sie vergessen hatte: Madame Aljewna hat ein eigenes Zeitgefühl, das sich gewaltig von dem gewöhnlicher Leute unterscheidet. Pünktlichkeit bedeutet ihr soviel wie Unpünktlichkeit. Frieda fürchtet, als sie sieht, wie Madame Aljewna mit den Herren der Reception noch in längere Verhandlungen tritt, sie werden den vorbestellten Expreßzug nicht erreichen. Tatsächlich ist der Zug bereits eingelaufen, als sie auf dem Bahnsteig eintreffen. Den Schaffnern, die neben der letzten offenstehenden Waggontür warten, ist eine gewisse Nervosität anzumerken, aber Madame Aljewna scheint dies alles nicht zu berühren. In vollkommener Gemütsruhe dirigiert sie den Dienstmann und den Jörns und beschwichtigt nebenbei auch noch Frieda und sagt, sie werde sie nächstens zu einer Expedition durch die Wüste Gobi einladen, dann lerne sie, daß Zeit wahrhaftig kein bedeutender Faktor sei. Die beiden Helfer verlassen den Waggon, als der Zug bereits anfährt, müssen regelrecht rausspringen; Madame Aljewna bemerkt es nicht mal.

Frieda ist deswegen unzufrieden. Sie wäre gerne bei ihrer ersten großen Reise ohne Hast gewesen; wünschte sich die Muße, alle Eindrücke aufzunehmen. Gang und Abteil des Schlafwagens sind mit so dicken Teppichen ausgelegt, wie Frieda sie nicht mal im «Römerbad» kennengelernt hat; der Fuß versinkt darin, und das gedämpfte Licht läßt das polierte Holz der schweren Mahagonitüren und Wandverkleidungen sanft schimmern. Der Schaffner bittet, ihm die Pässe für die Grenzkontrolle auszuhändigen. Dann fragt er, ob die Damen besondere Wünsche haben.

Die Russin verlangt beiläufig: «Bringen Sie uns eine Flasche Champagner.»

Selbstverständlich.

Die Betten sind bereits gemacht; sie sind nicht übereinander angeordnet, wie Willy angekündigt hatte, sondern nebeneinander.

Madame Aljewna nimmt Frieda in den Arm, flüstert ihr zu: «Herzlich willkommen in meinem Leben», küßt sie leicht und rasch und wünscht eine angenehme Reise. Während sie sich zu entkleiden beginnt, kündigt sie Frieda eine bedeutende Überraschung an. Dazu muß man die Reise in Bern unterbrechen. Ist Frieda einverstanden?

«Wenn es Ihnen Freude bereitet...»

Wiewohl Madame Aljewna es ihr mehrmals anbietet, weniger förmlich zu sein, erlaubt sich Frieda bei der Gräfin keinerlei Vertraulichkeiten und bleibt konsequent und aus gutem Grund bei dem schützenden «Sie» und der im Grunde zu saloppen Anrede «Madame Aljewna», auf die sie früher Wert legte.

Die Änderung ihrer Reisepläne bringt es mit sich, daß sich die beiden Frauen mitsamt ihres Gepäcks mitten in der Nacht auf dem Berner Bahnhof wiederfinden und nicht wissen, wohin sich wenden. Die Dienstmänner empfehlen ein Hotel «Terminus», ein gutes Haus in Bahnhofsnähe und behäbiger, als der Name vermuten läßt.

Ein paar Stunden später wird Frieda geweckt, als jemand zu ihr sagt: «Raus aus den Kissen, Schöne», und dabei in ihren Haaren wuschelt. Sie braucht einen Moment, um zu verstehen, wer das ist und wo sie sich befindet. Madame Aljewna sitzt auf ihrem Bett, bereits angekleidet und offenbar voller Tatendrang. Jetzt enthüllt sie das Geheimnis. Hier in Bern steht ein Aeroplan bereit, und wenn sie wollen, können sie, Frieda und ihre Gastgeberin, einen Flug unternehmen. Was meint Frieda dazu?

Das erste, was Frieda darüber empfindet, ist Erschrecken; sie soll sich in die Lüfte erheben? Dann erinnert sie sich an Käthchen Paulus und wie diese sich todesmutig aus dem Ballon geworfen hatte, auch an das Zufriedenheit ausstrahlende Gesicht der tollkühnen Frau erinnert sie sich, und das läßt sie dem Vorschlag zustimmen.

Madame Aljewna hat nichts anderes erwartet. Dennoch versichert sie Frieda, man könne heutzutage absolutes Vertrauen in die Aeroplane setzen. Es handle sich dabei um wahrhaft ausgereifte Konstruktionen, nicht mehr luftige Gestelle, einzig aus Draht und Segeltuch, wie noch vor einigen Jahren. Selbst als Frieda ihre Morgentoilette macht, redet sie davon, welch rasender Fortschritt innerhalb von drei oder vier Jahren im Flugzeugbau erzielt worden sei! Wenn es möglich sei, von Paris nach Warschau und St. Petersburg zu fliegen, sogar nach Kairo und Karthum, wie es vor wenigen Wochen gelungen ist, sei ihr Sprung über die Alpen eigentlich nur ein Hüpfer und nicht der Rede wert. Beinahe wie eine Zofe gießt sie Frieda Wasser aus einer Kanne in die Waschschüssel und zitiert dabei mit schöner, ausdrucksvoller Stimme, wohl aus einem Gedicht: «Verwegener Sterblicher, dem Widerstand und Zorn des Äolus trotzend, suchst Du Deinen eigenen Kurs und willst den Himmel erobern ...» Sie küßt ihr flüchtig den Nacken, und als Frieda die Zärtlichkeit abwehrt, verspricht sie, sie werde die personifizierte Vorsicht sein, werde keine extraordinären Risiken wagen, und wird endlich emphatisch, als sie sagt: «Vertraue mir... Ich werde uns zu den Sternen fliegen!»

Erst jetzt begreift Frieda, sie will selbst pilotieren? Bislang hatte sie geglaubt, die Gräfin wolle sich gemeinsam mit ihr einem Piloten anvertrauen. Auf den Gedanken, daß sie das Flugzeug selbst steuern wolle, war sie nicht gekommen. Natürlich werde sie selbst fliegen, sagt ihr die Russin, und sie werden die ersten Frauen sein, die die Alpen den Vögeln gleich überqueren.

Frieda vergewissert sich, daß sie die Gräfin richtig verstanden hat. Sie glaubt, etwas durcheinandergebracht zu haben. Madame Aljewna will mit ihr, Frieda, die Alpen in einem Flugzeug überqueren?

Ja. Habe sie das nicht eben erklärt? Es biete sich ihnen unverhofft Gelegenheit dazu. Roland Garros, der «gefeierte Garros», wie ihn Madame Aljewna nennt, sei so liebenswürdig, ihr seine Maschine zur Verfügung zu stellen, eine verbesserte und weiterentwickelte Version jener, mit welcher er im vergangenen Jahr als erster mit einem Flugzeug das Mittelmeer überquert hat! Wie sie das sagt, erwartet sie ganz offenbar, Frieda werde nun zum selben Enthusiasmus finden wie sie selbst.

Als der ausbleibt, sagt sie: «Du scheinst kein Vertrauen in mich zu haben», und beginnt in einem ihrer kleineren Koffer aus Alligatorenleder zu wühlen. Endlich findet sie, was sie sucht, ein Dokument einer internationalen Flugunion. Man kann daraus erkennen, an welchen Plätzen Madame Aljewna schon aufgestiegen und an welchen Orten sie schon gelandet ist, alle Flüge mit Stempeln und Unterschriften belegt. Die Gräfin will damit beweisen, wie erfahren sie im Fliegen ist. Frieda interessiert sich aber für anderes. Sie sieht zum ersten Mal den vollständigen Namen der Gräfin. Sie merkt sich davon jedoch nur den Namen Marija, weil er der erste einer ganzen Reihe Namen ist. Später, als sie miteinander vollkommen vertraut sind, erlaubt ihr die Russin, sie mit diesem Namen anzusprechen, wiewohl er nicht ihr eigentlicher sei, sondern der ihrer Patin und den übrigen nur vorangestellt, um der Patin eine Freude zu machen; niemand sonst spreche sie so an. Frieda versteht sehr wohl, daß sie ihr damit ein Privileg einräumt.

Nun, bemerkt Frieda, muß es gleich ein Flug über die Alpen sein? Genügt es nicht, von hier...?

Madame Aljewna appelliert an ihren Mut und an ihre Eitelkeit; sind sie die ersten Frauen, die die Alpen auf diese Weise überqueren, werden sie sich damit ein Stückchen Unsterblichkeit erobern.

Frieda ist auch nach diesem Appell an ihren Wagemut (nie hat sie geglaubt, das sei ihr wesentlicher Charakterzug) erst halb entschlossen. Soll sie wirklich wegen einer Laune ihrer Gastgeberin ihr Leben riskieren? Sie drückt das zwar nicht so deutlich aus, aber die Gräfin empfindet durchaus, was sie ihr zu verstehen geben will, und versichert ihr, man übertreibe für gewöhnlich die Gefahren des Fliegens ungemein. «Wir werden uns nachher die Maschine ansehen», verspricht sie endlich, und darin schwingt mit, Frieda kann immer noch ablehnen.

Nach dem Frühstück – die Orangenmarmelade, die in Silberschälchen auf allen Tischen steht, ist ein wenig bitterer und damit pikanter als die, die Frieda ihren Gästen reicht, und sie beschließt, nach der Rückkehr die Sorte zu wechseln – begeben sich die Damen zum Berner Flugfeld, in der Hauptsache eine Grasbahn, an deren Rand Tafeln mit seltsamen Zeichen und ungewöhnlichen Zahlen aufgestellt sind, und eine langgestreckte hohe Halle, der sogenannte Hangar. Tore der Halle stehen weit offen, und in ihrer Mitte protzt ein Flugapparat, der wohl derjenige ist, von dem Marija Aljewna gesprochen hat. Es ist ein Eindecker aus Metall, soviel kann selbst Frieda erkennen.

Mechaniker kommen heran und begrüßen die Gräfin, und wie sie das machen, läßt deutlich werden, die Gräfin ist in ihren Kreisen ein bekanntes Gesicht, anscheinend ein zweites Käthchen Paulus. Ein jüngerer, etwas dicklicher Franzose in Ledermontur, und zwar von der Art, wie der Jörns sie liebt, umarmt und herzt Madame Aljewna; Frieda wird er dann erwartungsgemäß als Monsieur Garros vorgestellt. Ein unakkurat geschnittener Schnurrbart und traurige Augen verleihen ihm eine gewisse Clownsmelancholie; mehr fällt Frieda am Bezwinger des Mittelmeeres nicht auf. Madame Aljewna fordert ihn auf, ein wenig von seinem aufsehenerregenden Flug zu berichten. Er sagt, es ging knapp aus. Er sei mit 250 Litern Flugbenzin gestartet, habe aber gerade noch fünf Liter Benzin im Tank gehabt, als er in Bizerta landete! Im Laufe der Zeit, welche Frieda mit Madame Aljewna verbringt, lernt sie noch weitere Flieger kennen, und wie aus einem Zwang heraus drehen sich die meisten ihrer Erzählungen um den Mangel an Brennstoff in kitzligen Situationen und was sich daraus für sie ergeben hat oder hätte ergeben können. Die wenigsten können Aufregenderes schildern als der Jörns, der bei seinen Rennen vor allem Achsenbruch, Motordefekte oder aus der Kurve geschleuderte Kollegen erlebt.

Garros führt Madame Aljewna dann seine neueste Erwerbung vor und schildert mit Eifer, welche Verbesserungen gegenüber seiner alten Maschine an diesem Modell vorgenommen worden sind. Es handelt sich um eine Morane-Saulnier mit einem Gnôme-Motor von 100 Pferdestärken, was bedeutet, daß die Kurbelwelle fest steht, der Zylinderstern aber rotiert. Es kann auch umgekehrt sein, Frieda sagen die Details nichts, und sie hat Mühe, sie sich zu merken. Jedenfalls, soviel entnimmt sie dem Gespräch, von dieser Konstruktion kann man sich wahre Wunder an Zuverlässigkeit und Steigfähigkeit versprechen.

Später begibt man sich in das kleine Büro, das zur Halle gehört, und hier beugt sich Madame Aljewna mit Garros und einem der Männer über riesige Karten, stellen sie Berechnungen an, erarbeiten einen Plan, verwerfen ihn, beginnen den nächsten. Während dieser Zeit, die ein eigenes Tempo und einen eigenen Rhythmus zu haben scheint, sitzt Frieda still am Fenster des engen Raums und sieht auf das Flugfeld, wo jüngere Männer Starts und Landungen vollbringen. Deren Treiben läßt sie an das Tollen von Kindern denken, die sich über ihre Papierdrachen freuen.

Über dem Beobachten der Flieger und der Flugmaschinen vergißt Frieda, was um sie herum geschieht. Niemals in ihrem Leben, nicht mal, als sie Kind war, gab es eine Zeit, in der man keine Forderung an sie gestellt hat, und nun ist dieser nie erwartete, nicht einmal erhoffte Moment eingetroffen, und das ist das einzige, was sie beschäftigt, auch beglückt. Erst als Madame Aljewna ihr eine beiläufige Liebkosung erweist, ein nichtssagendes Tätscheln, wie man es auch einem Schoßhund zukommen lassen würde, wird ihr wieder bewußt, worum es hier geht. Sie hat immerhin versprochen, für eine Laune dieser Frau ihr Leben einzusetzen.

Wer ist das überhaupt?

Nie zuvor hat sie eine Frau gesehen, die im Umgang mit Männern so energisch und bestimmend handelt wie jetzt die Gräfin Aljewna. Sie deklariert ihre Befehle nicht als Wünsche, garniert sie nicht mit einem Lächeln und bittet nicht mit einem Augenaufschlag um Entschuldigung für ihre Zudringlichkeiten. Sie wirbt nicht um Zustimmung, hält keinerlei Schmeichelei für die umstehenden Männer bereit. Sie verwirft, was ihr mißfällt, und verlangt, was sie haben will, und das Seltsame ist, keiner der Männer stört sich daran. Wiewohl Frieda von ihrem zweiten, dem ganz anders gearteten Leben der Dame wußte, von ihrer Neigung, sich in Männerkleidung durch Wüsten zu quälen, hatte sie sich die Russin dabei nicht als eine andere Person gedacht, nicht als ein zweites Wesen. Sie hatte angenommen, die Russin sei an allen Orten diejenige, die sie erlebt hatte; von Äußerlichkeiten der Bekleidung abgesehen. Nun wird ihr deutlich, Frauenkleider sind der Russin eigentlich nur Kostüm, wie andere sich für den Ball als Zigeuner, Polen oder Kapitäne maskieren.

Dieser ganze Tag und auch die beiden folgenden gehen vollkommen für die Vorbereitungen des Fluges drauf. Selbst das abendliche Diner mit Garros ist ein Teil dieser Vorbereitung. Was ist alles zu bedenken! Das Wetter der kommenden Tage ist zu eruieren, die schweizerischen und die italienischen Behörden sind zu informieren; das Flugfeld in Domodossola – auf der anderen Seite der Alpen gelegen, schon in Italien – ist von der voraussichtlichen Ankunft zu unterrichten. Um Gewicht zu sparen, wird ein Zusatztank, den Garros seiner Maschine hat anfügen lassen, abmontiert. Andererseits wird ein Barograph beigeschafft und angebracht; mit den Aufzeichnungen des Geräts soll später die erreichte Höhe dokumentiert werden. Selbst scheinbare Banalitäten, wie gefütterte Lederbekleidung und Flugbrillen zu beschaffen, wollen erledigt werden. Frieda lernt die Stadt Bern praktisch nur auf der Suche nach passenden, gefütterten Lederhandschuhen kennen, was sich – immerhin ist man mitten im Sommer und die Geschäfte halten diese Artikel nicht bereit – als ein Problem erweist; wenn auch von geringerem Ausmaß, und schließlich wird es zufriedenstellend gelöst.

Während der Tage der Vorbereitungen bleibt Frieda einmal im Hotel und verfaßt sowohl ein Testament wie einen Brief, der für ihre Kinder bestimmt ist, nach ihrem Tod zu öffnen. Im Testament legt sie fest, daß außer den Kindern auch Willy und Anna erben sollen. Eine bestimmte Summe soll dem Pallotiner-Missionar Richard Jennewein übergeben werden, der über den Gebrauch nach Gutdünken verfügen kann. Herr Maison soll ihre letzte Ruhestätte bestimmen.

In dem Brief an die Kinder schreibt sie lange über deren Vater und schildert ihn als einen Mann von seltener Herzensgüte und großen Geistesgaben. Sie schreibt, wahrscheinlich hätten die Kinder seine Größe nicht begreifen können, weil sie ihnen selbstverständlich erschienen sei. Ihr selbst sei es ebenso ergangen. Erst nach seinem Tod habe sie zu würdigen gelernt, was Georg ausgemacht habe. In dem Brief stellt es Frieda allen Kindern frei, den Beruf zu ergreifen, wonach es sie dränge. Sollte das Hotel «Petersburger Hof» zum Zeitpunkt ihrer Volljährigkeit noch im Besitz der Familie sein, so sollten sie nach Rücksprache mit erfahrenen, vertrauenswürdigen Menschen über seine Führung entscheiden. Man solle sich hierbei aber nur nach Neigung und Eignung verhalten.

Den Parteisekretär Karl Enders, den Georg zum Vormund der Kinder bestimmt hat, erwähnt sie mit keinem Wort.

Der Tag, den Madame Aljewna für den Flug festgesetzt hat, ist frühmorgens kühl und bewölkt. Das Schweizerische Meteorologische Amt hat vorausgesagt, die Wolken werden nur in einer Höhe zwischen 500 und 1000 Metern ziehen und sich im Verlauf des Vormittags vollkommen auflösen. Die eigentlichen Alpengebiete werden wolkenfrei sein. Weiterhin erwartet das Amt eine Höchsttemperatur von 21 bis 22 Grad Celsius, bezogen auf Bern, und leichtere bis mittlere Luftströmungen aus südwestlicher Richtung, im Mittel wohl elf Sekundenmeter.

Das wären ganz hervorragende Bedingungen für den Flugversuch.

Marija Aljewna hat angeordnet, daß man sie sehr früh weckt, und naturgemäß gilt ihr erster Gang dem Fenster. Der Blick zum Himmel befriedigt sie. «Ausgezeichnet», sagt sie mehr zu sich als zu Frieda, die da noch bleiern in den Federn liegt. Frieda ist nur schwer eingeschlafen und vom Klopfen des Hausdieners aus wirren Träumen gerissen worden.

Marija Aljewna treibt zur Eile an wie ein besorgter Reisemarschall. Ein Feldwebel würde einen Rekruten nicht so streng mustern, wie sie nachher Friedas Flugbekleidung inspiziert, die über einem Sessel ausgebreitet ist. Trotz der vorhergesagten angenehmen Temperaturen hat Frieda nicht nur die mit weichem Pelz gefütterte Lederjacke zu tragen, die zu finden rechte Mühe gemacht hat, sondern gleichfalls eine dicke Kappe. Des weiteren gehört zur Ausrüstung eine sogenannte Fliegerbrille, wobei es sich um ein neues Patent handelt. Statt zweier gewöhnlicher Gläser hat diese Brille deren vier und jeweils einen winzigen Spalt zwischen den übereinander gesetzten Gläsern. Der Spalt soll die Zirkulation der Luft ermöglichen; dadurch soll verhindert werden, daß die Brille von innen beschlägt.

An diesem Morgen darf Frieda bloß sehr wenig zu sich nehmen, nur etwas Obst und etwas Kaffee. Es sei sicherer, mit leerem Magen und leerem Gedärm zu fliegen, erklärt ihr Madame Aljewna; bei einem Absturz könne so etwas über Leben und Tod entscheiden.

3

Auf der Fahrt zum Flugplatz erteilt Marija Aljewna letzte Ratschläge, findet auch noch einige aufmunternde Worte, welche Frieda die Angst nehmen sollen. Wiewohl sich Frieda bemüht, diese nicht zu zeigen, wird sie stärker, je näher sie dem Flugfeld kommen.

Wie er es liebenswürdigerweise versprochen hat, ist Monsieur Garros, der bedeutende Flieger, bereits am sogenannten Hangar und überwacht die Vorbereitungen; legt sogar persönlich Hand an. Frieda sagt sich, er würde wohl nicht sein Einverständnis zum Flugversuch geben, wenn er ernsthafte Zweifel am Gelingen hätte. Es ist immerhin sein Flugapparat, mit dem sie fliegen werden. Die Maschine ist bereits vor die Halle gerollt worden, und die Monteure sind dabei, aus großen eckigen Blechkanistern Naphtha in den Tank zu füllen. Zwei Schreiber der örtlichen Zeitungen drükken sich um den Apparat herum, und ein Mensch in dunkler offizieller Kleidung, der an einen Schiedsrichter bei einem Duell erinnert, geht wie prüfend auf der Startbahn auf und ab.

Kurz vor dem Abflug erbittet einer der Monteure von der Gräfin ein Autogramm. Er hält auch Frieda das Buch, eine Art Poesiealbum, erwartungsvoll entgegen. Frieda schreibt daraufhin ihren Namen unter den der Gräfin und setzt hinzu: «Mit herzlichem Dank für die gute Aufnahme!» Das ist ein beliebter Satz im Gästebuch, er scheint Frieda daher angebracht.

Die beiden Frauen reichen sich nun wie abschiednehmend die Hände, dann fordert die Russin ihre Gefährtin auf, als erste einzusteigen. Frieda will gerade die kleine Leiter betreten, mit der man auf den linken Flügel gelangt, da schiebt ihr Marija Aljewna einige Haarspitzen, die sich nicht bändigen lassen wollen, unter das Leder der Kappe. Was Frieda als eine letzte kleine Zärtlichkeit, als Versicherung ihrer Gemeinsamkeit aufnimmt, ist nichts weiter als eine weitere Vorsichtsmaßnahme. Marija behauptet, lose lange Haare, vom Flugwind durch die Maschine gewirbelt, könnten unter Umständen ihre Sicherheit gefährden. Sie habe das schon erlebt; sie wickelten sich in tückischer Weise um die Steuerzüge und beeinträchtigten damit das Flugverhalten.

Das Einsteigen gelingt Frieda bereits recht gut, kommt sie doch nun schon mit den Gegebenheiten zurecht. Man muß von der Tragfläche aus in den Ausschnitt klettern, welcher für Pilot und Passagier in die Karosserie des Flugzeugs geschnitten ist. Frieda ist heilfroh, daß sie heute knöchellange Wollhosen trägt, wie man sie im Winter für Bobfahrten nimmt. Wie peinlich war es bei den ersten Versuchen, sich mit der Maschine vertraut zu machen, vor den Augen der Männer hier in normaler Kleidung herumzukrabbeln!

Der Passagiersitz ist lederbezogen, jedoch außerordentlich hart. Zum Glück gibt es wenigstens genügend Platz, daß sie die Beine vollkommen ausstrecken kann. Vor sich hat sie runde Instrumente, die ihr trotz der Proberunde, die Marija bereits mit ihr unternommen hat, nichts sagen, die sie aber während des Fluges als Höhenmesser und als ein Gerät, das die Fluglage anzeigt, erkennt. Zur Seite hin ist die Bewegungsfreiheit durch Seilzüge eingeschränkt, die rechts und links von ihr verlaufen und vollkommen frei liegen. Und schließlich gibt es zwischen ihr und dem Nichts eine dünne Schale aus Aluminium.

Während des Flugs können sie sich nur mittels eines Rohrs und zweier daran befestigter Sprechmuscheln verständigen. Kaum ist auch Marija eingestiegen, probiert sie diesen einfachen Sprechapparat aus. Solange der Motor noch nicht in Betrieb ist, gelingt die

Verständigung ganz ausgezeichnet. Doch kaum haben die Monteure auf ein Zeichen der Gräfin den Motor zum Laufen gebracht, kommt die Verständigung nur noch mit Mühe zustande. Der große hölzerne Propeller, den die Monteure bislang gehätschelt und gestreichelt haben, bewegt sich übrigens anfangs nur sehr gemächlich; so, als sei er unwillig, seinen Dienst zu verrichten. Dann werden seine Umdrehungen rascher und rascher, und entsprechend wird der Lärm des Motors heftiger und heftiger, und die ganze Maschine schüttelt sich dabei. Die Bremsklötze werden entfernt, dann hoppelt der Apparat langsam vorwärts, hin zur abgesteckten Bahn.

Es ist faszinierend zu erleben, wie rasch das Flugzeug an Höhe gewinnt und vor allem, mit welcher Schnelligkeit die Baulichkeiten ihre Dimensionen verlieren. Sie schrumpfen, als seien sie einem Zauber unterworfen. Nach einer Weile überfliegen die beiden Frauen ein brennendes Gehöft; sehen sie die Menschen, die da für die Rettung ihres Hab und Guts ihr Letztes geben. Aus der Höhe hat das Drama etwas Putziges; alles Bedrohliche und aller Schrekken gehen verloren. Kein Wunder, denkt Frieda, daß der Herrgott den Leiden der Menschen so ungerührt zusehen kann.

Sie fliegen in rund 800 Meter Höhe, wie Frieda an dem vor ihr montierten Meßgerät ablesen kann; und zwar unterhalb der Wolken, die wie ein grauschweres Tuch über sie gespannt sind. Einmal reißen die Wolkenmassen auf, und nun übergießt die Sonne das Land mit einer zauberischen Pracht. Anfangs erscheint alles in tiefstes Violett getaucht, das sich langsam durch alle Regenbogenfarben in Gelb verwandelt und dann wie flüssiges Gold die Flügel der Maschine überzieht. Frieda bleibt kaum Zeit, sich an dieser Schönheit zu berauschen, denn unverhofft steigt Marija Aljewna noch höher und dringt in die Wolken ein. Das geschieht so beiläufig, wie man mit einem Auto in Nebel geraten kann, dennoch krallt sich Frieda am erstbesten so fest, daß ihr noch in den Handschuhen zwei Fingernägel abbrechen. Rasch sind die Wolken durchstoßen, liegen sogar unversehens unter ihnen, und wieder kann sich Frieda an dem gebotenen Schauspiel nicht satt sehen. Von oben betrachtet, gleichen die Wolken gewaltigen Kissen aus Watte und vermitteln den Eindruck, man könne aus dem Flugzeug klettern, sich in sie fallen lassen und sich auf und in ihnen tummeln. Marija Aljewna macht Frieda auf die gewaltig aufgereckten Bergspitzen des Montblanc-Massivs aufmerksam, die man nun in der Ferne wahrnehmen kann, und verspricht, wenn man ein wenig Glück hat, wird man in absehbarer Zeit den Genfer See unbeeinträchtigt sehen können. Wirklich verschwinden bald die Wolken, als habe sie jemand weggezogen, die Landschaft unter ihnen wird frei, und nach einer Weile erscheinen vor ihren Augen die gewaltige, blauschwarz schimmernde Fläche des Sees und die Bergriesen, die ihn umrahmen und bewachen.

Ob der Schönheit des Erblickten beginnt Frieda zu weinen. Sie muß ihre Patentbrille abnehmen und die Scheiben mit einem Tuch trockenreiben, will sie weiterhin etwas sehen. Das ist, nebenbei bemerkt, ein umständliches Unterfangen. Für einen Moment fürchtet Frieda, der Flugwind reiße ihr die Brille aus den Händen, und der Kampf mit den Elementen ernüchtert sie etwas. Jetzt, wo die blaugefärbten Gläser ihre Augen nicht mehr schützen, blendet das Licht. Dennoch sucht sie sich das Panorama, das ihr geboten wird, für alle Zeit einzuprägen, und später gesteht sie Marija, diesen Augenblick zu erfahren, habe alles Leid ihrer Kindheit aufgewogen.

Als Montreux erreicht ist, wechselt Madame Aljewna die Richtung. Sie sucht und findet die Rhone und folgt ab jetzt dem Flußlauf in Richtung der Quelle. Mehrmals versichert sie Frieda durch das Sprechrohr, sie sei von den Eigenschaften der Maschine restlos angetan. Bleibe alles in dieser Weise, stehe ihrem Aufstieg nicht das geringste Hindernis im Weg. Man habe noch weit mehr Sprit im Tank, als man für die bisher zurückgelegte Strecke berechnet habe, und so für alle Fälle genügend Reservetreibstoff zur Verfügung.

Aus Gründen der Sicherheit will die Russin die Alpen am Simplon überqueren und sich dabei an der Paßstraße orientieren. Es gelingt ihr auf Anhieb, die Eisenbahnlinie auszumachen, die von Brig nach Domodossola strebt, und wirklich bewegt sich bald unter ihnen ein langgezogener Zug auf den Simplon-Tunnel zu. Menschen beugen sich aus den Zugfenstern und winken zu ihnen hinauf. Marija Aljewna fliegt nun, der Thermik in den Bergen wegen, beträchtlich niedriger, und dadurch wirken die Bergwände, ja selbst der Zug unter ihnen, nicht gerade greifbar, aber nicht mehr so unendlich weit entfernt wie zuvor. Frieda versucht, den Gruß der Zuggäste zu erwidern, doch das Taschentuch, mit dem sie es versucht, wird ihr aus der Hand gerissen und flattert davon.

Am Geräusch ist zu erkennen, daß sich der Motor bei dem kontinuierlichen Aufstieg schwerer tut als bisher; auch wird die Luft kälter und der Wind heftiger. Frieda duckt sich, soweit es möglich ist, in den Schutz der Karosserie. Die wachsenden Beschwerlichkeiten lassen jedoch nicht den geringsten Zweifel aufkommen, daß sie ihr Ziel erreichen werden. Längst hat sie sich daran gewöhnt, das gleichmäßige Brummen des Motors als beruhigend zu empfinden. Nachdem sie ungefähr zehn Minuten geflogen sind – dabei jeweils vielleicht fünfzig oder sechzig Meter Höhe gegenüber der Straße einhaltend –, kommt das berühmte Hospiz auf dem Scheitelpunkt der Paßstraße in ihr Blickfeld. Ein dünner Guß Schnee oder Reif liegt auf den Matten, in der Ferne glitzern Schneefelder, und für einen Moment wünscht sich Frieda, ihre Pilotin würde auf einer dieser blendendweißen Flächen niedergehen, man könnte sich in dem Schnee tummeln.

Der Abstieg beginnt. Bald ist das Flugzeug über den zerklüfteten Schluchten von Ruden, dem berühmten Naturwunder; taucht in sie ein. Die Gräfin steuert den Aeroplan so, daß Frieda gelegentlich Befürchtung hegt, ein Flügel werde die Felswand streifen, und sie atmet auf, als die Gräfin sich entschließt, wieder gehörige Höhe und gehörigen Abstand zwischen sich und den Fels zu legen. Unmerklich verändert sich die Vegetation, aber erst als die Gräfin Frieda auf die Fahnen an der Grenzstation aufmerksam macht, wird dieser deutlich, daß sie fast ans Ziel gelangt sind. Sie haben bewältigt, was vor ihr keine Frau erreicht hat.

Wie um zu zeigen, Frieda habe ihre Rechnung zu früh aufgestellt, beginnt der Motor plötzlich dumpf und verdächtig zu klopfen. Aus dem regelmäßigen, beinahe einschläfernd gleichmäßigen Lauf des Motors wird ein Vorwärtsholpern. Frieda spürt, daß ihre Pilotin verschiedene Kunstgriffe versucht, den Motor wieder zu seiner vorherigen sicheren Ruhe zu bewegen. Durch mehrfaches Drosseln und erneutes Gasgeben bemüht sich Marija, die aufgetretene Unregelmäßigkeit zu beheben. Einmal stellt sie den Motor sogar vollkommen ab, startet ihn sofort darauf wieder; doch weder mit dem einen noch mit dem anderen gelingt es ihr, den erwünschten Effekt zu erzielen. Der Motor holpert und ruckt und läßt sich durch keine Anstrengung wieder zu seinem vorherigen vollkommen ruhigen Lauf bringen.

Marija Aljewna konzentriert sich so vollkommen auf das Problem, daß sie ihre Gefährtin vergessen zu haben scheint. Statt

Frieda mit kleinen Bemerkungen und Hinweisen zu beruhigen, ängstigt sie diese durch ihr beharrliches Schweigen. Um so größer ist Friedas Aufatmen, als sie den Platz entdeckt, der wohl als Landeplatz vorgesehen ist. Die Berge treten hier weit zurück und lassen einem weiten Tal Platz; Scharen von Menschen haben sich dort angesammelt, um ihnen zuzuwinken. Die Gefahr ist jedoch noch nicht gebannt. Der Motor wird schwächer und schwächer, das Flugzeug fällt etwas. Plötzlich, als Frieda glaubt, nun werde sie sich zur Landung hinablassen, gibt Marija wieder Vollgas. Der Motor wird dadurch unverhofft wieder kraftvoll, die Gräfin versichert ihr nun: «Wir bewältigen es!», und umrundet wie im Triumph den Landeplatz in einem weiten Kreis und landet endlich sicher.

Frieda spürt erst jetzt, daß ihr der Angstschweiß ausgebrochen ist.

Kaum ist die Maschine zum Stehen gekommen, rennen Menschen auf das Flugzeug zu; werden Frieda und die Gräfin von jubelnden Männern auf den Schultern zu wartenden Honoratioren getragen, Reden werden gehalten, ein Festmahl gegeben, und am Abend wird ein etwas improvisiert wirkendes Feuerwerk aus Anlaß der Alpenüberquerung und zu Ehren der beiden Fliegerinnen abgebrannt.

Als sie die Russin fragt, ob sie zuletzt in großer Gefahr gewesen seien, sagt diese nur abwehrend, es sei gewiß Zeit gewesen zu landen. Bei der Untersuchung des Motors zeigt sich, der Regulator, der die automatische Zündmomentverstellung betätigt, hat sich festgefressen. So, wie die Gräfin über den Vorfall spricht, handelt es sich nur um einen beliebigen technischen Vorgang. Später schildert Frieda einem Menschen, der etwas von Motoren versteht, den Vorfall, und dieser erklärt ihr, es habe sich um eine «absolut kritische Situation» gehandelt. Aber wie sich die Freude nicht im nachhinein einstellt, kann sich Frieda auch nicht mehr im nachhinein ängstigen.

4

Nach einem Aufenthalt in Mailand reisen die Frauen ans Meer, ins Fürstentum Monaco. Dort beziehen sie Zimmer in einem Luxushotel namens «Heremitage», nahe dem Hafen. Frieda erhält ein Zimmer direkt neben dem Schlafzimmer der Gastgeberin, mit eigenem Badekabinett und Blick aufs Meer.

Alles, was Frieda bislang von Monaco wußte, war die Tatsache, daß es sich dabei um das weltberühmte Spielerparadies handelt, um die berüchtigte Spielhölle. Frieda stellte sich vor, daß sich hier beinahe jeden Abend jemand erschießt oder erhängt, der sein ganzes Vermögen gewagt und verloren hat. Wie oft wird derartiges in den Zeitungen erwähnt! Um so mehr ist sie erstaunt, wie wohlanständig das Ländchen wirkt und wie winzig es ist – praktisch nur zwei benachbarte Ortschaften, durch den Hafen getrennt oder vereint, wie man es zu bezeichnen beliebt.

Von einem höher gelegenen Punkt kann man die ganze Herrlichkeit bequem überblicken. Ehemals Fischernester, haben sich die Ortschaften in den letzten Jahrzehnten so verändert und verschönt, daß sie zu einer Perle der Azurküste geworden sind und nun der englischen und russischen Aristokratie ganzes Entzücken darstellen. Die Großen dieser Länder verbringen mit Vorliebe hier ihre Wintermonate, haben sich dafür prunkvolle Häuser errichtet; viele davon gleichen Palästen.

Jetzt ist man außerhalb der Saison. Friedas kundiges Auge bemerkt die Anzeichen davon schon bei der Ankunft so deutlich, als wäre eine Tafel aufgestellt: «Der Ort ist vorübergehend außer Betrieb», dennoch springt ins Auge, daß alles geleckt und geputzt ist, als erwarte man stündlich die Rückkehr der Herrschaften, und das gilt sowohl für die privaten Gebäude wie für die öffentlichen Einrichtungen.

Das Casino, ein bahnhofsgroßer Bau von protzender Maßlosigkeit, ist wie selbstverständlich das erste Ziel, das Madame Aljewna ansteuert. Frieda ist natürlich begierig, den Spielpalast zu sehen, ist er ihr doch schon von zahlreichen Gästen des «Petersburger Hofs» als das bauliche Nonplusultra beschrieben worden. Tatsächlich, wohin man blickt, üppige, etwas schwülstige Gemälde und Plastiken; verschwenderische Beleuchtung gibt der Sache überirdischen Glanz. Frieda ist beeindruckt. Das spielende Publikum macht allerdings weniger Eindruck. In allen Sälen nichts als blasses Bürgertum, nirgends Eleganz oder Großzügigkeit, überall ängstlicher Erwerbstrieb. Selbst den Damen, die die Spieler bei sich haben, steht die Wohlanständigkeit ins Gesicht geschrieben. Mit raschem Blick stellt auch Madame Aljewna fest, es lohnt sich nicht, hier die Zeit zu verschwenden. Während der Saison betrachte die Abenteurergesellschaft das Fürstentum als ihr eigentliches Heimatland, große und kleine Spitzbuben, brüchige Existenzen aller Art, dann sei dieser Ort interessant, nicht jetzt. «Gehen wir», verlangt sie.

«Wir sind doch gerade erst gekommen. Lassen Sie mich wenigstens ein paar Francs setzen», wagt Frieda zu widersprechen.

Sie interessiere sich für die Typologie der Spieler, nicht für das Spiel, weist Marija Frieda darauf zurecht. Es sei ihre Sucht, diejenigen Verhaltensweisen der Menschen kennenzulernen, die sie am liebsten noch vor sich selbst verborgen halten. – Und das bedeutet? – Das heißt, sie sucht besondere Menschen! Sie sucht das Ausgefallene; das Alltägliche öde sie zum Erbrechen an. Warum, sagt die Gräfin, habe sie sich wohl gerade Friedas Begleitung erbeten?

«Danke für das reizende Kompliment», gibt Frieda pikiert zurück. «Schade, daß ich das nicht früher wußte!»

Darauf läßt Madame Aljewna Frieda in einer Weise abfahren, daß man denken muß, sie sei deren Gesellschaft bereits überdrüssig. Es fehlt nicht viel, und es kommt zu einem Eklat. Ich muß zurück! beschließt Frieda. Ich habe hier nichts verloren! Was treibe ich mich mit einer Frau herum, die auf mich herabsieht.

Die wahre Ursache von allem ist natürlich, daß die Gräfin ein weiteres Mal versucht hat, sich Frieda gefügig zu machen, und die sich auch weiterhin strikt verweigert, und sogar energischer als zu Hause. Sie ist kein Bademädchen mehr; sie muß nicht willfährig sein!

Während des Abends und der Nacht wechseln die Frauen kaum fünf Worte miteinander, aber als Frieda am nächsten Morgen beim Frühstück ankündigt, sie werde zurückkehren, man brauche sie zu Hause und so weiter, entschuldigt sich Marija Aljewna mit allen Zeichen von Zerknirschung für ihr gestriges Benehmen und bettelt Frieda an zu bleiben.

«Warum? Haben Sie mich noch nicht ausführlich genug studiert?» fragt Frieda darauf.

Marija beeilt sich, ihr zu sagen, nein, dieser Gedanke sei ihr nie gekommen, sie betrachte Frieda als sehr angenehme Begleiterin und, wenn sie es annehme, als Freundin, und sie bitte in aller Form um ihre weitere Gesellschaft. – «Weswegen? Was kann ich Ihnen geben?» – Sie nehme an, bekennt die Gräfin, sie brauche das nicht zu erläutern. Was Frieda nun für sie einnimmt, ist die Tatsache, daß sie wegen ihrer Wünsche noch rot werden kann.

Dennoch ist Frieda nicht gewillt, von ihren Vorsätzen abzurükken.

In den folgenden Tagen unternehmen die Frauen Spaziergänge, Bootsfahrten und Ausflüge, genießen Soupers oder besuchen Soireen. All diese Beschäftigungen und Ablenkungen werden nun nicht vergiftet, aber doch beeinträchtigt, weil sich die Russin nach Frieda verzehrt, diese ihr aber so gut wie nichts gewährt. Das einzige, was sie Marija Aljewna zugesteht, ist die tägliche Massage, aber auch da achtet Frieda sehr darauf, daß sich ihre Finger nicht verirren. Sie will einfach die Verwicklungen nicht, die sich aus unerlaubten Beziehungen ergeben. Alles, was sie der Gräfin deswegen sonst sagt, ist gelogen. Weder ist sie standfest, weil sie ihrem Geliebten treu bleiben will, noch fürchtet sie irgendwelches Gerede, und schon gar nicht sind es moralische Gründe, die sie davon abhalten, der Gräfin nachzugeben. Es ist einzig der egoistische Wunsch, sich für die Zukunft Komplikationen zu ersparen. Dazu kommt: Es ist ihr unbegreiflich, welcher Hunger auf Fleisch und Zärtlichkeiten in der Russin steckt. Daß eine Frau darauf so versessen sein kann wie ein Mann! Einmal geht die Gräfin aus dem Haus und holt sich bei Prostituierten, was sie braucht.

Frieda kommt sich deswegen als Betrügerin vor. Daß Marija Aljewna sie in dieses Reich der Schönheit und des Wohllebens geführt hat, würde in Friedas Augen jedes Entgegenkommen rechtfertigen. Sie kann sich einfach nicht satt sehen an den Herrlichkeiten, die sie umgeben. Allein das schier unbegreifliche Blau des Himmels und des Meeres! Sie versucht, sich jede Nuance davon einzuprägen. Doch schon wenn sie in Briefen an die Lieben daheim die Eindrücke wiedergeben will, bemerkt sie, daß ihr die Begriffe dafür fehlen. Letzlich schreibt sie dann Konventionelles und legt Zeitungsausschnitte von ihrem Flug über die Alpen bei. Auch die wenige Post, die sie von zu Hause empfängt, enthält nichts weiter als die Versicherung, alles gehe seinen gewohnten Gang, und Frieda brauche wegen nichts besorgt zu sein. Willy teilt in einem Postskriptum mit, ein Gast, dem man aus Gefälligkeit eine größere Summe Geldes vorgestreckt hat, hat jetzt bezahlt.

Einmal sitzen sie zum Tee in einem äußerst bunt ausgemalten und im übrigen so menschenleeren Café wie die stillen Gassen, in denen es sich befindet. Wären nicht die an ihrer Kasse thronende

Besitzerin und zwei Serviererinnen, die beiden Damen wären vollkommen unter sich. Sie reden über dies und das, zum Beispiel über neueste Gerüchte, welche den skandalösen Wundermönch Rasputin betreffen. Die Gräfin verteidigt ihn – er sei ein sehr hilfsbereiter Mensch und werde von Ignoranten verurteilt, die ihn nicht kennen könnten und ihr Wissen über ihn aus gehässigen Zeitungsartikeln bezögen. Sie habe einmal das Dorf besucht, aus welchem er stamme, und da könne man seine Großzügigkeit nicht genug rühmen. Nach ihrer Ansicht habe Rasputin heilsamen Einfluß auf die Zarenfamilie, keinen dämonischen. Die Gerüchte, er sei der Liebhaber der Zarin, hält sie für bösartige Erfindung.

Frieda widerspricht ihr in diesem Punkt. Sie glaubt daran; hört man doch von seiner geschlechtlichen Unersättlichkeit wahre Wunderdinge.

Frieda interessiert sich für allen Klatsch, der sich um das Zarenhaus rankt. Sie kennt sich – aus den Berichten illustrierter Blätter – in der Zarenfamilie weit besser aus als in ihrer eigenen, und für gewöhnlich nennt sie die Mitglieder dieser illustren Familie bei ihren Vornamen. Herr Maison hat einmal in gutmütigem Spott zu ihr gesagt, ihm komme es vor, als sei sie mit den Romanows enger verwandt als mit dem Haus Windsor. Tatsächlich, das englische Königshaus ist Friedas Herzen – wie alles Englische – etwas ferner. In jedem Fall stehen ihr die Windsors aber immer noch näher als die Heybach und deren Gezücht.

Vielleicht bewirken diese Redereien, daß die Gräfin unverhofft anbietet: «Wie wäre es, Frieda, Prächtige, du würdest in St. Petersburg eine ähnliche Konditorei wie diese eröffnen? Der Erfolg wäre dir gewiß; dafür verbürge ich mich. Man schätzt bei uns alles, was aus Europa kommt. Würde dir das gefallen?» – «Ich? In Rußland? Wie kommen Sie darauf?» – «Warum nicht? Was spricht dagegen?» – «Ist das Ihr Ernst?» – «Warum nicht?» – «Was soll ich in Rußland?» – «Soll ich dir das Wunder St. Petersburg schildern?» – «Das brauchen Sie nicht, das hat Willy schon getan.» – «Wer weiß, vielleicht blüht dort die Freundschaft, die wir hier gesät haben. Ich habe in St. Petersburg eine sehr angenehme Wohnung; nicht weit von der Admiralität.»

«Nein, ich muß eine Aufgabe haben. Ich muß wirken können», widerspricht Frieda energisch.

«Was soll dagegen sprechen? Du kannst auch da ein Hotel betreiben. Ein Hotel, eine Teestube, eine Konditorei – such es dir aus.

Reizt dich das nicht? Willst du in deinen Alltag zurückkehren, als sei nichts geschehen? Hattest du das vor?»

Bis zu diesem Moment hatte Frieda dies als selbstverständlich betrachtet. Sie hat gewußt und weiß es auch jetzt noch, daß es nicht ihre Zukunft sein kann, mit Marija Aljewna diese oder jene Stadt aufzusuchen, in diesem oder jenem Bett zu liegen. Sie will ein Reich haben, in dem sie herrschen kann. Aber muß es das kleine Hotel am Geisberg sein? Warum nicht wirklich eine Konditorei in St. Petersburg oder sogar ein Hotel dort?

Die Russin wirbt um sie, als suche sie einen Geschäftspartner, schildert Frieda die zu erwartenden Vorteile. Sie wird ein elegantes Etablissement betreiben, sie wird in anderen Kreisen verkehren, und sie wird sich in ihrer Gesellschaft wohl fühlen. Vorsichtig legt sie ihre Hand auf die von Frieda und bittet: «Frieda, laß uns fürs Leben vereint sein ...»

Frieda wird von diesen einfachen Worten so aufgewühlt, daß sie ohne Rücksicht auf die Anwesenheit anderer Menschen zu weinen beginnt. Warum erweckt sie Liebe und kann keine empfinden? Sie schlägt die Hände vors Gesicht und schluchzt ein ums andere Mal: «Ich kann nicht ...»

«Frieda, Schöne», tröstet die Russin sie. «Denk drüber nach ...»

5

Zu Friedas Heimkehr hat man den «Petersburger Hof» geschmückt. Über der Haustür ist eine Blumengirlande angebracht, und ein Schild grüßt «die Bezwingerin der Alpen». Frieda vermutet richtig, das war Willys Einfall. Er war es auch, der den Artikelschreiber des «Tagblatts» von ihrer Rückkunft informiert hat, und der will, den Bleistift wie ein Ladenschwengel hinter dem Ohr, alles über den berühmten Flug erfahren.

Für Frieda ist aber das, was noch vor so kurzer Zeit ihr Herz höher schlagen ließ, längst gewöhnlich geworden und liegt wie verdorrt am Wegrand. Entsprechend hat sie beim Aussteigen aus dem Taxameter kaum mehr als einen Blick für das Schild. Sie nimmt vielmehr das Haus in Augenschein, als wolle sie es zum zweiten Mal kaufen. Es erscheint ihr nun klein, beinahe als wäre es in den Wochen ihrer Abwesenheit um die Hälfte geschrumpft.

Und dennoch, es ist das ihre, und sie wird es höchstens gegen ein größeres eintauschen. Und genau das wird sie jetzt in Angriff nehmen, den Tausch. Sie hat keinen Mann mehr, der sie von Kauf und Verkauf abhalten kann; sie ist vierunddreißig Jahre alt und auf der Höhe ihrer Schaffenskraft. Worauf also warten?

Frieda fühlt so viel Tatendrang in sich, daß sie – kaum hat sie die Kinder geherzt und die Mitbringsel verteilt – Willy und Anna bereits in ihre Entscheidungen einweiht.

Willy gießt Wasser in den Wein: «Hast du auch mal an Karl Enders gedacht? Hast du den in deine Pläne einbezogen?» fragt er sofort.

«Was hat der damit zu tun?» tut Frieda den Einwand leichthin ab. Sie weiß natürlich, was Willy damit sagen will. Man muß bei allen wichtigen Vorhaben seine Zustimmung einholen. Georg hat ihn in seinem Testament als Vormund der Kinder bestellt, und insofern ist Frieda mit eisernen Ketten an ihn gebunden.

Mit dem wird sie fertig, vermutet Frieda. Und was gibt's hier Neues? Hat sich in ihrer Abwesenheit etwas ereignet?

Eigentlich nichts Besonderes. Im «Bristol» ist was vorgefallen; die Adamys haben fast einen Herzanfall bekommen. Bei der Konkurrenz hatte sich eine Frau einquartiert, die sich zum Ziel gesetzt hatte, die Hochzeitsreise ihres ehemaligen Geliebten zu ruinieren, und hat es auch erreicht. Sie hat dermaßen Skandal gemacht, daß die Braut geflohen ist. Durch den Krawall sind den Adamys mindestens sechs gute Gäste verlorengegangen.

«Da habt ihr ja auch was Schönes erlebt», kommentiert Frieda das Drama knapp. Es ist eine Geschichte, wie sie sie schon im «Römerbad» zu hören bekommen hat. Ändert sich denn nie etwas?

Wahrscheinlich nicht.

Merkwürdig ist, wie sich Anna in der Folgezeit ihr gegenüber verhält. Durch die Zeitungsartikel hat sie erfahren, Madame Aljewna ist weiß Gott nicht die gebrechliche Alte, die sie in ihr vermutet hatte, und sie scheint Friedas Ausflug deswegen nun in anderem Licht zu sehen. Es mußte ja kommen, geht Frieda auf. Man kann es wenden, wie man will – sie war der Gräfin Aljewna nicht beliebige und gekaufte Begleitung. Sie hat gewußt, was die Russin sich erhoffte, und bei aller Zurückweisung hat sie ihr doch Hoffnung gelassen. Insofern darf sie sich nicht wundern, daß Anna an dem Treiben Anstoß nimmt. Sie war von dem, was ihr die Gräfin bot, betört. Außerdem ist ihr im «Römerbad» eingeimpft worden, für den Adel gilt ein eigenes Sittengesetz. Sie hat nur nicht bedacht, daß nicht jedermann seine Maßstäbe vom Hotelgewerbe bezieht, und Anna schon gar nicht.

Eines Nachts kann Anna nicht mehr an sich halten, und sie faucht Frieda an: «Gibt es für dich keine Grenzen?»

«Es ist nicht das geringste vorgefallen.»

«Belüg, wen du willst... Nicht mich!»

Als Frieda noch einmal ihre Unschuld betont und sagt, sie werde zu Unrecht beschuldigt, wendet sich Anna um und sagt mit gleicher Schärfe, mit welcher Georg zu strafen vermochte: «Gute Nacht!»

In der Folgezeit handelt Frieda wie nach einem festgelegten und mit Amtssiegel versehenen Plan. Sie sieht sich nach einem Objekt um, das ihr zusagt, findet eins am Anfang des Nerotals, beauftragt einen Makler mit dem Verkauf des «Petersburger Hofs» und verabredet sich telephonisch mit Karl Enders zu einer Unterredung.

Er ist bereit, sie in seinem Büro im Parteihaus zu empfangen. So fährt sie bei nächster Gelegenheit nach Frankfurt. Bezeichnenderweise hat Herr Enders darauf bestanden, daß das Gespräch in seinem Imperium stattfindet. Anscheinend will er sich hier in seiner ganzen Herrlichkeit präsentieren. Schon als Frieda zur Tür hereinkommt, ist er ganz Ablehnung. Er weiß nicht, was sie will, ist aber fest entschlossen, ihr Steine in den Weg zu legen.

Soweit sind die Fronten klar.

Karl Enders ist noch immer der Mensch, den Frieda von Anfang an gefühlsmäßig abgelehnt hat. Er hat Karriere gemacht, sein mit Eichenmöbeln ausstaffiertes Büro, die ledergepolsterten Türen und der beflissene junge Mensch im Vorzimmer bezeugen es. Damit kann er aber Frieda nicht weiter imponieren. Sie ist sicher, im Grunde seines Herzens ist Herr Enders noch immer genau der, den sie alle Zeit verachtet hat: der heftig transpirierende Proletarier mit Ehrgeiz und einem Odeur wie abgestandenes Bier. Allerdings hat er sich die Zähne richten lassen; sie sind, soweit erforderlich, nun golden überkront.

«Sie sind fülliger geworden», sagt sie. Er weiß nicht, ist das eine Freundlichkeit oder eine Impertinenz. Vorsichtshalber bedankt er sich.

«Nehmen Sie Platz», bittet er.

Als sie ihm ihren Plan unterbreitet hat, sich ein größeres Haus zuzulegen, gibt er sich nachdenklich. Hat es Sinn, sich ausgerechnet in wirtschaftlich schwierigen Zeiten – eine heraufkommende Wirtschaftskrise ist doch bereits mit Händen zu greifen, behauptet er – in Schulden zu stürzen? Jetzt hat sie ihren Kundenkreis; wer garantiert ihr, bei wesentlicher Veränderung werde sie ihn behalten oder einen neuen gewinnen?

Mit einem Wort, wieder nichts als Bedenken. Kein Wunder, daß sich Georg so gut mit ihm verstanden hat.

Daraus entwickelt sich ein Streitgespräch, das sich über eine Stunde hinzieht und worin sich Enders partout weigert, seine Einwilligung zum Verkauf zu geben. Er behauptet, er müsse die Interessen der Kinder wahren. Reine Schikane! Darauf bleibt Frieda nichts anderes, als Herrn Enders zu erpressen. Sie deutet an, Georg habe sie, wie das unter Eheleuten üblich sei, auch über delikate Angelegenheiten der Partei informiert, speziell über Unregelmäßigkeiten, und sie sei gezwungen...»

«Das ist ausgedachter Bockmist!» behauptet Enders mit der Brutalität, die Frieda immer in ihm vermutet hat.

«Ich muß etwas deutlicher werden», sagt sie deswegen, öffnet ihre Handtasche und holt das kleine Notizbuch heraus, in dem sie die Wünsche der guten Kunden einträgt: Der eine will ein bestimmtes Zimmer, der andere wünscht sich als Zimmerschmuck bestimmte Blumen oder bestimmte Blumen nicht, auch die persönlichen Daten der besseren Kundschaft wie Hochzeitstag und Namenstag hält sie in dem in blaues Saffianleder eingebundenen Notizbuch fest. Sie hat es in der Absicht mitgebracht, in der sie es nun verwendet, und während sie darin blättert, bemerkt sie: «Sie wollen also wissen, was ich mir notiert habe...» Der Parteisekretär tut, als lasse er sich davon nicht einschüchtern, aber ein verräterischer Schweißtropfen macht sich auf seiner Stirn bemerkbar. Frieda vertieft sich geradezu in das Büchlein, als suche sie ein besonders griffiges Beispiel für eine von Enders' Verfehlungen, und bringt endlich das einzige Vorkommnis ins Spiel, das sie mal aufgeschnappt hat – in Wahrheit war ja Georg die Diskretion in Person. Sie sagt, als zupfe sie eine Blume aus einem Strauß: «Dann hätten wir hier die Sache mit der Parteizeitung, mit den Annoncen respektive den Provisionen... Das habe ich mir unter dem 7. März notiert, 1911. Die Provisionen sind aufgeteilt worden im Verhältnis 70 zu 30, in den Büchern ist aber vermerkt...»

Enders gibt sich geschlagen, als er sagt: «Sie haben sich diesen Unsinn notiert? Haben Sie sich ja meinetwegen viel Mühe gemacht...»

«Herr Enders, es kommt ja einiges zusammen im Laufe der Zeit, was ganz interessant ist. Ich hab zu Hause noch so ein Notizbuch!»

«Daß es Georg mit Ihnen ausgehalten hat...»

«Er hat es ganz gut ausgehalten.»

Er gibt sich geschlagen, redet zwar noch davon, sie handle gegen Georgs erklärte Absichten. Sie werde noch bereuen, gegen seinen Rat gehandelt zu haben, aber die Sache ist ausgefochten.

«Das kann durchaus alles richtig sein, was Sie sagen», konzediert ihm Frieda, «das müssen wir abwarten. Und jetzt geben Sie mir das schriftlich, daß Sie einverstanden sind mit dem Verkauf.»

6

Die Sommersaison 1914 ist wie aus dem Lesebuch der Hotellerie. Geht man über die Promenadenstraßen, begegnen einem die Berühmtheiten in Menge, so daß sie sich gegenseitig die Bedeutung nehmen. Es ist eine Zeit eleganter duftiger Garderoben, flüchtiger Zärtlichkeiten und unverschämter Sehnsüchte; eine Zeit der Heiterkeit und Leichtigkeit. Begünstigt von angenehmsten Temperaturen, ist diese Saison angefüllt von Festen und Vergnügungen; beinahe täglich wird eine neue Lustbarkeit kreiert; jeder bedeutende Besucher ist ständig Gast und Gastgeber in einem. Entsprechend blüht die Gastronomie in all ihren Schattierungen, wird jedes Bett mit Gold aufgewogen. Schon während er glüht, dieser unvergleichliche Sommer, wünscht man sich, er möge ewig dauern.

Die großen Gesprächsthemen der Saison sind die beiden Attentate, über welche die Zeitungen nicht genug bringen können. Selbstverständlich wird ausführlichst über den Mordanschlag von Sarajevo geredet, wo serbische Attentäter (aufgehetzte, überhitzte junge Menschen, wie man allgemein befindet) den österreichischen Thronfolger Franz Ferdinand und dessen unschuldige Gattin Sophie getötet haben. Die Herrschaften bedauern dabei den greisen Kaiser Franz Joseph womöglich mehr als den weder im Leben noch im Tod populären Thronfolger; sie meinen, für den verehrungswürdigen alten Mann in der Hofburg muß die Entwicklung der Dinge ein herber Schlag sein. Gewichtige Folgen werden deswegen allerdings nicht vermutet. Die einzige, die das tut, ist die alte Majorin von Senckendorff, die sich liebenswürdigerweise wieder einmal brieflich meldet. Sie nimmt in ihrem Schreiben auf den Vorgang Bezug, bewundert die Wiener Majestät ob ihrer Haltung und vermerkt: «Welch ein unbeugsamer Geist!» Möglicherweise, schreibt sie, ist Österreich deswegen zu einem Schlag gegen Serbien gezwungen.

Man sieht, als Witwe eines Militärs denkt sie sogleich in kriegerischen Dimensionen.

Noch weit mehr Gesprächsstoff als die Verwicklungen auf dem Balkan bietet allerdings die Bluttat von Paris! Da hat die Frau des französischen Ministers Caillaux einen Zeitungsdirektor erschossen; und welche Emotionen werden damit geweckt! Geht es doch um Liebe, Eifersucht, Ehre, Verleumdung und auch um Politik und Geld. Wieviel interessanter ist dies doch als nationalistische Verblendung auf dem Balkan!

7

Der Makler, den Frieda beauftragt hat, führt ihr bald einen seriösen Kaufinteressenten ins Haus. Es kommt eigentlich nur deshalb nicht zu einem raschen Abschluß, weil der Käufer spürt, Frieda ist fest entschlossen zu verkaufen, und er diesen Umstand nutzen will. Für jeden kleinen Mangel sucht er eine recht beträchtliche Summe in Abzug zu bringen. Frieda läßt sich darauf nicht ein, deswegen ziehen sich die Verhandlungen unnötigerweise in die Länge; im Grunde ist die Entscheidung gefallen. Da Frieda nicht zum Abschluß der Verkaufsverhandlungen gelangt, muß sie umgekehrt auch die Verkäufer des Hauses im Nerotal hinhalten. Manchmal agiert sie wie eine ausgekochte Pferdehändlerin. Wenn ihr doch wenigstens Herr Maison zur Seite stehen würde! Aber der geriert sich zu der Zeit als verliebter Gockel und ist mit seiner Aktrice beschäftigt.

Neben allem anderen fordert der normale Geschäftsbetrieb Friedas Kraft und Aufmerksamkeit. Doch dies allein kann nicht als Erklärung genügen, daß Frieda nicht bemerkt, wie sich das gewaltige Völkerringen anbahnt. Wahrscheinlich weigern sich ihre Seele oder ihr Verstand, das kommende Unheil zur Kenntnis zu nehmen, wiewohl es immer drohender heraufzieht. Noch als der Krieg bereits greifbar ist, klammert sich Frieda an die Vorstellung, die Zukunft werde nichts anderes sein als die Fortsetzung der glücklichen Gegenwart. Frieda meint, endlich ihren wahren Weg gefunden zu haben, und davon will sie sich durch nichts abbringen lassen, schon gar nicht von der Weltpolitik.

Jedenfalls gehört sie zu den wenigen, die vom Kriegsausbruch überrascht werden. Als Willy das Extrablatt auf den Küchentisch legt, auf dem im Grunde nur ein Wort gedruckt ist, nämlich das Wort «Krieg!», starrt sie darauf, als habe man sie all ihres Hab und Guts beraubt. Hätte man ihr beide Arme abgehackt, könnte sie nicht versteinerter dastehen.

Die Vorschrift lautet, alle feindlichen Ausländer haben Hals über Kopf das Land zu verlassen, innerhalb von vierundzwanzig Stunden. Aber auch die übrigen Gäste reisen mit den nächsten Zügen. Es ist keine Woche vergangen, da stehen die Hotels leer. Die Kollegen wollen sich gegenseitig aufrichten; Herr Adamy kommt rüber und versichert: «Frau Tremus, machen Sie sich keine Gedanken! Bis die Blätter fallen, sind die Männer wieder da!»

Frieda empfindet bei seinen Worten Unglauben. Nun, wo der Krieg, den sie bislang für ausgeschlossen gehalten hat, eingetroffen ist und sich damit Georgs frühe Voraussage bestätigt hat, wandelt sie ihre Meinung total. Von nun an erscheinen ihr Georgs Ansichten sämtlich in neuem Licht. Ganz eindeutig hatte er den besseren Überblick. Wie oft hat er in seinen Artikeln vor fiebrigem Größenwahn gewarnt. Sie wollte es nicht hören. Dabei, selbst biedere Gäste hatten von einem kommenden Krieg wie von etwas Unausweichlichem schwadroniert.

Man hört und liest, andernorts gab es bei der Kriegsproklamation Jubelschreie und patriotische Manifestationen. In Wiesbaden spürt man dagegen beim Bekanntwerden des Kriegszustands so etwas wie Besinnung und Furcht vor unbekanntem Schrecken; der Krieg wird schließlich gegen die eigenen Ernährer geführt. Doch beim Eintreffen der ersten gewaltigen Siegesmeldungen aus Belgien und Frankreich (die Festung von Namur fällt innerhalb von vier Tagen, wo man mit sechs Monaten Belagerung gerechnet hatte, und die französischen Truppen werden allerorten vernichtend geschlagen!) bricht auch hier Euphorie aus. Wildfremde fallen sich in die Arme und weinen vor Glück und Erregung und im Rausch. Für ein paar Stunden oder ein paar Tage werden alle Unterschiede zwischen den Menschen vergessen, ist man nicht mehr Jude, Katholik oder Lutheraner, nicht mehr Fabrikant oder Wanderarbeiter, nicht mehr Sozialist oder Nationalist oder Liberaler, nur noch Deutscher, ganz wie es sich der Kaiser wünscht. Die Männer ziehen durch die Straßen und schreien aus heiseren Kehlen hurra und jeder sucht seinen Nebenmann zu übertreffen, und mit diesem Geschrei feuert man seinen Nächsten an. In Wirklichkeit betäubt man sich.

Selbst ein Mann wie Herr Maison gibt die Nüchternheit auf, die Frieda so an ihm schätzt. Aus freien Stücken zeichnet er eine gewaltige Kriegsanleihe. Willy entdeckt seinen Namen, als er beim Frühstück wie gewohnt in der Zeitung die Liste der Emittenten studiert. «Achtzigtausend Mark – Herr Wäschereibesitzer Maison, Rambach», liest er geradezu ehrfürchtig vor.

«Das gibt's doch gar nicht», sagt Frieda und vergißt für einen Moment die Zurückhaltung, die sie sich, was Herrn Maison angeht, für gewöhnlich auferlegt. Sie reißt Willy die Zeitung aus der Hand und läßt sich die Stelle zeigen. Wahrhaftig. Da steht es: Achtzigtausend Mark!

«Verliert er den Verstand? Wie kann er sein Geld so wegwerfen?» fragt sie empört. Die Hausmädchen horchen auf. Für sie muß Friedas Erbitterung klingen, als habe Herr Maison mit der Zeichnung der Anleihe ihr Herz verwundet. Die Blicke gehen am Frühstückstisch hin und her, und die Mädchen fragen sich erkennbar, was bedeutet das? Wieso ist die Chefin tangiert von dem, was ein Wäschereibesitzer in Rambach mit seinem Geld zu tun beliebt? Bis zu diesem Moment war die Wäscherei Maison für sie beliebiger Lieferant wie Wein-Engel und die Kohlenhandlung Bückel am Güterbahnhof, und nun ahnen sie, dahin gibt es noch andere Bande.

Frieda spürt, was die Dinger bewegt, und sie läßt aus heiterem Himmel Differenz entstehen. Die Szene endet damit, daß eins der Mädchen heulend aus der Küche stürzt und Frieda die übrigen an ihre Arbeit treibt.

Willy wird ermahnt, sich in Zukunft anständig aufzuführen!

Die Magie der Fahnen und die patriotischen Worte sind mächtig wie Alkohol und Liebesgier. Es ist, als seien den Männern mit der Kriegserklärung die Ketten des Alltags gesprengt worden, als werde ihnen erlaubt, den Ballast der Gewohnheit abzuwerfen, und das tun sie wie im Taumel. In den Musterungsbüros drängt man sich, will man doch auf keinen Fall zu spät kommen. Ein junger Mann aus dem Nerotal jagt sich eine Kugel durch den Kopf, weil er nicht angenommen wird. Ein anderer allerdings erschießt sich, gerade weil er einen Einberufungsbefehl erhält. Kaum jemand versteht seine Beweggründe, und es wird allgemein nur abfällig über ihn geurteilt.

Der Gedanke, Ruhm zu ernten, treibt sogar Willy an. Ohne sich mit Frieda oder Anna zu bereden, meldet er sich freiwillig und wird angenommen. Frieda macht sich deswegen Vorwürfe. Sie glaubt, sie hat Willy durch ihr Verhalten aus dem Haus getrieben. Aber was hat sie gesagt oder getan, das ihn hinaustreibt? Als sie ihn danach fragt, antwortet er mit allgemeinem patriotischen Geschwätz. Das macht sie so wütend, daß sie bis zu seiner Einberufung nur noch das Notwendigste mit ihm spricht. Sein Auszug gestaltet sich wie der eines Gastes, der seine Rechnung nicht bezahlen kann. In ihrer kalten Wut gibt Frieda ihm kaum die Hand. Willy bemüht sich, sich die Enttäuschung nicht anmerken zu lassen, richtet seine Abschiedsworte vor allem an Anna, und benimmt sich, als sei *sie* Willys Schwester. Und als er dann schließlich aus dem Haus geht, den obligatorischen leeren Pappkarton in der Hand, mit dem die Soldaten ihre Zivilsachen zurückschicken, einen fadenscheinigen Scherz auf den Lippen («Denk dran, Anna, es wird die Spur von unseren Erdentagen nicht in Äonen untergeh'n»), ist Frieda noch immer von Zorn erfüllt. Sie sieht ihm nicht einmal nach.

Anna macht ihr deswegen Vorwürfe. «Frieda, du verzeihst dir das nie, wenn ihm was zustößt», mahnt sie und will die Freundin antreiben, Willy nachzueilen.

«Wie komme ich denn dazu? Er wollte gehen! Soll er gehen! Ich habe ihn nicht weggeschickt!»

«Du führst dich auf, als hätte er dich betrogen. Du bist nicht seine Frau!»

«Ich bin der einzige Mensch, den er hat!» bringt Frieda Anna zur Räson. Und dann erinnert sie Anna daran, was Georg («dein Freund Georg», sagt sie dabei geradezu gehässig) vom kommenden Krieg prophezeit und in seinen von Pessimismus durchtränkten Artikeln schriftlich niedergelegt hat. Er hat vorhergesagt, alles werde in schrecklicher Niederlage enden; niemand könne jedoch das Unheil verhindern, sei es erst mal angebrochen. Der Kaiser sei dann nur noch Kork auf den Wellen und die Politik nur noch Wachs in den Händen der Generale.

«Na ja, was verlangst du dann von Willy!» erwidert darauf Anna trocken.

Friedas Buben, die Willy bis zum Eingang der Kaserne begleiten, berichten nachher, er habe sich unterwegs wie ein zukünftiger General aufgeführt. Er konnte ihnen alle Fragen beantworten. Sie wollten zum Beispiel wissen, mit welcher Art Gewehr er schießen wird, wieviel Schuß pro Minute ein Maschinengewehr abgeben kann und ob es wahr ist, daß das Bajonett der Russen viereckig ist und ähnliche Wichtigkeiten, und auf alle Fragen hatte Willy eine klare und einleuchtende Antwort.

Offenbar hat er sich, der geborene Schauspieler, schon in seine neue Rolle eingefühlt.

Kurz nach dem Abmarsch – es sind bis dahin keine drei Wochen vergangen – ist Willy wieder da. Ihm fehlt das linke Auge; das hat er auf dem Transport zum Exerzierplatz verloren. Ohne eigenes Verschulden ist Willy Opfer eines Rangierunfalls geworden. Doch wie er ist, glaubt er bald, daß man ihm in der Augenfabrikation Müller in der Taunusstraße ein Glasauge verpassen wird, das sein verlorenes an Schönheit und Ausdruckskraft weit übertrifft. Als man es ihm aber wirklich einsetzt, ist es nur ein ordinäres Glasauge, und von da an weiß man nicht mehr, wohin man blicken soll, sieht man ihm ins Gesicht.

Einige Wochen nach Kriegsbeginn teilt ein Notar aus Stallupönen – das ist eine unbedeutende Stadt in Ostpreußen, unmittelbar an der russischen Grenze gelegen – Frieda mit, Frau von Senckendorff ist durch die Kriegsereignisse auf tragische Weise ums Leben gekommen. Des weiteren schreibt er, Frau Tremus ist im Testament der Frau von Senckendorff genannt, und deswegen melde er sich. Die Frau Major hat der hochverehrlichen Frau Tremus mehrere handgestickte Tischdecken zugedacht. Für den Fall, daß die Adressatin dieses Schreibens die Erbschaft annimmt, muß der Notar allerdings darauf aufmerksam machen, es ist zur Zeit nicht möglich, an das Erbschaftsgut zu gelangen. Die Liegenschaften der

Frau von Senckendorff sind zur Zeit kriegsbedingt nicht zu erreichen.

Auf ihre Bitte um Einzelheiten erfährt Frieda einige Tatsachen. Danach ist die Bevölkerung, soweit sie in unmittelbarer Nähe der Grenze zum Zarenreich lebte, mehrheitlich in Panik geraten, als die Armee des russischen Generals Rennenkampf nach dem 12. August mit Hunderttausenden von Mann die Grenzen Ostpreußens überschritt und sich die deutschen Truppen befehlsgemäß zurückzogen. Die alte Frau, der ihr körperlicher Zustand schon lange keine Reisen mehr gestattete – die Verkalkung ihrer Gelenke war zuletzt so weit fortgeschritten, daß sie beinahe vollkommen steif geworden war –, hatte sich mannhaft geweigert, sich auf ein Fuhrwerk verladen zu lassen. Man hatte aber ihre Einwände nicht geachtet und sie praktisch gegen ihren Willen samt ihrer Chaiselongue aus ihrem Zimmer getragen. Beim Transport die Treppe hinunter war es zu einem Unglück gekommen; die Träger waren gestürzt, und beim Fall hatte sich Frau von Senckendorff einen Halswirbel gebrochen. Nach zwei Tagen schrecklichen Leidens war sie gestorben.

Als sie das liest, ist es Frieda, als gehe nun eine weitere von Georgs Voraussagen in Erfüllung.

Die Tischdecken erhält sie nie, aber der gute Wille der alten Frau geht ihr nahe.

8

Der Krieg erweist sich für die Stadt bald als Katastrophe. Man hat von Fremden gelebt und ausschließlich von Fremden, und die kommen nun nicht mehr.

Über Monate hat Frieda so gut wie keine Einnahmen. Das Haus ist sogar dabei, seinen Namen zu verlieren. Aufgebrachte Nachbarn verlangen, daß Frieda den Namen «Petersburger Hof» ändert, haben auch gleich gute Vorschläge, wie das Haus in Zukunft zu heißen habe, «Hurra» etwa oder «Gloria». Das kommt für Frieda nicht in Frage; über so etwas denkt sie nicht einmal nach. Aufmerksam verfolgt sie, was über die Russen geschrieben und gesagt wird, und glaubt kein Wort davon. Das Bild, das sie von Russen hat, ist damit nicht in Verbindung zu bringen.

Trotz der Misere hält sie weiterhin hartnäckig offen, hält alle Zimmer in vermietbarem Zustand und entläßt so wenige der Mädchen wie eben möglich. Wenn Anna fragt, wie das gehen solle und wie das werden solle, antwortet sie: «Gott hilft uns! Uns läßt er nicht im Stich!», wobei die Betonung auf dem beinahe majestätischen *uns* liegt.

Die übrigen Häuser haben entweder nicht den Segen des Allmächtigen oder sind kleingläubiger; nach und nach und wie Arme, die sich ihrer Armut schämen und sich in den hintersten Winkel zurückziehen, schließen Hunderte von Hotels, Gasthöfen und Pensionen; sogar die Grandhotels, die im Besitz internationaler Konsortien sind. Diese sogar zuerst. Frieda holt ihre Ersparnisse aus dem Versteck, und davon lebt man. Sie ist entschlossen, lieber Hab und Gut zu verlieren als voreilig aufzugeben.

Naturgemäß schwinden die Ersparnisse auf diese Weise rapide; auch leere Betten kosten Geld. Wie alles, hat auch diese Situation einen unerwarteten Vorteil, wenn auch nur einen einzigen. Zum ersten Mal in ihrem Leben braucht Frieda das Schlafzimmer mit niemandem zu teilen. Anna erhält ein eigenes Zimmer; sie kann es sich aussuchen. Betten stehen genug leer. Wenn sie sich in ihrem Zimmer entkleidet oder in ihrem breiten Bett liegt, fühlt sich Frieda wie verwaist. Sie denkt an ihre Lieben, als seien sie bei einer Expedition verschollen. Wie mag es Richard ergehen und wie Madame Aljewna? Von Pater Jennewein hört man über Monate nichts, wie überhaupt aus den Kolonien nur vage Nachrichten dringen. Als erstes hat der Feind die Kabelverbindungen unterbrochen und Funkspruchtürme gesprengt. Schiffe können wegen der englischen Übermacht vor den Küsten die Blockade kaum durchbrechen. Immerhin schreiben die Zeitungen, daß die in der Kolonie Kamerun Verbliebenen den angreifenden Engländern und Franzosen heroischen Widerstand leisten. Angeblich führen sie in schier übermenschlicher Weise einen Abwehrkampf gegen zehnfache Übermacht. Frieda stellt sich vor, Richard ist einer der Anführer dort, und als sich später herausstellt: Ja, so ist es, er ist ein wahrer Heros, nimmt sie das nur als Bestätigung einer Tatsache. Das Wissen um seine Heldentaten erfüllt sie in keiner Weise mit weiterem Stolz. Wäre sie ihm denn zugetan, wäre er nicht etwas Besonderes?

Herrn Maison sieht Frieda während dieser Zeit nur gelegentlich und unter vollkommen korrekten Umständen. Anscheinend hat er seiner Schauspielerin ewige Treue geschworen und will nichts unternehmen, was diese gefährden könnte. Einmal bringt er seine Flamme sogar zu einer ihrer Unterredungen mit. Als Frieda klagt: «So kann es doch nicht weitergehen. Wir hatten in dieser Woche zwei Übernachtungen!», mischt sich das Weibsbild in die Unterhaltung ein und sagt überheblich: «Sehr bedauerlich, Frau Frieda, ich nehme an, die Herren Ludendorff und Hindenburg hätten anders kalkuliert, hätten sie das rechtzeitig bedacht. Ans Wichtigste denkt man ja immer zuletzt.»

Ein freches Stück.

Frieda gibt ihr gehörig Bescheid: «Soll das etwa geistvoll sein? Sie wissen ja gar nicht, wovon Sie reden. Es gibt nichts Schrecklicheres als ein leeres Haus. Aber Sie haben ja keins!» fertigt sie sie ab und tut von jetzt ab so, als sei die Frau gar nicht vorhanden. Was hat sie mit seinem Verhältnis zu schaffen? «Haben Sie gehört, das ‹Imperial› will auch zumachen?» wendet sie sich wieder an Herrn Maison.

«Muß!»

«Wo kriegen Sie denn schmutzige Bettwäsche her, wenn die Hotels alle schließen?»

«Ich habe Verbindung aufgenommen. Es zeichnet sich da was ab... Der Standortkommandant ist ein ganz vernünftiger Mann. Er will helfen. Ist doch so, Mausi?» Darauf nickt die Angebetete mit geschlossenen Augen; Frieda vermutet, *sie* hat die Verbindung zum Standortkommandanten geschaffen. Wundern würde sie das nicht.

«Können Sie nicht auch was für mich tun?» fragt sie dennoch ungerührt Herrn Maison.

«Ehrlich gesagt, ich habe schon was getan», sagt er und legt ihr seine Hand in charakteristischer Weise auf den Arm. Die Geste soll seine beständige Fürsorge andeuten. Die Schauspielerin registriert es, bemerkt aber nichts dazu.

«Wieso?»

«Das Kommando will den Wiesbadener Hotels Verwundete zuführen...»

«Uns auch?»

«Bis jetzt gibt es zu wenige Verwundete und zu viele Möglichkeiten, sie anderswo zu kurieren. Warten Sie ab! Es wird schon werden!»

Bei dieser Unterredung kommt zufällig heraus, was Frieda nie zuvor vernommen hatte: Herr Maison besitzt die französische Staatsbürgerschaft. Sein Vater ist nach 1871 aus Lothringen hierhergekommen, hat aber seine französischen Papiere behalten, und der Sohn sah keinen Grund, es zu ändern. Dabei ist Friedhelm, der Älteste von Herrn Maison, Reserveoffizier und steht bereits an der Front.

«Sie sind wirklich Franzose?» erkundigt sich Frieda mehrfach, so unglaublich will ihr das erscheinen.

«Auf dem Papier!»

«Und dann zeichnen Sie so großzügig Kriegsanleihen?»

«Gerade deswegen.»

«Aber achtzigtausend Mark! Das ist doch übertrieben!»

«Neunzigtausend.»

«In der Zeitung stand achtzig.»

«Das war falsch», macht sich nun wieder die Schauspielerin bemerkbar. Man könnte meinen, die Idee, die Kriegsanleihe zu zeichnen, stamme von ihr. Was hat sich Herr Maison da nur ausgesucht. Auf Frieda wirkt die Frau duckmäuserisch und kleinlich, auch eifersüchtig.

Ein Hoch auf den König der Bulgaren

1

Anfangs hatten die meisten gemeint, der Krieg sei nichts weiter als ein gewaltiges tumultuöses Ereignis. Den einen wollte er wie ein ins Gigantische gesteigertes Manöver erscheinen, den anderen wie ein Fieber, das statt einer Familie das ganze Land befallen hat. Es bedurfte jedoch nur weniger Monate, bis allgemein begriffen wurde, er ist graue bleierne Realität und wird dies für Jahre sein.

Nichts ist mehr so, wie es war, und es ist schwer zu glauben, daß es am Ende wieder so sein wird. Täglich gibt es Neuerungen, die vordem undenkbar waren. Die Männer sind wie aus dem Alltag verschwunden. Briefe werden von Frauen ausgetragen, die Straßenbahn wird von Frauen gelenkt, von Frauen wird der Unterricht erteilt, und im Herbst, wenn die Kartoffeln gebracht werden, sind es nicht mehr die Bauern aus dem «Ländchen», die sie bringen. Nun führen die Bäuerinnen die Pferde am Zügel, und sie schleppen die Säcke in den Keller. Männer sieht man gewissermaßen nur noch in Uniform, und seien es die zerschlissenen der französischen Kriegsgefangenen.

Die Fronten sind längst zum Stillstand gekommen, sowohl im Osten wie in Frankreich. Willy benutzt die beständig wiederkehrende Meldung des Heeresberichts «Im Westen nichts Neues» neuerdings so stereotyp, wie er früher seine Reklamesprüche verwendet hat, bringt die Floskel an, wo sie paßt, und auch, wo sie nicht paßt. Leo hat beim Stellungskrieg im Westen den Heldentod gefunden, an der Somme, als einer von Hunderttausenden. Frieda hat die Todesmeldung – zusammen mit einem Bild von Leo – mit einem Goldrähmchen versehen lassen. Diese Devotionalie hängt nun in Zimmer 1, mit einem Trauerflor geschmückt, der in regelmäßigen Abständen erneuert wird. Jeder, der danach fragt, erfährt, ein lieber Verwandter der Chefin mußte sein junges Leben für Deutschlands Sieg und Glorie geben. Frieda hofft besonders den Verwundeten, die im Haus sind, damit eine Freude zu machen.

Sehen sie doch, man wird in der Heimat vermißt und betrauert, trifft einen das Soldatenschicksal.

Frieda kann Herrn Maison gar nicht dankbar genug dafür sein, daß er ihr Rekonvaleszenten vermittelt hat. Zwei Stockwerke sind jeweils für sie reserviert und werden regelmäßig belegt. Oft genug werden auch noch die restlichen Zimmer benötigt. Ein wahrer Segen! Zwar nur Mannschaften und zum Teil Bulgaren – sie werden von einem «Hilfsverein zur Unterstützung der bulgarischen und ottomanischen Armeen» geschickt –, doch Mann für Mann ein Himmelsgeschenk. Pro Mann und Tag zahlt die Armeekasse drei Mark; Reichtümer kann man damit nicht ansammeln, doch Frieda will nicht klagen. Damit hat sie feste Einnahmen, damit kann man jonglieren. Willy rät, eine Eingabe an den Major von Wiederspahn zu richten und um Offiziere zu bitten. Offiziere bringen immerhin das Doppelte. Abgelehnt! Mit so einer Forderung machte man sich lächerlich. Offiziere sind für die wenigen großen Häuser reserviert, die ihre Pforten noch nicht geschlossen haben. Nein, man muß Gott danken, daß man überhaupt Geld sieht.

Und es ist ja nicht nur das Geld, das durch die Verwundeten in die Kasse kommt. Man erhält für sie auch Lebensmittelzuteilungen, und davon zehrt auch die Familie Tremus, ein unschätzbarer Vorteil in diesen Zeiten. Die meisten Leute stehen stundenlang vor den Geschäften und müssen sich am Ende mit Freibankfleisch und gestrecktem Mehl und wäßriger Butter zufriedengeben, und ihnen trägt man die Kommißbrote und die Ölkanister ins Haus!

Die Hungerblockade der Engländer macht den Alltag zunehmend zu einem Kampf ums Überleben. Schon nach wenigen Monaten Krieg hatte sich herausgestellt, Deutschland war nicht auf ein lang andauerndes Ringen vorbereitet, hatte jedenfalls zuwenig Vorsorge dafür getroffen. Frieda kann auf den Tag genau angeben, wann ihr zum ersten Mal bewußt wurde, das Land steht am Scheidepunkt. Das war der 27. Januar 1915 gewesen, Kaisers Geburtstag. Da wollte Frau Döringer einer Gesellschaft, die Jahr für Jahr im «Petersburger Hof» feierte, das an diesem Tag obligatorische schwarz-weiß-rote Fürst-Pückler-Eis servieren, und das war beim besten Willen nicht möglich. Trotz größter Anstrengung waren weder Farbstoffe noch Sahne aufzutreiben, und seitdem ist alles kontinuierlich schlechter geworden. Die Notbewirtschaftung reicht vorne und hinten nicht aus. Das wenige, das vorhanden ist, bekommt man ausschließlich auf Marken – vom Brot bis zu den

Pappsohlen, die man sich unter die Schuhe nagelt. Es gibt Lebensmittelmarken, Kleiderkarten, Bezugsscheine für Kohlen und für Bettlaken. Frieda erscheint es jetzt noch wie ein kleines Wunder, daß sie vor einigen Wochen an einen Posten Gardinenstoff gelangte – dunkellila und mit eingewebten Jugendstilmustern. Früher hätte sie so etwas nicht mal in die Hand genommen, geschweige denn aufgehängt; nun war sie versucht, den Verkäufer dafür zu küssen. Die Dinge existieren nur noch in Surrogaten – Kaffee-Ersatz, Honigersatz, Ersatzwolle und Ersatzleder. Für Pudding gibt es Steckrübenpudding und statt Steaks Steckrübensteaks. Als einmal davon die Rede war, daß man wohl bald das Fleisch von Mäusen und Ratten verzehren müsse, scherzte ein Gast: «Ich scheue nicht die Maus, ich scheue die Ersatzmaus!»

Ständig wird die Gegenwart an der Vergangenheit gemessen, so obsessiv, wie ein Liebender sich alle Vorzüge seiner abwesenden Geliebten vor Augen führt. Auch Frieda denkt von «früher» wie von einem Märchenland, wenn sie die Zeiten meint, die erst drei Jahre zurückliegen. Das Haus ist voller Soldaten und entsprechend voller Leben, doch ist dies kein Vergleich zu der Zeit vor dem Krieg. Die Männer sind keine Gäste, sie sind nur Posten in einer Rechnung, und entsprechend begegnet Frieda ihnen. Anfangs hatte sie wegen ihrer Schicksale Mitleid. Das ist verlorengegangen. Zu viele haben ähnliches erlebt. Für den einzelnen mag es einen Unterschied machen, ob er verschüttet worden ist oder von Giftgas zerfressen, ob er sich beim Sturmangriff oder durch Heckenschützen, von Granaten oder Bomben oder Torpedos innere Verletzungen zugezogen oder Körperteile verloren hat. Für Frieda ist alles gleich, sie summiert alles unter dem Begriff Elend. Das Schlimmste ist die Verzweiflung, die den Männern in den Augen steht, sowohl wenn sie kommen, als auch wenn sie gehen. Das und der Geruch von Desinfektionspulver und Karbol, der an ihnen hängt, ist schier nicht zu ertragen.

Dabei ist der «Petersburger Hof» kein Lazarett; die Soldaten, die man hierher schickt, haben schon Wochen oder Monate in Verwundetenstationen hinter sich, gelten als genesen. Und dennoch, viele müssen getragen werden, wenn sie eintreffen, andere humpeln an Krücken, die meisten haben Verbände um den Kopf oder den Körper. Was haben Männer dieses Schlages mit Touristen oder Reisenden zu tun, wie man sie früher kannte, mit den Herrschaften von ehedem? Selbst wenn sie sich wieder gekräftigt fühlen, wenn sie wieder reif für die Front sind, benehmen sie sich merkwürdig. Frieda hat eine Weile gebraucht, bis sie darauf kam, worin der Unterschied besteht: Sie sind Männer in einer Männergesellschaft; das weibliche Element fehlt vollkommen, und sie sind sich vollkommen genug. Auch die Hausmädchen empfinden so. Wie selbstverständlich haben sie sich die Manieren von Krankenschwestern angewöhnt; das hat keiner von ihnen verlangt, und niemand hat es ihnen beigebracht. Es ist einfach geschehen. Selbstverständlich kümmern sich auch ausgebildete Krankenpflegerinnen und Ärzte um die Genesenden, aber der Unterschied ist nicht auffallend.

Frieda versteht es, den Soldaten immer wieder zu vermitteln, hier sind sie in einem wahrhaft patriotisch gestimmten Haus. Hat doch nicht nur Leo sein Leben für Deutschlands Sache gegeben und Willy sein Auge geopfert, nein, selbst Neras Sohn aus dem zweiten Wurf – gleichfalls ein reinrassiger Schäferhund namens Resi – steht im Feld. Er ist Meldehund, und der Gefreite, der ihn führt, hat einmal eine Feldpostkarte geschickt und geschrieben, es handle sich bei Resi um einen erstaunlich klugen und charaktervollen Hund. Er rieche Einschläge geradezu, und deswegen habe er sich angewöhnt, sich voll und ganz auf den Instinkt des Hundes zu verlassen, und dieses habe ihm schon mehr als einmal das Leben gerettet. Leos Ende wird übrigens mit jedem Erzählen dramatischer und ruhmreicher. Jetzt wird es für gewöhnlich so dargestellt, als habe Leo einen Maschinengewehrposten noch gegen anstürmende Franzosen gehalten, als seine Kameraden zu seiner Rechten und Linken längst gefallen waren. Die Geschichte entspringt in weiten Teilen Willys Phantasie, aber kann sie sich nicht so abgespielt haben? Man hört doch immer wieder derartige Erzählungen. Und hat sich Leos Ende in Wahrheit anders dargestellt, was macht es? Leo ist fürs Vaterland gefallen, das ist das Wesentliche. Soll man sagen, er ist im Stacheldraht krepiert oder von einer Mine zerfetzt worden? Wer will denn so was hören.

So viele Männer und doch nicht ein einziger, dem Frieda das Herz schenken könnte. Einmal, ein einziges Mal, hat sie sich mit einem jungen Kerl eingelassen, einem Bulgaren. Er hatte ohne Hoffnung um sie geworben, konnte sich dabei auch nur mit Blicken und Gesten verständlich machen, und sie hatte ihn doch in ihr Schlafzimmer gelassen. Als er nach einigen Wochen gehen mußte, hatte sie mehr Abschiedsschmerz empfunden, als sie vermutet hätte. Hatte ihn allerdings auch mit etwas wie Erleichterung ziehen lassen. Sie hat sich nämlich angewöhnt, von Richard wie von ihrem Mann zu denken, und so erschien es ihr manchmal, sie betrüge ihn wie die sprichwörtliche Kriegersfrau, die auf Abenteuer aus ist.

Richard sitzt noch immer in einem französischen Internierungslager in Afrika. Nach heroischem Kampf an der Spitze eines Trupps schwarzer Soldaten war er in Gefangenschaft geraten. Er hatte nicht auf das Wort der Franzosen vertraut, ihn ausreisen zu lassen, zumal sich die versprochene Ausreise über Monate hinzog. Aktiv und vorwärtsstürmend, wie er ist, hatte er versucht, sein Schicksal in die eigenen Hände zu nehmen, und war ausgebrochen. In einer abenteuerlichen Flucht, über die Richard bei Gelegenheit ein Buch verfassen will, hatte er sich bis zur Grenze des Muni-Bezirks im Süden von Kamerun durchgeschlagen. Der Muni-Bezirk ist portugiesisches Territorium und damit neutraler Boden; war es wenigstens damals. Die Freiheit sozusagen in Sichtweite, hatten ihn verräterische Eingeborene aufgegriffen und ihn, wohl gegen Judaslohn, den Eroberern übergeben. Alle unsäglichen Strapazen, die Richard auf sich genommen und ertragen hatte, waren damit vergebens gewesen. Er hat ihr geschrieben, er habe es letztendlich nicht mehr vermocht, sich aufzulehnen. Als man ihn auslieferte, sei er am Ende seiner physischen und psychischen Kraft angelangt gewesen, die Kleider hingen in Fetzen an ihm herunter, an einigen Stellen sogar die Haut. Die Franzosen statuieren wohl ein Exempel an ihm; jedenfalls halten sie ihn im Gegensatz zu seinen Mitbrüdern noch immer gefangen. Ab und an, sehr selten, kann er Frieda mit Hilfe des Internationalen Roten Kreuzes ein Lebenszeichen zukommen lassen, und auf diesem Wege antwortet sie ihm auch. Es ist ihr jedoch nicht möglich, sonst etwas für ihn zu tun. Schicken kann man nichts, und die Briefe sind auf wenige Sätze limitiert; man muß praktisch die Wörter zählen, die man absendet.

Frieda meint während dieser Zeit, wenn sie nicht die Kinder hätte, würde die Einsamkeit sie schier erdrücken.

Adam, ihr Ältester, gibt sich sehr verständig und steht ihr bei, so gut er es mit seinen zwölf Jahren vermag. Er hat große musikalische Begabung. Das war zufällig herausgekommen. Sein Lehrer hatte seinen Schülern, um die Singstunde ein wenig aufzulockern, auf der Geige vorgespielt. Bei einer bestimmten schwierigen Passage hatte er gleich zweimal gepatzt und war drauf und dran, es ein drittes Mal zu tun, als Adam aufsprang und aufgebracht ausrief: «Fis, Herr Lehrer, fis!» Der Lehrer, ein freundlicher, offener Mensch, an den sich Frieda gern erinnert, hatte ihr deswegen umgehend einen Besuch abgestattet, Jahre liegt das nun auch schon wieder zurück. Er kam in einem dunkelblauen Bleyle-Strickanzug, und das machte, daß er trotz seiner grauen Haare selbst wie ein großer Bub aussah und in nichts der Respektsperson glich, als den man sich einen Lehrer vorstellt, und hatte ihr berichtet, was ihm mit Adam widerfahren war. Frieda war über Besuch und Mitteilung gleichermaßen verblüfft. Erst hatte sie gemeint, der Lehrer wolle sich über Adams ungebührliches Benehmen beschweren. Sie war schon drauf und dran, sich deswegen zu entschuldigen, bis sie verstand: Im Gegenteil, er war gekommen, sie auf Adams Talent aufmerksam zu machen. Der Lehrer hatte sich freundlicherweise sogar bereit erklärt, Adam auszubilden, und darauf hatte ihm Frieda eine Geige gekauft – «in der Farbe deiner Augen», wie sie leichtfertig und nebenbei bemerkt hatte und weswegen Adam noch immer von August gehänselt wird. Bald hatte der Schüler seinen Lehrer übertroffen, und Adam produziert sich nun schon seit längerem vor Publikum. Er hat sowohl vor den Genesenden im Haus wie auch schon vor Verwundeten im Lazarett konzertiert.

Wo er die Gabe nur her hat!

August, Friedas zweiter, ist von anderem Holz. Er hat sich zu einem ungestümen, heftigen Jungen entwickelt; deutlicher gesagt, er ist rotzfrech. Sein größter Wunsch war ein «Holländer», ein Gefährt schneller als ein Rennpferd, und den hätte Frieda ihm besser verwehrt. Seit er das Gerät hat, macht er damit die Saalgasse und die Nerostraße unsicher. Die Polizei hat ihn bereits verwarnt, auch das Fahrzeug vorübergehend eingezogen, auf Friedas Bitten und Augusts Versprechen, sich in Zukunft manierlich aufzuführen, aber wieder herausgerückt. Er hatte damit auch schon einen Unfall, den er wie durch Magie völlig unverletzt überstand. Zum zweiten Mal hat der Schutzengel seine schützende Hand über ihn gehalten.

Augusts Art, sich vor nichts und niemandem zu ängstigen, kommt ihm sehr zugute, wenn die Schulkinder ausgesandt werden, für patriotische Zwecke zu sammeln. August klingelt mit Begeisterung an allen Wohnungstüren, kennt keine Hemmungen. Für gewöhnlich geht er nicht eher, bis seine Opfer ihre vaterländische Pflicht erfüllt haben. Bei der Kaiser-Wilhelm-Spende nimmt er keinen Obolus unter einer Mark an, und entsprechend ist er im Viertel gefürchtet. Und was gilt es alles beizutreiben! Mal sind es Konserven aus Weißblech, die gesammelt werden, mal Altgummiteile, mal ausländisches Geld, aber immer gehört August zu den erfolgreichsten Sammlern.

Allerdings, und das ist nun weniger erfreulich, stimmen für gewöhnlich seine Abrechnungen nicht. Geht es um Geld, fehlen unerklärlicherweise immer zwei, drei Mark. Seit es deswegen in der Schule einmal zu einem sehr unschönen Auftritt kam, kontrolliert Frieda jetzt jedesmal das Sammelergebnis, bevor August die Büchse abliefert. Wenn es notwendig ist – und es ist schier immer notwendig –, schießt sie die Differenz aus Eigenem zu. Dazu muß man die Plombe öffnen und nachher wieder schließen, und August zeigt ihr, wie das zu bewerkstelligen ist. Sie verlangt, daß August gegenüber den Geschwistern über die Manipulationen schweigt, und August verspricht es, aber er hält nicht Wort, brüstet sich vielmehr seiner Fertigkeiten, und das rückt Frieda vor den Kindern und dem Personal in übles Licht.

Heinrich, der Kleinste, ist in sich gekehrt. Frieda ist überzeugt, daß er einmal Geistlicher werden wird. Wenn er kann, zieht er sich in den Garten zurück. Dort hat er sich eine Art Prozessionsaltar gebaut, und davor zelebriert er die Messe, wobei er sich bemüht, den jetzigen Pfarrer der Maria-Hilf-Kirche möglichst exakt zu kopieren. Der Geistliche ist ein rauher Geselle, der bei jeder Gelegenheit mit dem ewigen Höllenfeuer droht, und wenn der zarte, kleingewachsene Heinrich seine martialischen Sprüche wiederholt, hat das komische Züge. Einmal versucht er Frieda, die wegen des nie abreißenden Betriebs kaum noch in die Kirche kommt, mit geheimnisvollen Andeutungen zum Kirchenbesuch zu bewegen. Heinrich wird, weil sie ihn anfangs nicht versteht, besorgter und besorgter, und endlich bricht es aus ihm heraus: Die Mutter wird für alle Zeiten in der Hölle schmoren, wenn sie weiterhin den Gottesdienst versäumt! Erst glaubt Frieda, der Gedanke sei in seinem frommen Kopf entstanden. Es stellt sich aber heraus, er gibt nur wieder, was man ihm selbst rigoros klargemacht hat. Der Pfarrer hat seine Hand genommen, sie über eine brennende Kerze gehalten und ihm gesagt, gleiche Schmerzen werde jeder erleiden, der sich seiner Kirchenpflichten entziehe, und zwar für alle Ewigkeit. Dieses Leid will er seiner Mutter ersparen, daher seine

Bemühungen! Als sie die Beweggründe des Kleinen endlich verstanden hat, begleitet Frieda ihn und die beiden Großen eine Weile zum Gottesdienst. August und Adam fühlen sich aber davon geniert; wie sieht denn das aus, wenn sie mit ihrer Mutter im Kindergottesdienst erscheinen! So versickert nach und nach Friedas Kirchentreue wieder.

Bei den Sammelaktionen hat übrigens auch Heinrich einmal überraschend Erfolg. Als es darum geht, ausländische Münzen zu sammeln, überläßt ihm eine ältere Dame aus der Wilhelminenstraße ein türkisches Goldstück. August will den Kleinen überreden, es gegen ein anderes zu tauschen. Heinrich, ehrlich und gottergeben, wie er ist, weist den Vorschlag jedoch empört zurück und liefert das Goldstück ab. Das trägt ihm in der Klasse ziemlichen Respekt ein, und von der Schule erhält er eine Auszeichnung, einen Kunstdruck mit der Urschrift des Deutschlandliedes und einer Abbildung der Insel Helgoland. Frieda läßt auch diese Auszeichnung rahmen; sie wird sogar im Speisezimmer aufgehängt. August ärgert sich maßlos darüber, und eines Tages ist das Bild verschwunden. Frieda vernimmt natürlich August sehr streng, er leugnet aber strikt, etwas mit dem Verschwinden zu tun zu haben, und Frieda kann ihm das Gegenteil nicht beweisen.

Bei der Gelegenheit macht es sich bemerkbar, daß die Kinder keinen Vater haben. Karl Enders, der sich pflichtgemäß um sie kümmern sollte, schickt nur gelegentlich mahnende Briefe und verlangt Rechenschaft über Schulnoten. Einmal kam er, um mit den Kindern die Zukunft zu besprechen, speziell die von Adam. Es wurde eine sehr frostige Unterredung. Frieda eröffnete ihm, daß sie ihren Ältesten aufs Gymnasium schicken werde. Herrn Enders paßte das nicht; er wollte, daß Adam etwas Handfestes lernt – Koch oder Kellner etwa. Anscheinend fürchtete er, durch Friedas Ambitionen könnte Adam, der Sohn eines in der Wolle gefärbten Sozialisten, dem Proletariat entfremdet werden.

«Er wird aufs Königliche Gymnasium gehen, machen Sie sich keine Gedanken», hatte Frieda fest entschlossen verkündet. «Das könnte Ihnen so passen – Kellner!» – «Was ist gegen eine anständige Ausbildung in der Gastronomie einzuwenden? Später soll er das doch hier mal übernehmen», hatte Herr Enders argumentiert, aber Frieda hatte ihm das Wort abgeschnitten. «Wer weiß», hatte sie gesagt, «ob es ein Später gibt! Wenn das so weitergeht, müssen wir zumachen, wie alle anderen auch.»

Das war noch, bevor man ihnen die Genesenden schickte. Damals war es wirklich sehr trübe um die Zukunft bestellt; an manchen Tagen hatte Frieda ans Aufgeben gedacht. Aber Gott läßt sie nicht fallen! Adam geht also jetzt ins Gymnasium, leider fühlt er sich da nicht wohl. Es werden hohe Anforderungen gestellt, und er hat Mühe, sie zu erfüllen.

Deswegen muß er aber immer noch nicht Kellner werden!

2

Mitte März wird die Nachricht verbreitet, der Zar sei gestürzt und an seine Stelle sei eine bürgerliche Regierung getreten.

Willy will flaggen, glaubt er doch, dies sei der Anfang vom Ende des Krieges. Frieda verbietet es ihm kategorisch. Es ist ihr, als sei der Petersburger Aufstand nicht nur gegen den Zaren gerichtet, sondern auch gegen sie. Wenn man sich am Zar vergreifen kann, ist alles möglich, und was wird dann als nächstes geschehen? Werden etwa Emma und Tilly hier das Kommando übernehmen?

Für Frieda ist der Untergang der Romanows nur der Beweis, alles wird in Scherben zerfallen, ganz wie es Georg angekündigt hat. Warum hat sie ihm nicht geglaubt?

Schon als es im letzten Jahr hieß, der Wundermönch Rasputin sei ermordet worden, hatte Frieda nicht an sich halten können und einige Tränen vergossen. Natürlich hatte sie nicht um den Handaufleger geweint, sondern um sich selbst und in Erinnerung an die Gräfin Aljewna. Sie vermutet, sie sei irgendwo auf der Krim, wo sie Güter hat. Hoffentlich!

3

Ein eigenartiger Gast kommt ins Haus, steif wie eine Gestalt aus einem Wachsfiguren-Kabinett, auch ebenso blaß, umständlich um Höflichkeit bemüht, in Wirklichkeit aber mißtrauisch distanziert. Frieda begegnet er geradezu feindselig.

Der trägt uns Unruhe ins Haus, weiß Frieda, kaum daß sie drei Sätze mit dem Mann gewechselt hat.

Seine Kleidung ist auf Figur gearbeitet, sehr konservativ und sehr edle englische Stoffe, offenbar Vorkriegsware. Als Gepäck hat er nur eine Reisetasche. Einerseits hat er die Attitüden eines Geheimrats, andererseits ist er mit der erstbesten Ecke zufrieden, die Frieda ihm anbieten kann, eine Mansarde. Wenn Leute mit seinem Habitus sich bescheiden, ist immer was faul. Auf die Frage: «Wie lange gedenken Sie zu bleiben?», hat er keine konkrete Antwort. Schließlich mietet er das Zimmer für drei Nächte, bemerkt dazu aber geradezu verbissen: «Ich muß sehen, wie sich alles entwickelt. Das weiß ich nicht vorher. Es kann durchaus sein, daß ich früher abreise, stellen Sie mir das in Rechnung?» – « Das machen wir nie», lügt Frieda. «Bei uns können die Gäste kommen und gehen, wie sie wollen.» – «Erstaunlich großzügig, na ja, ich will nur hoffen, daß ich Ihre Großzügigkeit nicht in Anspruch nehmen muß! Kann man mir jetzt meine Unterkunft zeigen?» – «Selbstverständlich!» – «Und ich brauche etwas Schreibzeug.» – «Was benötigen Sie?» – «Einen Bleistift und mehrere Blatt Papier, das reicht durchaus! Es kann auch die Rückseite von irgend etwas sein.»

Emma führt ihn in sein Zimmer. Als er seine Tasche abgestellt hat, verriegelt er die Tür seiner «Unterkunft», wie er sein Zimmer beharrlich nennt, und läßt sich die nächsten Stunden nicht mehr sehen.

Friedas erster Gedanke ist: Das wird doch nicht etwa wieder ein Selbstmörder sein? Es liegt kein Jahr zurück, da hat sich jemand in ihren Betten die Pulsadern aufgeschnitten; ein Genesender, der wieder für kriegsverwendungsfähig befunden worden war. Frieda schärft Willy deshalb ein: «Paß auf, daß er sich korrekt einträgt! Laß dir irgendein Papier zeigen, daß er wirklich so heißt, wie er sagt! Nicht, daß wir hinterher in Schwulitäten kommen.» Doch der Gast bringt es fertig, als er später zum Essen runterkommt, seinen Namen ins Fremdenbuch einzutragen, als mal gerade niemand in Zimmer 1 ist. «Jakob Kaufmann» steht da, mit steifen Buchstaben hingesetzt, und als Wohnsitz gibt er an: Ems an der Lahn, Am Kurpark 40. Unter «Zweck des Aufenthalts» hat er vermerkt: «Aufschluß». Was soll denn das bedeuten? Die Angabe Ems bringt Frieda auf eine Spur. Ist das etwa ein Verwandter von Annas Liebhaber, vielleicht am Ende noch der berühmte ältere Bruder selbst, von dem schon öfter die Rede war und meistens in ungünstiger Weise? Es hieß, daß er seine Arbeit zu seiner Religion gemacht habe, Tag und Nacht in seiner Werkstatt ausharre, und daß er ein schrecklicher Moralapostel sei. Mit seiner Frau hatte er wegen eines Fehltritts von ihrer Seite viele Jahre lang nicht mehr verkehrt, strafte sie durch seine Verweigerung, und Frieda stellt sich vor, wenn er wirklich derjenige ist, den sie in ihm vermutet, ist er hier, um Anna und ihren Freund auseinanderzubringen. Frieda meint, Anna habe mal davon gesprochen, dieser Bruder trage den Vornamen Jakob, und in jedem Fall wäre er aus Ems. Ist er es oder handelt es sich um einen Zufall? Sie gibt Willy die strikte Anweisung, wenn der Herr irgendwas über Anna erfragen will – egal, was –, soll er die Auskunft verweigern und ihn an sie verweisen.

Gleichgültig, was er wissen will! Und wenn er sich nur nach Annas Haarfarbe erkundigt!

Anna hat sich zu Anfang des Krieges, als die Zukunft des «Petersburger Hofs» düsterer und düsterer wurde, eine Anstellung gesucht. Frieda hatte sie halten wollen, wie sie auch die Hausmädchen gehalten hat – wenigstens soweit es ihr möglich war –, und hatte Anna Dinge versprochen, die sie bei einiger Vernunft gar nicht versprechen konnte. «Du meinst es ja gut, Frieda», hatte Anna gesagt, sich aber nicht beirren lassen und war ausgezogen. Nach einigen Umwegen war sie in der Gersdorff-Kaserne gelandet. Das ist das Karree mächtiger, einschüchternder Kasernengebäude, das Frieda einschließlich des zugehörigen Exerzierfelds vor langen Jahren kennengelernt hat; damals, als sie den Fallschirmabsprung des Käthchen Paulus verfolgen durfte. Wie hätte sie ahnen können, daß diese Männerwelt einmal Annas Wirkungsfeld sein würde. Anna obliegt dort zusammen mit dem Kammerunteroffizier die Ausgabe von Uniformstücken und Drillichzeug an die Soldaten. Bett- und Leibwäsche der Soldaten, ihr Schuhzeug und ihre Stiefel, Kochgeschirre, sogar Gasmasken und andere militärische Dinge gehen über ihren Schalter. Anna behauptet, aus ihrer Perspektive besteht der Krieg nur aus Papierkram; unendlich viele Listen seien zu führen, zu stempeln, gegenzeichnen zu lassen und abzulegen. Die einzelnen Soldaten sieht sie angeblich nur für Bruchteile von Minuten oder vor Dienstbeginn und nach Feierabend und auch nur als salutierende und exerzierende Gestalten. Wie sie es dann geschafft hat, sich ihren Gerhard anzulachen, ist ihr Geheimnis. Entweder ist der Blitz in den erwähnten Bruchteilen von Minuten und Sekunden eingeschlagen, oder es existieren doch noch andere Gelegenheiten, mit den Männern in Verbindung zu treten. Jedenfalls war Anna eines Tages angekommen und hatte mit glänzenden Augen berichtet, sie habe jemanden gefunden, einen sehr netten Mann, ein richtiges Prunkstück. Frieda hatte das mit Skepsis aufgenommen, aber tatsächlich, bei ihrem Soldaten handelt es sich um einen ausgesprochen attraktiven Menschen. Er ist zwei Kopf größer als Anna, handfest, ruhig und besonnen und jeder Zoll ein Adonis. Das findet man ja öfter, daß gerade weniger auffallende Frauen die strahlendsten Männer haben. Und das Schönste ist, er hat Anna wirklich ins Herz geschlossen. Das kann man an tausend Kleinigkeiten bemerken, an der Art zum Beispiel, wie er Anna ansieht, wenn sie etwas erzählt, oder wie eifrig er wird, wenn er ihr etwas erklärt. Er ist Angehöriger der Pioniertruppen, entschärft Minen, und im Zivilberuf ist er Herrenschneider mit eigener Schneiderei in Ems an der Lahn. Diese Schneiderei hat er gemeinsam mit seinem älteren Bruder von seinem Vater geerbt, eine Firma Kuwalik und Cie. Das klingt zwar polnisch, aber Anna beschwört, die Familie Kuwalik hat nicht das geringste mit Polen zu schaffen. Vor dem Krieg – natürlich vor dem Krieg, möchte man hinzusetzen; jetzt ruht auch in Bad Ems das Zivilleben weitgehend – war es eine renommierte Schneiderei. Der alte Kuwalik hatte gelegentlich für den Fürsten Bismarck und den Kaiser Napoleon III. gearbeitet; damals wurden elf Kräfte beschäftigt. Nun kann der Bruder gemeinsam mit einer einzigen Kraft die Arbeit bewältigen; in der Hauptsache Änderungen und Flickschusterei, Wenden von Mänteln und Jacketts. Welch ein Niedergang! Aber passend zur Zeit und wie ein Sinnbild dafür.

Anna ist überzeugt, nach dem Krieg wird ihr Gerhard den Betrieb rasch wieder auf seine alte Höhe bringen. Wenn sie davon spricht, sieht man geradezu, wie sie ihm dabei zur Hand geht, wiewohl sie das nicht ausdrücklich erwähnt. Der Haken an Annas Liaison ist – natürlich hat die Sache einen Haken, sonst wäre sie ja eine Romanze, die man an die Berliner Illustrierte verkaufen könnte – der Haken ist also, daß ihr Anbeter wesentlich jünger ist als sie. Anna ist über die Dreißig, und er ist Anfang der Zwanzig, wie soll so etwas also gutgehen? Frieda hat sie einmal unbedacht an den Altersunterschied erinnert, der zwischen ihr und Fritz bestanden hatte, aber Anna hat sofort störrisch widersprochen: «Daran ist unsere Ehe nicht gescheitert, am Altersunterschied bestimmt nicht!»

Anna hat durchaus recht! Welchen Sinn macht es, in einem Krieg an das Morgen zu denken, und gar bei einem Mann, der

Minen entschärft? Da zählt jeder Augenblick, und insofern hat Frieda nie wieder an das Thema gerührt. Anna hat ein bißchen Glück gefunden, und nur das zählt. Sie, Frieda, hat für die Liebenden getan, was sie nur tun konnte. Bevor Gerhard wieder ins Feld mußte, hatte er drei Tage Urlaub. Da hat sie dem Paar Nummer 8, das Prachtzimmer im ersten Stock, freigemacht und überlassen. Sie wollte nicht, daß sich die beiden in ihren letzten paar Stunden in Annas Kammer herumdrücken. So was ist doch unwürdig! Anna wohnt übrigens wieder in dem Loch an der Bleichstraße, über dem Kinosaal. «Titania bleibt Titania, die Königin der Milchschleudern», sagt Willy dazu, oder: «Nichts zu machen, Eulalia.»

Was anderes kann man dazu auch kaum sagen.

Es ist erstaunlich zu beobachten, wie frei Anna geworden ist. Friedas Angebot hatte sie wie selbstverständlich angenommen und sich mit ihrem Gerhard in die Betten zurückgezogen, als seien sie über Jahre verheiratet. Der Krieg und das Wissen, morgen kann alles zu Ende sein, verändert eben alle Verhältnisse. Als er gehen mußte, betrachtete sich Anna als verlobt, und danach lernte sie das nervzehrende, mit Ahnungen und Sorgen gemischte Warten auf Post kennen, das Frieda seit Jahren erträgt. Bis zum Überdruß kennt Frieda dieses Gefühl und haßt sich dafür, daß sie es noch nicht rausreißen konnte. Wie jedesmal die Enttäuschung verwinden, wenn die Briefträgerin wieder nicht das bringt, was man erhofft hat? Manchmal ist Frieda deswegen so verbittert, daß sie die übrige Post einfach wegsteckt und weglegt, als habe sie sie nicht erhalten.

Nun macht also auch Anna durch, was sie schon so lange ertragen muß. Anfangs hat ihr Freund beinahe täglich geschrieben, an manchen Tagen kamen sogar zwei Postkarten. Die Feldpost ist portofrei, und insofern ist ein Gruß rasch gesandt, und mehr wollen die Frauen zu Hause gar nicht als eben die Versicherung: Mir geht es gut! Man erwartet ja nicht jedesmal heiße Liebesschwüre. Um so unerträglicher, wenn die Heeresleitung Postsperre anordnet. Frieda braucht gar nicht nach Postsperren zu fragen; wenn Anna mit verweinten Augen herumläuft, ist es wieder mal soweit. Über drei, vier Wochen darf dann keine Post abgesandt werden; umgekehrt wird auch den Soldaten kein Schreiben aus der Heimat ausgehändigt. Der Zweck davon ist zu verhindern, daß der Feind aus abgefangener Post von Truppenkonzentrationen erfährt, die die Heeresleitung durchführt. Willy kann einem die Details dazu genau erklären; kann einem erläutern, wie der Feind aus abgefangener Post die Schlachtpläne seines Gegners rekonstruieren kann. Aber dieses Wissen nützt einem nichts; die Ungewißheit über das Schicksal der Lieben ist für die Frauen daheim kaum zu ertragen.

Der Herr ist noch bei der Suppe, da wendet er sich schon an Emma: «War hier nicht mal eine Frau Wiegandt beschäftigt? Oder Wienandt?» – «Einen Moment, ich hole Ihnen die Chefin», gibt Emma befehlsgemäß zurück, ruft Frieda, und die sagt dem Herrn auf den Kopf zu: «Sie sind der Bruder? Ist das richtig?»

Der Herr sucht auszuweichen, aber Frieda läßt das nicht zu, und so entschließt er sich endlich, sich zu erkennen zu geben. Sein Name ist Kuwalik. – «Das haben wir uns schon gedacht. Und was kann man für Sie tun?»

Darauf wird er wieder sehr steif und förmlich. Er ist hergekommen, um die Person kennenzulernen, die sich sein Bruder ausgesucht hat. – «Und aus welchem Grund, wenn ich fragen darf?» fragt Frieda spitz. – «Sie sind verwandt miteinander?» vergewissert sich der Herr. – «Freundinnen!» bescheidet ihn Frieda, aber so, daß er denken muß, das zählt mehr als beliebige Verwandtschaft. – «Ganz offenbar wissen Sie aber von der Verbindung?» – «Meine Freundin hat keine Geheimnisse vor mir!» Dem Herrn fällt es schwer, die nächste Frage zu stellen, er sucht nach dem richtigen Wort oder der richtigen Eröffnung: «Gerhard scheint es sehr ernst zu sein. Ich habe nur einen Bruder», erklärt er dann zusammenhanglos. «Gerhard ist mein einziger Bruder. Wie kann ich denn die Dame erreichen?» – «Ich glaube nicht, daß Anna Wert auf Ihre Bekanntschaft legt», wehrt Frieda ab, ihm Annas Adresse anzuvertrauen. Wenn er nicht mal weiß, daß Anna in der Kaserne beschäftigt ist, weiß er so gut wie nichts von ihr. «Wenn Ihr Bruder wieder da ist, dann wird der das entscheiden. Die beiden sind erwachsen, und wenn sie sich lieben, dann geht das einen Dritten nichts an! Das ist wenigstens meine Auffassung davon!» – «Sie mißverstehen mich!» behauptet der Mann und setzt hinzu: «Was ich Ihnen jetzt sage, ist streng vertraulich. Sie müssen mir ehrenwörtlich versichern ... Man hat es mir selbst unter dem Siegel der Verschwiegenheit anvertraut.»

«Mir kann man alles anvertrauen!» sagt Frieda abwehrend. Sie fühlt sich von der falschen Geheimnistuerei nur belästigt; sie hat schließlich noch anderes zu tun, als darauf zu warten, daß Herr

Kuwalik sich endlich erklärt. Wenn er jetzt nicht den Mund auftut, wird sie ihn stehenlassen. «Also bitte, worum geht es denn?»

Der Mann scheint jedoch gar nicht zu verstehen, was sie ihm sagt. Er zerrt plötzlich an seinem Kragen, öffnet ihn, Schweiß tritt ihm auf die Stirn.

«Sind Sie krank? Es kommt gleich ein Arzt, der sieht sowieso nach den Verwundeten», sucht ihn Frieda zu beruhigen. – «Ich brauche nur Schlaf. Ich schlafe seit Tagen nicht», erwidert der Mann. Er nimmt in dem Korbsessel Platz, den Frieda ihm hinschiebt. Frieda läßt ihm dann ein Glas Wasser bringen, und während sie darauf warten, daß es gebracht wird, keucht er – Frieda hat Mühe, ihn überhaupt zu verstehen: «Mein Bruder ist verschüttet worden. Einer seiner Offiziere hat es mir zur Kenntnis gegeben. Er mußte dann selbst die ukrainische Front verlassen.»

Das also. Wieder eine von den nie abreißenden Todesmeldungen. Sie bemüht sich um Mitgefühl, senkt die Stimme. Dabei ist sie nicht wirklich erschüttert. Sie hat nichts anderes erwartet, als daß eines Tages eine schreckliche Nachricht kommen wird. Wie soll denn Anna Glück haben? Mit jemandem, der Bomben entschärft? «Das tut mir leid, das zu erfahren», bemerkt sie wie mitfühlend. «Sie wissen nichts Genaueres?» – «Seit Tagen nichts! Die elende Postsperre!» flucht der Mann unversehens, und das klingt aus seinem Mund völlig unangebracht. – «Lassen Sie die Hoffnung nicht sinken!» spricht ihm Frieda Trost zu. «Sie wissen doch, wie oft Leute wieder befreit werden. Hier im Haus hören Sie Geschichten, die kann man nicht erfinden. Einer von den Verwundeten hat mir mal erzählt, er hat seinen Leutnant nach acht Tagen ausgegraben – lebend, ohne einen Kratzer.» – «Ich gebe die Hoffnung nicht auf!» erwidert Herr Kuwalik und schluckt das Wasser, das ihm Emma reicht, in einem Zug hinunter. Es erinnert an die Gewohnheiten eines Trinkers.

Das, was er offenbart hat, verändert natürlich die Situation. Frieda ist geneigt, ihm nun Annas Adresse zu geben. Sie erwartet, daß er Anna einige Zeilen schreibt. Zu ihrem Erstaunen steht er aber auf und macht Anstalten, sofort das Haus zu verlassen.

«Sie wollen doch nicht etwa jetzt zu Anna?» sucht Frieda ihn aufzuhalten. Der Mann ist ja völlig durcheinander. Erst jetzt erkennt sie, was ihr wie Feindseligkeit vorgekommen war, war der Versuch, sich an Formen festzuhalten wie an einem Geländer.

«Es geht sie direkt an», erwidert der Mann schwach.

«Aber Sie müssen ihr doch nicht das Herz schwermachen. Sie wissen ja selbst nichts Genaues. Hoffen wir doch, daß alles gut ausgeht. Vielleicht hat er den Schock schon wieder hinter sich und ist wieder der Alte. Warten Sie doch einfach, bis Post kommt. Anna kann Ihnen die Sorge auch nicht abnehmen!»

Für den Moment kann Frieda den Mann mit diesen und ähnlichen Argumenten beschwichtigen, aber später geht er dennoch aus dem Haus, und nun weiß sie nicht, sucht er Anna auf oder schöpft er nur etwas frische Luft, wie er behauptet.

Eigentlich erwartet sie, Anna werde bald weinend erscheinen und Zuspruch suchen. Als sich Anna aber nicht zeigt, nimmt Frieda an, der Mann habe sein Versprechen gehalten und die schreckliche Nachricht für sich behalten. Kommt die amtliche Todesnachricht, kommt sie noch früh genug, meint Frieda. Solange Anna auf seine Wiederkehr hoffen kann, solange soll sie hoffen.

Erst später erfährt Frieda, Herr Kuwalik hat Anna doch auf der Stelle aufgesucht. Sie haben über Stunden miteinander gesprochen, und seitdem behandeln sie sich wie Schwager und Schwägerin. Was ist nur an Anna, daß sie den Männern Zuspruch geben kann? In ihrer, Friedas, Gegenwart hat Anna noch nie einen ausgefallenen Satz gesagt oder eine besondere Weisheit angebracht. Was redet sie dann mit den Männern unter vier Augen, daß die an ihr hängen? Georg war doch das beste Beispiel dafür. Er hat mit ihr Dinge besprochen, die er seiner eigenen Frau nicht anvertraut hat. Früher hatte sie sich die Erklärung zurechtgelegt, Anna hebe die Männer auf einen Sockel und die fühlten sich dadurch bestätigt. In dieser Hinsicht hat sich Anna längst gewandelt. Was also läßt Anna in den Augen der Männer in einem besonderen Licht erscheinen?

Mitten bei der Arbeit, als sie an ganz anderes zu denken hat, wird Frieda klar, daß sie eifersüchtig auf Anna ist. Sie hat aber keine Vorstellung davon, worauf sie eifersüchtig sein könnte.

4

In diesem Jahr ist hoher Besuch im «Petersburger Hof».

Eine Delegation des Sobranje, das ist das Parlament der Bulgaren, unternimmt eine Rundreise durch Deutschland, und die Herren statten unter anderem ihren verwundeten Landsleuten, die in Wiesbaden und speziell im «Petersburger Hof» genesen, einen Besuch ab.

Entsprechend herrscht tagelang Aufregung im Haus. Fahnen werden angeliefert, mit denen die Hausfront zu schmücken ist, die Genesenden werden mit neuen Uniformen eingekleidet, und Adam übt unermüdlich und enervierend auf seiner Geige die Nationalhymne des Königreiches Bulgarien – eines kleinen, aber geographisch wichtigen Landes und eines der wenigen, die mit Deutschland verbündet sind, wie Willy ihm erklärt. Willy nimmt an, Adam wird mit mehr Feuer spielen, wenn er weiß, worum sich die Sache dreht.

Mehrfach erscheinen auch bulgarische Offiziere, welche die Soldaten, die im Haus sind, ausgiebig instruieren. Weder Frieda noch die Mädchen haben bislang mehr als einige Floskeln Bulgarisch aufgeschnappt, eine Schande, wenn man bedenkt, daß der Hilfsverein immerhin schon seit achtzehn Monaten Genesende schickt und die alle im Haus ernähren. Aber soviel begreifen sie auch ohne Sprachkenntnisse: Den Männern wird eingetrichtert, was sie zu antworten haben, sollten sie von den Parlamentsabgeordneten befragt werden. Der Unteroffizier Jekoff, der Sprecher und Dolmetscher der Soldaten, ein etwas umständlicher Mann, im Zivilberuf Lehrer, versichert Frieda, sie brauche keinerlei Befürchtungen zu hegen. Die Genesenden werden nur das Beste über ihre Unterkunft angeben, man ist mit allem zufrieden. Keine Beschwerden!

«Das wäre ja auch noch schöner!» bemerkt Frieda dazu.

Dann der Tag des Besuches. Alle Genesenden, mit Ausnahme eines einzigen, der bettlägrig ist, sitzen oder stehen schon ab zehn Uhr morgens in Zimmer 2. Kurz vor zwölf ist es dann soweit. Zwei große Automobile kommen den Geisberg herauf, und ihnen entsteigen die vier Abgeordneten, einige der bulgarischen Offiziere, die bereits in den Vortagen im Haus waren, und ein Herr, den man seiner Uniform wegen für einen Admiral halten kann. Wie prächtig der Mann aussieht! Seine Uniform ist dunkelblau, fast blauschwarz, mit viel Gold bestickt, dazu trägt er einen spitzen Hut, und an der Seite hat er einen schweren Säbel, den er nachher vor dem Mittagessen abschnallt und in einer Ecke abstellt, was vor allem Heinrich fasziniert. Dieser Herr ist ohne Zweifel die auffallendste Erscheinung unter den Ankömmlingen. Es stellt sich heraus, er gehört dem Auswärtigen Amt in Berlin an und ist, wie Willy das nennt, eine Art Ehrenjungfer; begleitet die Herren bei ihrer Rundfahrt durch Deutschland.

Als Frieda das erfährt, denkt sie: Den Mann hat mir der Himmel geschickt! Auf der Stelle beschließt sie, die Gelegenheit zu nutzen und mit ihm unter vier Augen zu sprechen. Sie veranlaßt, daß man sie, wenn es nachher ans Essen geht, neben ihn placiert. Bis jetzt hat keiner daran gedacht, sie zum Essen einzuladen. Sie vermutet, es wird aber nachher niemand Einspruch erheben, wenn sie sich einfach dazusetzt. Ist doch bei diesem Essen sowieso die gewöhnliche Rangordnung aufgehoben – Soldaten, Offiziere und Parlamentsabgeordnete an einer Tafel! Wo gibt's denn so was! Da wird doch eine Hoteliersfrau auch nicht auffallen. Die Abgeordneten selbst sind übrigens durch die Bank rundliche, untersetzte Männer um die Fünfzig und geben sich betont zivil. Man meint, betrachtet man sie der Reihe nach, es handle sich um Mitglieder einer weitverzweigten Familie, und alle haben erstaunliche Ähnlichkeit mit dem Zigarrenhändler Panaretoff in der Burgstraße, bei dem man früher die besten Zigarren der Stadt kaufen konnte. Sein Geschäft ist auch schon seit zwei Jahren geschlossen. Wie soll das alles nur noch werden!

Frieda begrüßt die Herren auf der Treppe vor dem Hauseingang, der Unteroffizier Jekoff übersetzt, dann begibt man sich in Zimmer 2. Die Soldaten bringen mit tiefen Stimmen ihre Form von «Hoch-hoch-hoch!» vor, Adam fiedelt die bulgarische Nationalhymne, erntet dafür Begeisterung und Küsse auf die Stirn und die Backen, und anschließend drücken die Abgeordneten jedem der Anwesenden reihum die Hand. Auch Willy wird bedacht. Frieda bemerkt, die Adamys stehen derweil hinter der Gardine und wollen nicht gesehen werden, aber sie verraten sich – die Gardine bewegt sich. Die werden neidisch sein! Sie vermieten monatsweise an jeden, den sie kriegen können, und halten sich damit irgendwie über Wasser, und im «Petersburger Hof» ist Betrieb wie in Friedenszeiten.

In Friedas Beisein besuchen die Herren auch den einzigen Bettlägrigen in seinem kleinen Einzelzimmer im ersten Stock, Zimmer 11. Dabei kommt es zu einem peinlichen Zwischenfall. Einer der Herren öffnet, wohl weil er etwas falsch verstanden hat, eine Tür. Er hat aber kein Gästezimmer vor sich, wie er anscheinend erwartet hat, sondern blickt in eins der Klosetts, und ausgerechnet jetzt sitzt

Willy mit heruntergelassenen Hosen drauf. Er hat vergessen zu verriegeln, und einen Moment lang sehen sich der bulgarische Herr und Willy ratlos an, dann zieht Willy mit der Bemerkung «Besetzt!» die Tür zu.

Nächster Punkt: die Befragung der Soldaten durch die Abgeordneten. Die Genesenden antworten, wie sie sollen, und so gibt es in dieser Hinsicht nicht den geringsten Mißklang. Danach setzt man sich zu Tisch. Wie bereits erwähnt, wird das Mittagessen gemeinsam in Zimmer 2 eingenommen. Es kommt, wie Frieda erwartet hat. Der Herr vom Auswärtigen Amt stutzt einen Moment darüber, Frieda als Tischdame neben sich zu haben, verliert aber als echter Diplomat kein Wort darüber. Im Gegenteil, nachdem der offizielle Teil vorüber ist, unterhält er sich durchaus angeregt mit Frieda, und bei der Gelegenheit kann sie anbringen, was ihr wichtig ist.

Bevor das aber soweit ist, bevor auch die Speisen aufgetragen werden, gibt es erst mal Worte. Einer der Abgeordneten schlägt an sein Glas und bringt ein Hoch auf den König der Bulgaren und die ruhmreichen bulgarischen Heere aus. Er würdigt, daß sie, die bulgarischen Heere – gemeinsam mit den Armeen der Zentralmächte, wie er nicht vergißt anzumerken –, in einem Zeitraum von weniger als zwei Monaten die Streitmacht des Königreichs Serbien geschlagen haben, bis auf einen unbedeutenden Teil, dem es nebst der königlichen Hofhaltung gelang, nach Griechenland zu flüchten. Ausführlichst schildert der Redner, und wird dafür mehrmals mit Beifall unterbrochen, mit welchem Heldenmut die Bulgaren um die Befreiung der bulgarischen Bevölkerung von Mazedonien kämpften und mit welchem Jubel sie von den vorher unterdrückten Landsleuten bei ihrem Einmarsch willkommen geheißen wurden. Mit Tränen in den Augen, führt der Redner aus und zeigt sich dabei selbst bewegt, bewillkommneten die Befreiten ihre Brüder aus dem freien Bulgarien! Beinahe täglich erreichten ihn, den Parlamentarier, noch heute Briefe, in denen die Brüder in Mazedonien ihre tiefempfundene Dankbarkeit für ihre Befreiung von fremder Regierung, ja ihre Befreiung aus Sklaverei ausdrückten.

Die Männer erheben sich, es wird die Nationalhymne gesungen, das Glas erhoben, und Frieda gibt das Zeichen zu servieren. Als ersten Gang gibt es Markklößchen-Suppe, in dieser Zeit eine wahre Rarität.

Der Herr aus Berlin zieht Frieda höflicherweise ins Gespräch, und sie nutzt die Gelegenheit zu erkunden, ist es möglich, daß sie unter vier Augen miteinander sprechen? Nun, zögert der Diplomat, der Zeitrahmen ist sehr eng gesteckt und kann Frau Tremus nicht eine Andeutung machen, worum es geht? Frieda schildert nun, in welchen Verhältnissen sich der Missionar Richard Jennewein befindet und daß sie den Eindruck hat, sein Orden setze sich nicht energisch für ihn ein. Wie kann es denn sein, daß alle Mitbrüder aus Kamerun längst wieder in der Heimat sind, aber Richard, wiewohl er ein wahrer Held ist und tapfer wie selten einer, immer noch interniert? Kann das Auswärtige Amt nichts für ihn tun? Der Diplomat zieht ein Notizbuch und notiert sich alle Angaben, die Frieda macht. Er muß gestehen, sagt er, er hat den Fall nicht so präsent, aber von Pater Jennewein habe er selbstverständlich schon gehört. Eine Schande, daß dieser zweite Samson in Ketten schmachten müsse! Er will wissen, wann und wo ist Pater Jennewein in Gefangenschaft geraten und welche Bemühungen sind zu seiner Freilassung unternommen worden? Frieda wiederholt mit Bitterkeit, es können keine bedeutenden gewesen sein, und klagt sich selbst an, nicht schon früher Schritte zu seiner Befreiung unternommen zu haben. Der Herr vom Auswärtigen Amt verspricht ihr, er wird unbedingt alles in seiner Macht Stehende unternehmen, daß die Angelegenheit einen positiven Abschluß findet, und versichert Frieda, selbst in der jetzigen Situation gebe es durchaus Möglichkeiten, auf die gegnerische Seite einzuwirken, und hier wird das Außenamt ansetzen.

Beim Abschied – er steigt da schon fast wieder in sein Auto ein – vertraut der Diplomat Frieda sehr dezent und beinahe flüsternd an, er habe gefürchtet, als sie um Vertraulichkeit bat, sie wolle wegen Bestechung und Unterschleif klagen, sei er doch auf seiner Reise mehrfach auf diesen Mißstand angesprochen worden. Frieda müsse aber in der Hinsicht bedenken, auf dem Balkan gelten andere Maßstäbe, und die Machthaber sorgen von Amts wegen erst mal für sich, wie das im Orient üblich ist.

Nein, sagt Frieda, in dieser Hinsicht habe sie nicht zu klagen.

Der Diplomat erwidert, das höre er mit Freuden, und bedankt sich für die erwiesene Gastfreundschaft. Was die andere Angelegenheit angehe, so möge Frau Tremus voll auf ihn zählen.

Frieda erwidert, sie setze ihr ganzes Vertrauen auf ihn.

5

Spätabends klopft es an der Zimmertür. Frieda ist gerade dabei, sich auszuziehen. Es war ein sehr anstrengender Tag, sie ist todmüde. Deswegen fragt sie harsch: «Ja. Wer ist da?»

Es ist Willy.

«Ja und? Was ist?»

«Die Frau Schweitzer möchte dich unbedingt sprechen.» – «Unsere Frau Schweitzer?» – «Ja.» – «Und das muß jetzt sein?» – «Das sagt sie.» – «Also gut, ich komme.»

Frieda streift ihr Kleid wieder über. Es muß sich um eine sehr ernste Angelegenheit handeln, wenn sich Frau Schweitzer meldet, und dann noch zu dieser Uhrzeit. Seit der unerfreulichen Auseinandersetzung um das Testament haben sie und Frieda nicht mehr miteinander gesprochen; die Auseinandersetzung liegt nun auch schon wieder Jahre zurück. Wie die Zeit davonrast! Manchmal sieht Frieda die alte Frau vom Fenster aus, wenn sie den Geisberg hinuntergeht. Sie ist noch weiter eingefallen. Der Freitod ihrer Tochter scheint sie sehr mitgenommen zu haben. Als Frieda nach vorne geht, sitzt Willy am Schreibtisch und löst Kreuzworträtsel, von Frau Schweitzer nichts zu sehen. – «Schon wieder gegangen?» erkundigt sich Frieda irritiert. – «Am Telephon.» – «Ich dachte, sie ist hier.» – «Nee, ist 'n Anruf. Ich hab ihn dir in die Zelle gelegt.» – «Wartet sie noch?» – «Ich habe nichts Gegenteiliges vernommen.» – «Das hättest du auch gleich sagen können. Ich mach mich extra fein...», bemerkt Frieda verärgert und bemüht sich zur Zelle. «Frau Schweitzer?» meldet sie sich da.

«Frieda?»

«Ja, am Apparat.»

Darauf kommt der Vorwurf: «Sie lassen ja auf sich warten!» Und auch das nächste, das die alte Frau sagt, ist eine Anklage: «Ich hatte eigentlich längst erwartet, Sie würden mal kommen und versuchen, das alles wieder in die Reihe zu bringen. Das wäre ja das mindeste gewesen!» Frieda bleibt besonnen: «Und ich hatte eigentlich gedacht, es wäre alles erledigt, Frau Schweitzer. Und was ist nun der Zweck Ihres Anrufes? Rufen Sie deswegen an?» – «Natürlich nicht. Entschuldigen Sie, Frieda, daß ich Sie um diese Uhrzeit noch behellige, aber es ist äußerst dringend. Ich kann Ihnen das auch nicht telephonisch erläutern. Könnten Sie rüberkommen? Kann ich Ihnen das zumuten?» – «Jetzt sofort?» – «Es ist ja noch nicht

Mitternacht!» Dann bemüht sie sich wieder um Frieda und bittet: «Frieda, ich kenne Sie doch auch anders, als eine großmütige christliche Natur, sonst würde ich mich doch gar nicht an Sie wenden!» – «Und Sie können mir jetzt nicht sagen, worum es sich handelt?» – «Es ist doch nur ein Katzensprung! Ich warte auf Sie!»

Als Frieda das Haus verläßt, erkundigt sich Willy neugierig: «Was will sie denn?»

«Hast du dir aufgeschrieben, wer zu wecken ist? Und der Doktor soll, wenn er das nächste Mal kommt ...»

«Ja, ja, alles notiert!»

Herr Emil, der alte Diener, erwartet Frieda schon am Gartentor. «Guten Abend», sagt er würdevoll. Und: «Die gnädige Frau erwartet Sie!»

Frieda denkt manchmal, bei den Dienern vereine sich Beruf und Charakter in idealer Weise. Welch anderen Grund könnte es sonst geben, daß just ihnen die Pose immer gelingt? Ein Diener, der aus der Rolle fällt, ist ihr noch nicht unter die Augen gekommen.

Frau Schweitzer steht im Salon, als Frieda eintritt. Mit weit ausgestreckten Armen ergreift sie beide Hände ihrer Besucherin und sagt: «Im voraus Dank. Wenn ich irgend jemanden wüßte, seien Sie versichert, ich würde Sie nicht um Ihre Hilfe bitten ... Nehmen wir erst mal Platz ... Sehen aber gut aus ... Ihr August war neulich bei mir; er läßt ja nicht locker, bis man gespendet hat.»

Frieda nickt. Sie wird sich doch nicht über Augusts Eifer beim Sammeln auslassen wollen?

Frau Schweitzer kommt jetzt zum ernsten Teil der Unterredung. «Bitte haben Sie Verständnis dafür», eröffnet sie ihre Erklärung, «daß ich – bevor ich Ihre Antwort nicht kenne – mich nur sehr allgemein ausdrücke. Jemand ist zu mir gekommen und hat mich um Hilfe gebeten. Und ich will sie ihm gewähren, soweit es mir möglich ist, aber dafür brauche ich Ihre Unterstützung. Ich sage Ihnen, worum es geht. Er hat Menschen auf dem Gewissen und ist nicht weiter bereit, beim Morden mitzutun. Ich weiß, es hört sich entsetzenerregend an, es ist mir ja auch so gegangen, als er sich mir anvertraut hat, er hat mir einen heillosen Schreck versetzt, das kann ich Ihnen versichern, und deswegen warne ich Sie vorab, aber er hat für sein Handeln gute, edle Motive, dessen seien Sie bitte auch sicher. Soweit erst mal ... Wollen Sie mir Ihre Hilfe gewähren?» Wieder ergreift sie Friedas Hände: «Ich kenne doch

Ihr Herz, Frieda. Das war nicht die wahre Frieda, mit der ich mich gestritten habe! Sie sind von Natur aus eine großmütige Natur, das weiß ich doch.»

«Wenn ich helfen kann ...», sagt Frieda. Obwohl sie nicht begriffen hat, was genau Frau Schweitzer will, ahnt sie, worauf die Unterredung hinausläuft. Sie soll jemanden verstecken. Am Ende wird wohl einer der Schwiegersöhne desertiert sein. Aber man muß erst mal hören.

«Frieda, erinnern Sie sich an den Doktor Vorsänger, Hannahs Arzt auf dem Eichberg?» – «Dunkel.» – «Dafür hat er eine gute Erinnerung an Sie. Er sagt, er hätte Sie damals für Hannahs Schwester gehalten, als Sie sie abholten.» – «Ach ja, jetzt habe ich wieder eine Vorstellung. Ist er derjenige, welcher ...?» – «Ich muß vielleicht anders anfangen», korrigiert sich Frau Schweitzer. «Haben Sie schon mal etwas von den speziellen Lazaretten für Kriegsneurotiker vernommen? Wohlgemerkt, ich spreche nicht von den gewöhnlichen Verwundeten, sondern von den Kriegern, die ihren Verstand verlieren ob des Grauens, das um sie herum geschieht. Es geschehen in diesem Krieg ja die grauenhaftesten Dinge, so daß man seinen Verstand leicht verlieren kann. Manche werden von Giftgas bei lebendigem Leibe zerfressen, andere liegen tagelang unter zerrissenen Freundesleichen, ehe man sie aus dem Niemandsland bergen kann ...» – «Ja, sicher.» – «Richtig, wem sage ich das? Sie haben Ihr Haus ja voller Verwundeter. Ihnen brauche ich die Augen nicht zu öffnen. Aber haben Sie eine Vorstellung, was sich in diesen speziellen Lazaretten abspielt? Hat man Ihnen das mal geschildert?» – «Im Augenblick wüßte ich nicht, worauf Sie zielen ... Wie kommen Sie denn jetzt auf die Lazarette?» – «Orte des Grauens, Frieda! Unvorstellbaren Grauens! Die Männer kommen von der Front, aber was sie erwartet, können sie nicht mal in ihren Alpträumen erahnen, Dantes Hölle. Darauf hat sie niemand vorbereitet. Dieser ganze Krieg ist eine einzige Lüge, von wegen Serbien! Das hat man ganz vergessen, daß es mal darum ging ... Aber diese sogenannten Sanatorien übertreffen alles!» – «Tja, sicher ...», bemerkt Frieda. Worauf läuft das letztlich hinaus?

Frau Schweitzer deutet Friedas Seufzer richtig. Sie steht auf, öffnet die Tür und sagt ins Dunkel: «Kommen Sie doch bitte mal! Sie können das besser erklären als ich!»

Nun tritt der Doktor Vorsänger in den Salon ein. Wegen der sparsamen Beleuchtung kann Frieda nur seine Umrisse ausmachen. Hätte Frau Schweitzer sie nicht auf ihn vorbereitet, würde Frieda ihn wahrscheinlich nicht wiedererkennen. So aber sagt sie im Konversationston: «Wie angenehm, Sie mal wieder zu sehen, Herr Doktor. Wie geht es?»

«Nach den Umständen. Und Ihnen?»

«Ich habe Frau Tremus schon gesagt, daß Sie sich nicht weiter an den Verbrechen beteiligen wollen», sucht Frau Schweitzer ihn auf den Stand der Dinge zu bringen.

«Da muß ein Mißverständnis vorliegen. Es handelt sich nicht um Verbrechen, es handelt sich um Heilkunst!» bemerkt der Arzt sarkastisch.

In der nächsten Stunde erfährt Frieda, wie man Soldaten, die die Schrecknisse des Krieges nicht länger zu ertragen vermögen und die deswegen stumm oder taub oder taubstumm werden, die nicht mehr fähig sind, sich ihrer Glieder zu bedienen, die so zittern, daß sie nicht einen Brocken Brot herunterbringen können; die nachts schreiend aus dem Schlaf auffahren, die sich vor namenloser Angst unter Betten und Tischen verkriechen, die sich mit letzter Kraft an allem Mobiliar festklammernd durch die Krankensäle schleppen, wie diese Menschen von Medizinern mit Titeln und Orden von ihrer angeblichen Drückebergerei geheilt werden. Zur Behandlung der sogenannten Kriegsneurotiker gehört militärisches Zwangsexerzieren, gehören Hungerkuren, Dunkelzellen, Einführen von Kehlkopfsonden. Damit sollen bei Stummen Erstikkungsanfälle erzeugt werden, was wiederum die Stimme hervorbringen soll. Bei Tauben versucht man es mit der Einspritzung von Kochsalzlösungen ins Ohr und in die Umgebung des Ohrs; mit dieser Tortur soll das Wollen zum Hören wiedererweckt werden. Als Allheilmittel gilt die Kaufmannsche Methode – sogenannter sinusoidaler Wechselstrom in Verbindung mit militärischem Befehl. Dem Neurotiker, vorzüglich den vermuteten Simulanten unter ihnen, werden elektrische Stromstöße versetzt, verbunden mit kräftigen Befehlen. All dies geschieht nicht nur in dem Lazarett, welchem Doktor Vorsänger als Oberarzt angehört, aber dort eben auch. Über Jahre hat Doktor Vorsänger bei all diesen Folterungen mitgemacht, hat Untersuchungen vorgenommen, Anordnungen getroffen, Arzneien verschrieben. Hat sogar eigenhändig den Schieber bedient, mit welchem man den Stromstoß verstärkt oder abschwächt. Nun weigert er sich, weiter mitzutun. Ihm wie seinen Kollegen starben mehrere der derart Behandelten, hörten während der Gewaltkuren auf zu atmen, erlitten Herzlähmungen, und alle dagegen getroffenen Maßnahmen konnten den Exitus nicht verhindern.

«Und warum zeigen Sie das nicht an? Es muß doch auch Vorgesetzte für Ärzte geben!» sagt Frieda atemlos.

«Er hat es ja getan», nimmt Frau Schweitzer den Mann gegen den vermuteten Angriff in Schutz. «Aber, wie das so ist, wenn etwas allgemeine Praxis geworden ist – damit richten Sie nichts aus! Mein Mann hat das bei Gericht versucht, Mißstände abzustellen. Ich hatte ihn gewarnt, aber es wurde natürlich alles vertuscht!» – «In meinem Fall wurden die Vorfälle korrekt untersucht», erläutert der Arzt abfällig, «und damit waren sie auch erledigt.» – «Und er läuft auch nicht einfach so weg, Frieda, wie Sie vielleicht annehmen. Er ist kein Deserteur! Er kann sich da nicht mehr halten; ist seines Lebens nicht mehr sicher. Es sind sehr bedenkliche Sachen vorgefallen; er wird sie Ihnen gewiß ausführlich schildern, wenn Sie mir nicht glauben wollen. Wie es das Sprichwort ausdrückt: ‹Eine Krähe hackt der anderen kein Auge aus.› Und wer es versucht, macht es nur einmal!»

«Ich beteilige mich an dem Irrsinn nicht mehr! Unter keinen Umständen», legt der Mann seine Motive offen. «Weder im Schützengraben noch in der Etappe. Wir sind längst alle wahnsinnig; es ist nur die Frage, bei wem bricht der Wahnsinn offen aus, und wer kann ihn verbergen!»

«Und wie stellen Sie sich das vor? Ich soll Sie verstecken? Darauf läuft es doch hinaus. Ich mach mich strafbar; die können mir das Haus schließen. Und das geht ja auch praktisch gar nicht. Bei uns gehen Militärärzte ein und aus; manchmal sind sogar Streifen im Haus, dann wird jedes Zimmer kontrolliert. Jeder Gast muß sich ausweisen.»

«Frieda, ich appelliere an Ihre christliche Güte und Hilfsbereitschaft. Ich weiß doch, die steckt in Ihnen. Wie sehr haben Sie sich damals für Hannah eingesetzt», verwendet sich Frau Schweitzer für den Mann.

Das bringt Frieda auf die Frage: «Sind Sie miteinander verwandt?»

«Ist denn so etwas von Wichtigkeit?» beschwört die alte Frau Frieda darauf, «er will dem Wahnwitz mit seinen schwachen Mitteln Einhalt gebieten! Und selbst wenn er sich nur entziehen wollte. Das ist doch Grund genug. Dieser Krieg muß beendet werden. Wie viele Millionen sollen denn noch geopfert werden? Er könnte hier bleiben, Platz habe ich. Ich kann ihn sogar verstecken! Aber ich kann niemanden ernähren. Emil und ich hungern selbst», bekennt Frau Schweitzer ungeschminkt. «Deswegen bin ich auf Sie gekommen, Frieda! Einen Schlüssel verstecken Sie am besten im Schlüsselbund; verstehen Sie, was ich damit meine, Frieda? Bei Verwundeten und Ärzten wundert sich keiner wegen eines weiteren Arztes. Es wäre ja auch nur für den Übergang! Und wenn Geld eine Rolle spielt...»

«Wie lange wollen Sie bleiben?» fragt Frieda. «Bis der Krieg zu Ende ist?»

«Ich habe bereits versucht, Verbindung mit Kollegen im Ausland aufzunehmen – über neutrale Länder», weicht Herr Vorsänger aus. Und Frau Schweitzer fügt weitblickend hinzu: «Das ist natürlich nicht einfach.»

Frieda nimmt an, das ist eine glatte Lüge. Man gelangt eher in den feindlichen Schützengraben als ins neutrale Ausland. Aber gut, warum einen Mann ins Unglück stürzen, wenn man es verhindern kann? Für Frieda ist die Frage damit entschieden, und deswegen wendet sie sich dem zu, was sie mehr beschäftigt als die Gewissensqualen des Doktor Vorsänger. Was geht in einem Mann vor, der verschüttet war, will sie erfahren. Bleibt da etwas zurück? Annas Freund ist nämlich glücklich davongekommen. Zwei Tage lag er bewegungsunfähig unter Balken und Sand des zusammengebrochenen Unterstands, dann schoß ihn eine weitere Granate frei. Er hat Anna geschrieben, es war unfaßbar und unbegreiflich, plötzlich blauen Himmel über sich zu haben, wo eben noch der Tod über ihm lag.

«Bleibt da was?» will Frieda von dem Arzt wissen.

Er erklärt ihr abwägend: «Nicht vorherzubestimmen! Manche Soldaten gehen davon, als hätten sie Gottes Hand gespürt, im allgemeinen jene, die sich schon vorher für unverwundbar gehalten haben. Sie sind dann oft felsenfest überzeugt, ihnen kann nichts passieren. Ich habe Männer erlebt, die einen Bauchdurchschuß noch als Beweis ihrer Unverwundbarkeit genommen haben. Andere, mit gleicher Verwundung, sind reif fürs Neurotiker-Lazarett. Es ist nicht vorherzusagen. Die Folgen müssen sich nicht unmittelbar zeigen. Sie können nach Jahren eintreten. Wie gesagt, jede Reaktion ist denkbar.»

«Frieda, kennen Sie jemand, dem das widerfahren ist – was Sie da eben geschildert haben?» fragt Frau Schweitzer, um Mitgefühl besorgt. «Steht Ihnen jemand nahe?»

«Ja», erwidert sie knapp, «der Verlobte meiner Freundin.»

Doktor Vorsänger wird unter dem Dach untergebracht, in Zimmer 25. Die Zimmer 24 und 25 sind verbunden; man muß durch 24, wenn man in den hinteren Raum will. Willy, der natürlich wie die Mädchen eingeweiht wird (diese nur sehr pauschal), zieht in die vordere der beiden Mansarden. Die Kleider beider Männer werden in einen Schrank gehängt. Sollte mal jemand den Schrank kontrollieren, muß er denken, es handle sich einzig um Willys Sachen. Dem Doktor Vorsänger wird eingeschärft, persönliche Dinge wie Rasiermesser und Rasierpinsel nach jedem Gebrauch sorgfältig zu verstecken. Damit man bei einer Kontrolle erklären kann, von wem das zweite Bett benutzt wird, werden in den freien Schrank Kleidungsstücke von Emma gehängt und persönliche Dinge von ihr deponiert, Kämme und Haarnadeln etwa, auch einige sehr intime Utensilien. Emma soll im Fall der Fälle angeben, sie sei heimlich mit Willy liiert.

Es ist ja auch wirklich merkwürdig, daß diese Verbindung nie zustande gekommen ist. An Emma hat es nicht gelegen.

All diese und ähnliche Arrangements denkt sich Willy aus; das ist etwas für ihn. Er ist sofort in seinem Element, als Frieda mit dem Mann ankommt, der zu verstecken ist. Nicht ein Mal macht er sich Sorgen, daß die Hilfsbereitschaft unter Umständen harte Strafe nach sich ziehen kann. Von dem Arzt sieht und hört man in der Folge kaum etwas; er hält sich die meiste Zeit in seiner Mansarde auf. Anfangs legt er über Tage Patiencen, dann beginnt er zu schreiben und zu malen; wie Willy berichtet, macht er auch Turnübungen.

Frieda ist hin und wieder in Versuchung, den Mann in seinem Versteck aufzusuchen. Sie weiß so gut wie nichts über ihn. Nicht, ob er Familie hat – gibt es irgendwo eine Frau, die sich um ihn sorgt? –, noch was er denkt und was er fühlt. Nicht einmal, welches Verhältnis zu Frau Schweitzer besteht. Sie zahlt für ihn, unterhält aber keinerlei persönlichen Kontakt. Frieda nimmt an, die Bekanntschaft rührt aus Hannahs Zeit auf dem Eichberg. Wieso fühlt sich Frau Schweitzer dann aber verpflichtet, die Hand über ihn zu halten?

Frieda ist überzeugt, der Mann würde ihr diese und alle anderen

Fragen bereitwillig beantworten. Sie brauchte nur die Treppe hinaufzusteigen. Zwischen ihnen gehen Schwingungen hin und her; die hat sie schon damals in seinem Büro empfunden, als er sie für Hannahs Schwester hielt. Sie unterläßt es, ihm zu begegnen. Sie will nicht noch einmal die Komplikationen, die sich notwendigerweise aus einer Liebelei ergeben.

6

Frieda erhält ein Telegramm: «Alle Gebete erhört. Kehre heim. Herzlich Richard Jennewein PSM.»

Sie sieht auf das Blatt, und die sowieso schon verwischten Buchstaben verschwimmen vor ihren Augen. Sie ist unfähig, sich zu freuen, spürt vielmehr Beklemmung; meint das Gefühl zu empfinden, das Georg mehr als einmal beschrieben hat – als ob ihr jemand einen eisernen Ring um die Brust gelegt habe, der enger und enger wird.

Gäste stehen bei ihr, beobachten sie, und sie sucht sich zu beherrschen. Endlich bricht sie in Schluchzen aus. Die Gäste meinen, sie habe eine Trauerbotschaft erhalten, setzen ernste Mienen auf; Frieda fühlt sich nicht in der Lage, mit ihnen zu sprechen, ihnen etwas zu erklären. Sie geht nach hinten, setzt sich auf ihr Bett und weint und weint. Ihr Taschentuch ist, als sie es nachher einsteckt, feucht von ihren Tränen, haargenau wie diese Szenen in Romanen beschrieben werden. Seit Jahren hat sie nicht mehr so geweint, und als sie sich endlich erhebt und ihr Gesicht wäscht, fragt sie sich, warum sie weint. Schließlich hat sie eine Freudenbotschaft erhalten.

Nun einigermaßen gefaßt, prüft Frieda das Telegramm, wendet es mehrfach und betrachtet es, als vermute sie eine Fälschung. Es fehlte nicht viel und sie löste noch die aufgeklebten Papierstreifen und würde nachsehen, ob die Rückseite ebenfalls eine Botschaft enthält. Das Telegramm ist am heutigen Tag in Konstantinopel aufgegeben, und zwar von der dortigen deutschen Kommandantur, wie aus einem Vermerk hervorgeht. Frieda ist versucht, sich mit Willy zu beraten; Willy weiß auf alles eine Antwort. Er hat sicher auch eine Erklärung dafür, warum Richard ihr seine Rückkehr in dieser Form mitteilt. Aber teilt er sie überhaupt mit? Wann soll denn die Rückkehr sein? Das geht doch aus der Botschaft gar nicht hervor. Und wo befindet er sich jetzt? Etwa in der Türkei?

Nach kurzem Nachdenken ruft Frieda Herrn Maison an, und glücklicherweise ist er anwesend. Von ihm will sie wissen, hat er auch Nachricht erhalten, daß Pater Jennewein zurückkehrt? Herr Maison tut, als handle es sich um eine altbekannte Tatsache; sagt, nach menschlichem Ermessen treffe Pater Richard am Montag der kommenden Woche mit einem Transport des Levante-Korps in München ein; am Tag darauf, am Dienstag also, werde er in seinem Mutterhaus in Limburg erwartet.

Wieso trifft er in München ein, nicht wie sonst in einem Seehafen?

Richard sei doch nur unter Bedingungen aus französischer Kriegsgefangenschaft entlassen worden, erläutert ihr Herr Maison sozusagen mit hochgezogener Augenbraue ob soviel Unkenntnis. Eine dieser Bedingungen war, daß er in ein neutrales Land ausreise, in seinem Fall nach Portugal. Von dort sei er auf gefahrvollem Weg in die Türkei gelangt und werde sich nun mit dem sogenannten Balkanzug von Konstantinopel über Belgrad und Wien nach München begeben.

So, bemerkt Frieda verletzt, das sei ihr nicht bekannt gewesen. Darauf fragt Herr Maison, wie sie denn überhaupt von seiner Wiederkehr erfahren habe? Frieda greift zur nächstbesten Lüge und behauptet, sein Orden habe sie davon in Kenntnis gesetzt. Kaum hat sie den Satz herausgebracht, bereut sie es schon. Sie denkt, sie hätte sich etwas Glaubhafteres bereitlegen müssen; das klingt denn doch zu unwahrscheinlich! «Und Sie?» fragt sie deswegen aggressiv, «woher haben Sie Ihre Kenntnisse?»

«Von Richard selbst.»

Als sie das hört, ist es Frieda, als sei sie hintergangen worden. Ihr sendet er zwei Zeilen, und Herrn Maison läßt er genaues Wissen zukommen. Sie müht sich, die Enttäuschung nicht spürbar werden zu lassen, und behauptet aufgeräumt, sie habe eigentlich ihm als erstem die gute Nachricht zukommen lassen wollen, sei aber froh zu hören, daß er bereits Bescheid wisse und am meisten darüber, daß Richards Abenteuer ein gutes Ende genommen habe. Dabei benutzt sie seinen Vornamen ohne jeden schmückenden oder erklärenden Zusatz, vielmehr wie eine Bekanntmachung. Von jetzt ab verheimlicht sie gegen niemanden mehr, daß sie sich Richard Jennewein verbunden fühlt.

Als der Militärzug in München eintrifft, ist Frieda am Gleis. Den eigentlichen Perron hat man mit eisernen Gittern gesperrt; er darf nur von Militärpersonen betreten werden. Den Durchgang bewachen unerbittliche Feldjäger, die nicht einmal Frieda zu Nachsicht überreden kann. Dabei sieht sie mit ihrem übergroßen Hut mit Reiherfeder und der eleganten, in Schwarz und Weiß gehaltenen Garderobe aus wie die Angetraute eines Kommandierenden Generals und gibt sich auch so. Vergebens, man läßt Frieda nicht durch, und so steht sie in der Menge der Wartenden und wird von anderen Frauen geschoben und gedrängt, welche auf ihren Mann, ihren Bruder oder Vater warten. Als der Zug einläuft – ein gewaltiger, martialisch wirkender Zug, von mitgeführten Geschützen gesichert – und die ersten Soldaten aussteigen, steigert sich die Anspannung und Aufregung der Wartenden zur Hysterie. Sie steckt sogar Frieda an. Sie fürchtet, Richard im Gewühl nicht ausmachen zu können, und kämpft sich deswegen ohne Rücksicht auf die übrigen zu einem Pfeiler durch, als hier ein Vorsprung des Sockels frei wird. In ihrem Bemühen, diesen Platz für sich zu erobern, gerät sie in Streit mit zwei älteren Weibern, die das nämliche Ziel verfolgen und partout nicht nachgeben wollen und erst ablassen, als sie ihren «Pahlmann» entdecken. «Pahlmann, Pahlmann», kreischen sie nun übernervös und werfen sich in die Menge wie Schwimmer ins Wasser.

Wiewohl Frieda nur nach dem einen in weißer Missionstracht Ausschau hält, bemerkt sie sehr wohl die übrigen Ankommenden. Manche der Männer winken freudig erregt, andere schlurfen apathisch und scheinen nur dem nächsten Bett entgegenzustreben, und allen ist die lange Kriegsdauer anzumerken. Nichts erinnert mehr an den verwegen kampfeslustigen Auszug der Soldaten vom Anfang des Krieges.

Und endlich in all dem Feldgrau das weiße Gewand, das Frieda zu sehen sich sehnt.

Richard sieht prächtig aus, schmal im Gesicht, aber nicht abgezehrt, die Haut gebräunt, die Entbehrungen haben seine Züge gehärtet. Sie meint, er macht rein äußerlich mehr her als je zuvor, das Bewußtsein des Geleisteten macht ihn selbstsicher, und dazu kommt die natürliche Überlegenheit der Großgewachsenen, überragt er doch die meisten anderen, die mit ihm auf dem Bahnsteig sind. Frieda schlägt sich ein weiteres Mal zur Sperre durch, ruft seinen Namen und winkt. Er bemerkt sie jedoch nicht, blickt vielmehr in andere Richtung und gibt zwei jungen Priestern, die erkennbar auf ihn warten, ein Zeichen. Diese deuten durch Kopfnicken an, jawohl, man hat sich wahrgenommen. Frieda läßt sich davon aber nicht beeindrucken, gelangt zu ihm und den Priestern, breitet die Arme aus und ruft emphatisch: «Richard, mein Held!» Er sieht sie nun, ein Leuchten erscheint in seinen Augen, er tritt auf sie zu, und nun schlingen sie wahrhaftig die Arme umeinander. «Frieda, liebe Frieda», sagt er dabei. «Endlich zurück», flüstert sie und drückt ihm Küsse auf die Wange, und er bestätigt, ja, soviel kostbare Zeit ist unwiederbringlich verlorengegangen. «Alles läßt sich ertragen, wenn es ein gutes Ende hat! Ich bin so froh», gesteht sie ihm, und er erwidert: «Gott hat mir beigestanden, unsere Gebete wurden erhört.» Und sie sagt übermütig: «Und ich hoffe, das Auswärtige Amt hat auch einiges getan!» Er versteht nicht, lächelt nur indifferent und stellt sie in unbestimmter Weise den jungen Priestern vor. Die müssen Frieda für eine Verwandte von ihm halten, seine Schwester etwa. Frieda beläßt es dabei; sie hätte aber auch keine Scheu, sich bei Richard einzuhängen und mit ihm davonzugehen.

Es gelingt der kleinen Gruppe, dem Gedränge zu entkommen, und nun werden praktische Dinge besprochen; wer sich um Richards Gepäck bemüht, wo er übernachtet und wo sie übernachtet und mit welchem Zug man den morgigen Tag weiterfahren wird. Richard zieht dafür einen Zettel aus einer Tasche, und darauf ist die Zugnummer vermerkt und die Uhrzeit der Abfahrt: 9 Uhr 27 morgens mit dem D-Zug nach Frankfurt am Main, dort umsteigen. Frieda sagt, das habe sie so erwartet, und sie habe sich entsprechend eingerichtet. Dann geht es darum, wie sich der heutige Abend gestaltet. Die Priester, die Pater Jennewein in Empfang nehmen sollen, haben nicht daran gedacht, daß es zu Komplikationen kommen könne, und wissen nun nicht, was vorschlagen. Frieda bemerkt ihre Verlegenheit und erlöst sie, indem sie bittet, sich ihretwegen keine Gedanken zu machen. Sie wolle gern zurückstehen, wisse sie doch Richard heil und gesund in der Heimat zurück, und damit seien ihre heißesten Wünsche erfüllt. Darauf trennt man sich. Als sich Richard nun mit seinem Empfangskomitee entfernt, zwingt sich Frieda, ihm nicht nachzusehen. Wie sie ihn begehrt! Dennoch hat sie nicht die Empfindung, ein Opfer zu bringen, wenn sie auf ein Zusammensein am heutigen Abend verzichtet; sie will mit ihm allein sein, nicht irgendwo halb geduldet oder mit Lügen behangen schweigend neben ihm sitzen.

Die Bahnfahrt am nächsten Tag entspricht dafür weitgehend ihren Erwartungen.

Sie treffen sich zur verabredeten Zeit am Zug und reisen in einem Coupé erster Klasse, das Frieda hat reservieren lassen. Einziges Manko ist der Umstand, daß sie nicht allein sein können. Drei weitere Herrschaften – zwei Damen und ein sehr junger Mann, höchstens siebzehn – halten die anderen Plätze besetzt, haben sogar die besseren Fensterplätze. Hat sie dem Schaffner dafür das hohe Trinkgeld gegeben?

Frieda hat auch den Aufpreis für Richard bezahlt. Deswegen gab es zum Glück keinen Moment des Disputs. Er zeigt sich unverhohlen erfreut über die Annehmlichkeiten des Coupés, war doch die tagelange Reise im Militärzug – fast eine Woche war dieser sein spartanisches Zuhause – wahrhaft strapaziös. Wie hat er heute nacht das einfache Bett genossen! Was das Geldliche angeht, kann er ihr nur seinen Dank aussprechen. In finanzieller Hinsicht ist er wie einer der biblischen Spatzen, die unser himmlischer Vater doch ernähret. Man hat ihm eine Fahrkarte und ein wenig Verzehrgeld in die Hand gedrückt, und damit hat es sein Bewenden. In den letzten Jahren, sagt er in feiner Umschreibung, hatte Geld keinerlei Bedeutung für ihn.

War es eine sehr schwere Zeit?

Sie beugt sich vor, berührt ihn dabei, und er duldet die Berührung, erwidert sie sogar. Ohne Zögern gibt er Auskunft: sogar sehr schwer. Nicht wegen des Hungers, den man zu erleiden hatte, oder der Erniedrigungen, denen er ausgesetzt war, nein, schwer sei es gewesen, gefesselt zu sein, während jeder aufrechte Mann für sein Vaterland kämpft. Das sei die harte und eigentliche Prüfung gewesen. Gefesselt und untätig im übertragenen Sinne; zeitweise sogar in physischer Hinsicht gefesselt!

Frieda hat die Empfindung, er spricht nicht nur für sie, sondern auch für die übrigen Anwesenden, setzt sich bewußt oder unbewußt ein wenig in Szene, und binnen kurzem ist er wirklich mit allen Mitreisenden im Gespräch. Ausdrücklich wendet er sich mehrfach an den jungen Mann, als wolle er die Gelegenheit nutzen und ein für allemal unbedingten Patriotismus in ihm wecken, ja ihn für die Kolonien anwerben. In Afrika werde derzeit ein Paradies zerstört, ereifert er sich. Was gelte es da nach Beendigung dieses frevelhaften Krieges wieder aufzubauen! Dann werde auch die Zeit kommen, den Schuldigen die Rechnung zu präsentieren und die volle Begleichung schonungslos zu betreiben. Welche Schuld nehmen Briten und Franzosen auf sich, daß sie die wildesten Instinkte der Schwarzen in schamloser Weise wecken! Machen die von Natur aus gutmütigen Schwarzen zu Menschenschlächtern und bringen noch die Frechheit auf zu behaupten, sie kämpften für Kultur und Zivilisation. Hetzen, erregt er sich immer mehr, den Neger auf friedliche, harmlose deutsche Kolonisten, lehren ihn zu morden und zu sengen und zu brennen; ja scheuen sich nicht, den Neger anzuhalten, in Gefangenschaft geratene Deutsche wie Verbrecher zu behandeln, und wollen der Leuchtturm der Zivilisation sein! Er kann den Herrschaften Haarsträubendes berichten, mit eigenen Augen Geschautes und am eigenen Leib Erlittenes! In den Zeiten der Sklavenjagden ist man mit den Versklavten nicht schlimmer umgegangen! Grauenhaft!

Bei dieser Reise schlägt Richard die Töne an, die Frieda in den kommenden Jahren in dieser und abgewandelter Form immer wieder zu hören bekommt, die das Thema seines Lebens werden: Mit gemeinsamer Mühe haben die Europäer die Afrikaner ein wenig aus der Tiefe gehoben, und dieser jahrzehntelange Fleiß wird nun vernichtet! Engländer und Franzosen tragen Schuld, wenn die Grundlagen brechen, auf welchen die europäische Herrschaft in Afrika und Asien ruht. Die Tatsache, daß der Franzose schwarze Truppen gegen die deutschen Armeen verwendet, kann nur als im höchsten Maße verwerflich bezeichnet werden. Nur ein Kolonialkenner vermag die Perfidie dieser Maßnahme in ihrem ganzen Umfang zu ermessen und die ungeheure Gefahr, die darin liegt, daß die wilden Völker Afrikas und Asiens in den Kampf gegen Europäer gehetzt werden.

Die Zuhörer stimmen Richard vorbehaltlos zu. Frieda kann nicht entscheiden, ist es die Überzeugungskraft seiner Gedanken oder seine Erscheinung, die seine Zuhörerschaft jeweils in den Bann schlägt.

Nur beim Essen im Speisewagen sind Frieda und Richard einmal vollkommen unter sich. Auf dem Weg dorthin schwankt der Zug ein wenig, und sie nutzen den Zufall, fallen sich in die Arme und halten sich für wenige Sekunden. Beim Essen sagt er dann, er habe heute nacht über die Situation reiflich nachgedacht, er stehe in einem Konflikt zwischen seiner Hingezogenheit zu ihr und seinem Gelübde. Er mache sich in dieser Hinsicht schon lange nichts mehr vor, er hege für sie, Frieda, verbotene Gefühle der Zuneigung, ja der Leidenschaft. Er bekenne, wie er es auch schon in der Beichte bekannt habe, manches Mal hätten nur die Gedanken an sie und ihre Liebe das weitere Dasein erträglich gemacht. Gleichzeitig wolle er seinen Schwur nicht brechen. Aus diesem Dilemma führe kein Weg; weder Trennung noch Entschlüsse könnten daran etwas ändern und wenn Frieda einverstanden sei, so wolle er ihre Liebe wie sein Kreuz tragen.

Frieda fühlt sich nicht imstande, ihm darauf zu antworten. Sie ist davon so aufgewühlt, daß nur die unbedingte körperliche Hingabe ihr Ruhe bringen könnte, vielleicht sie ernüchtern. Doch mehr als ein flüchtiges Streicheln seiner Hände, Berührungen bei der Rückkehr ins Abteil, sind nicht möglich.

Im Laufe der Zugfahrt wechselt Richards Publikum. Statt der Damen hat er nun ältere Herren, zum Teil Reserveoffiziere als Gesprächspartner. Frieda ist beinahe froh darüber, daß er sich mit ihnen so angeregt unterhalten kann, hat sie doch dadurch Gelegenheit, seinen Worten vom Mittagessen nachzuspüren, seine Liebeserklärung in sich wachsen zu lassen. Wie wunderbar, daß er klar und unzweideutig gesagt hat, er liebt sie, sie ist die Seine. Alles andere ist unwichtig.

Kurz bevor der Zug in Frankfurt einläuft, wo man sich trennen will – er reist nach Limburg weiter, sie nach Wiesbaden –, eröffnet Richard Frieda seine weiteren Pläne. Nach kurzer Ruhephase im Mutterhaus wird er sich als Feldgeistlicher zur Verfügung stellen und, so man ihn nimmt, an die Front gehen. Kampf muß sein in diesem unbedingten Ringen.

7

Nach der Rückkehr aus München – Frieda ist da noch erfüllt von ihrer aufs neue erblühten Liebe; fühlt sich vor allem beglückt, weil ihr Richard ohne alle Umschweife gestanden hat, er teilt ihre Gefühle – ergibt sich wegen des Doktor Vorsänger eine prekäre Situation. Es war zu erwarten, daß es früher oder später dazu kommen werde. Aber muß die Prüfung ausgerechnet jetzt sein?

Der Arzt hält sich noch immer in Zimmer 25 versteckt. Da er sich weder mit Forderungen noch mit seinem Benehmen bemerkbar macht, hat man ihn beinahe vergessen. Ab und an geht er aus dem

Haus, ist dann für gewöhnlich nach zwei, drei Stunden wieder da, und im übrigen hält er sich in seiner Kammer auf. Er bekommt nie Post und schickt keine ab, und den größten Teil der Zeit verbringt er mit Lesen und Malen. Frieda meint, bei diesem Leben würde sie stumpfsinnig. Alles zusammen führt dazu, daß man sich im «Petersburger Hof» an seine Existenz gewöhnt hat wie an einen Schatten; wenigstens diejenigen, die über ihn Bescheid wissen. Er wird auch im Gespräch kaum noch erwähnt, bietet er doch so gut wie keinen Gesprächsstoff. Da kommt eine Kontrolle.

Zuerst glaubt Frieda, es handle sich um eine der gängigen Überprüfungen der Ausweise und Verletzungsscheine, die immer mal stattfinden. Dann meint sie, die Feldjäger suchen etwas Bestimmtes, und sie suchen gezielt.

Gibt es einen Denunzianten im Haus? Hat man ihnen einen Hinweis auf den Doktor Vorsänger gegeben? Das kann doch nicht sein. Keines der Mädchen würde riskieren, die gute Stellung hier zu verlieren. Ist etwa den Adamys etwas aufgefallen? Denen ist alles zuzutrauen. Das Fenster von Zimmer 25 geht zwar zum Hof; insofern können sie von der anderen Straßenseite nicht hineinsehen und auch nicht feststellen, wann da Licht brennt und wann nicht. Aber vielleicht haben sie etwas gemerkt, als der Mann gegangen oder gekommen ist.

Zum Glück ist er im Moment außer Haus, aber selbstverständlich kann er jeden Moment wieder zurückkommen. Wenn es wenigstens eine Möglichkeit gäbe, ihn zu warnen! Aber man weiß ja nicht, wo er steckt, wenn er nicht im Haus ist. Man kann nur beten, daß er möglichst lange aufgehalten wird.

Frieda war erst versucht, Willy mit den Feldjägern zu schicken, aber dann hat sie sich gesagt, Willy redet zuviel, wenn er unter Anspannung ist. Es ist besser, sie begleitet die Militärpolizisten, aber leicht fällt es ihr nicht. Sie gibt sich große Mühe, daß man ihr die Nervosität nicht anmerkt, und mit der Zeit wird sie wirklich etwas ruhiger. Sie sagt sich, wenn die Feldjäger eingeweiht wären, würden sie doch als erstes Zimmer 25 stürmen und sich nicht jeden möglichen Unterschlupf zeigen lassen. Die Militärpolizisten inspizieren jeden Winkel, sogar die Waschküche und die Wäschekammern. Frieda muß ihnen selbst die Telephonzelle unter der Treppe aufschließen, die neuerdings abgeschlossen ist. Tilly war da mal im Nahkampf mit einem der Krieger erwischt worden, und so was muß ja nicht sein. Ausgerechnet Tilly, dieses knochige Weib.

Die Feldjäger sind zu viert; jeweils zwei gehen von Zimmer zu Zimmer, die beiden anderen achten darauf, was sich auf den Fluren tut. Es ist erstaunlich, wie die Verwundeten auf die Kontrolle reagieren. Jedem von ihnen ist seine Verwundung anzusehen, jedem ist sie ärztlich bescheinigt; trotzdem flackern den meisten sozusagen die Augen. Was können sie nur anstellen, daß sie ein derartig schlechtes Gewissen haben? Die Bulgaren handeln unter der Hand mit Zigaretten; davon weiß doch jeder. Die Schwarzhändler kommen am hellen Tag ins Haus, statten angeblich Krankenbesuche ab. Aber was treiben die Deutschen? Wovor fürchten die sich? Was kann man bei ihnen entdecken?

Die Streife notiert hin und wieder einen Namen, zwei Seifenkartons, randvoll mit Zigarren, werden beschlagnahmt, sonst ereignet sich nichts Bemerkenswertes. Nun erreicht man den dritten Stock und nähert sich damit Willys Zimmer und dem Versteck des Doktor Vorsänger. Frieda kann nur hoffen, daß sich der Doktor an alle mehrfach besprochenen Vorkehrungen gehalten hat. Wenn nicht, hängt alles von ihrer Geschicklichkeit ab. Frieda ist versucht, von ihrer Bekanntschaft mit dem Afrika-Helden Richard Jennewein zu sprechen, aber dann beschließt sie, sich diese Trumpfkarte für den Fall der Fälle aufzusparen.

«So, in diesem Stock haben wir nur normale Gäste. Und Personalzimmer, die von den Mädchen, und mein Halbbruder Willy hat hier seine Zimmer», sagt sie, als man den dritten Stock erreicht.

Die Militärpolizisten nicken nur.

Darauf öffnet Frieda ohne besonderen Eifer, aber auch ohne Widerstreben Zimmer 24. Einer der Militärpolizisten geht hinein, der andere untersucht Zimmer 26. Kurz darauf ruft derjenige, der in Willys Zimmer gegangen ist: «Horst, komm mal! Guck dir das mal an!»

Frieda bleibt das Herz stehen. Die Entdeckung des Feldjägers erweist sich dann aber als harmlos. Er und die anderen Männer zeigen sich von Willys zweitem Glasauge fasziniert; Willy hebt es in einer sterilen Lösung auf, für den Fall, daß mal etwas mit seinem eigentlichen ist. Im Reagenzglas schwimmend, sieht das Ersatzauge geradezu lebendig aus.

Nachdem die Männer erfahren haben, wo Willy sein Auge verloren hat, wird sein Zimmer und das zweite nur flüchtig durchgesehen. Emmas Nachthemd liegt auf dem ordentlich gemachten Bett, ein Kamm und ein falscher Zopf, auch einige Unterwäsche von ihr beweisen augenscheinlich, daß sich hier eine Frau aufhält, und das genügt den Männern. Sie fragen nicht mal nach dem Namen der Frau, die hier schläft.

Ein heikler Moment entsteht, als die Militärpolizisten die Treppe herunterkommen und just in diesem Moment Doktor Vorsänger zurückkehrt. August rettet die Situation; er geht kaltblütig auf den Arzt zu und erklärt ihm, es sind keine Zimmer frei. Der Arzt versteht, bedankt sich für die Auskunft und verläßt das Haus wieder.

August ist hundertprozentig ihr Kind, denkt Frieda, als sie das beobachtet.

Der Arzt bleibt noch ungefähr drei Wochen, dann verabschiedet er sich gegen jede Wahrscheinlichkeit. Angeblich hat sich eine Gelegenheit ergeben, nach Norwegen zu gelangen, und die wolle er nutzen. Beim Abschied sagt er Frieda, wenn sie je einen Wunsch hat, werde er sich bemühen, ihn zu erfüllen. Frieda sagt, davon sei sie überzeugt, und wie es Herr Maison einmal zu ihr gesagt hat: Wer weiß, das Leben ist noch lang.

Der Mann nimmt ihre Hand und gibt ihr einen Handkuß.

Dauermieter

1

Es ist März, ein unfreundlicher Tag, nicht Winter, nicht Frühjahr, nur Kälte und Nässe. Den Leuten, die den Geisberg rauf- oder runterhasten, ist der Mißmut in die schmalen grauen Gesichter eingegraben, nicht nur wegen des Wetters, aber auch deswegen. Im Haus ist es kaum besser. Tilly – sie ist das einzige Mädchen, das Frieda noch geblieben ist – zieht sich an wie eine Marktfrau. Sie trägt mehrere Röcke und Pullover übereinander und friert trotzdem. Man kann kaum heizen. Mit jeder Schaufel Kohle, die Willy in den Kessel schippt, kommt das Unglück ein Stück näher. Der Kohlenvorrat ist auf einige Eimer zusammengeschmolzen. Was man anfaßt, ist klamm, die Fenster verziehen sich. Der einzige Platz im Haus, wo es noch halbwegs warm ist, ist die Küche.

Frieda bereitet das Mittagessen vor – eine Frau Döringer kann man sich schon lange nicht mehr leisten; für wen auch? –, da schlägt der Hund an. Resi ist unverletzt aus dem Krieg zurückgekehrt; sogar dekoriert. Der Hund ist das einzige Familienmitglied, das sich je einen Orden erworben hat, und entsprechend oft wird davon geredet. Frieda steht also auf, geht zur Küchentür, und ihre Laune bessert sich nicht, als sie sieht, wer da gekommen ist. Der Gerichtsvollzieher Rößler putzt sich gerade umständlich die Schuhe am Abtreter ab, dabei schlackert seine Gerichtsvollziehertasche hin und her. Er trägt sie an einem Riemen, und blickt man nur flüchtig hin, kann man ihn für einen Briefträger halten. Der Mann hat nur einen Arm, den anderen hat er im Krieg verloren, und in gewisser Weise ist der fehlende Arm seine Existenzgrundlage; einzig Invalide finden noch Stellen im Staatsdienst.

«Ich hab vorhin noch gedacht, es wird wieder Zeit, es ist Monatsanfang, dann werden wir den Herrn Rößler bald wieder sehen», begrüßt Frieda den Mann und gibt sich Mühe, heiter zu klingen.

Dieser erwidert unwirsch, er habe es eilig und möchte gleich zur Sache kommen. Hat Frau Tremus heute die fällige Summe?

«Kommen Sie erst mal rein. Ich habe eine Tasse Kaffee für Sie – echte Bohnen ...»

Der Mann schwankt. Er läßt sich nicht ewig hinhalten, erwidert er ohne jede Konzilianz. Man setzt ihn auch unter Druck. Andererseits lockt natürlich der Kaffee. Ein Staatsdiener, und speziell wenn er so ehrlich ist wie Herr Rößler (ehrlich aus Furcht, er könne im anderen Fall seinen Posten verlieren, nimmt Frieda an), kann sich bei den heutigen Wahnsinnspreisen nichts anderes als Malzkaffee leisten, und selbst der ist teuer geworden. Da stellt eine Tasse Kaffee schon eine Versuchung dar.

Frieda schenkt ihm also eine Tasse ein («Welch ein Duft», lobt der Mann), dann entschuldigt sie sich: «Einen Moment, Herr Rößler.» Sie eilt in den ersten Stock, wo Tilly die Böden schrubbt; Tilly hat die Putzwut. Wenn man sie nicht bremst, putzt sie Tag und Nacht. Sie soll Willy wecken. Er soll runterkommen, aber dalli! Der Herr Rößler ist da!

Willy schläft immer länger. Warum sollte er auch in der Kälte herumsitzen? Was hat er schon zu tun? Willy hat die Zimmer 24 und 25 behalten, seit den lange verflossenen Zeiten des Doktor Vorsänger. Das ist reiner Luxus, im zweiten Bett liegt nie jemand. Willy nutzt das hintere Zimmer, seine Zeitungsausschnitte dort zu stapeln. Hoffentlich bricht nicht mal eines Tages der Fußboden durch und die Zeitungsstapel erschlagen jemand im Zimmer darunter. Wiewohl Willy also nur ein Zimmer braucht, weigert er sich hartnäckig, wieder in seine alte Höhle zu kriechen. Dabei hätte man die beiden zusammenhängenden Zimmer schon öfter vermieten können. Neulich hat eine ganze Familie neidisch reingeguckt. Sie hausen jetzt in 26; drei Personen. Aber zwei Zimmer können sie nicht bezahlen, und Frieda denkt nicht daran, die Zimmer zu verschenken. So weit ist man doch noch nicht gekommen.

Der Gerichtsvollzieher breitet, als Frieda zurückkehrt, seine Papiere und Stempel auf dem Küchentisch aus. «Wie sieht es aus?» fragt er streng und in der Erwartung, nun wieder Ausflüchte zu hören. «Fruchtlose Pfändung», erwidert Frieda bestimmt. – «Sie machen sich das zu einfach, Frau Tremus. Wir müssen alle unseren Verpflichtungen nachkommen. Sie wollen mir doch nicht sagen, daß Sie überhaupt keine Einnahmen haben!» – «Damit muß ich jonglieren!» – «Das ist nicht mein Geld, das ich hier eintreibe – das sind alles berechtigte Forderungen von Gläubigern.» – «Ich würde es Ihnen liebend gerne geben, wenn ich es hätte. Ich bin noch nie jemand was schuldig geblieben!» – «Entweder zahlen Sie jetzt ... es sind mit Zinsen 168 412 Mark ...» – «Das geht ja noch.» – «Eben!» – «Und wo soll ich's hernehmen?» – «Sie wußten lange genug, daß ich komme! Dann müssen Sie Vorsorge treffen!» – «Wie denn? Das erklären Sie mir mal. Ich laufe doch auch unseren Mietern hinterher.» – «Das sind alles nicht meine Angelegenheiten. Entweder Sie zahlen jetzt, und zwar auf der Stelle, oder ich leite das Verfahren ein!»

Damit hat er schon mehrfach gedroht; diesmal scheint es ihm ernst zu sein. Was immer das «Verfahren» bedeutet, etwas Angenehmes kann es nicht sein. Was ist denn in den Mann gefahren? So kennt ihn Frieda nicht. Ist wieder was mit seiner Prothese? Drückt die wieder? Bei dem Wetter wäre das ja kein Wunder. Normalerweise ist er ein sehr umgänglicher Mensch, erzählt Geschichten und hört sich Willys Geschichten an, dann wird das Protokoll unterschrieben, und er geht wieder. Und heute so zugeknöpft! Wo bleibt Willy? Der muß ihn beschwichtigen. Die beiden verstehen sich ausgesprochen gut; manchmal denkt man, der Gerichtsvollzieher kommt nur, um sich den Fortgang eines Abenteuers anzuhören, wie andere Leute Fortsetzungsgeschichten lesen. Willy hat ja auch immer was zu erzählen. Er hat aus seiner Neugier einen Beruf gemacht und ist jetzt gewerbsmäßiger Detektiv, mit eigenem Gewerbeschein. Dabei arbeitet er mit der Berliner Detektei «Tausend Augen» zusammen; mußte da hundert Mark Kaution hinterlegen – hundert Mark, als das Geld noch etwas wert war; jetzt ist ja eine Mark nur noch ein Bruchteil von ehedem – und erhielt dafür einen Ausweis mit Lichtbild und Stempel. Seitdem wird er ab und an von seiner Berliner Hauptstelle beauftragt, Auskünfte über bestimmte Personen beizubringen. Er läuft dann in der Stadt herum und sucht den Leumund des Betreffenden oder der Betreffenden zu erkunden. Das ist immer recht bunt. Noch lieber unterhalten sich die beiden Männer aber über zukünftige Entwicklungen. Beim letzten Besuch des Herrn Rößler hat Willy es geschafft, den Bogen zu schlagen von einer heimlichen Trinkerin, die er entlarvt hatte – an manchen Tagen eine volle Flasche Schnaps! –, hin zu drahtloser Telegraphie und was man sich unter Radiowellen vorzustellen hat. Nach Willys Ansicht hat das Radio durchaus eine Zukunft, doch nicht eine so bedeutende, wie man gegenwärtig behauptet.

Der Gerichtsvollzieher wirft einen warnenden Blick auf die Wanduhr, die über der Tür hängt, verkündet, seine Geduld ist jetzt erschöpft. Er darf dann hiermit letztmalig um die Summe bitten!

«Ich habe sie nicht!»

«Dann tut es mir leid, dann bleibt mir nichts anderes übrig. Dann geht alles seinen gesetzlich vorgeschriebenen Gang!» – «Das können Sie doch nicht machen!» – «Ich muß! Wir haben einen neuen Chef.» – «Und wenn Sie morgen wiederkommen?» – «Ausgeschlossen. Und morgen haben Sie es doch auch nicht, Frau Tremus!» – «Ich muß mal sehen, vielleicht gibt es doch einen Weg.»

Die Tür geht auf, es ist aber nur Tilly, der das Scheuerpulver ausgegangen ist. Frieda will von ihr wissen: «Ist der von 8 schon auf?» – «Ich hab ihn noch nicht gehört.» – «Frau Tremus, jetzt nicht mit diesen Sachen ...», läßt sich der Gerichtsvollzieher vernehmen. Er läßt sich nicht länger hinhalten. Einmal ist überall Schluß! «Unterschreiben Sie jetzt hier!» verlangt er.

«Warten Sie doch mal ...» – «Ich denke gar nicht dran zu warten! Unterschreiben Sie jetzt, oder ich hole die Polizei! Ich kann mir das nicht leisten, hier immer wieder und wieder ...»

«Warten Sie doch mal einen Augenblick! Was kann ich dafür, daß ...»

Der Gerichtsvollzieher wird jetzt ausgesprochen ruppig. «Mich ekelt das an! Ich kann es nicht mehr hören, das ewige Gejammere über die Zeiten. Sie unterschreiben jetzt auf der Stelle!» Darauf unterschreibt Frieda – ihre Hand zittert dabei –, dann packt er seine Sachen zusammen, als seien nun alle Bande zwischen ihnen zerschnitten. Zum Glück läßt sich jetzt wenigstens Willy blicken. Der Gerichtsbeamte spielt aber auch bei ihm die strenge Amtsperson, bedauert, daß man heute nicht einige Worte wechseln kann. Aber er muß gehen, er hat Termine. Frieda sagt: «Herr Rößler, unterhalten Sie sich ein paar Minuten mit Willy. Ich sehe zu, was ich machen kann. Sie haben doch noch gar nichts gefrühstückt. Das sehe ich Ihnen doch an! Tilly, kümmere dich mal hier um die Herren.»

«Auf keinen Fall! Ich hab Termine!»

Frieda gibt Willy ein Zeichen, der versteht und sagt, er wolle den Herrn Rößler ja nicht aufhalten, aber er muß ihm kurz die Entwicklung des Vorfalls schildern, den er bei seinem letzten Besuch angeschnitten hatte. Angeblich hat sich ein Rat von Herrn Rößler als extrem nützlich erwiesen. Damit fängt er den Beamten. Also gut, dann aber schnell; was war der nützliche Rat? Er kann sich angeblich nicht mehr daran erinnern.

«Ich hatte Ihnen doch erzählt von der Frau, die da eine Heiratsannonce aufgegeben hatte, die Trinkerin?» – «Und?» – «Wie Sie gesagt haben – heimlich verlobt...!» – «Konnte gar nicht anders sein», behauptet der Gerichtsvollzieher. «Nach dem, was Sie mir geschildert hatten.»

So, jetzt ist der erst mal beschäftigt. Frieda eilt in den ersten Stock und klopft an die Tür von Zimmer 8, und zwar in der Manier, als ob es brennen würde. Die Tür geht auf, und der Gast steht in einer langen grauen Unterhose vor ihr, sonst hat er nichts an.

Frieda sagt: «Entschuldigen Sie, Herr van Huyens, wenn ich Sie geweckt habe. Kann ich die zweihunderttausend jetzt haben?»

«Welche zweihunderttausend?»

«August hat gesagt, Sie würden uns die leihen.»

Das ist eine reine Lüge, aber es geht um alles. Da ist eine Lüge erlaubt.

«Wieso?» fragt der Holländer erstaunt. «Wie komme ich denn dazu?» – «Das können Sie doch nicht machen! Ich hatte mich fest auf Sie verlassen», sagt Frieda vorwurfsvoll. «Der Herr ist jetzt unten und ich bin auf das Geld angewiesen.» – «August hat gesagt, ich würde Ihnen zweihunderttausend geben?» – «Nicht geben, vorstrecken!» – «Wofür brauchen Sie denn das Geld?» – «Das ist doch nicht wichtig. Ich habe fest damit gerechnet. Und jetzt wollen Sie mich hinhalten?» – «Wo ist denn August? Er soll mal raufkommen.» – «Er ist doch in der Schule!» – «Das muß er mir erklären...» – «Das macht er. Aber tun Sie mir jetzt den Gefallen.»

Der Holländer sieht sie noch mal zweifelnd an, dann dreht er sich um. Statt aber nun an die Frisierkommode zu gehen und das Geld herauszuholen – die ganze Kommode ist voll Geld: Tilly kam mal weinend runter und hat es verkündet; Frieda konnte es nicht glauben, aber es war wahr –, statt ihr nun also den Stein von der Seele zu nehmen, zieht der Mann Hose und Hemd an, setzt sich an den Tisch und setzt ein Schreiben auf.

Herr van Huyens ist Schwarzhändler und der Familie Tremus gewogen. August hat er sozusagen in die Lehre genommen. August ist so was wie sein junger Mann; ihn schickt er mit vertraulichen Nachrichten umher, und August hat sogar schon selbständig verschiedene Kommissionsgeschäfte getätigt. Die Schule sieht ihn nur noch hin und wieder, es ist abzusehen, daß man ihn da rauswerfen wird. Frieda hat schon zwei diesbezügliche Schreiben erhalten. Doch was der Holländer August beibringen kann, ist mehr wert. Das ist wirklich fürs Leben.

Wenn man das Wort «Schieber» hört, hat man sofort feste Vorstellungen. Man stellt sich etwas Untersetztes, Dickbäuchiges vor, die Zigarre im Mund und ein Bündel Geldscheine in der Gesäßtasche. Nichts davon trifft auf diesen Mann zu. Er ist eine dünne Bohnenstange, Hände und Füße knorrig wie ein alter Baum, und bedürfnislos wie ein Säulenheiliger. Beschwert sich über nichts. Selbst als im Winter die Rohre zugefroren waren, hat er das klaglos hingenommen. Genauso mit seinen Frauen. Man würde denken, einer, der in Geld schwimmt, würde sich irgendwas Elegantes aussuchen, Huren gibt es doch an jeder Ecke. Die französischen Offiziere, die jetzt in Wiesbaden den Ton angeben – die Stadt ist besetzt –, haben sozusagen die freie Auswahl. Aber dieser Mann nimmt sich immer nur brave Trampel, richtige Hausmütterchen, die froh sind, wenn sie mal gefüttert werden. Andererseits kann man ihn aber auch nicht überreden, Kohlen für das Haus zu besorgen, das bringt nicht mal August fertig. Dabei verschiebt er Kohlen und Wein waggonweise; August prahlt, einmal ging es um fünf Milliarden. Alles dreht sich ja jetzt um Millionen; aber Milliarden sind immer noch etwas Besonderes. Herr van Huyens macht seine Geschäfte natürlich vor allem mit den Franzosen. Französische Offiziere schleichen sich nun in den «Petersburger Hof» wie weiland die Prälaten, die den SPD-Kandidaten Lehmann besuchten. Und manche haben leere Koffer bei sich und gehen mit vollen.

Was Herr van Huyens da aufsetzt, ist ein Schuldschein. Frieda unterschreibt ihn beinahe unbesehen – 13 Prozent Zinsen, liest sie dennoch –, und nun endlich die erlösende Geste. Herr van Huyens zieht die oberste Schublade der Kommode auf und entnimmt ihr zwei Bündel Geld. Als er sie Frieda in die Hand drückt, bemerkt er: «Aber das wird mir August noch sehr genau erklären!»

«Bestimmt!»

Der Gerichtsvollzieher will es kaum glauben, daß Frieda ihn befriedigen kann, und Willy versteht es noch weniger, doch Hauptsache, der Mann bekommt sein Geld. Nachdem er den Erhalt der Summe quittiert hat und den ersten Vorgang zerrissen, entschuldigt sich der Gerichtsvollzieher wegen des harten Tons, den er anschlagen mußte. Aber wie bemerkt, er hat einen neuen Chef und ...

«Ist schon erledigt!»

Dann kündigt Frieda unvermittelt an: «Willy, ich muß noch mal weg. Lassen Sie sich nicht stören, Herr Rößler, bleiben Sie sitzen. Wenn ich nicht pünktlich wieder da bin, macht ihr euch eine Erbswurstsuppe.» – «Ich muß ja auch gehen», erwidert der Gerichtsvollzieher, verharrt aber irgendwo zwischen Sitzen und Erheben und sieht Frieda nach, als sie die Küche verläßt. Das letzte, was Frieda hört, ist Herrn Rößlers Lob «Eine patente Frau!» und Willys eifriges Bemühen, ihn weiter zu unterhalten: «Herr Rößler, eins müssen Sie mir noch erklären...»

Es ist ganz richtig, daß Willy dem Mann um den Bart geht. Man ist weiterhin auf seinen guten Willen angewiesen; mit Sicherheit wird er in ein paar Wochen wieder auftauchen, und der Holländer wird nicht ein zweites Mal einspringen. Ein Loch zugestopft und ein anderes aufgerissen, aber anders geht es nicht. Ein Glück nur, daß Willy mit dem Gerichtsvollzieher so gut zurechtkommt. Die beiden haben sich gesucht und gefunden. Frieda ist überzeugt, ihr würde es nicht gelingen, den Mann für sich einzunehmen; das ist ein Mann für Männer. Und angenehm ist, daß sie sich nicht über den Krieg auslassen. Gesprächen, in denen das Wort «Schlacht» und «Krieg» vorkommt, geht sie aus dem Weg, wo sie nur kann.

Frieda geht nicht ziellos durch die Stadt. Für die Erlösung aus höchster Not will sie sich erkenntlich zeigen. Ihr erster Impuls war, in die Maria-Hilf-Kirche zu gehen. Dann, als sie den Mantel anzog, fiel ihr ein, sie hat der Frau Eichhorn versprochen, ihr einige Bettücher zu bringen. Deren alte sind vollkommen verschlissen, und nun ist sie auf dem Weg, das Versprechen wahr zu machen. Frau Eichhorn wohnt im Westend. Das hört sich pompöser an, als es ist; Frau Eichhorn hat eine Wohnung in einem zweiten Hinterhaus, allerdings sehr ruhig. Übrigens wohnt sie nicht weit von der Pension «Aurora» entfernt, in der sich Frieda früher ab und an mit Herrn Maison getroffen hatte. Diese Treffen, geheimnisvoll wie die von Spionen und ebenso unergiebig, haben Gott sei Dank aufgehört. Wenn sie etwas zu besprechen haben, kommt er entweder ins Haus, oder sie geht zu ihm in den Betrieb. Er hat auch sehr zu kämpfen; hat höchstens noch ein Viertel von dem zu waschen, was einmal üblich war. Die Heirat mit seiner Sängerin hat er natürlich bereut; die Frau ist keine Geschäftsfrau und wird es nie werden, und mit seinen Kindern aus erster Ehe ist das Verhältnis sehr gespannt. Das war abzusehen, aber er war nicht zu belehren.

Herr Maison hat ihr neulich mal geklagt, er hat seine Angetraute im Verdacht, eine Liaison mit einem französischen Offizier zu haben. Bei der Gelegenheit hatte er unverhohlen zugegeben, er hätte besser eine Frau geheiratet, die im Alter zu ihm paßt. Eine späte Erkenntnis.

Die Wohnung der Frau Eichhorn befindet sich im obersten Stockwerk, vom Flurfenster sieht man auf eine Brandmauer. Frieda klingelt, aber niemand macht auf. Darauf verdoppelt sie ihre Versuche. Sollte Frau Eichhorn etwa ausgegangen sein? Das Sturmgeläut kann man doch gar nicht überhören. Frieda ist versucht, unverrichteter Dinge wieder zu gehen, probiert es aber ein allerletztes Mal. Wo soll Frau Eichhorn denn sein, wenn nicht im Bett? Sie ist seit Monaten bettlägerig, nicht eigentlich krank, nur ausgezehrt. Aber erst als Frieda durch den Postschlitz ruft: «Frau Eichhorn!», öffnet sich die Tür. «Frieda», sagt die alte Frau erfreut, «du bist es! Und ich dachte, der wollte die Miete kassieren. So unverschämt klingelt sonst niemand wie der! Komm rein.»

«Sie sehen wieder besser aus», stellt Frieda erfreut fest. Die alte Frau stimmt ihr zu: «Jetzt muß nur noch die Sonne rauskommen, dann packe ich's. Hätten wir wieder einen Winter rumgekriegt. Frieda, wenn du nicht gewesen wärst, ich wäre verhungert! Du bist wie eine Tochter. Das hätte niemand sonst gemacht, was du gemacht hast, aber ehrlich!»

Davon gerührt, umarmt Frieda Frau Eichhorn.

«Was schleppst du denn jetzt schon wieder?» fragt Frau Eichhorn. Für Sentimentalitäten hat sie wenig übrig.

Frieda präsentiert ihr die Bettlaken, die sie ihr schenken will, und Frau Eichhorn zeigt sich davon beglückt: «Das ist ja noch richtiges gutes Leinen...»

«Ja, wie wir's im ‹Römerbad› hatten.»

«Hör auf, von den alten Zeiten, Frieda. Die sind vorbei und kommen nicht wieder.» Frieda wehrt ab: «Nehmen Sie mir nicht alle Hoffnung.» – «Irgendwie geht's immer weiter, glaub's mir, Kind. Siehst du ja an mir. Ich verliere meine Kinder, und dann sorgst du für mich.»

Es ist wirklich tragisch mit Frau Eichhorn. Sie hatte nur zwei Kinder, und beide hat ihr der Krieg genommen. Die Tochter ist bei einem Arbeitsunfall umgekommen, und zwar in der Molkerei, wo sie zwangsverpflichtet war, und der Sohn, auf den sie so große Stücke gesetzt hatte, ist... Ja, wie soll man das beschreiben? Er gehörte zur U-Boot-Waffe, und vor einem gefahrvollen Einsatz wollte man ihm vorsorglich den völlig gesunden Blinddarm entfernen, und bei dieser Operation ist er gestorben.

Frieda und Frau Eichhorn begeben sich in die Küche, die kaum Platz für einen Tisch und zwei Stühle hat. Frau Eichhorn hat einen Topf auf dem Herd, und darin rührt sie nun herum. Was sie kocht, sieht aus wie Kleister und riecht auch so. «Was wird denn das?» fragt Frieda mäkelig. – «'ne Graupensuppe; man kann sie essen, ehrlich ... Wie sieht's denn draußen aus, Frieda? Wird es endlich Frühling? Ich gehe gar nicht mehr raus!» – «Sie verpassen nichts, Frau Eichhorn. Was ist nur aus unserer schönen Stadt geworden.» – «Da hast du recht, Kind, das graue Elend packt einen, wenn man vor die Tür kommt», stimmt ihr Frau Eichhorn zu. «Ich denke, ich seh nicht recht – französische Straßenschilder! Wie mitten im Ausland! Gibt's denn so was? Im ‹Palasthotel› die Offiziersmesse, vor dem ‹Hohenzollernhotel› Marokkaner ... Wo sind wir hingekommen! Wie gut könnte es allen gehen, und man hat es weggeworfen. Und dann die holde Weiblichkeit! Die Franzosenweiber, alle geschminkt und nackte Knie! Die Hälfte von der gewissen Sorte! Ich will's gar nicht sehen.» Und im selben Atemzug erkundigt sie sich:

«Wie alt bist du, Frieda?» Ehe Frieda antworten kann, rechnet Frau Eichhorn selbst nach und errechnet, Frieda ist über die Vierzig; ein kritisches Alter, merkt sie an. Sie werde nicht jünger. Will sie nicht wieder heiraten?

Wen?

Nun, sagt ihr Frau Eichhorn, die Männer sind doch wieder da; wenigstens die, die überlebt haben. Frieda solle nicht zu lange warten und nicht zu wählerisch sein. Und finde sie nicht den Richtigen, solle sie sich einen Geliebten zulegen, jedenfalls die Zeit nicht vertrödeln. Die Zeit sei der Feind jeder Frau.

«Habe ich getan», erwidert Frieda ungeniert. – «Was hast du getan?» – «Mir einen Geliebten zugelegt.»

Frau Eichhorn ist davon angenehm berührt: «Das ist gescheit. Wann?» – «Schon vor einigen Jahren.» – «Seit Jahren? Und da hast du nie mal ein Wort darüber verloren?» – «Sie haben nie gefragt.» – «Und wo ist die Crux? Ist er verheiratet?» – «So ungefähr.» – «Na ja, wenn du nicht drüber reden willst ... Liebhaber hat man ja nicht zur Unterhaltung anderer Leute. Hauptsache, ihr habt euren Spaß.» – «Haben wir.» Plötzlich kommt Frau Eichhorn ein Verdacht: «Jetzt mal ehrlich, doch nicht etwa auch ein Franzose?» – «Wie kommen Sie denn darauf?» – «Na ja, weil du ihn versteckst.» – «Ich verstecke ihn nicht, Sie haben nur nie danach gefragt.» – «Du mußt ja nicht drüber reden, wenn du nicht willst. Du bist diskret. Das warst du ja schon immer.»

«Wie meinen Sie das?»

«Frieda, du hast doch nie gemacht, was du solltest. Immer, was du wolltest. Daß dir die Hausdame nie auf die Schliche gekommen ist. Wie hieß sie noch?»

«Meinen Sie die Frau Doos?»

«Kind, es wird immer schlimmer mit meinem Gedächtnis. Ich vergesse alles, bald weiß ich selbst nicht mehr, wie ich heiße. Ja, die Doos meine ich. War ja wie ein halber Kriminaler, aber du warst noch raffinierter...»

Frieda merkt, wie sie vor Überraschung und Verlegenheit rot wird; hat sie doch geglaubt, nie habe jemand etwas von ihren Eskapaden bemerkt. Um abzulenken, sagt sie: «Nein, mein Liebhaber ist kein Franzose, wenn Sie das beruhigt!»

«Beruhigt mich nicht, ganz und gar nicht. Wo sind wir hingekommen! Wie gern haben wir früher französische Herrschaften bedient; hatten immer Manieren und nie mit den Trinkgeldern geknausert. Und heute... Wenn eine Frau einen Franzosen hat, spucken sie vor ihr aus. Mein Hausbesitzer hat mir neulich erzählt... Den haben sie mit einer Hundepeitsche vom Trottoir gejagt – französische Offiziere! Kannst du dir das vorstellen, Frieda? Na ja, man ist besiegt!» Frau Eichhorn schenkt sich von ihrer Suppe ein. «Willst du auch einen Teller, Frieda?» – «Um Gottes willen», offenbart Frieda ihre Meinung über die Suppe, und Frau Eichhorn verteidigt sie nochmals; so schlecht schmeckt sie nicht. Man muß sich das fehlende Fett und das fehlende Fleisch einfach reindenken.

«Dann guten Appetit!»

Während die alte Frau ihre Suppe schlürft, verbreitet sie sich weiter über die Franzosen, die die Stadt besetzt halten. Tanks auf dem Marktplatz, kleine handliche Dinger, flink wie Pferde. Aber was haben Panzer auf dem Marktplatz verloren! «Frieda, hast du dir mal die Stiefel angeguckt von denen? Ganz weiches, feines Leder! Und dann unsere Stiefel, von unseren Soldaten, dann weißt du, warum das jetzt unsere Herren und Gebieter sind!» – «Frau Eichhorn, um die Franzosen mache ich mir am wenigsten Gedanken», antwortet ihr Frieda, «ich hatte heute schon wieder den Gerichtsvollzieher im Haus.» – «Ich denke, du hast Dauergäste? Dann kann's doch nicht so schlimm sein?» – «Nehmen Sie das Wort nicht in den Mund. Sie wissen nicht, was Dauergäste sind – eine einzige Strafe. Wie habe ich auf die Adamys herabgeguckt, weil sie monatsweise vermietet haben, und jetzt laufe ich selbst von Zimmer zu Zimmer und versuche, am Ersten was einzutreiben. In die Küche lasse ich keinen mehr rein. Man wurde ja verrückt, gerade war wieder ein bißchen Ordnung, kam der nächste und wollte was brutzeln.» – «Die Leute müssen sich doch was kochen können?» – «Nicht in meiner Küche!» – «Ja und? Wie dann?» – «Es ist wie im Morgenland – merkwürdige Gerüche aus allen Zimmern.» – «Du läßt zu, daß sie in den Zimmern kochen?» – «Immer noch besser als in meiner Küche. Haben alle irgendwelche Spirituskocher. Ich sage Ihnen, Düfte wie im Morgenland.» – «Hoffentlich brennen sie dir nicht mal das Häuschen ab!» – «Ich passe immer auf, daß ich pünktlich an die Brandkasse zahle. Mehr kann ich nicht tun. Neulich wollte sich jemand ein Ofenrohr zum Fenster rauslegen. Frau Eichhorn, wo bleiben die guten Gäste? Irgendwann muß doch das normale Leben wieder beginnen.»

«Ja, das hat man sich anders vorgestellt», gibt ihr Frau Eichhorn recht und kratzt dabei den Rest ihrer Suppe aus dem Teller. Man hatte sich vorgestellt, der Krieg geht zu Ende, die Blumen blühen, die Kurkapelle spielt, und die Kurgäste kehren zurück, als sei nichts gewesen. Alle Vorhersagen von Georg sind eingetroffen, und doch ist nichts so, wie er es angekündigt hatte. Der Kaiser hat abgedankt, und Friedrich Ebert ist Reichspräsident – ausgerechnet sein Friedrich Ebert, mit dem Georg sich so gut verstand, das hat Frieda doch einen Stich versetzt –, aber deswegen lebt man nicht im versprochenen Paradies. Statt des Kaisers und seiner adligen Verwandtschaft gebärden sich nun die Franzosen als Herren der Welt, lassen ihre afrikanischen Reitertruppen auf der Wilhelmstraße paradieren und scheinen es noch zu genießen, wenn die Zuschauer die Faust in der Tasche ballen. Wenn Richard voller Verbitterung über Franzosen klagt, wagt Frieda ihm nicht mehr zu widersprechen. Wie soll man denn deren Hochmut verteidigen? Er grenzt an pure Dummheit.

Und sonst? Irgendwelche Neuigkeiten?

«Tja, Frau Eichhorn, was noch? Ach ja, eine Neuigkeit gibt's – unser Theo macht in zwei Wochen ein Wasserhäuschen auf!»

«Das ist was Vernünftiges!» erwidert Frau Eichhorn gutmütig, und Frieda erkennt an ihrer Reaktion, sie hat keine Ahnung, von wem die Rede ist. Darauf beläßt es Frieda bei dieser Mitteilung. So interessant ist Theos Schicksal nun auch nicht, daß man es in allen Details durchkauen müßte. 1920 war er vorzeitig aus der Haft entlassen worden, gut genährt und kräftig, und Frieda erschien es als Gipfel der Ungerechtigkeit, daß ein Mörder von Staats wegen vor allen Sorgen und Nöten des Krieges bewahrt worden war, während die Unschuldigen zu Millionen fielen.

Übrigens behauptet Willy, das Wasserhäuschen, das Theo zu eröffnen gedenkt, werde ein «Kiosk, wie ihn die Welt noch nie erlebt hat». Es klingt verdächtig danach, daß er da Teilhaber werden will.

2

Die Haustür geht auf, Resi begrüßt den Hereinkommenden aufgeregt, und als Willy nachsieht, wer ihnen da die Ehre gibt, ist es Richard, der sich kaum der Freude des Hundes erwehren kann. Richard hat eine gewaltige, metallbeschlagene Reisetasche bei sich. Als Willy sie ihm abnimmt, kann Richard den Hund mit beiden Händen packen, und das tut er auch. Bei jedem Handgriff und bei jeder seiner Bewegungen spürt man die Kraft, die in dem Mann steckt. Statt eines Mantels trägt er einen Umhang über seiner stumpfschwarzen Soutane, und dieser Umhang gibt ihm etwas Verwegenes. In einem anderen Jahrhundert könnte sich darunter ein Brigant verbergen oder ein Bischof, der inkognito unterwegs ist. Richard ist jetzt Pfarrer in Kirdorf (das ist eine angenehme Gemeinde in der Nähe von Homburg vor der Höhe); aus seinem Orden ist er kurz nach Kriegsende ausgetreten. Wo sollte er auch missionieren? Man hat Deutschland ja aller Kolonien beraubt!

Wenn man seinen Auftritt beobachtet, begreift man, daß ihn eine einfache Pfarrerstätigkeit nicht ausfüllen kann. In der Tat hat er sich ein zweites Wirkungsfeld gesucht, er wirbt öffentlich für die Wiedergewinnung der Kolonien; spricht über seine Erlebnisse in Kamerun und schildert in Lichtbildervorträgen seine Kriegserlebnisse. Seine wahre Predigt lautet: Der Versailler Vertrag muß gebrochen werden!

Willy begrüßt er ebenso herzhaft wie zuvor den Hund; eine kurze kernige Umarmung unter Männern. Willy erklärt ihm, Frieda ist unterwegs; sie bedauert sehr, daß sie ihn nicht in Empfang nehmen kann. Sie hat eine dringende Angelegenheit zu erledigen, die sich leider nicht aufschieben ließ. Es geht um eine Stundung beim Finanzamt. «Das sagt wohl alles!» bemerkt Richard dazu. In seiner Gemeinde haben sich die wirtschaftlichen Verhältnisse in letzter Zeit auch eher verschlechtert als verbessert. «Die Einschläge kommen näher», nickt Willy sorgenerfüllt. Eine Schreinerei und eine große Autogarage in der Taunusstraße haben gerade in der letzten Woche Pleite gemacht. Er an Friedas Stelle hätte schon die weiße Fahne gehißt; aber Frieda ist zäh. Richard sucht ihn aufzurichten: «Willy, der Kampf ist neu eröffnet! Unsere Feinde werden nicht triumphieren. Sie haben den Krieg gewonnen, den Frieden werden sie nicht gewinnen!»

Ja, so schätzt er das auch ein, sagt Willy, und Richard belehrt ihn, es genügt nicht zu lamentieren, man muß sich einreihen!

«Richard, du hast ja hundertprozentig recht», sagt Willy mit wehmütigem Lächeln. Seitdem er das Glasauge trägt, lächelt er wie Nofretete, die altägyptische Königin. Er reicht Richard den Schlüssel von Zimmer 15, im zweiten Stock; Richard kennt das Zimmer ja schon. – Wo er das letzte Mal geschlafen hat? – Genau das Zimmer. – «Sehr schön ...»

Richard will seine Reisetasche ergreifen, aber Willy ist schneller, nimmt sie auf und geht voran. Während sie die Treppe hinaufsteigen, philosophiert Willy über Koffer und über Gepäck und was sie einem Hotelier bedeuten, auch was sie ihm verraten. Erfahrenes Personal braucht einen Koffer nur aufzunehmen, dann weiß es schon alles Wesentliche über den Gast. Ein Röntgenstrahl ist nichts dagegen. Im Zimmer stellt Willy die Reisetasche auf den Kofferbock, bemerkt mit einem Blick, daß Frieda einen ganzen Strauß Rosen zur Begrüßung auf die Frisierkommode gestellt hat. Er ist in Stimmung zu reden, deswegen zupft er wie ein Zimmermädchen an einer Tischdecke und richtet sie, und dabei erkundigt er sich, ob Richard wegen der heutigen Veranstaltung aufgeregt sei. «Nervös?» fragt er.

«Nicht die Spur», gibt ihm Richard Auskunft, während er seinen Umhang wie ein Soldat über den Stuhl wirft, die Ärmel hochschiebt und ans Waschbecken tritt. Er hat, offenbart er Willy, während er sich wäscht, schon öfter vor illustren Kreisen gesprochen. Was ihn heute abend erwartet, kann ihn deswegen nicht schrecken. Das Reden fällt ihm leicht, alles, was er zu sagen hat, ist ihm ins Herz eingebrannt. Das versteht er, stimmt Willy zu, aber er hat von Frieda gehört, es handelt sich um führende Industrielle, vor denen er sprechen soll? «Und um Persönlichkeiten aus dem Geldwesen», klärt Richard ihn auf. Man hat erkannt, was notwendig ist. Es ist sinnlos, sich weiterhin dem Diktat der Feinde zu beugen; man muß den Fehdehandschuh aufnehmen. Was er vorhin gesagt hat, war ihm ernst. Spürt Willy als Kriegsteilnehmer nicht den Willen in sich, ebenfalls an vaterländischen Aktivitäten teilzuhaben? Er will ihn gern einführen. Er ist sicher, es gibt auch für Willy dort Aufgaben. Willy ist doch belesen...

Wann kommt er denn hier raus? windet sich Willy innerlich und will gehört haben, daß Tilly nach ihm ruft. Er muß wieder runter. Richard sieht ja, er ist unabkömmlich.

Richard nickt und entläßt ihn.

Als Frieda ungefähr eine Stunde später vorsichtig die Tür von Zimmer 15 öffnet, liegt Richard in Unterwäsche auf dem Bett und schläft. Sie setzt sich zu ihm und betrachtet ihn voller Zärtlichkeit. Wie vertrauensvoll er schläft und wie männlich er dabei aussieht. Endlich kann sie nicht mehr an sich halten, beugt sich über ihn und küßt ihm sanft Oberarme und Schultern, läßt ihre Lippen über sein Fleisch gleiten. Wie angenehm und wie erregend. Warum faßt sich ein Mann so anders an als eine Frau? Wir haben doch alle nur Haut und Muskeln und Adern und Blut. Aber der männliche Körper weckt in ihr die Sinnlichkeit, während das weibliche Fleisch... Er erwacht, während sie sich noch ihrer Empfindungen versichern will, streckt die Arme nach ihr aus, und ohne ein Wort zu sprechen, küssen sie sich. Dann entkleidet sie sich, legt sich zu ihm. Er liebt sie geschickt und kraftvoll und voller Zärtlichkeit. Sie findet dabei Erfüllung, und nachher flüstert sie ihm zu: «Wir sind füreinander geschaffen!»

Auch nach der Vereinigung bleiben sie im Bett, und nach einer Weile erwacht sein Interesse erneut. Will er nicht seine Kräfte für heute abend schonen? fragt sie. Ach was... Zum Schonen bleibt ihm andernorts wahrhaftig Zeit und Gelegenheit genug.

Hinterher will er von ihr Neuigkeiten erfahren. Hat sie beim Finanzamt Erfolg gehabt? – «Woher weißt du denn das schon wieder?» fragt sie erstaunt. Aber, um seine Frage zu beantworten, ja, die Herren haben Verständnis gezeigt. Sie sagt, sie sei wegen seines Vortrages aufgeregter als er. Sie hat sich ein gutes Kleid von früher ändern und kürzen lassen; er wird stolz auf sie sein. – Sie will an der Zusammenkunft teilnehmen? fragt er verwundert. – Selbstverständlich! Er hat doch nichts dagegen? – Nein, natürlich nicht. Man ist ja sozusagen entre nous, nur Männer, die sich dem Ziel verbunden wissen, soweit er weiß. – Keine Damen? – Soweit er weiß, nicht, aber selbstverständlich, wenn sie will, ist sie herzlich willkommen. Er ist schließlich der Ehrengast des Abends; wen er mitbringt, ist willkommen. – Das meine ich doch! – Der Vortrag soll in einer Villa in der Rosselstraße stattfinden. Ist das weit von hier? – Nein, ganz in der Nähe, höchstens fünf Minuten. – Sehr gut.

Gegen Abend zeigt sich, Richard steht doch nicht so haushoch über den Dingen, wie er bei Willy getan hat. Eine gewisse Nervosität macht sich nun bei ihm bemerkbar. Man soll um sieben Uhr dasein, aber schon um halb sieben bittet er Frieda, kann man vielleicht jetzt aufbrechen?

«Es sind doch nur ein paar Schritte ...»

«Ich würde mir gerne den Kopf noch etwas auslüften. Mich etwas sammeln ...»

Sie spazieren die Idsteiner Straße hinauf und biegen in eine ihrer Seitenstraßen ein. Bei den Straßen rechts und links der Idsteiner Straße – die Rosselstraße ist eine dieser Seitenstraßen – handelt es sich um ausgesprochen kultivierte Wohnlagen; praktisch nur Villen in Gärten wie Parks. Richard vermutet, die Eigentümer dieser Häuser werden sich über alle Kriege und Niederlagen retten können, sich daran womöglich bereichern. Das sind alles Verhältnisse! Die einen schwelgen, und Kriegsteilnehmer müssen betteln. Ein ehemaliger Soldat in alter Uniform und ohne Beine hat ihm heute morgen eine Blechbüchse entgegengestreckt, und ein anderer Veteran hat verschämt am Bahnhof pornographische Postkarten zu verkaufen gesucht. Ist das der Dank des Vaterlandes? Er vermutet, hinter all diesen Fenstern und Mauern weiß man nichts von der Not des Vaterlandes.

Frieda widerspricht. Die Stadt sei eine einzige Täuschung, auf den ersten Blick die alte Pracht und Eleganz, in Wahrheit alles Fassade. Willy habe es neulich ganz richtig beschrieben, die Atmosphäre in der Stadt sei wirklich wie die eines Traums. Die Not verstecke sich hier geschickter als anderswo. Wiesbaden sei die

Stadt mit der höchsten Zahl Arbeitsloser, werde von einer hochmütigen Besatzungsmacht schikaniert, und die Zoll- und Paßgrenze gegen das unbesetzte Deutschland sei ein einziges Verhängnis für den Fremdenverkehr, und doch suche man seine Armut zu verstecken, wie reiche Leute, die ins Unglück gestürzt seien. Sogar die Steine und die Bäume täuschten; sie gaukelten Solidität vor, die längst nicht mehr vorhanden sei. Vor dem Krieg sei hier die Raffinesse des gesellschaftlichen Lebens auf die Spitze getrieben worden, jetzt die Täuschung. Man wehre sich gegen die Wirklichkeit wie gegen Einbrecher, hoffe täglich, der Kaiser biege endlich wieder samt Gefolge um die nächste Ecke, doch statt seiner kämen nur Trupps von Algeriern und Marokkanern und Kongoneger.

Wie um Friedas Worte zu belegen, treffen die beiden Spaziergänger nun auf drei schwarze französische Soldaten, die mit geschultertem Gewehr und aufgepflanztem Bajonett vor einem Hauseingang Wache schieben. «Welcher General läßt es sich denn hier gutgehen?» erkundigt sich Richard. – «Der Doktor Dorten...» – «Hier wohnt dieses Dreckschwein und wird auch noch bewacht?» entfährt es Richard. – «Nicht so laut, Richard», mahnt Frieda. Doktor Dorten ist eine Figur, die von Richard und seinen Freunden beinahe mehr gehaßt wird als Kommunisten und Sozialisten. Bei ihm handelt es sich um einen ehemaligen Staatsanwalt, der partout versucht, das Rheinland von Deutschland abzutrennen und eine «Rheinische Republik» auszurufen; Wiesbaden soll die Hauptstadt dieses Staates werden und er ihr Präsident. Die Franzosen suchen ihm dabei unter der Hand zu helfen, deswegen gab es schon beträchtliche Aufregungen und Tumulte; zeitweise hielten die Männer des Doktor Dorten («alle mit Silberlingen gekauft», meint Richard dazu) das Rathaus und das Landeshaus besetzt, suchten die Beamten an ihrer Arbeit zu hindern oder ihnen Befehle zu erteilen. Es ist lächerlich, aber noch haben sie ihre Versuche nicht aufgegeben. Für Frieda gehört der Separatismus samt seiner grün-weiß-roten Fahnen zur allgemeinen Verwirrung; keiner weiß, wie die Zukunft sein soll. Jeder weiß nur, daß die Gegenwart nicht Zukunft werden darf.

Richard bleibt demonstrativ stehen und betrachtet die Villa, bei der es absolut nichts zu sehen gibt. «Hier wohnt dieser Vaterlandsverräter also? Das ist allgemein bekannt?» versichert sich Richard noch einmal. Während Frieda ihn weiterzerrt, verkündet er: So etwas gehöre ausgemerzt und früher oder später werde ein beherzter Mensch diese Aufgabe auch erledigen, so wie man es mit Rosa Luxemburg und Karl Liebknecht und dem anderen roten Gesindel gemacht hat. Da werden ihm keine Wachen helfen!

Frieda warnt Richard ein weiteres Mal, nicht zu unvorsichtig zu sein, auch nicht bei seinem Vortrag. Die Franzosen haben überall ihre Spitzel. Das habe er bitter am eigenen Leib erfahren, gibt ihr Richard recht.

Der Vortrag findet in einer Villa statt, groß wie ein Schloß. Bei ihrem Besitzer, Herrn Möbius, handelt es sich um einen Industriellen aus der Metallbranche; ein Herr um die Siebzig, der sich mit Vatermörder und Kneifer wie ein Relikt der Vorkriegszeit gibt. Frieda begrüßt er mit angedeutetem Handkuß; zeigt auch wegen ihres Erscheinens nicht das geringste Erstaunen. Nachher stellt sich heraus, es sind noch andere Damen anwesend, allerdings wenige. Richard hat Frieda schon früher erklärt, Herr Möbius ist der Financier einer Gruppe Verschworener. In einem Salon sitzen schon einige der Gäste, mit einem Sektglas in der Hand die meisten. Sie gehören alle gehobenen Kreisen an, soviel steht fest. Richard wird von ihnen mit einer gewissen Neugierde begrüßt. Frieda meint sogar, so etwas wie zarten Dünkel zu spüren, handelt es sich bei ihm doch um einen gewöhnlichen Landpfarrer. Mit seinem Vortrag überzeugt Richard die Herrschaften aber hundertprozentig; nachher bemühen sie sich um seine Aufmerksamkeit.

Herr Möbius bittet nach einer halben Stunde – nun sind rund zwanzig Herren und drei oder vier Damen versammelt, alle in Abendgarderobe, aber niemand glänzender als Frieda – in das sogenannte Musikzimmer. Der Flügel ist zur Seite geschoben, dafür ist ein Stehpult aufgebaut, eine Glaskaraffe Wasser steht für den Redner bereit. Stühle sind in Reihen geordnet, und Personal muß noch einige bringen – offenbar sind mehr Zuhörer eingetroffen als erwartet –, dann eröffnet Herr Möbius die Zusammenkunft und führt Richard ein, erklärt, was angeblich überflüssig ist, bei dem heutigen Redner habe man es mit dem Helden von Muni zu tun (anscheinend bringt er da etwas durcheinander) und daß man auf alle künstlerischen Darbietungen und Umrahmungen verzichtet hat, weil man sich einerseits auf das Wichtige konzentrieren will, und zum anderen, um unliebsamen Elementen keine Chance zu geben, sich hier einzuschleichen. Hier soll das freie Wort gelten. Für jeden, der heute und hier anwesend ist, garantiere er persönlich. Dann erteilt er Richard das Wort.

Richard tritt an das Rednerpult, spricht jedoch die nächste Stunde vollkommen frei. Neben anderem führt er aus: In unerhörter, jedem Gerechtigkeitsgefühl und wirtschaftlicher Einsicht widersprechender Weise hat man uns Deutschen die Kolonien geraubt. Man hat damit eine zweite, ebenso am Mark des Volkes zehrende Blockade errichtet, wie es die Hungerblockade während des Krieges war. Ohne Kolonien kann Deutschland nicht lebensfähig sein. Erhalten wir unsere Kolonien nicht zurück, wird sich das bereits gesprochene Urteil unserer Feinde, zu verkümmern und zu verdorren, erfüllen. Die Eingeborenen haben in den harten afrikanischen Kämpfen mit unwandelbarer Treue zu ihren deutschen Führern gestanden und ihre Liebe und Anhänglichkeit zu den Deutschen zum großen Teile mit dem Tode besiegelt. Trotzdem will man das arbeitsamste und tüchtigste Volk der Erde vollkommen von eigenem Überseebesitz ausschließen! Ohne Kolonien vermag aber heutzutage kein Staat mit hochentwickelter Wirtschaft, die zum großen Teil auf überseeische Rohstoffe aufgebaut ist, zu bestehen. Bedenkt man denn nicht, was es heißt, ein Volk von sechzig Millionen auf kleinstem Raum zusammenzupferchen und ihm kein Feld zu lassen, auf welchem es seine überschüssigen Kräfte verwenden und friedlich für seine Arbeit ausnützen kann? Neid, Habsucht, verbrecherischer Eigennutz haben den letzten Funken politischen Anstands an den Ufern der Themse und der Seine ausgelöscht. Dennoch werden unsere Feinde ihr Ziel nicht erreichen! England ist moralisch schon längst zusammengebrochen und keine vollwertige Nation mehr. Somit wird über kurz oder lang auch der finanzielle Zusammenbruch folgen. Wahrlich, die Engländer können stolz sein auf ihre leitenden Staatsmänner, welche sie in den verbrecherischen Krieg gegen ihre deutschen Vettern gehetzt haben. Über die Franzosen will Richard kein Urteil fällen; das haben die Duala-Neger in ihrem drolligen Negerenglisch bereits getan. Sie haben das Sprichwort geprägt: «Frenchmen be Halfmen» – Franzosen sind nur halbe Männer.

Während Frieda lauscht, denkt sie, Richard kann sich über die verbrecherische Politik Whitehalls und des Quai d'Orsay empören, wie sich Georg ehemals über die Schandtaten der Kapitalisten empören konnte. Politik ist wirklich nur eine Passion der Männer. Sie, Frieda, hat nun das Wahlrecht, das ihr Georg so heiß erstreiten wollte; sie hat sogar schon Gebrauch davon gemacht und auf Richards Anraten die deutsch-nationale Partei gewählt. Bei dem Wahlakt konnte sie aber nicht jubilieren, und auch jetzt gerät sie nicht in Wallung. Dabei, was hat Richard für eine angenehme Stimme, und wie versteht er seine Zuhörer in Bann zu schlagen!

«Was ist zu tun, die Kolonien wiederzugewinnen?» ruft er. «Der Anfang ist gemacht; Menschen, die wissen, worauf es ankommt, haben sich in aller Stille zusammengeschlossen. Sie achten nicht der Parteien mit ihrem Unwesen von Fraktionen und Fraktiönchen, über welche schon Bismarck einst so bitter klagte. Alle edlen, dem Volke innewohnenden sittlichen Kräfte vereinen sich, sich gegenseitig ergänzend und anfeuernd, im großen Ziel, Wohlfahrt und Größe des Vaterlandes wiederherzustellen und die Kolonien ein zweites Mal zu erwerben. Das Diktat von Versailles, das mit seinen chaotischen Wirkungen die Welt zu verschlingen droht, muß fallen. Eher wird die Welt keinen Frieden haben! Einer unserer geistreichsten politischen Schriftsteller hat kürzlich gesagt: ‹Uns kann, uns soll und uns darf keiner helfen! Wir helfen uns selbst!› Hier und heute ist der Anfang gemacht worden!»

Er dankt den hier Versammelten.

Herr Möbius schüttelt Richard für diese Rede beinahe minutenlang die Hand, dann erhebt man sich und singt vereint «Deutschland, Deutschland über alles!»

Nach dem Vortrag begibt man sich zu Tisch. Zu Friedas Verblüffung bemerkt sie auf dem Weg zum Speisesaal Herrn Thomé. Er gehört offenbar nicht zu den Eingeladenen, scheint vielmehr gemeinsam mit einem jüngeren Mann eine Botschaft zu bringen oder in Empfang zu nehmen. Jedenfalls verhandelt er flüsternd mit Herrn Möbius und steckt irgend etwas ein, was dieser ihm reicht. Er hat sich kaum verändert in all den Jahren, die sie sich nicht mehr gesehen haben; ist immer noch der geborene Vorzugsdiener. Seine ganze Haltung signalisiert: «Jawohl, bin zu Diensten, was es auch sei.» Frieda vermutet, er wird irgendwelche Hilfsdienste verrichten. Nichts deutet darauf hin, daß er dem inneren Zirkel angehört. Die Frage ist nur, verrichtet er seine Dienste gegen Honorar oder aus Idealismus? Und dieser junge Mann, den er bei sich hat, wirkt wie einer dieser Eintänzer, von denen man allgemein hört, gewesene Leutnants, zu allen Schandtaten bereit. Der Mensch hat gemeine Züge, und Frieda möchte ihm nicht im Dunkeln begegnen.

Frieda nimmt einen weiten Weg, um ins Speisezimmer zu gelangen, und genau dadurch treffen sie und Herr Thomé beinahe aufeinander. Sowohl er wie sie tun, als bemerkten sie sich nicht. Dabei ist Frieda sicher, er hat sie ebenso erkannt wie sie ihn. Für puren Zufall ist die Art, wie er ihr auszuweichen sucht, zu ausgeklügelt. Beide, sowohl Frieda wie Herr Thomé, haben anscheinend das Gespür, es kann nur peinlich werden, wenn sie sich hier und jetzt gemeinsamer Zeiten im «Römerbad» erinnern.

Interessant aber immerhin, daß Herr Thomé in diesen nationalen Kreisen verkehrt.

Das Mahl, das vorbereitet ist, widerlegt alles, was sie bei Richard zwei Stunden zuvor über die Not der Stadt behauptet hat. Kostbares Silber, exquisite Weine, Kaviar, Krebse, feinste Gemüse, die Bissen für Bissen unter Glas gewachsen sein müssen, Eisbombe als Nachtisch. Wann hat Frieda diese Köstlichkeiten zum letzten Mal genossen? Sie glaubt, bei der Reise an die Riviera, zu welcher Madame Aljewna sie eingeladen hatte. Oft denkt sie an diese Zeit; so viele Bilder aus früheren Jahren sind bis zur Unkenntlichkeit verblaßt, diese nicht. Übrigens schickt Madame Aljewna ab und an Postkarten. Sie ist den russischen Greueln unbeschadet entkommen.

Diese Erinnerung macht wohl, daß Frieda während des Essens mit ihrem Tischnachbarn über den Flug spricht, den sie gemeinsam mit der Gräfin Aljewna unternommen hat – die ersten Frauen, die die Alpen im Aeroplan überquert haben. Er, ihr Nachbar, war während des Krieges Jagdflieger und hat vierundzwanzig Abschüsse erreicht, daher interessiert ihn Friedas Erlebnis ungemein. Der Mann fühlt sich um seine Anstrengungen betrogen, wettert gegen den Kaiser und das Haus Doorn, wie er die Hohenzollern nun zu nennen beliebe. Daß die Sozialisten, die «Egalmacher», den Untergang Deutschlands von langer Hand geplant hätten, habe beileibe niemand überraschen können. Aber vom schmählichen Verrat des Kaisers sei er doch erschüttert gewesen. Statt sich an die Spitze ihm ergebener Truppen zu stellen und die Monarchie zu retten, habe das Haus Doorn es vorgezogen, den Schwanz einzukneifen und das Tafelsilber einzupacken. Pfui Teufel, er und seine Kameraden haben bis zum letzten Augenblick gekämpft – erst gegen den Feind, dann gegen den roten Mob –, und dieser kaiserliche Schwätzer reist mit dem Sonderzug nach Holland ab. Er (der Erzähler) prügelt sich mit dem Gesindel von Soldatenrat – einer habe versucht, ihm die Schulterstücke herunterzureißen; habe es wohlgemerkt nur einmal versucht! –, und sein Kaiser dampft währenddessen ins Exil ab! Habe seine verehrte Frau Nachbarin davon erfahren, der Kaiser habe doch tatsächlich auf dem Bahnsteig die Bartspitzen nach unten gebogen und allen Ernstes geglaubt, so erkenne ihn niemand mehr? Pfui!

Im Laufe des Essens wird er aufdringlich. Anscheinend weiß er nicht, wie ihre Beziehung zu Richard ist, oder kümmert sich nicht darum. Frieda sagt ihm: Sie hat eine Verbindung. Darauf kühlt er etwas ab, läßt aber seine Versuche nicht vollends. Frieda fragt Richard später, ob er ihn zufällig kenne. Richard vermutet, es handelt sich bei dem Mann um einen der vielen verkrachten Offiziere, die sich an reiche Frauen heranmachen.

Welch groteskes Mißverständnis.

Beim Essen sitzt Richard übrigens an einem anderen Tisch. Dennoch kann Frieda einzelne seiner Sätze wahrnehmen: «Die Kolonie ohne Kampf aufzugeben vertrug sich nicht mit unserer Ehre», sagt er einmal. Oder: «Die Kolonie konnten uns die Feinde nehmen, die Ehre mußten sie uns lassen.»

Frieda hört, wie eine Dame ihn fragt, wieso wurde ausgerechnet er, ein Mann Gottes, zum Kriegshelden? Richard antwortet darauf: «Ein Feldwebel kam zu mir auf meine Missionsstation und sagte mir: ‹Wenn Sie sich nicht gefangennehmen lassen wollen, rate ich Ihnen mitzugehen. Ob Sie es morgen noch können, weiß ich nicht!› So habe ich gelernt, das Gewehr in die Hand zu nehmen und es auch zu gebrauchen, versichere ich Ihnen!» – Konnte er Neu-Jerusalem, seine Missionsstation, leichten Herzens aufgeben? – «O nein», erklärt ihr Richard. «Von der Heimat Abschied zu nehmen, fällt immer schwer, und das Feld unserer Wirksamkeit ist unsere Heimat.» Nun ist sein schmerzlichster Gedanke, die Herde ist ohne Hirte. Und auch ein zweiter lasse ihn gelegentlich trübsinnig werden. «Wie sagte doch der heilige Paulus, als er von Milet Abschied nahm? ‹Ich weiß, daß nach meiner Abreise reißende Wölfe bei euch eindringen werden, die die Herde nicht schonen.› Leb wohl, liebes Neu-Jerusalem!»

Die Nacht verbringt Frieda wie selbstverständlich in seinem Bett.

Sie kennt die meisten seiner Abenteuer schon, hat Richard doch bereits im vergangenen Jahr seinen dreiwöchigen Urlaub im «Petersburger Hof» verlebt.

Als sie ihm sagt, wie dankbar sie immer aufs neue ist, daß er heil und gesund zurückkehren durfte, antwortet er ihr: «Frieda, mir ist in fast aussichtsloser Lage das Leben gleich mehrfach neu geschenkt worden. Oft genug haben dabei unglaubliche Umstände eine entscheidende Rolle gespielt. Ich habe diese Umstände aber nie als blinden Zufall erkannt, sondern darin die lenkende Hand des Allmächtigen dankbar gespürt ... Meine liebe Frieda, nimm es bitte so auf, wie ich es sage, dein unbedingtes Vertrauen in Gott hat auch mich beflügelt und getragen. Wenn ich verzweifeln wollte, habe ich mich deiner erinnert.»

3

Während Richard schläft, sinnt Frieda über den herrlichen Abend nach.

Wie wunderbar klar hat er gesprochen!

Wieso ist es ihr vergönnt, dermaßen begnadete Männer zu haben – erst Georg, nun Richard? Im nachhinein hat sie erkannt, was in Georg steckte; wer weiß, wäre ihm das Unglück nicht zugestoßen, er wäre heute vielleicht Minister. Welche Gnade Gottes, ihr so vollkommen außergewöhnliche Menschen zu schicken; schade nur, daß sich keiner der beiden für Geld interessiert. Wie schön wäre es, sie besäßen auch dieses Talent. Selbst in Momenten wie dem jetzigen macht sich Frieda nichts vor – ihre Existenz ist bedroht. Ihre Nöte sind kaum geringer, als es die der Heybach waren, solange das Weib noch einen Funken Verstand besaß. Die Alte ist jetzt geistig völlig heruntergekommen, lebt in einem Heim der Caritas; Richard hat ihr den Platz besorgt. Frieda hat sie zuletzt vor einem Jahr in diesem Heim besucht. Da wirkte sie schon debil, ein massiger Körper ohne Hirn, schleppte eine Bettpfanne umher, als wäre es ein Tabernakel. Die Schwestern dort sagen, man wird sie beim besten Willen nicht mehr lange halten können. Sowohl ihr Benehmen wie ihre Redereien machen sie untragbar für jede Gemeinschaft. Sie wird wohl auf dem Eichberg enden. Frieda denkt, das ist die gerechte Strafe für ihr Leben. Was hat ihr diese Frau angetan! Und ihrem Vater erst! Gelegentlich empfindet Frieda für Sekunden grauenhafte Angst bei der Vorstellung, einmal so zu enden wie die Heybach.

Wer weiß, was das Schicksal noch für sie selbst bereithält. Wie rasch kann sich Glück in Unglück verwandeln. Anna ist ja das beste Beispiel dafür, liebt einen hoffnungsvollen jungen Mann, und ein Greis kehrt zurück. Das ist ja wieder ein Drama mit ihrem Liebsten! In gewisser Weise noch tragischer, als es die Ehe mit Fritz war. Er sagt selbst von sich: Ich bin als junger Mann weggegangen und als alter Mann wiedergekommen! Ohne Zweifel hatte er im Feld erschütternde Erlebnisse, aber daß man damit alles entschuldigen darf, bezweifelt Frieda. Doch man kann Anna nicht helfen; sie will ja keinen Rat hören!

Was hat es für einen Sinn, mahnt sich Frieda, jetzt über die Heybach oder über Annas Fehler zu grübeln. Sie hat nur die wenigen Momente des Zusammenseins mit Richard, die will sie sich nicht mit schwarzen Gedanken vergällen. Sie schmiegt sich an Richard, genießt seine Wärme, drückt ihm einen sanften Kuß auf den breiten Rücken. Wie ideal wäre es, sie könnten jede Nacht so liegen. Aber will sie das wirklich? Braucht sie nicht vielmehr ihre Freiheit, und ist das nicht der tiefere Grund dafür, daß sie Richard gewählt hat und nicht einen Mann, der frei für sie ist?

Die Leute in 16 und 17 rumoren; Richard wird für einen Moment wach; Frieda sagt ihm: «Schlaf ruhig, es ist alles in Ordnung!» Darauf wendet er sich gehorsam um und schläft tatsächlich auf der Stelle weiter.

Sie machen keinen Hehl aus ihrer Liebe; alle im Haus wissen davon. Es war wie Flitterwochen, als Richard im letzten Jahr seinen Urlaub hier verbrachte, drei Wochen, die nur ihnen gehörten. Richard hatte morgens seine Messe in der Bonifatiuskirche oder in der Maria-Hilf gelesen, und dann hatten sie den Rest des Tages für sich. Welch unvergeßliche Tage!

Die Kinder sind von dem Verhältnis ihrer Mutter mit einem Pfarrer wenig begeistert; darauf kann sie jedoch keine Rücksicht nehmen. Sie hat zu lange den Mann entbehrt, den sie liebt, als daß sie der Kinder wegen weiter auf ihr Glück verzichten wollte. Heinrich ist sowieso im Internat in Montabaur, bereitet sich dort im Bischöflichen Konvikt auf eine geistliche Laufbahn vor. Er ist weiterhin der stille Junge, der er immer war; schreibt ihr gern lange, gefühlvolle Briefe. Alle beginnen mit der Floskel: «Meine liebe Mama...» und lesen sich wie Seiten aus einem französischen Roman. Er kann den Morgentau beschreiben, daß man ihn wegwischen möchte. Frieda vermutet, in seinen Augen ist Richard wohl ein Eidbrüchiger; einmal läßt er sich mehr oder minder verblümt über die Gewissensnöte eines Deserteurs aus. Wie soll er wissen, daß auch ein Mann Gottes nach der Zuneigung einer Frau hungern kann wie nach dem täglichen Brot? Er wird es noch erfahren, wenn er erst mal geweiht ist, und hoffentlich findet er dann seine Frieda. Adam weicht Richard aus, wo er nur kann. In den Wochen während Richards letztjährigen Urlaubs hat er sich sowenig wie möglich blicken lassen, hat lieber bis spät in die Nacht gearbeitet, als nach Hause zu kommen. Seine Arbeit macht ihm aber auch sonst viel Freude. Das Gymnasium war nicht das Richtige für Adam. Er ist jetzt Lehrling in einer Autowerkstatt; eine Jules-Verne-Geschichte hat ihn dazu angeregt, Mechaniker werden zu wollen, und der Rennfahrer Jörns hat ihm diesen Beruf vollends schmackhaft gemacht. Nun gut, damit macht er auch seinem Vormund Enders eine Freude; wenigstens eine Seele dem Proletariat gerettet. Man muß mal sehen, vielleicht kann er später aufs Technikum gehen, damit er wenigstens Ingenieur wird. Als Hotelier eignet er sich nicht, das hat Frieda eingesehen. Adam versteckt sich vor Gästen und Mietern, und damit fehlt ihm ja jede Voraussetzung für dieses Metier. Bleibt also nur August, auf den sie ihre Hoffnung setzen kann. Er hat wenigstens Geschäftssinn. Aber hat er auch Fleiß? Das schnelle Geldverdienen, das ihm der Holländer von Nummer 8 vorexerziert, liegt ihm eher. Im letzten Jahr hat er tatsächlich sie, seine eigene Mutter, erpressen wollen. Hatte angedeutet, er könne den Bischof von Limburg oder Herrn Enders von ihrer Liaison unterrichten. Richard hat ihn sich darauf vorgenommen, und seitdem hat er Respekt. Richard ist nicht die Natur, die vor einem Burschen in der Pubertät einknickt. Im Gegenteil, er hat bedauert, daß er nicht seine Büffelpeitsche parat hatte, die ihm in Afrika manchen guten Dienst erwiesen hat. August ist nicht wirklich verdorben, ihm fehlt nur die strenge Hand eines Vaters. Immerhin, der Vorfall im letzten Jahr hat ihr doch zu denken gegeben. Wie weitsichtig von Georg, daß er die Besitzverhältnisse im Haus eindeutig geregelt hat. Im Testament ist festgelegt, daß jeder der Buben bei Volljährigkeit über ein Achtel des Hauses verfügen kann, die restlichen fünf Achtel sind in ihrer Hand. Somit können die Jungen, selbst wenn sie sich zusammentun wollten, niemals ihre Mutter überstimmen.

Traurig genug, daß man derartige Gedanken hegen muß. Aber jeder Mensch ist anders, der eine so und der andere so, und August ist habgierig. Es hat keinen Sinn, sich darüber täuschen zu wollen. Wer weiß, vielleicht schlägt dieser Charakterfehler am Ende noch zu seinen Gunsten aus!

4

Es ist Sommer, als Frieda eine Postkarte aus Berlin erhält. Auf der Vorderseite zeigt sie den Zoologischen Garten, die Rückseite trägt die Anschrift «Frau Frieda Tremus, Besitzerin des Hotels ‹Petersburger Hof›, Wiesbaden». Mit einem Blick erkennt Frieda die Handschrift der Gräfin Aljewna, knapp und schnörkellos wie die eines Bankiers. Frieda freut sich, wieder einmal eine Nachricht von Marija Aljewna zu erhalten. Vor zwei Jahren hatte Frieda völlig unverhofft einen Brief von ihr empfangen. Darin hatte sie geschrieben, sie habe sich aus den Greueln der Revolution und des russischen Bürgerkriegs nach Berlin retten können und empfinde sich als eine Schiffbrüchige, die an fremden Gestaden an Land gespült worden sei. Frieda kommt über die ersten Zeilen der Karte nicht hinaus. «Meine liebe Frieda», liest sie, «ich hoffe, es geht Ihnen wohl. Von mir kann ich dasselbe leider...»

Ehe Frieda erfährt, worüber die Russin zu klagen hat, wird sie unterbrochen; einer der Mieter hat eine Beschwerde. Das haben diese Leute ja ständig. Dieser ist ein besonderer Patron. Er hat ein Gewehr im Zimmer, und manchmal läuft er mit diesem Gewehr über der Schulter in der Stadt herum. Bis jetzt hat sich noch keiner darüber gewundert, aber ewig kann das nicht gutgehen, mit einem Gewehr spazierenzugehen! Jedenfalls steckt Frieda seinetwegen die Karte in die Tasche ihres Kittels, und erst gegen Mittag gerät sie ihr wieder in die Finger. Hoffentlich fühlt sich Madame Aljewna noch einigermaßen wohl, soweit man sich bei ihren Umständen überhaupt wohl fühlen kann. Ihre Kinder sind in Rußland geblieben; sie hat lange nichts mehr von ihnen gehört. Jedenfalls hat sie nie etwas anderes mitgeteilt. Die Gräfin hat versprochen, Frieda gelegentlich zu besuchen, und Frieda hat ihr das gleiche versprochen; beide haben ihr Versprechen bis jetzt nicht gehalten, aus finanziellen Gründen wahrscheinlich. Die Russin hat ihr gesamtes Vermögen verloren. Da mag Willy hundertmal behaupten, Frieda solle das nicht zu wörtlich nehmen. Seine Vermutung geht dahin, *alle* reichen Russen hätten rechtzeitig einen Teil ihres Besitzes in die Schweiz gebracht. Daß sie jetzt kein Geld haben und sich sogar Großfürsten als Taxifahrer und Blumenverkäufer durchschlagen, hänge mit den allgemein bekannten Schwierigkeiten zusammen, die aus den Devisenbestimmungen resultierten. Frieda solle sich deswegen keine Gedanken machen.

Hat Marija Aljewna etwa Geldsorgen? Bittet sie um Hilfe?

Frieda liest nun aufmerksam, worüber die Gräfin zu klagen hat. Sie ist im Krankenhaus, spürt Stiche in der Seite, und wenn keine Besserung eintritt, wird man sie operieren müssen. Offenbar wollte sie noch Weiteres schreiben, kam aber nicht dazu, denn ihr Text endet hier, ohne abschließende Floskel, ohne einen Gruß. Dafür steht auf dem von ihr freigelassenen Feld von anderer Hand geschrieben: «Sehr verehrte Frau Tremus! Die Patientin ist zu unserem Bedauern heute, sieben Uhr abends, ruhig verstorben. Mit Hochachtung Oberschwester Trude.» Und damit das Ganze Gewicht erhält, ist ein schwer zu entziffernder Stempel aufgedrückt.

Frieda versteht zuerst nicht, was sie gelesen hat. Sie sieht ein Krankenbett, sieht Marija Aljewna darin, sieht eine ältere Krankenschwester, die sich um sie bemüht, und beide scheinen sie Frieda anzublicken und anzulächeln, und dann stürzt dieses Bild zusammen, und erst jetzt begreift Frieda, Marija ist tot. Sie wird sie nie mehr sehen, nie mehr sprechen, sie werden sich nie mehr in den Armen liegen.

Frieda schreit auf. Tilly kommt. Frieda drängt sie wortlos zur Seite und strebt ihrem Schlafzimmer zu; einmal muß sie sich an der Wand abstützen, weil sie wankt. Im Zimmer setzt sie sich auf einen Hocker, sucht ihre Fassung wiederzugewinnen. Hätte man ihr den eigenen Tod angekündigt, könnte sie nicht erschütterter sein.

Nach einer Weile steht sie auf, schließt die Läden, beginnt sich auszuziehen, als wolle sie zu Bett gehen. Sie erkennt endlich, daß die Handlung keinen Sinn ergibt, streift den Kittel wieder über, knöpft ihn gedankenverloren zu. Zu der Trauer gesellt sich nun Selbstmitleid; fühlt sie doch, mit der Russin ist ein Teil von ihr selbst gestorben. Damit hält sie sich jedoch nicht lange auf, sie beginnt ihren Kleiderschrank zu durchwühlen und sucht so lange, bis sie ein sehr schlichtes graues Kleid gefunden hat, das ihr für den Anlaß angemessen erscheint. Darin verläßt sie das Haus. Sie nimmt die nächste Straßenbahn, die nach Sonnenberg fährt, und an der Endhaltestelle ringt sie mit sich, ob sie sich den Luxus eines Taxis gönnen soll oder sich auf Schusters Rappen nach Rambach begeben. Die Entscheidung wird ihr abgenommen. Zufällig fährt ein Wäschereiwagen der Firma Maison vorbei; Frieda hält ihn an und verlangt von dem irritierten Fahrer, er solle sie zu Herrn Maison bringen.

«Ich muß erst ausfahren», wehrt der sich.

«Dann machen Sie das; ich habe Zeit», erwidert Frieda unwirsch, während sie in das Auto einsteigt. Bis zur Ankunft in der Wäscherei bleibt das beinahe der einzige Satz, den sie an den Mann richtet. Sie ist mit sich beschäftigt und mit dem, was sie mit Herrn Maison zu besprechen hat.

Als das Lastauto nach Beendigung seiner Tour endlich im Hof des Maisonschen Betriebs anlangt, begibt sich Frieda zielstrebig ins Büro. Sieht man ihr zu, könnte man glauben, sie sei hier zu Hause. Die Tür von Herrn Maisons Zimmer steht auf, und Frieda geht hinein, ohne auf den Einwand der Sekretärin zu achten, schließt sogar, als die ihr nachgeht, demonstrativ hinter sich die Tür.

Herr Maison sitzt in Hemdsärmeln an dem großen altmodischen Schreibtisch, den sich sein Vater hat anfertigen lassen, einschließlich geschnitzter mesopotamischer Schriftzeichen. Er hat die Ärmel hochgeschoben, zwei breite Gummibänder halten sie oben, und er ist wie ein Buchhalter damit beschäftigt, Kolonnen von Zahlen mit einer Addiermaschine aufzurechnen. Er nimmt an, seine Gehilfin sei gekommen, und sagt deswegen: «Fräulein Langguth, den Brief müssen wir noch mal schreiben ...» Dann erkennt er seinen Irrtum und begrüßt Frieda verdutzt: «Wen haben wir denn hier?»

Frieda bleibt vor dem Schreibtisch stehen, und ihr erstes Wort lautet: «Herr Maison, was bin ich Ihnen schuldig?»

«Was soll das werden?» erwidert er, steht auf, zieht zeremoniell sein Jackett über, kommt um den Schreibtisch herum und will ihr die Hand reichen.

«Lassen Sie das ganze Drum und Dran. Beantworten Sie mir nur die eine Frage: Was bin ich Ihnen schuldig?»

«Was soll denn das?» erwidert er, nun doch ernstlich irritiert.

«Sie haben mir so viel Geld geliehen ... Wieviel ist es jetzt?» Gegen ihren Vorsatz beginnt Frieda zu weinen und stöhnt: «Es kann alles so schnell vorbei sein. Die ganzen Jahre haben immer Sie was für mich getan und ich nie etwas für Sie. Ich habe nur genommen. Ich muß Ihnen doch was wiedergeben ... Gehen Sie mit mir ins Bett!» bietet sie dann zu ihrer eigenen Bestürzung an.

«Mädchen, was ist denn? Was ist denn mit Ihnen los? Jetzt setzen Sie sich doch erst mal ...»

Er drückt Frieda geradezu auf den Stuhl, der vor seinem Schreibtisch steht, legt in einer freundschaftlichen, beinahe väterlichen Geste beide Hände auf ihre Schultern und wiederholt seine Frage, was denn mit ihr sei. Sie greift nach seiner rechten Hand und hält sie fest, als sie antwortet: «Ich habe immer gedacht, Sie wollten das. Sie wollten mich. Wenn Sie mich immer noch wollen ... Was anderes kann ich Ihnen nicht geben!» setzt sie noch hinzu, ihren Worten nachhängend.

«Frieda, ich will das nicht, und das gar nicht mal wegen meiner Frau oder wegen der Moral. Ich will nicht bezahlt werden. Frieda, wir haben alles längst geklärt. Was zwischen uns ist, wissen wir, und es wird mit mehr Worten nicht besser.»

Sie trocknet ihre Tränen und sagt unverblümt: «Es würde mir leichter fallen, wenn ich damit bezahlen könnte.»

«Aber Frieda, das haben wir doch schon vor Jahren geklärt. Ich habe Gelüste, aber ich will nicht die Konfusionen, die damit verbunden sind, und die kommen immer. Ich habe Probleme genug ... also, was ist jetzt?»

«Jemand ist gestorben», bringt sie heraus. «Jemand, der mir viel bedeutet. Eine Freundin ...»

«Welche Freundin? Anna?»

«Nicht Anna.»

Leise fragt sie: «Sind Sie mein Verbündeter?»

«Ich sehe mich lieber als Ihr Patenonkel», antwortet er; es soll beruhigend klingen, aber etwas Vorsicht schwingt auch mit. Er reicht ihr ein Taschentuch, und dabei sagt er: «Wofür brauchst du Geld?»

«Ich muß zur Beerdigung fahren ... nach Berlin ...»

«Wer ist denn überhaupt gestorben?»

«Die Gräfin Aljewna.»

«Die Fliegerin? Woran?» – «Das weiß ich noch nicht. Ich habe nur vom Krankenhaus erfahren, sie ist gestorben. Ich habe eine Karte gekriegt ...» – «In Berlin? Ich dachte, die lebt irgendwo in Frankreich?» – «Die letzten Jahre in Berlin.» – «Gut, dann auf nach Charlottengrad. Wieviel brauchst du?» – «Was kostet denn heute eine Fahrt?» – «Das weiß ich auch nicht. Die verlangen ja immer gleich Tausender.» – «Ich könnte Ihre ‹Germania›-Aktien verkaufen...» – «Die rührst du nicht an, die verkaufst du nicht! Das habe ich dir schon dreimal erklärt. Was wir jetzt haben, nennt man Inflation, und die endet naturnotwendigerweise mit einem großen Krach. Das haben Inflationen so an sich. Wenn wir den Zusammenbruch hinter uns haben, können wir über den Verkauf der Papiere reden. Vorher nicht! Hüte dich! Bier-Aktien haben immer ihren Wert. Also, paß auf, ich leihe dir fünfundzwanzigtausend... Reicht das?» – «Natürlich... Wie soll denn das alles weitergehen? Jeden Tag wird alles teurer...» – «Hab Geduld, das ändert sich wieder. Aber jetzt müssen wir uns ja nicht über nationalökonomische Probleme unterhalten. Tut mir leid mit der Russin; sie hat dir ja was bedeutet, das weiß ich.» Frieda ist pikiert, daß offenbar über ihre Bekanntschaft mit der Russin getratscht wurde. Ehe sie ihn darauf ansprechen kann, fährt er fort: «Frieda, mal was ganz anderes... Haben Sie noch irgendeine Verbindung zu politischen Kreisen, noch von Ihrem Mann her? Oder durch Ihre Gäste...? Sie kennen doch so viele Leute...» – «Welche Gäste meinen Sie? Ich habe keine Gäste, ich habe nur Schmarotzer. Aber lassen Sie mal überlegen... Meinen Sie, der Präsident Ebert erinnert sich noch an Georg? Müßte er eigentlich...» – «Nutzt mir nur leider nichts...» – «Und dieser Herr Möbius? Worum geht es denn?» – «Sagen Sie nur, Sie kennen etwa den Eisenfresser Möbius?» – «Kennen ist zuviel gesagt, ich war da neulich mal eingeladen. Neulich ist auch gelogen, sind auch schon wieder Monate her. Aber ich könnte mit ihm sprechen, wenn Ihnen das was nutzt...» – «Wir sprechen von dem Möbius, der die nationale Erhebung plant?» – «Der Möbius, der bei uns in der Rosselstraße wohnt... Wahrscheinlich plant der auch eine nationale Erhebung, ja.» – «Da verkehren Sie?» – «Richard hat da einen Vortrag gehalten; waren alle sehr beeindruckt. Und stellen Sie sich mal vor, wen ich da getroffen habe. Sie glauben es nicht! Herrn Thomé! Können Sie sich an den Namen noch erinnern?»

«Moment mal, Mädchen, damit wir nicht alles durcheinanderwerfen. Mit Richard ist unser Pfarrer Richard gemeint?» – «Ja.» – «Durch ihn hast du Verbindung zu Herrn Möbius?» – «Woher soll ich ihn sonst kennen? Gäste schickt er mir keine!» – «Und warum hast du denn nicht vorher mal ein Wort gesagt? Wann war der Vortrag?» – «Sie haben doch immer gesagt, das ist Ihnen alles suspekt, diese ganzen nationalen Kreise...» – «Kind, du hast mich gerettet! Frieda, du hast dir doch vorhin so viele Gedanken gemacht, wie du dich bedanken kannst. Damit sind wir quitt. Daß ich an Richard nicht gedacht habe. Manchmal hat man ja wirklich ein Brett vor dem Kopf. Hast du gesehen, daß die mir das Kesselhaus abbrennen wollten?» – «Ja, ich habe eben Brandflecken gesehen.» – «Das sind mehr als Brandflecken, es hätte nicht viel gefehlt... Die haben eine Handgranate reingeschmissen!» – «Eine Handgranate? Wer?» – «Habe ich doch gerade gesagt, diese nationalen Idioten!» – «Was haben Sie denn damit zu tun?» – «Das ist wirklich ein weites Feld. Ich ruiniere mich mit Kriegsanleihen, und das ist der Dank.» – «Ja, Sie haben damals das viele Geld geopfert und das schöne Kupferdach. Das hat mich am meisten geärgert; das habe ich ja nicht verstanden», stimmt Frieda ein. – «Und mehr als das Dach, Frieda! Mein Sohn und Thronfolger ist gefallen, und zum Dank brennen mir diese Idioten die Bude ab. Die Franzosen schikanieren mich, wo sie nur können, für die bin ich ein Überläufer, und die Rechte kühlt sich an mir das Mütchen, weil ich Franzose bin. Wie soll's denn sein? Ich will nichts als dreckige Wäsche waschen, und die behelligen mich mit ihrem Wahnwitz! Du wirst mir wirklich unheimlich, Frieda! Geht diese Frau bei dem Kommerzienrat Möbius ein und aus!» – «Ich war einmal da!» erwidert Frieda, als müsse sie sich deswegen entschuldigen. – «Es ist nicht zu fassen! Dich hat mir der Himmel geschickt. Frau Tremus, Frau Tremus... Paß mal auf, Frieda, ich weiß, es ist etwas spät dazu, und es hört sich an wie Verlobung, aber das wollen wir jetzt endlich mal offiziell machen. Ich heiße Jules, und du bist Frieda, wie ich höre!» – «In der Tat...» Sie steht auf, lächelt ihn an: «Und Sie sind für mich ab jetzt ‹Jules›?» – «Ist doch ein schöner Name. Was ist denn dagegen zu sagen?» – «Na ja, nur sehr französisch.» – «Fang du auch noch an! Also, Frieda, altes Mädchen...»

Sie tritt dicht an ihn heran, wird vollkommen ernst und verlangt: «Küssen Sie mich!»

Er sieht sie wie prüfend an, nimmt sie in den Arm, drückt ihr aber nur einen sehr zarten, beinahe schmetterlingsflüchtigen Kuß auf die Lippen.

5

Im Bezirkskrankenhaus Charlottenburg, in dem Marija Aljewna verstorben ist, erfährt Frieda zu ihrer Bestürzung, die eigentliche Ursache für den Tod der Russin waren Unterernährung und Auszehrung. Hier im Krankenhaus erhält Frieda auch die Adresse von Marija Aljewnas letzter Wohnung. Des weiteren sagt man ihr, Madame Aljewna werde eingeäschert; der deutsch-russische Hilfsverein «Zarewitsch», der die Kosten trägt, habe das angeordnet. Bei der Feuerbestattung handelt es sich um die preisgünstigste Form der Bestattung, daher wohl die Verfügung. Die Leiche kann Frieda leider nicht sehen; sie befindet sich bereits im Krematorium. Der Hilfsverein residiert am Kaiserdamm, ein Doktor Wallitzer ist der Vorsitzende. Man empfiehlt Frieda, will sie noch einen Blick auf die Verstorbene werfen, solle sie sich beim Hilfsverein um die notwendige Einwilligung bemühen. Man weiß, daß mit der praktischen Abwicklung des Todesfalls ein Bestattungsinstitut beauftragt ist, aber wie dessen Name lautet, ist im Moment nicht bekannt. Wenn Frieda Wert darauf legt, den Namen zu erfahren, wird sie gebeten, in zwei Stunden noch mal vorzusprechen. Dann ist mit Sicherheit... Nein, nein, vielen Dank, sehr freundlich, wehrt Frieda ab. Die angegebenen Adressen genügen ihr vollauf. Sehr liebenswürdig.

Bei dem Haus, in dem die Gräfin wohnte, handelt es sich um eins der üblichen Berliner Mietshäuser. Es besitzt die typische, mit dem Zierat aller Jahrhunderte versehene Fassade, viele Fenster, viele Namen auf Tafeln mit Namensschildern in der Torfahrt. Für ein drittes Stockwerk ist auch der Name der Russin angegeben. Frieda steigt hinauf und klingelt an einer Wohnungstür, mit dem Gefühl, nun werde ihr eine weitere deprimierende Wahrheit enthüllt. Ein Mann unbestimmten Alters öffnet ihr, und als Frieda ihm sagt, sie sei die Freundin der verstorbenen Gräfin Aljewna und ob sie bitte jemand sprechen könne, der ihr nähergestanden hat, ruft der Mann: «Frau Rolle, Ihr Ponem wird jewünscht...»

Eine jüngere Frau, ungekämmt, in einem schmutzigen, buntgeblümten Kleid – ein Knopf fehlt, registriert Frieda sofort –, kommt aus einem Zimmer. Sie hat ein Kartoffelmesser in der Hand, und Frieda vermutet, es handle sich bei ihr um die Hauptmieterin der Wohnung, glaubt, die Russin sei ihre Untermieterin gewesen. Es stellt sich aber heraus, noch niederdrückender, die beiden Frauen haben sich aus Geldmangel ein Zimmer geteilt. Für einen Moment betrachtet Frieda die Frau darauf, ob Marija Aljewna mit ihr etwa auch das Bett geteilt hat. Dann entscheidet sie: unmöglich!

Frieda erklärt, wer sie ist, und darauf führt die Frau sie in ihr Zimmer. Es ist groß und kahl, und Ehebetten sind getrennt worden und in entgegengesetzten Ecken aufgestellt. Eins der Betten zeigt wie anklagend nackte Matratzen. Vor diesem Bett sind drei Pappkartons übereinandergestapelt. Die Frau führt Frieda hierhin und sagt, sie enthielten vollständig die Habseligkeiten der Frau Aljewna. Erst als sie fragt, wie Frieda denn die Sachen wegbringen wolle, stellt sich heraus, es ist ein Mißverständnis entstanden. Die Frau hat Frieda für eine Beauftragte des Hilfsvereins gehalten und glaubte, sie sei gekommen, die Hinterlassenschaft der Toten abzuholen.

Frieda will gehen, da sieht sie auf dem Nachttisch der fremden Frau zwei Bilder der Gräfin Aljewna. Als Frieda näher geht, erkennt sie, eins der beiden Fotos zeigt Marija und sie, Frieda, bei der Landung in Domodossola, und als Frieda nun das Bild in die Hand nimmt, hat sie Mühe, es festzuhalten. Die Frau will ihr das Bild abnehmen und sagt streitsüchtig, die Bilderrahmen habe ihr die Tote versprochen. Den wolle sie behalten. Dann erkennt sie, warum Frieda das Bild wichtig ist, und sagt: «Is ja 'ne Ähnlichkeit... Sind Sie dett uff dett Foto?»

«Kann ich es haben?»

«Vasteht sich doch von selbst.»

Während die Frau das Bild aus dem Rahmen zerrt, nennt Frieda noch mal ihren Namen und will wissen, ob Marija von ihr gesprochen habe. Frau Rolle antwortet ihr, die Verflossene habe so gut wie gar nicht gesprochen. «Sie verstand ja kein Deutsch», sagt sie in Berliner Dialekt.

Es fällt Frieda schwer, im Anschluß daran den Hilfsverein aufzusuchen. Am liebsten würde sie sich vor den Fragen drücken, die sie dort erwarten. Sie sucht schon vorab Entschuldigungen für sich und findet keine. Auf den einfachen Gedanken, daß Marija Aljewna hungern könnte wie Millionen andere, ist sie nicht gekommen. Während sie in der Straßenbahn sitzt und hinaussieht, ohne wirklich etwas wahrzunehmen, versucht sich Frieda einzureden, alles sei letztlich Willys Schuld. Der hat ihr mehr als einmal die Vorstellung vermittelt, Marija Aljewna sei mit im Mantelsaum eingenähten Diamanten in Berlin aufgetaucht und werde dort vom

Verkauf ihrer Schätze angenehm leben. Hätte sie sich nicht an diese und ähnliche Vorstellungen geklammert, hätte sie etwas für Marija Aljewna unternommen. Doch sie spürt sehr deutlich, es wird ihr nicht gelingen, die Schuld auf Willy abzuwälzen. Sie selbst hätte schreiben müssen. Sie hätte sich erkundigen müssen; sie hätte Marija einladen müssen. Die Wahrheit ist, gesteht sich Frieda endlich ein, sie hatte gar nicht erfahren wollen, ob Marija Aljewna in Not ist oder nicht! Sie hatte sehr wohl gespürt, die nichtssagenden Zeilen, die die Gräfin ab und an schickte, konnten unmöglich die Wahrheit widerspiegeln. Im geheimen hatte sie sich sogar vor dem Gedanken gefürchtet, Marija Aljewna könnte unversehens vor der Tür stehen. Sie wollte ihr nicht die eigenen Umstände offenbaren; ihr nicht den Gerichtsvollzieher als guten Freund des Hauses vorstellen!

Es ist so, wie es ihr Georg vorgeworfen hat. Sie, Frieda, denkt immer nur an sich.

Wer konnte denn ahnen, daß Marija so elend dran war?

Der deutsch-russische Hilfsverein, von dessen Unterstützung Marija Aljewna zuletzt ihr Leben fristete, ist in einem Haus untergebracht ähnlich dem, in welchem Marija zuletzt gewohnt hatte. Ein Rechtsanwalt namens Wallitzer leitet diesen Verein, und zwei Räume seiner Praxis hat er dieser Tätigkeit vorbehalten.

Fünf oder sechs Personen warten im Flur, als Frieda die Praxis betritt. Deswegen fürchtet sie, sie werde wohl hier viel Zeit verlieren. Der Anwalt beschäftigt aber mehrere Kräfte, die recht tüchtig wirken, und die meisten der Wartenden wollen nicht direkt zu Herrn Doktor Wallitzer. Wahrscheinlich machen aber vor allem Friedas Auftreten und ihre Erscheinung Eindruck; es dauert jedenfalls keine fünf Minuten, da sitzt sie dem Anwalt schon gegenüber. Frieda trägt bei dem Berliner Besuch übrigens handbestickte Samtkleider; die Künstlerin, die sie bestickt, wohnt dafür praktisch mietfrei in Zimmer 22.

Der Anwalt ist höchstens dreißig, spricht sehr schnell und sehr viel, und Frieda denkt, wenn er nicht Anwalt geworden wäre, hätte er einen guten Oberkellner abgegeben. Für das Ambiente – Akten in hohen Regalen bis unter die Decke, durchgesessene Stühle, bei denen das Leder rissig und brüchig geworden ist, und eine Standuhr, die ihren Geist aufgegeben hat – entschuldigt er sich ausdrücklich. Das Ambiente hat er von seinem Vorgänger samt den

Russen so übernommen, wird aber bald ausgetauscht, und dann wird das hier tipptopp; das neue Mobiliar ist schon bestellt. Ja, kommt alles, denkt Frieda – wie das elektrische Licht, das sie den Mietern seit Jahren verspricht. Der Anwalt scheint sich von ihr ein rettendes Honorar zu versprechen, sonst könnte er unmöglich so eifrig sein.

Und wie kann er behilflich sein? will er hören.

Frieda erklärt, was sie herführt. Sie sagt, sie besitze ein Hotel in Wiesbaden, und die Gräfin Aljewna sei ihr dadurch seit vielen Jahren gut bekannt; man könne schon von freundschaftlicher Verbindung sprechen. Gerade eben habe sie in ihrem Nachlaß ein Bild entdeckt, das sie und die Gräfin bei der Überquerung der Alpen zeige; bei der ersten Überquerung mit einem Flugzeug wohlgemerkt! Hier bitte, wenn der Herr Doktor das mal sehen will; die triumphale Landung in Domodossola. Sie schiebt dem Mann das Bild über den Schreibtisch, und der bewundert es pflichtgemäß, wiewohl man nur zwei Frauen sieht, die aus einem Flugzeug klettern. Die Tragik sei nun die, erläutert ihm Frieda des weiteren, durch die Kriegsereignisse hätten sie sich aus den Augen verloren. Unglücklicherweise habe sie nicht gewußt, daß die Gräfin Aljewna in den letzten beiden Jahren auf die Unterstützung des Hilfsvereins angewiesen war. Sie spricht es nicht aus, es klingt aber an: Hätte Marija Aljewna nur ein Wort verlauten lassen, sie hätte den Himmel auf Erden gehabt! Durch schieren Zufall habe sie von ihrem Ableben erfahren. Es sei natürlich gänzlich unmöglich, daß die Gräfin verbrannt werde. Das lasse sich mit ihrer ganzen Lebenseinstellung nicht vereinbaren, und nun die Frage, um zum Kern zu kommen: Übernimmt es der Herr Doktor, die Verstorbene nach Wiesbaden auf den dortigen russischen Friedhof überführen zu lassen? Alle anfallenden Kosten werden selbstverständlich getragen.

Der Anwalt erkennt sofort, daß auch bei diesen Bemühungen Honorare anfallen, und erklärt sich grundsätzlich bereit. Die gnädige Frau solle sich allerdings im klaren sein, die Kosten würden wohl beträchtlich. «Machen Sie sich darüber keine Sorgen!» wehrt Frieda ab. Sie hat das Gefühl, sie kann in dem jungen Anwalt lesen wie in einem offenen Buch. Umgekehrt spürt der Mann wohl, daß sie fest entschlossen ist, ihren Willen durchzusetzen. Was die Kosten angeht, hat sie längst beschlossen, reißen alle Stricke, werden die «Germania»-Aktien verkauft.

Der Anwalt gesteht, er hatte keine persönliche Bekanntschaft mit der Verstorbenen; Versorgungsangelegenheiten erledigt im allgemeinen sein Personal. Er hat den Verein erst vor kurzem übernommen, wiederholt er; er wird sich jedoch auf der Stelle sachkundig machen, und entsprechend blättert er rasch in mehreren dünnen Aktenordnern, die bereitliegen. Dabei sieht er schon: «Aha, aha... Jawohl, es ist so, wie die gnädige Frau sagt, die Verstorbene hat Kontaktaufnahme mit der hiesigen großen russischen Gemeinschaft vollkommen abgelehnt... Also, die Grabstelle ist schon bestellt?»

Nein, dazu sei keine Zeit gewesen, sie, Frau Tremus, möchte hiermit den Herrn Doktor formell beauftragen, alle Formalitäten zu erledigen; Kauf der Grabstätte, Überführung, alles in einem Aufwaschen sozusagen. Bei dem russischen Friedhof handle es sich um eine sehr würdige letzte Ruhestatt; das könne sie ihm versichern. Es lägen hier zahlreiche russische Generäle und Adlige beerdigt, auch Dichter. Der Friedhof sei im Wald gelegen, in unmittelbarer Nähe der russischen Kapelle. Bei dieser Kirche handle es sich um die Grabkapelle einer Prinzessin aus dem Zarenhaus, die Kuppeln mit echtem Gold belegt, und hier finde regelmäßig orthodoxer Gottesdienst statt. Auch Wiesbaden habe eine beträchtliche russische Gemeinde. Wie gesagt, eine sehr würdige letzte Ruhestätte für eine Gräfin Aljewna.

Die Beerdigung findet bei schönem Wetter nach orthodoxem Ritus statt und fällt anrührend aus. Mehrere Herrschaften aus der russischen Gemeinde nehmen daran teil, sie sind wohl vom Priester dazu eingeladen worden. Dieser Priester ist ein Bilderbuchgeistlicher, gebildet, fromm, feiner gütiger Humor. Er untersteht jetzt, nach den Wirren der Revolutionszeit, dem Metropoliten von New York; von dort kommt auch seine Bezahlung. Frieda bringt zur Beerdigung ihre Söhne Adam und August mit, die beide nicht verstehen, daß ihre Mutter die Beerdigung einer ihnen unbekannten Frau mit dieser Unbeugsamkeit betreibt. Bei einem kleinen Mahl in Zimmer 2 spricht der Priester (die Anrede «Pope» hört er nicht gern; es ist so, erklärt er Frieda, als wenn man von einem katholischen Pfarrer als von einem Pfaffen spricht) noch einmal einige Worte des Gedenkens. Er weiß nichts von Marija Aljewna und täuscht auch kein Wissen vor, er spricht vielmehr über das Wunder unserer Existenz und über das Wunder der Ewigkeit und was uns dazu verheißen ist von Christus, unserem Herrn und Schöpfer. Es ist angenehm, daß er sich weder über die alten noch die neuen Zustände in Rußland ereifert, auch nicht, nachdem er ein Gläschen getrunken hat.

6

Wie wirr sind die Zeiten! Frieda meint manchmal, sie ähneln einem Film, der zerkratzt und zerrissen ist, an manchen Stellen angekohlt, und der zu allem Unglück falsch geflickt wurde. Man ahnt, daß die Szenen in Verbindung stehen, und versteht dennoch den Zusammenhang nicht.

Anna quält sich mit ihrem Soldaten ab; er ist wieder Schneider wie ehedem, aber weder Anna noch sein Bruder erkennen ihn wirklich wieder. Wie der Mann schon aussieht: dieses blasse aufgedunsene Gesicht und die Wurstfinger, die die Nadel kaum halten können. Den Adonis von ehedem ahnt man nur noch. Er ist ein vollkommen anderer Mensch geworden. War er vorher munter und freundlich, wirkt er jetzt abwechselnd grüblerisch und hitzköpfig. Anna entschuldigt alles mit der Tatsache, daß er im Krieg verschüttet worden ist. Es ist wahr, die einen sind aus ihren Gräbern gekrochen, als sei die Rettung ihre zweite Geburt, andere in gleicher Lage sind für alle Zeiten gezeichnet, fürchten sich vor jedem Schatten und jedem lauten Geräusch. Insoweit versteht Frieda ihn sogar. Einmal, ein einziges Mal, ist Frieda mit ihm und Anna ausgegangen. Normalerweise suchen Anna und ihr Gerhard, wenn er sich schon mal nach Wiesbaden bemüht, die «Hokkenberger Mühle» auf oder andere, ähnliche Apfelweinwirtschaften. Äppelwein im Bembel und Handkäs sind angeblich seine ganze Seligkeit; Frieda verträgt diese Sachen nicht. Deswegen hatte sie die beiden ins «Schützenhaus» eingeladen, und diese hatten sich einladen lassen. Das war ein Fehler auf beiden Seiten. Sie hatten nicht bedacht, daß auf dem dortigen Schießstand gerade sonntags viel geknallt wird. Der Schießstand befindet sich zwar in einigem Abstand vom eigentlichen Lokal, die Schüsse hört man dennoch. Bei jedem Schuß war nun der Mann zusammengezuckt, und auf einmal hatte er beide Hände an die Ohren gehalten und war schreiend davongelaufen.

Frieda vermutet, er nimmt heimlich Mittel; Anna gibt das jedoch nicht zu, und insoweit ist alles wie bei dem Morphinisten von Zimmer 7, diesem Herrn Seide, einem Baltendeutschen, der aus seiner Heimat verjagt wurde. Nach außen merkte man ihm lange nichts an. Das einzige Warnzeichen war, daß seine Pupillen manchmal sehr eng und sehr starr waren und daß der Mann Tag und Nacht munter zu sein schien. Jetzt ist der Verfall jedoch unübersehbar! Und sogar jetzt versucht er noch, den Eindruck zu erwekken, bei ihm ist alles in Ordnung, und seine Frau (ein äußerst attraktives Geschöpf, wie Frieda ohne weiteres einräumt, wiewohl sie die Frau noch weniger ausstehen kann als ihn) unternimmt alles Menschenmögliche, seine Sucht zu vertuschen. Dazu gehört, daß diese Trude – Frau Trude Seide, geborene Reichert – das Zimmer geradezu lächerlich ausstaffiert hat. Die Zigeunerdekoration soll vertuschen, daß der Mann jeden Begriff von Ordnung und Zeit verloren hat. Schlimm, daß man so verlotterte Leute beherbergen muß. Sie können wenigstens zahlen, und insofern hält Frieda still. Wie sie das allerdings bewerkstelligen, das Zahlen, ist ein Rätsel. Frieda hat die Frau in Verdacht, daß sie sich den Franzosen gegen Geld hingibt (zum Glück wenigstens nicht im Haus!) und, auch das muß bekannt werden, daß August einer ihrer Kunden ist. August hat durch seine Schiebergeschäfte mehr Bares in der Tasche als jeder Erwachsene, und daß ein Siebzehnjähriger damit Dummheiten macht, liegt auf der Hand.

Alles Zeiterscheinungen!

Frieda hält sich damit nicht lange auf, denkt vielmehr wieder über Anna und ihren Freund nach. Anna sagt, er gibt sich die größte Mühe, aber sein Bruder sei nicht im geringsten mit ihm zufrieden. Wenn Anna wenigstens diesen Bruder heiraten würde; der paßte im Alter zu ihr und verehrt sie auf ganz altmodische Weise. Anna mit ihren krausen Vorstellungen von Solidarität und Anständigkeit bleibt natürlich ihrem Gerhard treu. Das allerschlimmste ist noch nicht erwähnt worden. Gerhard steht auf einer Liste von Kriegsverbrechern. Sollten die Franzosen ihn entdecken und anfordern, wird er an die Militärbehörden ausgeliefert. Der Mann beteuert beständig seine Unschuld, und Anna glaubt ihm; wollte es nicht einmal glauben, daß es überhaupt Beschuldigungen gegen ihn gibt. Als sie sich bemühte, das angebliche Mißverständnis aufzuklären, hat Anna seinen Namen jedoch selbst auf einer entsprechenden Liste entdeckt. Das Merkwürdige ist nur, daß

Gerhard bis jetzt nicht eingelocht wurde. Es sind ja immerhin schon Jahre seit Kriegsende vergangen, und er versteckt sich ja nicht, benutzt keinen falschen Namen und keinen falschen Ausweis. Einen Gerhard Kuwalik wird es ja nicht zweimal geben!

Alles unbegreiflich!

Wider alle Wahrscheinlichkeit hat Gerhard doch einen Namensvetter, und eines Tages wird dieser ermittelt und vor Gericht gestellt. Damit ist für Anna ein Alptraum erledigt, und wenigstens in dieser Hinsicht kann sie aufatmen. Doch das ändert nichts am Grundsätzlichen. Mal um Mal denkt Frieda: Wie kann sie sich an einen so bis ins Mark kranken Menschen hängen! Anna ist nicht zu verstehen. Wie ist denn das alles mit ihren Vorstellungen von gleichen Rechten für die Frauen zu vereinbaren und ihrem Recht auf eigenes Glück! Sie selbst war es doch, die gepredigt hat: «Die Frauen dürfen nicht auf alle Zeiten nur die Trösterinnen ihrer Männer sein!» Umgekehrt hat Anna kein Verständnis für Friedas Romanze. Richard ist in ihren Augen ein reaktionärer Heuchler; sie will nichts mit ihm zu tun haben und nichts von ihm hören. Wenn Frieda seinen Namen nur erwähnt, verkrampft sie sich bereits.

Es ist ein Wunder, daß die Freundschaft zwischen ihnen hält.

7

Der Platz, den man Marija Aljewna auf dem russischen Friedhof gelassen hat, ist sehr angenehm. Etwas abseits von prunkenden Monumenten, bewacht von Büschen und Dornenhecken, ist das Fleckchen eher Teil des umgebenden Waldes als Element einer Parkanlage. Frieda bringt Marija gern frische Blumen. Sie legt sie vor dem hölzernen Grabkreuz nieder, steht dann noch eine Weile da, zupft auch mal das eine oder andere Unkraut aus, ohne nun aber das Grab wie eine Witwe zu pflegen. Ihre Besuche haben die Leichtigkeit flüchtiger Rendezvous.

Bei Gelegenheit wird sie der Gräfin ein Grabmonument bestellen. Frieda hat in dieser Sache bereits Kontakt mit einem Steinmetz in Elberfeld aufgenommen, einem früheren Gast, und dieser nette Herr hat ihr versprochen, er wird ihr gern zu günstigsten Konditionen ein Grabdenkmal fertigen, wann immer sie es wünscht. Das wird allerdings noch auf sich warten lassen; die Überführungskosten waren immens. Doch nicht ein Pfennig davon reut sie. Wie sonst kann sie sich der Freundschaft würdig erweisen, die die Russin ihr geschenkt hat? Frieda betrachtet die Reise an die Riviera nun mit ganz anderen Augen als zu der Zeit, als sie stattfand. Früher hatte sie gemeint, der Unterschied zwischen dem Dasein der Russin und ihrem eigenen liege in Reichtum und Luxus und Pflicht und Arbeit; jetzt glaubt sie, der eigentliche Unterschied lag in etwas gänzlich anderem. Die russische Dame hatte Unabhängigkeit erreicht, mehr als jede andere Frau, die Frieda je gesehen hat. Und diese Frau, die Fesseln mehr scheute als alles andere, hatte sie eingeladen, ihr Leben mit ihr zu teilen. Welch kostbares Geschenk! Was mehr konnte die Russin ihr antragen als ihre Freiheit?

Man sagt, Friedhöfe aus freien Stücken aufzusuchen, sei ein Zeichen kommenden Alters, deutlicher als Falten um die Augen oder Leberflecken auf den Händen. Frieda schert sich darum wenig; sie genießt es, auf diesen Waldfriedhof zu gehen, wie andere Frauen einen Stadtbummel genießen. Sogar Georgs Grab aufzusuchen, fällt ihr immer leichter. In den ersten Jahren hatte sie seine letzte Ruhestatt nur besucht, wenn es unumgänglich war, an den düsteren Totentagen im November etwa oder an seinem Sterbetag. Dabei war ihr jedesmal Erschütterung anzumerken. Willy, der sie dabei begleiten mußte, hatte geglaubt, darin beweise sich nur aufs neue ihre geradezu vernunftwidrige Furcht vor jeder Erinnerung an den Tod. Ihr war aber buchstäblich gewesen, als greife Georg aus dem Grab nach ihr.

Es gibt keinen Menschen, mit dem sie je über Georgs Ende gesprochen hat. Darüber hat sie sich niemand anvertraut, weder Willy noch Anna, nicht Richard, nicht einmal einem anonymen Priester im Beichtstuhl. Sie hat Georg nicht getötet, aber sie hätte ihn retten können und hat es nicht getan, und insofern ist sie seine Mörderin. Sie war dabei, als er wegen eines neuerlichen Asthma-Anfalls von seinem Hocker fiel, auf dem Boden herumkroch und dabei nach Luft schnappte wie ein Fisch auf dem Trockenen. Genaugenommen war sie es gewesen, die ihn auf den Speicher und damit in seinen Tod getrieben hatte. Unmittelbar vor seiner Abreise nach Kreuznach waren sie wegen seiner Berliner Absichten in neuerlichen Disput geraten. Dabei hatte sie ihm an den Kopf geworfen, er solle gehen und für immer gehen; sie könne ohne ihn existieren, sie habe seit langem einen Liebhaber, und mit ihm beginne sie eine neue Existenz. In ihrem Zorn hatte sie sogar enthüllt, seine Briefe seien auf dem Speicher versteckt. Statt diese ganze Eröffnung nun für Phantasterei zu erklären, wie sie wohl im geheimen erwartet hatte, war Georg auf den Speicher gestürmt und hatte dort tatsächlich zwischen den Balken herumgesucht. War es nun die Aufregung oder der Staub des Dachbodens, jedenfalls hatte ihn das Asthma gepackt und dabei war er gestürzt, und ohne allen Zweifel hätte sie ihm geholfen oder ihm Hilfe geholt, hätte er sie um Beistand angefleht und sei es mit einem einzigen Blick. Er aber hatte sich selbst in seiner Todesnot noch von ihr abgewandt. Darauf war sie gegangen, hatte die Tür hinter ihm geschlossen und ihn seinem Schicksal überlassen.

Die wirtschaftlichen Verhältnisse werden immer beängstigender, sind schier zum Verzweifeln. An manchen Tagen ist kein Pfennig in der Kasse; mehrmals mußte August seine Mutter bereits retten. Eine große Hilfe ist der Garten an der Idsteiner Straße. Zur Not kann man sich daraus ernähren, er trägt Gemüse und Früchte, und von dem, was die Mieter wegwerfen, wird dort ein Schwein gehalten.

Frieda behält nur deswegen die Ruhe, weil praktisch niemand ohne schwerste finanzielle Probleme ist, sieht man mal von August und seinem Lehrmeister in Zimmer 8 ab. Alles treibt dem großen Krach zu; so kann es nicht mehr weitergehen. Neulich hat Frieda durch Zufall einen bedeutenden Getreidehändler auf der Straße getroffen, der vor dem Krieg oft bei ihr zu Gast war. Er hat ihr gesagt, auf dem Getreidemarkt spielen sich derzeit ausgesprochene Panikkäufe ab; er sieht keinen positiven Ausweg. Der Jörns hat seine Taxen verkauft und zuckelt wie sein Vater selig mit Pferd und Wagen durch die Stadt, fährt jedoch keine Gäste, sondern betreibt einen ambulanten Milch-, Butter- und Käsehandel. Er sagt, deutsche Rennfahrer werden im Ausland nicht mal zugelassen, geschweige, daß sie bei den gegenwärtigen Verhältnissen in der Industrie eine Chance hätten, ein Rennen zu gewinnen.

So weit ist man gekommen. Alle Rennen ohne deutsche Beteiligung! Für den Jörns gibt es offenbar keine größere Schmach.

Willy macht sich unablässig Gedanken, wie man das Geschäft beleben könnte. Vor einigen Monaten kam er mit dem Vorschlag: «Laß uns Fahrräder verkaufen! Was die Rhein-Garage kann» – das ist die Autowerkstatt, in der Adam lernt –, «können wir auch.» In ihrer Geldnot hat Frieda auf ihn gehört; man hat Verhandlungen mit der Rhein-Garage aufgenommen, und die hat sich kulanterweise bereit erklärt, dem «Petersburger Hof» gegen Gewinnbeteiligung einige ihrer Fahrräder in Kommission zu überlassen. Darauf wurden alle Stühle und Tische aus Zimmer 2 rausgeräumt; die Fenster mit reißerischen Aufschriften versehen – Neu! Billig! Gut! – und die Fahrräder elegant drapiert. Im Verlaufe von drei Monaten sind zwei Fahrräder verkauft worden, ein weiterer Kunde zeigt echtes Interesse. Willy hofft, daß das Geschäft anziehen wird, wenn sich die günstigen Preise erst mal rumgesprochen haben; Frieda hält das Experiment bereits jetzt für gescheitert. Als sie ihm das neulich recht unverblümt zu verstehen gab, begann Willy das Fledermauslied zu summen: «Glücklich ist, wer vergißt, was nicht zu ändern ist.»

Auch eine Antwort.

Da man zur Zeit keinen Frühstücksraum besitzt, wird den Gästen das Frühstück aufs Zimmer gebracht, so sie Frühstück wünschen. Das ist äußerst umständlich, aber in Frankreich ist das ja auch Usus. Außerdem haben sie nur noch wenige Übernachtungsgäste; zur Zeit wird in der ganzen Stadt so gut wie gar nicht gekurt.

Wenn doch nur die Plage mit den Dauermietern zu Ende ginge, egal wie! Frieda will dafür sogar den Zusammenbruch der Wirtschaft in Kauf nehmen.

8

Heinis Zeit im Bischöflichen Konvikt Montabaur endet abrupt. Eines Nachts wird er mit einem anderen Jungen in einer Abstellkammer erwischt, als er diesem selbstverfaßte Lyrik vorträgt. Daß Heini seine Dichtung in einem dicken Schreibheft schriftlich niedergelegt hat, wird ihm zum Verhängnis. Das Heft enthält gleich mehrere schwüle Gedichte, in welchen Heini phantasiert, wie er mit einem angebeteten Geschöpf weihrauchduftende Lust und nicht enden wollende Vereinigung erreicht, sowohl im kalten Silberschein des Mondes wie in gleißender Sonnenflut. Den Leib dieses Wesens stellt er sich von strahlendstem Weiß vor. Von sich spricht er in diesen Gedichten abwechselnd als vom goldenen Pfau oder vom schwarzen Raufbruder Schwan. Der deutlichste Hinweis auf seine verdorbene Phantasie sind wohl die Zeilen, in denen er sehr deutlich ausmalt, in welcher Weise er mit seinen Schwingen das betörende Wesen umfangen will. Das Geschöpf, das Heini anhimmelt, kann sowohl Mann wie Frau, Junge wie Mädchen sein. Da Heini keinerlei Bekanntschaft mit einem Mädchen hat, wird vom Regens – das ist der dortige korrekte Ausdruck für Direktor – der Junge, mit dem Heini erwischt wurde, als das Objekt seines Verlangens aufgefaßt.

Es ist Frieda beinahe ebenso peinigend wie ihrem Jüngsten, sich im Geschäftszimmer des Konvikts die Vorwürfe des geistlichen Herrn anhören zu müssen. Sie versucht keine Erwiderung und keine Entschuldigung, nimmt einfach Heinis Koffer, nimmt den Jungen an der Hand und geht.

Als er im Zug bitterlich weint und seine Unschuld beteuert, nimmt sie ihn in den Arm und küßt ihm das seidige Haar.

Es ist ihr klar, daß es damit nicht sein Bewenden haben kann. Sie darf nicht wie bei August ein zweites Mal still zusehen, wie eines ihrer Kinder auf Abwege gerät. Erst ist sie versucht, Richard um Hilfe zu bitten. Sie träumt sogar davon, daß er Heini den Kopf geraderückt, aber bei etwas Nachdenken kommt sie darauf, das werde wenig wirkungsvoll sein. Darauf bittet sie Herrn Enders schriftlich um Unterstützung, ausgerechnet Karl Enders. Aber erstens ist er formell Heinis Vormund (wie er Vormund aller Kinder ist), und zweitens denkt sie nun weit nachsichtiger über ihn als früher. Möglicherweise bringt er als Gewerkschaftssekretär nur wenig zuwege. Wer will denn auch heutzutage was von Gewerkschaften hören, wenn er froh ist, überhaupt irgendwo eine Arbeitsstelle zu finden? Aber Herr Enders war Georgs bester Freund, und insofern gehört er zu ihrem Leben; manchmal meint sie, sie habe ihn am Hals, wie man Familienstücke erbt, die einem wenig behagen, die man aber dennoch hüten muß.

Als Enders dann erscheint, schwinden ihre guten Gefühle für ihn rasch wieder. Er ist der geborene Feldwebel, hat keinerlei Gespür für Heinis Charakter, auch keinen Takt. Als Heini sich damit verteidigen will, alles, was er zu Papier gebracht habe, sei Dichtung und daher mit künstlerischen Maßstäben zu messen, wischt der Gewerkschaftsmensch das vom Tisch. Er hat doch wohl nicht Ambition, Dichter zu werden? Dichter ist eine brotlose Kunst.

Heini soll die Realitäten erkennen und endlich das Gastgewerbe von der Pike auf erlernen, Koch oder Kellner! Er rät, wenn er schon mal hier ist, solle man auch das Problem August bereinigen; da auch reinen Tisch machen. Sein Vorschlag ist, den Schwarzhändler rauszuschmeißen, August vom Gymnasium zu nehmen und ihm ebenfalls zu einem praktischen Beruf zu verhelfen. Man sieht ja bei Adam, wie gut ihm das bekommt! Ist er doch der einzige von der Gesellschaft, den man vorzeigen kann. Sehr eindringlich legt er Frieda nahe, mit den Fürzen höherer Bildung für die Buben radikal Schluß zu machen. Es habe doch keinen Sinn, weiterhin Schulgeld für einen Schulschwänzer zum Fenster rauszuwerfen. Völlig unverständlich, daß August bei seinen Zeugnissen da überhaupt noch geduldet werde. Frieda bemerkt dazu nichts, fürchtet sie doch selbst, August mauschele sogar mit seinen Lehrern; daß die bei der gegenwärtigen wirtschaftlichen Not vielleicht käuflich seien. Karl Enders gibt keine Ruhe: Frieda solle endlich auf ihn hören, früher oder später fliege August vom Gymnasium; genau wie Frieda das jetzt bei ihrem Jüngsten erlebt habe. Dieses Ende habe er auch vorausgeahnt. «Von der Pike auf lernen!» empfiehlt er Heini so massiv, daß der sich duckt. Er droht ihm sogar: «Wenn du nicht endlich parierst, ißt du dein Leben lang Schwarzbrot!» Heini erklärt sich schließlich bereit, Koch und Kellner zu werden. «Nicht beides! Entweder – oder!» fährt ihn Enders daraufhin an, und nach kurzem Nachdenken entscheidet sich Heini für Kellner.

August hört den Sekretär Enders nicht mal an. Trotz seiner Jugend ist August bereits völlig selbständig. Er verhehlt nicht mal sein Verhältnis mit Frau Seide. Frieda setzt sie und ihren morphiumsüchtigen Mann Mitte Dezember dieses Jahres vor die Tür. Was sich darauf abspielt, will man gar nicht so genau beschreiben. Am Heiligen Abend kommt es zu einer Szene zwischen Mutter und Sohn, die alles Vorhergewesene übertrifft. August hat tatsächlich vor, nach der Bescherung das Haus zu verlassen und das Fest mit Frau Seide und ihrem benebelten Mann zu verbringen. Ein Wort gibt das andere, und das Ende vom Lied ist, daß August türenknallend verschwindet und während der Weihnachtstage nicht mehr gesehen wird.

Das kann heiter werden mit diesem Sohn!

Frieda macht sich nichts vor, das ist ihre Strafe dafür, daß er keinen Vater hat.

Der einzige, der einen guten Weg geht, ist Adam. In der Rhein-Garage ist man sehr zufrieden mit ihm; sein Meister lobt ihn als immer pünktlich, immer korrekt und immer zuverlässig. Er spielt noch sehr gern Geige. Das Kurorchester hat ihn bereits mehrfach eingeladen, als Solist aufzutreten. Frieda war bei jedem seiner Konzerte anwesend. Es war schon ein erhebender Anblick, wenn Adam sich auf Aufforderung des Dirigenten erhob und sich für den Beifall bedankte; er als einziger im weißen Anzug, während alle übrigen Musiker Schwarz trugen. Adam sagt allerdings, die Berufsmusiker sind über seine Auftritte weniger begeistert als das Publikum, fällt er doch als Autodidakt und Handwerker so gänzlich aus dem Bild, das man sich von Musikern macht. Adam hat sich bei den Proben im Kurhaus ein stilles, tierliebendes Geschöpf angelacht, eine Svea von Süßer. Das Adelsprädikat hat nichts zu bedeuten; es handelt sich bei ihr um ein einfaches, anständiges Mädchen. Er bringt sie aber nie mit, obwohl Frieda mehrfach darum gebeten hat. Wenn das so weitergeht, streben alle Kinder von ihr fort. Nun, jetzt hat sie ja erst einmal wieder Heinrich bei sich.

Die Chance

1

Gelegentlich fürchtet Frieda, sie wird den zähen endlosen Krieg gegen Gläubiger und gegen die Bank, gegen Lieferanten und gegen das Finanzamt am Ende ebenso verlieren wie Richard den um die Kolonie Kamerun. Wenn sie vollkommen niedergeschlagen ist, gelegentlich sogar verzweifelt, denkt sie: «Was nutzt alle Anstrengung, wenn man gegen eine derartige Übermacht zu kämpfen hat!»

Dabei, was hat sie schon durchgestanden! Einen Weltkrieg hat sie überdauert, totale Arbeitslosigkeit und enervierende Besatzung und eine Inflation, wie sie nie zuvor dagewesen ist. Die Zahlen auf den Geldscheinen waren täglich voluminöser geworden; ein Luftballon, den man aufbläst, bis er endlich platzt. Am Ende hatte eine Zeitung 150 Milliarden gekostet, und als alles um war und eine Mark wieder eine Mark, hatte der Herr van Huyens wertlose Geldscheine säckeweise weggeworfen. Bald darauf war er ausgezogen, wahrscheinlich ist er nach Holland zurückgekehrt. Nach und nach war sie alle Dauermieter wieder losgeworden, ihre größte Leistung. Diese Existenzen sind robuster als Unkraut, nicht mal mit der Flit-Spritze zu vertreiben. Sie konnte wieder Gäste gewinnen; doch Frieda macht sich nichts vor, kein Vergleich mit den Herrschaften vor dem Krieg. Was sind das schon für Leute? Touristengruppen, die heute kommen und morgen gehen, reisende Vertreter, die selbst keine Hoffnung haben und alles billiger haben wollen, ehebrechende Pärchen. Neulich haben sich zwei als Bruder und Schwester ausgegeben und wollten ein Doppelbett. Sogar für die Theaterrequisiteure und Bühnenarbeiter, die das Staatstheater ab und an schickt, muß man dankbar sein, und der Wunderheiler Fridolin ist sozusagen ihr Aushängeschild geworden. Er nennt sich «Bruder Fridolin» und hat keine festen Tarife. «Geben Sie, was Sie können!» ist eine feststehende Redensart bei ihm, aber von seinen Gläubigen wird er in den Himmel gehoben. Seinetwegen kommen Menschen aus weitem Umkreis, und wenn er da ist, ist das Haus voll belegt. Entsprechend wird er von Frieda gehegt und gepflegt, jeder Wunsch wird ihm von den Augen abgelesen, kommt er doch jedes Vierteljahr für eine Woche, und dann ist das Haus bis unters Dach belegt. Die Adamys haben mal eine anonyme Anzeige gegen ihn losgelassen, er heile ohne Approbation und stelle eine öffentliche Gefahr dar. Es ist natürlich nicht herausgekommen, ob sie es waren, aber wer soll es sonst gewesen sein? Dabei hat der Mann wirkliche Heilerfolge!

Von Saison zu Saison hofft Frieda darauf, endlich wieder gutes Publikum zu haben; aber die Hoffnung wird schwächer. Möglicherweise existiert das gute Publikum gar nicht mehr, hat sein Vermögen ein für allemal verloren, und ihre Hoffnungen werden sich niemals erfüllen. Was bleibt ihr dann? Sie hat beinahe alle Mittel ausgeschöpft. Sie hat Wallfahrten nach Marienthal unternommen, die Frauen des Verkehrsamts bestochen und den Reiseleitern der Touristengruppen Geld zugesteckt. Sie hat Lose in der Klassenlotterie gespielt, und von Herrn Maison hat sie mehr geliehen, als sie dem je zurückzahlen kann. Sie hat selbst August und dessen Freundin schamlos angebettelt. Die Bank weigert sich hartnäckig, über eine weitere Hypothek auch nur zu sprechen. Nun wieder ein neuer Schicksalsschlag: Dem guten Herrn Rößler hat man angedroht, ihn nach Darmstadt zu versetzen. Sollte das geschehen, ist sie verloren. Ein zweites Mal wird sie nicht einen so verständnisvollen Gerichtsvollzieher finden. Allein seine Tips sind Gold wert.

Aber was soll man sich beklagen, viele Millionen führen eine noch weit unsicherere Existenz, und irgendwie geht es immer weiter. Sie muß weiter an ihren Schutzengel glauben, und *eine* Chance hat sie immer noch: Sie kann heiraten. Sie hätte sogar einen Heiratskandidaten. Ein Gast – ein wohlhabender Kneipier und Hotelier aus Soest in Westfalen namens Franz Senger, seit zehn Jahren Witwer – bewirbt sich schon einige Zeit um sie, ungeschickt, etwas polternd und schwitzend, aber unverkennbar. Bis jetzt hat er sich nicht erklärt, aber die gute Absicht ist unübersehbar. Sollte sie ihm ihr Jawort geben? Er hat sich für den nächsten Monat angekündigt, will in der Autofabrik Opel in Rüsselsheim seinen neuen Wagen abholen und dann auch für einige Tage in Wiesbaden zu Gast sein. Spätestens dann muß sie wissen, was sie ihm sagen will. Wie ihm begegnen? Willy, den sie um Rat gefragt hat, hatte ganz ernsthaft mit ihr gesprochen, hatte gesagt, die meisten Menschen müßten wägen zwischen Liebes- und Vernunftheirat, und übel sei der Mann nicht. Frieda solle bedenken, er besitze immerhin fünf Häuser, und Nachteile hätten auch arme Leute.

«Na ja, aber so ... nur aus kaltem Verstand heiraten», hatte sie widersprochen. – «Sonst bist du doch von allen Nabobs eingenommen. Wenn du da alle Schönheitsfehler übersehen kannst, mußt du es doch hier auch können.» – «Das eine kann man doch nicht mit dem anderen vergleichen», hatte sie empört geantwortet. «Das eine sind Zeitungsexistenzen, aber meine Zukunft ist real ...»

«Die Nabobs auch!»

Es ist wahr, die ewigen Geldsorgen haben in ihr die abartige Sucht erweckt, den Lebenswandel der Geldmagnaten zu verfolgen. Am liebsten würde sie sie mit dem Vergrößerungsglas betrachten, wie man sich aufgespießte Schmetterlinge ansieht. Zum Beispiel registriert sie alles, was über Sir Basil Zaharoff geschrieben wird, den reichsten Mann Europas, den geheimen, aber tatsächlichen Besitzer von Monte Carlo und Eigentümer von Bergwerken, Kriegsschiffen, von ganzen Straßenzügen in Paris und London, von Schlössern in Paris und unglaublichen Schätzen in diesen Schlössern. Gern liest sie auch über den Maharadscha von Haidrapur, der regelmäßig von seinen Untertanen in Gold aufgewogen wird, und natürlich alles, was über den König von Belgien veröffentlicht wird. Das scheint ein unersättlich geldgieriger Mann zu sein; den Negern im Kongo läßt er die Hände abhacken, wenn sie nicht das gesetzte Soll erfüllen; trotzdem ist er der Liebling der Frauen und speziell der Tänzerinnen.

Um wieder von der Heirat und der Diskussion mit Willy zu berichten: «Willy, das sind Traumgestalten», hatte sie ihm entgegengehalten. «Aber der Herr Senger ist real, der schnauft nachher jede Nacht neben mir im Bett.» Darauf konnte Willy es nicht lassen und mußte wieder einen der dummen Sprüche anbringen, die er so schätzt. Sein verschmitztes Lächeln hatte schon angekündigt, daß jetzt wieder das Passende kommen werde, und was war dann sein Scherz? «Frieda», hatte er gesagt, «man kann sehr wohl aus Liebe wie aus Vernunft heiraten. Wie heißt es? ‹Er nahm sie aus Vernunft, aber er liebt ihr Geld.›»

Wie sollte sie ihn danach noch ernst nehmen?

Wer kann ihr sonst vernünftigen Rat erteilen? Was Herr Maison ihr sagen wird, ist leicht vorauszusagen. Der wird zuraten und hoffen, etwas von dem Geld wiederzusehen, das er längst abgeschrieben hat. Und Richard? Kann sie Richard fragen?

Vielleicht sollte sie sich offen mit Ida Rauchhaupt aussprechen. Frau Doktor Rauchhaupt ist regelmäßig Gast des Hauses, eine sympathische, vollblütige Frau, eminent blond und ausgesprochene Kunstenthusiastin. Sie hat sich mit Frieda angefreundet oder diese mit ihr, wie man will. Ihr Mann ist Amtsarzt in Pirmasens, und sie kommt etwa alle zwei Monate für zwei, drei Tage, um etwas Zivilisation zu schnuppern, wie sie das nennt. Frieda ist näher mit ihr bekannt geworden, als sie sie einmal mitgenommen hat, ein Geschenk für Richard auszusuchen. Sie hatte ihr beschrieben, das Geschenk solle für einen guten Freund sein, irgend etwas, das er gern ansieht und dabei an sie denkt, und hatte hinzugefügt: «Sie haben doch einen guten Geschmack, Frau Doktor. Sie helfen mir...» Damit war Ida in ihrem Element. Sie hatte den verwirrten Verkäufern gesagt: «Das Geschenk soll nur ein Klang sein, ein Aufleuchten, ein Geschmack von Pfirsich – durchaus nichts Alltägliches, der Glückliche soll damit nichts anfangen. Er soll es anschauen, es gelegentlich berühren, ganz leise mit den Fingerspitzen streicheln, eine leichte flüchtige Melodie dabei hören. Es soll etwas Flirrendes und Gleißendes sein und soll in den Ernst eines Arbeitszimmers hineingelistet werden. Und zwecklos muß es sein, von köstlicher, die Moral unseres bürgerlichen Lebens widerlegender Art.»

So spricht und denkt Ida.

Die Verkäufer hatten dann Kakadus aus Porzellan angeschleppt und böhmische Gläser und glasgeblasene Hirsche und einen Torso des Michelangelo in Gips. Frieda hatte sich am Ende für eine Dose aus getriebenem Silber entschieden. Zur Zeit ist Ida wieder mal da, schläft sich heute morgen sogar besonders gründlich aus. Es war eine lange Nacht. Sie ist erst um halb fünf nach Hause gekommen. Gelegentlich geht Frieda mit ihr aus; gestern hat Frieda ihr Angebot allerdings ausgeschlagen. Sie war nicht in der Stimmung, sich schon wieder eine Nacht mit Musik und Krach um die Ohren zu schlagen. Sie hat noch genug vom letzten Mal. Frau Rauchhaupt tanzt leidenschaftlich gern, ihr Mann ist dazu jedoch nicht zu bewegen; darf auch von den hiesigen Ausflügen nichts erfahren. Er stellt sich vor, daß seine Frau ihre Wiesbadener Zeit ausschließlich in schlecht geheizten Galerien und Museen verbringt, und tatsächlich kann man Ida keine größere Freude machen, als sie um ein Urteil in Kunstdingen zu bitten. Willy macht das mit Vorliebe, aber auch mit Heinrich unterhält sie sich gern. Beim letzten Aufenthalt hat sie Heinrich versichert, in den Kreisen der Kunstspezialisten ist man sich einig, daß der Expressionismus am Ende ist, was an sich höchst erfreulich sei, wäre es denn so. Von Picasso und dessen «Blauer Periode» kann sie schwärmen wie andere Frauen von ihren Schwiegersöhnen. Gelegentlich hat sie Liebhaber, Marke Kellner oder Barmann, aber der eigentliche Grund, warum sie nach Wiesbaden kommt, ist wohl der, daß sie mal von ihrem Mann Abstand gewinnen will.

Und diese Frau soll sie um Rat fragen?

Anna weigert sich, etwas Konkretes zu bemerken. Sie sagt: «Ich bin doch in dieser Hinsicht der schlechteste Ratgeber, Frieda. Ich kann ja meine eigenen Dinge nicht ordnen...»

Das ist leider wahr.

Anna hat sich ein weiteres Mal verwandelt; sie trägt nun einen Bubikopf und ist Kopistin, sitzt über Schreibmaschinenakten und unleserlichen Manuskripten und erstellt mit allen zehn Fingern schreibend Durchschläge; pro Durchschlag erhält sie zwanzig Pfennig. Ihre Emser Bemühungen hat sie aufgesteckt, oder genauer gesagt, Frieda hat Anna da rigoros herausgeholt. Anna allein hätte es gar nicht geschafft, sich von dem Unglücksraben und dessen Bruder zu trennen. Das war ein unerträgliches Hickhack geworden; der Mann wollte sich aufrappeln, Anna wollte ihn stützen, sein Bruder ihm helfen, und in regelmäßigen Abständen dann wieder der Zusammenbruch. Unerträglich! Anna ist beinahe mit draufgegangen. Alles in allem eine noch größere Katastrophe als mit Fritz. Nach ihrem Weggang hatte Gerhard ihr weinerliche Briefe nachgeschickt, mit Selbstmord gedroht, doch Frieda hatte sie konsequent zerrissen und weggeworfen, soweit sie ihr in die Finger gefallen waren, Anna nicht mal davon erzählt. Anna bewohnt Zimmer 6, den früheren Baderaum, und zahlt auch dafür; natürlich nur soviel, wie sie kann. Frieda hat ihr Versprechen wiederholt, Anna wird im «Petersburger Hof» immer ihr Heim haben. Das ist ernst gemeint, und Anna weiß das. Die Verbindung mit ihren sozialistischen Bekannten ist nicht mehr so eng, wie sie einmal war. Ihr Emser Abenteuer ist da weder gebilligt noch verstanden worden, wohl eher als Desertion betrachtet worden. Dafür geht Anna nun leidenschaftlich gern ins Kino. Diese Passion muß aus der Zeit stammen, als sie in der Bleichstraße über diesem Flohkino wohnte. Die Filme können so albern sein, wie sie wollen, Anna amüsieren sie; die albernen beinahe mehr als die hochkünstlerischen. Am liebsten sieht sie Stücke, in denen der hochherzige Chef die kleine Stenotypistin heiratet oder die Comtesse, die sich als Portierstochter ausgegeben hatte, den armen Schlucker. Die Geschichten erzählt sie hinterher, als wären es allesamt Komödien, dabei hat der Rest des Publikums geheult. Man braucht ihr nur ein Stichwort zu geben, dann kann sie auf der Stelle die passende Handlung dazu erfinden. Es ist ein richtiges Gesellschaftsspiel zwischen ihr und Willy. Willy sagt: «Scheck», und Anna antwortet wie aus der Pistole geschossen: «Ein Verführer will für genossene Liebe Geld geben, daraufhin zerreißt die Unglückliche den Scheck und wirft dem Aussteller die Schnitzel vor die Füße»; Willy sagt: «Gift», und Anna antwortet, ohne nachzudenken: «Gläser werden vertauscht, die Giftmischerin erliegt ihrem Schicksal»; Willy gibt das Stichwort «Aktenmappe» und Anna antwortet: «Geheimdokumente von höchster Wichtigkeit sind spurlos verschwunden und werden auch nicht unter dem losen Fußbodenbrett entdeckt, obwohl die Geheimagenten, die die Pläne suchen, achtlos darauf herumtrampeln.»

Übrigens ist auch die zweite Detektei pleite gegangen, mit der Willy zusammengearbeitet hat. Seitdem observiert er niemanden mehr.

Frieda begibt sich unters Dach. Sie hat vorhin Gabriele aus dem Haus stöckeln sehen, und erfahrungsgemäß ist diese dann für ein paar Stunden verschwunden. Sie muß mal vernünftig mit Adam reden, irgendwann muß er doch mal einsichtig werden.

Was hat er sich mit dieser Gabriele nur eingefangen! Hatte ein so liebenswertes, stilles Geschöpf wie Fräulein von Süßer zur Freundin und muß so ein eingebildetes Exemplar heiraten! Man weiß gar nicht, worauf sie sich etwas einbildet. Darauf, daß sie die kürzesten Röcke trägt und ihre Beine vorführt, als wäre sie eine zweite Josephine Baker? Wahrscheinlich. Wie sich die Zeiten ändern können. Als sie in Gabrieles Alter war, war es *shocking*, wenn man den Wadenansatz sah; heute zeigen die jungen Frauen ihre Schenkel.

Adam sitzt in Zimmer 31 und schaukelt sein Kind, als Frieda anklopft. Es ist ein süßes kleines Mädchen, jetzt auch schon elf Monate alt. Das Zimmer haben sich die jungen Leute als Wohnküche und Kinderzimmer hergerichtet; hausen tun sie in 32. Adam ist arbeitslos, und am Anfang waren er und seine junge Frau sehr froh, daß sie hier unterkriechen durften. Jetzt beschweren sie sich natürlich; es ist ihnen alles zu eng.

«Ist die gnädige Frau ausgegangen?» eröffnet Frieda die Unterhaltung.

«Das weißt du doch ganz genau, Mutter», gibt Adam zurück. «Sonst wärst du doch gar nicht hier! Halte bitte mal die Kleine... Nicht so zaghaft... Es ist dein Enkelkind!»

«Und ein so liebes Kind. Was bist du denn so gereizt?»

«Mutter, was führt dich zu mir? Was hat Gabriele jetzt wieder falsch gemacht?»

«Woher soll ich das wissen? Das ist doch deine Frau!»

«Du kommst doch nur, wenn du dich über sie beschweren willst.»

«Wenn ich nicht raufkomme, sehe ich dich nie. Du kommst doch nicht mehr runter, läßt dich doch überhaupt nicht mehr blicken. Deine Frau sehe ich wenigstens noch, wenn sie aus dem Haus geht. Gabriele hat sich ja so fein gemacht. Wo scharwenzelt sie denn jetzt wieder rum?»

«Das kann dir doch egal sein.»

«Ich habe immer Angst, das gibt ein böses Erwachen.»

«Du brauchst nicht zu versuchen, einen Keil zwischen uns zu treiben. Das wird dir nicht gelingen. Das hat ihr Vater nicht geschafft, das wird dir auch nicht gelingen!»

«Warum sollte ich? Ich bin doch froh, wenn mein Sohn eine gute, treusorgende Frau gefunden hat. Es muß ja nicht jede häuslich sein!»

«Ist das die Beschwerde? Soll sie mehr putzen und bügeln?»

«So verkehrt wäre es nicht, wenn sie auch mal einen Finger rühren würde.»

«Gut, ich werde es ihr ausrichten. Soll sie auch Hausmädchen spielen? Soll sie die Treppen putzen?»

«Doch nicht eine Gabriele Tremus, geborene Frühwald!»

«Das ist es also nicht. Was dann?»

«Gar nichts. Ich will dich einfach mal wieder sehen. Ist doch verständlich, wenn man unter einem Dach wohnt.»

«Jetzt siehst du mich. Und?»

«Adam, wir müssen uns mal aussprechen. Wie lange haben wir nicht mehr miteinander gesprochen...»

«Dann fang an!»

«Doch nicht in dem Ton! Habt ihr wieder Streit? Bist du deswegen so gereizt?»

«Das kann dir doch egal sein.»

«Ist mir aber nicht egal, du bist mein Ältester! Und jetzt hör auf mit dem Ton. Ich muß wirklich mal in aller Ruhe mit dir sprechen!» – «Dann muß es dir aber wirklich dreckig gehen. An mich denkst du doch nur, wenn du alles andere probiert hast, wenn du mit August fertig bist, mit Heini fertig bist, wenn du mit Anna fertig bist, wenn du mit deinem Pfarrer fertig bist. Dann fällt dir ein, daß ich auch noch da bin!» – «Wie lange willst du das denn noch treiben mit deiner Eifersucht? Ich möchte nur mal wissen, worauf du so eifersüchtig bist. Hast eine so schöne junge Frau. Schön ist sie wirklich! Und ein Goldstück, wie ihr Vater sagt; erben wird sie auch noch!»

«Mutter, was denn nun?»

«Adam, wenn das so weitergeht, haben wir bald alle kein Dach mehr über dem Kopf – du nicht, ich nicht und dein Kind auch nicht.» Diese Apokalypse wird ein wenig dadurch gemildert, daß Frieda das kleine Mädchen erheitert. Sie läßt es hüpfen und macht dabei: «Du süßes, kleines Ding, du...», und das ist wohl der Grund, daß Adam die Androhung nicht so ernst nimmt, wie sie gemeint ist. «Das mit dem baldigen Ende ist ja nichts Neues, damit erschreckst du uns ja schon seit Jahren», sagt er und kümmert sich darum, dem Kind das Fläschchen warm zu machen.

«Aber jetzt habe ich alle Reserven ausgeschöpft. Ich weiß einfach nicht mehr weiter.»

«Wenn das heißen soll, ich soll meinen Schwiegervater...»

«Das soll es nicht heißen. Das hast du ja schon probiert. Und ich auch schon. Was dabei herausgekommen ist, haben wir ja alle gesehen.»

«Mutter, wie du dir das so vorstellst... Was hat der Mann für einen Grund, für unsere Schulden aufzukommen?»

«Wenn man eine Familie sein will...»

«Will er nicht!»

«Das ist richtig, ja.»

Alles, was Adam zuletzt bemerkt hat, stimmt hundertprozentig. Was war das eine frostige Hochzeit! Kaum, daß der Mann ihr die Hand gegeben hat; man konnte meinen, *sie* habe ihm seine Prinzessin weggeschnappt. Trotzdem hatte sie versucht, ein einigermaßen verwandtschaftliches Verhältnis herzustellen. Doch wie kalt hatte er sie abgewiesen, als sie ein paar Wochen nach der Trauung ganz vernünftig und höflich um ein kleines kurzfristiges Darlehen gebeten hatte! Nichts, eisern abgelehnt! Dabei lebt der Mann in guten wirtschaftlichen Umständen, ist Bauunternehmer in Bensheim, und man hört, er expandiert immer weiter. Mittlerweile muß ihm halb Bensheim gehören. Er hatte ihr brutal ins Gesicht gesagt, für sein Goldstück – alles, für den Erbschleicher – nichts; genau mit diesen Worten. Für seine Tochter sei die Tür jederzeit offen, für den Herrn Schwiegersohn niemals. Dabei, was ist denn gegen Adam zu sagen! Er ist fleißig, wenn man ihn arbeiten läßt. Daß der «Petersburger Hof» jetzt elektrisches Licht hat, ist ausschließlich sein Werk. Was hat er geschuftet, bis überall Leitungen verlegt waren und die Lampen hingen. Er ist kein schlechter Mensch, aber er hat seinen Weg noch nicht gefunden. Das hier unter dem Dach kann ja nicht die Endstation sein. Mit Rührung beobachtet Frieda, wie liebevoll er seine kleine Tochter füttert, und dabei wird ihr warm ums Herz. Sie drückt in einer Gefühlsaufwallung sein Knie, aber Adam mißversteht diese Geste, vermutet wohl, sie sei nur Vorspiel; sie werde gleich einen weiteren Pfeil gegen Gabriele abschießen. Jedenfalls schiebt er ihre Hand brüsk weg. Davon ist sie getroffen, und deswegen bemerkt sie jetzt, ganz gegen ihre Absicht mit Kälte und Schärfe: «Adam, du hast es eben ganz richtig formuliert – es sind unsere Schulden; nicht nur meine! Auch deine! Du bist auch mit einem Achtel beteiligt.»

«Von mir aus kannst du deinen Herrn Rößler raufschicken – ich habe nichts», erwidert er gereizt. «Du kannst auch selbst Taschenpfändung machen, wenn dir danach ist. Damit bin ich ebenfalls einverstanden.» Er zieht demonstrativ das Futter seiner Hosentasche nach außen, mit Ausnahme eines Taschenkamms und eines Messers kommt tatsächlich nichts zum Vorschein.

«Adam, jetzt laß mal deine ewige Eifersucht und deinen Argwohn. Wir haben wirklich andere Sorgen. Deine Frau kann sein, wie sie will, für so eine Existenz ist sie nicht geschaffen. Du tust ihr damit auch keinen Gefallen. Das ist eine anspruchsvolle Person, die braucht einen Rahmen, die muß glänzen können. Hier geht sie vor die Hunde! Was meinst du, warum sie aus dem Haus rennt, wenn es nur geht? Du bist nicht glücklich, sie ist nicht glücklich. Diese zwei kleinen Räumchen hier...» Mit einer Handbewegung umreißt sie dieses Arme-Leute-Idyll auf fünfzehn Quadratmeter.

«Und was ist dein Ratschlag? Sollen wir ausziehen?»

«Sei doch nicht so halsstarrig, ich will doch nur dein Bestes.»

«Und deins auch, nehme ich an!»

«Auch meins, ja.»

«Dann bin ich aber mal gespannt!»

«Adam, das ist nicht so einfach, was ich mit dir besprechen will ... Wo soll ich denn da anfangen ... Hast du schon gehört, der Herr Senger kommt wieder?»

«Willy sagt, du sparst schon, damit du ...»

«Was sagst du denn dazu?»

«Wozu? Willst du heiraten?» Als Frieda ihm keine Antwort gibt, sagt er: «Im Alter paßt er ... Alles andere ist deine Sache.»

«Also, mit dem Gedanken hast du dich schon beschäftigt?» – «Mutter, das ist keine Unterhaltung zwischen einer Mutter und ihrem Sohn.» – «Was bist du denn so abweisend? Es muß was geschehen! Uns pumpt kein Mensch mehr was. Ich denke ja auch an dich ...»

«Inwiefern?»

«Der Herr Senger kommt ja nicht allein. Er bringt ja seine Tochter wieder mit ...»

Adam richtet sich auf, starrt sie mit Haß in den Augen an und sagt: «Verschwinde!»

2

Frieda drängt es, Richard zu sehen. Sie kann nicht darauf warten, daß ihn seine politischen Bemühungen gelegentlich nach Wiesbaden führen, und schon gar nicht auf seinen Jahresurlaub, den er erst im August haben wird. Sie muß ihn jetzt sehen, ihn jetzt sprechen.

Auf dem Weg nach Kirdorf – sie ist mit der Eisenbahn bis Homburg vor der Höhe gefahren, jetzt quält sie sich mit einem Postbus über Land – denkt sie daran, wie oft sie ihm im Laufe der Zeit schon nachgereist ist. Seine Vorträge, die er im ganzen Reich hält, kennt sie schon auswendig. Auf diese Weise hat sie schon Schwerin, Magdeburg und Dresden kennenlernen dürfen; alles auf ihre Art sehr schöne Städte. Und welch unvergeßlicher Moment damals auf dem Münchner Hauptbahnhof, als sie ihn in der

Menge der Soldaten ausmachte, das Herz war ihr schier zersprungen. Wie sinnvoll sich letztlich alles fügt! Hätte ihr Gott damals nicht die Bulgaren ins Haus geschickt, wäre sie nie mit dem liebenswürdigen Herrn vom Auswärtigen Amt in Kontakt gekommen; Richard hätte die Gefangenschaft bis zum bitteren Ende auskosten müssen. Sie ist überzeugt, ohne die Bemühungen des gefälligen Diplomaten hätten die Franzosen ihn nicht vor Ende des Krieges freigelassen, möglicherweise selbst dann noch nicht. Richard meldet am Ablauf der Geschehnisse gelegentlich Zweifel an; doch ihr kann man diese Meinung nicht ausreden. Der Herr vom Auswärtigen Amt hatte ihr ja sogar einen Brief zukommen lassen, worin stand, was er für Pater Richard Jennewein unternommen hatte!

Die Straße, über die der Bus nun holpert, ist ausgesprochen schlecht, die Luft ist stickig, aber wenn man ein Fenster öffnen will, ertönen sofort Proteste, und insofern ist die Fahrt alles andere als angenehm. Bei dieser Gelegenheit wird ihr wieder einmal klar, wie weit entfernt selbst ein scheinbar naher Ort wie Kirdorf sein kann. Könnte man hierher fliegen, wäre man in weniger als einer Viertelstunde da, so jedoch dauert die Fahrt mit allen Aufenthalten bald einen Tag.

In all den Jahren, in denen Richard in Kirdorf Pfarrer ist, hat sie ihn nicht ein einziges Mal besucht. Mit dieser Zurückhaltung, die ihr schwer genug fällt, nimmt sie Rücksicht auf seine Stellung. In einer kleinen Gemeinde erregt praktisch alles Anstoß, was nicht ausdrücklich in der Bibel als wünschenswert beschrieben ist. Käme er nicht in den Ferien, sie wären sich so fern wie zu der Zeit, als er in Afrika war. Er behauptet, der Ort sei ihm mittlerweile ans Herz gewachsen, die Umgebung idyllisch und die Gläubigen voll guten Willens. Frieda meint dennoch gelegentlich Bitternis bei ihm zu spüren, daß man ihn nicht versetzt. Was hat auch ein starker Geist wie der seinige in einem Bauernort zu suchen, diese kämpferische Natur, die sich reiben will und etwas erringen? Daß man ihn nicht versetzt, hängt wohl im wesentlichen damit zusammen, daß er sich mit seinen Vorgesetzten nicht versteht. Denen behagt der Gedanke wenig, daß einer der Ihren außerhalb der Kirche seinen Ruhm findet. Außerdem war Richard vor einigen Jahren, kurz nachdem er aus dem Orden ausgetreten war, in eine undurchsichtige Affäre verwickelt, bei der ein junger Mann erschossen wurde, angeblich ein Kurier, und Papiere sind damals verschwunden. Es kam zwar zu einem Prozeß, Richard war auch als Zeuge genannt, aber noch vor seiner Aussage wurde die ganze Angelegenheit niedergeschlagen, und alles versank im Nebel. Er will daran nicht erinnert werden, und sie hütet sich, diese unschöne Angelegenheit von sich aus anzusprechen. Sie vermutet, damals ist höheren Orts die Entscheidung gefallen, ihn in ein Nest abzuschieben. Mag Kirdorf noch so freundlich und die Gläubigen die besten Menschen der Welt sein, in ihren Augen ist Richard mit dieser Pfarrstelle regelrecht in Fesseln gelegt worden.

Der Fahrer des Busses hat ungefähre Ähnlichkeit mit Adam, die gleiche Konzentration auf das, was er gerade tut, und das läßt Frieda mehrfach an die unschöne Szene mit ihrem Ältesten denken. Ob sie Richard anvertrauen kann, was sie Adam vorgeschlagen hat? Hat er Verständnis für ihre Überlegungen, oder sind sie so außerhalb seines Denkens, daß er sie dafür verachtet? Adam hatte nichts Besseres zu tun, als seiner Frau von ihrem Vorschlag zu erzählen, und prompt hat die sich einen furchtbaren Auftritt erlaubt. Es fehlte nur noch, daß sie ihrem Vater davon berichtet. Möglicherweise wäre das sogar noch die Rettung; vielleicht holt Herr Frühwald dann sein Goldstück endlich wieder nach Hause.

Ist sie wirklich im Unrecht, wenn sie Adam dazu rät, sich scheiden zu lassen und die junge Frau aus Soest zu heiraten, die Tochter ihres Verehrers? Dieses Elschen scheint eine tüchtige Person zu sein; man kann sie schwer einschätzen. Im Moment führt sie ihrem Vater den Haushalt, reist auch mit ihm umher, und das Auto, das sie abholen, soll eigentlich für sie sein. Dabei ist der eine Arm etwas steif; sie ist als junges Mädchen vom Fahrrad gestürzt, der Bruch ist nicht richtig verheilt, und seitdem laboriert sie damit. Sie wäre etwas älter als Adam, aber was macht das? Frieda hat sie unauffällig beobachtet, als sie in Soest war – ja, sie hat sich dort bereits einmal umgesehen –, und dabei hat sie den Eindruck gewonnen, dieses Elschen hätte nichts lieber als eine eigene Familie. Sie ist dafür geboren. Man braucht nur zuzusehen, wie sie ihrem Vater das Brot mundgerecht serviert, dann weiß man, ein Mann hat es gut bei ihr. Sie ist der geduldige, dienende Typ Frau, den die Männer so schätzen. Und wenn man an das Geld denkt, das sie als Mitgift erhält – die einzige Tochter! –, dann gibt es doch wahrhaftig keinen Grund, daß Adam seiner Mutter diese Vorwürfe machen dürfte.

Herr Senger selbst kann von seinen früheren Anstrengungen sehr gut leben, er hat alles verpachtet und vermietet und trotz der mauen Zeiten kann er sich das Leben eines Rentiers erlauben – und das in seinem Alter. Er hat ihr erzählt, als junger Mann ist er von Thüringen nach Soest gewandert, dort sein Glück zu machen, und dabei hat er unterwegs die Stiefel ausgezogen, um sie zu schonen, und ist barfuß gegangen. Das sagt wohl alles über seinen Charakter; wenn er will, kann er jederzeit etwas Neues beginnen, und mit Sicherheit wird es ein Erfolg. Er würde auch für seinen Schwiegersohn etwas finden. Adam hätte eine sichere Existenz und eine gute Frau, und wenn er ihr, Frieda, finanziell ein wenig helfen würde, wären alle zufrieden. Wie kann er da seine eigene Mutter in dieser Weise beschimpfen? Gabriele wird ihm eines Tages den Abschied geben. Das ist vorauszusehen. Im Augenblick kämpft sie noch gegen ihren Vater, will unbedingt gegen ihn recht behalten. Eines Tages wird sie jedoch ihr Kind nehmen, und Adam steht mit leeren Händen da. Das ist eine Person, die nur an sich denkt.

Von dem permanenten Geruckel und Geholper des Busses fühlt sich Frieda etwas entnervt, ihre Gedanken wandern hierhin und dahin, kehren aber nach einer Weile zum Ausgangspunkt zurück. Sie wüßte gern, wie Adam Gabriele für sich gewonnen hat. Sie muß doch in Adam etwas Besonderes gesehen haben, daß sie just ihn wollte, und die Musik kann es nicht gewesen sein, für die hat sie keinen Sinn. Adam spielt sehr angenehm, wird aber nie so brillant sein, daß er darauf seine Existenz aufbauen könnte. Er ist keine Künstlernatur; wird nie ein Künstler werden. Er ist manuell geschickt und ausdauernd, und insofern war der Mechanikerberuf gar nicht so verkehrt für ihn. Wer konnte denn ahnen, daß Autos zu reparieren eine noch brotlosere Kunst sein würde als das Geigenspiel!

Alle drei ihrer Buben sind, jeder auf seine Weise, schön, haben entweder die schlanke Gestalt ihres Vaters oder ihre klassischen Züge geerbt. Anders ist es ja nicht zu erklären, daß sie in der Liebe permanent Erfolg haben. Gabriele hat mit Sicherheit nicht den besten Charakter, aber sie ist eine rassige Frau, das kann man ihr nicht absprechen. Sie ist dieser Garçon-Typ, wie er nun aus allen Zeitschriften blickt, etwas einseitig und eingebildet, aber häßlich ist sie wirklich nicht. Und diese Trude Seide, Augusts Freundin, ist eine wirkliche Schönheit, wie man sie nicht leicht wieder findet. Sie könnte eine Filmdiva sein, so eigenwillig sieht sie aus. Vor ein oder zwei Jahren war in der «Dame» ein ganzseitiges Foto von ihr veröffentlicht. Man sah sie auf einem Diwan ausgestreckt, in einem engen Kleid, die Beine in Seidenstrümpfen, der halbe Schenkel war entblößt, und sie lächelte geheimnisvoll wie Mona Lisa. Über diesem Bild stand «Zur Lage», was immer das heißen soll. August hängt wirklich an ihr, und das Allermerkwürdigste ist, wie er sich mit ihrem Mann arrangiert hat. Die drei haben eine hochherrschaftliche Wohnung im Nerotal gemietet – sechs oder sieben Zimmer – und bewohnen sie gemeinsam. Sie, Frieda, bekommt von dem Treiben nur hin und wieder etwas mit, kümmert sich auch nicht darum. Es wäre lächerlich, wenn sie da mit dem Regenschirm in der Hand vor der Tür aufkreuzen würde. Trudes Mann kommt nicht von seinem Morphium los; Willy hat ihr seine Schwierigkeiten einmal sehr bildhaft erklärt. Wenn man das Rauschgift aufgeben wolle, hatte ihr Willy erklärt, sei das, als ob ein ganzer Frühling in den Adern tobte, Eisblöcke würden fortgerissen und Lavaströme flössen durch den Körper. Das Schlimmste sei aber die Zeit nach dem Entzug, da sei man ohne alle Antriebskraft. Mit Morphium hatte Herr Seide allerdings auch wenig Unternehmungsgeist gezeigt; vor drei, vier Uhr am Nachmittag war er doch nie aufgestanden. Die drei sind Frieda ein vollkommenes Rätsel. Nach außen ist August Reiseleiter bei den «Blauen Kurautobussen», aber Willy und sie sind sich einig, da muß noch etwas anderes dahinterstecken. Nur vom geringen Gehalt eines Reiseleiters kann er sich den Lebenswandel nicht erlauben, den er führt. Willy meint, er verkehre immer noch in den zwielichtigen Kreisen, in die er durch den Schwarzhändler geraten war. Das klingt plausibel, aber wie gesagt, sie will es gar nicht genau wissen. Vorübergehend konnte man mal Hoffnung haben, aus August werde doch noch etwas Vernünftiges. Im Herbst 1924 war er ins Bankhaus Hammer eingetreten; als dessen junger Mann. Daß das Bankhaus pleite ging, dafür kann man August nicht verantwortlich machen.

Heini ist in der «Rose», dem berühmten Luxushotel, Kellner, wie er es Herrn Enders versprochen hat, aber ob das sein endgültiger Beruf ist? Sie hat einmal zugehört, wie er mit Willy eine Diskussion führte zum Thema: Was ist ein Don Juan? Beide haben keine Ahnung von Frauen, haben sich aber darüber ausgelassen, als hätten sie ein Diplom in Sachen Liebe. Willy war der Ansicht, Don Juan habe so getan, als liebte er, habe die Liebe jedoch nur vorgetäuscht, um geliebt zu werden. Heini hatte ihm heftig widersprochen, hatte behauptet, Don Juan verachte die Frauen, nähme sie im besten Fall leicht und zeige es ihnen, und just auf dieser Verachtung beruhe sein Erfolg. Er sei männlich, aber nicht mannhaft. Wahrscheinlich wird Heini früher oder später doch noch Dichter. Wie wunderbar er sich auszudrücken weiß und wofür er sich interessiert! Das muß das Erbteil seines Vaters sein, der auch so gern schrieb. Schade nur, daß Heini keine Freundin findet. Gelegentlich erkundigen sich sehr junge Herren nach ihm, aber das will Frieda denn doch nicht denken.

Es sind die Zeiten, die die Menschen scheitern lassen, nicht ihre individuellen Fehler und Schwächen, geht ihr unvermittelt durch den Sinn.

Der Bus hält, Frieda steigt als einzige aus, verabschiedet sich von dem erstaunten Fahrer mit einem herzlichen «Danke! Sie sind sehr gut gefahren» und geht dann durch sehr enge Gassen und vorbei an puppenhaften Häusern den Kirchberg hinauf. Die Kirche überragt alles, ist so, wie Richard sie ihr beschrieben hat; entspricht auch den Postkarten, die er ihr davon geschickt hat. Es handelt sich um ein herrliches Gebäude, groß wie ein Dom, und im Inneren ist es mit hochkünstlerischen Mosaiken geschmückt. Staunend geht sie darin umher, und während sie geht, durchschaut sie die Hintergedanken von Richards Oberen. Sie haben ihn mit dieser Pracht getäuscht. Aber sie versteht nicht die Beweggründe von Richard, in diesem Bauernnest auszuharren. Wie kann er sich damit abfinden, zu trauen und zu taufen und die Beichte abzunehmen, zu predigen und den Ausflug der Singschar zu organisieren? Das paßt doch gar nicht zu ihm, er muß doch etwas bewegen und erreichen, einfaches Dorfpfarrer-Leben füllt ihn doch nicht aus. So gut kennt sie ihn doch wirklich.

Das Pfarrhaus befindet sich unmittelbar neben der Kirche, davor ein steinernes Kreuz und zwei Nußbäume, dahinter ein Gemüsegarten, aus dem er sich zum großen Teil ernährt. Es ist ein bescheidenes Gebäude, kein Vergleich zur Kirche, aber für einen einsamen Mann groß genug.

Der Küster, ein Herr Becker, öffnet die Tür und verkündet gleich, der Herr Pfarrer sei beschäftigt, habe einige Gemeindemitglieder zu einer Aussprache über Finanzen bestellt. Es hört sich an, als wolle er sagen: «Für Sie hat er keine Zeit!» Frieda übergeht diese kühle Begrüßung und sagt, dann wolle sie solange warten, bis der Herr Pfarrer mit seiner Besprechung fertig sei, und läßt sich in das kleine Wohnzimmer führen, wo zum Glück geheizt ist. Deswegen legt sie Hut und Mantel ab, deponiert die Ananastorte, die sie Richard mitgebracht hat – Ananastorte ißt er für sein Leben gern –, auf dem schweren Tisch und nimmt in dem bequemen Sessel Platz, seinem Lieblingsplätzchen. Hier sinnt er über seine Predigten und über seine politischen Schachzüge nach.

Es vergehen beinahe zwei Stunden, bis er sich zeigt; als erstes entschuldigt er sich dafür, daß er sie warten ließ, aber die Besprechung war angeblich nicht abzukürzen. Einen schlechteren Zeitpunkt für ihren Besuch habe sie kaum wählen können, sagt er knurrig wie ein Ehemann, dem man einen schönen Plan verhagelt hat.

«Ja, ja» erwidert sie, «das ist alles wichtig, was du zu tun hast. Aber was ich mit dir zu bereden habe, ist auch wichtig. Sonst wäre ich ja nicht hier. Es macht mir auch nichts aus, auf dich zu warten; ich warte schon mein Leben lang auf dich.» Als er darauf die Augenbraue hebt, lächelt sie, er bleibt jedoch ernst und sagt, sie hätten beide vor langer Zeit ihre Wahl getroffen, und diese sei nicht aufzuheben.

Warum so kühl? Warum nicht eine Zärtlichkeit, nicht eine Geste der Liebe?

Er gesteht, es sei ihm in der Tat wenig angenehm, wenn sie ihn hier sehe. Hier könne er nicht der sein, den sie kenne; das seien zwei verschiedene Menschen, doch hier sei er ebenso wahr wie anderswo. Sie solle ihn nicht für einen Komödianten halten, der verschiedene Rollen spiele – es sei ihm hier jedes Wort ernst und wahr; er sei ein Mann Gottes wie anderswo einer der kämpferischen Welt. Auf Umwegen gelangt er zur Frage: Warum ist sie gekommen, was gibt es Wichtiges? Sie sagt, und sicher nicht weniger nüchtern als eben ein Mitglied des Kirchenrats, sie benötige seinen Rat. Sie schildert ihm ungeschminkt ihre Situation und erklärt ihm, wenn sie nicht heirate, werde sie in den Bankrott gehen, und zwar in derselben Weise wie das Bankhaus Hammer, mit Krach und Getöse und für immer. Darf sie wegen dieser Überlegungen eine Ehe beginnen? Er antwortet ihr: «Frieda, ich spreche jetzt nicht als Pfarrer, nicht als Missionar, nicht als Mann Gottes, sondern einfach als dein Freund. Es ist nicht eine Frage der Moral oder des göttlichen Gebots, es ist eine Frage nach deiner Natur, und da antworte ich dir: Du kannst es nicht! Es gibt gewisse Frauen, denen das gelingen mag, wovon du sprichst, und womöglich wächst bei ihnen im Laufe der Ehe Zuneigung und Vertrauen

– du kannst es nicht! Du handelst aus deinem Gefühl heraus und unbedingt, und das ist für dich richtig und wichtig. Du hast nicht die Wahl, wie du glaubst ... Du hast gar keine Wahl, du kannst es schlicht nicht.»

«Ich soll demnach sehenden Auges untergehen?»

«Du wirst nicht untergehen! Wo ist dein Glaube geblieben, Frieda, Gott halte dich?» gibt er zurück. «Aber selbst wenn du Schiffbruch erlittest, wäre dies weitaus besser, als dich einem ungeliebten Mann hinzugeben und auszuliefern. Aber nähern wir uns dem Problem rein praktisch. Wo soll der Mittelpunkt deines Lebens sein? In Soest?»

Nun, gesteht sie ihm ihre Überlegungen, wenn, müsse wohl das Haus verkauft werden – «so es denn zu verkaufen ist», wirft Richard ein –, und dann würde sie natürlich bei ihrem Mann sein. Er hat schon angekündigt, sie würden viel umherreisen und sich die Welt ansehen. Er will sein Leben genießen.

«Und das willst du auch?»

«Wer will das nicht?»

«Du jedenfalls nicht», behauptet er, als könne er ihr das von der Stirn ablesen.

«Wie kommst du darauf, Richard?»

Er geht aber nicht auf die Frage ein, senkt vielmehr den Kopf und sagt kaum noch hörbar: «Frieda, deine Frage impliziert noch weit mehr, als sie scheint, ich verstehe und bemerke es wohl, sie impliziert vor allem die Frage: Was wird mit uns?» Während er das sagt, sitzt er am Tisch und schiebt das noch immer eingepackte Geschenk ein wenig nach links oder nach rechts, ohne daß ihm bewußt wird, daß er es in seiner Nervosität hin- und herbewegt. «Frieda, ob ich eine Berufung habe und welche, weiß ich schon lange nicht mehr. Und ob ich sie in Kirchenmauern habe ... Aber im praktischen Sinne des Wortes habe ich keine Wahl, wie du keine hast. Dem, wessen wir uns verschrieben haben, müssen wir die Treue bewahren. Ob uns das gefällt oder nicht.» – «Wieso denn? Du könntest doch in der Politik dein Geld verdienen; andere machen das auch. Ich sehe doch die brünstigen Weiber, wenn sie dir zuhören, oder die Kolonialfreunde. Jeder Satz, den du sprichst, packt sie. Georg hat das Ziel mit allen zehn Fingern angestrebt, und sicher hätte er es auch erreicht ...» – «Frieda, ein gewesener Missionar ist interessant als Redner ... bereichert das Spektrum. Aber nicht ein gewesener Pfarrer! Bilden wir uns nichts ein, man braucht mich nicht! Es war bitter, das zu erkennen, ich habe meine Lektion gelernt: Man braucht mich nicht! Man ruft mich nicht. Die Klerikalen wollen keinen Führer, der aus der Kirche ausgetreten ist, und die übrigen wollen keinen, der je Pfarrer war. Ich stehe zwischen allen Fronten und ziehe das Feuer auf mich. Nein! Ich habe meine Kampfeslust bewiesen und habe sie auch weiterhin in mir, aber ich bin kein Don Quichotte.» – «Glaubst du nicht mehr an die Kolonien?» – «Frieda, du siehst es doch ... Sie machen alle ihren Frieden mit der Republik. Vor zehn Jahren hätte ich gewettet, in Deutschland hält sich keine Republik auch nur vier Wochen; unsere hat nicht nur zehn Jahre gehalten, sie gräbt sich ein und gewinnt gegen jedes Gebot und gegen jedes sittliche Empfinden an Festigkeit. Ein Hindenburg hat sich arrangiert, ist Reichspräsident geworden, was erwartest du von mir? Ich kämpfe nicht als einzelner. Hindenburg findet sich mit den Versailler Verträgen ab, und ich gewinne in einem Kraftakt die Kolonien zurück? Wie soll denn das geschehen? Nein.»

«Du bist so verbittert ...»

«Realistisch, Frieda, ich diene Gott. Ich habe ihm mein Leben geweiht, und daran halte ich fest. Ich weiß, dich interessiert nicht, was ich glaube. Das ist eine Seite, die du nicht erfaßt, so wie die Frau deines Sohnes keine Musik erfaßt. Dir fehlt das Organ, mit dem du Gottes Stimme und Gottes Worte erfassen könntest. Du kennst nicht die unglaubliche Beglückung, wenn man spürt, Gott ist einem nah. Du hast keinen Sinn für die Schönheiten der Theologie noch die der Scholastik, du erschaust nicht das Licht der Mystiker, noch hörst du den Sang des Psalmisten. Du bist im Grunde eine vollkommene Heidin.»

«Wie kannst du mich lieben?»

«Ich weiß es nicht. Ich kenne es nicht anders, als dich zu lieben und deine Liebe zu besitzen.»

Diese Nacht verbringt sie in einem Hotel der mittleren Kategorie in Bad Homburg, und zwar allein.

Das Zimmer hat ein mäßig gutes Bett, einen dreiflügeligen Spiegelschrank, eine Frisierkommode; der Schreibtisch wackelt etwas, der rosafarbene Schirm der Nachttischlampe ist an einer Seite angebrannt, und die Teppiche sind abgetreten. Dafür gibt es unterhalb des Lichtschalters drei Klingeln übereinander: eine für den Etagenkellner (zu erkennen an einem neckischen Bild eines eilenden Kellners, der eine Weinflasche auf einem Tablett balanciert und dem dabei die Frackschöße flattern), eine für das Zimmermädchen und die dritte für den Hausburschen. Wahrscheinlich kann man auf jede Klingel drücken, es wird immer dasselbe muffige Faktotum erscheinen; allem Anschein nach hat das Haus auch seinen Willy.

Es ist immer mal interessant zu verreisen und zu sehen, was einem anderswo fürs Geld geboten wird. Mit dieser Unterkunft kann der «Petersburger Hof» aber jederzeit gut mithalten.

Es ist schon so, wie Richard gesagt hat: Sie, Frieda, wird nicht untergehen!

3

So wenig genügt, daß man Abstand von seinem Alltag gewinnt.

Als Frieda am nächsten Tag nach Hause zurückkehrt, geht sie durch das Haus, als sei sie von einer langen Reise zurück. Während sie die Zimmer inspiziert, versucht sie, die Dinge mit den Augen des Herrn Senger zu betrachten. Was wird ihn hier stören? Soweit sie sieht, ist alles in der Reihe, Blumen vor den Fenstern und die Fenster sind geputzt, die Gardinen riechen frisch, in allen Lampen brennen die elektrischen Birnen. Sogar der Haussockel ist geschrubbt. Diese Manie der Frau Krick, der Vorbesitzerin, hat sich nicht ausrotten lassen. Sie, Frieda, hat nie verlangt, daß die Steine abgewaschen werden, aber immer hat sich eins der Mädchen daran gemacht, den Sockel zu wienern. Nun ist es Tilly, die sich damit abrackert; es scheint eine Sitte zu sein, die auf dem Land verbreitet ist und in den Mädchen steckt wie der Wunsch, Kinder zu kriegen.

Das einzige, was ihr nie zuvor aufgefallen war, ist der Teppich in Zimmer 1. Er ist abgetreten und wirkt beinahe ebenso schäbig wie der in ihrem Zimmer in Bad Homburg. Kaum ist ihr das bewußt, verlangt sie: Das Stück muß weg. Sie gibt nicht eher Ruhe, bis Willy das Zimmer umgeräumt und den alten Teppich zusammengerollt hat. Besser kein Teppich als ein dermaßen abgetretener!

Das Wesentliche hat sich natürlich nicht verändert; der Schreibtisch ist immer noch voll mit Rechnungen und Mahnschreiben, zu den alten sind neue gekommen. Nun hat selbst der Steinmetz Wiebecke aus Elberfeld, der das herrliche Grabdenkmal für Madame Aljewna geschaffen hat, eine verklausulierte Erinnerung geschickt. Daran sieht man, wie sehr die Geldnöte Frieda bedrükken. Üblicherweise ist er der einzige, der pünktlich sein Geld bekommt. Frieda hat mit ihm sehr günstige Ratenzahlungen verabredet, und die hält sie unbeirrt ein. In einer gewissen Weise ist es, als gäbe sie das Geld nicht ihm, sondern Madame Aljewna. Hoffentlich findet sich, wenn es mal soweit ist, auch jemand, der ihr einen Grabstein setzt. Von den Kindern kann sie kaum etwas erwarten. Im Moment ist die Atmosphäre im Haus sogar ausgesprochen eisig. Adam schmollt, und Gabriele geht an ihr vorbei, als habe sie sie vergiften wollen. Sie hat gedroht, wenn Frieda noch einmal versuchen sollte, ihre Ehe zu spalten, werde sie das Fräulein Senger aufklären. Selbst Willy hat es für nötig befunden, sie zur Rede zu stellen. Er hat gesagt: «Frieda, das ist nicht in Ordnung! Das kannst du nicht machen! Die sind nun mal verheiratet, du kannst da keinen Keil reintreiben! Und die andere Frau, dieses Elschen, ist auch ein Mensch, das ist nicht nur ein Guthaben! Du kannst doch nicht einfach darüber verfügen ... Falls es dich interessiert, Frieda, was ich denke: Ich bin entsetzt über dich!» – «Aha, du bist entsetzt!» hatte sie scharf geantwortet. «Aber davon habe ich nichts. Wenn du was Gutes tun willst, dann heirate du das Fräulein Senger. Du bist als einziger los und ledig!» – «Ach, Frieda!» hatte er daraufhin wie beschämt geantwortet. Willy ist wahrhaftig eine große Hilfe. Das hatte sie ihm auch zu verstehen gegeben. Sie hatte ihm gesagt: «Willy, in Zukunft machst du dir um die Dinge Gedanken, die dich angehen. Wie viele Millionen Defizit der Finanzminister hat und diese Probleme! Das Unangenehme überlaß mir!»

Sie sortiert die Mahnschreiben wie Spielkarten, legt sie dann in die Schublade zurück. Was soll sie sich damit belasten! Sie hat das Geld nicht und wird es auch nicht aufbringen. Dazu kommt, sie fühlt sich ausgesprochen elend. Sie hat schlecht geschlafen, und die Begegnung mit Richard hat sie nicht befriedigt. Was war das für ein Trost, den er ihr gegeben hat: Es wird schon gehen! Es fehlte nur noch, daß er sagte: «Lasset uns beten!»

Sie überlegt, vielleicht bessert sich ihr Befinden, wenn sie sich eine halbe Flasche Champagner gönnt, aber dann ist keine im Haus, und sie will Tilly dafür nicht extra losschicken. So kommt es, daß sie sich am hellen Tag eine Stunde hinlegt, was äußerst selten vorkommt. Kaum liegt sie, wird sie aus dem Schlaf gerissen; Tilly steht am Bettrand und schwenkt ein Papier. Ein Telegramm ist gebracht worden. Ja, und? Na ja, sie wollte es nur bringen, es kann ja wichtig sein, erklärt Tilly leicht beleidigt. – Wo ist denn Willy? – Aus dem Haus gegangen. – Aha. Als Frieda das Telegramm entfaltet, erfährt sie: Die Familie Senger kommt früher. «Ankunft früher», steht da in verwischten Buchstaben. «Bitte Zimmer reservieren ab Ostermontag. Franz Senger.» Herr Senger scheint es ja kaum erwarten zu können; nun also die Freude schon eine Woche früher. Interessant immerhin, daß es ihm wichtig ist, seinen Vornamen zu nennen. Kostet ja alles Geld.

Frieda richtet sich auf, legt das Telegramm zur Seite und steht wieder auf. Was soll sie jetzt noch im Bett? Sie sucht sich zu erinnern, was sie geträumt hat. Tilly hat sie mitten aus einem Traum gerissen; was war es? Dann erinnert sie sich, sie hatte von Richard geträumt, er war im weißen Missionarsgewand und fütterte zwei Katzen. Wie kommt sie auf Katzen? Sie selbst hatte immer nur Hunde, und Richard hält keine Tiere. Wie kommt sie also darauf? Sie holt das Traumbuch aus der Nachttischschublade, wo es immer griffbereit liegt, und schlägt nach. Das Buch sagt über das Füttern von Katzen: «Die Hand, die gibt, wird geschlagen. Vorsicht vor falschen Freunden und schlechten Ratgebern.» Das ist allerdings einsichtig.

Während sie sich wieder anzieht und die Haare richtet, denkt sie erneut über Richard und ihren Besuch in Kirdorf nach. Richard kommt ihr vor wie ein Ritter, dem man das Schwert aus der Hand geschlagen hat. Er war so ganz anders zu ihr als in den glücklichen Wochen, die er bei ihr verbringt. Sie glaubt nicht, daß sein Verhalten etwas damit zu tun hat, daß sie ihn in seiner gewöhnlichen Umgebung überraschte. Sie meint, er verändert sich generell zum Unguten, verbittere langsam. Mit welchem Elan hatte er nach seiner Rückkehr aus Afrika für die Wiedergewinnung der Kolonien gestritten, und wie abfällig und zornig spricht er nun von seinen Mitkämpfern! Angeblich richten sie sich alle in den Verhältnissen ein und verlieren das Ziel aus den Augen. Er tröstet sich damit, daß er nun Gott mehr diene als den Menschen. Sie fragt sich jedoch, dient er mit Düsternis im Herzen überhaupt jemandem? Warum bringt er nicht den Mut auf und verläßt den Pfad, der sich als eine Sackgasse erwiesen hat? Er ist einundfünfzig Jahre alt; warum wagt er nichts, versinkt in der falschen Sicherheit, die ihn unglücklich macht? Welche Verwirrung der Herzen! Georg hat von ihr weggestrebt, dieser Mann strebt nicht zu ihr hin, und Herr Senger, der sie lieber heute als morgen heiraten möchte, läßt sie kalt. Dann denkt sie, wahrscheinlich hat Richard recht und sie unrecht. Soll er seine Eide brechen, um hier mit ihr in diesem Bett zu liegen, oder um mit Willy abseitige Diskussionen zu führen? Will sie das aus ihm machen? Will sie ihm das Genick brechen?

Wie angekündigt, kommt Herr Senger mit seinem Elschen am Ostermontag. Frieda hat den beiden zwei schöne Zimmer reserviert und auch mit Blumen und Obst zur Begrüßung nicht gespart. «Man fühlt sich gleich wie zu Hause», bedankt sich Herr Senger und bietet aus einer Cellophantüte englische Fruchtbonbons an, die er so gern ißt. Er ist unverkennbar Westfale, äußerlich und innerlich. Mit seinem dicken, fleischigen Nacken, den sehr kurz geschnittenen Haaren und den zupackenden Händen vermittelt er dem Betrachter den Eindruck, er weiß sich in jeder Lebenslage zu behaupten, und was er sagt, ist ehrlich gemeint. Er hat etwas Bauch, den bemerkt man jedoch erst, wenn er das Jackett auszieht. Vorher wird der Embonpoint, wie man den Schönheitsfehler früher umschrieb, von seinem Anzug gut kaschiert. In Friedas Augen spricht das für ihn; einen Mann, der keinen Wert auf seine Garderobe legt, stellt sie mit Handlangern auf eine Stufe. Er hat wache, gute Augen, ist überhaupt ein freundlicher und großzügiger Mensch; eine Frau braucht sich bei ihm um nichts zu sorgen. Natürlich ist ihm Wirtsleutseligkeit zur zweiten Natur geworden. Man hört ihm aber gern zu. Sein Elschen trägt eine Filzglocke und ein Kleid von unvorteilhafter Länge und ungünstigem Schnitt, besser für eine Krankenpflegerin als für eine junge Frau geeignet. Offenbar versteckt sie sich hinter ihrem Vater, doch warum? Das hat sie gar nicht nötig, sie ist nicht häßlich, etwas schwer vielleicht, aber gesund und mit roten Backen und eben sehr hilfsbereit. Man müßte sie zum Friseur schicken, daß der sie entondulierte, ein paar Ponys in die Stirn und von der Seite auch ein paar Strähnen ein bißchen frech ins Gesicht gelegt, und schon wäre sie eine andere Frau.

Kaum hat er sich etwas frisch gemacht, kommt Herr Senger herunter und erkundigt sich, wie es Frau Tremus geht. – «Alles in bester Ordnung!» – «Und sonst?» – «Alles unverändert!» Frieda will das neue Auto bewundern. Es stellt sich heraus, es wird erst morgen in der Fabrik abgeholt und dann hat man einiges vor – Ausflüge zur Saalburg, Schloß Mespelbrunn im Spessart, Idar-Oberstein ...

«Sie haben sich ja allerhand vorgenommen. Ist das denn gut für ein neues Auto?» erkundigt sich Frieda.

«Sogar ausgesprochen gut. Neue Wagen müssen eingefahren werden! Das lesen Sie in jeder Betriebsanleitung!»

«Na ja, dann ...»

Herr Senger verliert keine Zeit, lädt sie auf der Stelle ein, ihm ein wenig Gesellschaft zu leisten. Wie ist es, hat Frau Tremus Lust? Darf man sie zu einer Tour überreden? Er weiß doch, sagt er, wie es in der Gastronomie zugeht, sie muß doch auch mal hier raus, raus aus der Tretmühle! – «Das ist sehr freundlich», gibt Frieda zurück, bringt sie aber ein wenig in Verlegenheit. Sie hätte eigentlich Ida Rauchhaupt, einem sehr angenehmen Gast, versprochen, mit ihr einen kleineren Ausflug zu unternehmen, und durch seine vorzeitige Ankunft nun ... Sie könne sich ja nicht teilen. – «Aber das ist doch keine Schwierigkeit», erklärt er, «dann soll sich Frau Rauchhaupt ebenfalls als eingeladen betrachten.» Er hat ja ein sehr geräumiges Auto bestellt, Platz für sechs Personen. – «Ja, wenn es nichts ausmacht ...» – «Im Gegenteil, bitte, sehr gerne.» Er würde sich freuen, wenn die Frau Doktor auch dabei wäre. – Ach ja, er kenne die Frau Rauchhaupt ja bereits aus dem letzten Jahr, stimmt ja. Also, wenn das Herrn Senger angenehm wäre, will sie das gerne mit Ida besprechen. Und danke für die freundliche Einladung.

Er sieht sie von der Seite an, als wolle er sagen: «Na, es wird doch mit uns!»

Frieda spricht mit Ida Rauchhaupt, die zeigt sich etwas zögerlich. Wie kommt sie zu der Ehre? Frieda erläutert ihr: Sie bittet sie herzlich, quasi als Anstandsdame zu fungieren. Das wird ihr sonst zu persönlich; sie möchte nicht, daß man eine schöne Burg betrachtet oder etwas Ähnliches, und unversehens greift er ihre Hand und macht ihr aus heiterem Himmel einen Antrag. – «Ist das denn zu erwarten?» erkundigt sich Ida, und man sieht, wie bei ihr die Lust an Intrige und Komödie wächst. – «Durchaus, ja.» – Ja, da will sie gerne bei der Verschwörung mitwirken, versichert Ida. Brauchte sie eigentlich gar nicht mehr, ihr Eifer hat sie längst verraten.

Das Abholen des neuen Autos erweist sich als komplizierter als vermutet; ein ganzer Tag geht darüber hin. Es wird später Nachmittag, bis Else Senger vorsichtig die Straße hinaufchauffiert, am Adolfsberg wendet und dann den Geisberg wieder herunterkommt. Die Sengers haben ein eindrucksvolles Fahrzeug erstanden, der Lack ein ganz dunkles Weinrot, die Räder mit zwei dünnen Streifen in anderer Farbe diskret abgesetzt, innen mit Leder ausgeschlagen, schwere Sitzpolster, hoch, daß man mit Zylinder auf dem Kopf darin Platz nehmen kann, die Anzeiger so ordentlich über dem Armaturenbrett verteilt wie Utensilien auf einem aufgeräumten Toilettentisch. Else muß vorführen, was das Auto an Besonderheiten hat, extra für sie bestellt: einen Abblendfächer, der sich automatisch beim Aufblenden der eigenen Scheinwerfer öffnet, und eine Auflage auf das Gaspedal in Form einer Schuhsohle. Dadurch kann der Fuß mit der ganzen Fläche aufliegen und ermüdet weniger beim Fahren; das ist außerordentlich praktisch und schont auch die Absätze. Bei dieser Gelegenheit achtet Frieda zum ersten Mal auf Elses Beine und ist erstaunt, wie wohlgeformt sie sind. Das Elschen sollte sich von Gabriele mal erklären lassen, wie man die zur Geltung bringt!

Das Auto wird in der Garage des Herrn Jörns untergestellt, und der läßt es sich nicht nehmen, das Auto eigenhändig auf seinen Standplatz zu fahren. Er lobt die Maschine fachmännisch, und damit macht er dem Besitzer natürlich eine gehörige Freude; er gießt nicht mal Wasser in den Wein, als er verrät, daß er seine Rennen neuerdings für die Marke Opel fährt und insofern schon aus Eigennutz gezwungen ist, deren Fabrikate zu loben. – Mit einem so berühmten Mann hat man es zu tun? Alle Achtung! – Der Jörns, seinem Wesen nach immer noch der Mechaniker, als der er begonnen hat, nickt, als sei es eine Alltäglichkeit, sein Brot mit Autorennen zu verdienen. Seit einigen Jahren geht es wieder aufwärts mit ihm, das Zwischenspiel mit Pferd und Wagen und der Verkauf von Butter und Käse liegen hinter ihm – «wie ein Alptraum», hat er Frieda einmal gestanden –, und jetzt nimmt er wieder an den berühmten Rennen teil, zum Beispiel um den großen Preis der Spielstadt Monaco, hundertmal um den Marmorpalast des Casinos, ein Riesending, das...

«Ich kenne Monaco», bemerkte Frieda an dieser Stelle. «Ich war schon dort!»

Später wird eine Flasche «Henkell Trocken» auf das neue Auto geöffnet, und daraus entwickelt sich ein sehr schöner Abend; Ida holt ihr Reisegrammophon herunter, das sie ein für allemal im «Petersburger Hof» deponiert hat, es werden Schallplatten aufgelegt, und im Laufe des Abends tanzt sie mit Willy und Frieda und Herrn Senger. Er ist ein weitaus besserer Tänzer, als man bei seiner

Körperfülle erwarten würde, und Ida flüstert ihr zu, als sie mal für einen Moment allein sind: «Das ist ja direkt eine Persönlichkeit!»

Was will sie denn damit ausdrücken?

Die angekündigte Fahrt findet bei strahlendem Frühlingswetter statt, den Rhein hinab, Loreley, die feindlichen Brüder, das Deutsche Eck, Einkehr in einem guten Haus in der Stadtmitte von Koblenz, dann Rückfahrt und endlich, gewissermaßen als Höhepunkt des Tages, Abendessen in der «Krone» in Assmannshausen. Ida ist während des ganzen Tages überschäumend wie junger Wein; führt ununterbrochen das große Wort. Die wenigen Augenblicke, in denen sie mal andere zu Wort kommen läßt, nutzt Herr Senger, um zu erzählen, wie er sich sein weiteres Leben vorstellt, wohin er fahren will und was er erleben möchte. Dabei tut er so, als wende er sich an Ida, die auch auf alles eingeht. In Wirklichkeit spricht er natürlich für Frieda, und diese hat dadurch Gelegenheit, das Gesagte aufzunehmen, ohne antworten zu müssen. Nur an einer Stelle sagt sie arglos: «Das hört sich ja sehr verlockend an.» Kaum ist ihr die Bemerkung herausgerutscht, bedauert sie sie auch schon. Wie naheliegend, daß er nun anfügte: «Dann lassen Sie es uns doch gemeinsam unternehmen!» Der Mann hat aber soviel Feingefühl, daß er die Gelegenheit verstreichen läßt, und das spricht für ihn. Zu Hause bedankt er sich sehr herzlich für die wunderschöne Fahrt und den herrlichen Tag; Ida, nun etwas beschwipst, übertrifft diesen Dank jedoch bei weitem und kann sich kaum von Herrn Senger und seinem Elschen trennen. Auf diese Weise kommt Frieda zumindest an diesem Tag um den Satz, den sie fürchtet und der sie doch retten könnte.

Ida Rauchhaupt hat die Angewohnheit, sich das Frühstück im Bett servieren zu lassen; dieser Luxus ist in ihren Augen wohl die Spitze des Raffinements. Am nächsten Morgen, als Tilly das Frühstück gerade nach oben tragen will, nimmt Frieda ihr das Tablett ab und bemüht sich damit selbst in den zweiten Stock.

Sie klopft an die Zimmertür, niemand meldet sich. Weil sie glaubt, Ida schlafe noch, stellt sie darauf das Tablett auf dem Boden ab und ruft: «Ida! Das Frühstück!» In diesem Moment geht die Badezimmertür auf und Ida kommt in einem lilaseidenen Pyjama aus dem Bad, das weiße flauschige Badetuch schwungvoll über die Schulter geworfen. Ida besitzt gern nur wirklich Erstklassiges, und dieser Pyjama ist der Beweis dafür, freiherzig und eigentlich viel zu schade, nur zum Schlafen getragen zu werden.

«Hast du etwa schon gebadet?» fragt Frieda, und Ida antwortet: «Wollte ich gerade ... Aber der Kaffee duftet verführerisch durch alle Ritzen, das ist ja nicht auszuhalten!» Ida neigt etwas zur Korpulenz und hat sich deswegen angewöhnt, jeden Morgen ein sogenanntes Schlankheitsbad zu nehmen, wobei sie dem Badewasser ein angeblich völlig unschädliches Fettminderungsmittel namens «Tausendundeins» als Badezusatz beigibt. Bis jetzt ist der Erfolg nicht zu erkennen.

«Laß uns etwas plaudern», ermuntert sie Frieda, begibt sich in ihr Zimmer und schlüpft unter die Bettdecke. «Würdest du mir bitte das Tablett reichen?»

«Was sagst du?» fordert Frieda sie zu einem Urteil über Herrn Senger heraus, während sie ihr das Frühstück übergibt. Welchen Eindruck hat Ida gewonnen?

«Nicht so hurtig», wehrt diese ab. Als erstes will sie wissen, woher stammt das Vermögen des Herrn Senger? Als Frau eines beamteten Arztes kann man sich nicht vorstellen, wie jemand trotz Krieg, Inflation und Deflation fünf Häuser besitzen kann.

«Das ist kein Hexenwerk. Geschäftstüchtigkeit und etwas Glück. Und natürlich auch ein bißchen Unternehmungsgeist, der meinen Männern leider immer fehlt.» Ida weiß von Richard, und insofern braucht sich Frieda bei ihr nicht zu verstellen. «Jetzt rück doch mal raus mit der Sprache!» drängelt sie. «Wie findest du ihn als Mensch?»

Ida meint, während sie in ein Hörnchen beißt, es wehten wohl Frühlingslüfte, und glaubt, der Unternehmergeist und die Seelenkraft dieses Mannes seien in der Tat imponierend. Sicher, der gesellschaftliche Anstrich zähle auch etwas; das werde hier aber durch wahres Vermögen aufgewogen. Herrlich sei es natürlich, wenn beiderseitig Seelenneigung vorhanden wäre, aber auf Beständigkeit zu setzen sei auch was wert. Wunderbar einzigartig natürlich, wenn sich beides verbinde! Frieda solle bedenken, das Geheimnis einer Liebe liegt nicht offen und von Anfang an zutage. Sie kenne Beispiele, wo Frauen rührige, tüchtige Männer geheiratet und im Laufe der Zeit geradezu überlieb gewonnen hätten. So was gäbe es auch!

«Würdest du ihn denn heiraten?» fragt Frieda unverblümt. «Würdest du nach Soest ziehen?» – «Ich halte es in Pirmasens aus», erwidert Ida darauf erstaunlich knapp und erstaunlich nüchtern.

Frieda versteht, und Ida begreift, daß sie mehr von sich preisgegeben hat, als sie wollte, und beginnt von Reisen und Reisezielen zu schnabulieren. Hätte sie die freie Wahl, nur an die Côte d'Azur! Da gebe es jetzt ein glänzendes Badeleben. Das Automobil hauche sogar dem Gebirge dort Leben ein, man begreife nun, daß dies nicht nur eine Küste ohne Winter ist, sondern daß auch die Alpenkette schneebedeckte Schönheit darstelle. Mittels des Automobils könne man nun mit Leichtigkeit die Mimose pflücken, die am Strand blüht, wie das Edelweiß, das auf den Wipfeln der Alpen glüht.

«Ich denke darüber nach», sagt Frieda dazu.

Am folgenden Tag bestellt Frieda ihren Sohn August telephonisch zu sich. «Worum geht es denn?» fragt er mißtrauisch. – «Ich muß ganz dringend was mit dir besprechen. Das geht nicht zwischen Tür und Angel.» – Er verspricht zu kommen, unter der Bedingung, daß er nichts unterschreiben muß. – «Was willst du denn unterschreiben?» – «Ich will gar nichts unterschreiben.» – «Aha, und was willst du nicht unterschreiben?» – «Zum Beispiel keinen Wechsel!» – «Hör mal, ich bin immer noch deine Mutter! Ich will dich morgen hier sehen. So um drei Uhr rum!» sagt sie wütend und hängt auf. Was sich dieser Junge einbildet!

Als er da ist, setzt sie sich mit ihm in die hinterste Ecke von Zimmer 2 und schildert ihm die Situation so kraß wie möglich. Es muß etwas geschehen, sonst verliert er auch sein Erbteil. So geht es nicht weiter.

«Mutter, ich unterschreibe keinen Wechsel», sperrt er sich.

«Ist das alles, was dir einfällt, einen Wechsel zu zeichnen, den keiner will? Was habe ich das letzte Mal Mühe gehabt, den irgendwo unterzubringen!» – «Du hast es aber geschafft!» setzt er sich zur Wehr. – «Hör mal, August, ich bin nicht dein Feind. Ich suche eine Lösung für uns alle.» – «Wie ich dich kenne, hast du auch schon eine», fordert August sie heraus. Darauf sagt sie ihm klipp und klar, was sie von ihm verlangt, selbst auf die Gefahr hin, daß er genauso reagiert wie Adam: Er soll all seinen reichlich vorhandenen Charme spielen lassen und die Tochter des Herrn Senger für sich gewinnen. Er hört sich das alles an, fährt nicht aus der Haut, nicht mal, als sie andeutet, seine Tätigkeit bei den Kurautobussen erscheine ihr reichlich dubios; ermögliche ihm jedenfalls auf Dauer kein Fortkommen. Er hat auch kaum Fragen. Entweder versteht er instinktiv, was seine Mutter von ihm erwartet, oder er hat mit Adam gesprochen. Das ist allerdings wenig wahrscheinlich. Die Brüder haben untereinander wenig Kontakt. Sie benehmen sich im Grunde wie Hotelgäste, kommen und gehen und sind höflich zueinander, bilden aber nie die verschworene Gemeinschaft, die Frieda sich gewünscht hatte. Kein Wunder, wenn sie alle so unterschiedliche Interessen haben.

Nachdem sie eine Weile miteinander geredet haben, will sie wissen, was er zu ihrem Vorschlag meint. Ist er einverstanden? August antwortet ausweichend. Sie habe ja nichts zu verkaufen; man muß sehen.

«Was willst du denn sehen? Wie das Haus hier versteigert wird?»

«Ich kenne die Frau nicht mal, und du willst, ich soll sie heiraten? Wie soll denn das gehen?»

«Das ist doch wohl das Einfachste von der Welt... Sei morgen mittag da, und wir essen alle zusammen: dann lernst du sie kennen. Guck mich nicht so an – ich würde mir das Geld auch lieber verdienen, als meinen Sohn zu verschachern. Ich habe den Weltkrieg nicht angezettelt. Dein Vater war der einzige, der ihn rechtzeitig vorausgesehen hat. Wenn er Reichskanzler gewesen wäre, wäre es nicht passiert! Aber er war es nicht, und nun müssen wir sehen, wie wir durchkommen. Und guck nicht nur auf Äußerlichkeiten. Mit deiner Trude kann sie sich nicht vergleichen, aber wenn sie ein bißchen hergerichtet wird ... Die Liebe verschönt jede Frau!»

«Und das Geld!» sagt er brutal wie ein Zuhälter.

Frieda fühlt sich einen Moment lang abgestoßen. Was tut sie dem völlig ahnungslosen, schuldlosen Elschen da an! Dann denkt sie, besser eine schlechte Ehe als keine, und außerdem hat Else einen Vater, der auf sie aufpaßt. Der wird sie schon nicht ins Unglück laufen lassen.

Das Mittagessen kommt bereits am folgenden Tag völlig zwanglos und wie ganz zufällig zustande. Man sitzt zu viert um den Mittagstisch in Zimmer 2; Herr Senger mit seiner Tochter, Frieda mit ihrem Sohn. Bei diesem Mahl kennt Frieda August kaum wieder; er gibt sich von seiner besten Seite, elegant, witzig, männlich; geradezu beschwingt. Er unternimmt nicht das geringste, das

Fräulein Senger auf sich aufmerksam zu machen, verteilt keine Komplimente, bemüht sich nicht um ihre Gunst, ist nichts weiter als ein äußerst angenehmer Gesellschafter, und Frieda betont zweimal, den Schliff habe ihm das Reiseführer-Dasein eingebracht. Wiewohl August also nichts unternimmt, das Elschen für sich einzunehmen, merkt man, wie dieses aufblüht. Sie lacht mehrmals herzhaft und trinkt in ihrer Aufregung mehr Wein, als sie gewohnt ist, was ihr einen roten Kopf macht. Frieda bietet an: Soll August die Herrschaften nicht auf ihren Ausflügen begleiten? Er kennt doch hier alles! August wehrt sofort und glaubhaft ab. Die eigentliche Saison hat zwar noch nicht begonnen, insofern hätte er durchaus ein wenig Zeit, auf der anderen Seite wird er von seiner Firma für die Vorbereitungen in Anspruch genommen. So reizvoll der Gedanke sei, den müsse er leider ablehnen.

Herr Senger stimmt ihm zu, verständlich. Offenbar hat ihm der Gedanke absolut nicht behagt, statt der Ida Rauchhaupt nun August im Schlepptau zu haben, und Frieda beschließt, sie wird die weitere Entwicklung August überlassen. Es hat keinen Sinn, wenn sie mit Übereifer alles zerstört, und es ist ja mit Händen zu greifen, wie geschickt August mit den Seelenregungen des Elschen zu spielen versteht, so virtuos wie Adam auf seiner Geige.

Als sie allein sind, sagt er: «Das Fräulein fängt Feuer, das kann ich garantieren. Aber das Ganze muß einen Rahmen haben. Es kann auf keinen Fall sein, daß es sich wiederholt, wie es bei Adam abgelaufen ist.» – «Wie ist es denn bei Adam abgelaufen?» fragt Frieda verständnislos. – «Der ist mit leeren Händen vor seinen Schwiegervater getreten und hat gesagt: ‹Gib mir!›» Wenn er ihr den Gefallen tue (August stellt es dauernd so hin, als wolle er mit einer Heirat nur ihr einen Gefallen tun), müsse er auch andererseits ihren guten Willen spüren. Er müsse etwas in den Händen haben. – Und wo soll sie es hernehmen? – Er will ihre Anteile. Er will ihre Hälfte des Hauses, ihre fünf Achtel. – Und was bleibt ihr? – Sie hat keine Sorgen mehr, und sie kann selbstverständlich hier weiter schalten und walten, als wäre es noch ihr Eigentum. Er will sich ja nur absichern für den Fall ... – Das kann ja nicht wahr sein! – Was ist dagegen zu sagen? argumentiert er. Sie hat keine Sorgen mehr! – Aber auch kein Haus!

Zum zweiten Mal innerhalb von vierundzwanzig Stunden erschreckt sie Augusts Kälte, und noch mehr erschreckt es sie, daß sie sich in ihm wiedererkennt. So hat sie ihrem Mann auch die Pistole auf die Brust gesetzt; ist August ihre Strafe für das, was sie Georg angetan hat?

Sie verkneift sich jedoch alle Bemerkungen über seinen Charakter und die Ungeheuerlichkeit seines Ansinnens, sagt nur klipp und klar nein. Sie läßt sich nicht erpressen; wenn er nicht aus freien Stücken etwas für sie und für sich tun will, soll er es lassen.

«Gut, Mutter, dann wäre das geklärt», sagt August und geht, als habe er irgendwo eine Offerte abgegeben und diese sei abgelehnt worden.

Die Not ist aber so groß, daß sich Frieda ein weiteres Mal demütigt und August in seiner Opiumhöhle aufsucht. Als sie kommt, ist er nicht allein. Seine Trude geistert in der Wohnung herum, und vor allem ist ein merkwürdiger Rechtsanwalt anwesend, ein geschwätziger, unangenehmer Mensch, der sich als Freund des Hauses gibt. Von Trudes Ehemann ist nichts zu bemerken, anscheinend verdämmert er einen weiteren Tag.

Wo sie das Geld nur herhaben für den Aufwand, den sie treiben! Diese Riesenwohnung in elegantester Lage, ein Hausmädchen, moderne Möbel wie aus dem Journal, Räucherlachs und Kaviar mitten in der Woche! Trude ist wieder tipptopp gekleidet, trägt ein Jumperkleid aus kanariengelbem Krepp und verbreitet einen Duft um sich, daß man sie mit Scheherazade verwechseln kann. Frieda bedauert ein wenig, daß sie nicht mit ihr warm werden kann; sie gesteht es sich ungern ein, gegen ihren Willen bewundert und beneidet sie Trude etwas.

Hat Mutter es sich überlegt? eröffnet August die Verhandlung.

Frieda sagt, es komme nicht in Frage, was er sich da ausgedacht hat. – Was ist dann noch zu besprechen? – Sie, Frieda, braucht auf Biegen oder Brechen ein neues Darlehen, sonst bricht alles zusammen. – Und was bietet sie als Gegenleistung? An Rückzahlung ist doch nicht zu denken. – Frieda antwortet ihm, er habe sich ja wohl schon etwas zurechtgelegt, der Herr Anwalt sei wohl nicht aus purem Zufall anwesend. Sie erwarte die Vorschläge der Herren. Sagt tatsächlich: «Ihre Vorschläge, meine Herren», und meint damit unter anderem ihren Lieblingssohn August. August zündet sich nun elegant eine türkische Zigarette an, lehnt sich zurück und gibt dem Anwalt ein Zeichen, statt seiner zu antworten. Trude nimmt an der Besprechung nicht teil, die Schiebetür zum nebenan liegenden Eßzimmer ist aber in die Wand geschoben, und Frieda hört sie da rascheln. Anscheinend hat August nichts dagegen, daß sie alles mithören kann, was verhandelt wird. Der Anwalt kommt nach einigen Schlenkern zum Kern. August sei bereit, seiner Mutter ein weiteres Darlehen einzuräumen; als Gegenleistung erwarte er, daß sie in seinen Erbvertrag einwillige. – «Und was soll in diesem Erbvertrag stehen?» – «Daß August Tremus Ihr alleiniger Erbe ist.» – «Was ist mit meinen anderen Kindern? Ich habe drei Söhne», erinnert sie den Rechtsanwalt, «nicht nur einen.» – «Aber nur einen, der ein Darlehen geben kann. Und auch willens dazu ist!» – «Ist das denn rechtens? Darf ich denn meine anderen Kinder benachteiligen?» – Der Anwalt gibt sich entrüstet. Er schlage ihr nichts Unkorrektes vor, er beteilige sich nicht an Erbschleicherei; das präsumptive Erbe diene als Rückzahlung der gewährten Darlehen. Mehr sei es nicht! – Frieda weiß, daß sie keine Wahl hat. Deswegen sagt sie: «Wo muß ich unterschreiben? Ich nehme doch an, der Vertrag ist schon vorbereitet?»

Er ist es, liegt auf dem großen Tisch im Nachbarzimmer in mehreren Ausfertigungen ausgebreitet. Man begibt sich dorthin, nimmt am großen Tisch Platz, der Anwalt liest die verschiedenen Paragraphen des Vertrags vor, erläutert die juristischen Begriffe, und dann bittet Frieda um einen Füllfederhalter. Man reicht ihn ihr, und sie unterschreibt. Trude, die bis dahin in einem Sessel gesessen und gelesen hatte, wird gebeten, als Zeugin ebenfalls zu unterschreiben. Sie erhebt sich, erfüllt die Formalität, ohne ein Wort zu sagen, setzt sich dann wieder und liest an der Stelle weiter, wo sie unterbrochen wurde. Spätestens an diesem Punkt hat Frieda das Gefühl, was hier geschieht, ist eine Verabredung unter Gaunern. Aber welche Wahl hat sie? Sie muß durchkommen, braucht unbedingt bares Geld, und was nach ihrem Tod sein wird, wird sich herausstellen.

Nach der Verabredung wird August ihr die dringend benötigte Summe in drei Tagen bringen; vorher steht sie ihm angeblich auch nicht zur Verfügung. Ohne Trude zu schonen, fragt Frieda: «Und was wird jetzt mit dem Fräulein Senger, August? Jetzt hast du ja was in der Hand!» – «Darum kümmere ich mich! Laß das nur meine Sorge sein.»

Das arme Elschen! Frieda wird angst und bange vor diesem Sohn.

Herr Senger bittet Frieda, mit ihm auszugehen, und zwar allein mit ihm auszugehen, ohne Frau Doktor Rauchhaupt, auch ohne seine

Tochter. Sie willigt freundlich ein, und so unternimmt sie einige Tage nach der denkwürdigen Zusammenkunft in Augusts Wohnung mit Herrn Senger eine Abendfahrt mit einem Dampfer der «Köln-Düsseldorfer». Die Fahrt geht nach Rüdesheim; man sitzt am Fenster des Salons und läßt die liebliche Rheingaulandschaft im Abendlicht an sich vorbeigleiten. Herr Senger macht ihr in sehr angenehmer Weise den erwarteten Heiratsantrag. Frieda lehnt ihn auf der Stelle ab, und zwar in einer Form, die ihn auf keinen Fall verletzen soll. Sie sagt, sie weiß seine guten Absichten wohl zu schätzen und zu würdigen. Er könne versichert sein, sie habe bereits gründlich über das Für und Wider nachgedacht, und sie empfinde seinen Antrag nicht nur als ehrenvoll, sondern durchaus als verlockend. Und damit meine sie nicht nur die materiellen Vorteile, die er ihr biete, sondern auch seine Person. Falls sie noch einmal heirate, wolle sie nur einen Mann wie ihn. Daß sie seinen Antrag dennoch ablehne, habe also nicht in geringster Weise mit ihm zu tun, sondern mit ihrer ganzen Lebenseinstellung. Sie sehe es als ihre unbedingte Pflicht an, für ihr Haus und für ihre Kinder da zu sein; dies sei sie Georg schuldig, und deswegen müsse sie nein sagen, wie reizvoll sie sich ein gemeinsames Leben mit ihm auch vorstellen könne. – Dann sehe sie sich also als Hüterin einer Pflicht und nicht als eine lebensvolle Frau in ihren besten Jahren? – Wenn er das so formulieren wolle, ja. Deswegen solle aber bitte kein Schatten auf ihre Freundschaft fallen; sie freue sich sehr, wenn man sich auch weiterhin verbunden bleibe. Ja, erwarte es eigentlich.

Wie es August erreicht, mit Elschen in Kontakt zu kommen, entzieht sich Frieda. Jedenfalls geht er mit ihr aus, und das Fräulein Senger ist danach Feuer und Flamme für August. Bei der Abreise versprechen sie sich, man bleibe in Kontakt.

Alles Weitere wird sich wohl ergeben.

4

Georgs Vater kommt ins Haus.

Er geht jetzt schwerfällig, ist korpulent geworden, und wenn er, wie hier am Geisberg, bergan gehen muß, gerät er leicht außer Atem. Doch ohne sich auszuruhen, ja ohne Luft zu holen, beschwert er sich, kaum daß er zur Tür hereingekommen ist: Das ist eine Schande! Daß man das erleben muß! Der Kleine ist auch nicht besser als die anderen! Als er ihn zur Rede stellen wollte, hat er so getan, als kenne er seinen eigenen Großvater nicht! Man hat sich ja schon an vieles gewöhnt – die einfachsten Manieren gehen flöten. Die Kommunisten und die anderen Drecksäcke, die Hitlers, schreien rum, pöbeln rum, zetteln Schlägereien an. Man meint, sie seien alle nicht mehr klar im Kopf. Keiner kann dem anderen mehr zuhören. Wo gibt's denn so was, daß man keine Versammlungen mehr abhalten darf? Da war's ja beim Kaiser anständiger! Wer schreit, hat unrecht! Das ist schon immer so gewesen.

Frieda versteht nicht, was er eigentlich will. Es scheint wieder um Politik zu gehen. Aber was hat Heini damit zu tun? Worüber erregt sich Vater? Frieda sucht ihn zu beruhigen, aber er will sich nicht beruhigen lassen. Immerhin begreift er, daß sie nach dem Sinn seiner Worte sucht, deswegen schildert er ihr umständlich die Szene, die ihm offenbar vor Augen steht: «Kamen an in ihren widerlichen braunen Hemden ... Wir haben ganz ruhig gesagt: ‹Setzt euch hin, ihr seid Gäste – benehmt euch so!› War ja Platz genug. Und was war? Krakeel und am Ende 'ne Schlägerei. Zwei mußten genäht werden, die Polizei ist gekommen. Man schämt sich bis in den Grund, daß der eigene Enkel dabei ist.»

«Wobei, Vater?»

«Ei, Frieda, ich sag's dir doch die ganze Zeit. Willst du mich denn nicht verstehen?»

Nun geschieht etwas, das Frieda das Herz stocken läßt. Der alte Mann, den sie so liebt, läßt sich schwerfällig auf einem Stuhl nieder und weint. Er brummelt und brabbelt dabei noch etwas, aber nun ist er überhaupt nicht mehr zu verstehen. Frieda reicht ihm ein Spitzentaschentuch, und damit reibt er sich die Tränen aus den Augen, ungelenk wie ein Kind. Frieda kniet neben ihm nieder, legt ihre Hand auf seinen Rücken und versucht etwas zu sagen, bringt aber selbst nur ein Wort heraus: «Vater ...» Es ist so ungerecht, daß man ihm Schmerz zufügt. Er ist ein so guter braver Mensch, war es immer gewesen. Ihr kommen jetzt selber die Tränen, sie wehrt sich jedoch dagegen und sagt, was sie empfindet: «Das hast du nicht verdient. Das darf man dir nicht antun!» Dann versucht sie aufs neue herauszufinden, was eigentlich geschehen ist. Wer hat ihm etwas angetan? Ist er etwa geschlagen worden? Und Heini hat zugesehen?

Es kann sich doch nur um Heini handeln, von dem er spricht; August und Adam haben doch ausschließlich mit ihren Frauen zu tun, die kümmern sich doch nicht um Politik. Aber wieso sollte Heini seinem Großvater nicht zu Hilfe kommen? Da muß er doch was verwechselt haben?

Nein, er verwechselt nichts, es war Heinrich! Er spricht von Heinrich. War einer von den Hetzern! War der lauteste von den Krakeelern!

Heini? Anführer bei einer Saalschlacht? Das ist doch verrückt. Wie kommt Heini denn dazu, eine Versammlung zu stören?

Er war doch da, in einem braunen Hitler-Hemd, mit Koppel und Stiefeln, versichert der Vater wieder aufgebracht; er kenne doch noch seinen eigenen Enkel! Dabei wird er so heftig, als habe Frieda ihn einer Lüge bezichtigt. – Wenn er das sagt, glaubt sie ihm natürlich, sucht ihn Frieda zu besänftigen. Sie ist nur überrumpelt. Soll das etwa heißen, Heini hat sich der Hitler-Bewegung angeschlossen?

Ja, weiß sie das denn nicht? fragt nun Heinis Großvater seinerseits verwundert.

Das sei das erste, was sie höre, beteuert Frieda. Der alte Mann wiederholt, er kann nicht verstehen, daß Heinrich ihm so was antut, ihm und seinem toten Vater, verrät die große siegerhafte Idee des Sozialismus und läuft über zu diesen Arbeiterverrätern. «Was heißt denn NSDAP?» fragt er Frieda vorwurfsvoll und gibt sich selbst die Antwort: «Noch Strömt Die Arbeitgeber-Pinke!» Das sind doch Arbeiterverräter! Wenn Heinrich was tun will, seine Kräfte auszuprobieren, dann soll er beim Reichsbanner mitmachen! Die Republik ist von Feinden umzingelt, da soll er sich einreihen. Da tut er was Gutes! Er ist doch der Sohn seines Vaters!

Meint denn Vater, Heini sei dieser Partei direkt beigetreten, diesen Schreihälsen?

Sagt er doch gerade, wiederholt der Schwiegervater. Wieso weiß Frieda das nicht? Kommt denn Heinrich nicht mehr nach Hause? Wo treibt er sich denn rum?

Bis jetzt hatte sie gedacht, er treibe sich nirgends rum, verrichte ordentlich seine Arbeit in der «Rose», versichert ihm Frieda. Aber deswegen wird sie ihn zur Rede stellen! Das gibt es nicht! Sein Vater war Stadtverordneter für die SPD, Friedrich Ebert, der spätere Reichspräsident, hat bei seinem Tod kondoliert, und Heini verleugnet seinen Großvater! Alles hat eine Grenze. Das wird sie nicht dulden, darauf kann sich Vater verlassen.

Als der alte Mann merkt, es ist Frieda ernst, daß sie empört ist über das, was sie da eben erfahren hat, ist er zur Hälfte getröstet. «Das wußte ich doch, Frieda, daß du eine anständige Person bist und weißt, wo du hingehörst...»

«Wann genau war der Vorfall? Und wo hat er sich zugetragen?»

«Gestern, in 'ner Versammlung im Gewerkschaftshaus.»

Frieda sagt, sie kann es immer noch nicht fassen. Heini, ihr Heini, ist in einer Uniform aufgetreten?

Nicht er allein natürlich, es war eine ganze Horde, die da krakeelt hat. «Die fühlen sich doch nur als Bande stark», bemerkt er abfällig. Aber jetzt muß Frieda ihn doch aufklären: Hat sich Heini hinter ihrem Rücken den Braunen angeschlossen?

Frieda klärt ihn auf: Heinrich geht sozusagen seinen eigenen Weg. Er hat schon anderthalb Jahre sein Personalzimmer in der «Rose», deswegen zieht es ihn nur noch zu Familienfesten nach Hause, sie hat ihn praktisch an Heiligabend zum letzten Mal richtig gesehen, an ihrem Geburtstag natürlich auch. Aber wenn alle Söhne versammelt sind, muß man froh sein, daß es wegen ihrer Frauen nicht zu Streitereien kommt.

«Habt ihr denn Krach?» fragt der alte Mann.

«Nein, du weißt doch, wie junge Leute sind. Wollen raus... Die Mutter soll nicht mehr gucken, wen sie als Freundin haben und so weiter...»

«So war Georg nicht und meine Mädchen auch nicht. Hat denn Heini jetzt auch eine Freundin?»

Frieda möchte über diesen heiklen Punkt nicht sprechen, sagt nur: «Ich weiß es nicht, ehrlich gesagt, ich mach mir auch keine Gedanken darüber. Du siehst doch, was bei Adam und August rausgekommen ist.» – «Du warst immer zu großzügig, Frieda! Du hast die Zügel nicht fest genug angezogen.» – «Was willst du machen, Vater, wenn kein Mann im Haus ist.»

Frieda möchte schon nach dem Essen in die «Rose» gehen, Heini zur Rede zu stellen. Die Kellner haben nach der Essenszeit Pause, das ist so in der Hotellerie und wird sich nie ändern, unter welchem Regiment auch immer. Durch Gäste wird Frieda aber aufgehalten, und deswegen kann sie erst den darauffolgenden Tag gehen.

Sie hat mit Anna darüber gesprochen; die ist ebenso entsetzt wie sie selbst, glaubt aber trotzdem an einen Irrtum des alten Mannes. Vielleicht hat er Heini doch verwechselt; wenn so ein Trupp Gleichuniformierter hereinstürmt, kann das ja mal passieren. Anna drückt es vornehmer aus, als es Frieda vermöchte, aber die Meinung, die dahintersteckt, ist dieselbe: Heini ist viel zu zart, viel zu sehr in sich gekehrt, als daß er sich einer Schlägertruppe anschlösse. Man wundert sich ja schon, daß er die Arbeit als Kellner verrichten kann; im Grunde ist er dafür geschaffen, Papier zu beschreiben. Warum macht er nur nichts aus seinem Talent? Vielleicht kommt das noch. Willy hat ihr mal erklärt, viele Dichter sammelten in jungen Jahren praktische Erfahrungen, um später über Menschen und Situationen schreiben zu können. Und dabei sei es gleichgültig, wo diese Erfahrungen anfielen, auf einem Schiff, in einer Fabrik oder eben in einem Speisesaal. Seitdem denkt Frieda, das sei der wahre Grund, warum es Heini in der «Rose» aushält. Gibt es denn in Wiesbaden einen besseren Platz, die Menschen zu studieren? Vor dem Krieg sind hier Majestäten und Magnaten abgestiegen, doch auch jetzt übernachten hier noch die Großen dieser Welt, Staatsmänner, Generäle, Wirtschaftslenker. Frieda hofft immer darauf, daß einer von ihnen einmal die Talente von Heini entdeckt und ihn auf den Platz hebt, auf den er gehört. Bis jetzt ist es noch nicht geschehen. Aber das sagt nichts, so etwas ereignet sich im unerwartetsten Moment, und insofern darf man die Hoffnung nie aufgeben.

Die «Rose» symbolisiert den Glanz der Vorkriegszeit und das Elend der gegenwärtigen Verhältnisse. Es sind Kleinigkeiten, die alles verraten. Wie nachlässig sind etwa die Portiers; nichts mehr von der federnden Angespanntheit der Zeit vor dem Krieg, vielmehr lässiger Trott einer Behörde, als Frieda nun an die Reception tritt und bittet, ihren Sohn Heinrich Tremus sprechen zu dürfen. «Ich bin Frau Tremus!» setzt sie noch hinzu, und seltsamerweise funktioniert diese Zauberformel sogar hier. Man beeilt sich, ihr zu erklären, Heinrich ist wohl oben in seinem Zimmer, und gibt ihr einen Pagen mit, den Weg zu zeigen.

«Sehr liebenswürdig», sagt sie dazu.

Man könnte meinen, Heini werde hier als verkleideter Prinz gesehen und seine Mutter als eine Hoheit inkognito.

Heini liegt auf dem Bett und döst, als sie eintritt.

Über seinem Bett gerahmte Photographien von Hindenburg, Bismarck und Hitler, und an einem Haken eine Kappe der SA. Also doch. Wer hat ihn bloß dazu bekehrt?

«Mutter, was willst du denn hier?» begrüßt Heini sie, eher verwundert als unhöflich.

«Steh mal auf!» sagt sie, und als er sich langsam erhebt, gibt sie ihm eine Ohrfeige, wie er sie von ihr noch nie bekommen hat. Da er noch nicht richtig stand, fällt er wieder auf das Bett zurück.

«Bist du verrückt geworden?»

«Du kriegst gleich noch eine! Was fällt dir denn ein, gegen deinen eigenen Großvater die Hand zu erheben!» – «Wieso denn?» – «Warst du im Gewerkschaftshaus oder nicht?» – «Ja, war ich... Aber ich habe doch nicht den Opa...» – «Was du gemacht hast, ist das Schlimmste, was man ihm antun kann. Und das weißt du ganz genau! Heini, wenn du nicht hingehst und dich entschuldigst, will ich mit dir nichts mehr zu tun haben! Und zwar nie mehr im Leben!»

Heini wird fahl im Gesicht und beißt nervös auf der Lippe herum. Er ist feinfühlig genug zu spüren, seiner Mutter geht es um alles. Manchmal denkt sie, er ist neben Willy der einzige Mensch, der sie wirklich durchschaut. Deswegen versteht er, sie wird nicht nachgeben; ein falscher Satz genügt, und er wird keine Mutter mehr haben. Dennoch versucht er, den Widerständler zu mimen, für seine neuen Ideale einzutreten. Er sagt, Opa verstehe nicht, worum es gehe. Er habe immer für die Arbeiter was erringen wollen, das sei schon richtig. Das reiche aber jetzt nicht mehr aus. Jetzt gehe es um die Zukunft des deutschen Volkes, um die nationale Revolution, die wie mit Hammerschlägen erzwungen werden müsse.

«Und deswegen schreist du in einer Gewerkschaftsversammlung rum? Heini, mach dich nicht lächerlich! Wenn du dich betrachten könntest... Du und ein Schläger!»

Heini wird jetzt schrill, behauptet, er wolle sich wie ein Soldat ins Feuer werfen! Er sieht doch täglich, wer jetzt das große Wort führt. Sie sitzen doch vor ihm und lassen sich von ihm füttern, die Plutokraten und Kapitalisten, allesamt in sich verfault, kennen nur die

Gier und das Verlangen nach den Lebensgenüssen und Lebensgütern, während das einfache Volk in Mietskasernen und dumpfen Gassen vegetiert! Nicht der Arbeiter ist schuld an den miserablen wirtschaftlichen Verhältnissen, sondern diese Herrschaften. Die Arbeiter haben nicht Gelegenheit, in Dividenden, Profit und Gewinnsucht und derartigen Dingen zu denken – das besorgen für sie diese Schieber und Schmarotzer. Deutsches Volk, besinne dich auf dich selbst, auf deine Vergangenheit! Ein Land, in dem unsterbliche Dome himmelan wachsen, kann nicht untergehen. Haß, Neid, Bruderkampf und Brudermord müssen ein Ende haben, Not und Jammer und Verzagtheit ebenso.

«Und wie weit ist es?» fragt sie kalt. «Hört es bald auf mit dem Jammer?»

Darauf ereifert er sich aufs neue. Die Masse sei bald nicht mehr das armselige, dumpfe, feige Volk, von den Juden nach Willkür verstümmelt. Sie habe eine Hoffnung, und ihr Name ist Adolf Hitler. Der Deutsche müsse und werde, befreit von der Macht des Kapitals und des Marxismus, das Klassendenken überwinden. An der Front und im Schützengraben hätten die Soldaten gewußt, daß sie auf Gedeih und Verderb miteinander verbunden sind. Dort habe es keine Klassengegensätze gegeben, dort seien sie Brüder gewesen und wahre Volksgenossen.

Frieda weiß, kein Wort ist von ihm. Das hat ihm jemand eingetrichtert. Trotzdem sagt sie abfällig: «Wenn es hier nur einen Spiegel gäbe, damit du dich sehen kannst! Das ist ekelhaft! Reißt das Maul auf wie eine Kaulquappe! Dein Vater konnte vor Mengen hintreten und Ansprachen halten, du doch nicht! Du bist Kellner!»

Wenn sie ihm die Peitsche gegeben hätte, hätte sie ihn nicht mehr treffen können.

Und doch gibt er sich immer noch nicht geschlagen: «Mutter, selbst wenn ich nur ein unbedeutender Kellner bin, mein Leben kann ich geben wie die Männer von Verdun und Tannenberg... Ihr eigenes Schicksal war ihnen nichts wert, Mutter, das des Volkes alles. Genau so opfere ich mich, Mutter!» Und als wolle er den Wust von Dummheiten noch hohler machen, als er eh schon ist, setzt er hinzu: «Deutsches Volk, du bist nicht zweiten Wertes, nicht zweiter Bedeutung, und wenn die Welt es tausendmal von dir verlangt. Deutsches Volk, erhebe dich!»

«Und woher hast du das alles? Hast du einen Freund?»

Er hört sehr wohl den Unterton heraus, den sie dem Wort

«Freund» gegeben hat, und kaut aufs neue auf den Lippen herum, ehe er antwortet: «Jawohl, ich hab einen Freund! Ein wahres Vorbild für mich!»

«Erzähl mal!»

«Was willst du denn erfahren?»

«Was das für ein Mensch ist, der dich so verändert hat!»

Jawohl, «verändert» ist der richtige Ausdruck. Für ihn ein Vorbild durch und durch. Er hat Schwerstes mitgemacht und überwunden. Vor dem Krieg Lehrer, unterrichtete er gerade seine ersten Klassen, als er zu den Fahnen gerufen wurde. Jauchzend hatte er sich ins Feuer geworfen, war hinangestürmt – Höhe 404, Hartmannsweilerkopf; ein Schrapnell hatte ihm den Bauch aufgerissen, die Eingeweide hingen heraus, niemand hat mehr einen Pfifferling für sein Leben gegeben. Der Arzt im Lazarett hatte nur einen einzigen Blick auf ihn geworfen und ihn aufgegeben, bereits das Bettuch über ihn gezogen. Ein Sanitäter, der Mitleid mit ihm hatte, hat ihn aus dem Krankensaal rausgeschmuggelt, sonst wäre er elend verreckt.

«Scheint sich aber erholt zu haben», wirft Frieda abfällig ein.

Nur mit eisernem Willen! Ein Arzt in Heidelberg hat ihn zusammengeflickt, erläutert ihr Heini empört, eine Kapazität auf seinem Gebiet, und kaum war er wieder auf den Beinen, hat er sich wieder bei seinem Regiment gemeldet! Wollte dem Feind zeigen, was ein Deutscher ist; wie sich ein Deutscher dem Vaterland hingibt.

«Darauf habe ich gewartet! Hast du mal ein Bild von ihm?»

«Nein... Wieso?» windet sich Heini.

«Ich hätte ihn gern mal gesehen. Man interessiert sich doch, mit wem sein Sohn Umgang hat. Ist er auch Kellner?»

«Nein.»

«Sondern?»

«Mutter, Ideen und Ideale zählen, nicht was einer...»

«Und was ist er?» unterbricht sie ihn.

«Unser Nachtportier. Wenigstens vorübergehend. Er hätte das Zeug zu einem Minister!»

«Vorerst ist er aber nicht mal mehr Lehrer. Erzieht nur noch meinen Sohn!»

«Das richtet sich selbst, wenn du Eberhard seine Verletzung vorwerfen willst. Es ist richtig, er kann nicht mehr stundenlang stehen. Er würde das auch nervlich nicht mehr durchhalten. Er ist hier hoch angesehen; Eberhard spricht fünf Sprachen!»

«So ist das also. Da habe ich doch wenigstens eine Vorstellung von Eberhard ...»

Heini ist zu leicht beeinflußbar. Sie will das als Teil seines Charakters und seiner übergroßen Phantasie sehen. Dennoch, das war das erste und das letzte Mal, daß Heini in Uniform umhergerannt ist und seinen Großvater blamiert und brüskiert hat. Wenn sich das wiederholen sollte, sorgt sie dafür, daß Herr Eberhard die längste Zeit Nachtportier war. Sie droht: «Das kannst du mir glauben, Heini, Herrn Rosenow kenne ich besser, als du ihn je kennenlernen wirst.»

Der Familie Rosenow gehört die «Rose»; Heini versteht und pariert.

November 1934

Eines Nachts klopft es an den Fensterladen von Zimmer 5. Frieda fährt hoch, und ihr erster Gedanke ist: «Die Adamys wollen was.» Dann denkt sie: «Das ist doch albern. Die klopfen doch nicht an den Laden.»

Sie drückt die Klappläden auf. Draußen ist es neblig und finster, und eine vermummte Gestalt steht unter dem Fenster. Erst als Frieda fragt: «Was wollen Sie denn?», und jemand antwortet: «Frieda, ich bin's!», erkennt sie, da steht Anna. Anna bittet leise, beinahe schüchtern: «Darf ich reinkommen?» – Was für eine Frage! Natürlich kann sie reinkommen! Frieda geht zur Haustür, schließt auf. Zimmer 1 ist dunkel, Willy hat sich schon hingelegt.

«Warum hast du denn nicht geschellt?» fragt Frieda als erstes, und Anna behauptet, sie habe mehrmals geklingelt, aber niemand habe aufgemacht. Dann huscht sie ins Haus und geht, als wolle sie sich verstecken, schnurstracks nach hinten, in Friedas Schlafzimmer.

Ihr Mantel ist naß, die Kapuze ist naß, selbst ihre Haare sind naß. Sie hält den Mantel mit beiden Händen von sich weg, als sei Frieda Bedienung und sie wolle ihr Sachen reichen.

«Leg ihn doch hin ...», sagt Frieda ungeduldig, und darauf legt Anna das Kleidungsstück achtlos über einen Stuhl. Die Freundinnen umarmen sich. Frieda drückt sie ganz fest, gibt ihr auch einen Kuß auf die Wange. «Anna, kommst du wieder?» fragt sie dabei hoffnungsvoll. «Bleibst du jetzt bei mir?»

«Nein ... Ich muß nur mal mit dir reden ...» – «Braucht ihr Geld?» – Anna muß lachen. «Du kommst schnell zum Kern», sagt sie. – «Ach, Anna, wir beide – wir machen was mit ... Wo kommst du denn jetzt her?» – «Aus Trier. Jemand hat mich mitgenommen.» – «Bist du wieder schwarz über die Grenze?» – «Ja ... Die warten doch nur auf mich.» – «Meinst du, die suchen dich auch?» – «Natürlich.» – «Du hast doch gar nichts gemacht ...» – «Karl auch nicht!» – «Du weißt, wie ich das meine.» – «In deren Augen bin ich genauso schuldig. Weil ich Karl nicht im Stich lasse ...» – «Es ist alles unbegreiflich. Aber jetzt fang nicht in den ersten drei Minuten sofort wieder mit Politik an. Willst du was essen? Hast du Hunger?»

«Wenn du mich so fragst, eigentlich ja.»

«Ich habe noch Bouillon. Willst du einen Teller?»

«Gern.»

«Ich hol sie dir... Ach was, du gehst mit in die Küche. Von den Gästen kennt dich ja keiner, und wer dich kennt, hält den Mund.»

Die Frauen begeben sich in die Küche, Anna verriegelt sofort hinter sich die Tür. Das Mißtrauen ist ihr offenbar in Fleisch und Blut übergegangen. «Man kann nie wissen», sagt sie, als sie Friedas Blick bemerkt. «Gäste sind wie Mäuse, krabbeln immer genau da rum, wo sie nicht sollen.» Während Frieda die Fleischbrühe warm macht, betrachtet sie Anna, die nun müde am Küchentisch sitzt. Sie sieht grau aus, auch ausgehungert. Anscheinend haben sie nicht genug zu essen. Tatsächlich ißt sie die Suppe, als habe sie tagelang nichts mehr zu sich genommen. Sie und Karl Enders hausen in einem kleinen Dorf an der Saar; da sind sie vor den Nazis erst mal sicher, aber Willy vermutet, nicht mehr lange. Es ist merkwürdig, wie alles im Leben kommt. Mit allem hätte sie gerechnet, aber nicht damit, daß sich Anna und Karl Enders einmal zusammentun würden. Daß er auch ausgerechnet im «Petersburger Hof» um Schutz und Hilfe gesucht hat! Wie ein Kriegsheimkehrer war er nach der Haftzeit angekommen, verwirrt, verdreckt und am Ende seiner Kraft. Sie hatte ihn nicht versteckt, aber auch keinen Meldeschein für ihn abgegeben. Fast drei Wochen hatte Karl mehr oder minder schweigsam in Zimmer 4 gesessen, und seit dieser Zeit steht Anna ihm bei. Man kann nicht mal sagen, daß Anna ihr Herz für ihn entdeckt hätte. Sie wollte ihm helfen und hat ihm geholfen und tut das immer noch; das ist alles. Anna ist die geborene Samariterin. Anscheinend wirkt auf sie Elend und Not so verwirrend und verlockend wie auf andere Frauen Zeichen von Sinnlichkeit oder Reichtum.

Es ist wirklich unglaublich, wie die Nationalsozialisten mit Karl Enders umgesprungen sind; sie, Frieda, hatte weiß Gott nie Sympathien für ihn, aber wie die Nazis ihn behandelt haben, das empört sie. Schon vor der Machtergreifung hatten sie auf ihm herumgehackt. Angeblich hatte er das Vermögen der Gewerkschaft nur so verschleudert. Jahrelang hatten sie den Leuten in Reden und Flugblättern und Hetzartikeln eingehämmert, das Frankfurter Gewerkschaftshaus sei viel zu pompös und zu luxuriös ausgestattet, und sich selbst bewillige Karl ein Gehalt wie für einen Generaldirektor. Kaum waren die Nazis die Herren, wurde Karl verhaftet, und ein Riesenprozeß wurde veranstaltet. Sie darf gar nicht daran denken, wie sich der Staatsanwalt in diesem Prozeß aufgeführt hat. Hatte sich wegen der Zigarrenablagen erregt, die Karl angeschafft hatte, als sei das die größte Gaunerei seit Menschengedenken. Hatte rumgeschrien wie mit Schaum vor dem Mund: pro Stück sechzehn Mark vierzig und vor der Tür hungerten die Arbeiter! So also habe der Kampf des Karl Enders gegen den Kapitalismus ausgesehen, alles nur zum Nutzen der Bonzen! Habe die Beiträge, mit dem Schweiß der Arbeiter verdient, verpraßt! Es war ja auch tatsächlich ein starkes Stück, das muß man ja zugeben, achthundert Mark im Mai 1930 für Unnötiges wie Zigarrenablagen rauszuwerfen; auf dem Höhepunkt der Arbeitslosigkeit! Im Prozeß war außerdem rausgekommen, in seinen besten Zeiten hatte Karl über tausend Mark im Monat verdient, sechzehntausend Mark jährlich. Das war wirklich nicht schlecht, doch in Saus und Braus kann man davon nicht leben. Und bei allem ist er doch kein Verbrecher! Sie hatte sich sein Büro ja selbst mehrmals angesehen, ein ganz normales Büro für einen Chef!

Am ersten der beiden Prozeßtage hatte sie unter den Zuschauern gesessen. Eigentlich hatte Anna hinfahren wollen. Aber das hatte sie ihr ausgeredet. Wahrscheinlich, hatte sie Anna zu bedenken gegeben, nehme die Polizei jeden unter die Lupe, der in den Gerichtssaal wolle. Sie könne ihm nicht helfen und habe nur Scherereien, ehemals eingeschriebenes Mitglied der Gewerkschaften und aller möglichen linken Vereine! Anna hatte das eingesehen, aber dafür sie überredet, hatte gesagt: «Dann fahr du, Frieda. Bei dir kann sich keiner was denken! Er war der Vormund deiner Kinder. Daß du wissen willst, was mit ihm ist, versteht jeder!» Schließlich hatte sie um des lieben Friedens willen nachgegeben und war trotz ihrer Bedenken und mit ungutem Gefühl nach Frankfurt gefahren. Es hatte sich aber niemand nach ihrem Namen oder dem Grund ihres Kommens erkundigt. Die Nazis waren sowieso unter sich. Was für ein Prozeß! Der Staatsanwalt wie aus dem Gruselkabinett, ein schlotternder Verteidiger, ein hilfloser Karl Enders und hämische, parteiische Zuhörer mit Koppel und Mütze. Wenigstens die Richter hatten sich einigermaßen manierlich benommen und Karl mit einem Jahr und zwei Monaten Gefängnis davonkommen lassen. Nach elf Monaten hatte man ihn sogar vorzeitig freigelassen. Doch wie hatte er ausgesehen – schlimmer als Theo nach achtzehn Jahren Diez, der Rücken kaputt und die blanke Angst in den Augen. Er geht jetzt gebückt wie ein Greis; er hat keinen Buckel, aber man meint einen zu sehen. Nach seiner Entlassung hatte er sich nicht nach Hause getraut; hatte befürchtet, man warte nur auf ihn, um ihn ins nächste KZ zu schleppen. Vielleicht hatte er auch gar kein Zuhause mehr, und aus einem Grund, den sie heute noch nicht weiß, hatte er sich zu ihr geflüchtet und war bei Nacht und Regen hier aufgekreuzt, beinahe so geheimnisvoll wie Anna eben.

Nun, wo sie darüber nachdenkt, kommt Frieda der Gedanke, es war vielleicht Anna, die ihn damals hierhergeholt hatte. Das fragt sie Anna, kaum, daß diese den Rest aus dem Topf gegessen hat. «Anna», sagt sie, «hast du Karl auf die Idee gebracht, hierherzukommen?»

«Nein», schwört Anna.

Hat sie ihn denn mal danach gefragt, warum er sich ausgerechnet zu ihr gerettet hat? Er muß doch gewußt haben, daß sie ihn von Anfang an ablehnte.

«Er sagt, er hat sich an Georg erinnert. Georg hätte ihm gesagt, du hättest ein absolutes Gerechtigkeitsgefühl.»

«Ich?»

«Er glaubt es.»

«Schmeichelhaft. Aber ich weiß schon lange nicht mehr, was ich denken soll. Man wird ganz irr ... Ich habe das immer gehaßt, eure Begeisterung für den politischen Kram – Georg, Willy, mein Schwiegervater, Richard. Und du auch! Ich wollte, daß Gäste kommen, daß sie sich wohl fühlen. Ich habe immer gedacht, darauf kommt es an, und den Rest habe ich sowieso nicht in der Hand. Und jetzt mach ich mich strafbar, wenn ich dich nicht anzeige! Man hat ja gar keine Wahl mehr. Entweder macht man mit und flaggt das ganze Haus von oben bis unten, oder man ist Vaterlandsverräter. Aber, Anna, es sind doch wenigstens wieder richtige Gäste da, Engländer, Holländer, Amerikaner. Wir haben wieder Einnahmen. Das kann man doch nicht abstreiten. Es war doch unerträglich. Adam stand von morgens bis abends auf dem Bahnhof rum, hat jeden Reisenden angebettelt wie ein Pennbruder: Wollen Sie nicht im ‹Petersburger Hof› übernachten? Ich habe mich ja selbst geschämt, wenn ich ihn da hingeschickt habe! Aber was wolltest du denn machen. Das weißt du doch auch alles ...»

«Ich mache dir doch keinen Vorwurf.»

«Ich habe den Hitler nicht gewählt. Aber er hat dem Ganzen doch wenigstens wieder Hoffnung eingehaucht. Das war doch unerträglich – stehen die jungen Männer auf dem Bahnhof und prügeln sich um jeden einzelnen Reisenden ... Was hat man schon alles durchgestanden – eine Katastrophe nach der anderen, und der ‹Petersburger Hof› steht immer noch.»

«Frieda, ich garantiere dir, wenn die ganze Stadt nach einem Erdbeben im Kochbrunnen versinken würde, der ‹Petersburger Hof› bliebe dir erhalten.»

«Ich bin's ja nicht allein, die wieder Gäste hat. Die Belegungszahl hat sich allgemein mehr als verdoppelt. Wenn es so bleibt, können wir uns allmählich wieder freistrampeln.»

«Erfreulich.»

«Ich weiß ja, was du denkst, Anna. Ich bring das ‹Heil Hitler!› auch nicht über die Lippen! Was für eine Idee überhaupt ... Weißt du, was ich neulich gehört habe? Was mit Herrn Thomé passiert ist? Ich bin noch ganz erschüttert.» Bei dem Gedanken, was Herrn Thomé zugestoßen ist, senkt sie unwillkürlich die Stimme, flüstert in Verschwörermanier: «Es hieß doch immer, er hatte einen Unfall; von wegen Unfall! Den haben sie beim Röhm-Putsch die Treppe runtergeworfen. Hat ein halbes Jahr an den Verletzungen laboriert, und daran ist er gestorben! Läuft jahrelang mit der Nazi-Uniform rum, und kaum sind die dran, werfen sie ihn die Treppe runter, die eigenen Leute ... Ich hab's von Richard!»

«Weil er homo war, sicher ...», vermutet Anna.

«Das ist doch kein Grund!» wird Frieda scharf.

«Frieda, ich bin emigriert, nicht du! – Und was machen die Lieben?»

«Alle so weiter», behauptet Frieda. Aber dann fällt ihr ein: «Daß Adam mit seiner Gabriele jetzt nach Bensheim gezogen ist, das hast du noch mitgekriegt, oder ...?»

«Ja.»

«Auf einmal ist sein Schwiegervater hoch zufrieden mit ihm. Warum nicht gleich so? Wäre uns allen viel erspart geblieben ... Der hatte immer Geld; selbst nach dem Schwarzen Freitag war der noch flüssig. Adam muß jetzt reiten lernen. Unser Adam! Der wird ein schönes Bild abgeben. Bis jetzt ist er erst mal vom Pferd gefallen.»

«Wird ja direkt vornehm», merkt Anna dazu an.

«Stell dir mal vor, Anna, was mir neulich der Herr Berberich erzählt hat – der nette ältere Herr, er ist jetzt wieder regelmäßig Gast bei uns. Den kennst du doch auch noch ... Als Kind hatte er mal das Schicksal der ganzen Welt in der Hand. Der Kaiser war mal wieder die Taunusstraße entlanggeritten, und er hatte in seiner Begeisterung die Kappe vom Kopf gezogen und sie dem Pferd zwischen die Beine geworfen. Das hat gescheut, und der Kaiser konnte sich gerade noch so halten. Mit vereinten Anstrengungen ...»

«Wie kommst du denn jetzt auf den Kaiser?»

«Weil Adam doch da in die Reiter-SA eintreten soll; sein Schwiegervater will das, das ist angeblich geschäftlich wichtig. Er hat schon einen Aufnahmeantrag gestellt.»

«Vielleicht kann man dem Hitler auch mal eine Kappe zwischen die Beine werfen! Oder was anderes!»

Frieda bemerkt, daß Anna den Löffel noch immer in der Hand hält, und deswegen fragt sie: «Willst du noch was essen? Eine Scheibe Brot?»

«Danke, die Bouillon war wunderbar.»

«Ich mach dir noch was anderes. Du kannst doch nicht satt sein. Auch ein Bier oder ein Schluck Wein?»

Anna widerspricht zwar, sie könne nichts mehr essen oder trinken, es klingt aber nicht wirklich ablehnend.

Während Frieda Brot aufschneidet, hört sie Geräusche im Treppenhaus. Jemand schleicht da rum. Das wird doch nicht etwa die Hanny sein, eins der beiden neuen Mädchen? Die ist nicht koscher. Schon damals, als Karl im Haus war, war sie Frieda nicht geheuer. Sie ist eine von den Gläubigen, den Hundertprozentigen, und ihre Mutter ist Aufseherin im Gefängnis, und wenn sie der einen Tip gibt ... Dauernd will sie Tilly bekehren, und die ist schon ganz eingeschüchtert. Man muß vorsichtig sprechen, wenn sie in der Nähe ist.

Wo sind wir hingekommen!

Frieda gibt Anna ein Zeichen, sich ruhig zu verhalten, geht dann zur Tür, schiebt den Riegel behutsam zurück und reißt die Tür auf, das Brotmesser wie eine Waffe gezückt.

Es ist Willy.

«Was schleichst du denn da rum?» fährt Frieda ihn an.

«Ich habe Stimmen gehört ...»

«Doch nicht im dritten Stock! Erzähl mir doch nichts!»

«Nicht im dritten Stock. Ich wollte mir was zu trinken holen. Wer ist denn da?»

«Anna!»

«Anna?»

Die beiden begrüßen sich, als hätten sie sich Jahre nicht mehr gesehen, dabei sind es doch erst einige Monate her, daß Anna und Karl Enders ins Saargebiet geflohen sind. Der Versailler Vertrag hat aus ein paar preußischen und bayerischen Landkreisen ein eigenes, von Deutschland unabhängiges Territorium gemacht, Frankreich hält seine Hand darüber, und solange das so ist, sind die beiden da in Sicherheit.

«Und? Wie ist das werte Befinden?» will Willy erfahren.

«Das siehst du doch... Anna ist todmüde», weist Frieda ihn zurecht.

Na ja, sicher, aber das Wichtigste muß er hören. Man kann ja nicht schreiben, das ist ja zu gefährlich. Man will ja niemand in Gefahr bringen. Was spricht man denn an der Saar? Wie wird die Volksabstimmung ausgehen? Kehrt die Saar heim ins Reich?

Es sieht danach aus, vermutet Anna. Selbst die Genossen schätzen, daß sich siebzig, achtzig Prozent für die Wiedereingliederung der Saar ins Deutsche Reich aussprechen, Hitler hin oder her. Die wirtschaftlichen Verhältnisse sind dort zur Zeit viel schlechter, als sie hier sind. Frankreich hat sich vom Krieg noch immer nicht erholt, alle deutschen Reparationen haben nichts genutzt.

«So viele doch, siebzig oder achtzig Prozent?» wundert sich Willy.

Ja, sogar das Proletariat marschiere unter dem Hakenkreuz, erregt sich Anna. Viele Gewerkschaftler hätten im stillen schon längst Abschied genommen, Abschied von der Gewerkschaft und von der Sozialdemokratie, auch Abschied von der Freiheit. Die Sache der Arbeiterbewegung sei verloren, bald in ganz Europa. Italien und Spanien und Deutschland, das sei erst der Anfang; niemand werde auf die Dauer widerstehen.

«Und, was wollt ihr machen? Oder bist du nicht mehr mit Herrn Enders zusammen?»

«Doch, ist sie», antwortet Frieda an Annas Stelle.

«Weil das dich ja auch brennend interessiert, Frieda, und damit ihr nicht länger rumraten müßt: Unser Verhältnis ist vollkommen platonisch. Wir stehen uns bei. Mehr ist nicht!»

«Wie Onkel und Nichte», kommentiert Willy das sarkastisch.

«Ja, so!» bekräftigt Anna ungerührt.

«Anna, das hast du doch alles nicht nötig», offenbart Frieda ihre

Meinung zu der Angelegenheit. «Wenn er wenigstens dein Mann wäre oder dein Liebhaber...»

«Auf keinen Fall komme ich zurück, solange die braune Sippschaft hier wütet. Das hat mit Karl gar nichts zu tun. Ich kann in diesem Land nicht mehr leben. Du kannst jede Zeitung aufschlagen – in jeder steht dasselbe drin, ausschließlich Lügen!»

«Ich habe nie viel Zeitung gelesen», erwidert Frieda knapp. Sie ärgert sich darüber, daß sich Anna und Willy schon wieder über das Schicksal der Welt den Kopf zerbrechen statt über ihr eigenes.

Ja, ja, bemerkt Willy, das verstehe er ja alles, daß ihr der neue Wind nicht passe. Aber was wird sein, wenn die Volksabstimmung für den Adolf ausgeht? Was wollen sie denn dann unternehmen? Es sind doch nur noch ein paar Wochen; die Volksabstimmung findet doch schon Anfang Januar statt, und wenn die Nazis auch da die Macht übernehmen...

«Das können wir doch alles morgen besprechen», sagt Frieda. Sie muß ins Bett, und Anna ist todmüde. Das sieht man doch. Sie räumt auf, und dabei fragt sie: «Anna, willst du ein Zimmer oder schläfst du bei mir?» – Anna zögert: «Wenn es dir nichts ausmacht, lieber wäre mir, du gibst mir ein Zimmer.» – «Es macht mir nichts aus. Dann kriegst du Nummer 11... Willy, hol ihr mal den Schlüssel.»

Und während Willy sich nach Zimmer 1 bemüht und Anna erschöpft und bleich und hoffnungslos an der Tür steht, schwappt eine Welle guter Gefühle über Frieda. Sie nimmt Anna in den Arm, drückt sie, wie sie lange niemand mehr umarmt hat, und flüstert ihr ins Ohr: «Anna, dir darf nichts passieren! Hörst du...»

Anna löst sich etwas verlegen von ihr, als Willy nun mit dem Schlüssel kommt.

Frieda geht in ihr Zimmer zurück; noch immer brennt die Deckenlampe, und Annas Mantel liegt noch da, wo sie ihn hingelegt hat. Frieda schiebt einen Bügel in die Ärmel und hängt das gute Stück an den Schrank, damit es trocknen kann.

Dabei sieht sie sich im Spiegel. Eine Frau von fünfzig steht vor ihr. Im grellen Licht der Deckenlampe kann man keine Falte übersehen, nicht den Ansatz ihres Doppelkinns. Ihr Körper wird schwer und ihre Haare grau. Ida färbt sie ihr ab und zu, aber das sieht dann unnatürlich schwarz aus, wie gelackt, und außerdem kommt das Grau schnell genug wieder durch. Das sind zum Glück alles nur Äußerlichkeiten, deswegen fühlt sie sich noch längst nicht als alte

Frau. Die Männer wollen sie immer noch. Manchmal bemerkt sie bei dem einen oder anderen Gast dieses bewußte Flackern in den Augen und die übrigen kleinen Anzeichen von Begehren, und gelegentlich ist sie sogar in Versuchung, den Wunsch zu erfüllen. Nicht weil sie den Genuß sucht, der mit dem Bett verbunden ist, sondern weil sie dieses Begehren anfachen will. Ihre Verbindung mit Richard hat sich zu einer trockenen Ehe verfestigt, die einmal im Jahr vollzogen wird; er kommt in seinen Ferien, sie ziehen in die Zimmer 16 und 17, und wenn er wieder geht, ist seine Leidenschaft für die nächsten elf Monate gestillt.

Wofür die ganze Anstrengung? Immer wieder ist es, als müsse sie von vorne beginnen. Wenn ihr wenigstens ein Mann zur Seite stünde. Ein wenig versteht sie Anna. So schrecklich das Dasein sein muß, das sie auf sich genommen hat, es ist immer noch besser, als die Tage sinnlos verrinnen zu sehen.

Sie legt sich ins Bett, aber sie kann nicht einschlafen. Plötzlich geht die Tür auf, und Anna fragt vorsichtig: «Frieda, bist du noch wach?» – «Komm schon.» – «Es wäre doch verrückt... Ich liege wach, und morgen hast du keine Zeit. Reden wir jetzt.»

«Anna, ob du es glaubst oder nicht, manchmal rede ich mit dir, als wärst du noch hier.» Und ohne Hoffnung, daß Anna zustimmen wird, fügt sie hinzu: «Kannst du wirklich nicht zurückkommen?»

Anna hat ihr Kissen und die Bettdecke mitgebracht und macht sich mit wenigen Handgriffen das zweite Bett zurecht, die andere Hälfte des Ehebetts. Seit Jahren ist diese Betthälfte unbenutzt, Frieda läßt sie dennoch nicht abschlagen, will auch kein anderes Bett.

Anna bemerkt, daß auf dem Nachttisch ein Bild von Georg steht, und sagt zweideutig: «Georg hätte uns erhalten bleiben müssen, Frieda.»

Was darauf erwidern?

Jahrelang war das Bild in einer Schublade versteckt, neulich hat Frieda es wieder aufgestellt; sie spürt, es gibt ihr Kraft. Sie vermißt ihn nicht eigentlich. Wenn sie in diesem Zimmer ist, ist er um sie, und seltsamerweise altert er mit ihr. Wenn sie an Georg denkt, sieht sie ihn nicht, wie er als junger Mann war, tatkräftig und hoffnungsfroh. In ihrer Vorstellung schlurft er in diesem Zimmer umher, beinahe wie Karl Enders, und Züge von Richard hat er auch angenommen.

«Wieviel braucht ihr denn?» fragt sie ins Dunkel.

«Jede Mark, die du uns geben kannst», erwidert Anna ehrlich.

«Soll ich auch Herrn Maison fragen?» – «Würdest du das für uns machen?» – «Für dich, Anna, nur für dich... Wie geht es dir wirklich?» fragt sie die Freundin.

«Miserabel.»

«Wovon lebt ihr?»

Von kleinen Zuschüssen und aus dem Garten, den sie haben; sie selbst mache ab und zu Heimarbeit, schreibe Papiere ab – Karl könne ja nichts arbeiten. Die Saarbrücker Genossen seien ganz großartig, würden helfen, wo sie könnten; einmalig, das muß man anerkennen. Aber sie sind zu wenige. Die große Mehrheit läuft dem Trommler aus Braunau nach. Die Nachbarn wissen, daß sie aus Deutschland geflüchtet sind, und dafür verachten sie sie. Sie sprechen kein Wort mit ihnen und spucken vor ihnen aus, wenn sie sie sehen; schikanieren sie, wo es nur geht, werfen ihre Abfälle über den Zaun. Ein paar Tage hatten Karl und sie eine kleine Katze, die ihnen zugelaufen war; eines Tages war sie vergiftet. Einer der Bauern, selbst strammer Nazi, hat ihnen angedroht, sie werden totgeschlagen, wenn es soweit ist.

«Und wann ist es soweit?»

«Nach der Volksabstimmung. Die fühlen sich jetzt schon als Sieger.»

Und wie soll's weitergehen? Was erwarten sie sich denn von der Volksabstimmung? Wollen sie darauf warten, daß das Unglück sie ereilt?

Natürlich nicht. Karl sei schon um Einreise-Erlaubnis für Frankreich eingekommen und es sähe so aus, als ob er das Dauervisum für Frankreich erhalte.

Wie? Muß man denn einen Paß haben, wenn man vom Saargebiet nach Frankreich will? Frieda hatte geglaubt, die Saar gehöre jetzt sozusagen zu Frankreich?

Nein, nein, erläutert ihr Anna, das Saarterritorium steht unter der Verwaltung des Völkerbundes, Frankreich hat nur wirtschaftlichen Zugriff; deswegen gehört es ja zur Franc-Zone. – Wenn das alles so gefährlich ist, warum gehen sie denn nicht jetzt schon nach Frankreich, auch ohne Erlaubnis? – Das ist mehr als riskant. Ohne Erlaubnis wird man als Illegaler nach Deutschland abgeschoben. Dann kann sich Karl auch gleich vor ein KZ stellen und darum bitten, daß man ihn aufnimmt. Aber selbst als Emigrant mit Papieren wartet eine harte Zukunft auf ihn, mittellos und in seinem Alter und ohne Sprachkenntnisse... Wenn alle Stricke reißen, wollen Bekannte Karl allerdings nach Frankreich rüberbringen und versuchen, daß er von da aus nach Kuba auswandern kann; Kuba nimmt Flüchtlinge aus Deutschland.

«Ja, und was ist mit dir? Kriegst du denn auch einen Paß für Frankreich?»

Frieda erfährt nun, Anna hat bis jetzt nicht mal die Anerkennung als Emigrantin erreicht, hat überhaupt keine Papiere, nicht mal die Ausweiskarte des Völkerbundes. Die Ämter können sie jederzeit nach Deutschland abschieben.

«Wie? Du bist völlig vogelfrei?» sagt Frieda, nun doch erschüttert. «Anna!»

Wenn die Verhältnisse nicht so verzweifelt wären, hätte sie sich gar nicht hergewagt, gesteht Anna jetzt. Das Herkommen war nicht einfach, die Grenze wird gut bewacht. Beim ersten Mal (als sie von Trier aus ins Saargebiet gegangen sind) haben Genossen sie illegal über die Grenze geführt. Dem Mann, der sie heute geleitet hat, traut sie nicht. Sie hält ihn für einen Spitzel. Sie hat das Gefühl, er will sie in eine Falle locken. Sie nimmt an, wenn sie nach Trier an den verabredeten Punkt zurückkommt, wartet schon die Polizei auf sie.

Ach du lieber Gott! Auch das noch! Wie will sie dann zu Karl zurückkehren?

In den Tagen, in denen Anna in Wiesbaden ist – es dauert ja, bis Frieda etwas für sie aufgetrieben hat –, wagt sie sich kaum vor die Tür. Selbst im Haus fühlt sie sich nicht sicher. Frieda und Willy behalten Hanny ständig im Auge; sie scheint jedoch nichts zu begreifen. Aber daß man an so etwas überhaupt denken muß!

Als Frieda das Geld zusammenhat, das Karl und Anna erst mal wieder Luft zum Atmen gibt, gilt es, das andere Problem zu lösen, die Rückfahrt an die Saar. Willy rät dringend davon ab, es noch mal mit dem heimlichen Überqueren der Grenze zu versuchen. Es sei ja bekannt, die Gestapo ziehe sich überall ihre Spitzel heran, insofern solle Anna auf ihre Nase vertrauen. Wie dann zurückkehren? Die Eisenbahn bietet Risiken, und den Jörns will Frieda nicht bemühen. Der hat sein Fähnchen auch nach dem Wind gehängt. Schließlich kommt sie auf Ida Rauchhaupt. Die treue Seele besitzt ein Auto, und deswegen bittet sie Ida telephonisch, ihr einen Gefallen zu erweisen. Ida läßt sich nicht lange bitten, kommt und erklärt sich bereit, Anna zu fahren; von ihr aus kann man sogleich starten. Zu Annas Verwunderung wirft sich Frieda nun auch in Reisekleidung. «Du willst doch nicht etwa mitfahren?» fragt Anna. – «Anna, wer denkt sich denn was Böses, wenn drei Frauen auf einmal aufkreuzen. Wir werden doch mal einen Ausflug nach Saarbrükken machen dürfen!»

Und tatsächlich hätte die Fahrt etwas von einer unbeschwerten Autotour, wäre das Wetter angenehmer. So friert man selbst unter den Reisedecken, die Ida ausgibt. Ida will die Umstände, die sie nach Saarbrücken führen, gar nicht genau erfahren, reimt sich wahrscheinlich schon das Richtige zusammen. Während der Fahrt unterhält sie ihre Begleiterinnen mit Schnurren von ihrem Mann und ihrem Liebhaber und Betrachtungen über einen französischen Dichter namens Proust, der es ihr gegenwärtig sehr angetan hat. Sie weiß gar nicht, ob der verboten ist oder erlaubt, aber jedenfalls sehr empfehlenswert, psychologisch sehr ausgefeilt, wenn auch etwas weitschweifig. Sie an seiner Stelle würde einiges raffen.

Bei der Zollkontrolle verwickelt Ida gleich zwei Zöllner ins Gespräch, und Frieda strahlt soviel Würde aus, daß ihrer aller Papiere nur recht oberflächlich angesehen werden. Dann heißt es: «Gute Fahrt und angenehmen Aufenthalt an der Saar!»

Am Bahnhof von Saarbrücken setzen Ida und Frieda Anna ab, beim Abschied weinen alle drei, und während Anna mit dem Zug in ihr Elend zurückkehrt, machen sich Frieda und Ida einen angenehmen Abend im «Ratskeller».

Wenn man schon mal rauskommt, will man ja auch was davon haben. Ida trinkt mehr, als sie verträgt, und Frieda hat Mühe, sie nachher ins Bett zu bringen. Ida weckt mit ihrer Singerei die halbe Pension, in der sie übernachten. Den Schlager «Carusos Kunst vermißt man schwer, still ging er hin und singt nicht mehr...» bietet sie mehrfach.

Verdiente Persönlichkeiten

1

Gefällt es dir?» wendet sich Elfriede Maison höflich an Frieda, und diese bestätigt, sie fühle sich ausgesprochen wohl, danke.

Frieda kommt mit dem Weib einigermaßen zurecht; eine Freundschaft wird das aber nie werden. Nun, das muß auch nicht sein, Hauptsache, Herr Maison kommt mit ihr aus. Doch zwischen den Eheleuten ist auch viel Kühle. Vorhin hat sie die beiden eine Weile beobachtet, das war aufschlußreich. Er hat sich benommen, als sei er der Chef eines Modehauses und sie die erfolgreiche Direktrice.

Erstaunlich genug, daß sie, Frieda, überhaupt eingeladen wurde. Herr Maison hat ihr ausdrücklich erklärt, es war Elfriedes Idee, sie zu ihrem Fest einzuladen. Nun ja, ohne ihre tätige Mithilfe hätte die gnädige Frau dieses Haus und diesen glanzvollen Rahmen gar nicht. Vor zwei Jahren – ja, zwei Jahre ist das schon wieder her –, als Frau Schweitzer Hals über Kopf verkaufen wollte, um auswandern zu können, war diese zu ihr gekommen, hatte es ihr angeboten, und ihr erster Gedanke war natürlich Herr Maison.

Immerhin schön, daß Elfriede das nicht vergessen hat.

Frieda fällt es leicht, von Frau Maison als Elfriede zu denken und zu reden; dagegen muß sie sich noch immer zwingen, ihn mit seinem Vornamen anzusprechen. Jedesmal, wenn sie mit ihm verabredet ist, übt sie vorher: Jules, Jules, Jules, und nun ertappt sie sich wieder dabei, daß sie in Gedanken zu der vertrauten Anrede «Herr Maison» zurückgekehrt ist.

Mit dem Fest wird gleichzeitig Elfriedes Geburtstag und die Einweihung des neuen Heims gefeiert, und man muß sagen, es ist eine ausgesprochen elegante Feier. Ausgesuchte Speisen, heitere, unterhaltende Ansprachen, Musik, Tanz; die Damen in großer Robe und viele der Herren in Galauniform. Uniformen sind jetzt groß in Mode, oder besser gesagt, wieder. Dadurch hat man das Gefühl, man hat es nur noch mit bedeutenden Persönlichkeiten zu tun. Elfriede ist unbestritten Mittelpunkt der Gesellschaft; sie ähnelt etwas der Frau des Reichsmarschalls Göring. Generell orientiert sie sich gern an den hohen Frauen der neuen Größen, trägt wie diese ihre Haare in Tollen und Rollen, aber man muß zugeben, sie macht unbedingt etwas her.

Auch wie sie das Haus hat herrichten lassen, nötigt Frieda Achtung ab. Man kennt die frühere «Villa Schweitzer» kaum wieder. Nach dem Umbau ist das Haus jetzt wesentlich besser zu nutzen, und alles ist heller geworden, lichte Tapeten in allen Räumen, als Parkett helle Eiche und darauf chinesische Teppiche, schöne bunte Sofas überall und indirekte Beleuchtung. Das einzige, was an früher erinnert, ist die Lindenholz-Madonna; die hat Herr Maison wohl mitgekauft. Sie steht nun auf einem niedrigen Tischchen in der Eingangshalle; darüber ein Bild aus dem Bauernkrieg, ein sehr wirkungsvolles Ensemble. Chic hat Elfriede, das muß ihr der Neid lassen.

Herr Maison (Jules, Jules, Jules, trichtert sich Frieda wieder ein) will klugerweise seine letzten Jahre hier genießen. Seine Firma hat er seinem Sohn Bernhard übergeben; der ist mit Frau und Kindern übrigens auch hier. Er übersieht Frieda gern, und umgekehrt hat sie auch nichts mit ihm zu schaffen. Er kommt ja nicht mal mit seinem eigenen Vater aus. Das Verhältnis zwischen Vater und Sohn war nie das beste, und selbst jetzt ist es noch frostig, obwohl er jetzt den Betrieb hat! Wenn ihm danach ist, taucht Jules trotz seiner fünfundsiebzig Jahre immer mal in Rambach auf, und das paßt den Herrschaften natürlich nicht.

Frieda langweilt sich zwar nicht, aber sie hat auch keine richtige Ansprache, und deswegen beschließt sie, sie wird bald gehen. Sie hatte darauf gehofft, daß Jules einmal mit ihr tanzen würde, doch er hat überhaupt nur den Eröffnungswalzer getanzt und mit ihr lediglich einige Worte gewechselt. Sie nimmt nicht an, daß er sich heute abend länger mit ihr unterhalten wird. Warum soll man auch die nie völlig erloschene Eifersucht seiner Frau anfachen?

Es war ein langer Weg, denkt Frieda, während sie vom Champagner nippt, vom hungrigen Kind, das in diesem Haus dreimal in der Woche aus Gnade und Barmherzigkeit gefüttert wurde, zum gern gesehenen Gast einer Abendgesellschaft. Nun ja, wenn sie gewollt hätte, wäre sie heute abend sogar die Gastgeberin. Aber es ist alles richtig, wie es ist.

Gerade als sie der Bedienung ihr Glas aufs Tablett stellen will, gesellt sich Herr Maison zu ihr und bemerkt: «Frieda, wir haben uns heute überhaupt noch gar nicht unterhalten.»

«Ich war die ganze Zeit hier», sagt sie, und er erwidert: «Ich hatte dich im Auge.» Als er Platz nimmt, registriert das Elfriede sofort. Frieda stört es nicht. Das muß er mit ihr ausmachen.

«Was gibt's Neues?» sagt er gewohnheitsmäßig.

«Stell dir mal vor – ich weiß nicht, ob du es schon gehört hast –, die Frau Schweitzer ist zurückgekommen. Hat nach Weihnachten ein paar Tage bei mir gewohnt... Zwei Tage, besser gesagt.»

«Woher zurückgekommen?»

«Aus Palästina. Sie hat es da nicht ausgehalten. Hat behauptet, das Klima da und die ganzen Umstände, das sei etwas für junge Leute, die etwas aufbauen wollten; in ihrem Alter könne man sich daran nicht mehr gewöhnen. Es seien ihr da auch zu viele Juden auf einem Fleck.»

«Ich denke, die wollte nach Brasilien? Die ist doch auch gar keine Jüdin...?»

Wollte sie ursprünglich; wollte ursprünglich nach Brasilien auswandern. Das ist korrekt, versichert ihm Frieda. Als Hitler Reichskanzler geworden war, wollte sie keinen Tag länger bleiben; Bekannte hatten sie überredet, statt nach Brasilien mit ihnen nach Palästina zu gehen. Frieda nimmt an, diese Bekannten waren es auch, die sie in Panik versetzt hatten. Sie hatten ihr wohl gesagt, die Nazis würden keinen Unterschied machen; für die sei Jude Jude, ob jemand getauft sei oder nicht.

«Das ist ja wirklich eine Überraschung. Kommt die Frau zurück...», sagt Jules Maison nachdenklich.

So eine große nun auch wieder nicht, befindet Frieda. Alles in allem hat sich doch das meiste manierlicher entwickelt, als man ursprünglich befürchten mußte. Sie ist versucht, Richards Meinung dazu zu äußern. Richard ist der Ansicht, man könne die Entwicklung mit der von jungem Wein vergleichen – ungebärdig zuerst und ungenießbar, dann setzen sich die trüben Stoffe ab, und der Wein wird klar und erfreulich. Nachdem sich die ersten Wogen geglättet hätten, bewege sich alles in die richtige Richtung. Nach und nach würden die Kräfte, auf die er setzt – Hindenburg etwa und der Generalfeldmarschall Mackensen –, alle Kanten und Ecken abschleifen. Hoffentlich. Anna glaubt kein Wort. Sie ist felsenfest überzeugt: Dieser Hitler bringt Krieg, Krieg und noch mal Krieg. Aber erst mal ist die Volksabstimmung an der Saar zu seinen Gunsten ausgegangen. Neunzig Prozent der Saarländer haben für ihn gestimmt. Die können sich doch nicht alle irren!

Frieda unterdrückt, was ihr auf der Zunge liegt, und behält Richards und Annas Ansichten für sich. Zwischen Herrn Maison und ihr sind ihre Gefühle für Richard immer ein Tabu geblieben. Er hat nie gefragt, und sie hat nie darüber gesprochen.

Ihn beschäftigt die Rückkehr der Frau Schweitzer. «Sie bildet sich doch nicht etwa ein, sie könnte das Haus zurückerhalten?»

«Um Gottes willen, wo denkst du hin! Sie war doch froh, daß du es genommen hast. Sie hat extra noch mal erwähnt, daß du ihr einen anständigen Preis gezahlt hast. Das Haus ist ja auch viel zu groß für sie allein.»

Ganz ist sein Argwohn damit noch nicht erloschen. «Nicht, daß da jetzt Ärger auf mich zukommt», bemerkt er. «In meinem Alter will man sich nicht mehr mit Rechtsanwälten und Gerichten herumschlagen...»

Nein, er könne ruhig schlafen. Frau Schweitzer denke gar nicht daran. Sie hatte hier nur etwas zu regeln; sie sei zu Verwandten gezogen, in die Nähe von Worms. «Und wie geht es dir sonst?»

«Gut...»

Er fragt nach ihren Kindern. «Ist August immer noch in Amerika?»

«Ja, er macht keine Anstalten zurückzukehren. Neulich hat er mir eine Postkarte aus dem ‹Waldorf-Astoria-Hotel› in New York geschickt, einfach nur so.»

«Und was genau macht er da?»

«Nur Tee getrunken...»

«Nein, ich meine in Amerika?»

«Das wissen die Götter...»

Mit August ist es eine lange, verwickelte Geschichte und sehr undurchschaubar. Mit dem Elschen Senger gab es ein Hin und Her, Herr Senger hat auch etwas Geld für den «Petersburger Hof» lockergemacht, und am Ende kam es dann doch nicht zur Hochzeit.

«Hat Herr Senger mal wieder von sich hören lassen?» erkundigt sich Herr Maison.

Nein, und sie wage auch nicht zu schreiben, das könne nur peinlich werden. Herr Senger werde sich wohl nicht die besten Erinnerungen an Wiesbaden und die Familie Tremus bewahrt haben. Aber sie ist daran unschuldig, sie hat mit offenen Karten gespielt, und was August angeht, für den legt sie nicht die Hand ins Feuer.

«Und Heinrich? Immer noch Kellner?»

«Oberkellner! Macht sich sehr in der ‹Rose›. Sie halten große Stücke auf ihn.»

«Das hört man doch gern ...»

Dann greift sie in ihre Abendtasche. Beinahe hätte sie ja das Wichtigste vergessen, sagt Frieda, und holt einen Briefumschlag heraus.

«Was ist das?» fragt er verständnislos.

«Ein Scheck, Jules ...»

«Und was soll ich damit?»

«Ich kann anfangen, meine Schulden zurückzuzahlen. Das ist die erste Rate!»

«Und damit willst du heute abend anfangen?»

«Je früher, je lieber; es wird sowieso mein ganzes Leben dauern, bis ich damit fertig bin.»

Er sieht sie eine Sekunde lang prüfend an, steckt dann den Umschlag ein, ohne ihn geöffnet zu haben. «Man dankt», sagt er dazu geschäftsmäßig.

«Ich danke dir. Ohne deine Hilfe ...»

«Komm, Frieda, das haben wir ja schon öfter geklärt. Es fehlt gerade noch, daß du mir zu heulen anfängst.»

Er denkt über etwas nach, sitzt nun da wie ein müder Kutscher auf seinem Kutschbock, und dann entschließt er sich, die Frage zu stellen, die er stellen will. «Frieda», sagt er, «hast du je für mich Liebe aufgebracht?»

Sie blickt ihm in die Augen, als sie antwortet: «Ich habe nur einen großen Fehler in meinem Leben gemacht. Ich hätte dich heiraten sollen.»

«Ich war verheiratet.»

«Nicht immer.»

«Aber Liebe», sagt er, «Liebe war es nie?»

«Jules», antwortet sie unbeschwert, «wir beide können uns doch nichts vormachen.»

«Nein», bestätigt er, «das ist wohl nicht möglich.»

«Und wir haben es auch nie probiert», sagt sie, als sei dies das eigentlich Bedeutsame.

«Nein, zu keiner Zeit», gibt er ihr zu.

Dann erhebt er sich und geht zu seiner Frau.

2

Was zieht man an, wenn man zu einem Empfang des Führers und Reichskanzlers geladen ist? Frieda steht in den Tagen, die dem denkwürdigen Ereignis vorausgehen, mehrfach vor dem Kleiderschrank und prüft und wählt; endlich entscheidet sie sich für ein schlichtes dunkelblaues, beinahe bodenlanges Samtkleid, das ihre Figur modelliert. Vielleicht etwas gewagt für den Morgen; die Feierstunde soll ja um elf Uhr morgens beginnen, und insgesamt sind fünfunddreißig Minuten dafür angesetzt. Aber Frieda erinnert sich der Damen, die damals der Einweihung des «Römertors» beigewohnt hatten; manche waren dem Kaiser in Roben unter die Augen getreten, die stark an Abendkleider erinnert hatten. Dagegen ist ihr Kleid die Einfachheit selbst.

Der Führer ist während des Monats März drei Tage in Wiesbaden, und zu seinem dichtgedrängten Programm gehört, verdiente Persönlichkeiten auszuzeichnen. Damit sind nicht Veteranen seiner Bewegung gemeint, für die gab es bereits öffentliche Ehrungen im Kurhaus. Diesmal sollen Männer und Frauen die gebotene Anerkennung finden, die zwar nicht den Weg in die Hitler-Partei gefunden hatten, jedoch der deutschen Sache noch in dunkelster Stunde treu ergeben waren. Richard ist eine dieser Persönlichkeiten. Herr Möbius hat dankenswerterweise erreicht, daß seine afrikanischen Taten endlich angemessen gewürdigt werden. Möglicherweise ergibt sich daraus eine Versetzung in eine bedeutendere Pfarrei oder eine Beförderung. Richard hofft darauf, aber das ist ein anderes Kapitel. Auch ihre Einladung zu der Feier hat Frieda Herrn Möbius zu verdanken. Seit Richards erster Rede in seiner Villa hält sie Kontakt mit Herrn Möbius; er hat ihr während der schweren Zeiten mehrfach aus der Not geholfen, unter anderem, indem er ihr Gäste schickte.

Die Feierstunde findet in der «Rose» statt, und Richard, Herr Möbius und Frieda sind schon eine halbe Stunde vor der Zeit in der Halle des herrlichen Hotels. Sie sind nicht die ersten, aber auch nicht die letzten, die sich einfinden. Kurz vor elf bittet man die Gruppe – ungefähr zwanzig Herren und vier Damen – in einen Salon im ersten Stock. Dieser Salon ist reichlich mit Blumen und einer einzigen großen Hakenkreuz-Fahne dekoriert, und als man eintritt, warten hier bereits schneidige junge Männer in SA- und SS-Uniformen. Sie stehen in zwei kleineren Gruppen zusammen und kümmern sich kaum um die Herrschaften, die der Anlaß des Ganzen sind. Die Herren bleiben instinktiv zusammen, während die Damen auf Aufforderung in steifen Sesseln, die im ganzen Raum verteilt sind, Platz nehmen. Nur wenige der Herren tragen Parteiuniform, die meisten sind in Cut oder Frack, und diese Garderobe läßt Frieda denken, sie sind allesamt Überbleibsel einer untergegangenen Zeit, während die jungen SS- und SA-Männer ganz offenbar die Zukunft verkörpern. Es war vielleicht doch ein Fehler, daß sie Heini damals verboten hat, weiterhin der SA anzugehören. Nun, sagt sie sich, wäre er wirklich der Kämpfer, den die Nationalsozialisten wollen, hätte er sich von dem Verbot seiner Mutter nicht abschrecken lassen. Insofern muß sie sich keinen Vorwurf machen.

Das Erscheinen des Führers und Reichskanzlers zieht sich hin, und je länger man auf ihn warten muß, desto mehr fühlt sich Frieda befangen. Was soll sie antworten, wenn Adolf Hitler sie fragt, welche Leistung sie für das Vaterland erbracht hat? Kann sie da antworten: «Ich habe Betten vermietet?» Nun, im entscheidenden Augenblick wird ihr schon das rechte Wort einfallen, und außerdem hat sie Richard und Herrn Möbius an ihrer Seite, die werden schon statt ihrer zu antworten wissen. Und noch etwas macht sie mehr und mehr nervös. Beim Hereinkommen ist ihr ein Mann aufgefallen, von dem sie weiß, sie hat ihn schon früher gesehen. Er hat ihr auch knapp grüßend zugenickt, aber bis jetzt ist ihr sein Name nicht eingefallen, auch nicht, in welchem Zusammenhang sie ihn kennengelernt hat. Sie ist sicher, eine unangenehme Erinnerung verbindet sie mit ihm, doch welche? Er war nie ihr Gast, dessen ist sie sicher, ist auch niemand, dem sie Geld schuldet. Aber wer ist es? Bei welcher Gelegenheit hat sie den Charakterkopf schon gesehen? Plötzlich fällt ihr ein, dies ist der ehemalige Inspektor Koblentzer. Er hat kaum noch Haare, und wie ist der Mann gealtert! Eine Hand zittert, und den Kopf kann er auch nur mit Mühe geradehalten! Kaum wiederzuerkennen. Wirkt sie etwa auch so auf ihn?

Dann denkt sie mit Erschrecken: Was hat er überhaupt hier zu suchen? Ist er etwa immer noch im Dienst? Das kann doch nicht sein. Herr Möbius spürt ihre Unruhe, drückt ihr beruhigend die Hand. «Alles hervorragend», bemerkt er aufmunternd. Später stellt sich heraus, der ehemalige Polizist hat sich schon der Hitler-Bewegung angeschlossen, als die meisten mit dem Namen «Adolf

Hitler» noch nichts anzufangen wußten, allerdings hat er sich niemals öffentlich engagiert. Jedenfalls, erweist sich, hat er sich den Händedruck seines Führers redlich verdient, und es ist klar, es ist reiner Zufall, daß man sich heute wieder begegnet. Dennoch fühlt sich Frieda seinetwegen während der ganzen Feierstunde nicht ganz wohl. Muß einem denn alles verdorben werden, ist denn alles vergiftet?

Auf ein Zeichen hin erhebt man sich, bald darauf wird die Tür aufgerissen, und Adolf Hitler tritt mit kleinerem Gefolge ein. Er wirkt angenehmer, als man ihn von Photos kennt; sein Blick ist nicht so durchdringend starr, und seine Stimme nimmt mehr für ihn ein, als man es aus dem Radio gewohnt ist. Sie ist geradezu weich, mehr münchnerisch als wienerisch. Er trägt einen einfachen Waffenrock ohne alle Rangabzeichen, läßt sich jedermann vorstellen und hat praktisch für jeden ein Wort. Ein Adjutant gibt ihm Stichworte, aber es ist erkennbar, er hat sich schon vorher über die Leistungen der einzelnen informieren lassen. Die meisten der Herren behandelt er, als seien sie ihm seit langem vertraut, dabei wird er sie wohl alle heute zum ersten Mal sehen.

Richard zieht er länger ins Gespräch und lobt ihn für seine Bemühungen um die Wiedergewinnung der Kolonien. Er verspricht ihm – und das sagt er so, daß auch die übrigen Anwesenden das vernehmen können –, er wird dem deutschen Volk den Lebensraum verschaffen, den es benötigt und der ihm zusteht. Richard bedankt sich, als würden die Kolonien nun sein Eigentum.

Als Frieda an der Reihe ist, flüstert der Adjutant dem Führer zu, ihr Sohn Heinrich sei schon 1928 in die SA eingetreten und habe als Jüngster die Standarte getragen. Darauf deutet Adolf Hitler eine Verbeugung an, sogar einen Handkuß, und erkundigt sich: «Er trägt sie nicht mehr?» Frieda antwortet darauf mit einem neutralen: «Leider ist ihm das nicht mehr möglich!» Bedauern und auch etwas Schmerz schwingt in ihrer Antwort mit. So spricht sie mit guten Gästen, denen sie eine Absage erteilen muß.

Hitler schließt daraus irrtümlicherweise, Heini sei nicht mehr unter den Lebenden und Frieda Heldenmutter, und spendet Trost: Ja, wahrhaft gewaltige Opfer hätten gebracht werden müssen, bis sich der Nationalsozialismus auf breiter Front durchsetzte! Er kommt auf einen Frieda unbekannten Menschen namens Hans Maikowski zu sprechen. Dieser hatte sich, führt er aus, ganz wie

Heinrich Tremus in sehr jungen Jahren zum nationalsozialistischen Gedanken bekannt, hatte im Jahre 1928 die Fahne seines Sturms unter Einsatz seines Lebens im roten Kreuzberg verteidigt und sei am Tage, an dem er das Endziel seiner Treue und seiner Opfer vor Augen hatte, von Kommunisten erschossen worden. Frieda begreift endlich, Adolf Hitler hält auch Heini für einen Märtyrer seiner Bewegung. Sie hütet sich selbstredend, das Mißverständnis aufzuklären, und auch niemand der übrigen fühlt sich dazu bemüßigt, nicht einmal der Inspektor Koblentzer, der immer noch unangenehm zittert. Hitler wird nun sehr laut und verkündet allen Anwesenden, er wolle keinen Hehl daraus machen, das große Saubermachen in Deutschland sei noch nicht beendet, weiterhin müsse Unkraut ausgerissen und mit dem eisernen Besen gekehrt werden. Daß das wahre Deutschtum aber anerkenne, was der Nationalsozialismus leiste, habe gerade wieder die Volksabstimmung an der Saar bewiesen. Neunzig Prozent für die Heimkehr ins Reich, und alle Greuelmärchen des Auslands hätten daran nichts zu ändern vermocht! Er wolle schließen mit dem heiligen Versprechen: «Deutschland, dir diene ich! Deutschland, dir opfere ich mich!»

Frieda fühlt sich bei Hitlers letzten pathetischen Worten an Willy erinnert, der neulich in ähnlicher Weise eine kurze Ansprache an die Hausmädchen mit dem Ausruf beendete: «Wir sind ein einig Volk von Brüdern... Wer Ford fährt, fährt gut dabei!», und der wegen der letzten Doppeldeutigkeit mit der hundertprozentigen Hanny in die Wolle geriet.

Frieda hatte sich von der Begegnung mit Adolf Hitler mehr versprochen. Es mag an dem merkwürdigen Mißverständnis wegen Heinis Verdiensten für die nationalsozialistische Sache liegen, daß der Führer in ihren Augen an Nimbus verlor. Oder daran, daß er die Volksabstimmung an der Saar erwähnte. Das hat sie an Anna denken lassen, und die Ungewißheit, was aus der Freundin werden wird, hat doch einen Wermutstropfen in den Kelch fallen lassen. Sie hütet sich allerdings, dies Richard zu gestehen. Er, der lange an Adolf Hitler zweifelte, ist nach diesem Erlebnis voll und ganz von ihm überzeugt. Welch ein Heroe, behauptet er mehrfach, und: «Dieser Mann wird das deutsche Volk unbedingt in eine glückliche Zukunft führen!» Herr Möbius teilt seine Ansicht.

Nun, wer weiß, wie sich alles entwickeln wird.

Eins hat Frieda gelernt: Die politischen Verhältnisse ändern sich über Nacht, und wer will sagen, ob sich diese Herren wirklich halten. Tausend Jahre sind eine sehr lange Zeit. Die Hauptsache ist erst mal, sie hat wieder Gäste. Die Saison scheint sehr gut zu werden; sie mußte schon die ersten Absagen schreiben. Und heute nacht hat sie von Vögeln geträumt. Nach dem Ägyptischen Traumbuch verheißen sie Reichtum; im Indischen Traumbuch, das ihr Ida Rauchhaupt im vergangenen Jahr zum Geburtstag geschenkt hat, kommen Vögel allerdings nicht vor.